KB218295

메인 스트리트

Main Street

Sinclair Lewis

대산세계문학총서
195

메인 스트리트

Main Street

싱클레어 루이스 이미경 옮김

문학과지성사

대산세계문학총서 195

메인 스트리트

지은이 싱클레어 루이스
옮긴이 이미경
펴낸이 이광호
주간 이근혜
편집 김은주 남은영
마케팅 이가은 최지애 허황 남미리 맹정현
제작 강병석
펴낸곳 ㈜문학과지성사
등록번호 제1993-000098호
주소 04034 서울 마포구 잔다리로7길 18(서교동 377-20)
전화 02) 338-7224
팩스 02) 323-4180(편집) 02) 338-7221(영업)
대표메일 moonji@moonji.com
저작권 문의 copyright@moonji.com
홈페이지 www.moonji.com

제1판 제1쇄 2025년 5월 30일

ISBN 978-89-320-4367-8 04840
ISBN 978-89-320-1246-9(세트)

이 책은 대산문화재단의 외국문학 번역지원사업을 통해 발간되었습니다.
대산문화재단은 大山 愼鏞虎 선생의 뜻에 따라 교보생명의 출연으로 창립되어
우리 문학의 창달과 세계화를 위해 다양한 공익문화사업을 펼치고 있습니다.

차례

일러두기

1. 이 책은 Sinclair Lewis의 *Main Street*(New York: Barnes & Noble Books, 2003)를 우리말로 옮긴 것이다.
2. 본문의 주는 모두 옮긴이의 것이다.
3. 원서에서 이탤릭체로 강조한 부분은 고딕체로 표기했다.

여기는 미국. 밀과 옥수수 밭, 낙농장과 작은 수풀 지역에 자리한 주민 몇천 명이 사는 마을.

이 이야기에 나오는 마을은 '미네소타주의 고퍼 프레리'라는 곳이다. 하지만 이곳의 메인 스트리트는 어디에나 있는 메인 스트리트의 연장선이다. 메인 스트리트의 내력은 오하이오나 몬태나, 캔자스나 켄터키, 일리노이주가 똑같고 뉴욕주의 북부나 캐롤라이나의 고원지대라고 별반 다르지 않을 것이다.

메인 스트리트는 문명의 최고봉이다. 이 포드 자동차가 본톤 백화점 앞에 서 있을 수 있는 날을 위해 한니발이 로마로 쳐들어가고 에라스무스가 옥스퍼드의 수도원에서 책을 썼다. 식료품점 주인 올레 젠슨이 은행가 에즈라 스토바디에게 건네는 말은 런던이나 프라하, 그리고 하잘것없는 섬들에도 적용되는 새로운 법이다. 뭐가 되었든 에즈라가 알지 못하고 인정하지 않는 건 죄다 이단이고 쓸모없는 지식이며 사악한 생각이다.

우리의 기차역은 꿈꿔왔던 이상적인 건축술의 구현이다. 샘 클라크의 철물점은 신의 고장을 이루는 네 개 카운티에서 연간 거래 총액이 가장 많다. 로즈버드 팰리스 영화관은 분명한 메시지와 엄격한 도덕적 유머를 담은 섬세한 예술을 보여준다.

이것이 우리의 편안한 전통이자 확실한 신념이다. 메인 스트리트를 이와 다르게 묘사하거나 혹은 다른 신념이 있을지도 모른다며 주민을 괴롭히는 사람이 있다면 냉소적인 이방인의 본색을 드러내는 게 아니고 무엇이겠는가?

1장

I

치페와* 인디언들이 두 세대 전 천막을 치고 살았던 미시시피강 언덕에 수레국화 빛 푸른 하늘을 배경으로 소녀 하나가 선명한 윤곽을 드러내며 서 있었다. 그녀 눈에 이제 인디언의 모습 같은 건 보이지 않았다. 대신 제분소들 그리고 미니애폴리스와 세인트폴의 고층 건물에서 반짝이는 유리창들이 보였다. 그녀가 생각하고 있었던 건 북미 원주민 여자도, 육로에서 카누를 들쳐 메고 가는 사람이나 혹은 주변에 흔적이 느껴지는 양키 양모업자도 아니었다. 그녀는 호두 퍼지, 브리외**의 희곡들 그리고 발이 접질리는 이유와 귀를 덮은 자신의 최신 머리 모양을 빤히 쳐다보던 화학 강사를 떠올리고 있었다.

수천 마일의 밀밭을 가로질러 온 미풍에 소녀의 호박단 스커트 자락이 너무나 우아하게 부풀며 살아 움직이는 듯 아름답게 넘실거렸다. 아래쪽 도로에서 우연히 그 장면을 본 사람은

---

* Chippewas. 슈피리어호 주변에 살았던 북미 원주민인 오지브와Ojibwa족의 변형된 이름.

** 외젠 브리외(Eugène Brieux, 1858~1932)는 현대 사회문제에 관한 희곡 작품을 쓴 프랑스의 극작가.

하늘에 붕 떠 있는 듯한 그녀의 모습에 가슴을 졸였다. 그녀가 팔을 들어 올린 채 바람을 비스듬히 등지자 스커트가 살짝 처지면서 나팔 모양으로 펴졌고, 머리채가 마구 휘날렸다. 언덕 꼭대기에 서 있는 아가씨. 남의 말을 잘 믿고 감정이 풍부한 젊은 아가씨가 삶의 갈망만큼이나 강렬히 공기를 들이마시고 있다. 미래를 기대하는 청춘의 끝나지 않을 아픈 희극.

이 사람은 한 시간 전 블로젯 칼리지를 도망 나온 캐럴 밀퍼드다.

서부 개척 시대가, 여자애들이 챙이 넓은 선 보닛을 쓰던 시절이, 소나무 우거진 공터에서 도끼로 곰을 잡던 때가 이제 카멜롯의 전설보다 더 까마득한 옛날이 되었다. 그리고 이 반항기 다분한 아가씨는 이른바 미국 중서부라는 저 혼란스러운 제국의 정신이었다.

II

블로젯 칼리지는 미니애폴리스의 끝자락에 있는 학교다. 건전한 종교를 지키는 마지막 보루로, 이들은 볼테르와 다윈, 로버트 잉거솔* 등 근대의 이단자들과 여전히 싸우고 있다. 미네소타, 아이오와, 위스콘신, 다코타 등지의 독실한 가정에서 자녀들을 블로젯으로 보내면 학교는 아이들을 종합대학의 방종

* 로버트 잉거솔(Robert Ingersoll, 1833~1899)은 미국의 법률가·정치 지도자·웅변가·강연가. '위대한 불가지론자'로도 불린다.

한 생활로부터 보호해준다. 그런데 이 학교에 친설한 여학생들, 노래를 부르는 남학생들 그리고 밀턴과 칼라일을 무지 좋아하는 한 여자 강사가 있어서, 캐럴이 블로젯에서 보낸 4년이 완전히 쓸모없지는 않았다. 학교가 작은 데다 별다른 경쟁자가 없었던 덕분에 그녀는 자신의 위험천만한 팔방미인의 끼를 시험해볼 수 있었다. 테니스를 쳤고 채핑 디시* 파티를 열었으며 대학원 과정의 연극 수업을 들었고 '애무 단계의' 데이트도 했다. 대여섯 개의 동호회에 가입해 실제 예술 활동을 해보거나 교양이라고 불리는 것들의 꽁무니도 열심히 좇아다녔다.

반에는 그녀보다 예쁜 여학생이 두세 명 있었지만, 열성만큼은 그녀가 으뜸이었다. 따분한 수업 시간이나 무용 시간에도 그녀는 똑같이 두드러졌으나 3백 명 학생 중 수십 명은 그녀보다 더 정확히 시를 낭독했고, 훨씬 능란하게 보스턴 왈츠를 췄다. 그녀 몸의 모든 세포에 생기가 넘쳤다. 손목은 가늘었고 피부는 복사꽃처럼 화사했으며 눈빛은 순수했고 머리카락은 검었다.

기숙사의 다른 여학생들은 그녀가 속이 다 비치는 잠옷 차림으로 있거나 물기 있는 몸으로 욕실에서 급히 나오는 걸 볼 때면 호리호리한 그녀의 몸매에 혀를 내둘렀다. 그럴 때 그녀의 몸은 자신들이 상상했던 체구의 반밖에 안 되어 보였다. 모성애를 불러일으킬 정도로 연약했다. "마치 영매 같아" "혼령 아냐"라며 여학생들은 소곤거렸다. 하지만 그녀의 활기는 사방에

* chafing dish. 연회장 행사나 뷔페식당에서 뜨거운 음식이 식지 않도록 하기 위해 알코올이나 전기로 열을 가하면서 음식의 온도를 유지해주는 용기.

뻗쳤고, 어렴풋이 형성된 지성미와 매력에 대한 믿음은 너무 모험적이어서 거구의 여학생들보다 훨씬 더 활력이 넘쳤다. 이들은 단정한 푸른색 서지 반바지 안에 주름 잡힌 두꺼운 양모 스타킹을 신고 튀어나올 듯한 장딴지로 블로젯 여자농구팀 연습을 위해 '체육관' 바닥을 쿵쿵거리며 종횡무진 뛰어다녔지만 그녀보다는 덜 활동적이었다.

피곤할 때조차 그녀의 검은 눈은 예리하게 빛났다. 태연스레 무자비하게 굴거나 잘난 척 따분하게 만드는 세상 사람들의 어마어마한 능력을 아직은 모르지만, 설령 언제고 그녀가 그런 능력을 깨우친다 해도 그녀의 눈은 결코 언짢거나 심각해지지 않을 것이며 끈적한 애욕의 눈빛을 띠는 일도 없을 것이다.

캐럴의 적극적 태도, 캐럴이 북돋운 그녀에 대한 애정과 '흠모'의 감정에도 불구하고 사람들은 그녀 앞에서 쭈뼛거렸다. 찬송가를 열창하거나 장난 칠 궁리를 할 때도 그녀는 살짝 초연하면서 비판적인 표정이었다. 그녀는 아마 잘 믿는 성향일 것이다. 태어날 때부터 영웅 숭배자였다. 그러면서도 끊임없이 묻고 검토했다. 무엇이 될는지 모르지만 절대 정체된 삶은 살지 않을 터였다.

팔방미인의 끼는 그녀를 힘들게 했다. 그녀는 때를 바꾸어가며 자신에게 비범한 목소리가 있다거나, 피아노에 재능이 있다거나, 때로는 연기 혹은 작문 능력이나 조직 관리 능력이 있다는 것을 발견할 수 있기를 기대했다. 늘 실망하면서도 언제나 새로운 곳에서, 예를 들어 선교사를 희망하는 학생들의 해외 자원봉사 활동이나 연극 클럽에서 사용할 무대배경 칠하기, 학교 잡지에 실을 광고 구하기 등에서 또 다른 흥미를 찾았다.

부속 예배당에서 연주했던 그 일요일 오후 그녀는 최고였다. 어둠 속에서 그녀의 바이올린이 오르간의 주제 부분을 이어받자 팔을 활 쪽으로 동글게 구부리고 입술을 진지하게 다문 채 금빛 드레스를 입은 그녀의 자태가 촛불에 드러났다. 그 순간 모든 남자가 종교와 함께 캐럴에게 사랑에 빠졌다.

졸업반 내내 그녀는 시험 삼아 해봤던 모든 행동과 일부 성공 사례를 바탕으로 앞으로 무슨 일을 할지 고민했다. 여학생들은 날마다 도서관 계단이나 본관 강당에 삼삼오오 모여 "졸업하면 뭘 하지?"라며 이야기를 주고받았다. 결혼할 게 뻔한 여학생들도 중요한 일자리를 알아보는 척했고, 일해야 하는 처지임을 아는 여학생들은 마치 대단한 구혼자가 있는 듯 티를 냈다. 캐럴은 세상천지에 혼자였다. 혈육이라곤 세인트폴에서 안경사와 결혼한, 도통 매력이라곤 없는 언니가 유일했다. 언니는 아버지가 남긴 돈을 거의 다 써버렸다. 캐럴은 지금 교제하는 사람이 없었다. 연애를 빈번히 하지도 않았고 오래간 적도 없었다. 그녀는 스스로 벌어먹고 살아가야 했다.

하지만 어떻게 돈을 벌 건지, 어떻게 성공해서 세상에 도움이 될 건지 그녀에겐 길이 보이지 않았다. 정혼하지 않은 대부분 여학생은 교사가 될 생각을 했다. 이들은 두 부류로 나뉘었다. 한쪽은 결혼할 기회가 오면 '끔찍한 교실과 지저분한 아이들'을 떠날 작정임을 인정하는 태평한 아가씨들이고, 학구적인 성향의 다른 한쪽은 더러 짱구 이마와 퉁방울눈으로 기도 수업 때 하느님께 "저희를 가장 쓸모 있는 길로 인도해주시옵소서"

라고 간청하는 아가씨들이었다. 양쪽 다 캐럴은 끌리지 않았다. 전자는 불성실해 보였고 (이즈음 그녀가 가장 자주 쓰던 단어다), 모범생 쪽은 라틴어 구문 분석의 중요성을 믿고 있는 것으로 보아 유익한 만큼이나 유해할 것 같다는 생각이 들었다.

졸업반 내내 캐럴은 법을 공부할 거다, 영화 각본을 쓸 거다, 전문직 간호사가 될 거다, 아니면 누군지 알 수 없는 영웅과 결혼할 거다, 하면서 수시로 결심을 바꾸었다.

그러더니 어느 날부턴가 그녀는 사회학에 흥미를 느꼈다.

사회학 강사는 신임이었다. 이미 결혼했으므로 교제는 불가능했지만, 보스턴에서 온 그는 시인, 사회주의자, 유대인 들과 뉴욕의 유니버시티 세틀먼트*에서 백만장자 사회운동가들과 어울려 산 적이 있었고 굵고 흰 멋진 목을 가지고 있었다. 그는 킬킬대는 학생들을 미니애폴리스와 세인트폴의 교도소와 자선단체 사무실, 직업소개소 등으로 데리고 다녔다. 줄 맨 뒤에서 천천히 따라가면서 캐럴은 동물원의 동물을 보듯 가난한 사람들을 빤히 쳐다보는 다른 학생들의 태도와 들쑤시고 다니는 호기심에 화가 치밀었다. 그녀는 자신을 위대한 해방운동가로 여겼다. 입에 손을 대고 엄지와 검지로 아랫입술을 아프게 꼬집으며 인상을 찌푸린 채 혼자서 고고함을 즐겼다.

스튜어트 스나이더라고 회색 플란넬 셔츠와 흑적색 넥타이에 녹색과 보라색이 섞인 학생 모자를 쓴, 덩치 크고 공부도

---

* 1886년 설립된 미국 최초의 정착 지원 시설인 유니버시티 세틀먼트University Settlement는 성인 교육, 미국화 강좌, 상거래 및 직업 교육, 학교 급식, 공중보건 프로그램 등 다양한 지원 제도를 통해 신규 이민자의 정착을 도왔다.

괜찮게 하는 동급생 하나가 사우스 세인트폴의 가축 사육장 신창을 다른 학생들 뒤에서 걸어가며 그녀에게 툴툴거렸다. “난 이런 얼간이들에게 넌더리가 나. 다들 어찌나 거들먹거리는지. 농장에서 일들을 해봐야 해, 나처럼. 이 노동자들이 쟤들보다 훨씬 낫지.”

“난 평범한 노동자들이 정말 좋아.” 밝은 표정으로 캐럴이 말했다.

“다만, 노동자들은 스스로 평범하다고 생각하지 않는다는 걸 잊지 마!”

“맞아. 사과할게!” 깜짝 놀란 캐럴은 눈썹을 치켜올리며 기꺼이 실수를 인정했다. 그녀의 눈은 모든 걸 포용하는 듯했다. 스튜어트 스나이더가 그녀를 바라보았다. 그는 커다란 붉은 주먹을 주머니에 쑤셔 넣었다가 급히 빼더니 결국 마음을 정한 듯 뒷짐을 졌다. 그러고는 더듬거리며 말했다.

“그래, 넌 사람들을 이해하니까. 에이 참, 이 여자애들 대부분은…… 저기, 캐럴 넌 사람들을 위해 많은 일을 할 수도 있어.”

“어떻게?”

“어…… 어, 글쎄…… 말하자면…… 공감 같은 거지…… 만약 네가…… 네가 변호사의 아내라고 한다면 말이야. 넌 남편의 의뢰인들을 이해할 거야. 난 변호사가 될 거야. 때때로 내가 공감 능력이 부족하긴 해. 비판을 못 받아들이는 사람들이 난 너무 짜증 나. 넌 다소 진지한 녀석과 잘 맞을 거야. 그 녀석을 좀더…… 좀더…… 있잖아…… 인정하게 만드는 거지!”

살짝 내민 입술과 마스티프 개처럼 애처롭게 처진 눈이 그녀에게 간절한 신호를 보내고 있었다. "계속 얘기해봐"라고 말해주길 말이다. 그가 자기 감정을 밀어붙이자 그녀는 자리를 피하고 싶었다. "어머, 불쌍한 양들 좀 봐. 엄청나게 많아"라고 소리치고는 잽싸게 뛰었다.

스튜어트에게는 관심이 가지 않았다. 매끈한 흰 목을 가진 것도 아니고 유명한 개혁가들 사이에서 살아본 적도 없었다. 지금 그녀는 검은 수녀복을 입는 번거로움 없이 수녀처럼 정착 지원 시설에서 지내며 자애심을 갖고 싶었다. 버나드 쇼를 읽으며, 고마움을 아는 빈민 집단의 생활을 크게 개선하고 싶었다.

사회학 참고도서를 읽어가던 중 그녀는 나무 심기나 마을의 가장행렬, 여성 클럽 등 마을 개선과 관련한 책을 읽게 되었다. 프랑스, 뉴잉글랜드, 펜실베이니아에 있는 녹지와 정원 담장의 사진들이 실려 있었다. 아무 생각 없이 고양이처럼 우아하게 얕은 하품을 손끝으로 토닥이며 집어 든 책이었다.

그녀는 레이스 스타킹을 신은 날씬한 다리를 꼰 채 무릎을 턱까지 올리고 창가에 느긋하게 앉아 책장을 대충 넘겼다. 책을 읽으면서 새틴 쿠션을 쓰다듬었다. 그녀의 블로젯 칼리지 기숙사 방에는 천으로 된 물건들이 풍성했다. 그녀 주변의 창턱 아래엔 크레톤 천을 씌운 긴 의자, 여학생들의 사진들, 탄소 용지에 인화한 콜로세움 사진, 채핑 디시, 자수나 구슬 혹은 달군 인두로 문양을 장식한 십여 개의 쿠션들로 가득했다. 춤추는 바칸테*의 축소 모형은 개중 충격적이리만큼 의외의 물건이었다. 그 방에서 그것만 캐럴의 흔적이 묻어 있었다. 나머지는 앞선 선배들이 두고 간 것들이었다.

그녀는 마을 개선에 관한 책도 이 모든 진부함의 일부라고 여겼다. 하지만 갑자기 그녀가 꼼지락거리기를 멈추었다. 그러더니 한달음으로 책을 읽어 내려갔다. 중반까지 순식간에 쭉 읽고 나자 영국 역사 수업을 알리는 3시 종이 울렸다.

그녀가 한숨을 내쉬었다. "이게 졸업하고서 내가 할 일이야. 이런 목초지 마을을 하나 찾아내서 그곳을 멋지게 만들 거야. 영감을 주는 존재가 되어야지. 그러면 선생님이 되는 게 좋을 테지만…… 틀에 박힌 그런 선생님은 되지 않을 거야. 지루하게 잠 오는 목소리로 말하진 않겠어. 전원주택지는 왜 죄다 롱아일랜드에 있어야 하는 걸까? 여기 이 볼품없는 마을에 뭔가를 해준 사람은 아무도 없어. 부흥회나 열고 도서관을 지어 애들이 읽는 엘시**의 이야기책이나 갖다 넣었지. 이런 곳에 녹지와 아담한 주택들, 고풍스러운 메인 스트리트***가 들어서게 하겠어."

그녀는 수업 시간 내내 승리감에 도취해 있었다. 수업은 지

---

* Bacchante. 로마 신화에 나오는 주신酒神 바커스 신의 여사제.

** 엘시 딘스모어Elsie Dinsmore는 마사 핀리(Martha Finley, 1828~1909)가 1867~1905 사이에 썼던 『엘시 딘스모어』라는 아동용 시리즈물 주인공.

*** 메인 스트리트Main Street는 미국이나 영국 등의 마을이나 소도시 등에 유명 상점이나 소매점들이 집중되어 있는 상업 중심가를 일컫는다. 이 작품에서 루이스는 '메인 스트리트'를 중심가라는 뜻과 함께 1910년대 미국 중서부의 작은 마을에서 현실에 순응하며 살아가는 편협한 사고방식의 주민들을 냉소적으로 가리키는 용어로 쓰고 있다.

루하기 짝이 없는 교사와 마지못해 앉아 있는 학생 스무 명 사이의 전형적인 힘겨루기와 같았고, 이 싸움은 교사가 승리할 수밖에 없었다. 교사의 질문에 답해야 하는 학생들과 달리 교사는 생각지도 못한 질문을 던지는 학생들에게 "도서관에서 찾아보지 않았나? 이런, 찾아봤어야지!"라면서 오히려 되받아칠 수 있기 때문이다.

역사 강사는 퇴직한 목사였다. 오늘 그는 냉소적이었다. 까불대는 찰리 홈버그에게 그가 부탁했다. "자, 찰스, 딱 봐도 고약한 파리 쫓기에 정신없는 자네에게 존 왕에 대해 아는 게 전혀 없다는 사실을 털어놓으라고 한다면 하는 일에 방해가 되겠는가?" 그는 마그나카르타의 공포 일자를 정확히 아는 학생이 아무도 없다는 사실을 확인하는 데에 기꺼이 3분을 썼다.

캐럴은 그의 말을 듣고 있지 않았다. 그녀는 목재 골조의 마을회관 지붕을 완성하고 있었다. 목초지 마을 주민 한 명이 구불구불한 거리와 아치형 상가들에 대한 그녀의 설명을 이해하지 못했지만, 그녀는 마을 회의를 소집해 극적으로 그를 굴복시켰다.

III

미네소타에서 태어났지만 캐럴은 목초지 마을을 잘 알지 못했다. 매사추세츠주 출신인 그녀의 아버지는 웃는 얼굴에 해진 옷을 입고 다녔고 박식하면서도 장난을 잘 치고 친절했으며 그녀의 어린 시절 내내 맨카토에서 판사로 재직했다. 맨카토는 목초지 마을이 아니라 정원에 둘러싸인 거리와 느릅나무 가로수 길이 있는, 하얀 집들과 푸른 녹음의 뉴잉글랜드가 부활한 듯한 마을이었다. 맨카토는 초기 정착민들이 수 인디언 부족과 조약을 맺은 곳이자 한때는 맹렬히 뒤쫓아 오는 추적대를 피해 소도둑들이 죽어라 도망갔던 트래버스 데 수* 근처 벼랑들과 미네소타강 사이에 있었다.

우중충한 강기슭을 따라 힘겹게 걸어가면서 캐럴은 누런 강물과 점점이 하얀 물소 뼈들이 서부로 이어지는 광활한 땅에 대해 들려주는 강물의 이야기에 귀를 기울였다. 그것은 남쪽의 제방, 노래하는 흑인 그리고 야자수에 관한 이야기였다. 이윽고 그녀는 60년 전 모래톱에 난파된, 화물을 높다랗게 실은 증기선들이 자욱이 증기를 내뿜으며 울려대는 뱃고동 소리를 들었다. 갑판을 따라 선교사들과 높은 중산모를 쓴 노름꾼들, 그리고 진홍빛 외투를 두른 다코타의 인디언 추장들이 보였다. 밤에는 저 멀리 강굽이 주변으로 증기선의 뱃고동 소리, 소나무 숲에서 메아리로 되돌아오는 노 젓는 소리가 들렸고, 까만 물 위에 달빛이 비쳤다.

캐럴의 가족은 필요한 건 자체적으로 만들어 썼다. 크리스마스는 뜻밖의 선물과 사랑 그리고 즉흥적이고 엉뚱하게 웃기는 '변장 파티' 등이 넘쳐나는 의례였다. 밀퍼드 가족의 신화에서

---

* 트래버스 데 수Traverse des Sioux는 1851년 미국 정부와 수 인디언 부족 간 조약이 체결되었던 역사적 장소다. 산업화 이전엔 무역 항로로 이용되던 곳이다. 원주민이던 수 족은 현금과 물품을 받고 이 지역을 미국에 양도한 뒤 인디언 보호구역으로 물러났다.

짐승들은 벽장에서 뛰쳐나와 어린 소녀들을 잡아먹는 불쾌한 야행동물이 아니었다. 오히려 반짝이는 눈을 가진 유익한 존재들이었다. 털이 보송보송하고 색깔이 푸른, 욕실에서 살면서 작은 발을 따뜻하게 해주려고 민첩하게 달리는 탬흐탭*이 그랬다. 가르랑가르랑 소리를 내며 수많은 이야기를 알고 있는, 녹슨 듯한 석유 난로도 있었고, 아버지가 면도하면서 처녀들 어쩌고 하는 노래의 첫 소절을 시작할 때 아이들이 침대에서 뛰쳐나와 창문을 닫으면 아침 먹기 전에 아이들과 놀아줄 「스키타마리그」**도 있었다.

밀퍼드 판사의 교육 방침은 뭐든 아이들이 취향대로 읽게 놔두는 것이어서 아버지의 갈색 서재에서 캐럴은 발자크와 라블레, 소로, 막스 뮐러***를 탐닉했다. 그는 아이들에게 백과사전 뒤쪽에 있는 글자들을 진지하게 가르쳤다. '어린아이들'이 얼마나 배웠는지 예의상 물어본 내방객들은 아이들이 A에서 And까지, And에서 Aus까지, Aus에서 Bis까지, Bis에서 Cal까지, 그리고 Cal에서 Cha까지 목록을 열심히 복창하는 걸 듣고 소스라치게 놀랐다.

캐럴의 어머니는 그녀가 아홉 살 때 세상을 떠났다. 열한 살 때 캐럴의 아버지는 판사직에서 물러난 뒤 가족을 데리고 미

---

* tam htab. 'bath mat(욕실용 매트)'를 거꾸로 읽어서 만든 이름.

** 「스키타마리그Skitamarigg」는 1910년경 유아들에게 인기 있던 동요로, 「Skiddy-Mer-Rink-A-Doo」를 가리킨다.

*** 막스 뮐러(Friedrich Max Muller, 1823~1900)는 독일에서 태어난 영국의 저명한 문헌학자이자 동양학자.

니애폴리스로 이사했다. 그곳에서 2년 뒤 사망했다. 참견 많고 예의 바르며 충고하기 좋아하는 언니는 한집에 살 때도 그녀에게 남처럼 굴었다.

단조롭던 어린 시절과 일가친척 없이 독립적으로 살게 되었을 때부터 캐럴은 기계적으로 바삐 일만 하며 책과 담을 쌓은 사람들과는 다르게 살겠다고 의지를 다졌다. 자신 또한 그렇게 살기도 했지만 그런 순간에도 사람들의 분주한 삶을 본능적으로 관찰했고 왜 그렇게 사는지 의아해했다. 하지만 그녀는 도시계획이라는 일을 발견하면서 이제 자신도 바쁘고 능률적인 사람으로 살고 싶은 마음을 인정하게 되었다.

IV

한 달 뒤 캐럴이 가진 포부에 먹구름이 끼었다. 또다시 교사가 될까 말까 망설이고 고민했다. 그녀는 자신이 교사 생활을 견뎌낼 만큼 강하지 못해서 걱정스러웠고, 싱글거리는 아이들 앞에 서서 지혜롭고 단호한 척하는 자신의 모습이 그려지지 않았다. 하지만 아름다운 마을을 만들고 싶은 갈망은 여전했다. 어쩌다가 작은 마을의 여성 클럽에 관한 기사나 혹은 제멋대로 뻗은 메인 스트리트의 사진을 보면 그런 게 너무 그리웠고 마치 자기 일을 뺏긴 듯한 기분을 느꼈다.

영문학 교수의 조언을 듣고 그녀는 시카고 대학에서 전문적인 도서관 업무를 공부했다. 그녀의 상상력은 이 새로운 계획을 깎아 다듬었고, 거기에 색을 입혔다. 상상 속에서 그녀는 아이들을 타일러 재미있는 동화책을 읽게 하고 젊은이들이 기계학에 관한 책을 찾는 걸 도와주었고 신문을 찾는 노인들에게는 더없이 공손했다. 도서관의 권위자, 도서 전문가 자격으로 시인 및 탐험가들과 함께 저녁 식사에 초대받았고 저명한 학회의 논문을 읽었다.

V

졸업식을 앞두고 마지막으로 교수와 학생의 파티가 열렸다. 5일 후면 다들 기말시험이라는 회오리 속에 있게 될 터였다.

학장의 집은 빽빽이 들어찬 종려나무로 정중한 장례식장 분위기가 났다. 지구본 하나가 놓여 있고 휘티어*와 마사 워싱턴의 초상화가 걸린 10피트 높이의 서재에서는 학생 관현악단이 「카르멘」과 「나비부인」을 연주하고 있었다. 캐럴은 음악과 이별의 감정으로 현기증이 일었다. 종려나무들이 정글로, 불그레한 전자 지구본이 유백색 연무로, 안경을 쓴 교수들이 올림포스의 신들로 보였다. 그녀는 '늘 친해지고 싶던' 귀염성 있는 얼굴의 여학생들과 기꺼이 자신과 사랑에 빠질 용의가 있던 남학생 대여섯 명을 보며 울적해졌다.

하지만 그녀가 용기를 북돋운 사람은 스튜어트 스나이더였다. 그는 다른 사람들보다 훨씬 더 남자다웠다. 어깨심이 들어

---

* 존 휘티어(John Greenleaf Whittier, 1807~1892)는 영향력 있는 노예해방론자로 미국의 시인이며 퀘이커 교도의 농가에서 태어나 '퀘이커 시인'으로도 알려져 있다.

간 그의 새 기성 양복 색깔처럼 전체적으로 건강한 갈색이었다. 그녀는 커피 두 잔과 닭고기 패티를 들고서 그와 함께 계단 아래 벽장 속, 학장의 방수 덮신 더미 위에 앉았다. 가냘픈 선율이 빨라지자 스튜어트가 속삭였다.

"4년을 지내고 이렇게 헤어지다니 견딜 수가 없어! 내 인생에서 가장 행복한 시간이었어."

그녀도 그렇게 생각했다. "아, 그러게! 며칠 뒤면 헤어져서 이들 중 몇몇과는 영원히 이별해야 하다니!"

"캐럴, 내 말 잘 들어! 진지하게 얘기 좀 하려고 하면 넌 늘 피해버리잖아. 하지만 들어봐. 난 거물 변호사가, 어쩌면 판사가 될 텐데 난 네가 필요하고, 난 널 지키고 싶어……"

그의 팔이 그녀의 어깨 뒤로 슬며시 움직였다. 은근한 음악이 그녀의 자립심을 앗아갔다. 그녀가 한숨을 내쉬며 말했다. "날 먹여 살릴 거야?" 그녀가 그의 손을 만졌다. 따뜻하고 단단했다.

"두말하면 잔소리지! 우린 양크턴에서 멋지게, 그래, 멋진 시간을 보낼 거야. 거기 정착할까 하거든……"

"하지만 난 삶에 어떤 의미 있는 일을 하고 싶어."

"편안한 가정을 꾸리고 귀여운 애들을 키우면서 마음 편한 사람들과 함께 지내는 것보다 더 좋은 게 있을까?"

불안해하는 여자에게 태곳적 남자가 했던 대꾸다. 이런 식으로 젊은 사포*에게 멜론 행상인들은 말했다. 이런 식으로 제노비아 여왕**에게 대장들은 말했다. 이런 식으로 축축한 동굴 안에서 다 삭은 뼈를 앞에 놓고 여권女權을 주창하는 여성에게 털투성이 구혼자가 이의를 제기했다. 블로젯 칼리지 학생의 어조이지만 사포의 목소리로 캐럴이 대답했다.

"물론이야. 맞아, 그런 거 같아. 솔직히 나도 아이들을 좋아해. 그런데 집안일을 할 여자들은 많잖아. 하지만 난…… 글쎄, 대학 교육을 받았으면 세상을 위해 배운 지식을 써먹는 게 옳지 않을까."

"그렇지. 하지만 대학에서 배운 건 가정에서도 똑같이 쓸 수 있어. 에이, 캐럴, 함께 어느 멋진 봄밤에 자동차를 타고 바람 쐬러 가는 걸 한번 떠올려봐."

"응."

"겨울에는 썰매 타러 가고, 낚시도 가고……"

빰바바바! 관현악단이 「병사의 합창」을 요란하게 시작했다. 그녀는 계속 "아니! 아니! 넌 참 친절해. 하지만 난 무언가를 하고 싶어. 나도 내가 이해가 안 돼. 하지만 난…… 세상 전부를 원해. 노래하거나 글을 쓰진 못해도 도서관 일에서 영향을 미치는 인물이 될 수는 있어. 내가 어떤 남학생에게 용기를 주었는데 걔가 훌륭한 예술가가 된다고 상상해봐! 그래! 하겠어! 스튜어트, 난 겨우 설거지나 하는 그런 생활에 안주할 수 없어"라고 항변했다.

2분이 지났다. 그야말로 흥분에 휩싸인 2분이었다. 한 어색

---

* 그리스 레스보스 태생의 여류 시인 사포(Sappho, B.C. 61?~?)는 종종 여성 사이의 욕망과 사랑을 노래했다.

** 제노비아(Zenobia, 재위 267~272)는 팔미라 제국의 여왕. 자신의 왕국을 로마 제국으로까지 확장하려고 시도했다.

한 커플이 두 사람을 방해했다. 그 커플 역시 덧신을 보관하는 벽장의 낭만적인 호젓함을 찾아온 것이었다.

졸업 이후 그녀는 스튜어트 스나이더를 다시는 만나지 못했다. 그녀는 한 달 동안 매주 한 번씩 그에게 편지를 썼다.

VI

캐럴은 1년을 시카고에서 보냈다. 도서 목록 작성이나 기록, 참고문헌을 공부하는 것은 수월했고 그다지 지루하지도 않았다. 그녀는 대학 미술관에, 교향악이니 바이올린 연주회니 실내악에, 그리고 연극과 고전무용에 흠뻑 빠져들었다. 하늘하늘한 의상을 입고 달빛 아래서 춤을 추는 무희가 되려고 하마터면 도서관 일을 그만둘 뻔도 했다. 인정받는 예술가들의 작업실 파티에도 초대받았다. 거기엔 맥주와 담배, 보브 헤어스타일, 소련 국가를 부르는 유대계 러시아 여자가 있었다. 파티에 온 보헤미안들에게 캐럴이 해줄 무슨 중요한 말이 있을 리 만무했다. 그녀는 그들과 있으면서 어색했고 무식한 기분이 들었으며 자신이 수년 동안 갈망했던 그 자유분방한 태도에 충격을 받았다. 하지만 그녀는 프로이트나 로맹 롤랑, 생디칼리슴,* 프

---

* 생디칼리슴Syndicalism은 19세기 말에서 20세기 초에 프랑스와 이탈리아를 중심으로 일어난 무정부주의적인 노동조합 지상주의. 노동계급의 정치 투쟁이나 프롤레타리아 독재를 부정하고 노동조합을 투쟁과 생산 및 분배의 중심으로 삼고자 했다.

랑스노동총연맹, 페미니즘 대 하렘주의,* 중국의 서정시, 광산 국유화, 크리스천 사이언스,** 온타리오 호수 낚시에 관한 토론 내용을 듣고 기억했다.

그녀는 고향으로 돌아갔고, 그것이 보헤미안 생활의 처음이자 마지막이었다.

위네카에 살던 캐럴 형부의 육촌이 어느 날 일요일 저녁 식사에 그녀를 초대했다. 그녀는 윌메트와 에번스턴을 거쳐 걸어가며 새로운 형태의 교외 건축물을 발견하고는 마을을 소생시켜보겠다던 꿈을 떠올렸다. 이내 도서관 일을 그만두고, 어떻게 될지 알 수 없는 기적 같은 힘으로 목초지 마을을 조지 왕조 풍의 주택과 일본식 단층 목조주택으로 바꾸리라 결심했다.

다음 날 도서관학 수업에서 **도서 총색인** 사용에 관한 과제를 읽어야 했고, 토론에서 자신의 과제를 급우들이 진지하게 다뤄 그녀는 마을 설계 일을 뒤로 미루었다. 가을에는 세인트폴의 공공도서관에서 일하게 되었다.

VII

캐럴은 세인트폴 도서관 일이 불만스럽지도 재미있지도 않

---

* 하렘주의Haremism는 이슬람 문화권에서 여성이 기거하는 내실을 하렘이라 하며, 남성이 하렘에 여러 명의 아내를 두고 생활하는 문화와 제도.

** 크리스천 사이언스Christian Science는 1879년 메리 베이커 에디에 의해 미국 매사추세츠주 보스턴에 설립된 기독교 계통의 신흥 종교. 죄와 병, 악이 모두 허망하다는 깨우침을 통해 만병을 고칠 수 있다는 정신 요법을 주장했다.

았다. 그녀는 자신이 사람들의 삶에 별로 영향을 주지 못한다는 사실을 서서히 인정했다. 처음에는 도서관을 찾는 이용객들과 접촉하면서 그들에게 세상을 바꿀 의지를 불어넣으려 했다. 하지만 이런 둔감한 세상에서 호응해주는 사람은 거의 없었다. 그녀가 간행물실을 담당했을 때 독자들은 수준 높은 에세이를 추천해달라고 요구하지 않았다. "지난 2월호 『피혁 제품 공보』를 찾고 싶은데"라고 중얼거릴 뿐이었다. 그녀가 책들을 건네주려고 하면 대부분 이런 식으로 물었다. "읽을 만한 가볍고 신나면서 멋진 러브스토리 없나요? 남편이 일주일간 출장을 가거든요."

그녀는 다른 사서들을 좋아했다. 그들의 열의를 자랑스러워했다. 그리고 틈틈이 속 편한 백인의 편협한 사고에는 어울리지 않는 책을 수십 권 읽었다. 칙칙하게 깨알같이 적힌 활자가 빼곡히 각주 고랑을 이루며 붙어 있는 인류학 시리즈, 파리의 이미지즘 시인들,* 인도의 커리 요리법, 솔로몬제도로의 항해, 근대 미국 사회의 진보와 함께 퍼져 나간 신지학,** 부동산 사업 성공에 관한 논문들이었다. 그녀는 산책하러 다녔고 신발과

---

* 이미지스트(Les Imagistes)는 제1차 세계대전 말기부터 영국과 미국에서 일어난 신시新詩 운동이다. 에즈라 파운드가 주창한 것으로, 형식주의에 반대하며 시 창작에서 일상어를 쓰고 자유시의 형태를 취하되 리듬과 이미지를 창출하며, 소재를 자유롭게 선택하고 집중력을 중시할 것을 주장했다.

** 신지학(神智學, theosophy)은 우주와 자연의 불가사의한 비밀, 특히 인생의 근원이나 목적에 관한 여러 의문을 신神에게 맡기지 않고 깊이 파고 들어가, 학문적 지식이 아닌 직관을 통해 신과 신비적 합일을 이루고 그 본질을 인식하려는 종교적 학문.

식습관에 신경을 썼다. 그래도 결코 자기가 살아 있다는 느낌이 들지 않았다.

그녀는 댄스파티에 가거나 대학의 지인들 집에서 저녁을 먹었다. 때로는 얌전하게 원스텝을 밟았고, 때로는 지나가는 삶을 두려워하며 거나하게 취해서는 순한 눈이 들뜨고 목 안은 바짝 탄 채로 연회장을 미끄러지듯 내려갔다.

도서관에서 일한 3년 동안 몇몇 남성, 그러니까 양모제조회사의 회계사, 교사, 신문 기자, 철도회사의 하급 관리 등이 그녀에게 부단한 관심을 보였다. 그들 중 누구도 그녀의 마음에 깊은 인상을 남겨 잠시라도 생각을 멈추게 하지는 못했다. 수개월 동안 눈에 들어온 남자는 한 명도 없었다. 그러던 중 마버리네에서 윌 케니컷을 만났다.

2장

I

캐럴은 기운 없고 울적하고 외로운 기분을 안고 일요일 저녁 식사에 초대한 존슨 마버리 부부의 아파트로 종종걸음을 쳤다. 마버리 부인은 이웃이자 캐럴 언니의 친구이기도 했다. 마버리 씨는 보험회사의 순회 영업사원이었다. 그들은 무릎 위에 놓고 먹을 샌드위치와 샐러드, 커피를 특별식으로 준비했고, 캐럴을 자신들의 문학과 예술의 대변자로 여겼다. 그녀는 카루소 음반과 마버리 씨가 샌프란시스코에서 선물로 가지고 온 중국 연등의 진가를 알아보는 유일한 사람이었다. 캐럴은 마버리 부부가 자신에게 감탄하고 있는 걸 알았고 그 때문에 그들이 훌륭해 보였다.

그날 9월의 일요일 저녁 식사에 그녀는 연한 분홍빛 안감을 댄 레이스 드레스를 입었다. 낮잠 덕분에 눈가에 희미하게 어려 있던 피곤한 흔적은 사라지고 없었다. 그녀는 젊고 천진난만했으며 시원한 공기에 활기를 얻었다. 아파트 현관 의자에 코트를 던져놓고 녹색 플러시* 카펫이 깔린 거실로 급히 들어갔다. 친숙한 사람들이 화기애애한 대화를 나누고 있었다. 마버리 씨와 고등학교의 체육 담당 여교사, 그레이트노던 철도회사 과장, 젊은 변호사가 보였다. 하지만 서른예닐곱쯤 되어 보이는 키 크고 체격 좋은 외지인도 한 명 끼어 있었는데, 외모를 보자면 칙칙한 갈색 머리카락에 뭘 시킬 때만 떼는 입술, 모든 걸 지켜보는 온순한 눈빛, 딱히 기억나지 않을 옷차림을 하고 있었다.

마버리 씨가 굵은 목소리로 말했다. "캐럴, 이리 와서 케니컷 박사와 인사해요. 고퍼 프레리의 윌 케니컷 박사요. 그 일대에서 우리 회사의 보험을 다 살펴봐 주고 있어요. 대단한 의사 선생이라고들 합니다!"

케니컷 쪽으로 조금씩 움직이면서 딱히 별말 않고 우물쭈물하던 캐럴은 고퍼 프레리가 주민이 3천여 명쯤 되는 미네소타

---

* 우단이나 벨벳처럼 길고 보드라운 보풀이 있는 직물.

의 광활한 밀 초원지대 마을이라는 사실을 기억해냈다.

"만나서 반갑습니다." 케니컷 박사가 인사했다. 손이 튼튼했다. 손바닥은 부드러웠으나 손등은 거칠었고, 붉은빛이 도는 탄탄한 피부 위로 금빛 털이 몇 가닥 드러나 있었다.

그는 마음에 드는 상대를 발견한 듯 그녀를 쳐다보았다. 그녀가 손을 잡아 빼고선 떨리는 목소리로 말했다. "주방에 가서 마버리 부인을 도와야 해요." 그녀는 더 이상 그와 대화를 나누지 않았다. 빵을 데우고 냅킨을 건네고 나서야 마버리 씨가 그녀를 붙잡고 큰 소리로 이렇게 말했다. "아이고, 자 수선은 그만 피우고 이리 와서 앉아요. 요즘 어떻게 지내는지나 말해봐요." 그가 그녀를 소파로 데려가 케니컷 박사 옆에 앉혔다. 케니컷 박사는 좀 멍한 눈으로 우람한 어깨를 약간 앞으로 숙인 채 자신이 뭘 해야 할지 모르겠다는 눈치였다. 마버리 씨가 자리를 뜨자 케니컷이 정신을 차렸다.

"마버리가 그러는데 공공도서관에서 꽤 중요한 사람이라면서요. 놀랐습니다. 도저히 그만한 나이라고는 짐작하지 못했습니다. 아직 대학에 다니는 학생인 줄 알았어요."

"어머, 전 그보다 한참 나이가 많아요. 립스틱을 바를까 생각 중이고, 이제는 아침에 일어나면 흰 머리카락도 보여요."

"하! 엄청 나이를 먹었군요. 너무 나이가 많아서 제 손녀딸은 못 될 것 같습니다!"

이런 식으로 고대 아르카디* 계곡의 님프와 사티로스**가 시

---

* 아르카디Arcady는 양들의 방목지로 유명한 그리스 펠로폰네소스 반도에 있

간을 보냈다. 아서 왕 전설의 일레인과 진부한 랜슬롯은 나뭇가지가 얼기설기 엮인 오솔길에서 약강 5보격의 감미로운 시어 대신 정확히 이런 식의 대화를 주고받았다.

"일은 마음에 들어요?" 박사가 물었다.

"즐거워요. 하지만 때때로 세상과 단절된 느낌이 들긴 해요. 철제 서고들과 붉은 고무도장이 온통 번져 있는 끝도 없는 도서 대출카드들."

"도시가 지겹지 않습니까?"

"세인트폴이요? 어머, 좋아하지 않으시나 봐요? 서밋가街에서서 로워 타운을 지나 미시시피강 절벽과 그 너머 고지대의 밭들을 건너다보면 그보다 더 아름다운 경치가 있나 싶어요."

"알죠, 하지만. 물론 나도 트윈 시티*** 지역에서 9년을 지냈습니다. 미네소타 대학으로 넘어가서 학사와 석사학위를 받았고 수련의 과정도 미니애폴리스에 있는 병원에서 했지요. 하지만 그래도, 아 뭐랄까, 여기서는 고향에서처럼 사람들과 알고 지내지 못합니다. 고퍼 프레리에서는 제 영향력이 꽤 크다고 말씀드릴 수 있지만, 이삼십만 명 인구의 대도시에서는 전 그저 개의 등짝에 붙은 한 마리 벼룩이죠. 게다가 전 시골길 운전

는 지역 이름. 흔히 문학과 예술작품에서 축복과 풍요의 낙원을 상징하는 아르카디아Arcadia는 아르카디에서 파생된 말이다.

** 사티로스satyr는 그리스 신화에 나오는 반인반수의 모습을 한 숲의 정령. 디오니소스를 따르는 무리로, 장난이 심하고 주색을 밝혀 늘 님프들의 꽁무니를 쫓아다닌다.

*** 미시시피강 유역에 인접한 미네소타주의 두 도시, 미니애폴리스와 세인트폴을 말한다.

이나 가을 사냥을 좋아합니다. 고퍼 프레리를 가본 적 있으십니까?"

"아뇨. 하지만 멋진 마을이라면서요."

"멋지다고요? 솔직히 말해서, 물론 편견일 수 있습니다만, 제가 소도시를 무척 많이 가봤습니다. 한번은 미국의학협회 회의 참석차 애틀랜틱시티에 가게 되어, 뉴욕에서 사실상 일주일을 지냈습니다! 하지만 고퍼 프레리처럼 진취적인 사람들이 많은 마을을 보지 못했습니다. 브레스나한이라고 유명한 자동차 제조업자인 그 사람도 고퍼 프레리 출신입니다. 거기서 나고 자랐어요! 게다가 마을은 또 얼마나 아름다운지. 멋들어진 단풍나무와 네군도단풍나무가 즐비하고, 마을 바로 근처에는 캐럴 양이 한 번도 본 적 없는 아주 근사한 호수도 두 개 있습니다. 이미 7마일에 이르는 시멘트 산책로가 있는데 계속 더 만들어지고 있어요! 많은 지역이 여전히 널빤지 산책로를 감수하며 살아가지만 우리는 그렇지 않습니다. 암요!"

"그런가요?"

(그녀 머릿속에 왜 스튜어트 스나이더가 떠올랐을까?)

"고퍼 프레리는 미래가 창창합니다. 미네소타주 최고의 낙농장과 밀 농장 몇 군데가 바로 근처에 있고, 일부 경작지는 지금 에이커당 150달러에 팔리고 있어요. 10년 후면 분명 225달러까지 오를 겁니다!"

"그런데 의사 일은 마음에 드세요?"

"그저 그만이죠. 밖으로 나가야 하는 일이지만, 가끔은 사무실 안에서 어정거릴 기회도 있습니다."

"그런 뜻이 아니에요. 제 말은, 그만한 공감의 기회를 얻을 수 있는 직업도 없다는 거죠."

케니컷 박사가 심각한 어조로 장광설을 늘어놓았다. "아, 이 독일 농부들은 공감을 바라지 않습니다. 그들에게 필요한 거라곤 목욕과 충분한 소금뿐이죠."

그녀는 분명 움찔했을 것이다. 그가 즉시 이렇게 덧붙이며 설득했다. "제 말은…… 저를 옛날 만병통치약을 팔던 사람쯤으로 생각하지 않았으면 좋겠다는 겁니다. 아니 제 말은, 환자들 상당수가 튼튼한 농부들이어서 제 신경이 좀 무뎌진 것 같다는 겁니다."

"제 생각에는 한 명의 의사가 지역사회를 완전히 바꿀 수 있을 것 같은데요. 만약에 그걸 원한다면, 그런 상상을 해본다면 말이에요. 의사는 보통 그 지역에서 유일하게 과학 교육을 받은 사람이잖아요, 아닌가요?"

"네, 맞습니다. 하지만 사람의 실력이란 녹이 슬게 마련입니다. 우리는 신생아 분만이나 장티푸스, 다리 골절상 치료 같은 판에 박힌 일만 합니다. 우리에게 필요한 건 우리를 질책하는 당신 같은 여성들이죠. 당신이 이 마을을 바꿀 사람입니다."

"아뇨, 전 못 해요. 너무 변덕스러운 성격이라. 정말 희한하게도 저도 똑같은 생각을 하곤 했어요. 하지만 이제 그런 생각에서 멀어진 것 같아요. 아, 전 당신에게 이래라저래라 할 자격이 없는 사람이에요!"

"아닙니다! 당신이 적임자예요. 당신은 여성미를 잃지 않고서도 신념을 지녔잖습니까! 이런 생각이 들지 않으세요? 수많은 여성이 여성운동 같은 걸 위해 애쓰느라 여성스러움을 단념한다는 생각 말이죠."

그는 여성 참정권에 대해 말하더니 느닷없이 그녀에게 그녀 자신을 어떤 사람이라고 생각하는지 물었다. 온화하고 확고한 그의 성격에 푹 빠진 터라 그녀는 그가 자신이 품은 생각과 입는 옷, 먹는 음식, 읽는 책 등에 대해 알 권리가 있는 사람이라고 인정해버렸다. 그는 적극적이었다. 희미하게 윤곽만 보이던 타인에서 그는 어느 순간 친구가 되었고, 친구가 해주는 세상 이야기는 중요한 정보였다. 그녀는 탄탄한 그의 가슴에 주목했다. 곧지 않고 다소 큰 그의 코마저 갑자기 남자다워 보였다.

이처럼 진한 달콤함에 빠져 있던 그녀가 별안간 들려온 신경 긁는 소리에 깜짝 놀랐다. 마버리 씨가 그들에게로 급히 오더니 남들에게 다 들릴 만큼 끔찍하리만치 요란하게 말했다. "이런, 두 사람 뭐 하고 있어요? 손금을 봐주고 있는 건가? 아니면 밀어를 속삭이는 중인가? 캐럴, 조심해요. 의사 선생은 기운 넘치는 총각입니다. 자자, 다들 움직입시다. 묘기를 부리든 춤을 추든 뭐든 합시다."

그녀와 케니컷 박사의 대화는 그게 끝이었고 헤어질 때가 되어서야 두 사람은 이런 말을 주고받았다.

"밀퍼드 양, 정말 즐거운 시간이었습니다. 다음에 오면 언제 한번 만날 수 있을까요? 나는 꽤 자주 여기 오는 편입니다. 대수술 환자들을 병원으로 이송하는 일이 많거든요."

"어머나."

"주소가 어떻게 되나요?"

“다음번에 오실 때 마버리 씨에게 물어보면 되죠. 정말 알고 싶으시다면요!”

“알고 싶냐고요? 어허, 기다리십시오!”

II

캐럴과 윌 케니컷의 연애는 여름밤 동네의 어둑한 곳에서 들려오는 여느 연애와 별반 다르지 않았다.

두 사람은 생명의 현상이었고 풀어야 하는 수수께끼였다. 그들의 언어는 둘 사이에 통하는 속어였고 분출하는 시詩였다. 그들의 침묵은 만족감 혹은 그의 팔이 그녀의 어깨에 올라갈 때 전율이 이는 아슬아슬한 고비였다. 지나갈 때가 되어서야 처음으로 발견되는 청춘의 아름다움이었고, 예쁜 처녀를 만난 부유한 미혼 남성이 보여주는 진부함의 총체였다. 그 여자는 일에 조금 지친 상태이며 앞날의 성공이나 기꺼이 섬길 남자도 없는 시점이었다.

그들은 서로를 가식 없이 좋아했다. 둘 다 정직했다. 그녀는 돈 버는 데 정신이 팔린 그의 모습에 실망했지만, 그가 환자를 속이지 않으며 의학 잡지를 계속 구독하고 있다고 확신했다. 그녀에게 좋아하는 마음 이상의 감정을 불러일으킨 것은 그들이 도보 여행을 떠났을 때 그가 보여준 소년다운 모습이었다.

두 사람은 세인트폴에서 강을 따라 멘도타까지 걸었다. 케니컷은 모자를 쓰고 부드러운 크레이프 천 셔츠를 입어 좀더 유연해 보였고, 캐럴은 벨벳 빵모자를 쓰고 터무니없이 넓지만 보기 좋게 접힌 리넨 목깃의 푸른색 능직 양모 정장 차림에다 운동화 위로 올라오는 발랄한 양말까지 신고 있어서 좀더 어려 보였다. 하이 브리지가 낮은 제방에서부터 병풍처럼 펼쳐진 벼랑까지 미시시피강을 가로질러 솟아올라 있었다. 세인트폴 쪽으로 다리 저 아래 뻘밭 위로는 닭들이 우글대는 채소밭과 버려진 간판에서부터 물결무늬 철판, 강에서 건져낸 판자까지 그러모아 대충 이어 붙인 판자촌이 제멋대로 자리 잡고 있었다. 캐럴은 다리 난간 위로 몸을 굽혀 이 미개한 강가 마을을 내려다보았다. 높은 데여서 어지러워진 그녀가 떨어질 것 같은 짜릿한 두려움에 악 소리를 질렀다. 캐럴은 논리적인 여교사나 사서에게 "무서우면 난간에서 물러서지 그래요?"라는 코웃음을 당하는 대신 건장한 남성이 안전하게 자신을 뒤로 잡아채주니 인간적으로 굉장히 만족스러웠다.

캐럴과 케니컷은 미시시피강 건너편 벼랑에서 구릉지 위의 세인트폴을 바라보았다. 성당의 돔 지붕에서부터 주 의회 의사당의 돔 지붕까지 일대가 장엄했다.

강변도로가 돌투성이 비탈밭과 깊은 협곡, 그리고 이제 9월이라 화려한 단풍 빛깔의 숲을 지나 멘도타로 이어졌다. 멘도타는 언덕 아래 나무들 사이로 흰 벽들과 그 위로 솟은 첨탑과 함께 차분한 여유가 흐르는 유럽 같은 느낌이었다. 이 땅이 젊은 것 치고 멘도타의 역사는 깊었다. 이곳에 모피 무역상들의 제왕, 시블리 장군이 1835년 풀을 꼬아 외를 엮고 진흙을 이겨 발라 지은 튼튼한 석조 가옥이 한 채 있었다. 그 집은 몇백 년 묵은 듯한 분위기를 풍겼다. 견고한 방들에서 캐럴과 케니컷은 오래된 판화들을 발견했다. 청록색 연미복을 입은 사람들, 화려한 양모 제품을 실은 투박한 이륜마차들, 군인 작업모를 삐딱하게 쓰고 철컥거리는 기병도를 찬 구레나룻의 북군 병사들, 그 집이 지켜보았던 장면들이었다.

그 집은 두 사람이 공유하는 미국 역사를 떠올리게 했고, 두 사람이 함께 발견했다는 점에서 기억할 만했다. 그들은 한층 마음을 열고서 더욱 은밀한 이야기를 나누며 터덜터덜 계속 걸었다. 노를 젓는 나룻배를 타고 미네소타강을 건넌 뒤 언덕바지를 올라 돌로 지은 원형의 포트 스넬링 요새까지 갔다. 미네소타강이 미시시피강으로 합류하는 지점을 보면서 그들은 80년 전 이곳으로 왔던 메인의 목재상, 요크의 무역업자들, 메릴랜드 언덕의 군인들을 떠올렸다.

"멋진 나라입니다. 나는 이 나라가 자랑스럽습니다. 그 옛날 선배들이 꿈꾸었던 걸 다 이루어봅시다." 웬만해선 감정을 잘 드러내지 않는 케니컷이 감동에 젖어 단언했다.

"이루어봐요!"

"자, 고퍼 프레리로 오세요. 보여줘요. 마을을 멋있게, 예술적으로 만들어봐요. 대단히 아름다운 곳이긴 하지만, 우린 그다지 예술적이진 않습니다. 목재 야적장이 멋진 그리스 신전 같지는 않겠죠. 하지만 해봐요! 변화시켜봐요!"

"그러고 싶어요. 훗날 언젠가!"

"지금요! 고퍼 프레리가 마음에 들 겁니다. 지난 몇 년 동안 우리는 잔디밭과 정원 손질에 엄청난 공을 들였기 때문에 정말 아늑합니다. 아름드리나무도 있고. 그리고 주민들은 세상에서 제일 훌륭한 분들이에요. 열의도 있죠. 장담컨대 루크 도슨은……"

캐럴은 이름을 듣는 둥 마는 둥 했다. 그녀에게 그들이 중요해질 거라고는 상상하지 못했다.

"서밋가의 웬만한 거물이라 해도 루크 도슨이 가진 돈을 못 따라갈 겁니다. 고등학교 교사인 셔윈 양은 진짜 경이로운 분이에요. 제가 영어를 읽듯 라틴어를 읽어요. 그리고 철물점을 운영하는 샘 클라크, 멋진 친굽니다. 사냥 동무로는 이 지역에서 최고예요. 문화를 알고 싶다면, 바이더 셔윈 말고도 조합교회의 워런 목사가 계시죠. 교육감인 모트 교수, 변호사인 가이 폴록도 있어요. 사람들 말이, 시를 정말 잘 쓴다고 해요. 레이미 워더스푼은 알고 보면 그렇게 바보는 아닙니다. 게다가 노래도 곧잘 합니다. 또 그 밖에도 많습니다. 라임 카스도 있고. 물론 당신에게 있는, 뭐랄까 수완은 누구도 갖고 있지 않아요. 하지만 사람 보는 눈만큼은 최고입니다. 자! 우리는 당신 말대로 따를 준비가 되어 있어요!"

그들은 보는 이가 없는 오래된 요새의 난간 아래 경사면에 앉았다. 그가 그녀의 어깨에 팔을 둘렀다. 한참을 걸은 뒤 긴장이 풀린 목에 살짝 한기가 느껴지려는 찰나 그의 박력과 온기가 전해지자 그녀는 기꺼이 그에게 몸을 기댔다.

"당신을 사랑합니다, 캐럴!"

그녀가 대답 대신 더듬듯 손가락으로 그의 손등을 만졌다.

"아시겠지만 난 지독히 물질적인 사람입니다. 캐럴 같은 사람이 옆에서 날 흔들어 깨우지 않는다면 어쩔 도리가 없지 않습니까?"

그녀는 대답하지 않았다. 생각할 수가 없었다.

"의사가 사람을 치료하듯 도시를 치료할 수 있다고 하셨죠. 그럼, 마을에 어떤 문제가 있든 당신이 그걸 고쳐준다면, 내가 당신의 수술 도구가 되어드리겠습니다."

그녀는 그의 말을 알아듣지 못했지만 단호함만은 느꼈다.

그가 그녀의 뺨에 입을 맞추며 큰 소리로 외치자 그녀는 어안이 벙벙하면서 온몸이 떨렸다.

"이러니저러니 아무리 말해봐야 소용없습니다. 지금 내 팔이 말하고 있지 않습니까?"

"오, 제발 부탁이에요!" 화를 내야 할지 잠시 생각하던 그녀는 자기도 모르게 울고 있었다.

이렇게 그들이 생판 처음 본 사람처럼 6인치쯤 떨어져 앉아 있는 동안 그녀는 냉정해지려고 애썼다.

"고퍼 프레리를 보고…… 보고 싶군요."

"절 믿으십시오! 여기 있군! 당신에게 보여주려고 사진 몇 장을 갖고 왔어요."

그녀는 그의 소매에 뺨을 가까이 붙인 채 십여 장의 마을 사진을 들여다보았다. 사진들에 줄이 가 있었다. 그녀 눈에는 나무들과 관목숲, 나뭇잎 그림자에 어렴풋이 현관만 보였다. 하지만 호수를 찍은 사진들을 보며 그녀가 탄성을 질렀다. 검은 호숫물이 수풀 우거진 벼랑들을 비추고, 오리 떼가 떠다니고, 셔츠 바람에 넓은 밀짚모자를 쓴 어부가 민물생선 한 꿰미를 들고 있었다. 플로버 호숫가를 찍은 겨울 사진은 동판화의 분위기를 풍겼다. 번쩍거리는 얼음장, 습지 제방 틈 사이에 쌓인 눈, 사향쥐의 흙무덤 집, 줄지어 서 있는 검은 갈대들, 서리를 맞아 활처럼 굽은 풀 더미가 있었다. 시원하고 선명하며 생명력이 느껴졌다.

"몇 시간 동안 저기서 스케이트를 타거나 쇄빙선을 타고 쌩쌩 달린 다음 집으로 막 달려와서 따뜻한 커피와 소시지를 먹는다면 어떨까요?" 그가 물었다.

"아마 재밌겠죠."

"이 사진입니다. 이런 데로 당신이 오는 겁니다."

숲속의 공터 사진이었다. 거기엔 그루터기들 사이에 딱하게도 제멋대로 뻗어 있는 새로운 고랑들과 진흙으로 틈을 메꾸고 짚으로 지붕을 엮은 투박한 통나무집이 있었다. 그 앞에는 축 늘어진 채 머리를 질끈 묶은 여인과 꾀죄죄하니 얼룩을 덕지덕지 묻힌 채 눈을 반짝이는 아이가 있었다.

"이들이 상당한 시간을 함께 보내는 제 환자들입니다. 넬스 얼드스트롬, 깔끔하고 훌륭한 젊은 스웨덴 사람이에요. 10년 있으면 아주 멋진 농장을 갖게 될 테지만 지금은…… 저는 이 사람 아내를 부엌 식탁에서 수술했습니다. 마취는 내 마부에게 하라 하고선 말이지요. 겁에 질린 저 애를 봐요! 당신처럼 재주가 있는 여성이 필요합니다. 당신을 기다리고 있다고요! 저 애 눈을 봐요. 얼마나 간절하게 원하고 있는지 보세요."

"그만하세요! 마음이 아파요. 오, 저 앨 돕는 건 착한, 정말 착한 일이겠죠."

그의 팔이 그녀를 향해 움직이자 그녀는 "착한 일이야, 정말"이라면서 모든 의구심을 털어냈다.

3장

I

초원지대의 뭉게구름 아래 움직이는 강철 덩어리. 길게 늘어지는 엔진의 굉음 속에 절꺽절꺽, 덜걱덜걱 조급한 바퀴 소리. 씻지 않은 사람들과 낡은 짐 가방의 찐득한 냄새를 뚫고 지나가는 선명한 오렌지 향.

다락방 마루에 흩어진 판지 상자처럼 정렬되지 않은 마을들. 하얀 가옥들과 붉은 헛간들을 둘러싼 버드나무 수풀에 그저 한 번씩 끊기는, 그루터기만 남은 채 끝도 없이 펼쳐지는 누르께한 들판.

햇볕 따가운 미시시피강 평지에서 로키산맥까지 수천 마일에 달하는 고원지대를 힘겹게 오르며 미네소타를 통과하는 7호선 보통열차.

먼지투성이의 무더운 9월이다.

번지르르한 풀먼 열차의 침대칸은 붙어 있지 않고, 동부 지역 열차의 이등석 객차가 독립 좌석으로 바뀌어 있는데, 플러시 천이 씌워진 조절 가능한 좌석 두 개가 양쪽으로 배치되어 있고 머리 받침대에는 리넨인지 뭔지 모를 타월이 씌워져 있다. 객차의 중간에 떡갈나무를 잘라 지주를 세운 부분 칸막이가 있지만, 통로는 맨 나무 바닥에 가시랭이가 일고 기름때가 까맣게 앉았다. 짐꾼도 쿠션도 침대칸도 없이 다만 그들은 오늘 낮과 밤을 꼬박 이 기다란 강철 상자에 실려 갈 것이다. 늘 피곤한 아내들과 죄다 또래처럼 보이는 애들과 함께 탄 농부들 그리고 새로운 일터로 가는 노동자들, 중산모에 반짝반짝 새로 닦은 구두를 신은 순회 영업사원들.

그들은 목이 타고 쥐가 난다. 손금에는 켜켜로 때가 껴 있다. 비틀린 자세로 웅크린 채 잠을 청하는데, 창문에 머리를 기대거나 팔걸이 위에 코트를 돌돌 말아 받치고 다리는 통로 쪽으로 삐죽 내민다. 그들은 책을 읽지 않는다. 보아하니 생각 같은 것도 하지 않는다. 그들은 기다린다. 나이보다 일찍 생긴 주름 때문에 겉늙어 보이는 아기 엄마가 관절이 뻣뻣한지 엉거주춤 몸을 움직여 짐 가방을 연다. 그 안에 구겨진 블라우스들과 발가락에 구멍이 난 슬리퍼, 특허약 병, 양철 컵, 열차 판매원이 꼬드겨 사게 했던 꿈에 관한 페이퍼백 책이 들어 있다. 그녀가 통밀 크래커를 꺼내서 의자에 드러누워 속수무책으로 울어대는 아이에게 먹인다. 과자 부스러기가 빨간 플러시 천 의자 위로 대부분 다 떨어진다. 여자가 한숨을 내쉬며 그것들을 털어내 보지만 부스러기들은 짓궂게 튀어 올라 다시 의자 위로 떨어진다.

지저분한 행색의 남자와 여자가 샌드위치를 우적우적 씹으며 빵 껍질을 바닥에 버린다. 몸집이 큰 적갈색 피부의 노르웨이 사람이 구두를 벗고 이제야 살 것 같다는 신음을 내뱉으며 두꺼운 회색 양말을 신은 두 발을 자기 앞 좌석에 올린다.

머리카락이 희다기보다 다 해진 리넨처럼 누르께하고 갈라진 머리 타래 사이사이로 불그스름한 두피가 드러난 노파가 이 빠진 입을 거북이처럼 앙다문 채 불안스레 가방을 들어 올린다. 열어서 안을 봤다가 닫은 뒤 좌석 밑에 넣는다. 그리고 급히 가방을 다시 집어 올려 열었다가 감추기를 반복한다. 가방에는 보물과 추억이 가득하다. 가죽 버클, 케케묵은 악대 연주 프로그램, 리본과 레이스, 새틴 쪼가리들이 있다. 그녀 옆으로 통로에는 새장 안에 무지 성이 난 앵무새 한 마리가 있다.

철광 광부 가족이 서로 마주 보며 억지로 끼어 앉아 있는 좌석에는 신발과 인형, 위스키 병, 신문에 싼 꾸러미, 반짇고리가 어질러져 있다. 제일 큰 남자애가 코트 주머니에서 하모니카를 꺼내 담배 부스러기를 닦아내고 「조지아 행진곡」을 연주하자 급기야 모든 승객의 머리가 지끈거리기 시작한다.

열차 판매원이 초콜릿 바와 레몬맛 알사탕을 팔며 지나간다. 어린 여자애가 쉬지도 않고 식수대까지 종종걸음으로 갔다가 제자리로 돌아온다. 아이가 지나가면서 컵으로 쓰는 빳빳한 봉지에서 물방울이 떨어지고, 오갈 때마다 아이의 발부리가 목수의 발에 걸린다. 목수가 "아야! 조심해!"라고 툴툴거린다.

먼지 더께가 앉은 문들이 열리고 흡연칸에서 따가운 담배 연기가 파란 선을 뚜렷이 그리며 흘러들어 오고, 담배 연기를 따라 연청색 양복에 연보라 넥타이와 연노랑 구두를 신은 젊은이가 차량 정비 작업복을 입은 땅딸막한 남자에게 해준 이야기에 '아하하' 터진 웃음소리가 함께 들어온다.

담배 냄새는 점점 더 진해지고 더 퀴퀴해진다.

II

승객 개개인에게 좌석은 임시 집이었고, 대부분 승객은 칠칠치 못한 주부였다. 그런데 좌석 하나만 유일하게 깨끗하고 언뜻 보기에 근사했다. 좌석의 주인은 딱 봐도 부유한 신사와 머리카락이 검고 피부가 고운 숙녀로, 깔끔한 말가죽 가방 위에 그녀의 구두가 얌전히 놓여 있었다.

두 사람은 윌 케니컷 박사와 그의 신부 캐럴이었다.

그들은 1년간의 대화와 구애 끝에 결혼한 뒤 콜로라도 산맥에서 신혼여행을 마치고 고퍼 프레리로 가는 중이었다.

캐럴에게 보통열차를 탄 무리가 아주 낯선 풍경은 아니었다. 그녀는 세인트폴과 시카고를 오가며 이런 무리를 본 적이 있었다. 그들은 이제 자신이 씻기고 격려하고 외관을 보살피면서 같이 살아갈 사람들이었고, 그 때문에 그녀는 그들에게 예민하고도 불편한 관심이 생겼다. 그들은 그녀를 고통스럽게 했다. 사람들이 너무 둔감했다. 그녀는 늘 미국인 소작농은 절대 없다고 주장했었고, 지금 젊은 스웨덴 농부들과 주문서를 처리하는 순회 사원에게서 창의력과 진취성을 보면서 자신의 믿음을 지키려고 노력했다. 하지만 노인들은 노르웨이, 독일, 핀란드, 캐나다 등에서 온 이민자들뿐 아니라 본토박이 양키들도 가난에 굴복한 상태였다. 소작농들. 그녀가 신음을 내뱉었다.

"이들을 깨우칠 방법이 전혀 없어요? 이들이 과학 농법을 이해한다면 어떨까요?" 그녀가 케니컷의 손을 더듬으며 간절한 마음으로 물었다.

변화를 몰고 온 신혼여행이었다. 그녀는 내면에 엄청난 감정의 동요가 생길 수 있음을 깨닫고 두려움을 느꼈다. 윌은 위풍당당하고 씩씩하며 쾌활했다. 텐트를 칠 때는 인상적일 정도로 능숙했다. 호젓한 산기슭의 키 큰 소나무 사이에 친 텐트 안에 나란히 누웠을 때는 몇 시간이고 내내 다정하고 자상했다.

돌아가서 환자 볼 생각에 잠겨 있던 그가 깜짝 놀라며 그녀의 손을 덥석 감쌌다. "이 사람들을? 깨우친다고? 뭐 하러? 이들은 행복해."

"하지만 너무 촌스러워요. 아니, 그런 뜻이 아니에요. 이 사람들은, 아, 진창에 깊이 빠져 있다고요."

"이봐 캐럴. 당신은 바지를 다려 입지 않는 남자를 얼간이로 치부하는 도시적 사고에서 벗어나야 해. 이 사람들이 얼마나 열성적이고 원기 왕성한데 그래."

"알아요! 그래서 마음이 아파요. 삶이 너무 버거워 보여서요. 외딴 이 농지들, 먼지투성이인 이 기차."

"아, 이 사람들은 그딴 거 신경 안 써. 게다가 세상이 바뀌고 있잖아. 자동차에 전화에 시골까지 무료 배달이 가능하니 농부들은 도심의 생활을 가깝게 누리고 있어. 당신도 알다시피 시간이 걸려. 50년 전 허허벌판이었던 곳을 바꾸려면 말이야. 하지만 이미 말이지, 이 사람들은 토요일 밤 포드나 오버랜드에 올라타고선 당신이 세인트폴에서 전차를 타고 가는 것보다 더 빨리 영화 보러 갈 수도 있어."

"하지만 농부들이 을씨년스러운 생활에서 위안을 찾으러 달려오는 데가 우리가 지나왔던 이런 읍내라면요. 모르겠어요?

한번 봐요!"

케니컷은 어리둥절했다. 어릴 때부터 똑같은 노선의 기차를 타고 다니면서 이런 읍내를 봐왔다. 그가 투덜거렸다. "왜, 뭐가 문제야? 활기만 넘치고만. 한 해 동안 이 사람들이 밀과 호밀, 옥수수, 감자를 얼마나 많이 실어 보내는지 알면 깜짝 놀랄걸."

"하지만 너무 볼품없어요."

"고퍼 프레리만큼 쾌적하지 않다는 건 인정해. 하지만 시간을 좀 주구려."

"이곳들을 설계할 만큼 충분한 열망이 있고 교육을 받은 누군가가 나타나지 않는다면 시간을 줘본들 무슨 소용이 있겠어요? 수백 개 공장에서 멋진 자동차를 만들어내는데, 이 마을들은…… 어떻게 되겠지, 하고 있잖아요. 아니, 그럴 리가 없어요. 분명 무슨 특별한 재주를 부렸으니 이렇게 볼품없이 거죽만 남았겠죠!"

"오, 그 정도는 아니야." 그의 대꾸는 이게 다였다. 그가 마치 고양이가 쥐를 덮치듯 그녀의 손을 확 잡았다. 처음으로 그녀는 그의 손을 맞잡는 대신 가만히 참고 있었다. 그녀는 기차가 정차하는 숀스트롬*을 내다보고 있었다. 주민이 150여 명이나 될까 싶은 작은 읍이었다.

턱수염을 기른 독일인과 입가에 잔주름이 잡힌 그의 아내가 좌석 밑에서 커다란 인조가죽 가방을 끌어당긴 뒤 뒤뚱거리며

---

* 숀스트롬Schoenstrom은 싱클레어 루이스의 1919년 소설 『자유로운 공기*Free Air*』에 나오는 소도시.

걸어 나갔다. 역장이 죽은 염소를 수하물 칸으로 끌어 올렸다. 숀스트롬에서 별다른 움직임은 눈에 띄지 않았다. 한적한 간이역에서 말이 마구간을 걷어차는 소리, 목수가 지붕에 널빤지 까는 소리가 들려왔다.

숀스트롬의 중심 상가는 기차역을 마주 보며 한쪽 구역을 차지했다. 아연철판, 아니 붉은색과 칙칙한 노란색 페인트칠을 한 미늘 벽 단층 상가가 일렬로 늘어서 있었다. 건물들은 영화에 나오는 광산촌 거리의 가건물처럼 제각각이었다. 기차역 한쪽은 한 칸짜리 진창의 축사였고, 다른 쪽은 진홍빛의 곡식 저장고였다. 널을 이은 용마루와 우뚝 솟은 탑이 있는 저장고는 널따란 어깨 위에 악랄해 보이는 좁고 뾰족한 머리통이 얹혀 있는 남자를 연상시켰다. 거주할 만한 건물이라곤 메인 스트리트가 끝나는 지점에 있는 화려한 붉은 벽돌의 가톨릭교회와 목사관뿐이었다.

캐럴은 케니컷의 소매를 잡았다. "당신은 이런 데를 괜찮은 읍내라고 부를 거예요?"

"이 독일 마을들은 좀 더뎌. 그래도 저기…… 저기 잡화점에서 나와 큰 차에 오르는 저 남자를 봐. 한 번 만난 적 있어. 저이가 저 가게 말고도 이 마을의 절반가량을 소유하고 있어. 이름이 라우스쿠클이야. 가지고 있는 저당권이 많은데 농지도 샀다 팔았다 하지. 머리가 좋아, 저 사람. 글쎄, 사람들 말로는 30, 40만 달러 자산가라는군! 타일을 깐 산책로니 정원이니 없는 게 없는 노란 벽돌의 멋진 대저택을 갖고 있는데, 마을 반대편 끄트머리에 있어서 여기선 안 보여. 차 몰고 이쪽을 지날 때 그 집을 지나간 적이 있지!"

"그가 그걸 다 가지고 있다면 마을이 이 모양일 리 없잖아요! 그 30만 달러가 마땅히 있어야 할 자리인 이 마을에 재투입된다면 허름한 판잣집을 불태우고 환상적인 마을을, 보석 같은 마을을 지을 수 있을 텐데! 농부와 주민들은 왜 그 거물이 그 돈을 갖고 있게 놔둘까요?"

"캐리, 솔직히 난 가끔 당신이 이해가 안 돼. 사람들이 그를 놔둔다고? 그들이 뭘 어떻게 해! 그는 어리석은 독일 노인네여서, 신부님이라면 아마 그를 자기 마음대로 주무르겠지. 하지만 좋은 농지를 골라내는 문제라면 그는 분명히 귀재야."

"알겠어요. 그가 마을 사람들의 이상형이네요. 그들은 건물을 세우는 대신 그 사람을 치켜세우는군요."

"정말 무슨 심산인지 모르겠군. 기력이 다 떨어진 건가, 이 긴 여행 끝에. 집에 가서 욕조에 몸을 푹 담근 뒤 푸른색 속옷을 걸치면 기분이 좋아질 거야. 정말 혼을 쏙 빼놓는 의상이지, 이런 귀염둥이!"

그가 그녀의 팔을 꽉 잡고 다 안다는 듯 그녀를 쳐다보았다.

그들은 황량하고 고요한 숀스트롬 역을 출발했다. 기차가 삐걱거리고 쿵쾅대더니 천천히 흔들렸다. 속이 메스꺼울 정도로 공기가 탁했다. 케니컷이 캐럴의 얼굴을 창에서 돌려 자신의 어깨로 받쳤다. 언짢았던 그녀의 마음이 풀어졌다. 하지만 마지못해 기분을 풀었는데 케니컷이 그녀의 걱정을 해소해줬다고 흐뭇해하며 선명한 노란색 표지의 탐정물 잡지를 펴자 그녀는 다시 자세를 똑바로 했다.

그녀 생각에, 이곳은 최신 제국이다. 중서부의 북부 땅, 젖소들과 멋진 호수, 신형 자동차와 타르 방수포를 덮은 판잣집, 붉은 망루 같은 곡식 저장고, 그리고 유창하지 못한 언어와 무한한 희망이 있는 땅이다. 세상의 4분의 1을 먹여 살리는 제국, 그렇지만 그 과업은 이제 막 시작됐다. 전화와 은행 계좌, 자동 피아노와 협동조합 같은 것도 있지만 그들은, 이 땀투성이 나그네들은 개척자들이다. 비옥한 땅이지만 아직 미개척지다. 이 땅의 미래는? 그녀는 궁금했다. 지금 겅중겅중 연속 포물선처럼 펼쳐진 빈 들판이 앞으로 도시와 매연 자욱한 공장으로 바뀌는 것일까? 보편적이고 안전한 주택일까? 아니면 음울한 오두막집에 에워싸인 평온한 대저택일까? 젊은이들이 자유롭게 지식과 즐거움을 찾는 미래일까? 정당화된 거짓말을 가려낼 의지가 있는 미래일까? 아니면 뽀얀 살결의 살찐 여인들이 얼룩덜룩 기름칠과 분칠에, 짐승 가죽과 죽은 새들의 핏빛 깃털로 멋을 내고 보석 낀 통통하고 혈색 도는 손가락으로 브리지*를 하는, 돈과 수고를 흠뻑 들여도 성미 부리는 꼴이 기이하게도 방귀 뀌는 자신들의 애완용 개를 닮은 미래일까? 케케묵고 진부한 불평등의 미래일까, 아니면 다른 제국들이 지루하게 완성한 것과 달리 무언가 색다른 역사를 쓰는 미래일까? 이 최신 제국에는 어떤 미래와 희망이 있을까?

알 수 없는 수수께끼들로 캐럴은 머리가 지끈거렸다.

그녀는 대초원을 바라보았다. 거대한 밭이 납작하게 펼쳐지

* bridge. 카드놀이의 일종.

거나 기다란 구릉이 굽이져 있었다. 한 시간 전 마음을 부풀게 했던 그 초원의 면적과 규모에 그녀는 두려움을 느끼기 시작했다. 대초원이 무한정 뻗어 있었다. 걷잡을 수 없이 이어졌다. 그녀는 대초원을 결코 알 수 없었다. 케니컷은 탐정소설에 빠져 있었다. 많은 사람들 사이에서 맥빠지게 하는 군중 속의 고독을 느끼며 그녀는 골치 아픈 생각을 잊으려고 대초원을 무심히 바라보았다.

철길 옆 풀밭은 싹 타버리고 까맣게 탄 잡초 줄기들이 삐죽삐죽 남아 있었다. 침로를 따라 세워진 철조망 담 너머에는 미역취 덤불이 있었다. 유일하게 이 성긴 생울타리가 그들을 평원으로부터 분리해주었다. 낫질이 끝난 수백 에이커의 가을 밀밭은 가까이서 보면 꺼칠꺼칠한 잿빛이지만 멀리서 보면 아슴푸레 솟았다 꺼지는 언덕들 위로 황갈색 벨벳을 쫙 펼쳐놓은 것 같았다. 길게 늘어놓은 밀 낟가리들은 흡사 노란 군용 망토를 입고 도열한 군인들 같았다. 새로 갈아놓은 밭들은 먼 산비탈 위에 내려뜨린 검은 현수막처럼 보였다. 거대한 전쟁터였다. 격렬하고도 가혹하달까, 쾌적한 공원이라도 있다면 그런 인상이 덜했으리라.

그 광활한 초원에 군데군데 키 작은 야초들의 떡갈나무 숲이 단조로움을 덜어주었다. 1~2마일마다 코발트색 습지가 이어지고 그 위로 찌르레기들의 날갯짓이 언뜻 스쳐갔다.

이 모든 경작지가 빛을 받아 활기를 띠었다. 그루터기만 남은 들판 위로 햇빛이 아찔하게 내리쬐고 있었다. 커다란 뭉게구름의 그림자가 야트막한 언덕 위로 쉴 새 없이 지나갔다. 하늘은 도시의 하늘보다 훨씬 더 광활하고 높고 선명한 파란색이야……, 그녀가 단언했다.

“눈부시게 아름다운 고장이야. 앞으로 더 성장할 땅이야.” 그녀는 흥얼거리듯 말했다.

케니컷이 쿡쿡 웃는 바람에 그녀는 깜짝 놀랐다. “다음 마을을 지나면 고퍼 프레리라는 거 알아? 집이라고!”

III

집, 그 한마디에 그녀는 덜컥 겁을 먹었다. 정말 고퍼 프레리라는 이 마을에서 살겠다고 대책 없이 따라나선 건가? 감히 그녀의 미래를 결정한 옆자리의 덩치 큰 이 남자, 그는 낯선 사람이었다. 그녀가 자리에서 몸을 돌려 그를 바라보았다. 누구지? 왜 내 옆에 앉아 있지? 내 취향도 아니야! 목은 두껍고 말투는 묵직하니 느린 데다 나이도 열두세 살쯤 많다. 이 사람한테는 같이 나눈 경험이나 열정에서 뿜어져 나오는 매력이 전혀 없다. 그녀는 이 사람 품에서 잠을 잔 사실이 믿어지지 않았다. 그건 다들 꿈꿨으면서도 겉으로 절대 인정하지 않는 그런 꿈의 일종이었다.

캐럴은 그가 정말 선하고 믿음직스러우며 이해심이 있다고 자신을 설득했다. 그의 귀를 만졌다가 단단한 턱선을 쓰다듬고 다시 고개를 돌려 그의 고향을 좋아하는 일에 빠져들었다. 이렇게 황량한 주택지는 아닐 거야. 그럴 리가 없어! 아니 주민이 3천 명인데. 상당한 인구야. 6백 가구 이상은 될 테지. 그리고 근처 호수도 무척 아름다울 거야. 사진으로 봤잖아. 정말 아름다웠잖아?

기차가 와키니언을 출발하자 그녀는 자기가 평생을 살아갈 곳의 입구와도 같은 호수를 불안스레 찾아보기 시작했다. 하지만 철로 왼편에 있는 호수를 발견하고 그녀가 받은 유일한 느낌은 기껏해야 사진과 비슷하다는 정도였다.

고퍼 프레리에서 1마일쯤 떨어진, 선로가 곡선을 이룬 야트막한 산등성이에 이른 지점에서 그녀는 마을의 전경을 볼 수 있었다. 갑자기 흥분한 그녀가 창문을 밀어 올려 밖을 바라보았다. 동그마니 모은 왼손 손가락들이 창턱 위에서 파르르 떨렸고, 오른손은 가슴에 얹혀 있었다.

그녀는 고퍼 프레리가 지금껏 지나쳐온 모든 촌락의 확장판에 불과하다는 걸 알게 되었다. 케니컷 같은 사람의 눈에만 고퍼 프레리가 특별했다. 드넓은 초원에 간간이 나타나는 야트막한 목조 가옥 단지는 크기가 개암나무 덤불과 별반 차이가 없었다. 벌판이 고퍼 프레리까지 뻗치다가 마을을 지나 끝없이 이어졌다. 고퍼 프레리는 보호받지 못했고 보호하는 것도 없었다. 그 속에는 위엄도 없고 위대해지리라는 희망 같은 것도 전혀 없었다. 그저 붉은색의 높다란 곡물 창고와 몇몇 양철 교회 첨탑만이 집합체 위로 우뚝 솟아 있었다. 마을은 개척자들의 천막촌이었다. 사람이 살 만한 곳이 아니었다. 사람이 살 수 없는, 살 수 있을 것 같지도 않은 곳이었다.

주민들, 그들은 자신들이 사는 집처럼 칙칙했고 자신들이 경작하는 논밭처럼 무미건조했다. 여기서 지낼 수 없어. 이 남자한테서 도망쳐야겠어.

그녀가 그를 힐끗 보았다. 그녀는 그의 원숙하고 자신에 찬 모습에 한순간 무력해졌고, 그가 잡지를 통로에 내던지고 허리를 굽혀 가방을 집은 뒤 상기된 얼굴로 "다 왔군!"이라며 흐뭇해하자 그의 들뜬 모습에 감화되었다.

캐럴은 충실히 미소를 짓고는 고개를 돌렸다. 기차가 마을로 들어서고 있었다. 마을 외곽의 집들은 목재 장식을 붙인 탁한 붉은색의 낡은 저택 혹은 식료품 상자처럼 삭막한 오두막집들, 아니면 인조석 콘크리트 골조의 신축 단독주택들이었다.

이제 기차는 곡물 저장고와 을씨년스러운 저유 탱크, 유제품 공장, 목재 집하장, 진흙이 짓이겨진 악취 풍기는 가축우리를 지나고 있었다. 이제 두 사람은 땅딸막한 붉은색 골조의 역에, 면도하지 않은 농군과 놈팡이 들, 죽은 눈빛의 무사평온한 사람들로 북적이는 승강장에 내릴 참이었다. 왔구나. 계속 가진 못해. 끝, 세상의 끝이야. 그녀는 눈을 감은 채 앉아 있었다. 케니컷을 밀치고 나가 기차 어딘가에 몸을 숨기고서 태평양을 향해 도망치고 싶은 생각이 간절했다.

무언가 큼직한 것이 그녀의 마음속에서 들고 일어나 호령했다. "그만! 애처럼 징징거리지 마!" 그녀가 잽싸게 일어나며 말했다. "드디어 도착하다니 멋져요!"

그는 그녀의 말을 곧이곧대로 들었다. 아내는 여길 좋아하려고 노력할 것이다. 그리고 엄청난 일을 하리라.

그녀는 남편과 그의 양손에서 까딱거리는 짐 가방 두 개의 끝을 따라갔다. 두 사람은 천천히 내리는 승객들 줄에 막혀 서 있었다. 그녀는 자신이 지금 사실상 신부의 귀환이라는 극적인 순간을 맞고 있다는 사실을 떠올렸다. 들뜬 기분이어야 했다. 그러나 그녀는 출입문까지 더딘 행렬 때문에 올라오는 짜증 말고는 아무 감정도 느낄 수 없었다.

케니컷이 몸을 구부려 창밖을 살폈다. 그러더니 겸연쩍은 듯 소리쳤다.

"봐! 저길 봐! 우릴 환영하려고 엄청나게들 나왔어. 샘 클라크 부부에다 데이브 다이어, 잭 엘더, 그렇지, 해리 헤이독과 후아니타까지 죄다 나왔네! 이제 우리가 보일 거야. 저기, 저기, 그래, 우릴 보는군! 손을 흔들고 있어!"

그녀가 순순히 머리를 숙여 밖에 있는 그들을 보았다. 그녀는 침착함을 유지했다. 그들을 좋아할 각오가 되어 있었다. 하지만 열렬한 환영 인파를 보니 당황스러웠다. 통로에서부터 그들을 향해 손을 흔들었지만, 자신을 내려주던 보조차장의 소맷자락을 잠시 붙든 다음에야 용기를 내어 누가 누군지 구분도 되지 않는 사람들의 악수 세례 속으로 뛰어들었다. 그녀가 본 남자들은 전부 목소리가 걸걸했고 큼직한 손은 축축했으며 콧수염은 칫솔 같았고 정수리는 벗어진 데다 프리메이슨 장식이 들어간 시곗줄을 차고 있었다.

그녀는 그들이 자기를 환영한다는 걸 알았다. 손길과 미소, 고함 소리, 애정 어린 눈빛이 그녀에게 쏟아졌다. 그녀가 더듬거리며 말했다. "감사해요, 아, 감사합니다!"

인파 속에서 한 남자가 케니컷에게 쩌렁쩌렁한 목소리로 외쳤다. "의사 선생, 모셔 가려고 집에서 차를 가져왔다네."

"잘했어, 샘!" 케니컷이 소리치고는 캐럴에게 말했다. "탑시다. 저기 저 큼직한 페이지*요. 멋진 차야, 정말이야! 샘이라면 미니애폴리스에서 온 저 대형 고급 차들보다 스피드라는 게 뭔지 보여줄 거야!"

그녀는 차에 타고서야 비로소 같이 탄 세 사람을 살펴보았다. 운전대를 잡은 차 주인은 적당히 자기만족에 빠진 사람이었다. 머리가 좀 벗어지고 몸집이 꽤 큰 편이며 냉정한 눈빛의 사람으로, 목은 다부졌는데 얼굴은 마치 엎어놓은 숟가락처럼 반드르르하니 둥글었다. 그가 그녀를 보며 싱긋 웃었다. "이제 우리가 누군지 알아보겠소?"

"알아보고말고! 염려 말게. 캐리는 뭐든 똑똑히, 그것도 무척 빨리 이해하니까! 몇 월 며칠에 어떤 역사적 사건이 일어났는지도 말해줄 수 있을 걸세!" 남편이 자랑을 늘어놓았다.

하지만 차 주인이 안심하라는 표정으로 캐리를 쳐다보았기 때문에 이 사람은 확실히 믿어도 되겠다 싶어서 그녀가 솔직히 털어놓았다. "사실 아직은 누가 누군지 모르겠어요."

"물론 아직 파악하지 못했을 테지요. 보자, 내가 철물 기구상을 운영하는 샘 클라크요. 스포츠 용품, 크림 분리기, 그리고 알 만한 철물 잡동사니라면 거의 다 취급합니다. 그냥 샘이라고 불러요. 난 당신을 캐리라고 부를 테니. 당신이 여기 우리가 데리고 있는 이 별 볼 일 없는 딱한 의사 양반과 결혼했잖소."

---

* Paige. 1908년에서 1927년까지 디트로이트에서 고급 차를 생산 판매했던 자동차 회사.

그녀가 함박웃음을 지으며, 자신도 사람들을 좀더 편하게 이름으로 부를 수 있으면 좋을 텐데, 하고 생각했다. "거기 뒤쪽 당신 옆자리에 내가 본인 얘기하는 걸 못 들은 척하며 뚱하니 앉아 있는 뚱뚱한 여인이 새뮤얼 클라크 부인이오. 여기 앞쪽 조수석에서 사흘 굶은 얼굴을 한 작다리는 데이브 다이어인데, 당신 남편의 처방전대로 약을 안 지어주는데도 약국을 돌아가게 해요. 사실, '처방전'을 '멀리한다'고 말해도 될 거요. 자! 그럼 아리따운 신부를 집으로 모셔다 드리도록 합시다. 아, 의사 선생, 내가 3천 달러에 캔더슨 플레이스를 자네한테 팔겠네. 캐리를 위한 새 보금자리를 짓는 걸 생각해보는 게 좋겠어. 내 생각에 고퍼 프레리에서 가장 아름다운 여성이야!"

샘 클라크가 흐뭇해하면서 포드 자동차 세 대와 미니마쉬 호텔 무료 버스가 꽉 막고 있는 도로로 출발했다.

"나도 클라크 씨가 좋아지겠지…… 아직 '샘'이라고 부르지는 못하겠어! 다들 엄청 호의적이네." 그녀는 집들을 흘끗거렸다. 눈에 보이는 것을 애써 외면하려 했으나 단념했다. "신혼집으로 돌아오는 신부 얘기들은 왜 죄다 그렇게 거짓말들일까? 신부가 돌아오면 항상 장미꽃 장식의 홍예문을 만들어준다, 고결한 배우자를 완전히 믿는다 어쩐다, 다들 그러잖아. 결혼에 관한 거짓말이야. 난 바뀐 게 없는데. 이 마을, 맙소사! 난 이겨내지 못해. 이 쓰레기 더미 좀 봐!"

남편이 그녀를 굽어보았다. "무슨 생각을 그리 골똘히 해, 겁나? 세인트폴을 봤으니 물론 고퍼 프레리가 지상낙원 같진 않겠지. 처음부터 여길 막 좋아할 거라고 기대하진 않아. 하지만 이곳이 아주 좋아질 거야. 생활은 자유롭고 이곳 사람들은 세상에서 최고니까."

그녀가 남편에게 속삭였다. (그동안 클라크 부인은 눈치껏 고개를 돌리고 있었다) "이해해줘서 고마워요. 그저…… 좀 예민해진 것뿐이에요. 책을 너무 많이 읽었나 봐요. 체력도 감각도 다 떨어졌어요. 시간을 좀 줘요, 여보."

"그럼! 얼마든지!"

그녀가 그의 손등을 뺨에 대면서 가까이 달라붙었다. 새로운 보금자리를 맞이할 마음의 준비를 했다.

케니컷은 홀로 되신 어머니와 함께, 오래됐지만 '널찍하면서 난방도 잘되고, 시중에서 최고 좋은 난로를 갖춘' 집에 살았다고 말했다. 그의 어머니는 캐럴에게 안부 메모를 남겨놓고 라퀴메르로 돌아가고 없었다.

그녀는 다른 사람의 집에서 살지 않고 자신만의 전당을 만드는 일이 멋질 거라며 대단히 기뻐했다. 그의 손을 꼭 잡은 채 그녀가 앞을 주시하는 동안 차는 모퉁이를 돌아 바싹 마른 작은 잔디밭이 있는 평범한 골조의 주택 앞에 멈췄다.

IV

진흙 섞인 잔디 '녹지'와 콘크리트 보도. 빼기는 듯한 외관의 좀 구중중한 갈색 사각형 주택. 집까지 이어지는 좁다란 콘크리트 보행로. 마른 네군도단풍나무 씨앗날개들과 미루나무의 솜털 오라기들이 붙어 있는 창가의 노르께한 나뭇잎들. 실톱으로 자른 소용돌이 무늬 받침과 돌출 장식이 상부를 차지하는 소나무 무늬목 기둥으로 만든 가림막이 있는 포치. 뭇사람의 시선을 막아주는 관목은 없다. 포치 오른편에 나 있는 음울한 내닫이창. 풀 먹인 값싼 레이스 커튼 뒤로 비치는 소라고둥 껍데기와『가정 성경』이 놓인 분홍색 대리석 탁자.

"집이 뭐랄까, 구식이랄까? 중기 빅토리아조 양식 같을 거야. 안 건드리고 그대로 뒀으니 필요한 건 당신이 뭐든 바꿀 수 있어." 고향에 돌아온 후 처음으로 케니컷의 목소리에 자신이 없었다.

"집다운 집이에요!" 겸손한 그의 태도에 그녀가 감동해서 말했다. 그녀는 클라크 부부에게 쾌활하게 손을 흔들며 작별을 고했다. 케니컷이 잠긴 문을 열었다. 하녀를 쓸지 말지는 아내의 선택에 맡길 예정이어서 집에는 하녀가 없었다. 그가 열쇠를 돌리는 동안 그녀가 몸을 달싹이더니 날쌔게 안으로 들어갔다. 신혼여행지에서 집으로 돌아오면 그가 그녀를 안아서 문지방을 넘겠다고 말한 사실을 다음 날에야 둘 중 한쪽이 생각해냈다.

그녀는 현관과 거실이 어두침침하고 답답하다고 느꼈지만 "내가 전부 쾌적하게 만들 거야"라고 다짐했다. 짐 가방을 든 케니컷을 따라 침실로 올라가면서 작고 통통한 가정의 신에 대한 노래를 떨리는 목소리로 흥얼거렸다.

내겐 집이 있어,
하고 싶은 걸 하지,
하고 싶은 걸 하지,

남편과 아이들과 나를 위한 나의 은신처,
나의 집!

그녀는 남편 품에 바싹 안겨 그에게 매달렸다. 그가 아무리 낯설고 느리고 우물 안 개구리 같아 보여도, 그의 코트 안으로 손을 쑥 집어넣어 부드럽고 따스한 새틴 조끼의 등판을 쓰다듬으면서 마치 몸속을 파고들 듯한 기세로 그가 강하다는 사실을 발견할 수만 있다면, 자신의 남자가 지닌 용기와 자상함 속에서 혼란스러운 세상의 은신처를 발견할 수만 있다면, 그 어떤 것도 중요하지 않았다.

"멋져요, 정말 멋져요." 그녀가 속삭였다.

4장

I

"클라크 부부가 오늘 밤 몇몇 친구들을 자기 집으로 불러 우리와 만나는 자리를 마련해놨어." 케니컷이 여행 가방을 풀면서 말했다.

"어머 친절하기도 해라!"

"아암. 그들을 좋아하게 될 거라고 했잖아. 세상 정직한 사람들이야. 아, 캐리, 한 시간 정도만 병원에 갔다 와도 될까? 어떤지만 보려고."

"아, 그럼요. 괜찮아요. 얼른 진료를 다시 시작하고 싶어 한다는 거 알아요."

"정말 상관없겠어?"

"전혀요. 비켜줘요. 짐을 풀게요."

캐럴은 결혼생활의 자유를 옹호하지만, 남편이 신속하게 남자들의 업무 세계로 달아나자 풀죽은 신부처럼 실망했다. 그녀는 침실을 둘러보았다. 방 안 가득 암울한 기운이 스멀스멀 올라왔다. 불편하게 꺾인 관절 모양의 L자형 방. 침대 헤드보드에 사과와 점박이 배가 조각된 검은색 호두나무 침대. 거북하게 묘비 같은 대리석 판 위에다 짙은 분홍색 향수 병과 페티코트 모양의 바늘꽂이를 얹어둔 인조 단풍나무 서랍장. 소박한 소나무 세면대와 꽃 장식을 새긴 물 주전자와 대야. 말총과 플러시 천, 화장수 냄새.

"어떻게 이런 물건들을 가지고 살아가지?" 그녀가 진저리를 쳤다. 가구들이 그녀를 빙 둘러서서 교수형을 내리는 나이 지긋한 판사들처럼 보였다. 기우뚱한 양단 천 의자가 "질식시켜, 질식시켜, 그녀를 숨 막히게 해"라고 외치듯 삐걱거렸다. 낡은 리넨에서는 무덤 냄새가 났다. 과거의 생각과 뇌리를 떠도는 억압의 그림자에 둘러싸인 이 집, 낯설고 적막한 이 집에서 그녀는 혼자였다. "싫어! 싫어!" 그녀가 숨을 헐떡이며 말했다. "그러게 왜 내가……"

그녀는 케니컷의 어머니가 이 가보들을 라퀴메르의 옛집에서 가져온 사실을 떠올렸다. "그만! 정말 편리한 물건들이야. 편안하잖아. 그뿐인가…… 오, 아니야, 끔찍해! 우리가 바꿀 거야 당장."

그러고는 덧붙였다. "물론 그이는 병원이 어떻게 돌아가는지 봐야겠지."

그녀가 바쁜 척하며 짐을 풀었다. 세인트폴에선 탐나는 명품으로 여겨지던, 꽃무늬 날염 안감과 은색 부속 장식 가방이 여기선 사치스러운 허영이었다. 하늘하늘한 시폰에 레이스가 달린 도발적인 검은색 속치마는 헤픈 여자처럼 보였고, 그걸 보고 깊고 풍만한 침대는 역겨운 듯 뻣뻣해졌다. 그녀는 속치마를 화장대 서랍 안에 던져 넣고는 얌전한 리넨 블라우스 아래 숨겼다.

짐 푸는 걸 포기하고 시골의 매력, 말하자면 접시꽃과 골목길, 볼그레한 얼굴의 시골 사람들에 대한 순전히 문학적인 생각을 하며 그녀는 창가로 갔다. 그녀 눈에 들어온 것은 제7일안식일 예수재림교회의 옆면이었다. 적갈색의 단조로운 미늘벽. 흙더미가 쌓인 교회 뒤편. 페인트칠이 안 된 마구간. 포드 배달차 한 대가 서 있는 골목길. 이곳이 침실 아래에 펼쳐진 계단식 정원이었고, 앞으로 그녀가 보게 될 풍경이었다……

"이러면 안 돼! 안 돼! 오늘 좀 예민하네. 아픈 건가?…… 세상에나, 그건 아니겠지! 진정하자, 진정해! 사람들은 거짓말쟁이야! 하는 말마다 얼마나 거짓인지! 신부가 그 사실을 알면 늘 얼굴을 붉히고 뿌듯해하며 행복해한다고들 하는데, 난 싫을 것 같아! 겁이 나서 죽을 거야! 언젠가는 그렇게 되겠지, 하지만. 제발, 구름처럼 생긴 신이시여, 지금은 안 돼요! 수염을 기른 노인들이 코를 킁킁거리고 앉아서 우리 보고 애를 가지라고 강요해. 만약 자기들이 그랬어야 했다면! 자기들이나 낳으라지! 지금은 아냐! 저기 있는 흙더미를 좋아하는 법을 배우기 전까지는!…… 입을 닫아야지. 내가 살짝 어떻게 됐나 봐. 나가서 산책이라도 해야겠다. 마을을 내 눈으로 봐야겠어. 내가 정복할 제국을 처음으로 보는 거야!"

그녀가 집을 빠져나왔다.

그녀는 콘크리트 건널목, 말 고삐를 매는 기둥, 낙엽 갈퀴 하나하나를 유심히 보았고, 각각의 주택을 열심히 고찰했다. 저것들은 어떤 의미를 지닐까? 6개월이 지나면 저것들은 어떻게 보일까? 저 중 어느 집에서 난 정찬을 들고 있을까? 단순한 머리 모양과 옷차림을 한, 내가 스쳐 지나간 이 사람들 가운데 누가 나의 허물없는 친구가, 나의 연인이 될까, 혹은 내게 두려운 존재가 될까?

작은 상가에 들어선 그녀는 펑퍼짐한 엉덩이에 알파카 코트를 입고 가게 앞에 비스듬히 진열해놓은 사과와 셀러리 매대 위로 몸을 굽힌 식료품점 주인을 이리저리 살폈다. 난 저 남자에게 한 번이라도 말을 붙이게 될까? 만약 내가 발길을 멈추고 이렇게 말한다면 저 사람은 뭐라고 할까? "난 케니컷 박사의 아내예요. 언젠가 진열장 상품으로 쌓아놓은 몹시 미심쩍은 호박이 그다지 구미를 돋우진 않는다고 솔직하게 말할 수 있으면 좋겠네요."

(식료품점 주인은 프레더릭 루덜마이어였고, 가게는 메인 스트리트와 링컨가의 모퉁이에 있었다. 자기만 관찰자라고 여기는 캐럴은 도시에서 겪은 무관심으로 생겨난 잘못된 인식 때문에 뭘 잘

몰랐다. 그녀는 자신이 남들 눈에 띄지 않게 슬쩍 거리를 지나간다고 생각했다. 하지만 그녀가 지나가고 나자 루덜마이어가 숨을 헉헉거리며 가게 안으로 뛰어 들어오더니 기침을 해대며 점원에게 말했다. "젊은 여자 하나가 골목길에서 나오는 걸 봤어. 케니컷 박사의 신부일 거야. 예쁘장하니 다리가 날씬하던데, 딱히 스타일 없이 수수한 정장을 입었더군. 여기서 현금 거래를 하겠나 싶어. 아마 하울랜드 & 굴드 식료품점에 더 자주 가겠지. 플러프트 오트* 포스터는 다 붙였나?")

II

32분을 걷고 나자 캐럴은 마을을 동서남북으로 완전히 답파한 상태였다. 그녀는 메인 스트리트와 워싱턴가의 모퉁이에 서서 절망에 빠졌다.

2층짜리 벽돌 상가들, 복층 구조의 목조 가옥들, 콘크리트 보도와 보도 사이의 널따란 진흙 공터, 목재 운반 마차들과 포드 자동차들이 옹기종기 모여 있는 메인 스트리트는 그녀의 관심을 끌기엔 너무나 작았다. 휑하니 쭉 뻗은 매력 없는 길 사방으로 대평원이 펼쳐져 있었다. 그녀는 그 땅의 광대무변함과 공허함을 깨달았다. 메인 스트리트 북단의 몇 구역 떨어진 농가의, 철골 뼈대뿐인 풍차 터빈은 마치 죽은 소의 갈비뼈 같았다. 그녀는 곧 닥칠 북부의 겨울을 떠올려보았다. 무방비 상태

* 시리얼 제품 이름으로 추정.

의 집들은 황무지에서 불어오는 질풍에 잔뜩 웅송그리며 떨 것이다. 갈색 집들은 너무나 작고 허술했다. 참새들이나 가까스로 몸을 쉴 수 있을 뿐 행복한 사람들이 사는 온기 있는 집이 아니었다.

그래도 길을 따라 늘어선 나뭇잎들이 얼마나 멋졌냐며 스스로를 자신을 다독였다. 단풍나무들은 오렌지색이었고 떡갈나무는 완연한 산딸기 색이었어. 잔디밭은 정성껏 관리되고 말이야. 하지만 그 생각은 오래가지 못했다. 나무들은 기껏해야 듬성듬성한 작은 숲 같았다. 눈길을 돌릴 만한 공원도 없었다. 카운티 행정청이 고퍼 프레리가 아니라 와카민에 있으니 정원을 가꿔놓은 법원도 없었다.

그녀는 가장 번드르르해 보이는 건물의 파리똥 묻은 창문들을 슬쩍 보았다. 외부인을 맞아들이고 고퍼 프레리의 매력과 화려함을 결정하는 바로 그곳, 미니마쉬 호텔이다. 폭이 좁고 길쭉하니 볼품없는 3층 구조물로, 모서리를 석재처럼 보이게 할 요량으로 사포질한 송판을 붙인 노란색 줄무늬 목재 건물이었다. 호텔 사무실에서 그녀는 쫙 펼쳐진 불결한 맨바닥을 볼 수 있었다. 늘어선 낡은 의자들, 그 사이로 놋쇠 타구唾具들과 유리 덮개 위에 자개 글자로 광고 문구를 새긴 책상이 그녀 눈에 들어왔다. 그 너머 식당에는 얼룩진 식탁보 위에 케첩 병들이 어지러웠다.

그녀는 미니마쉬 호텔을 더는 쳐다보지 않았다. 끝동 없는 셔츠 소매 위로 분홍색 팔 가터를 하고선 리넨 목깃에 넥타이를 매지 않은 남자가 호텔 건너편 다이어의 약국에서 나오며 하품을 했다. 그는 벽에 기대 잠시 몸을 긁으며 한숨을 쉬더니 의자를 뒤로 젖히고 앉아 있는 한 남자와 시들한 어조로 수다를 떨었다. 큼직한 철조망 꾸리들로 가득한 기다란 녹색 상자를 실은 목재 운반용 마차가 아래쪽 구역에서 찌지직거렸다. 뒤로 움직이는 포드 자동차 한 대가 천지를 요동할 듯 시끄럽다가 잠잠해지더니 덜거덕대며 사라졌다. 그리스인 사탕 가게는 땅콩 볶는 기계의 잉잉대는 소리와 함께 고소한 땅콩 냄새를 풍겼다.

그 밖에 다른 소리나 활력이라곤 그림자도 찾아볼 수 없었다.

그녀는 안전한 대도시를 몹시 바라며, 잠식해오는 대평원으로부터 도망쳐 달아나고 싶었다. 아름다운 마을을 만들겠다는 그녀의 꿈은 바보 같은 짓이었다. 그녀는 칙칙한 벽마다 새어나오는, 자신이 결코 이겨내지 못할 불길한 기운을 느꼈다.

한쪽 편 길로 걸어갔다가 돌아올 때는 반대편으로 오면서 그녀는 교차로를 흘깃거렸다. 그것은 메인 스트리트의 비공개 시찰이었다. 그녀는 10분 만에 고퍼 프레리라는 곳의 심장부뿐만 아니라 알바니에서 샌디에이고에 이르는 1만여 개 마을의 심장부를 보고 있었다.

다이어의 약국, 일정한 크기의 인조 벽돌로 지어진 모퉁이 건물. 가게 안에는 붉은색, 초록색, 노란색의 모자이크 세공 갓을 씌운 전등과 함께 매끄러운 대리석의 음료 카운터. 누구나 다 만져대는 칫솔, 빗, 면도용 비누 무더기. 비누갑, 치아발육기, 꽃씨, 의심스러운 노란색 포장의—아편과 알코올의 혼합물로 악명 높은—폐결핵과 '여성 질환' 특효약들이 놓인 선반들, 남편이 처방전을 적어 환자들을 보냈던 바로 그 약국이다.

2층 창문에 보이는 검은 모래질 바탕에 금박을 입힌 'W.P. 케니컷 내·외과'라는 간판.

'로즈버드 무비 팰리스'라는 이름의 작은 목조 영화관. 「패티 인 러브」라는 개봉 예정 영화의 석판 인쇄 포스터.

하울랜드 & 굴드 식료품점. 진열장에 너무 익어 검게 변한 바나나와 상추가 있고, 그 위에 고양이 한 마리가 자고 있다. 빛바래고 찢어지고 동심원 얼룩이 생긴 붉은색 주름 종이를 바닥에 대놓은 선반들. 2층 벽면에 납작하게 붙어 있는 각종 단체의 지부 간판들—우애공제회,* 매커비 기사단, 우드맨 공제조합, 프리메이슨.

달 & 올슨의 정육점—코를 찌르는 피 냄새.

주석朱錫 재질로 보이는 여성용 손목시계를 진열해놓은 보석가게. 가게 바로 앞 도로변에는 고장 난 커다란 나무 시계.

번쩍이는 도금과 에나멜의 위스키 간판이 가게 정면에 가로 걸린, 파리 날리는 술집. 그 밑으로 또 다른 술집들. 술집들에서는 코를 찌르는 김빠진 맥주 냄새, 피진** 독일어로 소리를 지르거나 흥에 겨워 박력은 사라지고 진취적 기상도 없이 외설적인 노래를 따분하게 부르는 굵직한 목소리들, 원기 빠진 탄광촌의 얌전한 모습. 술집 앞에는 마차에 앉아 고주망태가 된 남편이 집으로 출발하기만을 기다리는 농부의 아내들이 있었다.

---

* 우애공제회(Knights of Pythias)는 1864년 설립된 남성우애단체.

** pidgin. 두 언어를 섞어서 만든 보조적 언어.

'스모크 하우스'라는 담배 가게에는 담배 내기 주사위 던지기를 하는 젊은이들로 그득하다. 잡지 진열 선반 그리고 줄무늬 수영복을 입고 교태를 부리는 살찐 매춘부들의 사진.

'불도그 앞코의 적갈색 옥스퍼드 신발'이 진열된 의류 가게. 신상인데도 낡은 듯 윤기를 잃고 마치 볼연지를 칠한 시체 같은 마네킹 위에 힘없이 걸려 있는 남성복.

마을에서 가장 큰 상점인 본톤 백화점의 헤이독&사이먼스. 황동으로 솜씨 있게 테를 두른 1층 정면의 투명 유리 진열창. 보기 좋은 태피스트리 무늬벽돌로 된 2층짜리 건물. 한 진열창으로 샛노란 바탕에 여기저기 도드라진 연보라색 데이지 꽃무늬 옷깃들을 사이사이에 배치한 대단히 훌륭한 남성복이 보인다. 신선함과 말쑥함에 대한 확실한 개념과 봉사정신. 헤이독&사이먼스. 헤이독. 역에서 만났었지. 해리 헤이독, 서른다섯 살의 적극적인 인물. 훌륭한 분 같았는데, 이제는 아주 성인聖人 같다는 생각이 들어. 상점이 깨끗해!

액셀 에그의 잡화점, 북유럽 출신 농부들이 제집처럼 드나드는 곳. 좁고 어두운 진열창 안에는 지저분한 새틴과 거친 짜임의 질긴 무명천 더미, 발목 부분이 볼록한 여성용 캔버스화, 테두리가 망가진 판지에 끼워져 있는 쇠 단추와 빨간 유리 단추들, 솜털같이 부드러운 담요, 빛바랜 크레이프 천 블라우스 위에 살포시 놓인 화강암 코팅 프라이팬.

샘 클라크 철물점. 여지없이 분명한 금속류 회사 분위기. 총과 휘젓개들, 못이 담긴 통들과 번쩍번쩍 근사한 정육 칼들.

체스터 대셔웨이 가구백화점. 움직임 없이 음울하게 늘어선 육중한 가죽 시트의 참나무 흔들의자가 있는 전경.

빌리 간이식당. 비닐 식탁보가 깔린 카운터 위에 손잡이 없는 투박한 물컵들. 양파 냄새와 지글거리는 비계 연기. 문간에서 소리가 다 들릴 정도로 이쑤시개를 쩝쩝 빨고 있는 젊은이.

크림과 감자를 사서 넣어두는 창고. 시큼한 유제품 냄새.

포드와 뷰익 차량정비소. 소임을 다하는 단층 벽돌 시멘트 건물들이 마주 보고 있다. 기름으로 까매진 콘크리트 바닥 위의 중고차와 신차. 타이어 광고. 테스트를 마친 엔진이 윙윙거리는 소리. 신경을 건드리는 소음. 카키색 작업복 차림의 시큰둥한 젊은이들. 마을에서 가장 원기 왕성하고 활기찬 곳.

농기구를 보관하는 커다란 창고. 캐럴이 알 리 없는 감자 파종기, 두엄 살포기, 저장 목초 절단기, 원반형 써레, 개간용 가래 같은 기계류에서 나왔을 녹색과 금색의 바퀴들, 샤프트와 경운기 좌석들이 엄청나게 쌓여 있다.

사료 가게. 밀기울 가루가 뿌옇게 앉은 진열창, 지붕 위 페인트로 칠한 특허 의약품 광고.

아트숍, 메리 엘렌 윌크스 부인 운영, 크리스천 사이언스 도서관 매일 무료 개방. 아름답게 꾸미려는 딱한 시도. 최근 거친 질감의 스투코*를 덧바른 단층 판자가옥. 미묘한 실수가 많이 보이는 진열장. 나무 둥치처럼 보이려다 금칠 덩어리가 되어버린 화병, '고퍼 프레리에서 보내는 인사'라는 문구가 박힌 알루

* stucco. 건물의 방화성과 내구성을 높이고 건물의 외관을 아름답게 보이려고 벽돌이나 목조 건축물 벽면에 바르는 미장 재료.

미늄 재떨이, 크리스천 사이언스 잡지, 호리호리한 목에 커다란 리본을 맨 양귀비 그림이 찍힌 소파 쿠션, 그 위에 적당히 놓인 비단 수실 묶음들. 가게 안, 언뜻 보이는 유명한 졸작 그림들의 형편없는 복제판들, 음반과 카메라 필름을 얹어둔 선반, 나무 장난감, 그 한가운데 푹신한 흔들의자에 불안한 표정으로 앉아 있는 자그마한 여자.

당구장 겸 이발소. 셔츠 바람으로 울대뼈가 튀어나온 남자를 면도 중인 업주 델 스내플린일 성싶은 남자.

냇 힉스 양복점. 메인 스트리트에서 벗어난 옆길의 단층 건물. 강판처럼 뻣뻣해 보이는 의복을 걸친 인체 모형의 복식 도판.

또 다른 옆길, 니스칠한 노란색 문이 달린 생벽돌의 가톨릭 교회.

우체국, 그저 유리와 황동으로 된 가림막 하나로 한때 가게였을 것 같은 곰팡내 나는 공간을 가리고 있다. 시커멓게 번진 얼룩과 여기저기 통지문과 육군 모집 포스터 등이 붙어 있는 벽에 비스듬히 기울어진 필기대.

화산재 마당에 서 있는 눅눅한 노란색 벽돌의 학교 건물.

주립은행, 목재를 덮어씌운 스투코.

국영농업은행. 대리석의 이오니아 신전. 깨끗하고 정교하고 고적하다. '은행장, 에즈라 스토바디'라고 새겨진 동판.

스무 개 남짓한 엇비슷한 상점과 건물들.

가게들 뒤로 가게와 섞여 있는 가옥들, 얌전한 소형 주택들 혹은 넓고 여유 있는, 가히 지루한 성공의 상징물들.

마을을 통틀어 이오니아식 은행을 빼면 그 어떤 건물도 캐럴의 눈을 즐겁게 해주지 못했다. 고퍼 프레리가 50년간 존속해오면서 주민들이 자신들의 평범한 집을 즐겁고 매력적인 곳으로 만드는 일이 바람직하다거나 혹은 가능하다는 걸 깨닫고 있다는 사실을 암시하는 건물은 열 손가락에 꼽을 정도도 되지 않았다. 그녀가 기함한 것은 변명이나 사과의 여지가 없는 꼴사나운 외형과 융통성 없는 일자 형태만이 아니었다. 건물들의 주먹구구식 설계와 임시로 지은 듯한 조잡함 그리고 변질되어 보기 싫은 색상이었다. 거리는 가로등, 전신주, 자동차 주유 펌프, 상품 상자 들이 마구 뒤섞여 어지러웠다. 다른 사람들의 사정은 단호하게 묵살한 채 개개인이 설치한 것들이었다. 한쪽의 대규모 2층짜리 신규 벽돌 상가 '단지'와 다른 쪽의 내화벽돌로 지은 오버랜드 정비소 사이에 여성용 모자 상점으로 탈바꿈한 단층 가옥이 있었다. 흰색의 사원 같은 농업은행은 반드르르한 노란 벽돌의 식료품점 뒤로 물러나 있었다. 단독 상가건물 하나는 군데군데 아연철판 처마돌림띠를 둘러놓았다. 그 옆 건물의 꼭대기에는 톱니 모양의 담장과 붉은 사암 블록으로 표면을 덮은 벽돌 피라미드가 씌워져 있었다.

그녀는 메인 스트리트에서 빠져나와 집으로 도망쳤다.

사람들이 매력적이었다면 개의치 않았을 거야, 그녀는 억지를 부렸다. 더러운 손으로 차양 줄을 잡은 채 가게 앞에서 빈둥거리던 젊은이, 마치 결혼생활이 너무 길고 단조로운 듯 여자들을 주시하던 중년 남자, 옹골지고 건강해 보였지만 깔끔하진 않았던, 얼굴이 마치 땅에서 갓 캐낸 감자 같던 나이 든 농부가 기억에 남았다. 죄다 사흘 동안 면도 한 번 하지 않은 얼굴이었어.

“여기 이 평원에 신전은 못 짓는다 쳐도 면도기 하나 살 데가 없을까!” 그녀가 분개했다.

그녀는 혼자 속으로 싸웠다. “내가 틀렸을 거야. 사람들이 이곳에서 살고 있잖아. 내 생각만큼 꼴사납지는 않아! 내가 잘못 생각한 거야. 하지만 못 하겠어. 못 해내겠어.”

그녀는 신경과민이라 하기엔 지나치다 싶을 만큼 불안해하며 집으로 돌아왔다. 케니컷이 기다리고 있다가, “산책했어? 그래, 마을은 맘에 들었나? 녹지와 나무들이 멋지지? 안 그래?”라고 들뜬 목소리로 묻자, 의젓해 보여야겠다는 본능적인 생각에서 그녀 스스로도 생소한 성숙한 태도로 겨우 대꾸했다. “정말 흥미로웠어요.”

III

캐럴을 고퍼 프레리로 실어 왔던 기차가 비 소렌슨 양도 싣고 왔다.

비 양은 충직한 성격에 피부가 노리끼리한, 웃는 얼굴의 처녀였는데 발일에 진저리가 나 있었다. 그녀는 신나는 도시 생활을 원했고 그러려면 ‘고퍼 프레리에서 하녀 일자리를 얻어야’ 한다고 결론 내렸다. 그녀는 망원경처럼 접히는 판지 여행 가방을 역에서부터 흔쾌히 끌고서, 루크 도슨 부인 집에서 하녀로 허드렛일하는 사촌 티나 말름키스트를 찾아갔다.

"어, 드디어 왔네." 티나가 말했다.

"응, 일자리를 얻을 거야." 비가 말했다.

"그래…… 남자친구는 있어?"

"응. 짐 야콥슨이라고."

"그렇구나. 와서 반가워. 주급은 얼마 받을 생각이야?"

"6달러."

"아무도 그만큼은 안 줄 텐데. 가만! 케니컷 박사, 그분이 도시 여자랑 결혼한 것 같은데, 케니컷 부인이라면 줄지도 모르지. 자, 그럼 산책 좀 가봐."

"응." 비가 말했다.

그리하여 캐럴 케니컷과 비 소렌슨은 우연히도 같은 시간에 메인 스트리트를 보게 되었다.

비는 이전에 스캔디아 크로싱보다 큰 마을에서는 살아본 적이 없었는데, 거긴 주민이 고작 67명이었다.

거리를 씩씩하게 걸어가며 이렇게나 많은 사람이 한날한시에 같은 공간에 있을 수 있는 일인가 하는 생각이 들었다. 세상에! 이 사람들과 다 안면을 트려면 몇 년은 족히 걸리겠네. 게다가 사람들도 멋지고! 키 크고 세련된 신사, 다이아몬드가 달린 분홍색 셔츠를 입었어. 빨지 않은 데님 작업복 셔츠가 아닌걸. 리넨 드레스를 입은 예쁘장한 여인. (하지만 빨기가 무척 힘든 드레스일 거야). 가게들은 어떻고!

스캔디아 크로싱처럼 그냥 상점 세 개가 아니라 상가 단지가 네 개도 넘어!

본톤 백화점은 자그마치 헛간 네 개 크기야, 세상에! 저기

들어가기만 해도 겁나겠어. 일고여덟 명 되는 점원들이 모두 쳐다볼 텐데. 꼭 사람처럼 생긴 모형에다 입혀놓은 남성 양복. 액셀 에그 가게, 고향 느낌 난다. 스웨덴과 노르웨이 사람들이 많네. 루비처럼 생긴 근사한 단추들이 끼워진 마분지.

음료 카운터가 있는 약국. 아주 크고 엄청 길쭉하고 전부 멋진 대리석이야. 그 위에는 색색의 유리를 이어 붙인, 생전 처음 보는 큰 갓을 씌운 엄청나게 큰 전등. 은으로 된 음료 주둥이들, 램프 밑바닥과 바로 연결되어 있어! 카운터 너머 유리 선반과 한 번도 들어본 적 없는 새로운 종류의 탄산음료 병들. 남자친구가 있으면 저길 데려가겠지!

호텔, 와 높구나. 오스카 톨레프슨네 새로 지은 붉은색 창고보다 더 높아. 3층짜리, 한 층 위에 바로 또 한 층. 꼭대기까지 쭉 보려면 머리를 뒤로 젖혀야겠어. 안에 멋진 여행객이 있다. 아마 시카고에도 가봤을 거야. 그것도 여러 번.

어머, 여기 세상 멋진 사람들! 여인이 지나간다. 나보다 나이가 더 많지는 않을 거야. 멋진 새 회색 윗옷과 검은색 정장 구두. 저분도 마을을 돌아보는 중인가 봐. 무슨 생각을 하는지 모르겠네. 나도 저러고 싶어. 차분하달까, 그러면 그 누구도 버릇없이 굴지 못할 거야. 약간— 오, 고상해라.

루터교회. 여기 도시에선 주일에 멋진 설교와 두 번의 예배가 있어, 일요일마다!

그리고 영화!

영화 전용 상영관. '매일 저녁 다른 영화'라고 적힌 간판. 매일 밤 영화라니!

스캔디아 크로싱에서도 영화를 볼 수 있었지만 2주에 한 번이었고 우리 가족이 마차를 몰아 거길 한 번 가려면 한 시간이 걸렸어. 아빠가 쪼잔한 구두쇠라 포드 자동차를 안 사려 했지. 여기서는 매일 밤 모자를 쓸 수 있고, 3분만 걸으면 영화관이야. 그리고 정장 차림의 멋진 남자들이며 빌 하트*며 그 밖에 별별 것들!

어쩌면 저렇게 많은 상점이 있을 수 있지? 세상에! 담배만 파는 상점이 있고, 그림과 화병, 뭐 그런 걸 파는 데가 (예쁘다—아트쇼피**래) 있네. 아, 화병을 어찌나 근사하게 만들어놨는지 꼭 나무둥치 같아!

비가 메인 스트리트와 워싱턴가의 모퉁이에 서 있었다. 도시의 굉음에 그녀는 겁먹기 시작했다. 일시에 자동차 다섯 대가 거리에 있었다. 그중 한 대는 2천 달러는 족히 줬을 것 같은 커다란 자동차였다. 그리고 버스는 잘 차려입은 신사 다섯 명을 태우고 기차역을 향해 가고 있었다. 남자 하나는 멋진 세탁기가 그려진 빨간 벽보를 붙이는 중이었고 보석상 주인은 팔찌랑 손목시계 등등을 진짜 벨벳 위에 펼쳐놓고 있었다.

주급이 6달러인데 뭔들 어떨까? 아니 2달러면 또 어때! 한 푼도 안 준다고 해도 일할 만하지. 여기서 살게만 해준다면야. 게다가 밤엔 어떨지 생각해봐. 사방에 불이 켜지고, 물론 가스등 말고 전등이! 신사 친구가 영화관에 데려가고 딸기 아이스

---

* 윌리엄 하트(William Surrey Hart, 1864~1946)로 미국의 무성 영화배우.

** Ye Art Shoppe의 Shoppe를 Shoppy로 발음.

크림 소다를 사줄지도 몰라!

비가 느릿느릿 걸어 돌아왔다.

"어때? 맘에 들어?" 티나가 말했다.

"응, 맘에 들어. 여기서 쭉 눌러살까 봐." 비가 말했다.

IV

샘 클라크의 신축 가옥은 고퍼 프레리에서 제일 큰 가옥 중 하나로 캐럴의 환영 파티가 열리고 있었다. 산뜻한 미늘 외벽, 탄탄한 정사각형 구조, 작은 옥탑, 커다란 가림막이 쳐진 포치. 내부는 떡갈나무로 만든 신형 업라이트 피아노만큼이나 반짝거리고 단단하며 활기가 넘쳤다.

샘 클라크가 문간으로 구르듯 달려와 "어서 오십시오! 이 도시가 다 부인 겁니다!"라고 소리치자 캐럴이 민망한 듯 그를 쳐다보았다.

그의 뒤로 현관과 거실에 마치 장례식에 온 듯 점잖게 커다란 원을 그리며 앉아 있는 손님들이 눈에 들어왔다. 저렇게 **기다리고** 있어! 날 기다리고 있어! 그녀는 모두가 예쁘다고 감탄하는 주인공이 되겠다던 결심이 사라지는 것을 느꼈다. 그녀가 샘에게 부탁했다. "사람들 대하기가 겁나요! 너무 기대하고 있네요. '꿀꺽!' 하면서 절 한입에 삼켜버릴 거예요!"

"아이고, 자매님, 저들은 부인을 사랑하게 될 겁니다. 여기 이 의사 선생이 날 두들겨 패지만 않으면 나도 마찬가지고요!"

"그, 그렇지만 엄두가! 오른쪽과 정면에서 사람들이 일제히 질문 공세를 퍼부을 텐데요!”

그녀는 자기가 신경과민인가 싶었다. 샘 클라크에게는 자신의 말이 이상하게 들릴 것 같았다. 하지만 그가 싱긋 웃으며 말했다. “자, 그냥 샘의 날개 밑에 꼭 붙어 있어요. 누가 부인을 오랫동안 닳도록 쳐다보면 내가 훠이 하면서 쫓아버릴 테니. 자, 갑니다! 여성들에겐 즐거움, 남편들에겐 공포, 나 새뮤얼이 어떤 사람인지 지켜봐요!”

그녀에게 팔을 두른 채 데리고 들어가며 그가 소리쳤다. “신사 숙녀 여러분, 신부 입장이오! 돌면서 일일이 소개는 하지 않겠소. 그래 봐야 시시한 당신들의 이름을 신부가 바로 기억할 리 없을 테니. 자, 이 성실법정*에서 좀 움직여요들!”

점잖게 키득대면서도 그들은 자기네들의 안전지대에서 꿈쩍도 하지 않았고 그녀를 쳐다보는 것도 멈추지 않았다.

캐럴은 이 파티를 위해 온갖 창의력을 발휘해 몸치장을 했다. 머리는 가르마를 타고 이마에 낮게 내려 한 줄로 땋은 단정한 스타일이었다. 지금은 올림머리를 할걸 싶었다. 드레스는 넓은 금색 허리띠에 사각 네크라인인 아마사 재질의 느슨한 드레스로, 목과 어깨를 드러낸 흉상을 연상시켰다. 하지만 사람들이 자신을 죽 훑어보자 그녀는 죄다 잘못되었다는 확신이 들었다. 노처녀가 입는 하이넥 드레스를 입고 올걸 했다가, 시카

* 성실법정星室法廷, star chamber. 14세기 이후 영국 런던의 웨스트민스터 궁전의 성실星室에서 열리던 특별 재판소. 일반 재판소가 다룰 수 없는 사건을 심리했으나, 튜더 왕조와 스튜어트 왕조 때 왕의 전제專制 지배의 도구로 악용되다가 1641년에 장기의회長期議會에 의해 폐지되었다.

고에서 산 강렬한 벽돌색 스카프를 둘러 과감하게 이들을 놀라게 해줄걸 하는 생각도 들었다.

그녀가 사람들이 모인 곳으로 이끌려 갔다. 그녀는 실언을 피하기 위해 형식적인 대답을 했다.

"어머, 여기가 정말 좋아질 것 같은데요." "네, 저흰 콜로라도 산중에서 최고의 시간을 보냈어요." "네, 세인트폴에서 몇 년 동안 살았어요. 유클리드 틴커요? 아뇨, 그분을 만난 기억은 없지만 이름은 분명 들어봤어요."

케니컷이 그녀를 옆으로 데려가더니 소곤거렸다. "이제 저들에게 당신을 소개할게, 한 사람씩."

"먼저 어떤 사람들인지 말해줘요."

"음, 저쪽에 잘생긴 부부는 해리 헤이독과 아내 후아니타. 해리의 부친이 소유권 대부분을 갖고 있지만 본톤을 운영하고 그걸 활기차게 돌아가게 하는 사람은 해리야. 아주 적극적인 사람이지. 그 옆이 약제사인 데이브 다이어. 오늘 오후에 만났었지. 오리 사냥의 귀재야. 그 뒤에 마르고 키 큰 남자가 잭 엘더. 제재소랑 미니마쉬 호텔을 소유하고 있고 농업은행의 주식도 꽤 가지고 있지. 부부 둘 다 괜찮은 사람들이야. 저이와 샘과 내가 자주 어울려 사냥을 나가. 저기 나이 든 거물이 루크 도슨, 여기서 제일 재력가야. 그 옆이 양복장이인 냇 힉스고."

"설마! 양복장이요?"

"그래. 뭐가 어때서? 우린 보수적일지 몰라도 민주적이야. 잭 엘더랑 사냥을 가듯 난 냇하고도 나간다고."

"다행이에요. 전 파티 같은 데서 재단사는 한 번도 만난 적이 없어요. 재단사와 마주쳤는데 갚을 돈 생각 안 해도 된다면 즐거울 테죠. 그럼 당신은…… 당신은 이발사하고도 사냥 갈 마음이 있어요?"

"그렇진 않지만…… 이런 평등 문제를 필요 이상으로 길게 끌고 가서 뭐하게. 게다가 냇하고는 오랫동안 알아온 사이고 그뿐인가, 저 사람은 대단한 명사수이고…… 그렇다는 거야, 이해해? 냇 옆이 쳇 대셔웨이. 지껄이는 데는 일인자야. 종교든 정치든 책이든 뭐든 쉴 새 없이 떠들어대지."

캐럴이 예의상 살짝 흥미를 보이며 입이 크고 피부가 까무잡잡한 대셔웨이 씨를 빤히 쳐다보았다. "아, 알았다! 가구점 남자예요!" 그녀가 혼자 뿌듯해했다.

"응, 장의사이기도 하고. 맘에 들 거야. 자, 가서 악수해요."

"아, 아니, 아뇨! 저 사람이 그러니까 방부처리나 뭐 그런 일을 직접 다 하지 않나요? 장의사하고는 악수할 수 없을 것 같아요!"

"뭐 어때서 그래? 훌륭한 외과 의사와 악수하는 건 자랑으로 여길 거잖아. 조금 전까지 사람들 배를 가르던 사람인데도."

그녀가 오후의 성숙한 평정심을 되찾으려 애썼다. "그래요. 당신 말이 맞아요. 나도…… 아, 세상에, 당신이 좋아하는 사람들을 나도 좋아하고 싶어요. 나도 사람들을 있는 그대로 보고 싶어요."

"그렇다면, 사람들이 다른 사람들을 있는 그대로 보듯 당신도 그렇게 봐야 한다는 걸 잊지 마. 저들에겐 자질이 있어. 퍼시 브레스나한이 이곳 출신인 거 알아? 여기서 나고 자랐어!"

"브레스나한?"

"그래. 있잖아, 매사추세츠 보스턴에 있는 벨벳 자동차 회사 말이야. 벨벳 트웰브를 만드는 뉴잉글랜드에서 가장 큰 자동차 회사의 사장."

"들어본 거 같아요."

"물론 들어봤을 테지. 이런 참, 그이는 억만장자야! 글쎄 퍼시가 거의 해마다 여름이면 블랙배스 낚시를 하러 여기 오는데, 그이 말이, 사업에서 벗어날 수 있으면 보스턴이나 뉴욕이나 뭐 그런 곳 말고 여기서 살겠대. 퍼시는 쳇이 장의사인 걸 신경 안 써."

"봐줘요! 다 좋아할게요! 내가 공동체의 햇살이 될게요!"

그는 그녀를 도슨 부부에게 데려갔다.

저당을 잡아 돈을 빌려주는 대금업자이자 북부의 벌목지를 소유한 루크 도슨은 다림질 안 한 보들보들한 회색 옷을 입은 암띤 남자로, 유순한 얼굴에 유난히 큰 퉁방울눈을 가졌다. 그의 아내는 뺨에 핏기가 없고 머리카락은 탈색한 듯 색이 바랬으며, 목소리와 거동에 힘이 없었다. 가슴 부분에 구슬로 된 술 장식과 등허리를 따라 띄엄띄엄 단추들이 달린 비싼 녹색 드레스를 입었는데, 마치 중고로 산 그 옷의 이전 소유주와 마주칠까 걱정하는 듯한 얼굴이었다. 부부는 무척 수줍음을 탔다. 캐럴의 손을 잡으며 환영한다고 말한 사람은 갈변한 감귤 같은 안색의 교육감 조지 에드윈 모트 '교수'였다.

도슨 부부와 모트 씨가 그녀에게 "만나서 반가워요"라고 인사하고 나서는 더는 할 말이 없는 것 같았지만, 대화는 기계적으로 이어졌다.

“고퍼 프레리가 마음에 드시나요?” 도슨 부인이 코맹맹이 소리로 물었다.

“오, 더없이 행복할 것 같아요.”

“여긴 좋은 사람이 무척 많답니다.” 도슨 부인이 사교적이고 지적인 대화를 바라며 모트 씨를 바라보았다. 그가 설교를 시작했다.

“훌륭한 사람들이 있지요. 하지만 여기 와서 여생을 보내는 일부 은퇴한 농부들, 특히 독일인은 내가 좋아하지 않습니다. 그들은 교육세를 내기 싫어해요. 한 푼도 쓰기 싫어한단 말이죠. 그들 말고는 훌륭한 사람들입니다. 퍼시 브레스나한이 이곳 출신이라는 말은 들으셨나요? 바로 그 낡은 학교에 다녔어요!”

“그랬다고 하더군요.”

“네. 호인입니다. 지난번에 왔을 때 나랑 낚시하러 갔었지요.”

도슨 부부와 모트 씨가 피곤한 발로 흔들리는 몸을 지탱하며 캐럴에게 경직된 미소를 지었다. 그녀가 말을 이었다.

“말씀해보세요, 모트 씨. 새로운 교육 시스템을 실험적으로 시도해본 적 있으세요? 현대적인 유아교육법이라든지 개리 시스템*이라든지 말이죠.”

“아, 그런 거요. 대부분 개혁가들은 그저 주목받고 싶어 하는

---

* Gary system. 미국 인디애나주 서북부의 항구도시인 개리에서 고안된 시스템으로, 한 장소에서 모든 수업을 제공하는 대신 강당이나 과학실, 재봉실, 운동장 등 학교시설의 이용을 극대화한 수업을 제공하는 교육이다.

사람들입니다. 저는 실기 교육이 좋다고 생각하는 사람이지만, 새로운 사상의 추종자들이 무어라 말하든 라틴어와 수학이 항상 견실한 미국주의의 중추가 될 겁니다. 누가 알겠습니까, 그들이 원하는 게 뭔지. 뜨개질이나 귀를 씰룩이면서 하는 수업 같은 것들 아닐까요."

도슨 부부가 석학의 말을 알아듣고 있다는 의미로 미소를 지었다. 캐럴은 케니컷이 자신을 구해주기만을 기다렸다. 나머지 사람들은 기적처럼 무언가 재미있는 일이 일어나길 바랐다.

캐럴은 고퍼 프레리의 젊은 상류층에 속하는 해리와 후아니타 헤이독, 리타 사이먼스와 테리 굴드 박사를 소개받았다. 후아니타 헤이독이 그녀에게 훌쩍 다가와 새된 목소리로 친근하게 말했다.

"저, 만나서 **정말** 반가워요. 우리가 댄스파티랑 이런저런 근사한 파티를 열 거예요. 부인도 졸리 세븐틴에 합류해야 해요. 한 달에 한 번씩 저녁 먹고 브리지를 하거든요. 카드 하시죠?"

"아, 아니, 못 해요."

"설마요? 세인트폴에서요?"

"전 책만 끼고 살았어요."

"우리가 가르쳐줘야겠네. 브리지가 사는 재미의 반인데." 후아니타가 어느 순간부터 거들먹거리더니 아까만 해도 감탄해 마지않던 캐럴의 금색 허리띠를 무례하게 흘긋거렸다.

해리 헤이독이 정중하게 물었다. "케케묵은 이 마을이 얼마나 좋아질 것 같습니까?"

"무척 좋아질 것 같아요."

"세상 좋은 사람들이에요. 대단히 적극적이기도 하고요. 물론 나도 미니애폴리스에서 살 뻔한 기회가 많았습니다만 우린 여기가 좋습니다. 진정한 사내들의 마을이죠. 퍼시 브레스나한이 여기 출신인 건 아시죠?"

캐럴은 브리지를 못 한다는 사실을 드러내는 바람에 생존경쟁에서 뒤처졌음을 느꼈다. 존재감을 되찾아야겠다는 불안한 욕망이 솟아오르자 그녀는 남편과 포켓볼을 함께 친다는 젊은 테리 굴드 박사에게 의지했다. 신나게 말을 쏟아내는 동안 그녀의 눈빛에 교태가 묻어났다.

"브리지를 배울래요. 하지만 제가 정말 좋아하는 건 야외 활동이에요. 다 함께 배에서 파티 하는 건 어때요? 낚시 같은 거나 아니면 뭐든 한 다음 소풍 음식으로 저녁을 먹는 거예요"

"바로 그거예요!" 굴드 박사가 동의했다. 그가 미끈하게 빠진 그녀의 뽀얀 어깨를 좀 노골적이다 싶게 쳐다보았다. "낚시 같은 거라니요? 낚시야말로 제 특기입니다. 제가 브리지를 가르쳐드리죠. 카드를 좋아하긴 하십니까?"

"베지크는 좀 잘했어요."

그녀는 베지크가 카드 게임이라는 걸 알고 있었다. 아니면 다른 게임일 수도. 어쩌면 룰렛일지도. 하지만 거짓말은 대성공이었다. 이목구비가 선명하고 혈색 좋은 후아니타의 말상 얼굴에 진짜일까 하는 기색이 비쳤다. 해리가 코를 쓰다듬더니 겸손한 태도로 물었다. "베지크요? 큰 도박 게임이죠?"

다른 사람들이 점점 무리에 끼어드는 동안 캐럴이 대화의 주도권을 낚아챘다. 그녀가 웃음을 터뜨렸는데 방정스러우면서 귀에 좀 거슬렸다. 그녀는 사람들의 시선을 구별할 수 없었다. 그들은 잘 분간할 수 없는 극장의 관객이었고 그 앞에서 그녀는 사람들의 시선을 의식하며 케니컷 박사의 영리한 어린 신부 역을 연기했다.

"이처럼 자랑스러운 널찍한 공터, 이런 데가 제가 찾아 나설 곳이에요. 이제 스포츠 기사 말고는 절대 아무것도 안 읽을 거예요. 윌이 콜로라도 여행에서 절 바꿔놨어요. 너무 소심해서 버스에서 내리는 걸 겁내는 여행객들이 참 많더라고요. 그래서 전 〈와일드웨스트〉에 나오는 요부, 애니 오클리*가 되기로 했죠. 그리고 예쁘디예쁜 제 발목을 다 드러내는 요란한 스커트를 하나 샀죠. 아이오와에서 온 고루한 장로교인 여교사들이 죄다 그 발목을 흘깃거렸어요. 그걸 입고는 날렵한 알프스 산양처럼 봉우리에서 봉우리로 뛰어다녔다니까요. 여러분은 어쩌면 케니컷 박사를 니므로드**라고 생각할는지 모르지만, 제가 배짱 좋게 그이에게 속옷만 입고 얼음같이 찬 계곡물에서 수영할 수 있겠느냐고 부추기는 걸 보셨어야 해요."

그녀는 그들이 놀랄지 말지 생각 중이라는 건 알았지만 후아니타 헤이독은 최소한 감탄하고 있었다. 그녀가 우쭐대며 말을 이어갔다.

"분명 제가 존경받는 의사인 남편을 망칠 거예요. 제 남편이

---

* 애니 오클리(Phoebe Anne Oakley Moses, 1860~1926)는 미국의 총잡이 버팔로 빌의 〈와일드웨스트〉 쇼에 나온 사격 공연자.

** 「창세기」 10장 8~10절에 나오는 용감한 사냥꾼.

훌륭한 의사인가요, 굴드 박사님?"

케니컷의 경쟁자는 직업윤리에 대한 이 같은 모욕에 입이 떡 벌어졌고 사교적 태도로 돌아오는 데 시간이 걸렸다. "말씀드리죠, 케니컷 부인." 그가 케니컷을 향해 미소를 보였다. 재치 있게 말해야 한다는 압박감 속에 어떤 말이 나오더라도 그게 의료업계의 전투 상대방인 그에게 불리하게 작용하진 않을 거라는 의미였다. "마을에서 일부 사람들은 케니컷 선생이 진단의와 처방의로서 중간은 하는 것 같다고 말합니다. 하지만 부인께만 살짝 말해드립니다만, 왼쪽 귀의 펜덱토미*나 심전도 검사에서 스트라비스무스**보다 더 위중한 질환일 땐 절대 박사에게 가면 안 됩니다. 남편에겐 죽어도 내가 그러더라는 말은 하지 마십시오."

케니컷을 제외하면 이 말뜻을 정확히 아는 사람은 아무도 없었지만, 사람들은 웃었다. 샘 클라크의 파티는 담황색의 기다란 양단 천과 샴페인, 망사 천, 크리스털 샹들리에, 웃고 즐기는 공작 부인들로 화려하게 반짝였다. 캐럴의 눈에 조지 에드윈 모트와 핼쑥해진 도슨 부부는 아직 최면에 걸리지 않은 것 같았다. 그들은 마뜩잖은 표정을 지어야 하는 건 아닌지 의아해하는 얼굴이었다. 그녀는 그들을 집중적으로 공략했다.

"하지만 감히 콜로라도에 같이 가자고 하지는 못했을 것 같

---

* penectomy(음경절제술)와 appendectomy(맹장절제술)를 합쳐 만들어낸 무의미한 농담.

** strasbismus. 사팔뜨기를 뜻하는데, 굴드 박사의 무의미한 농담.

은 사람은 제가 알아요! 거기 도슨 씨! 여자들 마음 꽤나 울릴 분 같아요. 저와 인사 나눌 때 제 손을 잡고 무섭도록 꽉 쥐더군요."

"허! 허! 허!" 모여 있던 사람들이 모두 박수를 쳤다. 도슨 씨의 어깨가 끝도 없이 올라갔다. 그는 고리대금업자니 구두쇠니 수전노니 눈치꾼이니 허다한 별명을 달고 살았지만, 바람둥이는 처음이었다.

"남편이 끝내주는 분이죠, 도슨 부인? 밖으로 못 나가게 단속해야 하는 것 아니에요?"

"아, 아뇨, 하지만 그래야 할까 봐요." 도슨 부인이 창백한 얼굴을 살짝 붉히며 장단을 맞추려 애썼다.

15분 동안 캐럴은 쉬지 않고 떠들었다. 그녀는 뮤지컬 코미디를 무대에 올릴 거고 비프스테이크보다 커피 파르페가 더 좋으며 케니컷 박사가 매력적인 여인들의 환심을 사는 재주를 절대 잃지 않았으면 좋겠고 자기한테는 금색 스타킹이 있다고 강조했다. 그들의 입은 더욱 벌어졌다. 하지만 그녀는 계속할 수가 없었다. 지친 그녀는 덩치 좋은 샘 클라크의 뒤에 놓인 의자로 물러나 앉았다. 파티의 공동 협력자들이 모두 웃느라 생긴 얼굴의 주름살을 점잖게 폈고, 누군가 웃겨주길 바라면서도 기대는 하지 않은 채 또다시 주위를 서성거렸다.

캐럴은 귀를 기울였다. 고퍼 프레리에는 대화라고 할 만한 것이 존재하지 않는다는 사실을 알았다. 세련된 청년 그룹, 사냥하는 지주 그룹, 존경받는 지식인 그룹, 탄탄한 재력가 그룹을 불러 모은 이런 행사에서조차 이들은 장례식에서 관을 앞에 두고 앉아 있듯 파티를 즐기지 못했다.

후아니타 헤이독은 불안정한 목소리로 수다를 떨었지만 하나같이 누군가에 대한 뒷말이었다. 레이미 워더스푼이 발등 부분에 회색 단추가 달린 특허 받은 가죽 신발 한 켤레를 살 거라더라, 챔프 페리가 류머티즘이라더라, 가이 폴록이 독감에 걸렸다더라, 울타리를 연어살 색깔로 칠하다니 짐 하울랜드가 치매인가 보더라와 같은 소문이었다.

샘 클라크는 캐럴에게 자동차에 관해 이야기하고 있었지만, 파티의 주최자로서 무언가 해야겠다고 느꼈다. 웅얼웅얼 말하는 동안 그의 이마에 깊은 주름이 잡혔다가 사라졌다. 그가 하던 말을 멈췄다. "분위기를 살려야 해." 그러더니 아내에게 걱정스럽게 말했다. "흥을 좀 돋워야 할 것 같지?" 그가 어깨로 밀치며 방 한가운데로 나아가더니 소리쳤다.

"장기 좀 볼까요, 여러분."

"예, 그래요!" 후아니타 헤이독이 새된 소리를 냈다.

"데이브, 암탉 잡는 노르웨이인 흉내 좀 내줘요."

"바로 그거야. 기찬 묘기지. 데이브, 해보게!" 쳇 대셔웨이가 부추겼다.

데이브 다이어 씨가 부득이 앞으로 나섰다.

다들 자기한테도 장기 자랑 요청이 올걸 예상하며 입술을 달싹였다.

"엘라, 나와서 「나의 오랜 연인이여」*를 읊어봐요"라고 샘이

* 「나의 오랜 연인이여*An Old Sweetheart of Mine*」는 미국 시인 제임스 위트콤

요청했다.

미혼인 농업은행장의 딸 엘라 스토바디가 마른 손바닥을 긁으며 얼굴을 붉혔다. "아유, 케케묵은 그걸 또 들으려고요?"

"물론이지요!" 샘이 힘주어 말했다.

"오늘 밤 목소리가 엉망이에요."

"쯧! 어서 해봐요!"

샘이 큰 소리로 캐럴에게 설명했다. "엘라는 낭독의 달인입니다. 전문 교육을 받았어요. 1년 동안 밀워키에서 노래와 연설, 연극예술에 속기까지 배웠답니다."

스토바디 양이 시를 읊조렸다.「나의 오랜 연인이여」의 낭독에 대한 앙코르가 나오자 그녀는 미소의 의미를 담은 아주 낙관적인 시를 낭송했다.

네 사람의 장기 자랑이 더 있었다. 유대인, 아일랜드인, 아동의 장기와 냇 힉스의『줄리어스 시저의 비극』에 나오는 마크 안토니의 추도사 패러디였다.

겨울 내내 캐럴은 데이브 다이어의 암탉 잡기를 일곱 번,「나의 오랜 연인이여」를 아홉 번, 유대인 말투와 추도사를 각각 두 번씩 더 들었다. 그러나 지금 그녀는 열심히 들었고 정말 천진난만하게 즐기고 싶었기 때문에 장기가 끝나고 파티가 금세 시들해지자 다른 사람들만큼이나 실망스러워했다.

그들은 흥겨운 분위기를 내려고 애쓰는 것을 단념하고 일터인 가게나 집 안에서 하던 대로 자연스럽게 이야기를 주고받기

라일리(James Whitcomb Riley, 1849~1916)가 쓴 감성적인 시.

시작했다.

저녁 내내 틈만 나면 그랬듯이 그들은 남자와 여자 두 그룹으로 갈라졌다. 캐럴은 남자들이 떠나버린 뒤 자녀와 질병과 요리, 하녀 등 자신들의 전공 분야에 대해 쉬지 않고 재잘대는 주부들 틈에 남았다. 그녀는 자존심이 상했다. 자신이 거실에 있는 영리한 남자들 사이에서 그들의 말을 능숙하게 받아치는 똑똑한 기혼여성의 모습을 상상하던 일을 떠올렸다. 그녀의 실망감은 피아노와 전축 사이의 구석에서 남자들이 무슨 얘길 하나 가늠해보는 것으로 다소 누그러졌다. 저들은 가정주부들이 나누는 이런 시시콜콜한 일상사에서 벗어나 더 큰 세상의 추상적인 개념이나 국정 문제에 대해 논하고 있을까?

그녀가 도슨 부인에게 한쪽 다리를 살짝 빼고 무릎을 굽혔다. 그리고 불안한 목소리로 재빨리 말했다. "남편이 절 이렇게 금방 내팽개치게 놔둘 순 없어요! 건너가서 불쌍한 그이의 두 귀를 잡아당겨야겠어요." 그녀가 앳된 소녀처럼 고개를 까딱 숙이고선 일어섰다. 그녀는 자아도취에 빠져 자신의 독선적인 행동을 용인했는데 저녁 내내 사람들에게 자신이 감정에 충실한 사람이라고 각인시킨 덕분이었다. 그녀가 구경꾼의 관심과 찬탄 속에 의기양양하게 방을 가로질러 케니컷이 앉아 있는 의자의 팔걸이에 앉았다.

그는 한담 중이었다. 샘 클라크, 루크 도슨, 제재소를 운영하는 잭슨 엘더, 쳇 대셔웨이, 데이브 다이어, 해리 헤이독, 농업은행장 에즈라 스토바디가 같이 있었다.

에즈라 스토바디는 구석기 사람이었다. 1865년에 고퍼 프레리에 왔다. 그는 마을의 유지有志인데, 가는 갈고리처럼 굽은 매부리코와 주름진 입, 두꺼운 눈썹, 검붉은 뺨, 옥수수수염 같은 백발, 업신여기는 눈빛의 사나운 독수리상이었다. 그는 30년간의 사회 변화가 기쁘지 않았다. 30년 전에는 자신과 웨스트레이크 박사, 줄리어스 플리커보 변호사, 메리맨 피디 조합교회 목사가 권위자였다. 그건 당연했다. 상류계급으로 인정받는 예술인 의술, 법, 종교, 금융을 담당했으니까. 네 명의 양키는 오하이오, 일리노이, 스웨덴, 독일의 후손들과 격의 없이 이야기를 나눴지만, 위험을 무릅쓰고 자신들을 뒤따라왔던 그들을 지배하고 있었다. 하지만 웨스트레이크는 나이가 들어 일선에서 거의 물러났다. 줄리어스 플리커보는 더 의욕적인 변호사들에게 많은 일감을 빼앗겼다. 피디 목사(경칭으로 붙이는 목사님이 아니라)는 죽고 없었다. 자동차가 활개 치는 이 부패한 시대에 에즈라가 아직 타고 다니는 '기운찬 회색 말'에 감동하는 이는 아무도 없었다. 마을은 시카고만큼이나 이질적인 것들이 혼재했다. 노르웨이인들과 독일인들이 가게를 갖고 있었다. 사회를 이끄는 사람들은 평범한 상인들이었다. 못을 파는 일이 금융업만큼 신성하게 여겨졌다. 클라크 부부, 헤이독 부부 같은 벼락부자들에게는 위엄이 없었다. 정치적으로는 건전한 보수 성향이지만 하는 얘기는 자동차나 속사엽총, 뭔지도 모를 최신 유행에 관한 것이었다. 스토바디 씨는 그들에게 위화감을 느꼈다. 하지만 이중 경사 지붕을 얹은 그의 벽돌 주택은 여전히 마을에서 가장 컸다. 한 번씩 젊은 사람들 틈에 나타나 차가운 눈빛으로 그 누구도 자기 없이는 그들의 하찮은 사업을 계속할 수 없다는 사실을 일깨우면서 대지주로서의 위치를 고수했다.

캐럴이 통념을 무시하고 남자들 사이에 앉아 있을 때 스토바디 씨가 바람 새는 목소리로 도슨 씨에게 물었다. "저기, 루크, 비긴스가 위너베이고 읍에 처음 터를 잡은 게 언젠가? 1879년 아닌가?"

"무슨 소리, 아니야!" 도슨 씨가 성질을 냈다. "버몬트에서 1867년에 나와서, 아니, 가만, 1868년이었을 거야. 아노카 한참 위쪽의 럼강에 대한 소유권을 얻었지."

"아닐세!" 스토바디가 고함을 질렀다. "맨 처음엔 블루 어스 카운티에 터를 잡았어. 그 사람하고 부친이 말일세."

("무슨 얘기예요?") 캐럴이 케니컷에게 속삭였다.

("나이 든 이 비긴스라는 양반이 키웠던 개가 영국 사냥개인지 아니면 루엘린*인지를 두고 저러는 거야. 저녁 내내 그걸로 다투고 있어!")

데이브 다이어가 끼어들어 새로운 소문을 전했다. "클라라 비긴스가 며칠 전 시내에 왔더란 말을 내가 했던가요? 보온물통을 사 갔어요. 그것도 비싼 것으로. 2달러 30센트짜리를요!"

"어휴!" 스토바디 씨가 잡아먹을 듯한 기세로 말했다. "그랬겠지. 딱 자기 할아버지군. 아낄 줄을 몰라. 2달러 20센트? 30센트라고? 보온물통에 2달러 30센트를 쓰다니! 플란넬 속치마에 둘둘 만 벽돌도 어쨌든 그 정도는 따뜻하겠네!"

"스토바디 씨, 엘라의 편도선은 좀 어떻습니까?" 첫 대서워

* Llewellyn. 영국 사냥개.

이가 하품을 하며 물었다.

스토바디 씨가 사람들의 신체와 정신에 대해 열심히 이야기하는 동안 캐럴은 곰곰이 생각했다. '이 사람들은 정말 엘라의 편도선이나 심지어 엘라의 식도가 궁금한 건가? 잡다한 신변 얘기에서 좀 벗어나게 할 순 없을까? 욕을 듣겠지만 한번 해보자.'

"스토바디 씨, 여긴 노사 문제가 많진 않았죠, 그쵸?" 그녀가 순진하게 물었다.

"그래요, 고맙게도 그런 문제는 없었습니다. 하녀들과 농가 일꾼들이 속을 썩였지만요. 이민자 농부들이 엔간히 속을 썩여야 말이지. 스웨덴 농군들은 잠시만 눈을 떼면 금세 사회주의자나 인민주의자, 아니면 무슨 신봉자가 되어 사람의 뒤통수를 칩니다. 물론 이들이 은행에 대출이 있다면 그들을 정신 차리게 할 수 있어요. 그저 은행으로 불러서 몇 마디 해주면 되니까. 그자들이 평등주의자인 걸 무어라 하진 않지만, 주위에 사회주의자들이 얼쩡거리는 건 내가 두고 보지 않을 겁니다. 하지만 다행히 미니애폴리스나 세인트폴에서 보이는 노사분규 같은 건 없었어요. 여기 잭 엘더도 별 탈 없이 제재소를 운영해나가고 있고. 안 그런가, 잭?"

"그렇지. 그럼요. 내 공장에는 숙련공이 그렇게 많이 필요 없어요. 그리고 반체제운동 문학과 노동신문 등을 무지 읽어대면서 문제를 일으키는 자들은 대개 불평을 입에 달고 살고, 임금을 올려달라면서도 기술은 쥐뿔도 없는 직공들이에요."

"노조원을 인정하세요?" 캐럴이 엘더 씨에게 물었다.

"내가요? 아니요! 내 생각은 이런 겁니다. 내가 부리는 직원들이 불만사항이 있다고 여길 때 그들과 타협점을 찾는 건 괜찮습니다. 그렇지만 요즘 노동자들이 무엇 때문에 그렇게 변했는지 몰라도, 좋은 직장에 대해 고마운 줄을 몰라요. 그렇긴 해도 그자들이 인간 대 인간으로 솔직하게 나오면 나도 이런저런 이야기를 나눠볼 겁니다. 하지만 노조 순찰 간부라든지 아니면 그럴싸한 이름으로 포장해 순진한 노동자들에게 빨대를 꽂아서 먹고사는 배부른 사기꾼들은 절대 용납하지 못합니다! 그런 자들이 중뿔나게 끼어들어 나한테 내 사업의 운영방식에 대해 이래라저래라 간섭하게 놔두진 않을 거란 말씀입니다!"

엘더 씨가 점점 더 흥분하여 공격적이고 애국적으로 변했다. "난 자유와 기본권을 지지합니다. 누구든지 내 회사가 마음에 들지 않으면 일어나서 나가면 돼요. 마찬가지로 내가 그 사람이 마음에 들지 않을 때도 그 사람이 나가는 겁니다. 그게 다예요. 난 그냥 이런 모든 불평불만과 쓸데없는 요구사항, 정부 보고서와 임금체계 그리고 이자들이 노동환경을 엉망으로 만들고 있는 기타 등등의 것들이 이해가 안 돼요. 모든 게 아주 간단하거든요. 내가 주는 급여가 맘에 안 들면 나가면 돼요. 그것뿐이에요!"

"이익 분배에 대해서는 어떻게 생각하세요?" 캐럴이 대담하게 물었다.

엘더 씨가 열변을 토하는 동안 다른 사람들은 엄숙한 표정으로 장단을 맞춰 고개를 끄덕였다. 마치 열린 가게 문틈으로 들어온 바람결에 중국인, 판사, 오리, 광대 형상의 장난감들이 고개를 까딱까딱 흔들고 있는 진열장 같았다.

“이익 분배니 복지후생사업이니 보험이니 노령연금이니 하는 말은 그냥 다 허튼소리요. 노동자들의 자립심을 약화시키고, 정직하게 번 상당한 수익을 허튼 곳에 쓰는 짓이지요. 아직 세상 경험이 없는 선부른 풋내기와 여성 참정권 운동가들, 사업가에게 사업을 어떻게 하는지 설교하려 드는 온갖 참견쟁이들 그리고 마찬가지로 몇몇 나쁜 대학교수들까지 이들 모두가, 아이고 세상에, 탈을 쓴 사회주의자들에 불과해요. 그리고 미국 산업의 완전성을 위협하는 공격에 맞서는 일이 생산자로서 내가 해야 할 본분입니다. 암요!”

엘더 씨가 이마를 훔쳤다.

데이브 다이어가 덧붙였다. “그럼요! 그렇고말고요! 정부가 해야 할 일은 그저 이 선동가들을 모조리 교수형에 처하는 겁니다. 그러면 만사가 즉시 해결될 겁니다. 안 그런가, 의사선생?”

“물론이지.” 케니컷이 수긍했다.

캐럴의 성가신 방해에서 마침내 자유로워지자 그들은 약식재판관이 술 취한 부랑자를 10일 구류형에 처했는지 12일 구류형에 처했는지 문제를 집중적으로 파고들었다. 즉시 결론이 나지 않는 문제였다. 그러자 데이브 다이어가 속 편하게 운전하고 다닌 경험을 전해주었다.

“아무렴, 그 소형차로 잘 다니고 있지. 일주일 전에는 뉴워텀버그까지 차를 몰고 갔었어. 43마일이지. 아니, 어디 보자 벨데일까지 17마일, 토르젠카스트까지 6하고 4분의 3마일이니 7마일, 거기서 뉴워텀버그까지는 족히 19마일이니까 17 더하기 7 더하기 19 하면, 보자 17 더하기 7이 24, 거기다 19를 더하면 그냥 20을 더한다 치면 44가 되는군. 음, 어쨌든 여기서 뉴워텀버그까지 약 43 아니 44마일이었군. 우린 7시 15분쯤, 아마 7시 20분쯤에 출발했을 거야. 냉각수를 채워야 했거든. 그러고는 속도를 꾸준히 유지하면서 쭉 달렸다네."

다이어 씨는 납득할 만한 이유와 목적이 있어서 결국 뉴워텀버그로 갔다.

한 번, 딱 한 번 누군가가 캐럴이 혼자 겉돌고 있다는 사실을 알아챘다. 쳇 대셔웨이가 몸을 기울이더니 가쁜 숨을 몰아쉬며 말했다. "음, 저, 『팅글링 테일즈』의 '투 아웃'이라는 이 연재물을 읽어본 적 있습니까? 끝내주는 이야기지요! 세상에, 이걸 쓴 이는 분명 야구 용어를 줄줄 꿰고 있을 테지요!"

나머지 사람들은 문학을 좀 안다는 표정을 지으려 했다. 해리 헤이독이 말했다. "후아니타는 사라 헤트위긴 버츠가 쓴 『미드 매그놀리아』나 『무모한 목동들』같이 고상한 걸 좋아합니다. 책 말이에요. 한데 난." 마치 아무도 자기만큼 기이한 모험을 해본 사람은 없을 거라고 확신하는 영웅처럼 거드름을 피우며 해리 헤이독은 주위를 흘끗거렸다. "어찌나 바쁜지 책 읽을 시간이 없어요."

"난 뭐든 확인할 수 없는 건 절대 안 읽는다네." 샘 클라크가 말했다.

그렇게 문학에 할당된 대화가 끝나버리고, 7분에 걸쳐 잭슨 엘더가 강꼬치고기 낚시는 미니마쉬호수 서쪽 기슭이 동쪽 기슭보다 더 낫다고 생각하는 근거를 대략 늘어놓았다. 그래도 냇 힉스가 아주 감탄할 만한 강꼬치고기를 잡은 건 정작 동쪽 기슭이었다.

대화가 이어졌다. 실제로 이어졌다! 그들의 어조는 높낮이 없이 굵고 단호했다. 그들은 풀먼 열차의 흡연칸에 탄 남자들처럼 허풍이 심했다. 그들은 캐럴을 지루하게 하지는 않았다. 그녀를 겁먹게 했다. 그녀는 숨을 헐떡이며 말했다. "저들은 남편이 자기들 무리에 속하니까 내게도 우호적일 거야. 내가 아무 연고도 없었다면 어쩔 뻔했어!"

그녀는 상아색 작은 입상처럼 한결같은 미소를 지으며 잠잠히 앉아서 생각을 피한 채 상상력이라고는 없이 물질적인 것만 넘쳐나는 거실과 현관을 유심히 바라보았다. 케니컷이 말했다. "인테리어가 깔끔하지, 응? 집에다 가구를 어떻게 배치해야 하는지 보여주는 것 같아. 현대적이야." 그녀는 수긍하는 척하며 기름칠한 바닥, 경목硬木 계단, 사용 흔적이 없는 갈색의 리놀륨 같은 타일을 붙인 벽난로, 레이스 받침 위에 놓아둔 세공 유리 화병을 찬찬히 살폈다. 막대가 가로질러져 닫혀 있는 꺼림칙한 책장에는 허세 넘치는 소설들과 손도 대지 않은 듯한 디킨스, 키플링, 오 헨리, 엘버트 허버드*의 전집이 반쯤 채워져 있었다.

그녀는 신변 얘기 갖고도 파티를 끌고 가지 못한다는 걸 깨달았다. 실내는 안개 같은 머뭇거림이 자욱했다. 사람들은 목

---

* 엘버트 허버드(Elbert Hubbard, 1865~1925)는 저술가이자 예술애호가. 1899년 나온 유명한 에세이 『가르시아 장군에게 보내는 편지』는 당시 미국에서 큰 반향을 일으켰으며 특히 사업하는 사람들에게 감화를 주었다.

청을 가다듬으며 애써 하품을 삼켰다. 남자들은 셔츠 소매를 잡아 뺐고 여자들은 쓸어 넘긴 머리카락 속으로 빗을 더 세게 찔러 넣었다.

그때였다. 달그락 소리, 모두의 기대하는 눈빛, 문 여닫는 소리, 진한 커피향, 그리고 이어진 데이브 다이어의 높고 가는 목소리. "먹을 게 나왔군!" 사람들이 잡담을 시작했다. 그들에게 무언가 할 일이 생겼다. 이 상황에서 벗어날 수 있게 되었다. 닭고기 샌드위치, 메이플 케이크, 약국에서 파는 아이스크림 등 음식에 관심이 쏠렸다. 음식을 다 먹고 나서도 그들은 여전히 즐거웠다. 바로 집에 돌아가 잠자리에 들 수 있겠어!

사람들이 코트 자락과 시폰 스카프, 작별인사를 날리며 돌아갔다.

캐럴과 케니컷은 함께 집으로 걸었다.

"사람들이 마음에 들어?" 그가 물었다.

"정말 잘해주던데요."

"음, 캐리…… 사람들을 놀라게 하지 않도록 좀더 조심해야겠어. 금색 스타킹이니 여교사들에게 발목을 보여줬다느니 하는 말!" 그런 뒤 조금 어조를 누그러뜨렸다. "그 사람들은 당신 덕분에 재미있었겠지만 나 같으면 그런 말을 조심할 거야. 후아니타 헤이독이 보통내기가 아니거든. 꼬투리 잡을 빌미를 주면 안 돼."

"분위기를 띄우려고 한 내가 바보군요! 사람들을 재미있게 하려 한 게 잘못이에요?"

"아니! 아니! 여보, 그 말이 아니라…… 당신은 그중 단연

으뜸이었어. 난 그냥…… 다리 어쩌고 하는 그런 부도덕한 얘기는 삼가란 뜻이야. 아주 보수적인 사람들이거든."

그녀는 말이 없었다. 열심히 들어주던 사람들이 자신의 흠을 들추며 비웃을 걸 생각하니 창피해서 마음이 쓰라렸다.

"제발, 그만 걱정해!" 그가 애원했다.

침묵.

"이런, 괜한 말 해서 미안해. 내 말은 그냥…… 하지만 그 사람들 당신을 무척 좋아해. 샘이 그랬어. '저기 당신 아내 말이야, 이 마을에서 최고야.' 그가 그랬어. 그리고 도슨 부인은 말이지, 그녀가 당신을 맘에 들어 할지 어떨지 몰랐거든. 바싹 말라서는 영악한 여자거든. 그런데 그녀가 그러더군. '맹세코 신부가 정말 영리하고 발랄해요. 그냥 정신이 번쩍 들게 하네요.'"

캐럴은 칭찬을, 칭찬의 풍미와 달콤함을 좋아하지만 자기 연민에 너무 열심히 빠져 있는 바람에 이 찬사의 맛을 제대로 즐길 수가 없었다.

"제발! 자자! 기운 내!" 그가 입술로, 걱정스러워하는 어깨로, 그녀를 감싼 팔로 자신의 마음을 전하는 동안 그들은 어둑한 집 현관에 멈춰 서 있었다.

"사람들이 날 가볍게 보면 신경 쓰여요, 윌?"

"나? 아니, 온 세상이 당신을 이러니저러니 뭐라고 해도 신경 안 써. 당신은 나의, 음, 당신은 내 생명인걸!"

그는 바위만큼 단단해 보이는, 딱 무엇이라 말하기 힘든 덩어리였다. 그녀가 그의 소맷자락을 찾아 꽉 붙잡고 외쳤다. "다행이에요! 필요한 사람이 되는 건 기분 좋은 일이에요! 당신, 내가 가볍더라도 참아야 해요. 당신은 나의 전부니까!"

그가 그녀를 들어 올려 집 안으로 옮겼고, 그녀는 그의 목에 팔을 두르고서 편협한 메인 스트리트는 잊어버렸다.

5장

I

"오늘 하루는 슬쩍 빠져나가 사냥을 할 거야. 당신에게 주변 시골 풍경을 보여주고 싶어." 케니컷이 아침 식탁에서 선언했다. "차를 타고 가려고 했어. 엔진 피스톤을 갈고 나서 얼마나 멋지게 달리는지 당신에게 보여주고 싶었거든. 하지만 말을 몰 거야. 그러면 들판으로 바로 빠질 수가 있으니까. 남아 있는 들꿩은 별로 없지만 운 좋게 한 무리 마주칠지도 몰라."

그가 사냥 도구를 챙기며 수선을 피웠다. 긴 사냥 장화를 꺼내 끝까지 펼쳐놓고 구멍이 났는지 살폈다. 열심히 탄알 수를 셌고 무연화약의 특징에 대해 그녀에게 장광설을 늘어놓았다. 공이치기 없는 새 엽총을 묵직한 황갈색 가죽 총집에서 꺼내 그녀에게 녹 하나 없이 얼마나 반짝반짝한지 총열 안을 들여다보게 했다.

사냥과 캠프 용품, 낚시 도구의 세계는 그녀에게 낯설었지만 케니컷의 취미에서 그녀는 무언가 창의적이고 유쾌한 면을 발견했다. 그녀는 매끄러운 개머리와 에보나이트 고무를 깎아 만든 개머리판을 찬찬히 보았다. 황동 뚜껑과 매끈한 녹색 몸통, 탄약 뭉치 부분에 상형문자가 적힌 탄알들을 잡자 그녀의 손에 서늘하면서 편안한 무게감이 느껴졌다.

케니컷은 큼지막한 안주머니가 달린 갈색 캔버스 사냥 코트, 주름 잡힌 데가 불룩한 코듀로이 바지, 벗겨지고 긁힌 자국투성이의 신발과 낡아빠진 펠트 모자를 착용했다. 복장을 갖추니 꽤 남자다웠다. 그들은 빌린 마차 쪽으로 저벅저벅 걸어가 사냥 도구와 도시락을 뒷자리에 실은 뒤 날씨가 정말 좋다며 서로에게 큰 소리로 말했다.

케니컷은 잭슨 엘더에게서 붉은 얼룩무늬가 있는 흰색 영국 사냥개를 빌려두었다. 햇빛 아래 은빛 털의 꼬리를 반짝반짝 흔들며 잘 따라다니는 개였다. 그들이 출발하자 개가 큰 소리로 짖으며 말머리까지 뛰어올랐다. 급기야 케니컷이 개를 마차 안으로 들였고, 개는 캐럴의 무릎 사이에 코를 비비다가 바깥으로 머리를 내밀며 농가의 잡종견을 비웃었다.

따그닥! 따그닥! 회색 말들이 경쾌한 말발굽 소리를 내며 굳은 땅 위를 달려나갔다. 상쾌한 이른 아침이었다. 바람이 쉿 지나갔고 미역취 덤불 위에 내린 서리가 햇빛을 받아 눈부셨다. 태양이 그루터기만 남은 세상을 데워 넘실대는 노란 빛으로 채울 때쯤 그들은 도로에서 방향을 틀어 농가 출입문을 통과한 뒤 들판을 향해 고르지 않은 땅을 천천히 덜컹거리며 지나갔다. 구릉진 평원의 움푹 꺼진 데서는 시골길조차 보이지 않았다. 따뜻하고 잔잔한 날이었다. 마른 밀짚 사이에서 메뚜기들이 울어댔고 반짝거리는 날벌레들이 마차 쪽으로 돌진했다. 기분 좋은 윙윙거림이 사방을 가득 채웠다. 까마귀들이 하늘을 배회하며 수다를 떨었다.

개는 끈을 풀어주자 신이 나서 껑충거리더니 들판을 일정하게 가로지르며 코를 아래로 박은 채 여기저기 다니기 시작했다.

"피트 러스태드가 이 농장 주인인데, 그가 하는 말이 지난주 웨스트 포티*에서 작은 들꿩 무리를 봤대. 어쨌든 몇 마리 잡을 수 있겠지." 케니컷이 좋아서 싱글거렸다.

그녀는 개가 멈췄다 싶을 때마다 가쁜 숨을 쉬며 초조한 마음으로 개를 지켜보았다. 새를 죽이고 싶은 마음은 손톱만큼도 없었지만 케니컷과 같은 세계에 속하고는 싶었다.

개가 멈추더니 거기서 앞발 하나를 들어 올렸다.

"앗! 냄새를 맡았군! 자!" 케니컷이 꽥 소리를 질렀다. 그가 마차에서 뛰어내려 채찍 꽂이에 고삐를 비틀어 매고 그녀를 휙 돌려서 내려준 다음 총을 집어 들어 탄알을 끼우고 멈춰 선 개를 향해 살금살금 걸어갔다. 캐럴이 타다닥 잰걸음으로 그의 뒤를 따랐다. 개가 앞에서 몸을 낮춰 기어갔다. 꼬리가 흔들렸고 배는 그루터기에 바싹 붙어 있었다. 캐럴은 긴장했다. 커다란 새들이 떼 지어 이내 하늘로 날아오를 것 같았다. 뚫어지게 지켜보느라 눈알이 뻐근했다. 하지만 그들은 개를 따라 4백 미터를 가서는 되돌아왔다가 다시 갔고, 야트막한 언덕을 두 개

---

* 농지구획제도에 따른 명칭. 서부의 40에이커 구역을 의미한다.

넘고 잡초가 무성한 습지를 걷어차며 지나고 철조망 줄 사이를 기었다. 포장길에 익숙한 발로 그렇게 걷는 게 그녀로선 힘들었다. 땅은 우툴두툴하고 그루터기가 삐죽삐죽했으며, 잔디와 엉겅퀴, 자라다 만 토끼풀 뿌리들이 사방에 깔려 있었다. 그녀가 몸을 질질 끌며 허우적댔다.

그녀 귀에 케니컷의 헐떡이는 소리가 들려왔다. "저길 봐!" 회색빛 새 세 마리가 그루터기에서 막 날아오르려 했다. 둥그러니 땅딸막한 게 꼭 거대한 호박벌 같았다. 케니컷이 총열을 조준하면서 움직였다. 그녀는 초조해졌다. 왜 안 쏠까? 새들이 다 날아가버릴 텐데! 그러자 탕, 또 한 번의 탕 소리가 나더니 새 두 마리가 공중제비를 돌며 땅에 털썩 떨어졌다.

그가 새들을 보여주었을 때 피는 전혀 보이지 않았다. 겹겹이 깃털에 싸인 몸체는 너무나 부드러웠고 죽은 기색이라곤 없었다. 그녀는 성공한 자신의 남자가 포획물을 안주머니에 넣는 모습을 지켜본 다음 그를 따라 마차 있는 곳으로 터덜터덜 걸어갔다.

그날 아침 더 이상 들꿩은 찾지 못했다.

정오가 되어 그들은 그녀로선 처음인 농가, 사유 집단 거주지로 마차를 몰았다. 나지막하니 꽤 지저분한 뒤쪽 계단 말고는 현관이 없는 하얀 주택, 하얀 장식이 달린 진홍색 헛간, 유광벽돌 사일로, 지금은 포드 자동차를 세워둔 객차였던 곁채, 페인트칠이 안 된 우사, 닭장, 돼지우리, 옥수수 창고, 곡물 저장고, 아연철판 골조의 풍차 탑 등이 있었다. 앞마당은 나무 한 그루 풀 한 포기 없이 노란 진흙으로 꽉꽉 다져져 있었고 녹슨 쟁기 보습과 버려진 경운기 바퀴들로 어수선했다. 짓뭉개져 굳어버린 용암 같은 진창이 돼지우리에 가득했다. 집의 문들에는 땟자국이 묻어 있고 귀퉁이와 처마는 비를 맞아 녹슬었으며 부엌 창문으로 그들을 지켜보는 아이의 얼굴은 얼룩투성이였다. 하지만 헛간 너머에는 다홍색 제라늄이 무더기로 피어 있었다. 평원에서 불어오는 바람에 햇살이 일렁였다. 번득이는 풍차의 금속 날개들이 윙윙거리며 기운차게 돌았다. 말이 히잉 울었고, 수탉이 꼬끼오 목청을 드높였다. 흰털발제비들은 우사를 들락날락하며 날아다녔다.

아마빛 머리의 키가 작고 빼빼한 여자가 총총걸음으로 집에서 나왔다. 그녀는 스웨덴 사투리로 앵앵거렸는데 영어처럼 단조롭지 않고 활기찬 코맹맹이 소리가 마치 노래하는 것 같았다.

"선생님이 조만간 사냥하러 오실 거라고 피트가 그러더니. 어머, 오셔서 기뻐요. 이분이 신부죠. 오오! 바로 어젯밤에 우리끼리 말했어요, 곧 볼 수 있겠다고. 세상에, 예쁘기도 하시지!" 러스태드 부인이 환한 얼굴로 맞이했다. "세상에, 세상에!! 이 마을이 맘에 드시면 좋겠어요! 좀 계셨다가 식사하고 가시죠, 박사님?"

"괜찮습니다. 그냥 우유 한 잔만 주시겠습니까?" 케니컷이 겸손하게 청했다.

"그럼요, 드릴게요! 잠시 기다리세요. 우유 창고에 갔다 올게요!" 그녀가 풍차 옆의 조그만 붉은 건물로 조급하게 걸음을 재촉했다. 그녀는 우유 항아리 하나를 들고 돌아왔고 캐럴은 그걸 보온병에 채웠다.

차를 몰고 떠날 때 캐럴이 감탄했다. “정말 귀여운 여인이에요. 게다가 당신을 떠받들고 있잖아요. 당신은 가히 유명 인사예요.”

“아, 아냐”라면서도 매우 흡족해하며 그가 말했다. “그렇지만 이것저것 내 의견을 많이 물어봐. 훌륭한 사람들이지, 이 북유럽 농민들. 사는 것도 풍족하고. 아내인 헬가 러스태드는 여전히 미국을 두려워하지만, 자식들은 의사든 변호사든 주지사든 뭐든 자기들 원하는 대로 될 거야.”

“혹시……” 캐럴이 지난밤의 비애감에 다시 빠져들었다. “혹시 이분들이 우리보다 더 중요한 사람들이 아닐까요? 아주 단순하면서 근면해요. 마을이 이들 덕분에 먹고살잖아요. 우리 읍내 사람들은 기생충이나 마찬가지인데도 이들에게 우월감을 느껴요. 어젯밤 헤이독 씨가 ‘촌놈들’에 대해 이야기하는 걸 들었어요. 보아하니 농민들을 경멸하더군요. 그들이 재봉 부자재 판매상 정도의 사회적 지위에 오르지 못했다는 게 이유죠.”

“기생충? 우리가? 읍내 사람들 없이 농부들이 뭘 할까? 돈은 누가 빌려주냐고? 누가…… 바로, 우리가 죄다 제공하고 있어!”

“농부 중에는 마을이 제공하는 서비스에 자신들이 지불하는 대가가 너무 많다고 생각하는 사람들이 있다는 사실을 몰라요?”

“어허, 어느 계층이나 마찬가지로 농부 중에서도 당연히 불평꾼이 많아. 이런 불평꾼들 몇몇이 하는 말을 들으면 누구든 농부들이 나라를 몽땅 맡아야 한다고 생각할걸. 그자들 맘대로

하게 두면 어쩌면 주 의회가 거름 범벅 장화를 신은 농부들 천지가 될지도 모르지. 맞아, 그러고는 나한테 와서 이제 월급제니까 진료비를 내가 정할 수 없다고 말할 거라고! 그렇게 해도 당신은 괜찮다는 거지!"

"근데, 그러면 왜 안 돼요?"

"왜냐고? 저 뭐 같은 패거리들이…… 나보고…… 아, 맙소사, 관둬. 이런 모든 논쟁은 파티 같은 데서야 괜찮겠지만…… 사냥하는 동안은 관두자고."

"알아요. 일종의 '궁금벽'이라는 걸요. 어쩌면 방랑벽보다 더 큰 병일지도 모르죠. 난 그저 이상해서……"

그녀는 자기가 세상 전부를 다 가졌다고 스스로를 다독였다. 잠시 자책하더니 또다시 "난 그저 이상해서……"라며 의아해했다.

그들은 평원 늪지대 옆에서 점심으로 싸온 샌드위치를 먹었다. 맑은 물 위로 쭉 뻗은 길쭉한 수초, 이끼로 뒤덮인 소택지, 붉은깃찌르레기새들, 황록색 얼룩 같은 녹조들. 케니컷이 파이프로 담배를 피우는 동안 그녀는 마차에 등을 기대고 무아지경의 아름다운 하늘에 지친 넋을 빼긴 채 앉아 있었다.

마차가 비틀거리며 큰길로 들어서자 햇빛을 흠뻑 받아 몽롱해져 있던 두 사람은 따그닥따그닥 말발굽 소리에 정신이 번쩍 들었다. 두 사람은 자고새를 찾아 수풀가에서 잠시 멈췄다. 아주 깨끗하고 화사하게 반짝이는 조그만 숲이었다. 은빛 자작나무와 옹이 하나 없는 녹색 나무둥치의 포플러나무들이 열기 가득한 대초원 속에 얌전히 물결을 찰박이는 호젓한 모래 바닥의 호수를 둘러싸고 있었다.

케니컷이 통통한 청설모 한 마리를 쏘아 떨어뜨렸고, 해 질 녘에는 상공에서 선회하며 내려와 수면 위를 스치고 휙 사라지는 한 떼의 오리를 향해 호들갑스럽게 한 방을 쏘았다.

두 사람은 저녁놀이 질 무렵 집으로 마차를 몰았다. 짚단 더미들과 벌통 모양 밀단들은 선명한 담홍색과 갈색이었고, 푸른 이끼를 입은 그루터기들은 반짝거렸다. 거대한 진홍빛 테두리가 거무스름해지니 임무를 다한 대지에 짙은 적갈색 가을이 물들었다. 마차 앞에 까맣던 길이 옅은 라벤더색으로 변하더니 아련한 회색으로 희미해졌다. 소들이 농가 안마당의 가로장 출입문 쪽으로 줄지어 들어갔고 휴식에 들어간 대지 위로 태양빛이 어둠에 휩싸이고 있었다.

캐럴은 메인 스트리트에서 찾지 못한 존엄과 고귀함을 발견했다.

II

하녀를 둘 때까지 그들은 정오에 정찬을 들었고 6시에 거레이 부인의 하숙집에서 저녁을 먹었다.

건초곡물상이었던 디컨 거레이 씨의 미망인인 엘리샤 거레이 부인은 코가 뾰족하고 속없이 잘 웃는 여인이었다. 진회색 머리카락을 머리에 너무 바싹 붙여 빗어서 마치 때가 탄 손수건을 덮어씌운 것 같았다. 하지만 그녀는 의외로 쾌활했고, 기다란 소나무 식탁에 얇은 식탁보를 씌워놓은 식당은 꾸밈없이 깨끗하여 나름대로 품위가 있었다.

여물통 앞의 말처럼 일렬로 앉아 웃음기 없이 꼼꼼히 음식을 씹는 투숙객들 사이에서 캐럴은 유독 한 사람에게 시선이 갔다. 창백하고 길쭉한 얼굴에 안경을 끼고 옅은 갈색 머리카락을 세워 올백 스타일로 넘긴, '레이미'라고 불리는 레이먼드 워더스푼 씨였는데, 총각 생활에 이골이 난 사람으로 본톤 백화점 제화부에서 매니저이자 판매사원으로 일하고 있었다.

"고퍼 프레리를 즐겨주십시오, 케니컷 부인." 레이미가 애원하듯 말했다. 그의 눈빛은 마치 추운 바깥에서 안으로 들여달라고 기다리는 개처럼 보였다. 그가 흥감스레 살구 스튜를 건넸다. "여긴 똑똑하고 교양 있는 분들이 많습니다. 『크리스천 사이언스』 잡지 구독자인 윌크스 부인은 아주 총명한 분이에요. 하지만 전 크리스천 사이언스 교도는 아니고, 성공회 합창단 단원입니다. 그리고 고등학교 교사인 셔윈 양은 참으로 유쾌하고 똑똑한 여성이지요. 어제 셔윈 양에게 황갈색 각반 한 쌍을 맞춰드렸는데 정말이지 그렇게 기쁠 수가 없었답니다."

"캐리, 버터 좀 건네줘." 케니컷이 말했다. 그녀가 남편의 말은 들은 척도 않고 레이미에게 말을 더 시켰다.

"여기서 아마추어 연극 같은 것도 올리나요?"

"아 그럼요! 여긴 재능 있는 사람이 넘칩니다. 우애공제회가 작년에 멋진 민스트럴 쇼*를 올렸어요."

---

* minstrel show. 19세기 중·후반 미국에서 유행했던 코미디풍의 쇼. 백인이 얼굴을 검게 분장하고 흑인풍의 노래와 춤을 선보이며 흑인 노예의 삶을 희화화했다.

“대단한 열정이네요, 멋져요.”

“아 정말입니까? 여러 사람이 저를 놀려요, 쇼 같은 걸 올리려고 애쓴다고요. 전 그들에게 자신들이 생각하는 것보다 예술적 재능이 더 많다고 말해줍니다. 바로 어제도 제가 해리 헤이독에게 말했지요. 혹시 시를, 롱펠로 같은 시인의 시를 읽거나 악단에 들어갈 생각이 없느냐고요. 전 코넷을 불 때 큰 즐거움을 얻습니다. 그리고 저희 악단장, 델 스나플린은 정말 훌륭한 연주자예요. 제가 종종 그러죠. 그분은 이발업을 접고 전문 연주자가 되어야 한다고요. 그분은 미니애폴리스나 뉴욕 아니, 어디서건 클라리넷을 연주할 수도 있어요. 그런데 이런 걸 해리에게는 전혀 이해시킬 수가 없더군요. 그나저나 두 분이 어제 사냥을 나가셨다고요. 아름다운 고장이죠? 몇 가구 들러보셨나요? 장사는 의술처럼 용기를 북돋는 일은 아닙니다. 환자들이 선생님을 얼마나 신뢰하는지 깨닫는 건 정말 근사한 일이겠죠.”

“흥, 신뢰해야 하는 쪽은 오히려 나요. 저들이 밀린 진료비나 갚아준다면 훨씬 더 근사할 테지요.” 케니컷이 툴툴거리더니 캐럴 쪽으로 무어라 소곤거렸다. “수다쟁이 양반 같으니”라고 하는 것 같았다.

그런데 그녀를 보는 레이미의 연회색 눈동자에 눈물이 어렸다. 캐럴이 격려의 말을 건넸다. “그러니까 시 읽는 걸 좋아하시는군요?”

“아 네, 굉장히 좋아합니다만 솔직히 읽을 시간이 많지 않습니다. 가게에선 늘 바쁜 데다…… 그런데 지난겨울 우애공제회

여성 회원 모임에 기차게 시를 읊는 전문 낭독자가 참석했었습니다."

캐럴은 식탁 끝에 앉은 순회 영업사원이 내뱉는 끄응 하는 소리를 들은 것 같았고, 케니컷은 팔꿈치를 쿡 찌르며 불만을 드러냈다. 그녀는 집요했다.

"연극을 자주 보러 가시나요, 워더스푼 씨?"

그가 어둑하니 파르스름한 3월의 보름달처럼 그녀에게 환한 표정을 지었다가 한숨을 내쉬었다. "아뇨. 하지만 전 영화를 좋아합니다. 진정한 애호가지요. 책의 문제는 말입니다, 책이 영화처럼 이성적인 검열관에게 철저하게 걸러지지 않기 때문에 도서관에 책을 빌리러 가면 우리가 어떤 내용에 시간을 낭비하게 될지 도통 알 수가 없다는 겁니다. 책 중에서 제가 좋아하는 유형은 건전하면서 아주 유익한 내용인데 가끔씩 말이죠…… 아니, 한번은 제가 부인도 읽어보셨을 발자크라는 사람의 소설을 읽기 시작했어요. 그 소설에서는 주인공 여자가 남편도 아닌 남자와 같이 살더군요. 그러니까 그 여자는 같이 사는 남자의 아내가 아니었어요. 역겨우리만치 어찌나 세세하게 묘사해놨던지! 그리고 번역이 정말 형편없었어요. 제가 사서에게 그 얘길 했더니 서가에서 그 책을 치우더군요. 전 편협한 사람은 아니지만 이렇게 일부러 패륜 행위를 끌어다 넣는 이유가 무언지 정말 이해가 안 돼요. 인생 자체가 유혹투성이니까 문학에서는 오로지 순수하고 도덕적일 필요가 있거든요."

"발자크가 쓴 그 소설 제목이 뭡니까. 어디 가면 볼 수 있어요?" 순회 영업사원이 킬킬거렸다.

레이미는 들은 척도 하지 않았다. "하지만 영화는요. 영화는 대부분 깨끗하고 유머도…… 부인은 인간이 지녀야 할 가장 중요한 자질이 유머 감각이라고 생각지 않으십니까?"

"글쎄요. 전 정말 유머 감각이 별로 없어요." 캐럴이 말했다.

그가 그녀에게 손가락을 내저었다. "이런, 이런, 너무 겸손하십니다. 분명 우리가 보기에 아주 멋들어진 유머 감각을 갖고 있어요. 게다가 케니컷 박사님은 유머 감각이 없는 여성과는 결혼하지 않을 텐데요. 우린 다 압니다. 선생님이 농담을 얼마나 좋아하시는데요!"

"사실이오. 난 농담을 좋아하는 사내요. 자, 캐리. 갑시다." 케니컷이 말했다.

"그런데 가장 관심 있는 예술 분야는 무엇인가요, 케니컷 부인?" 레이미가 사정하다시피 말했다.

"어머……" 순회 영업사원이 "치의학"이라고 중얼거리는 소리를 듣더니 그녀가 아무거나 던져보자는 심정으로 "건축학"이라고 대답했다.

"정말 멋진 예술이죠. 전 항상 그렇게 말해왔는데요, 헤이독&사이먼스 백화점이 본톤 건물의 정면 공사를 끝낼 때쯤 영감님이 나를 찾아왔어요. 있잖습니까, 해리의 부친 'D. H.', 전 늘 그렇게 불러요. 와서는 어떠냐고 묻기에 제가 그랬죠. '보십시오, D. H' 제가 말하기를, 음, 그는 정면을 밋밋하게 그냥 둘 생각이었거든요. 그래서 말했습니다. '현대적인 조명도 좋고 넓은 진열 공간도 좋습니다만, 그렇게 되면 건축양식이 좀 들어가야 할 겁니다.' 그러자 그가 웃더니 내 말이 맞는 것 같다면서 돌림띠를 두르라고 시키더군요."

"양철로!" 순회 영업사원이 말했다.

레이미가 덤벼드는 쥐처럼 이를 드러냈다. "글쎄, 양철이면 뭐요? 그건 내 탓이 아니지. D. H.에게 난 우아하게 화강암으로 하라고 했어요. 사람을 피곤하게 하는군!"

"갑시다! 자, 캐리, 가자고!" 케니컷이 말했다.

레이미가 복도에서 그들을 불러 세우더니 캐럴에게 순회 영업사원의 막된 언행에 신경 쓰지 말라면서 후와 플루와*라서 그렇다고 귀띔했다.

케니컷이 껄껄 웃었다. "그래, 어때? 레이미처럼 예술적인 사람이 샘 클라크나 나처럼 멍청한 바보보다 더 좋아?"

"여보! 집에 가서 피너클 카드놀이 하면서 웃고 바보처럼 굴다가 침대로 뛰어들어 꿈도 꾸지 말고 자요. 완전한 주민이 되는 건 멋져요!"

III

『주간 고퍼 프레리 돈트리스』에 실린 기사의 일부다.

이 계절 가장 멋진 행사가 화요일 저녁 샘 클라크 부부의 근사한 신축 가옥에서 열렸다. 그 자리에서 우리 고장의 여러

---

* 'hoi polloi'는 그리스 말로 '일반 대중, 서민'을 뜻하지만, 레이미가 프랑스어처럼 발음하고 있다.

저명인사가 인기 있는 이 지역 내과 의사 윌 케니컷 박사의 사랑스러운 신부를 환영했다. 참석자 전원이 결혼 전 이름인 세인트폴의 캐럴 밀퍼드 양의 다양한 매력을 입에 올렸다. 유쾌한 대화와 함께 게임과 묘기가 그날의 주요 행사로 진행되었다. 느지막한 시간에 풍미 가득한 식음료가 나왔고 유쾌한 행사를 즐긴 감흥이 오가면서 파티는 성대하게 끝이 났다. 참석자 중에는 케니컷 부인, 엘더 부인……

* * *

지난 몇 년 동안 가장 인기 있고 실력 있는 이 지역 내·외과 의사 중 한 사람인 윌 케니컷 박사가 이번 주 아름다운 신부, 미스 캐럴 밀퍼드(결혼 전 이름) 양과 함께 콜로라도의 긴 신혼여행에서 돌아오면서 마을에 생각지 못한 즐거움을 선사했다. 신부는 미니애폴리스와 맨카토 지역 사교계에서 명망을 얻고 있는 가문 출신이다. 케니컷 부인은 다양한 매력의 소유자로 외모가 빼어나게 아름다울 뿐 아니라 동부에서 대학을 나온 재원이며, 지난해 세인트폴 공공도서관의 책임 있는 주요 직위에서 두드러진 역할을 해냈는데, 여기서 '윌' 박사가 부인을 만나는 행운을 거머쥐었다. 고퍼 프레리는 그녀를 마음속 깊이 환영하며, 그녀가 쌍둥이 호숫가의 활기찬 도시에서 오래도록 행복하게 지내리라 예상한다. 케니컷 박사 부부는 그의 어머니가 아들을 위해 지키고 있던 포플러 스트리트의 자택에서 둥지를 틀 예정이며, 모친은 그녀를 그리워하며 조만간 다시 만나게 되기를 바라는 수많은 친구를 뒤로한 채 라쿼메르의 자택으로 돌아간 상태다.

IV

그녀는 자신이 꿈꾸었던 '개선'을 조금이라도 실현하려면 시발점이 있어야 한다는 것을 알고 있었다. 결혼 후 3,4개월 동안 그녀가 혼란스러웠던 것은 분명한 계획에 대한 인식이 부족해서가 아니라 처음 꾸린 가정에서 느끼는 걱정 없는 순수한 행복 때문이었다.

등받이가 부실한 양단 안락의자, 심지어 광을 내보려고 박박 닦았던 황동 수도꼭지 등 살림에 익숙해지자 그녀는 주부로서 자부심을 느끼며 작은 세간살이 하나하나에 애정을 품었다.

그녀는 하녀를 구했다. 얼굴이 포동포동하고 잘 웃는, 스캔디아 크로싱에서 온 비 소렌슨이라는 이름의 하녀였다. 비는 공손한 하녀이자 속을 터놓는 친구가 되겠다며 익살을 떨었다. 그들은 스토브에 불이 안 붙여진 것 때문에, 또는 프라이팬 위에서 미끌거리는 생선 때문에 함께 깔깔거렸다.

질질 끌리는 스커트를 입고 할머니 흉내를 내는 아이처럼 캐럴은 주택가를 씩씩하게 걸어서 장을 보러 다녔고, 가는 길에 만나는 주부들에게 큰 소리로 인사를 건넸다. 처음 보는 사람들이고 뭐고 할 것 없이 다들 그녀에게 인사를 했고, 그걸 보면서 그녀는 사람들이 자신을 원하고 있고, 자신이 이곳의 주민임을 느꼈다. 도시의 상점에서는 그저 한 고객일 뿐이었다.

잔뜩 지친 점원에게 하나의 모자이자 하나의 목소리에 불과했다. 이곳에서는 케니컷 박사 부인이었다. 그레이프프루트에 대한 그녀의 기호라든지 그녀의 습관 같은 것에 대해, 심지어 만족시킬 가치조차 없는 것도 사람들이 알았고 기억했으며 입에 올렸다.

장보기는 활기찬 대화가 오가는 큰 즐거움이었다. 그녀를 환영하려고 열렸던 두세 번의 파티에서 단조로운 목소리가 참으로 지루했던 바로 그 상인들이 레몬이나 거즈 혹은 바닥 닦는 기름에 대해 얘기할 때는 그 누구보다 유쾌한 상담 상대가 되었다. 그녀는 장난기 많은 약제사 데이브 다이어와 길게 말다툼하는 시늉을 했다. 그녀는 그가 잡지와 캔디 가격을 속이는 것처럼 굴었고 그는 트윈 시티에서 나온 수사관이라도 되는 것처럼 그녀를 대했다. 그는 약을 조제하는 카운터 뒤에 숨어 있다가 그녀가 발을 구르면 앞으로 나와 투덜거렸다. "오늘은, 적어도 아직은 아무것도 속이지 않았어요. 정말입니다."

그녀는 메인 스트리트에 대한 첫인상을 전혀 기억하지 못했다. 볼품없던 모습에서 느꼈던 것과 똑같은 좌절감을 다시는 느끼지 않았다. 두 번의 장보기가 끝났을 때는 모든 것의 크기가 달라져 있었다. 미니마쉬 호텔은 들어가 본 적이 없었기 때문에 관심이 사라졌다. 클라크의 철물점, 다이어의 약국, 올레 젠슨과 프레더릭 루덜마이어와 하울랜드&굴드의 식료품점, 정육점, 잡화점 등 다들 넓어진 데다 안에는 다른 구조물들이 숨어 있었다. 그녀가 루덜마이어 씨의 가게에 들어서자 그가 숨을 쌕쌕거리며 "안녕하신가요, 케니컷 부인. 아, 날씨가 좋지요"라고 했을 때, 그녀는 자욱하게 앉은 선반의 먼지뿐 아니라 여점원의 우둔함도 느끼지 못했다. 게다가 메인 스트리트를 처음 돌아보면서 그와 무언의 대화를 주고받았던 것도 기억하지 못했다.

그녀는 원하는 식재료의 반도 구할 수 없었지만, 그 덕분에 장보기는 더욱 흥미진진한 경험이 되었다. 달&올슨 정육점에서 용케 송아지 췌장이라도 구한 날에는 성취감이 어찌나 크던지 신나게 수다를 늘어놓았고, 건장하고 아는 게 많은 달 씨를 칭찬했다.

그녀는 아늑하고 편안한 시골 생활의 진가를 알아보았다. 노인, 농민, 남북전쟁 참전용사 들이 좋았는데, 이들은 가끔 잡담할 때는 쉬고 있는 인디언들처럼 보도 위에 쪼그려 앉아 생각에 잠겨 있다가 갓돌에 침을 뱉었다.

그녀는 아이들이 예뻐 보였다.

예전에는 아이를 갖고 싶어 하는 기혼 친구들의 열망이 과장된 것이라고 의심했었다. 하지만 사서로 일할 때 그녀에게 아이들은 이미 개별 인격체, 자신만의 권리와 나름의 유머 감각을 지닌 주州의 공민이었다. 도서관에서는 아이들에게 신경 쓸 시간이 없었지만, 지금은 가던 길을 멈추고 베시 클라크에게 인형의 류머티즘이 이제 나았는지 진지한 표정으로 물어보거나, "'사향쥐' 덫을 놓으러 가면 무지 신나겠죠"라는 오스카 마틴슨의 말에 맞장구를 쳐주는 즐거움을 알게 되었다.

언뜻 이런 생각이 그녀의 머릿속을 스쳤다. '아이가 있으면 좋겠지. 정말 하나 갖고 싶어. 쪼끄마한…… 아냐! 아직은 아

냐! 할 일이 너무 많아. 게다가 사서 일의 피로가 아직 남아 있어. 정말 피곤해.'

그녀는 집에서 쉬었다. 정글이든 대초원이든 이 세상 어딜 가든 들리는 마을의 소음에 귀를 기울였다. 개 짖는 소리, 기분 좋게 꾸르륵대는 닭 소리, 아이들 노는 소리, 양탄자를 내다 터는 소리, 미루나무에 바람 스치는 소리, 찌르륵찌르륵 메뚜기 우는 소리, 보도 위의 발소리, 비와 식료품점 사환이 부엌에서 즐겁게 주고받는 말소리, 쨍그랑 모루 소리, 멀지 않은 곳에서 나는 피아노 소리, 다들 소박하면서 매력 넘치는 소리였다.

그리고 적어도 일주일에 두 번은 케니컷과 함께 시골로 마차를 몰고 나가 석양에 반짝이는 호수에서 오리 사냥을 하거나 환자들의 집을 방문했고, 환자들은 그녀를 향사鄕士의 아내나 되는 듯 우러러보며 가지고 간 장난감과 잡지에 고마워했다. 저녁에는 남편과 영화를 보러 갔고 마주치는 사람마다 건네는 인사를 받았다. 혹은 아직 추위가 오지 않았을 때는 현관에 앉아서 자동차를 타고 지나가는 사람들 혹은 갈퀴로 낙엽을 긁는 이웃들을 소리쳐 불렀다. 뉘엿뉘엿 넘어가는 석양빛에 흙먼지는 황금빛으로 변했고 거리는 낙엽 태우는 냄새로 가득 찼다.

V

하지만 그녀는 막연히 자신과 생각을 나눌 누군가를 원하고 있었다.

느긋한 오후, 바느질감을 만지작거리며 전화벨이 울리길 바라던 차에 바이더 서윈 양이 찾아왔다고 하녀 비가 알렸다.

바이더는 생기 있는 푸른 눈을 가졌지만 찬찬히 뜯어보면 얼굴에 주름이 살짝 잡혀 있고 안색이 누렇진 않아도 한창때가 지났음을 알 수 있다. 가슴이 납작하고 손가락은 바늘과 분필과 펜대를 잡아 굳은살이 박이고, 입고 있는 블라우스와 무지 스커트는 무난하며, 뒤로 너무 젖혀 쓴 모자 때문에 푸석한 이마가 드러난 것도 눈치챘을 것이다. 그래도 바이더 서윈을 결코 자세히 본 건 아니었다. 볼 수가 없었다. 열성적인 활동에 가려져 있었기 때문이다. 그녀는 다람쥐만큼이나 활기가 넘쳤다. 손가락을 파르르 떨었고 연민을 화산처럼 뿜어냈다. 또한 듣는 사람 가까이 있으려고 의욕적으로 의자 끝에 몸을 걸치고 앉아 자신의 열정과 낙천주의를 전달했다.

그녀가 서둘러 방으로 들어오며 말을 쏟아냈다. "교사들이 찾아와 보지도 않고 인색하다고 생각할 것 같은데요. 하지만 우린 부인이 자리 잡을 기회를 드리고 싶었답니다. 난 바이더 서윈이라고 해요. 고등학교에서 프랑스어와 영어 그리고 몇 가지 다른 걸 가르쳐보는 중입니다."

"저도 교사들과 알고 지내고 싶었답니다. 전 사서로……"

"아, 말씀 안 하셔도 돼요. 부인에 대해 다 알고 있어요. 끔찍이도 많이요. 남 얘기 좋아하는 동네거든요. 이곳에서 우린 부인이 무척 필요해요. 정말 성실한 마을이지만(성실은 세상에서 가장 고결하잖아요!) 원석인 다이아몬드라서 광을 내려면 부인이 필요하답니다. 우리가 몹시 변변찮아서요……" 그녀가 말을 멈추고 숨을 돌리더니 웃음으로 칭찬을 마무리했다.

"어떤 식으로든 도울 수만 있다면…… 혹시 고퍼 프레리가 좀 초라한 것 같다고 일러바친다면 용서받지 못할 죄를 짓는 거겠죠?"

"물론 초라해요. 몹시도! 하지만 난 이 마을에서 부인이 그런 말을 해도 별 탈 없을 유일한 사람일 겁니다. (아마 변호사인가이 폴록만 빼면요. 만나보셨나요? 어머, 만나보셔야 해요! 한마디로 매력 만점인 분이죠. 지성과 문화적 소양에, 게다가 얼마나 친절한지.) 하지만 난 마을의 볼품없는 외관은 그다지 걱정하지 않습니다. 바뀔 테니까요. 내가 희망을 거는 건 정신이에요. 정신은 온전합니다. 건전해요. 하지만 겁을 내고 있어요. 여긴 마을을 일깨워줄 부인같이 활동적인 사람이 필요합니다. 난 부인에게 마구 시킬 작정이에요!"

"좋아요. 제가 뭘 하면 되죠? 혹시 훌륭한 건축가를 불러다 강연할 수 있을지 궁금했어요."

"네에. 하지만 기존 기관들과 협력하는 게 더 낫지 않을까요? 어쩌면 김빠진 소리로 들릴 수 있겠지만, 생각해봤는데…… 부인에게 주일학교를 맡기면 멋질 것 같아요."

캐럴은 생판 남에게 상냥하게 고개를 끄덕이고 있다는 걸 깨달은 사람처럼 허탈한 얼굴로 말했다. "아 네. 하지만 그런 건 별로 잘하지 못할 텐데요. 제 신앙이 왔다 갔다 해서."

"알아요. 나도 그래요. 교리는 별로거든요. 그래도 하느님의 부성과 인류애와 예수의 지도력에 대한 믿음은 견지하고 있어요. 당연히 부인도 그러시겠죠."

캐럴은 점잖은 표정을 지으며 차를 마실까 생각했다.

"주일학교에서 가르칠 건 그게 다예요. 나머진 개인이 하는 거죠. 그다음엔 도서위원회라는 게 있어요. 그건 익숙하시겠죠. 그리고 당연히 우리 여자들의 연구 모임인 새너탑시스* 클럽이 있고요."

"거긴 무언가 재미있는 일을 하나요? 아니면 백과전서에서 뽑은 자료로 만든 과제물을 읽나요?"

셔윈 양이 어깨를 으쓱했다. "아마도. 하지만 어쨌든 회원들이 무척 열심이에요. 부인이 내놓는 좀더 참신한 계획에 관심을 보일 겁니다. 그리고 새너탑시스는 훌륭한 사회활동을 하고 있어요. 시市에다 아주 많은 나무를 심었고 농민들의 아내를 위한 휴게실을 운영하거든요. 그리고 개량사업이나 문화사업에도 관심이 많아요. 사실, 정말로 독특해요."

캐럴은 실망했다. 구체적인 게 하나도 없었다. 그녀가 정중하게 말했다. "한번 생각해볼게요. 우선 시간을 들여 한번 둘러봐야겠어요."

셔윈 양이 그녀에게 성큼 다가와 머리를 쓰다듬으며 가만히 그녀를 바라보았다. "이런, 내가 모른다고 생각해요? 신혼의 달콤한 처음 며칠간 말이에요. 그 시간은 내게 신성해요. 가정과 아이들. 당신을 필요로 하고 자신들을 살아 있게 해주는 당신을 믿으며, 주름진 미소와 함께 당신에게 기대는 아이들. 따뜻한 벽난로와……" 그녀가 캐럴의 얼굴은 보지 않은 채 의자

* Thanatopsis. 그리스어 'thanatos(죽음)'와 'opsis(전망)'라는 말에서 파생한 '죽음에 관한 고찰'이라는 의미.

의 방석을 어루만지는 행동을 했지만 조금 전의 활달한 어조로 말을 이었다.

"내 말은, 준비되면 우릴 도와달라는 거예요…… 날 보수적이라고 생각할까 봐 걱정스럽네요. 그래요! 지킬 게 너무 많아요. 보물 같은 미국의 이 모든 신념. 불굴의 정신, 민주주의, 그리고 기회. 팜비치*라면 다를 수 있겠죠. 하지만 다행히도 고퍼 프레리에는 그런 사회계층이 없어요. 내게 장점이 딱 하나 있다면요, 그건 이 나라, 우리 주, 우리 마을 고퍼 프레리의 지성과 감성을 놀랍도록 믿는다는 겁니다. 그런 강한 믿음이 있기에 가끔씩은 거만한 부자들이 조금이나마 내 말을 듣는 거고요. 난 그들을 일깨워 이상을, 그러니까 그들 자신을 믿게 만들어요. 하지만 난 쳇바퀴 같은 교사 생활을 하고 있어요. 내겐 부인처럼 날 바로잡아주는 비판적인 젊은 여성들이 필요해요. 저, 무슨 책을 읽으시나요?"

"『테런 웨어의 파멸』**을 다시 읽고 있어요. 그 책 아세요?"

"네. 잘 쓴 책이에요. 하지만 어려웠어요. 작가는 쌓아 올리는 대신 무너뜨리려고 하더군요. 냉소적이었어요. 아, 나는 감상주의자가 되고 싶진 않아요. 하지만 묵묵히 일하는 우리 일용직 노동자들에게 용기도 주지 못하는 이런 고상한 것들이 다 무슨 소용인지 이해할 수 없어요."

---

* Palm Beach. 미국 플로리다주의 남동부에 있는 도시.

** 해럴드 프레더릭이 쓴 『테런 웨어의 파멸 *The Damnation of Theron Ware*』(1896)은 사실주의 소설로, 뉴욕주 작은 마을의 감리교 목사가 겪는 삶의 부침을 통해 고루한 19세기 미국 사회의 종교, 지성, 문화를 조명하고 있다.

그 뒤로 세상에서 가장 오래된 주제로 15분간 토론이 계속되었다. 예술이긴 한데 그게 아름다운가? 캐럴은 솔직한 의견으로 상대방의 마음을 움직이려 애썼다. 셔윈 양은 예술은 우아해야 하며, 불편한 지성의 속성은 신중히 사용해야 한다고 주장했다. 마침내 캐럴이 소리 높여 말했다.

"우리 두 사람의 의견이 얼마나 다른지는 상관없어요. 곡물이 아닌 다른 이야기를 나눌 사람이 있으니 구원받은 기분이에요. 우리 고퍼 프레리를 완전히 뒤바꿔봐요. 애프터눈 커피 대신 애프터눈 티를 마셔요."

즐거워 보이는 비가 캐럴을 거들어 대대로 내려오는 접이식 재봉 탁자를 내오고 수놓은 오찬 식탁보와 세인트폴에서 가져온 매끈매끈한 연보라색 일본 다기 세트로 찻상을 차렸다. 거머누르께한 탁자 상판에는 양재사의 점선기 때문에 생긴 점선 자국들이 남아 있었다. 셔윈 양이 자신의 최근 생각을 털어놓았다. 포드 자동차에 연결한 휴대용 발전기의 빛을 이용하여 시골 지역에 교훈적인 영화를 상영한다는 계획이었다. 비는 두 번이나 불려가서 온수 주전자를 채우고 시나몬 토스트를 만들어 내갔다.

5시에 집으로 돌아온 케니컷은 애프터눈 티를 마시는 사람의 남편답게 품위를 지키려 애썼다. 캐럴은 셔윈 양에게 저녁 식사를 하고 가라고 권하면서 케니컷에게는 칭찬 자자한 변호사이자 시적 감수성을 지닌 독신남인 가이 폴록을 부르는 게 좋겠다고 넌지시 귀띔했다.

그래, 폴록이 온대. 샘 클라크의 파티에 못 가게 한 감기가 나왔대.

캐럴은 괜히 오라고 했나 싶었다. 새 신부를 갖고 심한 농담을 건네는 독선적인 출세주의자일 텐데. 하지만 가이 폴록이 등장할 때 그녀는 그의 인간적 매력을 발견했다. 폴록은 서른여덟 살쯤 되는 남성으로 호리호리하고 조용하면서 공손했다. 목소리가 저음이었다. "초대해주셔서 정말 감사합니다"라고 말하면서 그는 농담도 섞지 않았고 고퍼 프레리가 '이 나라에서 가장 활기찬 마을'이라고 생각지 않느냐고 묻지도 않았다.

고르게 난 그의 회색빛 머리카락에서 연보랏빛과 푸른빛, 은빛 등 수많은 색조가 보이는 것 같았다.

저녁 식탁에서 그가 토머스 브라운 경, 소로, 아그네스 리플라이어, 아서 시먼스, 클로드 워시번, 찰스 플랜드로 등을 좋아한다는 뜻을 내비쳤다. 그는 자기가 숭배하는 사람들을 수줍게 소개했지만, 캐럴이 책 이야기를 할 때, 셔윈 양이 찬사를 장황하게 늘어놓을 때 그리고 케니컷이 누구든 자기 아내를 즐겁게 해주는 사람의 말을 가만히 듣고 있을 때 자신의 의견을 보탰다.

캐럴은 가이 폴록이 왜 일상적인 소송 사건들을 파고들면서 계속해서 고퍼 프레리에 남아 있는지 의아했지만 물어볼 사람이 딱히 없었다. 케니컷이나 바이더 셔윈은 폴록 같은 인물이 고퍼 프레리에 남아 있을 사람이 아니라는 것을 이해하지 못할 것이다. 그녀는 이 어렴풋한 비밀을 즐겼다. 우쭐해지면서 꽤 문학적인 기분을 느꼈다. 이미 그녀는 그룹을 구성했다. 마을에 채광창이 달리고 사람들이 골즈워디*에 대해 알게 될 날이 바로 코앞이었다. 그녀는 무언가를 하고 있었다! 그녀가 얇게 썬 오렌지 위에 코코넛 가루를 뿌린 임기응변식 디저트를 내면서 폴록에게 말했다. "연극 클럽을 하나 시작해야 한다고 생각지 않으세요?"

6장

I

눈이라기엔 애매한 11월의 첫눈이 땅으로 스며들다가 갈아엎은 들판의 맨 흙덩이들을 하얗게 가렸다. 고퍼 프레리 집의 성지와도 같은 벽난로에 작은 불을 처음으로 지폈다. 그때부터 캐럴은 집을 자기 취향대로 꾸미기 시작했다. 황동 손잡이가 있는 떡갈나무 탁자, 케케묵은 양단 의자, 루크 필데스의 그림 「의사」를 거실에서 치웠다. 그녀는 미니애폴리스로 가서 도자기류와 고급 취향의 물건을 파는 백화점과 10번가의 작은 상점들을 바쁘게 돌아다녔다. 고른 보물들은 화물로 부쳐야 했지만, 그녀는 그것들을 양팔로 안아 들고 가고 싶어 했다.

목수들이 앞쪽과 뒤쪽 거실 사이의 칸막이를 헐어 긴 방으로 만들었고, 그녀는 그 안에 노란색과 진청색을 아끼지 않고

---

* 존 골즈워디(John Galsworthy, 1867~1933)는 영국의 변호사이자 소설가, 극작가로 인도주의적 작품을 발표했고, 노벨문학상을 받았다.

쎴다. 그러고는 빳빳한 군청색 명주와 금빛 실이 복잡하게 어우러진 오비*를 노란 벽 위에 벽판처럼 걸었다. 금색 줄무늬가 있는 청옥 빛깔의 벨벳 쿠션이 놓인 소파. 고펴 프레리에선 경박한 인상을 주는 의자들. 그녀는 신줏단지 같은 가족 축음기를 식당으로 뺀 뒤 그 자리에 정사각형 진열장을 놓았다. 그리고 그 위에는 양쪽 끝에 노란 양초를 세우고, 그 사이에 펑퍼짐한 푸른 항아리를 놓았다.

케니컷은 벽난로는 만들지 않겠다고 작정했다. "어차피 몇 년 있으면 집을 새로 지을 거니까."

그녀는 방 하나만 꾸몄다. 케니컷은 나머지 방은 '완전히 성공할' 때까지 그냥 두는 게 좋겠다는 뜻을 슬쩍 내비쳤다.

갈색의 정사각형 집이 요동치며 깨어났다. 집이 마치 살아 움직이는 듯 장을 보고 돌아오는 그녀를 맞이했다. 곰팡이가 낀 채 음울하게 죽어 있던 모습이 사라졌다.

최종 판단은 케니컷의 몫이었다. "저런, 새로 들여온 것들이 별로 편치 않을 줄 알았는데 이 다이밴**인지 뭔지는 울퉁불퉁했던 이전의 낡은 소파보다 훨씬 좋군. 그리고 죽 둘러보니…… 음, 그 돈을 다 들일 만했어."

마을에선 다들 새 단장에 관심을 보였다. 현장에서 돕지 않았던 목수와 칠장이들이 잔디를 가로질러 와선 창문을 들여다보며 소리를 질렀다. "멋지군! 근사한데!" 약국에서는 데이브

---

* 일본의 전통 허리띠.

** divan. 등받이와 팔걸이가 없는 긴 의자.

다이어가, 본톤 백화점에서는 해리 헤이독과 레이미 워더스푼이 매일 같은 말을 반복했다. "개조 작업이 어찌 돼가고 있지? 사람들 말이 집이 정말 고급스러워지고 있다던데."

심지어 보가트 부인도 한마디 보탰다.

보가트 부인은 캐럴의 집 뒤쪽 맞은편에 살았다. 그녀는 미망인이었고 이름난 침례교 신자로 말발이 있는 사람이었다. 고생고생하여 세 아들을 기독교 신자로 키워냈는데 한 명은 오마하에서 바텐더가 되었고, 다른 한 명은 그리스어 교수가 되었으며, 하나 남은 열네 살의 사이러스 보가트는 아직 집에 있었다. 그 녀석은 뒷골목 거친 패거리 중에서도 가장 악질이었다.

보가트 부인은 말발은 있어도 신랄한 유형은 아니었다. 무른 성정에 의기소침한 편으로 뚱뚱하고 한숨을 잘 쉬었으며, 소화불량기가 있고 의존적이고 침울했지만, 맥이 풀릴 만큼 희망적인 유형이었다. 커다란 양계장에는 어딜 가나 보가트 부인을 닮은 성난 표정의 늙은 닭들이 꽤 있었고 그 닭들은 일요일 정오 정찬에 두툼한 만두와 함께 프리카세*가 되어 나오는데, 그 때도 여전히 닮아 보였다.

캐럴은 보가트 부인이 옆 창을 통해 자기 집을 훔쳐본다는 걸 알고 있었다. 케니컷 부부와 보가트 부인은 어울리는 물이 달랐다. 다시 말하면 비슷한 부류끼리 어울리는 건 5번가나 메이페어**처럼 고퍼 프레리도 똑같았다. 그런데 보가트 부인이

---

* 닭고기를 버터에 볶아 양파, 버섯, 크림소스를 넣어 걸쭉하게 끓인 스튜 요리.

** 뉴욕과 런던의 대표적인 부유층 거리.

캐럴의 집을 방문했다.

그녀가 쌕쌕거리며 들어와 한숨을 쉬더니 캐럴에게 물컹한 손을 내민 다음 한숨을 또 쉬었다. 캐럴이 다리를 꼬면서 발목을 보이자 재빨리 힐긋 보더니 한숨을 내쉬었고, 새로 들인 파란 의자를 살핀 다음 새침하게 한숨 소리를 내더니 웃는 얼굴로 말을 시작했다.

"진즉에 찾아오고 싶었어요. 이웃에 살잖아요. 하지만 부인이 정리될 때까지 기다려야겠다고 생각했죠. 우리 집에 꼭 들러요. 저 커다란 의자는 얼마나 하던가요?"

"77달러요!"

"77…… 세상에나! 저걸 살 형편이 되는 사람들에게는 괜찮겠네요. 그렇지만 난 때때로 생각해요…… 물론 우리 침례교회 목사님 말씀처럼…… 어쨌든 교회에서 아직 두 분을 뵌 적이 없네요. 물론 부군은 침례 교인으로 자랐으니까 주님의 울타리를 벗어나는 일이 없어야 할 텐데요. 겸손과 내적 은총은 무엇으로도, 명석한 두뇌나 돈복 같은 걸 타고났다 해도 그걸 대신하지 못한다는 건 우리가 다 아는 사실이고, 미국 성공회 신도들이 자기네들 교회에 대해서는 아무 말이나 다 하겠지만 침례교회보다 더 역사가 깊고 진정한 기독교 교리에 충실한 교회는 없는데…… 어떤 교회를 나가셨나요, 케니컷 부인?"

"아, 아니, 맨카토에서는 조합교회를 나갔는데 대학은 보편구원론을 믿는 곳이었어요."

"음…… 하지만 물론 『성경』 말씀처럼, 『성경』이었나, 어쨌든 그런 말을 교회에서 들은 건 맞고 또 다들 인정하는 것처럼, 어린 신부가 남편의 신앙 그릇을 택하는 것은 마땅한 일이지요. 그러니까 두 분을 침례교회에서 볼 수 있으면 좋겠고…… 말씀드리다시피 난 오늘날 이 나라의 가장 큰 문제가 영적인 믿음의 부족인 것 같다는 지테렐 목사님과 생각이 같아요. 주일에 겨우 몇 명만 교회에 나가고, 다른 사람들은 드라이브라든가 뭔지도 모를 무언가를 하러 나갑니다. 그렇지만 문제는 이런 식의 마구잡이 소비, 집 안에 욕조와 전화기를 꼭 두려고 하는 사람들의 생각인 것 같아요…… 듣자니 갖고 있던 가구를 헐값에 팔고 있다면서요."

"네!"

"음, 물론 나름대로 판단하겠지만 이런 생각이 드는 건 어쩔 수가 없네요. 윌의 모친이 여기서 아들을 위해 집을 관리하고 있을 때는—모친이 날 보러 정말 자주 왔어요!—모친한테는 괜찮은 가구들이었거든요. 하지만, 참, 참, 투덜거리면 안 되지만 그냥 부인이 알아두면 좋을 것 같아서 하는 말인데, 헤이독이나 다이어 부부처럼 여기저기 돌아다니는—후아니타 헤이독이 1년에 날리는 돈이 얼만지는 아무도 몰라요—아니, 그런 젊은 사람들이 미덥지 않다 싶을 때 바로 거기에 항상 무던하고 연륜 있는 보가트 아주머니가 있다는 걸 알면 다행스럽지 않을까요. 그리고 맹세코……" 불길한 한숨. "귀댁 부부는 이곳의 수많은 젊은 부부가 겪는 병과 불화, 헤픈 씀씀이로 인한 어떤 문제도 겪지 않았으면 합니다…… 이제 가봐야겠어요. 얼마나 반가웠는지, 그리고…… 그냥 언제라도 들러요. 윌은 잘 지내죠? 약간 핼쑥해 보이는 것 같아서."

그러고도 20분이 더 지나서야 마침내 보가트 부인이 현관문을 빠져나갔다. 캐럴은 거실로 돌아가 창문들을 왈칵 열었다. “저 여자가 공기에 축축한 지문을 남겼어.” 그녀가 말했다.

II

캐럴은 씀씀이가 헤펐지만, “내가 돈을 물 쓰듯 한다는 걸 알지만 어쩔 수 없는 것 같아요”라고 징징거리며 최소한 책임에서 발을 빼려고 하지는 않았다.

케니컷은 그녀에게 생활비를 준다는 생각을 한 번도 해보지 않았다. 어머니도 생활비를 받은 적이 없어! 결혼 전 돈을 벌던 시절 캐럴은 동료 사서들에게 단언했었다. 결혼하면 사무실처럼 생활비를 받으면서 신식으로 살겠다고. 하지만 다정하면서도 고집스러운 케니컷에게 자신이 잘 놀아주는 변덕쟁이 친구일 뿐만 아니라 본업에 충실한 주부라는 사실을 설명하는 것은 너무 힘들었다. 그녀는 가계부를 사서 지출계획을 잡았다. 예산이라는 게 없을 때 짜게 되는 바로 그런 지출계획이었다.

처음 한 달 동안은 “여보, 쓸 돈이 하나도 없는걸요”라며 애교스럽게 조르면 “펑펑 쓰는 귀염둥이 같으니”라고 받아주는 것이 신혼 시절의 농담이었다. 하지만 가계부를 써보면서 그녀는 자신의 지출이 얼마나 부정확한지를 깨달았다. 돈을 쓰는 게 눈치 보였다. 어떨 때는 남편을 위한 식자재를 사기 위해 그 돈을 늘 남편에게 구걸해야 한다는 사실에 짜증이 났다. 어떻게든 아내를 구빈원에 보내는 일은 없어야지 하고 건넨 농담을 재미있다고 받아준 뒤부터 매일 그 말을 명언처럼 쓰지 않고는 넘어가지 않는 남편에게 그녀는 한마디 하고 싶은 걸 꾹 참았다. 아침 식탁에서 돈 달라는 말을 깜박 잊었다가 남편 뒤를 쫓아 길거리를 내달려야 하는 일은 성가시기 짝이 없었다.

하지만 그녀는 '남편 기분을 상하게' 할 순 없다고 생각했다. 그는 돈을 주면서 어깨에 힘주는 걸 좋아했다.

그녀는 외상 장부를 만들어 청구서를 남편에게 보내도록 해서 돈 달라는 횟수를 줄여보려 했다. 기본 식료품, 설탕, 밀가루 등은 소박한 액셀 에그의 잡화점에서 가장 싸게 살 수 있다는 사실을 알았다. 그녀가 액셀에게 싹싹한 어투로 말했다.

"여기다 외상 장부를 하나 만들까 봐요."

"난 현금 장사만 합니다." 액셀이 퉁명스럽게 대꾸했다.

그녀가 버럭 성질을 냈다. "날 몰라서 그래요?"

"아, 그럼요, 압니다. 케니컷 선생님이 외상은 잘 갚지요. 하지만 이건 그냥 내 원칙이에요. 싸게 파니까 난 현금으로 거래합니다."

그녀는 그의 빨갛게 달아오른 무표정한 얼굴을 노려보면서 채신이고 뭐고 없이 손으로 한 대 철썩 갈기고 싶었지만, 이성의 도움으로 그의 말을 수긍했다. "말씀에 일리가 있네요. 나 때문에 규칙을 깰 수는 없죠."

분노가 사라지지 않았다. 분노는 이미 남편 쪽으로 넘어갔다. 급히 설탕 10파운드가 필요했지만, 돈이 하나도 없었다. 그녀가 계단을 뛰어올라 케니컷의 진료실로 갔다. 문 앞 안내판에 두통약 광고와 함께 이렇게 적혀 있었다. "외출 중입니다.

____시에 돌아옵니다." 물론 공란은 비어 있었다. 그녀가 발을 쿵쾅거렸다. 남편의 사랑방인 약국으로 내달렸다.

약국에 들어서자 다이어 부인이 돈을 달라는 중이었다. "데이브, 돈이 좀 있어야겠어요."

캐럴은 남편과 다른 두 명의 남자가 모두 재미있게 듣고 있는 것을 보았다.

데이브 다이어가 딱딱거렸다. "얼마나? 1달러면 돼?"

"아니, 안 돼요! 애들 내복을 좀 사야 해요."

"허 세상에, 옷장에 쌔고 쌘 게 내복이던 걸. 그래서 지난번에 필요했던 사냥 장화도 못 찾았잖아."

"몰라요. 다 누더기 옷이잖아요. 10달러만 줘요……"

캐럴은 다이어 부인이 이런 수모에 익숙하다는 걸 알아차렸다. 보니까 남자들은, 특히 데이브는 이런 걸 훌륭한 익살이라고 여기는 눈치였다. 그녀는 기다렸다. 어찌 될는지 뻔했다. 예상대로였다. 데이브가 꽥 소리를 질렀다. "작년에 준 10달러는 다 어디 갔어?" 그러더니 다른 남자들도 웃으라고 쳐다보았다. 그들이 웃었다.

쌀쌀맞고 차분한 태도로 캐럴이 케니컷에게 다가가 명령조로 말했다. "위층에서 좀 봐요."

"어허…… 무슨 일 있어?"

"그래요!"

그가 그녀를 따라 쿵쾅거리며 계단을 올라 썰렁한 사무실 안으로 들어갔다. 그가 질문을 꺼내기도 전에 그녀가 단호한 어조로 말했다.

“어제 술집 앞에서 독일인 농부 아내가 애기 장난감을 사겠다고 25센트를 남편보고 달라는데 그가 안 줬어요. 조금 전 다이어 부인이 똑같은 수모를 당하고 있더군요. 그런데 내가…… 내가 똑같은 처지에 놓였군요! 당신에게 돈을 구걸해야 하니까요. 날마다! 내가 방금 무슨 말을 들은 줄 알아요? 설탕값을 낼 수 없으니 설탕을 못 가져간대요!”

“누가 그래? 맙소사, 어떤 녀석인지 죽여버릴……”

“쳇. 그 사람 잘못이 아니에요. 당신 잘못이에요. 그리고 내 잘못이고요. 당신을 위한 끼니를 준비하는 돈인데 그 돈을 달라고 지금 당신에게 초라하게 구걸하고 있잖아요. 그러니 지금부터 명심해요. 다음엔 구걸하지 않아요. 그냥 굶을 거예요. 알겠어요? 계속 노예처럼은……”

대들면서 누렸던 즐거움이 바닥났다. 그녀가 그의 코트에 기대 흐느끼고 있었다. “어쩜 그렇게 절 수치스럽게 만들어요?” 그도 엉엉 울었다. “제길, 돈을 좀 줄 생각이었는데 깜박 잊었어. 다신 안 그럴게. 정말이야!”

그가 50달러를 그녀 손에 쥐여주었고, 그 뒤로 그녀에게 잊지 않고 정기적으로 생활비를 주었다…… 가끔씩 까먹기도 했지만.

매일 그녀는 다짐했다. “하지만 난 사무실처럼 정해진 금액을 받아야 해. 그것이 시스템이야. 그걸 위해 무언가를 해야 해.” 그러곤 날마다 그녀는 그걸 위해 아무것도 하지 않았다.

III

새로 산 가구를 보고 보가트 부인이 선웃음을 지으며 비꼬던 말에 자극을 받아 캐럴은 절약하기로 마음먹었다. 그녀는 비에게 남은 음식 관리에 대해 적절하게 일렀다. 요리책을 다시 보았고, 마치 그림책을 자세히 살피는 아이처럼 부위별로 나뉘어 있어도 씩씩하게 계속 풀을 뜯고 있는 소 그림의 쇠고기 부위표를 연구했다.

하지만 처음 여는 파티인 집들이 준비에는 꼼꼼하게 즐거운 마음으로 돈을 썼다. 그녀는 책상에 있는 모든 봉투와 세탁물 전표 위에다 목록을 만들었다. 미니애폴리스의 '고급 식료품점'에 주문을 했고, 견본들을 핀으로 고정해 꿰맸다. 케니컷이 '지금 벌이고 있는 이 끔찍한 일들'을 갖고 농담을 하면 화가 났다. 그녀에게 이 행사는 쾌락을 무서워하는 고퍼 프레리 사람들의 태도에 대한 공격과도 같았다. "딴 건 몰라도 사람들이 살아 있다는 걸 느끼도록 해줄 거야. 더는 파티를 무슨 위원회 회의처럼 여기지 않게 해야지."

케니컷은 평소 이 집의 가장임을 자처했다. 그가 원하면 그녀는 사냥을 나갔다. 그것이 그가 생각하는 행복의 상징이었다. 또 그가 원하면 그녀는 아침 식사로 오트밀을 내왔다. 그것은 그가 생각하는 도덕질서의 상징이었다. 하지만 집들이가 있는 날 오후, 집에 돌아온 그는 자신이 노예이면서 불청객이자 얼간이가 된 기분이 들었다. 캐럴이 징징거렸다. "난롯불을 조절해놔요. 그러면 저녁 먹고 다시 안 봐도 되잖아요. 현관에 있는 저 끔찍한 구닥다리 발판 좀 치워요. 그리고 갈색과 흰색이 섞인 멋진 셔츠를 입도록 해요. 왜 이렇게 늦었어요? 좀 서둘러 줄래요? 저녁때가 다 됐어요, 귀신처럼 달려드는 저 사람들이 아마 8시가 아니라 7시에 도착할지도 몰라요. 제발 서둘러요!"

그녀는 개막 첫날 밤의 아마추어 주연 여배우만큼이나 이것저것 요구가 많았고, 그의 신세는 밑바닥으로 추락했다. 그녀가 저녁을 먹으러 내려와 문간에 섰을 때 그는 숨이 턱 막혔다. 몸에 달라붙는 은빛 드레스를 입은 모습은 백합 꽃받침이었고 올려붙인 머리는 마치 검은 유리 같았다. 그녀에게선 섬세하고 값비싼 빈wien 와인 잔의 분위기가 풍겼고 눈빛은 강렬했다. 감탄한 그는 탁자에서 일어나 그녀를 위해 의자를 빼주었다. 그리고 저녁 내내 아무것도 바르지 않은 마른 빵을 먹었다. 만약 "버터 좀 건네주겠소?"라고 말하면 아내가 그를 하층민으로 여길 것 같았기 때문이다.

IV

그녀는 손님이 파티를 좋아하든 싫어하든 신경 쓰지 않는 평온함에 도달했고 비의 응대 솜씨에 대해서도 걱정스럽지만 잘할 거라고 믿는 상태에 이르렀다. 이윽고 거실 내닫이창에서 케니컷이 소리를 질렀다. "누가 오는데!" 8시 15분 전인데 루크 도슨 부부가 어물거리며 들어왔다. 그 뒤로 고퍼 프레리의 내로라하는 인사들 전원이 쭈뼛쭈뼛 밀려들었다. 모두가 일정한 직업에 종사하거나 1년에 2천5백 달러 이상을 벌거나 그게 아니면 미국에서 태어난 조부모가 있는 사람들이었다.

덧신을 벗는 와중에도 그들은 새로이 단장한 실내를 흘끗거렸다. 데이브 다이어가 가격표를 확인하려고 금색 쿠션을 슬쩍 뒤집는 모습이 보였고, 변호사인 줄리어스 프리커바우가 오비 벽판 위에 주홍색 판화가 걸려 있는 걸 보자 기겁하면서 "아이고, 맙소사"라고 내뱉는 소리가 들렸다. 그녀는 웃음이 났다. 하지만 사람들이 말없이 어색하게 기다란 원을 만들어 거실에 사열하듯 서 있는 걸 보자 한껏 고조되었던 기분이 가라앉았다. 마치 마술에 걸린 것처럼 샘 클라크의 첫 파티로 되돌아간 기분이었다.

"내가 무거운 쇠뭉치 같은 저들의 흥을 돋워야겠지? 행복하게 해줄 수 있을지는 모르지만, 정신없이 만들어보긴 해야지."

어두워지는 원 안의 은빛 불꽃처럼 그녀가 원을 돌며 미소로 관심을 끈 뒤 입을 열었다. "제 파티에선 체면 같은 건 신경쓰지 말고 시끌벅적했으면 좋겠어요! 저희 집의 세례식이니까 떠들썩한 기운이 스며들게 도와주세요. 그러면 여기가 기운찬 집이 될 거예요. 저를 위해 다 함께 전통적인 스퀘어댄스를 춰보면 어떨까요? 다이어 씨가 스텝을 외칠 겁니다."

그녀가 축음기에 레코드판을 걸었다. 다부진 데 없이 호리호리하고 작은 체구에 붉은 머리카락과 뾰족한 콧날을 지닌 데이브 다이어가 플로어 중앙에서 뛰어다니더니 손뼉을 치면서 "파트너를 돌리시고, 알러먼 레프트"*라고 외쳤다.

---

* Allemande Left. 스퀘어댄스에서 맞보는 두 파트너가 왼팔을 맞대고 왼쪽으로

심지어 백만장자인 도슨 부부와 에즈라 스토바디, 조지 에드윈 모트 '교수'까지도, 약간 바보같아 보였지만 춤을 추었다. 캐럴은 방 안을 분주하게 다니며 새침한 태도로 마흔다섯 넘은 사람들을 모두 어르고 달래서 왈츠와 버지니아 릴을 추게 했다. 하지만 캐럴이 손님들을 그들 방식대로 즐기지 못하고 재미없이 있게 놔두자 해리 헤이독이 원스텝 춤곡을 축음기에 걸었고 젊은 축의 사람들은 춤을 추기 시작했다. 나이 든 사람들이 슬금슬금 뒤로 빠져 의자에 앉으며 함박웃음을 지었다. "내가 이 곡을 추진 않겠지만 젊은이들이 추는 걸 보는 건 즐겁지"라는 의미였다.

손님 중 절반이 입을 열지 않았다. 나머지 반은 가게에서 오후에 나누던 이야기를 계속 이어갔다. 에즈라 스토바디는 할 말을 찾다가 하품을 삼키더니 제분소 업주인 라이먼 카스에게 말을 걸었다. "라임, 새로 들인 난로는 맘에 드는가? 응? 그렇군."

"오, 그냥 놔두자. 괴롭히지 말자. 분명 저러는 게 좋으니까 저러고 있겠지." 캐럴이 스스로를 타일렀다. 하지만 슬쩍 지나갈 때 사람들이 어찌나 기대하는 눈빛으로 바라보는지, 그녀는 이들이 체면을 지나치게 생각한 나머지 객관적인 사고 능력뿐 아니라 마음껏 즐기는 능력까지 잃어버렸다는 걸 다시금 확인했다. 춤추던 사람들까지도 더없이 정숙하고 점잖고 소극적인 사람들의 보이지 않는 영향력에 서서히 압도당했다. 그러고는

반 바퀴 돈 다음 팔을 놓고 제자리로 돌아가는 스텝.

사람들이 둘씩 짝을 지어 앉았다. 20분이 지나자 파티가 다시 점잖은 기도회처럼 고상해져버렸다.

"무언가 신나는 걸 해야죠." 캐럴이 속을 터놓게 된 새 친구 바이더 셔윈에게 말했다. 실내가 조용해지니까 목소리가 방을 가로질러 전달되었다. 냇 힉스, 엘라 스토바디, 데이브 다이어는 딴 데 정신이 팔려 손가락과 입술을 조금씩 달싹거렸다. 데이브가 그의 '장기'인 암탉 잡는 노르웨이인의 흉내를 연습하고 있고, 엘라는 「나의 오랜 연인이여」의 앞 소절을 불러보는 중이며, 냇은 자신의 유명한 마크 안토니 추도사의 패러디를 생각하고 있다고 그녀는 전적으로 확신했다.

"그런데 제 집에서는 '장기'의 '장'자도 꺼내지 못할 거예요." 그녀가 셔윈 양에게 속삭였다.

"좋아요. 그러면, 레이먼드 워더스푼에게 노래를 시켜보면 어때요?"

"레이미? 어머, 세상에, 여기서 제일 감상에 잘 빠지는 몽상가예요!"

"이봐요! 집 단장에 대해선 잘 아는 것 같은데 사람 보는 눈은 영 별로군요! 레이미는 사람들에게 살랑거려요. 그런데 딱한 저이는…… 자기 말대로 '자기표현'을 그렇게 하고 싶어 하지만 구두 파는 것 말고는 배운 게 전혀 없어요. 하지만 노래는 부를 줄 알거든요. 언젠가 자기를 깔보고 조롱하는 해리 헤이독에게서 벗어나면 무언가 괜찮은 일을 해낼 거예요."

캐럴은 자신이 오만했다며 사과했다. 레이미를 독려하면서, '장기'를 준비하는 사람들이 들으라는 듯이 선언했다. "워더스푼 씨, 우리 모두 당신이 노래해주길 원해요. 워더스푼 씨는 오늘 밤 제가 무대에 세울 유일한 유명 배우입니다."

레이미가 얼굴을 붉히며 "아이고, 사람들이 제 노래를 듣고 싶어 할까요?"라고 말하는 한편, 목청을 가다듬고 행커치프를 가슴 앞주머니에서 더 바깥으로 빼낸 다음 조끼 단추 사이에 손가락을 찔러 넣었다.

레이미의 역성을 드는 바이더 양을 좋아하는 마음과 본인 스스로가 '예술적 재능을 발견하고' 싶은 마음에서 캐럴은 그의 노래를 즐길 준비를 했다.

레이미가 교회 봉헌송을 부를 때의 형편없는 테너 목소리로 「새처럼 날아서」와 「당신은 나의 비둘기」 그리고 「작은 제비가 둥지를 떠날 때」를 불렀다.

캐럴은 익살기 있는 '웅변가'의 연설을 들을 때 혹은 조숙한 아이가 공공장소에서 어떤 아이도 하지 않을 행동을 할 때 예민한 사람이 그러하듯, 자신이 부끄러워하며 온몸을 떨었다. 레이미의 반쯤 감은 눈에 담긴 거만한 만족감을 비웃고 싶었다. 창백한 얼굴, 쫑긋 선 귀, 앞을 바짝 세워 뒤로 넘긴 금발에 마치 오라*처럼 드리운 기백 없는 야심에 눈물을 쏟고 싶어졌다. 진선미를 갖춘 사람이거나 혹은 그렇다고 생각할 만한 사람은 모두 믿고 숭배하는 셔윈 양을 위해 그녀는 감탄하는 표정을 지어보려고 애썼다.

새가 들어간 세번째 노래가 끝나자 셔윈 양이 감동적인 장면

---

* aura. 예술작품에서 느껴지는 고상하고 독특한 분위기.

에서 깨어난 것처럼 캐럴에게 나직이 말했다. "세상에! 아름답기도 하지! 물론 레이먼드의 목소리가 특별히 훌륭한 건 아니지만 정말 감정이 풍부하게 들어간 것 같지 않아요?"

캐럴은 완벽하고 멋지게 거짓말을 꾸며냈지만 독창적이진 않았다. "오 네. 정말 **감정**이 풍부한 것 같아요!"

그녀가 보니, 교양 있는 태도로 긴장한 채 듣고 있어서 그랬는지 청중이 완전히 무너지고 있었다. 그들은 재미를 찾으려는 마지막 희망을 접은 상태였다. 그녀가 소리쳤다. "자, 이제 제가 시카고에서 배워 온 바보 같은 게임을 해봐요. 우선 신발을 벗어야 해요! 어쩌면 무릎과 어깻죽지를 다칠 수도 있어요."

쏠리는 관심과 반신반의하는 표정들. 케니컷의 신부가 조신하지 못하고 시끄럽다고 판단했는지 몇몇은 눈초리를 치켜세웠다.

"후아니타 헤이독과 저처럼 가장 못된 사람을 양치기로 정할게요. 나머지 분들이 늑대이고, 여러분의 신발은 양입니다. 늑대들은 복도로 나갑니다. 양치기들은 방 안에 양들을 흩어놓고 불을 끄세요. 그러면 늑대들이 복도에서 살금살금 기어들어 와 깜깜한 데서 신발을 양치기들에게서 치우는데요. 양치기는 물거나 곤봉만 쓰지 않으면 뭐든 해도 됩니다. 늑대들은 뺏은 신발을 복도로 내던지세요. 한 사람이라도 빠지면 안 돼요! 자! 신발을 벗으세요!"

다들 서로를 쳐다보며 다른 누군가가 먼저 시작하기를 기다렸다.

캐럴이 자신의 은색 실내화를 벗어 던지고는 볼록한 발등에

쏠리는 모든 이의 눈길을 무시했다. 난처했지만 캐럴에 대한 의리를 생각해서 바이더 셔윈이 목 높은 검은색 구두의 단추를 끌렀다. 에즈라 스토바디가 새된 소리를 내며 킬킬거렸다. "음, 부인이 늙은이들을 겁주는구려. 과거 1860년대에 함께 말을 타고 다니던 어린 처녀들 같소이다. 맨발의 파티는 익숙지 않소만, 자 벗습니다!" 야! 하는 기합과 씩씩한 몸놀림으로 에즈라가 고무천을 덧댄 발목 부츠를 와락 벗었다.

다른 사람들도 낄낄거리며 따라 했다.

양들이 우리 안에 갇히고 나니 어둠 속에서 소심한 늑대들이 거실로 살금살금 들어와 빽빽거리다가 멈춰 섰다. 자신들을 기다리는 적, 점점 크고 점점 더 위협적으로 느껴지는 수상한 적군을 향해 허공을 헤치고 앞으로 나아가는 듣도 보도 못한 일을 실행하면서 둔감한 습성에서 빠져나왔다. 늑대들이 위치를 가늠할 만한 대상을 식별하려고 앞을 뚫어지게 보았고, 몸에 붙어 있지 않은 듯 앞으로 쑤욱 뻗는 팔들이 만져지자 덮쳐오는 공포감에 벌벌 떨었다. 현실감이 사라졌다. 갑자기 꽥꽥거리며 옥신각신 다투는 소리가 나나 싶더니 후아니타 헤이독이 신경질적으로 킥킥대고 있고 가이 폴록은 놀라서 소리를 질렀다. "아야! 그만! 머리 가죽 벗겨지겠어!"

루크 도슨 부인이 뻣뻣한 손바닥과 무릎으로 바닥을 짚고 뒷걸음질을 쳐서 불 켜진 안전한 복도로 쏜살같이 내빼며 넋두리를 했다. "**살다 살다** 이렇게 언짢은 적은 처음이야!" 하지만 교양은 달아났고, 손은 보이지 않는데 거실 문이 열리면서 그 틈으로 신발들이 내던져지는 게 보이자 그녀는 즐거워서 "살다 살다 처음이야"라고 계속 소리를 질렀다. 그때 어두컴컴한 문 뒤에서 악쓰는 소리, 서로 부딪히는 소리, 단호한 어조의 목소리가 들렸다. "여기 신발 천지군. 덤벼, 이 늑대들아. 아우! 한번 해보자고!"

캐럴이 불쑥 전쟁터가 된 거실 전등을 켜자 절반이 벽에 기대어 앉아 있었다. 꾀를 부려 게임을 하는 내내 거기 있었던 것이다. 하지만 거실 중앙에는 케니컷이 해리 헤이독과 몸싸움 중이었다. 목깃이 뜯기고 머리카락이 눈에 들어갔다. 올빼미처럼 생긴 줄리어스 플리커보 씨는 후아니타 헤이독에게서 떨어지며 생뚱맞은 웃음을 꾹 참았다. 가이 폴록의 고상한 갈색 스카프가 그의 등에 걸려 있었다. 앳된 리타 사이먼스의 그물 블라우스 단추가 두 개 떨어져 나가 그녀의 곱고 포동포동한 어깨가 고퍼 프레리에서 생각하는 순결한 기준보다 더 많이 드러났다. 충격, 혐오감, 전투의 즐거움 덕분인지 아니면 신체활동 덕분인지 파티 참석자 모두가 오랜 세월의 사회예절을 훌훌 벗어던진 상태였다. 조지 에드윈 모트가 낄낄거렸고 루크 도슨은 턱수염을 꼬았다. 클라크 부인이 우겼다. "여보, 나도 잡았어요. 신발을 잡았다고요. 내가 그렇게 지독하게 싸울 수 있었다니!"

캐럴은 자신이 훌륭한 개혁가라는 확신이 들었다.

그녀는 자상하게도 머리빗과 거울, 브러시, 바늘, 실 등을 대령했고 사람들이 단추의 신성한 체면을 회복할 수 있게 해주었다.

웃음이 많은 하녀 비가 여러 무늬의 부드럽고 도톰한 종이

더미를 들고 내려왔다. 짙은 청록색과 진홍색, 회색의 연꽃, 용, 원숭이 무늬와 어딘지 모를 계곡의 짙푸른 나무 사이를 날아다니는 자주색 새의 견본들이었다.

"이것들은," 캐럴이 발표했다. "실제 중국의 가면극 복장이에요. 미니애폴리스의 수입품 가게에서 산 것들이죠. 여러분이 입고 있는 옷 위에 걸쳐보세요. 그리고 여러분이 미네소타 사람이라는 건 제발 잊어버리고 고관대작이나 막노동꾼 혹은 사무라이(맞나?)나 그 밖에 생각나는 사람으로 변신하세요."

그들이 쭈뼛대며 바스락거리는 종이 의상을 입는 동안 그녀가 사라졌다. 10분이 지나 그녀는 동양풍 복장에 우스꽝스럽게 불그레한 양키들의 머리를 계단에서 물끄러미 내려다보고선 소리를 질렀다. "윙키 푸 공주님 납시오!"

사람들이 올려다보면서 숨죽인 채 감탄하는 모습이 그녀 눈에 들어왔다. 그들은 녹색 비단에 금빛으로 테두리를 두른 코트와 바지를 입은 비현실적인 인물을 보고 있었다.

도도한 턱 아래 목 위까지 덮은 금빛 목깃, 옥 머리핀을 찔러 고정한 검은 머리카락, 손에 펼쳐 든 하늘하늘한 공작 깃털 부채. 상상의 탑 꼭대기까지 올라간 시선. 그녀가 자세를 풀고 아래를 향해 웃음을 지으며 내려다보니 케니컷이 자랑스러운 아내 때문에 상기되어 있었고, 회색빛 머리카락의 가이 폴록은 간절한 눈빛으로 응시하고 있었다. 순간적으로 그녀는 분홍색과 갈색 얼굴의 무리에서 두 남자의 갈망 말고는 아무것도 보이지 않았다.

그녀는 마법을 떨치고 아래로 얼른 내려갔다. "이제 진짜 중국식 음악회를 열 텐데요. 폴록 씨, 케니컷 씨 그리고, 음 스토바디 씨는 드럼을 치고요, 나머지 사람들은 노래를 하고 파이프를 연주할 겁니다."

종이를 감은 머리빗이 파이프였고 자수틀을 얹은 재봉 탁자가 드럼이었다. 『돈트리스』의 편집장인 로렌 휠러가 자를 들고서 완전 엉터리 박자로 오케스트라를 지휘했다. 음악은 서커스에서 점술을 봐주는 텐트나 미네소타주 축제일에 들어본 톰톰* 북소리를 연상시켰지만, 모두가 단조로운 가락을 두드리고 불고 윙윙거리면서도 마냥 신난 얼굴이었다.

사람들이 연주로 녹초가 되기 일보 직전 캐럴이 그들을 댄스 대열로 세워 식당으로 데려갔다. 식당에서는 푸른 사발에 담은 차우멘**과 리치 열매, 시럽에 절인 생강이 나왔다.

도시를 돌아다녀본 해리 헤이독을 제외하면 찹수이 말고 중국 음식에 대해 들어본 사람은 아무도 없었다. 기대 반 의심 반으로 사람들이 죽순을 헤집고 노릇한 볶음면에 과감히 도전했고, 데이브 다이어는 냇 힉스와 함께 별로 웃기지도 않는 중국 춤을 추었다. 식당 안에는 시끌벅적함과 만족감이 흘렀다.

긴장이 풀리면서 캐럴은 몹시 고단함을 느꼈다. 사람들을 자신의 가녀린 어깨에 계속 지고 다닌 것이었다. 더는 할 수가 없었다. 무지하게 웃기는 파티를 고안해내던 예술가, 아버지가

---

* 아프리카의 민속 악기에서 발달하여 재즈의 드럼으로 쓰는 타악기. 악기의 이름은 그 소리에서 따왔다.

** 국수에 다진 고기와 채소를 넣어 기름에 볶은 중국 요리.

그리웠다. 그녀는 담배를 피워 사람들을 놀라게 해볼까 생각했으나 풍기를 문란케 하는 그 생각이 구체화되기 전에 머릿속에서 떨쳐냈다. 사람들을 살살 부추겨 5분 정도라도 크누트 스탬키스트의 포드 자동차 바람막이 덮개나 알팅글리가 했던 장모 얘기 말고 무언가 딴 얘기를 하게 만들 수 있을지 궁금했다. 탄식이 새어 나왔다. "아유, 그냥 두자. 할 만큼 했어." 바지 입은 다리를 꼬고서 생강절임 접시 쪽에 편안하게 붙어 앉았다. 폴록이 소리 없이 지어 보이는 축하의 미소를 보니 활기 없는 변호사의 얼굴에 홍조를 띠게 한 자신이 대견했다. 그러다가 남편 외에 다른 남성의 존재를 생각했던 불경스러움이 미안했는지 그녀가 벌떡 일어나 케니컷을 찾아가서 속삭였다. "여보, 즐겁죠?…… 아뇨 별로 돈 많이 안 들었어요!"

"이 마을에서 열린 파티 중 최고야. 다만…… 그걸 입고 다리는 꼬지 마. 무릎이 너무 고스란히 드러나는걸."

그녀는 언짢아졌다. 어쩜 그렇게 눈치가 없는지 분한 마음마저 들었다. 그녀는 가이 폴록에게로 돌아가 중국의 종교에 관한 이야기를 나누었다. 본인이 중국 종교에 관해 뭐라도 아는 게 있어서가 아니라, 그가 사무실에서 저녁 시간 심심할 때마다 세상의 온갖 주제의 책을 최소 한 권은 읽어두었던 만큼 중국의 종교 관련 서적도 읽었으리란 걸 알고 있었기 때문이다. 그녀의 상상 속에서 호리호리한 장년의 남자가 활기찬 젊은이로 변해가고, 두 사람이 수다라는 황해 바다 위의 섬을 배회하고 있을 때 그녀는 사람들이 기침을 하기 시작한 걸 알아차렸다. 기침은 집에 가서 쉬고 싶다는 뜻을 내보일 때 본능적으로 나오는 공통의 몸짓언어였다.

사람들이 "여태 가본 파티 중 단연코 최고였어요, 정말! 너무나 기발하고 독창적이었어요"라고 거듭 확인해주는 사이에 그녀는 함박웃음으로 악수를 주고받았고, 잊지 말고 아이들을 따뜻하게 챙겨 입히라고 걱정해주고, 레이미의 노래가 훌륭했고, 후아니타 헤이독은 게임을 할 때 용감무쌍했다며 큰 소리로 말했다. 그런 다음 기진맥진한 채로 집 안에 있는 케니컷에게로 돌아갔다. 집 안은 고요한 공기와 중국풍 복장에서 떨어진 부스러기와 파편들로 가득했다.

그가 기분 좋은 목소리로 말했다. "캐리, 당신, 정말 놀라워. 주민들을 일깨워야 한다고 했던 말이 맞는 것 같아. 어떻게 하는 건지 당신이 보여줬으니 늘 똑같은 파티와 장기 자랑, 뭐 그런 건 이제 안 하겠지. 아아! 그냥 놔둬! 충분히 했으니까. 당신은 침대로 가, 내가 치우지."

현명한 외과 의사의 손이 그녀의 어깨를 토닥여주니 눈치 없는 그에게 잠시 일어났던 화가 온데간데없이 사라졌다.

V

『주간 돈트리스』에 실린 기사.

근래 몇 달 사이 가장 유쾌한 행사인 케니컷 부부의 집들이 파티가 수요일 저녁 열렸다. 부부가 포플러 스트리트에 있는 매력적인 주택을 완전히 새로 단장하여 이제 현대적인 색채의 조화를 통해 아주 매력적인 집으로 변모했다. 케니컷 박사와 신부가 집에서 수많은 지인을 맞이했으며 본지 편집장이 지휘를 맡았던, 독창적이며 진짜 같은 동양풍 복장의 중국 오케스트라를 포함하여 여러 기발한 오락을 선보였다. 풍미 있는 음식이 진짜 동양식으로 나왔고, 참석자 전원이 유쾌한 시간이었다고 하나같이 입을 모았다.

VI

그다음 주에 첫 대셔웨이 부부가 파티를 열었다. 저녁 내내 문상객의 원 대형을 유지했고 데이브 다이어는 암탉 잡는 노르웨이인 '장기'를 펼쳤다.

7장

I

고퍼 프레리 마을은 겨울 준비를 시작했다. 11월 말부터 12월에 걸쳐 매일 눈이 내렸다. 온도계가 영도를 가리켰고 어쩌면 영하 20도 아니면 30도까지 내려갈지도 몰랐다. 북부 중서부 지역에서 겨울은 계절이 아니라 산업이었다. 집집이 눈보라를 피하는 쉘터가 세워졌다. 돈을 아끼지 않고 젊은이를 고용하는 천식 환자 에즈라 스토바디 말고는 샘 클라크, 부유한 도슨 씨

등 동네 모든 가장이 덧창들을 지고서 사다리 위에서 위태롭게 비틀거리며 그것들을 2층 창문의 설주에 나사로 고정하는 풍경을 연출했다. 덧창을 설치하는 동안 케니컷이 나사못을 이상하게 생긴 의치처럼 밖으로 줄줄이 빼물고 있어서 캐럴은 방마다 폴짝폴짝 뛰어다니며 제발 나사못을 삼키지 않게 조심하라고 애원했다.

일반적으로 겨울의 신호는 마을 잡역부, 마일스 비요른스탐이었다. 그는 큰 체구와 큰 키에 붉은 수염을 기른 독신남으로 고집불통 무신론자, 잡화점의 싸움꾼, 냉소적인 산타클로스였다. 아이들은 그를 좋아했기 때문에 그는 일하다가 슬쩍 빠져나와서 아이들에게 선원 생활과 말 거래, 있을 성싶지 않은 곰 이야기를 들려주었다. 아이들의 부모들은 그를 비웃거나 아니면 싫어했다. 그는 마을에서 유일하게 만민평등 지지자였다. 그는 제분소 주인 라이먼 카스나 로스트 레이크에서 온 핀란드 정착민이나 똑같이 성이 아닌 이름으로 불렀다. 그는 '레드 스위드'*로 불렸고 살짝 비정상적인 사람으로 통했다.

비요른스탐은 손으로 하는 건 뭐든 했는데, 냄비를 땜질하고 자동차 스프링을 용접하고 놀란 암망아지를 진정시키고 시계를 수리하고 병 안에 신기하게 들어가는 글로스터 범선을 깎았다. 이제 일주일 동안 그는 고퍼 프레리의 막일꾼 대장이었다. 샘 클라크 가게의 수선공을 제외하면 배관을 아는 사람은

* Red Swede. 스웨덴 공산주의자. 비요른스탐의 사회주의적 진보 성향 때문에 붙여진 이름.

그가 유일했다. 다들 그에게 난로와 송수관을 봐달라고 부탁했다. 그는 잠잘 시간인 10시를 넘길 때까지 이 집 저 집 쫓아다녔다. 송수관 파열로 생긴 고드름이 그의 갈색 개가죽 코트 자락에 쪼르르 맺혔다. 집 안에서도 절대 벗는 법이 없는 플러시천 모자는 온통 얼음과 석탄가루로 뒤덮였다. 손은 벌겋게 생살이 터졌다. 그는 여송연의 끝부분을 씹었다.

하지만 그가 캐럴에게는 정중했다. 잠깐 들러서 난로 연통을 살펴본 다음 허리를 쭉 펴더니 그녀를 슬쩍 한 번 보고 헛기침을 하면서 말했다. "으흠, 열 일을 제치고 댁의 난로부터 고쳐야겠습니다."

마일스 비요른스탐의 방문 수리가 사치로 치부되는 고퍼 프레리의 빈민 가구들은—마일스 비요른스탐의 판잣집도 그중 하나였다—흙과 거름으로 밑의 창문들 있는 데까지 둔덕을 쌓았다. 눈 더미에 선로가 덮이지 않도록 기찻길을 따라 긴 구역에 걸쳐 방설 울타리가 세워졌다. 여름 내내 껄렁한 남자애들의 차지였던 낭만적인 나무 텐트 밑에 쌓아놓았던 것들이었다.

농부들이 손수 만든 썰매에 상자들을 싣고 읍내로 들어왔다. 대충 만든 상자들 안에는 퀼트이불과 건초 더미가 쌓여 있었다.

털외투, 털모자, 털장갑, 거의 무릎까지 오는 방수 덧신, 10피트 길이의 회색 편물 스카프, 두꺼운 울 양말, 오리깃털같이 폭신한 노란 양모 내피가 달린 무명 재킷, 모카신, 손목이 많이 튼 아이에게 끼울 빨간색 플란넬 토시 등 겨울용 방한구를 찾아 좀약 스민 서랍과 옷장 속 방수천 가방을 뒤지는 손놀림이 분주해졌고 동네방네 사내아이들은 "아, 내 장갑!" 혹은 "저기 내 방수 부츠!" 하면서 환호성을 질렀다. 북부 평야 지대에서는 헉헉대는 여름과 살을 에는 겨울 사이에 계절의 구분이 너무 뚜렷해서 아이들은 북극 원정대의 갑옷 같은 이런 방한 장구를 다시 발견하면 뜻밖의 영웅이 된 기분을 느꼈다.

파티에서 동절기 의복은 신변 잡담보다 더 큰 화젯거리였다. "이제 내복 입었지?"라고 물어보는 건 예의였다. 외투도 자동차만큼이나 제각각이었다. 잘 못사는 사람들은 노랗고 거무스레한 무두질 개가죽 외투를 입고 나타났지만 케니컷은 두 줄 단추가 달린 기다란 라쿤 가죽 코트에 신형 물개 털가죽 모자를 쓰고 위엄을 차렸다. 차가 다니지 못할 정도로 눈이 많이 쌓이면 그는 빨개진 코와 여송연만 털옷 밖으로 빼낸 채 꽃무늬가 새겨진 반짝이는 철제 썰매를 타고 시골로 왕진을 다녔다.

캐럴은 품이 넉넉한 뉴트리아 모피 코트를 입고 메인 스트리트를 휘저었다. 실크 같은 털의 감촉을 그녀는 좋아했다.

현재 그녀가 가장 의욕을 보이는 활동은 자동차가 발이 묶여 있는 마을에서 야외 운동을 계획하는 일이었다.

자동차와 브리지-휘스트는 고퍼 프레리에서 사회계층 간 차이를 더 뚜렷하게 드러낼 뿐 아니라 활동하고픈 의욕을 떨어뜨렸다. 앉아서 운전하고 다니면 아주 부유해 보였고, 정말 편안했다. 스키나 썰매를 타는 건 '어리석은' 일이고 '구식'이었다. 사실 고상한 도시 취미에 대한 시골 사람들의 갈망이나 시골 야외 운동에 대한 도시 사람들의 갈망은 엇비슷했다. 세인트폴 혹은 뉴욕 사람들이 썰매 타러 가는 데서 자부심을 느끼듯 고퍼 프레리의 사람들은 그런 걸 대수롭지 않게 여기는 데서 자부심을 느꼈다. 11월 중순, 캐럴은 사람들을 설득하여 성공적인 스케이트 파티를 진행했다. 막힌 데 없이 쭉 뻗은 플로버호수의 회녹색 얼음 표면이 반짝거렸고 스케이트 지치는 소리가 사방에 울려 퍼졌다. 물가에는 얼음 맺힌 갈대들이 바람에 차르락거렸고 마지막까지 끈질기게 이파리가 붙어 있는 떡갈나무 가지들이 희부연 하늘에 걸려 있었다. 해리 헤이독이 8자형을 그리며 스케이트를 탔다. 캐럴은 완벽한 삶을 발견했다고 자신했다. 하지만 눈 때문에 스케이트를 탈 수 없게 되어 야간 썰매 파티를 주선하려 하자 주부들은 라디에이터 옆에서 도시 사람들을 흉내 내며 매일 브리지-휘스트 게임을 손에서 놓지 않았다. 그녀는 사람들을 들볶아야 했다. 그들은 봅슬레이를 타고 긴 활주로를 내달렸다. 썰매가 뒤집히고 목 안으로 눈이 들어가도 금방 또 하겠다고 소리를 질렀건만, 어쨌든 두 번 다시는 하지 않았다.

그녀는 또 다른 무리를 귀찮게 졸라 스키를 타러 갔다. 그들은 소리를 지르고 눈뭉치를 던지고, 너무 재미있다고 말하면서 곧바로 한 번 더 스키 원정대를 꾸리겠다고 하더니 기분 좋게 집에 돌아온 이후로는 브리지 설명서 옆을 절대 떠나지 않았다.

캐럴은 낙담했다. 케니컷이 숲속으로 토끼 사냥을 가자고 했을 때 그녀는 고마웠다. 토끼, 쥐, 새들의 상형문자 같은 발자국이 찍힌 눈 더미를 지나 타버린 나무 그루터기와 얼음처럼 차가운 떡갈나무 사이의 조용하고 외진 곳을 헤치며 걸어갔다. 그가 덤불 더미로 펄쩍 뛰어올라 도망가는 토끼에게 방아쇠를 당기자 그녀가 소리를 꽥 질렀다. 그는 그곳에 어울렸고, 더블 버튼 코트와 스웨터 차림에 목 높은 끈 장화를 신은 모습이 사내다웠다. 그날 밤 그녀는 스테이크와 감자튀김을 엄청나게 먹었다. 그녀가 손끝으로 그의 귀를 만지니 정전기가 일었다. 그녀는 12시간을 잤고, 잠에서 깨서는 이 용감한 지역이 얼마나 아름다운 곳인지를 생각했다.

그녀는 햇빛 반짝이는 눈 위에 섰다. 포근한 털 코트에 파묻혀 주택지대로 재빨리 걸었다. 아마빛 하늘을 배경으로 서리가 내려앉은 물막이 지붕에서 아지랑이가 피어올랐고, 썰매 종소리가 짤랑거렸으며, 목청껏 외치는 인사 소리가 화창한 공기 속에 울려 퍼졌다. 사방에서 규칙적인 나무 톱질 소리가 났다. 토요일이라 이웃집 사내아이들이 겨울 땔감을 준비하고 있었다. 뒷마당에는 장작단 뒤로 사방에 흩뿌려진 노란 톱밥과 함께 톱질 모탕이 우울하게 놓여 있었다. 톱 틀은 선홍빛을 띠고 강철 톱날은 파르라니 갈려 있었다. 포플러, 단풍나무, 경질수목, 자작나무 등 막 잘라낸 나무토막의 절단면에는 나이테가 뚜렷했다. 남자애들은 방수 부츠에 커다란 진주 단추가 달린 플란넬 셔츠와 빨강과 노랑과 여우의 갈색이 섞인 매키노 방한 외투를 입고 있었다.

"안녕!" 캐럴이 아이들에게 큰 소리로 인사를 건넸다. 활짝 웃으며 하울랜드&굴드 식료품점으로 들어서는데 입김이 얼어 코트 깃이 하얬다. 마치 동양의 과일이라도 사는 것처럼 그녀는 토마토 통조림을 하나 샀다. 그리고 저녁에 크레올식 오믈렛을 만들어 케니컷을 놀라게 해줘야겠다고 생각하며 집으로 돌아왔다.

하얀 눈이 어찌나 눈부시던지 집에 들어섰을 때 문손잡이와 탁자 위의 신문 그리고 하얀 표면의 물건이 모두 아찔한 연보라색으로 보였고, 어두침침한데 번쩍거리니 머리가 어질어질했다. 눈이 적응하여 시야가 정상으로 돌아오자 온몸이 부풀어 오르고 건강한 기분에 취해 삶의 지배자가 된 느낌이었다. 세상이 참으로 눈부셔 그녀는 거실의 기우뚱한 작은 책상 앞에 앉아 시를 썼다. ('하늘은 눈부시고 태양은 따뜻하니 폭풍우는 다시 치지 않으리'까지 쓰고 더 나가지는 못했다.)

이날 정오 케니컷은 시골 지역으로 왕진 요청을 받았다. 그날 저녁은 하녀 비가 외출을 하는, 루터교회의 댄스파티 날이었다. 캐럴은 3시부터 자정까지 혼자였다. 잡지에 실린 순정연애소설을 읽다가 싫증이 나자 라디에이터 옆에 앉아 곰곰이 생각해보기 시작했다.

어쩌다 보니 그녀는 자신에게 할 일이 하나도 없다는 사실을 깨달았다.

II

그녀는 생각에 잠겼다. 돌아보니 자기가 마을을 탐사하고 주민들과 만나고 스케이트와 썰매와 사냥을 나가는 새로운 세계를 다 경험했다. 비는 유능했다. 그러니 집 안에서는 고작 깁고

꿰매거나 수다 떨며 비의 옆에서 침대 정리를 거드는 것 말고는 아무 할 일이 없었다. 독창적인 메뉴를 짜는 것도 힘들었다. 사람들은 달 & 올슨 정육점에서 원하는 부위를 달라고 하지 않았다. "오늘은 스테이크와 돼지고기, 햄 말고 어떤 게 있나요?"라고 한심스럽게 물었다. 쇠고기는 어느 부위라고 할 수 없을 정도로 제멋대로 잘렸다. 양 갈비 부위는 상어 지느러미만큼이나 귀했다. 정육 판매상들은 최상등품을 비싼 가격에 도시로 보냈다.

모든 가게가 하나같이 선택권이 없었다. 읍내에서는 그림을 걸 때 쓸 만한 유리 대가리 못을 찾지 못했다. 그녀는 원하는 베일용 천을 찾아다니지 않았다. 다만 구해지는 것을 사 갔다. 통조림 아스파라거스 같은 호사품은 하울랜드 & 굴드 가게에만 있었다. 그녀가 하는 가사 노동은 일상적인 관리가 전부였다. 보가트 부인처럼 하찮은 일 하나하나까지 꼼꼼하게 까탈을 부려야 시간을 때울 수 있었다.

그녀는 밖에서 직업을 가질 수도 없었다. 마을 의사의 아내에게 그런 일은 금기였다.

그녀는 일할 수 있는 머리가 있는 여성이면서도 일이 없었다.

그녀가 할 수 있는 일은 딱 세 가지였다. 아이 갖기, 개량사업 시작하기, 혹은 확고부동한 마을 구성원이 되어 교회와 스터디그룹과 브리지게임 동아리 활동에서 만족감 얻기.

아이들, 그래, 그녀는 아이를 원했다. 하지만…… 아직은 아니었다. 케니컷의 솔직함에 당황스럽기도 했지만, 사회 구성원을 육성하는 것이 그 어떤 범죄보다 대가가 더 크고 더 위험해져버린 사회 상황에서 돈을 더 많이 벌 때까지는 아이를 갖는 게 바람직하지 않다는 케니컷의 말을 받아들였다. 그녀는 아쉬웠다…… 어쩌면 그의 말 때문에 모든 신비를 간직한 사랑이 의식적으로 조심하는 행위가 되어버렸는지 몰랐다. 하지만 그녀는 '조만간'이라는 모호한 말로 그런 생각에서 도망쳤다.

불모지대인 메인 스트리트를 '개량'해서 아름답게 만들고 싶은 그녀의 욕구는 흐릿해진 상태였다. 이제 그 욕구를 진척시켜보려 했다. 하겠어! 그녀가 연약한 주먹으로 라디에이터 모서리를 치며 다짐했다. 그렇게 모든 다짐을 해놓고는 언제, 어디서 그 개혁을 시작할지는 아무 생각이 없었다.

진정한 마을 구성원이 될 수 있을까? 그녀는 불쾌하지만 맑은 정신으로 생각하기 시작했다. 사람들이 자신을 좋아하는지 어떤지도 모른다는 생각이 들었다. 애프터눈 커피 모임의 주부들에게 그리고 상점의 주인들에게 가서는 자신의 의견과 기발한 생각만 지나치게 쏟아내느라 자기를 어떻게 생각하는지 그들에게 표현할 틈을 주지 않았다. 남자들이 웃어주었지만 '날 좋아해서 그랬나?' 의아했고, 여성들 사이에서 활기차게 어울렸지만 '내가 그들의 일부였던가?' 잘 모르겠다. 그녀는 고퍼 프레리의 비밀스러운 대화방, 사람들이 소문을 속삭이는 자리에 함께 있을 수 있었던 때가 별로 기억나지 않았다.

피해망상에 빠지자 그녀는 고꾸라지듯 잠에 빠져들었다.

다음 날 쇼핑을 하면서 그녀는 편안한 마음으로 사람들을 지켜보았다. 데이브 다이어와 샘 클라크는 예상했던 대로 다정했어. 그렇지만 쳇 대셔웨이의 "안녕하쇼?"라는 인사는 무덤덤하고 무뚝뚝하지 않았나? 식료품점 주인 하울랜드는 퉁명스러웠어. 그냥 원래 그런 사람이어서 그랬나?

'사람들이 무슨 생각을 하는지 일일이 신경 써야 하는 처지라니 왜 이리 부아가 나는 걸까. 세인트폴에서는 이러지 않았어. 여기서 난 감시당하고 있어. 사람들이 나를 지켜본다고. 그런다고 눈치 보면서 살 순 없지.' 생각에 취해 흥분한 상태에서 적극적으로 자기방어를 하자는 마음으로 스스로를 다독였다.

III

해빙과 함께 길거리가 맨살을 드러냈다. 총성 같은 쿵 소리와 함께 호수가 갈라지던 밤. 시끌벅적 청명한 아침. 스코틀랜드식 베레모에 트위드 스커트까지 입으니 캐럴은 하키를 하러 나가는 대학생이 된 듯했다. 고함을 지르고 싶었고 달리고 싶어 다리가 근질근질했다. 장보기를 마치고 집에 오면서 그걸 못 이기고 강아지처럼 폴짝거렸다. 동네를 달음박질친 다음 보도 끄트머리에서 질펀한 눈 진창을 폴짝 뛰어넘으면서 한 학생에게 "야호!"를 외쳤다.

창가에 나이 든 여자 세 명이 입을 떡 벌리고 있는 모습이 보였다. 세 사람의 눈초리에 발이 얼어붙었다. 길 건너 다른 창문에서 커튼이 살며시 움직였다. 그녀는 잠시 섰다가 소녀 캐럴에서 케니컷 박사 부인으로 변한 다음 차분하게 계속 걸어갔다.

그녀는 거리에서 뛰면서 환호를 외쳐도 될 만큼 젊고 도전적이며 자유로운 기분을 두 번 다시 느낄 수 없었다. 그다음 주 졸리 세븐틴의 주간 브리지에 참석한 사람은 교양 있는 주부로서 캐럴이었다.

IV

졸리 세븐틴은 (회원이 14명에서 26명까지 왔다 갔다 하는) 고퍼 프레리 사교계의 정신적 지주였다. 고퍼 프레리의 컨트리클럽이자 외교 인사 그룹이었고 음악의 수호신 성 세실리아, 리츠 오벌 룸, 클럽드뱅*이었다. 여기 회원이 된다는 것은 '내부자'라는 의미였다. 비록 회원 중 일부는 새너탑시스 연구모임의 회원이기도 하지만 별개의 단체인 졸리 세븐틴은 새너탑시스를 우습게 여겼고 그들을 중산층, 심지어 '교양인 행세하는 사람들'로 간주했다.

졸리 세븐틴의 회원 대다수는 젊은 주부들로 남편들이 준회원이었다. 일주일에 한 번 그들은 여자들끼리 오후 브리지를 했고 한 달에 한 번은 남편들이 합류하여 저녁을 먹고 브리지를 즐겼다. I. O. O. F.** 홀에서는 1년에 두 번 댄스파티가 열렸다. 그럴 때면 마을 전체가 들썩였다. 시폰 스카프나 탱고 춤, 하트 모양의 폭죽 등은 각각 연례행사로 치르는 소방수 무

---

* Club de Vingt. 벨기에의 전위 예술가와 문인 그룹.

** The Independent Order of Odd Fellows는 홍익인간 정신을 기치로 17세기 영국에서 설립된 비밀공제조합.

도회와 동방별* 무도회에서만 난무했는데, 경쟁 관계의 이런 단체들은 회원을 가리지 않았던 터라 남의 집에서 일하는 처자들이 선로 수리공이나 육체노동자들을 대동하고 소방수 무도회에 참석했다. 엘라 스토바디는 당시 장례식의 주요 문상객들만 제한적으로 이용하던 전세 마차를 타고 졸리 세븐틴 파티에 참석했고, 해리 헤이독과 테리 굴드 박사는 마을에서 유일하게 야회복을 차려입고 나타나는 특이한 부류였다.

캐럴이 혼자만의 피해의식을 겪는 일이 있고 나서 졸리 세븐틴의 오후 브리지 모임은 콘크리트로 지은 후아니타 헤이독의 신축 단독주택에서 열렸다. 세련된 떡갈나무에 빗각 모서리의 판유리로 된 문에 회칠 벽의 현관 복도에는 고사리 꽃병들이, 그리고 거실에는 그을린 떡갈나무 소재의 모리스 안락의자와 16개의 채색 판화, 매끈한 사각형 탁자와 그 위에 선물용 삽화책과 무두질한 가죽갑에 든 카드 한 벌이 시가 리본**들로 만든 매트 위에 놓여 있었다.

캐럴이 난방 열기로 후끈한 실내로 들어섰다. 사람들은 이미 카드 게임을 하고 있었다. 그다지 굳은 의지는 없었다 해도 어쨌든 그녀는 아직 브리지를 배워놓지 못한 상태였다. 애교 섞인 어조로 후아니타에게 변명하면서 계속 그런 식으로 변명해야 하는 상황이 부끄러웠다.

노르께한 혈색에 언뜻 예쁘장한 데이브 다이어 부인이 그녀

---

* 'Order of the Eastern Star'를 가리킴. 여성을 위한 메이슨 기사단의 부속 조직.

** Cigar-ribbon. 시가와 같은 담배 포장에 사용되는 작은 리본.

에게 손가락을 흔들며 떨리는 목소리로 말했다. 이단 종교에 대한 경험, 질병에 대한 정보와 소문을 나르는 데 열심인 사람이었다. "무례한 분이네! 졸리 세븐틴을 이렇게나 만만히 보고 들어오다니, 염치를 잘 모르시는가 봐요!"

두번째 탁자에서 쳇 대셔웨이 부인이 옆 사람을 쿡 찔렀다. 하지만 캐럴은 최대한 새댁의 싹싹한 태도를 고수했다. 그녀가 들뜬 목소리로 말했다. "지당한 말씀이에요. 제가 게을러서 그렇죠. 당장 오늘 저녁부터 윌에게 가르쳐달라고 할게요." 그녀의 애절한 변명은 둥지 속 새끼 새들의 지저귐, 부활절 교회의 종소리, 새하얀 눈이 그려진 크리스마스 카드처럼 달콤했지만 속으로는 이렇게 으르렁거렸다. "이 정도로 달콤하면 됐겠지." 그녀가 빅토리아풍의 전형적인 소박함이 묻어나는 작디작은 흔들의자에 앉았다. 하지만 가만히 보니 고퍼 프레리에 처음 왔을 때 숨넘어가듯 그렇게나 반갑게 맞아주던 부인들이 고개를 끄덕거리며 탐탁잖은 표정을 짓고 있었다. 아니 그런 것 같았다.

첫번째 게임이 끝나고 잠시 쉬는 동안 그녀가 잭슨 엘더 부인에게 청했다. "얼른 또 한 번 봅슬레이 파티를 열어야겠죠?"

"눈 속에 나동그라질 때 너무 춥더군요." 엘더 부인이 무덤덤한 어조로 말했다.

"목 뒤로 눈 들어가는 것도 질색이에요." 묻지도 않았는데 데이브 다이어 부인이 언짢은 표정으로 캐럴을 향해 대꾸하더니 등을 돌리고 리타 사이먼스와 재잘거렸다. "디엔, 오늘 저녁에 잠깐 들를래요? 정말 멋진 버터릭 양재 옷본을 새로 샀는데 보여주고 싶어요."

캐럴은 앉아 있던 의자로 슬금슬금 돌아갔다. 게임 얘기에 열중한 그들은 그녀를 안중에 두지 않았다. 그녀는 관심을 못 받는 처지에 익숙지 않았다. 신경과민에 빠질까 봐, 인기 없는 사람이라고 믿으면 틀림없이 인기 없는 사람이 되어버릴까 봐 그러지 않으려고 무진 애를 썼다. 하지만 인내심이 바닥을 드러냈다. 두번째 게임이 끝나고 "다음 번 파티에 입을 드레스를 미니애폴리스에서 주문할 건가요? 그럴 거라고 하던데요"라고 엘라 스토바디가 거만하게 물어보자, 캐럴은 "잘 몰라요, 아직은"이라며 괜히 톡 쏘았다.

미혼인 리타 사이먼스가 구두에 붙은 쇠 버클 장식을 보며 감탄을 보내자 기분이 좀 풀렸다. 하지만 "새 소파가 사용하기에 좀 너무 큰 것 같지 않아요?"라며 비꼬는 하울랜드 부인의 말에는 분노가 일었다. 그녀는 발끈하는 마음에 고개를 끄덕거리다가 다시 가로저으며 하울랜드 부인이 제멋대로 생각하게 내버려 두었다. 이내 그녀는 화해하고 싶어져서 상냥하게 선웃음을 지으며 하울랜드 부인에게 말했다. "남편 분의 가게에 쇠고기 진국이 정말 멋지게 진열되어 있더군요."

"오, 그럼요. 고퍼 프레리가 그렇게 시대에 뒤처진 동네는 아니죠." 하워드 부인이 비꼬았다. 누군가는 키득거렸다.

그들의 퇴박에 그녀가 도도해졌다. 그녀의 도도한 모습에 자극받아 그들은 보란 듯이 더 퇴박을 놓았다. 기를 쓰며 서로 잘났다고 싸우는 지경까지 갔을 때 음식이 나오면서 그들은 그 순간을 넘겼다.

후아니타 헤이독이 내놓은 핑거볼, 접시 깔개, 욕실 매트 등은 아주 세련되었지만, '음식'은 일반적인 애프터눈 커피 모임 수준이었다. 후아니타와 각별한 사이인 다이어 부인과 대셔웨이 부인이 커다란 정찬용 접시와 스푼 한 개, 포크 한 개 그리고 커피잔을 받침 없이 함께 돌렸다. 그들은 엉켜 있는 부인들의 발 사이를 헤치고 지날 때 양해를 구하면서 오후의 게임에 관한 이야기를 주고받았다. 그러고 나서 버터 바른 뜨거운 롤빵과 에나멜 주전자에서 부어주는 커피, 속을 채운 올리브, 감자샐러드, 스펀지케이크를 돌렸다. 아주 엄격하게 관습을 따르는 고퍼 프레리의 사교계에서조차 접대 음식에 대한 선택권은 존재했다. 올리브 속은 채우지 않아도 괜찮았다. 일부 가정에서 도넛은 버터 바른 뜨거운 롤빵의 대안으로 좋은 평가를 받았다. 하지만 마을을 통틀어 단 한 사람, 캐럴만 전통을 어기고 스펀지케이크를 생략했다.

그들은 엄청나게 먹었다. 캐럴은 알뜰살뜰 아끼는 주부들이 파티에 나온 음식으로 저녁 식사까지 때우고 있다는 걸 알아챘다.

그녀가 무리에 다시 끼어보려고 했다. 맥가넘 부인 쪽으로 살살 움직였다. 땅딸막하고 서글서글한 인상의 나이 젊은 맥가넘 부인은 젖가슴과 팔이 뽀얗고 통통했다. 그녀가 갑자기 근엄한 얼굴로 참았던 웃음을 큰 소리로 터뜨렸다. 그녀는 웨스트레이크 박사의 딸이자 웨스트 레이크와 동업하는 맥가넘 박사의 아내였다. 케니컷의 주장으로는 웨스트레이크와 맥가넘 그리고 그들에게 물이 든 가족이 교활하다지만 캐럴은 그들이 품위 있다고 생각했다. 캐럴은 맥가넘 부인에게 "아기 목은 이제 괜찮은가요?"라고 물어봐 주면서 호의를 구했고, 맥가넘 부인이 몸을 흔들면서 이맛살을 찌푸린 채 차분하게 증상을 설명하는 동안 그녀의 말을 경청했다.

수업을 마친 바이더 셔원이 마을 사서인 에델 빌레트 양과 함께 들어왔다. 긍정적인 분위기의 셔원 양이 참석하니 캐럴은 더욱 자신감이 생겼다. 그녀가 재잘댔다. 그녀는 모인 사람들에게 알렸다. "며칠 전 윌과 와키니언 근처까지 갔었죠. 시골이 어찌나 아름다운지! 거기 스칸디나비아 농부들은 정말 감탄스러워요. 커다란 붉은 헛간이며 사일로며 착유기들이며 그 밖에 모든 것들이요. 양철꼭대기 첨탑이 있는 외딴 루터교회 다들 아시죠? 언덕 위에 홀로 우뚝 서 있는 교회요. 정말 허허벌판인데 왠지 멋져 보였어요. 제 생각엔 스칸디나비아 사람들이 가장 부지런하고 훌륭한 민족인 것 같아요."

"어머 그런가요?" 잭슨 엘더 부인이 이의를 제기했다. "남편 말로는 제재소에서 일하는 스벤스카들은 아주 끔찍하다던데요. 엄청 조용하면서 불평이 많고 아주 이기적인데 그런 식으로 계속 임금 인상을 요구한대요. 그네들이 제멋대로 하면 그냥 사업을 말아먹게 되지 않을까요."

"맞아요. 그네들은 하녀들도 그냥 형편없어요!" 데이브 다이어 부인이 투덜거렸다. "맹세코 난 죽을힘을 다해 하녀들의 비위를 맞춰주려고 하죠. 구할 수나 있으면요! 난 그네들이 원하는 건 다 해줘요. 언제든 남자친구를 부엌으로 불러도 되고, 남은 음식이 있을 땐 우리와 똑같이 먹잖아요. 게다가 사실 난 그들을 닦달하는 법이 거의 없어요."

후아니타 헤이독이 수다를 풀었다. "저들은 고마워하는 법이 없어요. 그 사람들이 다 그래요. 하녀 문제가 끔찍해지고 있어요. 우리가 아끼는 한 푼까지 요구하는 스칸디나비아인지 뭔지에서 온 촌뜨기들로 이 나라가 어떻게 될지 모르겠어요. 게다가 무식하고 뻔뻔하기까지 해서 욕조다 뭐다 온갖 것들을 원하고 있으니. 집에서 빨래 대야에 목욕할 수 있으면 다행이고 좋은 것 아닌가요."

그들은 거침없이 말을 쏟아냈다. 캐럴은 하녀 비를 생각하면서 틈을 봐서 끼어들었다.

"그런데 하녀들이 은혜를 모른다면 혹시 안주인의 문제는 아닐까요? 선대에서부터 우린 그들에게 남은 음식과 거처를 제공했어요. 자랑은 아니지만, 굳이 말씀드리자면 전 비와 별문제가 없어요. 비는 굉장히 싹싹해요. 스칸디나비아 사람들은 튼튼하면서 정직해서……"

데이브 다이어 부인이 말을 가로챘다. "정직하다고요? 받아낼 수 있는 한 푼까지 우리에게서 강탈해가는 걸 정직하다고 하는 거예요? 그들 중 그 누구도 뭘 훔쳐 가게 놔뒀다고 할 수는 없지만, (하지만 너무 많이 먹어대는 바람에 로스트비프가 사흘을 안 남아나는 걸 도둑질이라고 부를 수 있지 않을까요) 마찬가지로 무엇이 됐건 그네들이 날 속일 수 있다고 착각하게 만들 생각은 없어요! 난 항상 그네들이 아래층에서, 바로 내가 보는 앞에서 짐 가방을 꾸리고 풀게 해요. 그러면 내가 지켜보니까 훔치고 싶은 마음을 먹지 못한다는 걸 알거든요."

"여기선 하녀들이 얼마를 받나요?" 캐럴이 대담하게 물었다.

은행원 아내 구절링 부인이 놀란 표정으로 설명했다. "주급 3.5달러에서 5.5달러 사이에서 각자 알아서 줘요! 분명한 사실 하나는, 클라크 부인이 그네들의 터무니없는 요구를 들어주는 일이 없을 거라고 하고선 마음이 약해져서 5.5달러를 줘버렸다는 거예요. 생각해봐요! 사실 기술도 필요 없는 일인데 하루 1달러라니. 게다가 먹고 자고 하는 것은 물론이고 빨래할 때 자기 빨랫감도 바로 집어넣어 같이 빨 수도 있는데. 케니컷 부인은 얼마 주나요?"

"그래요! 얼마 줘요?" 여섯 명가량이 그녀의 대답을 졸랐다.

"아…… 아니 일주일에 6달러 주고 있어요." 그녀가 힘없이 털어놓았다.

그들의 입이 떡 벌어졌다. 후아니타가 따졌다. "그렇게 많이 주면 다른 사람들이 힘들 거라는 생각은 안 하나요?" 다 같이 언짢은 표정을 보이자 후아니타는 원군을 얻은 듯했다.

캐럴은 분한 마음이 들었다. "글쎄요! 하녀 일은 세상에서 제일 힘든 일이에요. 하루 10시간에서 18시간을 일해요. 끈적거리는 접시를 닦고 더러운 옷을 세탁해야 하죠. 아이들을 돌보고, 물 마를 새 없는 튼 손으로 뛰어가 문을 열어주고……"

데이브 다이어 부인이 캐럴의 장황한 설명에 노한 목소리로 끼어들었다. "다 좋아요. 하지만 분명히 말하지만, 하녀가 없을 땐 그런 일들을 내가 직접 해요. 그리고 그들의 요구에 굴복하여 과도한 급료를 줄 생각이 없는 사람에게 그건 상당한 시간이라고요!"

캐럴이 되받아쳤다. "하지만 하녀는 생판 남을 위해 그렇게 해주고 받는 대가가 그거예요……"

사람들의 눈초리에 적의가 어렸다. 네 명이 한꺼번에 말하고 있었다. 바이더 셔윈의 권위 실린 목소리가 좌중을 뚫고 소란을 잠재웠다.

"쯧쯧! 왜 그렇게들 열을 올려요. 참으로 어리석은 논쟁이잖아요! 다들 너무 심각해지고 있어요. 그만! 캐럴 케니컷, 어쩌면 당신이 옳겠지만 너무 앞서 나갔네요. 후아니타, 그렇게 싸울 듯이 쳐다보는 것 그만둬요. 이게 뭐예요? 카드파티인가요, 아니면 닭싸움인가요? 캐럴, 하녀들을 위한 잔 다르크인 양 우월의식을 버리지 않으면 볼기를 한 대 때려줄 거예요. 이리 와서 에델 빌레트 양과 도서관 얘기나 좀 해요. 우우! 계속 서로 쪼아대면 내가 닭장을 관리할 거예요!"

다들 어색하게 웃었고 캐럴은 고분고분 '도서관에 관한 이야기'를 나누었다.

작은 마을의 단독주택, 마을 의사의 아내와 마을 의류상 주인의 아내, 지방 마을 교사, 하녀에게 주급 1달러를 더 주는 문제로 대화를 나누다 일어난 말싸움. 하지만 이 하찮은 언쟁은 페르시아와 프로이센과 로마와 보스턴에서 있었던 은밀한 공산당 작당 모의와 각료회의와 노동자총회의 판박이였고, 세계 지도자를 자처하는 정치 연설가들은 백만 명의 캐럴에게 언성을 높여 비난을 퍼붓는 십억 명의 후아니타를 대변하는 사람들과 똑같았다. 그 옆에서 수십만 명의 바이더 셔윈은 그러한 폭풍을 잠재우려 애쓰고 있었다.

캐럴은 미안해졌다. 그녀는 독신녀 냄새를 풍기는 빌레트 양의 말을 열심히 경청하다가 이내 또 무례한 짓을 저지르고 말았다.

"아직 도서관에서 본 적이 없네요." 빌레트 양이 그녀를 책망하듯 말했다.

"무척 가고 싶었는데 자리 잡고 하느라…… 이제 너무 자주 들락거려서 어쩌면 제가 지겨워질지도 몰라요! 정말 멋진 도서관이라던데요."

"많이들 좋아합니다. 장서 규모가 와카민보다 2천 권이나 더 많아요."

"멋지군요. 빌레트 양의 공이 크겠네요. 저도 세인트폴에서 사서 경험이 좀 있어요."

"그렇다더군요. 그런 대도시의 도서관 운영방식을 완전히 인정하진 않습니다. 참 태평하지 뭐예요, 부랑자들이랑 온갖 지저분한 사람들이 사실상 열람실에서 잠을 자도 그냥 두니 말이에요."

"저도 알아요. 하지만 가난한 사람들은…… 음, 제 말에 한 가지는 동의하실 거예요. 사서의 주요 임무는 사람들에게 책을 읽게 하는 겁니다."

"그렇게 생각해요? 제 생각엔 케니컷 부인, 그냥 대형 대학의 사서의 말을 인용할게요. 전 성실한 사서의 첫번째 임무가 장서를 보존하는 일이라고 생각해요."

"오!" 캐럴은 "오!"라고 내뱉은 걸 후회했다. 빌레트 양이 더 딱딱한 태도로 공격했다.

"도시에서는 다 괜찮을지 모르죠. 거긴 돈이 많으니까 못된 아이들이 책을 더럽히거나 그냥 일부러 찢어버리고 뻔뻔한 젊은이들이 규정에 정해진 것보다 더 많은 책을 대출해 가도 그냥 두겠죠. 하지만 여기선 절대 용납 안 돼요!"

"일부 아이들이 파괴적 성향이면요? 그 애들은 책 읽기를 배우게 돼요. 책이 사람의 생각보다는 값이 싸잖아요."

"도서관에 와서 나를 귀찮게 하는 이런 아이들의 생각보다 더 하찮은 게 있을까요. 엄마들이 집 안에서 지켜보지 않는다고 말이죠. 어떤 사서들은 강단이 없어서 도서관을 양로원이나 유치원 같은 데로 만들어버릴지 몰라도, 고퍼 프레리 도서관은 내가 맡고 있는 동안 정숙하게 도서관다운 면모를 유지할 것이고 장서들도 잘 보존될 겁니다!"

캐럴은 다른 사람들이 무언가 꼬투리 잡을 게 없나 하면서 엿듣고 있는 걸 보았다. 사람들의 반감을 마주하니 기가 꺾였다. 빌레트 양의 말을 수긍한다는 뜻으로 급히 미소를 짓고는 공연히 손목시계를 흘긋거리며 주절거렸다. "너무 늦었네요……얼른 집에 가야겠어요…… 남편이…… 정말 멋진 파티였어요…… 하녀 얘기는 어쩌면 여러분 말이 맞을 거예요. 비가 너무 착해서 제 편견이…… 스펀지케이크는 정말 최고였어요. 헤이독 부인한테서 꼭 레시피를 얻어야 할 것 같아요…… 안녕히 계세요. 정말 즐거웠어요……"

그녀는 집으로 걸어가면서 곰곰이 돌이켜보았다. "내 잘못이야. 내가 예민했어. 게다가 그렇게 토를 달았으니. 그렇지만…… 안 돼! 더러운 주방에서 고생하는 하녀들과 누더기옷의 배곯는 아이들을 비난할 수밖에 없다면 난 그들의 일원이 될 수 없어. 그러면 이 여인들이 평생 날 재단하면서 좌지우지할 거야!"

그녀는 비가 주방에서 부르는 소리에 대꾸도 없이 잘 쓰지 않는 2층 손님방으로 뛰어올라 갔다. 무서워서 흐느껴 울었다. 덧창이 내려진 답답한 방 안의 육중한 검은 호두나무 침대, 빨간 퀼트가 덮인 두툼한 매트리스 옆에서 무릎을 꿇고 연약한 체구를 동그마니 구부린 채.

8장

I

"내 할 일을 찾느라 윌에게 마음을 덜 쓰는 건 아닐까? 난 남편이 하는 일의 진가를 충분히 인정하고 있나? 그럴 거야. 그래, 그래야지. 내가 마을의 일원이 될 수 없다면, 내가 왕따가 분명하다면……"

케니컷이 퇴근하자 그녀가 호들갑스럽게 맞았다. "여보, 당신 환자들 얘기를 좀더 해봐요. 알고 싶어요. 이해하고 싶단 말이에요."

"그럼. 당연하지." 그러더니 그가 난로를 손보러 아래층으로 내려갔다.

저녁 식탁에서 그녀가 물었다. "이를테면 오늘은 무얼 했어요?"

"오늘 무엇을 했냐고? 무슨 말이야?"

"환자들 말이에요. 알고 싶어요……"

"오늘? 아, 별거 없었어. 배앓이 환자 두어 명하고 손목을 삐어 온 사람 하나, 남편이 자길 안 좋아해서 죽고 싶은 마음이라는 어리석은 여자 하나랑…… 그냥 일상적인 진료였어."

"그런데 행복하지 않다는 여자는 일상적인 환자가 아닌 것 같은데요!"

"그 여자? 그냥 신경과민 환자야. 지지고 볶는 결혼생활로 인한 증상에는 해줄 게 별로 없어."

"하지만 여보, 다음에라도 흥미로워 보이는 환자가 있으면 제발 말해줘요, 네?"

"물론. 뭐든 말해주지, 있으면…… 음, 연어가 상당히 좋은데. 하울랜드 가게에서 샀어?"

II

졸리 세븐틴의 대참사가 있은 지 나흘 뒤에 바이더 셔윈이 찾아오더니 무심코 캐럴의 세상을 산산조각으로 날려버렸다.

"들어가서 잠시 얘기나 할까요?" 지나치게 밝고 순진한 얼굴로 말하니까 캐럴은 불안해졌다. 바이더가 털 코트를 훌러덩 벗고 마치 체육관에서 운동하듯 앉아 말을 쏟아냈다.

"날씨가 너무 좋아요. 몹쓸 날씨 같으니! 레이먼드 워더스푼이 만약 자기가 나처럼 기운 넘쳤다면 대형 오페라 가수가 됐을 거래요. 늘 생각하는 거지만 여기 기후가 세상 최고예요. 친구들은 세상에서 가장 사랑스럽고 내가 하는 일은 세상에서 가장 중요한 일 같아요. 어쩌면 혼자만의 착각이겠죠. 하지만 한 가지는 분명히 알아요. 당신이 이 세상에서 가장 당돌한 얼간이란 거요."

"그래서 당신이 이제 날 호되게 야단치려는 거네요." 캐럴이 유쾌하게 말했다.

"내가요? 어쩌면요. 쭉 생각해봤어요. 말싸움에서 제삼자가 가장 책임이 크다는 거 알아요. A와 B 사이를 왔다 갔다 하면서 쌍방의 말을 서로에게 전하는 즐거움을 누리죠. 하지만 난 당신이 고퍼 프레리를 살리는 일에 큰 역할을 해주었으면 해서…… 아주 특별한 기회인 데다…… 바보 같은 소리인가요?"

"알아요, 무슨 뜻인지. 졸리 세븐틴에서 제가 너무 느닷없었죠."

"아니에요. 사실, 그네들에게 고용인들에 대해 도움 되는 사실 몇 가지를 말해줘서 기뻐요. (다만 요령이 살짝 부족했을 수는 있어요.) 그런 문제가 아니에요. 이런 외진 동네에 새로 전입하는 사람은 다 시험대에 오른다는 사실을 이해할는지 모르겠군요. 사람들은 새로운 주민을 다정하게 대하지만 늘 지켜봐요. 기억나네요. 라틴어 교사 하나가 웰즐리에서 이리로 이사를 왔는데 그녀가 A를 '아'에 가깝게 발음한다고 사람들이 불쾌해했어요. 일부러 그런 발음을 꾸며낸다고 확신했던 거죠. 당연히 당신에 관한 이야기도 했어요……"

"저에 대한 말을 많이 했어요?"

"오!"

"난 항상 내가 자욱한 연기 속을 걸어 다니는 것 같아요. 나는 사람들을 보는데 사람들 눈에는 내가 보이지 않는 것 같은 기분이 들어요. 너무 존재감 없이 평범해서. 너무 평범해서 나에 대해선 할 얘기가 전혀 없을 것 같은데요. 헤이독 부부가 나에 대해 할 이야기가 있다는 사실이 실감 나지 않아요." 캐럴은 슬슬 불쾌한 감정이 올라왔다. "맘에 들지 않아요. 스스럼없이 내 일거수일투족을 입에 올린다고 생각하니 소름이 끼치네요. 나를 지켜보다니요! 분해요. 싫어요……"

"잠시만, 부인! 그들도 어쩌면 당신의 어떤 말이나 행동에 분한 마음을 느낄지 몰라요. 담담해져 봐요. 그 사람들은 새로 오는 사람은 누구든 관찰해요. 당신은 대학 시절 새내기에게 그런 적 없어요?"

"그랬죠."

"그럼, 됐네! 담담해질 거죠? 그럴 수 있을 거라는 칭찬이에요. 내가 마을을 가치 있게 만드는 일에 도움을 줄 만큼 당신이 철든 사람이면 좋겠어요."

"차갑게 식은 삶은 감자만큼 냉정해질게요. (그렇지만 당신이 말하는 '마을을 가치 있게 만드는 일'을 도울 순 없을 거예요.) 나에 대해 무슨 얘기들을 하나요? 진심이에요. 알고 싶어요."

"물론 학식이 딸리는 사람들은 당신이 미니애폴리스보다 더 먼 데를 들먹이면 괘씸하게 여기죠. 의도를 의심해요. 의심, 바로 그거예요. 또 일부는 당신이 지나치게 옷을 잘 입는다고 생각해요."

"어머, 그렇군요! 그들의 마음에 들게 총자루 같은 삼베옷이라도 입을까요?"

"제발! 애처럼 굴 거예요?"

"그래요. 들을게요." 시큰둥한 대답.

"당연히 그래야죠. 안 그러면 한 가지도 말 안 해줄 거예요. 당신은 이걸 알아야 해요. 난 당신이 바뀌어야 한다고 말하는 게 아니에요. 단지 그 사람들의 생각이 뭔지 알고 있으라는 거지. 그들의 편견이 아무리 터무니없어도 그들을 다루려면 그렇게 해야만 해요. 여길 더 좋은 마을로 만드는 게 당신 목표잖아요, 그죠?"

"그건지 아닌지 잘 모르겠어요!"

"아…… 아니…… 쯧쯧, 당연히 그거죠! 자, 난 당신을 믿어요. 당신은 타고난 개혁가니까."

"아니에요, 더 이상은!"

"왜 아냐."

"아, 진짜 도울 수 있을지…… 그러니까 사람들 눈에 내가 잘난 체한다는 거죠?"

"그래요! 자, 그들이 배타적이라는 말은 말아요. 여하튼 레이크 쇼어 드라이브*의 기준이 시카고에 알맞듯이 고퍼 프레리의 기준은 고퍼 프레리에 알맞은 거예요. 그리고 여긴 시카고 같은, 아니 런던 같은 대도시보다 고퍼 프레리같이 작은 마을이 더 많으니까. 게다가…… 전부 다 말할게요. 사람들은 당신이 '어뮤리컨'이라고 하지 않고 '어메리컨'이라고 하면 잘난

---

* Lake Shore Drive. 시카고의 번화가.

체한다고 여겨요. 당신이 가볍다고 생각해요. 다들 어찌나 심각하게 사는지 후아니타가 콧소리를 내며 웃는 것 말고 다른 웃음은 상상하지 못해요. 에델 빌레트는 당신이 은근히 가르치려 들었다고 확신하던 걸요……”

“어머, 아니에요!”

“당신이 독서 권장에 관해 얘기할 때요. 그리고 당신이 엘더 부인보고 ‘정말 작고 깜찍한 차’를 탄다고 그랬을 때 부인은 자길 얕본다고 여겼어요. 부인은 그걸 무척 큰 차라고 생각하거든요! 일부 상인들 말로는 당신이 가게에 와서 이러니저러니 지나치게 말이 많대요. 그리고……”

“한심해라. 난 친근하게 보이려고 애쓰고 있었는데!”

“마을의 아낙들 전부가 당신이 비와 그렇게 격의 없이 지내는 게 진심인지 수상쩍게 생각해요. 다정한 건 좋아요. 하지만 당신이 비를 마치 사촌처럼 대한다고 그러네요. (있어봐요! 더 많이 있어요.) 그리고 이 방을 꾸민 것도 희한하대요. 널따란 소파와 저 일본풍의 거시기한 게 웃긴가 봐요. (잠깐! 사람들이 어리석다는 것 알아요.) 그리고 당신이 교회에 좀더 자주 나오지 않는다고 뒷말하는 걸 열두어 명에게서 들은 것 같아요. 또……”

“견디기 힘드네요. 내가 기쁜 마음으로 호의를 보이며 거리낌 없이 나다니는 동안 사람들은 이런 온갖 말을 하고 있었단 걸 알고 나니 참을 수가 없네요. 당신이 이런 말을 내게 전달했어야 하는 건가 싶기도 하고요. 그 때문에 난 이제 눈치를 봐야 해요.”

“나도 똑같이 망설였어요. 내가 얻을 수 있는 유일한 해답은

'아는 것이 힘'이라는 속담이에요. 힘을 가진다는 게 얼마나 흥미로운 일인지 당신도 언젠가 알게 되겠죠. 여기서조차. 마을을 통제한다는 게…… 아유 내가 좀 별난 사람이에요. 하지만 난 개선되어 가는 상황을 보는 게 좋아요."

"마음이 아파요. 당신의 말 때문에 이 사람들이 너무 무자비하고 믿지 못할 사람들로 보여요. 난 그토록 진심으로 대했는데. 그렇지만 다 털어놔 봐요. 제집의 중국풍 집들이에 대해선 뭐라고들 하던가요?"

"아니, 저……"

"어서요. 안 그러면 사실보다 더 나쁜 쪽으로 상상할 거예요."

"즐긴 건 맞아요. 하지만 몇몇은 당신이 과시한다고 느낀 것 같아요. 당신 남편이 실제보다 더 부자인 체한다고."

"안 되겠어요…… 사람들의 못된 심성이 상상 이상으로 끔찍하네요. 정말 내가 그런다고 생각했단 말이죠…… 그런데도 당신은 그런 사람들을 '개선'하고 싶어요? 싸고 싼 다이너마이트로 그냥 날려버리지. 감히 누가 그런 말을 해요? 잘사는 사람들이에요? 아니면 못사는 사람들이에요?"

"꽤 엇비슷해요."

"비록 내가 잘난 척, 교양 있는 척했을지 모르겠지만 적어도 다른 식의 저속한 처신은 할 수 없다는 사실을 충분히 알 텐데 최소한 날 이해할 수는 있지 않나요? 꼭 알고 싶어 하면, 제가 고마워하더라며 이렇게 말해주세요. 윌의 1년 수입은 4천 달러 정도이고 그날 파티는 그네들이 상상했던 금액의 절반밖에 들지 않았다고요. 중국풍 소품들은 그렇게 비싸지 않아요. 그리고 그날 내가 입었던 옷도 손수 만든 거고……"

"그만! 그만 돌려 말해요! 그 정도는 다 알아요. 그 사람들의 말은 이거예요. 당신이 대다수 주민은 꿈도 못 꿀 그런 파티를 열어서 위험한 경쟁을 시작한다고 느꼈다는 거예요. 이 마을에서 1년에 4천 달러면 꽤 큰 수입이에요."

"경쟁을 시작할 생각은 눈곱만큼도 없었어요. 최선을 다해 즐거운 파티를 제공하려던 제 의도는 사랑과 우정에서 나온 것이었다고요. 믿을 수 있겠어요? 바보 같은 파티였어요. 유치하고 시끄러웠죠. 하지만 정말 좋은 뜻이었어요."

"물론 알죠. 그리고 그들이 당신이 내온 중국 음식, 차우멘, 맞나요? 그걸 조롱하고, 깜찍하게 생긴 바지를 입은 당신 모습을 비웃었던 건 분명 부당해요……"

캐럴이 울먹이며 벌떡 일어섰다. "아, 그 사람들이 그랬을 리가 없어요! 내가 베푼 잔치를 비웃었다니. 그들을 위해 내가 얼마나 세심하게 준비했는데! 내가 정말 즐거운 마음으로 만들었던 귀여운 중국풍 복장인데, 그들을 놀래주려고 난 그걸 몰래 만들었어요. 그런데 그걸 비웃고 있었다니, 지금까지!"

그녀가 소파에 웅크렸다.

바이더가 그녀의 머리카락을 쓰다듬으며 웅얼거렸다. "말하지 말걸……"

수치심에 파묻혀 있느라 캐럴은 바이더가 언제 그곳을 빠져나갔는지도 몰랐다. 5시 반을 알리는 시계 종소리에 정신을 차렸다. "윌이 올 시간인데 마음을 추슬러야지. 자기 아내가 얼마나 바보인지 절대 몰라야 할 텐데…… 냉정하고 냉소적인 끔찍한 사람들.”

마치 아주 작고 아주 외로운 어린 소녀처럼 그녀가 위층으로 터덜터덜 걸음을 옮겼다. 한 계단 한 계단 느릿느릿 발을 끌면서 손으로는 난간을 짚은 채. 그녀가 보호해달라며 달려가고 싶은 사람은 남편이 아니라 바로 12년 전 돌아가신, 웃는 얼굴에 사려 깊은 친정아버지였다.

III

케니컷이 라디에이터와 소형 석유 난로 사이의 커다란 의자에 앉아 하품하며 기지개를 켰다.

조심스럽게 말을 건넸다. “여보, 여기 사람들이 가끔 내 험담을 하는 건 아닌지 궁금해요. 당연히 하겠죠. 내 말은, 그런 일이 있더라도 당신은 신경 쓰지 말라는 거예요.”

“당신을 욕한다고? 맙소사, 안 그래. 만나는 사람마다 당신이 여태껏 만난 사람 중에 가장 멋지다는데.”

“글쎄요, 방금 생각해봤어요…… 가게 주인들은 내가 물건 살 때 너무 까탈을 부린다고 생각할 것 같아요. 대셔웨이 씨나 하울랜드 씨 그리고 루덜마이어 씨를 내가 귀찮게 하는 건 아닌가 싶어요.”

“왜 그런지 말해주지. 말하고 싶지 않았는데 당신이 말을 꺼냈으니까. 첫 대셔웨이는 아마 당신이 새 가구를 자기한테서 사지 않고 도시에서 사들인 것에 골이 났을 거야. 그땐 당신 말에 반대하고 싶지 않았지만…… 아무튼 내가 여기서 돈을 버니까 그네들도 당연히 내가 여기서 돈을 쓰길 바랄 거야."

"대셔웨이 씨가 자기 딴에 가구라고 하는, 장례식장에나 어울릴 물건으로 그 어떤 문명인이 방을 꾸밀 수 있는지 말해준다면 몰라도……" 그녀는 기억이 났다. 그래서 나직이 말했다. "하지만 이해해요."

"그리고 하울랜드와 루덜마이어는…… 아, 그네들이 갖다 놓은 변변찮은 물건들을 보고 당신이 심심찮게 놀렸을 거야. 그냥 재밌으라고 한 말이었겠지. 근데 제길, 뭐가 어때서! 여긴 자주적인 마을이야, 동부의 도시들이 아니라고. 거기선 늘 행동거지를 조심해야 하고, 어리석은 요구와 사회 관습에 맞춰 살아야 하고, 말 많은 늙다리들은 남들 험담하느라 쉴 틈이 없잖아. 여기선 누구든 마음껏 하고 싶은 대로 할 수 있어." 그가 요란하게 말을 마쳤고, 캐럴은 그가 진심으로 그렇게 믿고 있음을 깨달았다. 분해서 씩씩대던 그녀의 숨이 하품으로 바뀌었다.

"그건 그렇고, 캐리, 말이 나왔으니 말인데, 물론 나도 독자적인 걸 좋아해. 진심으로 원하지 않는 이상 자기 것을 사준다고 그 사람 것을 꼭 사주어야 하는 이런 거래를 나는 좋아하지 않아. 하지만 그래도 난 당신이 진료는 매번 굴드 박사에게 가서 받는 하울랜드&굴드 대신, 될 수 있으면 젠슨이나 루덜마이어의 가게에서 거래하면 기쁘겠어. 하울랜드와 굴드 족속들이 똑같이 그런단 말이야. 귀한 내 돈으로 식료품을 사는데 그 돈이 테리 굴드에게 넘어갈 이유가 없잖아!"

"하울랜드&굴드 가게로 가는 건 거기 제품들이 더 낫고 깨끗해서예요."

"알아. 완전히 끊으라는 말은 아냐. 물론 젠슨이 무게를 덜 단다든지 잔꾀를 잘 부리지. 그리고 루덜마이어는 주변머리 없는 욕심쟁이 늙은 독일인이고. 하지만 동시에, 가능하면 늘 우리 고객의 가게로 가서 팔아주라는 거야. 무슨 말인지 알지?"

"알겠어요."

"음, 잠자리에 들 시간이군."

그가 하품을 하고선 밖으로 나가 온도계를 확인하고 문을 쾅 닫고 나서 머리를 가볍게 쓰다듬은 뒤 조끼 단추를 풀면서 또다시 하품했다. 시계태엽을 감고 난로를 살피러 하품을 하며 내려가더니 쿵쾅거리며 위층으로 올라와 잠자리에 들어선 무심코 두꺼운 양모 속옷을 긁었다.

그가 큰 소리로 "안 잘 거야?"라고 말할 때까지 그녀는 꼼짝 않고 앉아 있었다.

9장

I

그녀는 경쾌한 기분으로 목장에 들어가 양들에게 아주 유익한 춤을 가르친 줄 알았는데 그 양들이 늑대라는 사실을 깨달았다. 회색 어깨로 짓눌러대는 틈에서 빠져나갈 길을 찾을 수 없었다. 뾰족한 이빨을 드러내며 비웃는 시선들에 포위되고 말았다.

그녀는 보이지 않는 조롱을 계속 참을 수가 없었다. 도망치고 싶었다. 도시의 관대한 무관심 속에 숨고 싶어졌다. 케니컷에게 할 말을 연습했다. "며칠간 세인트폴에 좀 다녀오려고요." 하지만 아무 일도 아니라는 듯이 그 말을 할 자신이 없었다. 그의 질문을 감내할 수 있을까 싶었다.

마을을 개선한다? 다 필요 없고 너그러이 봐주기만 하면 좋겠어!

그녀는 사람들을 똑바로 쳐다볼 수가 없었다. 일주일 전까지 재미있는 연구 대상이었던 주민들 앞에서 얼굴이 붉어지면서 몸이 움츠러들었고, 그들의 아침 인사에 잔인한 키득거림이 같이 들려왔다.

올레 젠슨 식료품점에서 후아니타 헤이독과 마주친 그녀는 반응을 구걸하듯 말했다. "어머, 안녕하세요! 세상에 셀러리가 좋기도 하지!"

"그래요, 싱싱해 보이네요. 해리는 일요일에 셀러리를 먹지 않으면 안 된대요, 지겨운 양반!"

캐럴은 기쁨을 주체하지 못한 채 서둘러 가게를 나왔다. "날 조롱하지 않았어…… 그지?"

일주일 만에 주눅 들고 창피해하며 남들이 수군거릴까 눈치를 보던 상태에서 벗어났지만, 사람을 피하는 버릇은 여전했다. 길에서는 머리를 숙이고 걸었다. 앞에 맥가넘 부인이나 다이어 부인이 오는 눈치가 보이면 요령껏 광고판을 보는 척하며 그들을 스쳐 지나갔다. 그녀는 시야에 들어오는 모든 사람과 시야에 들어오지 않는, 복병처럼 숨어 음흉하게 훔쳐보는 사람들을 위해서 항상 연기를 했다.

그녀는 바이더 셔윈의 말이 사실임을 깨달았다. 가게에 들어가든 뒤쪽 베란다에서 비질을 하든 아니면 거실 내닫이창 창가에 서 있든 온 마을이 자신을 훔쳐보았다. 한때는 집에 갈 때 활개를 치며 거리를 걸었다. 이제 그녀는 집집을 흘긋거리며 쳐다보았고, 아무 일 없이 집으로 돌아오면 조롱으로 무장한 수많은 적군을 헤치고 지나온 듯한 승리감을 느꼈다. 터무니없이 예민한 거라고 스스로를 타일렀지만 나날이 극심한 공포에 빠져들었다. 커튼이 악의 없이 스르륵 다시 닫히는 게 보였다. 집 안으로 들어가던 노부인들이 슬그머니 다시 나와 지켜보기 시작했는데, 차갑고 고요한 공기 속에서 그녀는 그들이 까치걸음으로 베란다를 움직이는 소리를 들을 수 있었다. 어떨 때는 지켜보는 시선에 대해 까맣게 잊고 있던 고마운 시간, 어둠 속에 보이는 따스한 불빛의 창문들을 보며 행복한 기분에 젖어 차가운 어둠 속을 경쾌하게 내달리다가 눈 덮인 덤불 위로 숄을 덮어쓴 머리가 불쑥 솟는 걸 보고 그녀의 심장이 얼어붙은 적도 있었다.

그녀는 자신이 피해망상에 빠진 것을 인정했다. 마을 사람들은 누구를 보더라도 입을 떡 벌리고 바라봤다. 그녀는 차분해졌고 자신의 깨달음에 만족했다. 하지만 다음 날 루덜마이어의 가게에 들어서는 순간 움찔 놀랄 만한 모욕감을 느꼈다. 루덜마이어와 점원 그리고 예민한 성격의 데이브 다이어 부인이 무언가 얘기하며 함께 낄낄대고 있었다. 그들은 뚝 웃음을 멈추고 당황스러운 표정을 짓더니 양파 얘기를 횡설수설 늘어놓았다. 캐럴은 자기 얘길 하고 있었나 싶어 신경이 쓰였다. 그날 저녁 케니컷이 캐럴을 대동하고 짜증 잘 내는 라이먼 카스 부부를 찾아갔을 때 내외는 그들의 방문에 어쩔 줄 몰라 하는 것 같았다. 케니컷이 유쾌한 어조로 야유를 보냈다. "라임, 뭐 켕기는 게 있는 얼굴인데요?" 카스 부부가 힘없이 피식 웃었다.

데이브 다이어, 샘 클라크, 레이미 워더스푼을 제외하면 상점 주인들이 건네는 인사가 진심이라는 확신이 드는 사람은 아무도 없었다. 자신이 사람들의 인사를 조롱으로 해석한다는 걸 알고 있지만 미심쩍은 마음이 드는 건 어쩔 수가 없었고, 심적인 쇠약 상태를 극복할 수가 없었다. 상인들의 거만한 태도에 어떨 땐 화가 치밀었다가 또 어떨 땐 주눅이 들었다가 했다. 그들은 자신들의 태도가 무례하다는 사실을 인지하지 못했다. 다만 자신들은 잘살고 있고 '그 어떤 의사의 아내가 와도 쫄지 않는다'는 걸 알려주려 했다. 그들은 종종 말했다. "사람은 누구나 똑같이 잘났고, 사람은 누구나 다른 사람보다 더 잘날 수도 있어." 하지만 농사를 망친 농민 고객들에게는 이런 격언을 사용하지 않았다. 양키 상인들은 심술궂었고, 유럽에서 건너온 올레 젠슨, 루덜마이어, 거스 달은 양키처럼 보이고자 했다. 뉴햄프셔가 고향인 제임스 메디슨 하울랜드와 스웨덴이 고향인 올레 젠슨 둘 다 자신들이 자유로운 미국인이라는 걸 증명하는 방법은 투덜대는 것이었다. "그게 하나라도 있는지 어쩐지 모르겠군." "음, 정오까지 배달될 거라 바라진 마쇼."

고객들의 말대꾸는 다반사였다. 후아니타 헤이독은 유쾌하게 재잘거렸다. "12시까지 대령해요. 안 그러면 배달 오는 그

신출내기 녀석 머리채를 잡아채서 머리털이 남아나지 않게 할 테니까." 하지만 캐럴은 결코 그런 식의 허풍을 칠 줄 몰랐고, 이제는 죽었다 깨어도 그런 걸 배울 수 없겠다는 확신이 들었다. 그녀는 소심하게 액셀 에그의 가게를 단골로 삼았다.

액셀은 남의 이목 같은 건 안중에 없는 사람이었고 방자했다. 그는 아직도 외지인이었고 외지인으로 남기를 바랐다. 행동은 느렸고 도통 뭘 물어보는 법이 없었다. 점포는 네거리에 있는 점포 가운데 가장 기이했다. 액셀 본인 말고는 뭐가 어디에 있는지 아무도 찾지 못했다. 아동용 스타킹 제품들은 일부가 선반 위 덮개 밑에, 다른 일부는 생강쿠키 깡통 안에, 나머지는 밀가루 포대 위에 먹구렁이가 똬리를 튼 것처럼 쌓여 있었고, 포대 주변에는 빗자루, 노르웨이어 『성경』, 루드피스크*에 쓰는 마른 대구, 살구 박스, 생고무 밑창을 댄 벌목꾼 부츠 한 켤레와 한 짝이 있었다. 가게는 스칸디나비아 농부의 아내들로 붐볐는데, 그들은 오래된 황갈색 레그오브머튼 슬리브** 재킷에 숄을 두른 채 무심히 서서 남편들이 돌아오기를 기다리고 있었다. 그들은 노르웨이어나 스웨덴어로 이야기했고, 거기 있는 캐럴을 이해하지 못하겠다는 표정으로 바라보았다. 캐럴은 그들에게 마음이 놓였다. 자기를 두고 점잔 뺀다고 쑥덕거리지 않았기 때문이다.

---

* ludfisk. 건조된 흰살 생선이나 염대구로 만드는 노르딕 국가의 전통 요리.

** leg of mutton sleeve. 의복의 팔 부분이 어깨 쪽은 부풀고 소매로 내려오면서 차차 좁아지는 형태. 양의 다리와 흡사해서 붙은 이름이다.

하지만 그녀가 정작 혼자서 되뇐 말은 액셀 에그의 가게가 '참 아기자기하고 예쁘다'였다.

그녀가 가장 눈치를 보는 건 의상이었다.

큰맘 먹고 검은색 자수가 놓인 연노랑 옷깃의 새 체크무늬 옷을 입고 장을 보러 갔다면 그녀는 (오로지 새 옷과 그것의 가격 말고는 관심이 없는) 고퍼 프레리 주민 모두에게 자신을 살펴보라고 권유한 것과 다름없었다. 입은 옷이라곤 질질 끌리는 노란색과 분홍색 드레스 일색인 마을에서 보기 드문 디자인의 깔끔한 정장이었다. 베란다에서 지켜보던 보가트 부인의 시선은 이런 의미였다. "어머, 생전 처음 보는 건데!" 맥가넘 부인은 잡화점에서 캐럴을 세우고 넌지시 말했다. "어머, 근사해라. 엄청 비싸게 주지 않았어요?" 약국 앞에서는 사내아이들 무리가 입방아를 찧었다. "야, 땅딸보, 저 옷 위에서 너랑 장기 한판 둬야겠다." 캐럴은 참을 수가 없었다. 그녀가 옷 위에 털 코트를 걸치고 급히 단추를 채우는 동안 사내애들이 낄낄댔다.

II

빤히 쳐다보는 이 새파란 방탕아들만큼 그녀의 화를 돋우는 족속도 없었다.

그녀는 공기 신선하고 낚시와 수영을 할 수 있는 호수가 있는 이 마을이 인공적인 도시보다 더 건강하지 않느냐고 스스로를 다독여보려 했다. 하지만 열네 살부터 스무 살에 이르는 어린 것들 무리의 등장에 넌더리가 났다. 그들은 다이어 약국 앞에서 빈둥대면서 담배를 피웠고, '화려한' 구두와 자주색 넥타이 그리고 다이아몬드 모양의 단추가 달린 코트를 뽐냈다. 휘파람으로 선정적인 노래를 불어대며 지나가는 여자마다 "오, 예쁜이"라고 희롱했다.

그녀는 그들이 델 스내플린 이발소 뒤 냄새 고약한 방에서 당구를 치고, '스모크 하우스'에서 주사위 놀이를 하고, 미니마쉬 호텔의 바텐더인 버트 타이비의 '흥미진진한 사연'을 듣겠다고 무리 지어 함께 낄낄대는 걸 보았다. 로즈버드 영화관에서는 러브신이 나올 때마다 그들의 입맛 다시는 소리를 들었다. 그리스 제과점의 카운터에 앉아 변색한 바나나와 시큼한 체리, 휘핑크림, 질척한 아이스크림을 무서울 정도로 먹는 동안 그들은 서로에게 이런 말을 지껄였다. "야, 냅둬." "그만해, 제기랄, 네가 한 짓을 봐. 물 쏟을 뻔했잖아." "퍽이나 그랬겠다." "야, 빌어먹을 놈, 내 아이스크림에 담배 쑤셔 넣기만 해." "어이, 배티, 어젯밤 틸리 맥과이어하고 춤추러 가더니 어땠어? 좀 끌어안았나, 어, 자식?"

미국 소설을 부지런히 찾아본 덕에 그녀는 이런 게 자신들이 사내답고 재미있다는 걸 보여주는 남자애들의 유일한 방법이며, 시궁창이나 막장 같은 밑바닥에서 굴러보지 않은 남자애들은 뱅충이들이고 불행하다는 것을 알게 되었다. 그녀는 남자애들이란 원래 그런가 보다, 하고 받아들였다. 불쌍하게 여기면서도 객관적으로 그들을 관찰했다. 그들 때문에 마음이 동요될 거라는 생각은 해보지 않았다.

이제 그녀는 이들이 자신을 속속들이 알고 있다는 사실을 깨달았다. 실없이 깔깔대며 어떻게든 자신이 잘난 체하는 순간만 기다리고 있다는 걸 알았다. 그들이 지키고 서 있는 지점을 지나면서 그 어떤 여학생도 케니컷 부인만큼 얼굴이 벌게지지는 않았을 것이다. 창피하지만 그녀는 그들이 자신의 눈 묻은 방수 덧신을 훑어보면서 다리의 각선미를 상상한다는 사실을 알고 있었다. 젊은 사람의 시선이 아니야, 마을을 다 봐도 젊은이가 없어, 그녀는 고통스러웠다. 그들은 천성적으로 늙은이였다. 천성적으로 음침하니 늙어 있었고, 훔쳐보았으며, 트집을 잡았다.

그녀는 사이 보가트와 얼 헤이독의 말을 우연히 듣게 된 날, 젊은 사람들이 어쩌면 그렇게 생각이 없고 무자비한가 싶어서 또 울었다.

길 건너에 사는 청렴한 미망인의 아들 사이러스 보가트는 지금 열네 살 아니면 열다섯 살이었다. 캐럴은 사이 보가트를 이미 어지간히 봤었다. 고퍼 프레리에서의 첫날 저녁, 사이는 버려진 자동차 펜더를 아주 크게 두들기며 '샤리바리'*의 선두에 등장했다. 그의 친구들은 코요테를 흉내 내며 '꺄아오' 소리를 질러댔다. 케니컷은 약간 우쭐한 기분이 들었는지 밖으로 나가 1달러를 주었다. 하지만 사이는 샤리바리를 이용해 돈을 벌었다. 사라졌나 싶었는데 다른 무리를 끌고 다시 돌아왔을 때는 자동차 펜더 세 개와 축제용 딸랑이가 있었다. 케니컷이 다시 면도를 방해받자 사이가 째지는 소리로 말했다. "이번엔 2달러예요." 그리고 그 돈을 얻어냈다. 일주일 뒤 사이는 멀리서

---

* charivari. 신혼부부의 집밖에서 놋대야·냄비·주전자 등을 두드리며 놀려대는 일.

줄을 연결하여 거실 창문을 두드릴 수 있게 해놓았고, 컴컴한 데서 들리는 똑똑 소리에 캐럴은 겁에 질려 비명을 질렀다. 그 후 4개월 동안 그녀는 사이가 고양이를 목매달고, 멜론을 훔치고, 케니컷 집에 토마토를 던지고, 잔디밭에 스키 트랙을 만드는 걸 목격했다. 우렁찬 목소리로 당황스러운 지식을 뽐내며 생식의 신비를 설명하는 걸 들었다. 그 아이는 사실 작은 마을, 철저한 규율의 공립학교, 풍성한 익살의 전통, 경건한 어머니라는 조합이 대담하고 기발한 정신이라는 재료로 만들어낼 수 있는 결과물의 완벽한 표본이었다.

캐럴은 그가 두려웠다. 잡종 개를 풀어 새끼고양이를 덮치게 했을 때는 따지기는커녕 그를 쳐다보지 않으려 무진장 애를 썼다.

케니컷의 차고는 페인트 깡통과 연장, 잔디깎이, 오래된 건초 다발 등이 어질러진 헛간이었다. 그 위는 건초 다락이었는데, 사이 보가트와 해리 헤이독의 막냇동생 얼 헤이독은 그곳을 담배를 피우고 매질을 피해 몸을 숨기고 은밀하게 작당 모의하는 소굴로 이용했다. 그들은 헛간의 샛길 쪽에다 사다리를 놓고 거기를 올라갔다.

1월 말경이던 그날 아침, 바이더가 모든 걸 까발리고 간 지 2, 3주가 지났을 무렵이었다. 캐럴이 망치를 찾으러 마구간이자 차고로 갔다. 눈에 발소리가 묻혔다. 위쪽 다락에서 목소리들이 들려왔다.

“아, 이런, 어…… 호수로 내려가서 어느 놈이 놓아둔 덫에서 사향쥐나 슬쩍해 오자.” 사이는 하품을 했다.

"그걸로 신나게 얻어터지려고!" 얼 헤이독이 투덜댔다.

"와, 이 담배 맛 죽이네. 기억나? 꼬마 때 옥수수수염이나 풀씨를 피우곤 했잖아."

"응. 아이구!"

침 뱉는 소리. 정적.

"얼, 있잖아, 엄마가 그러는데 담배 씹으면 폐결핵 걸린대."

"에이 병신, 니네 엄마는 말이 많잖아."

"맞아, 그건 그래." 정적. "근데 그렇게 된 남자를 알고 있다니까."

"에이, 제기랄, 케니컷 박사가 트윈 시티에서 왔다는 그 여자하고 결혼하기 전에 만날 담배 씹었지 않냐? 침도 뱉곤 했는데⋯⋯ 와! 침 뱉는 거리가 대단했지! 3미터 떨어진 나무까지 날렸어."

트윈 시티에서 온 여자는 몰랐던 내용이었다.

"야, 그 여자 어떠냐?" 얼이 계속 말했다.

"어? 누가 어떠냐고?"

"누구 말하는지 알잖아, 재수탱이야."

몸싸움이 있는가 싶더니 헐거운 선반이 쿵 떨어지는 소리가 났고, 잠시 조용하더니 사이의 기진맥진한 목소리가 들렸다.

"케니컷 부인? 아, 뭐 괜찮은 것 같아." 아래에 있던 캐럴은 맘이 놓였다. "한번은 내게 케이크 한 조각을 줬어. 그런데 엄마는 그 여자가 엄청 거만하대. 늘 그 여자 얘기야. 만약 그 여자가 옷에 신경 쓰는 만큼 남편에게 신경 쓴다면 남편이 그렇게 초췌해 보이진 않을 거라나."

침 뱉는 소리. 정적.

"그래. 후아니타도 만날 그 여자 얘기야." 얼의 말이다. "케니컷 부인은 자기가 뭐든 다 안다고 생각한대. 케니컷 부인이 '좀 봐요, 멋진 스커트죠'라는 표정으로 으스대며 거리를 걷는 걸 볼 때마다 숨넘어갈 정도로 웃지 않을 수가 없대. 하지만, 에이, 후아니타 말은 귓등으로도 안 들어. 얼마나 못됐는데."

"엄마가 누군가에게 그러데. 케니컷 부인이 자기가 트윈 시티에서 무슨 일인가 할 때 주급으로 40달러를 받았다고 하는 말을 들었다고. 엄마가 분명히 안다는데, 그 여자는 일주일에 18달러밖에 못 벌었대. 엄마 말로는 그 여자가 여기서 좀 살아보더니 자기보다 훨씬 많이 아는 동네 사람들 앞에서 잘난 체하다가 웃음거리 될까 봐 안 나오려고 하는 거래. 다들 숨어서 그 여자를 비웃고 있어."

"야, 케니컷 부인이 집 안에서 하찮은 일로 얼마나 까탈을 부리는지 모를걸? 요전 날 밤, 내가 이리로 건너오고 있었어. 그 여자가 잊어먹고 커튼을 안 내렸기에 10분 동안 지켜봤지. 아이고, 넌 아마 웃겨 죽었을 거다. 집에 혼자밖에 없던데 그림 하나 걸면서 족히 5분은 걸렸을걸. 그림 맞춘다고 손가락을 내미는 게 어찌나 웃기던지. 띠로리, 길쭉한 내 새끼손가락을 봐, 어머 세상에, 귀여워 죽겠어, 내 고양이가 어쩜 이렇게 긴 꼬리를 가졌나 몰라!"

"근데 있잖아, 얼, 그러거나 말거나 그 여자가 예쁘긴 해. 그리고 오, 세상에! 결혼식 때문에 샀을 그 옷은 어떻고. 가슴이 푹 파인 드레스들이랑 한들한들한 슬립 입은 거 본 적 없지?

세탁해서 빨랫줄에 널려 있을 때 곁눈질로 싹 봤지. 게다가 발목은 좀 예쁘냐, 어?"

그때 캐럴이 달아났다.

순진하게도 그녀는 온 마을이 자신의 의상, 자신의 몸까지 입방아를 찧을 수 있다는 걸 알지 못했다. 마치 메인 스트리트에 벌거숭이가 되어 끌려 나온 기분이었다.

어두워지자 그녀는 창문의 가리개를 창문틀까지 하나도 빠짐없이 내렸다. 하지만 가리개 너머로 끈적한 조롱의 눈길이 느껴졌다.

III

그녀는 담배를 씹으면서 옛날 개척 시대의 풍습을 준수했던 남편의 천박한 동작을 하나하나 떠올리다가 잊어보려 애썼다가 다시 더 또렷하게 떠올렸다. 도박이나 정부情婦를 두는 것처럼 좀 덜 역겨운 악행이었다면 더 좋았을 것이다. 이런 것들은 용서해주는 만족감이라도 얻을 수 있었을는지 모른다. 소설에 나오는 매력적인 악한 가운데 담배를 씹던 주인공은 떠오르지 않았다. 그녀는 그게 남편이 자유로운 서부의 용감한 사내라는 증거라고 단언했다. 그를 영화 속에서 남성미를 자랑하는 주인공들과 같은 선상에 놓으려고 애썼다. 그녀는 해 질 녘에 핏기 없이 차분하게 소파에 웅크리고 앉아서 자신과 싸움을 벌였지만 지고 말았다. 침 뱉는 행위가 그를 말 타고 외딴 산을 달리는 산림경비대원과 같은 사람으로 만들어주진 못했다. 그것은 그저 그를 고퍼 프레리의 양복쟁이 냇 힉스와 바텐더 버트 타이비 부류에 포함시킬 뿐이었다.

"하지만 그인 날 위해 그걸 포기했어. 오, 뭐가 문제야! 우린 다 추잡한 구석이 있어. 나도 나 자신이 아주 고상한 줄 알지만 먹고, 소화하고, 더러운 손을 씻고 긁고 하잖아. 난 신전에 사는 멋지고 날씬한 여신이 아니야. 그런 사람이 어디 있어! 그인 날 위해 그걸 포기했어. 내 곁을 지키면서 모든 이가 날 사랑한다고 믿고 있잖아. 그는 내 부아를 돋우는 비열한 언행의 폭우 속에서 날 지켜주는 영원한 반석이야…… 비열한 언행들이 내 부아를 돋우겠지."

저녁 내내 그녀는 케니컷에게 스코틀랜드 발라드를 불러주었고, 그가 태우지 않은 시가를 씹고 있는 걸 알아차리자 그의 비밀을 떠올리며 어머니 같은 미소를 지었다.

그녀는 (자신에 앞서서 목장의 처녀와 사고 치던 여왕 등 수없이 많은 여성이 구사했었고 향후 그보다 더 많은 여성이 알게 될 동일한 어휘와 마음속의 어조로) 묻지 않을 수 없었다. "이 사람이랑 결혼한 건 완전히 끔찍한 실수였을까?" 그녀는 그 의심을 잠재웠지만 그에 대한 대답은 하지 않았다.

IV

케니컷이 북쪽 빅우즈*의 라퀴메르로 그녀를 데려갔다. 내

---

* 위스콘신과 미네소타 남부 중앙에서 발견되는 일종의 온대 활엽수림 생태지역.

려앉은 눈이 하얗게 반짝이는 거대한 호숫가, 레지노사 소나무 사이에 자리한 모래땅 정착지인 치페와 인디언 보호구역이 시작되는 입구였다. 결혼식 때 잠깐 본 걸 제외하면 그녀는 케니컷의 어머니를 처음으로 제대로 마주했다. 케니컷 부인은 어조가 조용하면서 교양이 있었고 그 덕에 육중한 흔들의자들 위에 딱딱해진 낡은 쿠션들이 얹혀 있는, 너무 문질러 닦은 목재 단층주택이 품위 있어 보였다. 그녀는 어린아이 같은 건강한 호기심을 내내 유지하며 책과 도시에 대한 것들을 물었다. 그녀가 나지막한 목소리로 말했다.

"윌은 착하고 근면하지만 지나치게 진지한 경향이 있는데, 네가 노는 법을 가르쳐주었구나. 어젯밤 둘이서 바구니 파는 인디언 노인에 대해 웃으며 얘기하는 걸 들었어. 난 그냥 침대에 누워 너희 두 사람이 행복해하는 모습을 즐겼단다."

캐럴은 가족이 주는 연대감 속에서 자신의 불행을 찾는 일을 잠시 잊었다. 그녀는 그들에게 기댈 수 있었다. 그러니 혼자 싸우는 게 아니었다. 케니컷 부인이 부엌에서 왔다 갔다 하는 걸 지켜보면서 그녀는 케니컷이란 사람을 더 잘 이해할 수 있었다. 그는 사실적이었고, 정말 어른스러웠다. 그는 사실 놀지 않았다. 캐럴이 자기를 갖고 놀게 했다. 하지만 그에게는 어머니의 특별한 믿음, 캐묻는 태도에 대한 거부감, 흔들리지 않는 성실함이 있었다.

라퀴메르에서 이틀을 보내면서 캐럴은 스스로에 대한 믿음을 얻었다. 그리하여 마치 환자가 마취제 덕분에 잠시 고통에서 해방되어 삶을 만끽하는 절호의 순간처럼, 두근거리는 평정심을 유지하며 고퍼 프레리로 돌아왔다.

추위가 매서운 겨울 대낮, 바람이 쌩하고 불었고 시커먼 먹구름은 하늘 위에서 우르르 소리를 냈으며 반짝 해가 비치는 동안 만물이 겁에 질려 허둥댔다. 두 사람은 휘몰아치는 바람과 싸우며 푹푹 빠지는 눈길을 헤치고 갔다. 케니컷은 즐거운 기분이었다. 로렌 휠러를 소리쳐 불렀다. "나 없는 동안 나쁜 짓은 안 했나?" "아이쿠, 자네가 너무 오래 있다 오는 바람에 환자들이 싹 다 나았어!" 『돈트리스』의 편집자인 그가 큰 목소리로 응수하더니 거들먹대며 그들의 여행에 관해 쓸 기사를 메모했다. 잭슨 엘더가 큰 소리로 말했다. "어이! 반갑군! 거긴 어떻던가?" 맥가넘 부인은 자기 집 포치에서 손을 흔들었다.

"사람들이 우릴 보고 좋아하네. 여기서 우린 중요한 존재인가 봐. 저들이 만족스러워해. 왜 난 못 그러지? 하지만 내가 평생 편안히 지내면서 '어이! 어떤가?' 같은 방식의 삶을 받아들일 수 있을까? 저들은 메인 스트리트에서 고함 소리를 원하고, 난 벽판을 두른 실내에서 바이올린 소리를 원하는데. 왜 난……?"

V

바이더 셔윈이 퇴근하고서 열두어 번 찾아왔다. 그녀는 눈치가 빨랐고 이야깃거리가 흘러넘쳤다. 마을을 종종걸음으로 다니면서 칭찬을 주워 왔다. 웨스트레이크 박사 부인이 사람들 앞에서 캐럴을 "아주 상냥하고, 똑똑하고 교양 넘치는 숙녀"라고 했고, 클라크 철물점의 주석세공 전문가인 브래드 베미스는 캐럴이 "일해 드리기가 수월하고 쳐다보면 정말 마음이 편안하다"고 분명히 말했단다.

하지만 캐럴은 그녀를 아직 신뢰할 수가 없었다. 자신의 수치심을 이 제삼자가 알고 있다는 사실이 분했다. 바이더는 꽁해 있는 그녀를 그리 오래 기다리지 않았다. 그녀가 넌지시 말했다. "당신은 생각을 곱씹는 데는 일가견이 있군요. 자, 기운 내요. 사람들이 당신에 대해 흠잡는 일을 거의 완전히 멈췄어요. 나랑 같이 새너탑시스에 가요. 우수한 연구 과제물도 몇 편 발표할 거고 시사 토론도 해요. 아주 흥미로운 모임이에요."

바이더의 간곡한 청에 순간적으로 충동을 느꼈지만, 그녀의 말을 따르기엔 너무 무기력해져 있었다.

자신이 진짜 흉금을 터놓고 지내는 이는 비 소렌슨뿐이었다.

아무리 자기 자신은 하층계급에 관대한 사람이라고 스스로 생각해왔을지라도 캐럴은 하인들을 자신과 확연히 구분되는 하위 인종으로 여기며 자랐었다. 하지만 비는 이례적으로 자신이 대학 때 좋아했던 여학생들 같았고, 친구로서도 졸리 세븐틴의 젊은 주부들보다 대체로 더 훌륭하다는 걸 깨달았다. 두 사람은 집안일을 즐기면서 나날이 점점 더 허물없는 사이가 되어갔다. 비는 진심으로 캐럴을 세상에서 제일 아름답고 세련된 여성이라고 생각했다. 늘 소리 높여 "세상에, 모자가 너무 멋져요!"라거나 "아씨가 헤어스타일을 얼마나 멋지게 하고 있는지 부인들이 보면 다들 바로 쓰러질 거예요!" 하지만 이것은 종복의 비굴함도 아니고 노예의 위선도 아니었다. 그것은 상급생을 향한 신입생의 찬탄 같은 것이었다.

그들은 그날 식단을 함께 짰다. 처음에는 사회규범대로 캐럴은 식탁에 앉고 비는 싱크대에 있거나 혹은 난로에 검정 약칠을 하고 있었지만, 결국은 둘 다 식탁에 같이 앉아 있게 되었다. 그러면서 비는 얼음배달꾼이 키스하려 했던 얘길 하며 까르르 웃었고, 캐럴은 "케니컷 박사가 맥가넘 박사보다 훨씬 더 유능하다는 사실을 다들 알고 있다"라고 시인했다. 캐럴이 장을 보고 들어오자 비가 냅다 복도로 달려나가 그녀의 코트를 벗기고 언 손을 문질러주면서 물었다. "어머나, 아씨, 오늘 시내에 사람들이 많던가요?"

이런 게 캐럴이 기대하던 환대였다.

VI

캐럴이 움츠러들어 지낸 몇 주 동안에도 겉보기에 그녀의 생활은 달라진 게 전혀 없었다. 바이더 말고는 아무도 그녀의 괴로움을 알아차리지 못했다. 한창 낙담에 빠져 있을 시기에도 그녀는 길거리나 가게에서 여자들과 한담을 나누었다. 하지만 그녀는 케니컷이 동행하여 보호막이 되어주지 않으면 졸리 세븐틴에 나가지 않았다. 장을 보러 가거나 의례적으로 치르는 형식적인 오후 방문 때만 마을 사람들의 판결을 스스로 감당했다. 그럴 때면 깨끗한 장갑을 끼고서 자그마한 손수건과 물개 가죽 카드 케이스를 쥔 라이먼 카스 부인이나 조지 에드윈 모트 부인이 의자 끝에 걸터앉아 경직된 얼굴로 고개를 끄덕이며 물었다. “고펴 프레리가 만족스러워요?” 그들이 헤이독이나 다이어의 집에서 저녁 시간을 보내며 사회적인 서열을 견줄 때면 그녀는 케니컷의 뒤에 숨어 아무것도 모르는 새댁을 연기했다.

지금 그녀는 보호막이 없었다. 케니컷은 수술 환자를 데리고 로체스터에 가 있었다. 이틀이나 사흘간 머물 예정이었다. 그녀는 싫지 않았다. 결혼생활의 긴장을 풀고 잠시 상상에 빠질 수 있는 소녀가 될 생각이었다. 하지만 그가 출타하고 없으니 아무 소리라도 듣고 싶을 정도로 집 안의 적막이 괴괴했다. 비도 오후에 밖으로 나갔다. 아마 사촌 티나와 커피를 마시면서 ‘사귀는 남자들’에 대해 수다를 떨고 있을 것이다. 저녁 식사와 브리지를 함께하는 졸리 세븐틴의 월례 모임이 있는 날이지만 캐럴은 감히 나갈 엄두를 내지 못했다.

그녀는 혼자 앉아 있었다.

10장

I

저녁이 되려면 한참 멀었는데 집이 음산했다. 그림자가 벽을 타고 내려와 의자마다 뒤에서 기다렸다.

저 문이 움직였나?

아니. 난 졸리 세븐틴에 가지 않을 거야. 사람들 앞에서 속없이 까불고 후아니타의 무례함에 담담하게 미소 지을 자신이 없어. 오늘은 안 가. 하지만 파티를 하고는 싶어. 지금! 만약 오늘 오후 누군가가 찾아온다면, 날 좋아하는 누군가 말이야. 바이더 혹은 샘 클라크 부인 혹은 나이 지긋한 챔프 페리 부인이나 다정한 웨스트레이크 박사 부인이 온다면. 안 그러면 가이 폴록이! 전화해볼까……

아냐. 그건 옳지 않아. 그네들이 제 발로 와야 해.

어쩌면 올지도 몰라.

왜 안 오겠어?

어쨌든 차를 준비해놓을래. 만약 온다면…… 멋질 거야. 만약 안 온다면…… 그러면 어때서? 마을 사람들의 기준에 떠밀려 포기할 생각은 없어. 차 마시는 의식에 대한 믿음을 고수할 거야. 여유 있고 우아한 생활의 상징으로 여기며 항상 기다려왔던 의식인데. 게다가 비록 혼자서 차를 마시면서 똑똑한 남자들에게 차를 대접한다고 상상하는 게 유치하기 짝이 없지만 동시에 즐거운 일이기도 할 거야. 그럼!

그녀가 반짝 떠오른 생각을 행동으로 옮겼다. 서둘러 부엌으로 가서 장작 화덕에 불을 땠고 슈만의 가곡을 부르며 주전자에 물을 끓이고 오븐 안에 신문지를 펴고 그 위에다 건포도 쿠키를 데웠다. 날쌔게 2층으로 올라가 비칠 듯 얇은 찻잔 받침보를 가지고 내려왔다. 그리고 은 쟁반을 준비했다. 그걸 보란 듯이 거실로 가져가 기다란 체리목 탁자에 올려놓고 자수용 틀과 도서관에서 빌려온 콘래드의 책, 『새터데이 이브닝 포스트』 몇 부, 『리터러리 다이제스트』, 케니컷이 보는 『내셔널 지오그래픽 매거진』을 옆으로 치웠다.

그녀가 쟁반을 앞뒤로 옮겨가며 어떤 게 더 좋을지 효과를 상상해보았다. 그러더니 머리를 가로저었다. 바삐 재봉 탁자를 펼쳐 내닫이창가에 놓더니 찻잔 받침보를 톡톡 매만져 매끈하게 편 다음 쟁반을 옮겼다. "언젠가 마호가니 탁자를 사야지." 그녀가 유쾌하게 읊조렸다.

그녀가 찻잔 두 개, 접시 두 개를 내왔다. 본인을 위해 등 곧은 의자를, 하지만 손님을 위해선 커다란 윙체어를 가쁜 숨을 몰아쉬며 탁자 가까이 끌어당겼다.

생각할 수 있는 모든 준비를 마쳤다. 그녀는 앉아서 기다렸다. 문소리, 전화벨 소리가 들리기를 기다렸다. 조바심치던 마음이 잦아들었다. 두 손이 힘없이 내려갔다.

분명히 바이더 셔윈은 내가 부르는 소리가 들릴 텐데.

그녀가 내닫이창 밖을 흘긋거렸다. 눈이 호스에서 물이 흩뿌려지듯 하울랜드의 집 지붕 마루 위로 흩날렸다. 길 건너편 널찍한 마당이 소용돌이치는 눈보라로 하얬다. 시커먼 나무들이 흔들렸다. 언 도로에는 바퀴 자국이 깊게 났다.

그녀가 여분의 컵과 접시를 쳐다보았다. 윙체어도 보았다. 허전하기 짝이 없었다.

주전자 속 차는 식어 있었다. 그녀가 기력 없이 손가락을 넣어 차를 맛보았다. 맞다. 꽤 차가웠다. 더 이상 기다릴 수가 없었다.

그녀의 맞은편 찻잔은 얼음처럼 깨끗했고 반짝일 만큼 완전히 비어 있었다.

기다리는 게 그냥 무의미했다. 그녀가 자기 찻잔에 차를 따랐다. 앉아서 그걸 뚫어지게 보았다. 이제 뭘 하려던 참이었지? 아 그래. 참 바보야. 설탕을 한 조각 넣어야지.

그녀는 그 지독한 차를 마시고 싶지가 않았다.

그녀는 벌떡 일어났다. 이내 소파에 앉아서 흐느껴 울었다.

II

그녀는 지난 몇 주 동안보다 더 명료하게 생각했다.

그녀는 마을을 변화시켜보겠다는 결심으로 돌아섰다. 마을을 일깨우고 자극하고 '개선'할 것이다. 만약 마을 사람들이 양이 아니라 늑대라면? 유순하게 굴면 금방 날 잡아먹을 거야. 싸우지 않으면 잡아먹혀. 마을 사람의 환심을 사는 것보다 그들의 생각을 완전히 바꾸는 게 더 쉬워! 그들의 관점은 수용이 안 돼. 부정적인 관점이니까. 지식의 조잡함. 편견과 두려움의 수렁. 사람들이 나의 관점을 수용하도록 만들어야겠어. 난 사람들을 통제하여 그들의 인격을 만들어주는 빈센트 드 폴*이 아냐. 상관없잖아? 아름다움에 대한 불신에 티끌만큼의 변화가 끝을 향한 시작이 될 수 있을 거야. 한 알의 씨앗이 새순을 내고 언젠가 단단하게 뿌리내려서 범속함의 벽을 지끈 깨부술 테니까. 바라는 만큼 내가 위업을 당당하게 웃으면서 달성하진 못할지라도 빈껍데기 마을에서 안분지족하며 살아갈 필요는

* 빈센트 드 폴(St. Vincent de Paul, 1581~1660)은 광범위한 자선 행위로 숭앙받던 프랑스 신부. 자선사업에 전념하는 성 빈센트 드 폴 자선사업단체가 1833년 프랑스에서 발족했다.

없잖아. 텅 빈 벽에 씨앗을 심어볼 거야.

난 공정한 걸까? 3천 명 이상의 주민에게 우주의 중심인 이 마을이 그냥 텅 빈 벽인 건가? 라퀴메르에서 돌아왔을 때 사람들이 뜨겁게 환영해줬잖아? 아니. 환영 인사와 다정한 악수가 1만여 개의 고퍼 프레리 같은 마을들만의 전유물은 아니지. 샘 클라크가 보인 의리는 세인트폴에서 알던 여자 사서들과 시카고에서 만났던 사람들이 지닌 의리 정도에 불과해. 다른 곳에 가면 현실에 안주하는 고퍼 프레리가 갖고 있지 못한 것들이 무궁무진해. 흥겨움과 모험, 음악과 완전무결한 청동상, 열대지방의 태곳적 작은 섬들이 만들어내는 인상적인 안개와 파리의 밤과 바그다드의 성벽들 그리고 공정한 노동 현장과 터무니없는 찬가를 부르지 않는 신의 세상이 있어.

씨앗 하나. 무슨 씨앗이든 상관없어. 지식과 자유는 모두 하나니까. 하지만 난 그 씨앗을 발견하는 일에 너무 꾸물거렸어. 이 새너탑시스 클럽으로 무언가를 할 수 있을까? 혹은 집을 아주 멋지게 만들어서 어떤 영향을 줘야 하나? 난 케니컷이 시를 좋아하게 만들겠어. 시작으로 그거면 돼! 그녀가 (있지도 않은 벽난로의) 불 옆에서 큼지막한 멋진 책을 펼쳐놓고 고개 숙이고 있는 둘의 모습을 너무나 선명하게 상상한 덕에 유령의 존재가 슬그머니 사라졌다. 문들은 더 이상 움직이지 않았다. 커튼들은 더 이상 오싹한 그림자가 아니라 어스름 빛에 아름답게 드리운 검은 색조였다. 비가 돌아왔을 때 캐럴은 며칠 동안 손도 대지 않았던 피아노 앞에서 노래를 부르고 있었다.

저녁 식사는 소녀 같은 두 여자의 향연이었다. 캐럴은 금빛으로 테두리를 두른 검은색 새틴 드레스를 입고 식당에서, 비는 푸른색 체크의 무명옷에 앞치마를 두르고 부엌에서 식사했다. 하지만 둘 사이에 문은 열려 있어서 캐럴이 "달의 가게 진열장에 오리가 있던?"이라고 물었고 비는 단조로운 어조로 말을 이어갔다. "없었어요, 아씨. 아유, 오늘 정말 재미있었어요. 티나는 커피에다 크내케브뢰드*를 먹었고, 거기 걔 남자친구도 같이 있었는데 우린 그냥 내내 웃었어요. 티나 남자친구가 자기는 대통령이고 절 핀란드 여왕을 만들어준다지 뭐예요. 그러면 난 머리에 깃털을 꽂고 전쟁을 선포하노라 하는 거죠. 아유 정말 바보같이 실컷 웃었어요!"

피아노 앞에 다시 앉았을 때 캐럴은 남편이 아니라 책에 빠진 은둔자, 가이 폴록이 생각났다. 폴록이 방문하면 얼마나 좋을까 하고 바랐다.

"여자가 정말로 키스해준다면 그 사람은 동굴에서 나와서 인간이 될 거야. 만약 윌이 가이처럼 문학적이거나, 아니면 가이가 윌처럼 실천력이 있다면 고퍼 프레리도 견딜 수 있을 것 같은데.

윌을 엄마처럼 보살피는 건 너무 힘들어. 가이에게는 모성을 보일 수 있을 거야. 이게 내가 원하는 건가? 무언가 모성애를 발휘할 대상, 남자나 아기 아니면 마을? 아기를 가질 거야. 언젠가는. 하지만 감수성이 자라는 몇 년 동안 아이를 여기다 고

---

* knackebrod. 스웨덴을 비롯한 북유럽 지역의 전통 빵으로 주로 호밀가루로 만들며 납작하고 얇으며 바삭바삭하다.

럽시키는 건……

자러 가야겠다.

비와 부엌에서 수다나 떠는 게 나의 진짜 위치인 건가?

오, 여보 당신이 보고 싶어요. 하지만 당신이 깰까 걱정하지 않고 침대에서 마음껏 뒤척이는 건 좋을 거예요.

내가 정말 소위 '기혼여성'이라는 고정적인 위치가 된 거야? 오늘 밤은 결혼하지 않은 기분인걸. 무척 자유로워. 놀랍지 뭐야, 한 발만 벗어나면 바깥세상이 있는데 한때 고퍼 프레리라는 마을을 걱정하던 케니컷 부인이라는 사람이 있었다는 걸 생각하면!

당연히 윌은 시를 좋아할 거야."

III

잔뜩 찌푸린 2월의 어느 날. 베어낸 육중한 수목처럼 땅을 짓누르는 구름들. 짓뭉개진 황야 위로 갈팡질팡 내리는 눈. 어둑하지만 드러난 모서리들. 숨겨지지 않는 날카로운 지붕과 보도의 선들.

케니컷이 없는 둘째 날이다.

그녀가 오싹한 집을 빠져나와 산책하러 나섰다. 영하 30도. 유쾌한 기분을 내기엔 너무 추웠다. 집과 집 사이 공터에서 바람이 그녀를 덮쳤다. 칼바람이 아프게 찔러대고 코와 귀와 얼얼한 두 뺨을 물어뜯었다. 그녀는 바람을 막아주는 헛간에서 숨을 돌렸다가, 초록색과 빨간색 풀 자국이 여러 겹 보이는 너덜너덜한 포스터가 붙은 광고판의 보호막에 반가워했다가 하면서 허겁지겁 추위를 피해 옮겨 다녔다.

가로 끝자락의 떡갈나무 숲은 인디언들이니 사냥이니 눈신발이니 하는 것들을 연상시켰다. 그녀는 흙으로 두둑을 쌓은 통나무집들을 겨우 지나 탁 트인 공터로, 굳은 눈이 물결무늬를 이룬 농가와 나직한 언덕을 향해 걸었다. 낙낙한 뉴트리아 코트에 물개 털가죽 모자를 쓰고서 마을 사람들처럼 용심 때문에 생기는 주름도 보이지 않는 그녀는 해상의 빙원에 앉아 있는 붉은 풍금조風琴鳥만큼이나 황량한 산비탈과 어울리지 않았다. 그녀가 고퍼 프레리를 내려다보았다. 거리에서부터 그 너머 사방을 집어삼키는 평원까지 쉬지 않고 뻗어 있는 눈 세상이 자칭 은신처라는 마을을 완전히 뒤덮고 있었다. 집들은 흰 도화지 위의 검은 점 같았다. 바람에 온몸이 떨리듯 그녀의 마음도 고요한 외로움에 떨려왔다.

그녀는 옹기종기 거리가 모여 있는 곳으로 다시 달렸고 그러면서 계속 이의를 달았다. 내가 바란 건 마을의 진열창과 식당들에서 새어 나오는 노란 불빛, 혹은 털 후드와 소총이 있는 태곳적 수풀, 혹은 암탉과 소들이 있는, 따뜻하면서 김이 자욱하게 피어오르는 왁자지껄한 헛간 마당이었지, 이런 음침한 집들과 겨울 석탄재 더미에 숨 막힐 것 같은 안뜰, 눈과 얼어붙은 진흙이 뒤엉킨 지저분한 진창길이 아니야. 겨울의 묘미는 사라졌어. 추위가 5월이 될 때까지 3개월을 더 끌겠지. 눈은 더욱 지저분해질 테고 약해진 몸은 저항력이 더 떨어질 테지. 그녀는 고매한 시민들이 어찌하여 기를 쓰고 편견이라는 냉기를 더 보태려고 하는 건지, 어찌하여 자신들의 영혼이 깃든 가정을 스톡홀름이나 모스크바의 지적인 수다쟁이들처럼 더 따뜻하고 익살스럽게 만들지 않는 건지 의아했다.

그녀가 마을의 외곽을 빙 돌면서 허름한 '스위드 할로'*라는 빈민가를 관찰했다. 세 집이 모인 곳이면 어디든 적어도 한 집은 빈민일 터였다. 고퍼 프레리에서 샘 클라크 같은 사람들은 "여기는 도시 같은 그런 빈곤에 빠지지 않아요…… 늘 일이 넘쳐나니까…… 자선이 필요 없어요…… 남자가 출세를 못 한다면 본인이 빙충맞아서 그런 거요"라고 큰 소리를 쳤다. 하지만 여름날의 푸른 녹음과 초원의 탈을 벗으니 캐럴의 눈에 곤궁과 죽은 희망이 드러났다. 얇은 판자 위에 방수포를 덮은 판잣집 안에서 세탁부, 스타인호프 부인이 허연 김을 쐬며 일하고 있었다. 바깥에서는 여섯 살짜리 아들이 나무를 쪼갰다. 소년은 다 해진 재킷에 탈지유 색처럼 파르스름한 목도리를 두르고 있었다. 붉은 장갑으로 손가락을 가리긴 했지만 벌겋게 언 손가락 마디들이 비어져 나왔다. 소년은 손가락에 입김을 불다가 멈추고는 무심히 훌쩍였다.

최근 이주한 핀란드 가족이 버려진 마구간에 천막을 치고 살았다. 팔순 노인은 철길 따라 쭉 걸으면서 석탄 조각들을 줍고 있었다.

그녀는 어떻게 해야 할지 알지 못했다. 그녀는 민주사회의 일

---

* Swede Hollow. 19세기 중엽 미네소타주 세인트폴에 형성된 스웨덴, 폴란드, 이탈리아, 멕시코 이주자들의 가장 오래된 정착 지구를 이르는 말이다.

원으로 교육받은 이 자립성 강한 주민들이 그녀의 자비 부인* 행세를 불쾌하게 여길 것이라고 느꼈다.

화물열차의 선로를 바꾸고 있는 기차역 구내, 밀 창고, 저유조貯油槽, 눈 위에 핏자국이 보이는 도축장, 농부들의 썰매들과 우유통 더미가 층층이 쌓여 있는 유제품 공장, '위험—이곳은 화약 저장고임'이라는 표식을 붙여놓은, 뭔지 알 수 없는 석조 오두막 등 마을의 산업 현황을 보니 외로움이 싹 달아났다. 흥겨운 묘석 작업장에서는 송아지 가죽 외투를 입은 실용 조각가가 화강암 묘비들을 아주 반들반들하게 두드려 다듬으며 휘파람을 불었다. 깎아낸 신선한 소나무 냄새와 윙윙 회전 톱 돌아가는 소리가 나는 잭슨 엘더의 작은 제재소. 가장 중요한 곳, 라이먼 카스가 사장인 고퍼 프레리 제분회사. 창문들은 밀가루를 덮어쓰고 있지만, 이곳은 마을에서 가장 활기찬 장소다. 일꾼들이 밀가루 통을 굴려 덮개가 있는 화물차에 싣고 있었다. 봅슬레이를 탄 밀 포대 위의 농부 하나가 밀 매입자와 입씨름을 했다. 제분소 안 기계들이 쿵쾅대다가 끽끽거렸다. 얼음 녹은 물이 물방아 용수로에서 꾸르륵거렸다.

몇 달 동안 말쑥한 주택들만 봤던 터라 시끌시끌한 소음이 캐럴에게는 기분 전환이 되었다. 그녀는 자신도 제분소에서 일할 수 있도록 의사 아내의 신분이 아니라면 좋을 텐데 하고 생각했다.

---

* 자비 부인(Lady Bountiful)은 조지 파쿼(G. Farquhar, 1678~1707)의 『구혼작전 *The Beaux' Stratagem*』(1707)에 등장하는 돈 많고 자비로운 여인이다.

집으로 돌아가는 길에 그녀는 작은 빈민가를 지나갔다. 방수포 씌운 판잣집 앞, 대문 없는 대문가에서 무두질한 갈색 개가죽 외투에 귀 부분을 덮는 검은 플러시 천 모자를 쓴 남자 하나가 그녀를 쳐다보았다. 각진 얼굴이 자신만만했고 적갈색 수염은 악한다웠다. 손을 허리춤 호주머니에 찔러 넣고 똑바로 서서 느긋하게 파이프를 피우고 있었다. 마흔다섯, 아니면 마흔여섯쯤 되어 보였다.

"케니컷 부인, 안녕하십니까." 그가 느릿느릿 말했다.

그녀는 그를 기억해냈다. 겨울 초입에 난로를 고쳐주었던 마을의 잡역부였다.

"아, 안녕하세요." 그녀가 반색했다.

"비요른스탐입니다. '레드 스워드'라고들 부르지요. 기억나십니까? 늘 언제 한번 더 봤으면 했습니다."

"그…… 그래요…… 전 마을 외곽을 둘러보는 중이었어요."

"예. 대단한 난장판입죠, 부인. 하수시설도 없고 거리 청소도 안 되어 있고 루터교회 목사와 신부가 예술과 과학을 대변하고 있으니. 흠, 제기랄, 여기 스워드 할로의 밑바닥 10퍼센트 인생들이 그쪽들보다 더 나쁠 것도 없어요. 우린 그 졸리 머시기 세븐틴에 가서 후아니티 헤이독한테 아양 떨 필요가 없으니 다행 아니겠습니까."

자신이 누구와도 잘 어울리는 사람이라고 여겼던 캐럴조차 파이프를 피워대는 잡부에게 말동무로 선택된 것은 불편했다. 아마 남편의 환자 중 한 사람일 것이다. 하지만 그녀는 체통을 지켜야 했다.

"그래요, 졸리 세븐틴도 마냥 그렇게 흥겨운 건 아니랍니다. 오늘 다시 엄청 추워진 것 같지 않나요. 그럼……"

비요른스탐은 공손히 작별을 고하지 않았다. 앞머리를 숙이는 기미도 없었다. 눈썹이 마치 별개의 생명체인 듯 따로 움직였다. 그가 싱긋 웃으며 말을 이었다.

"헤이독 부인과 엄숙하고 침울한 그 세븐틴 무리에 대해 그렇게 시건방지게 말하면 안 되는 일이겠지요. 혹시라도 내가 거기 초대받아 그들 무리와 함께 앉아 있게 된다면 행복할 것 같습니다만. 난 그네들 말마따나 천민일 테지요. 난 마을의 악당입니다, 케니컷 부인. 마을의 무신론자에다 무정부주의자이기도 할 거고. 은행가들과 공화당을 싫어하는 사람들은 죄다 무정부주의자예요."

캐럴이 가려다가 무심코 자세를 바꾸어 듣고 있었다. 얼굴은 완전히 그를 향했고 팔에 끼는 방한용 토시는 내려가 있었다. 그녀는 더듬거리며 말했다.

"네, 그런 것 같아요." 본인의 양심이 홍수처럼 치밀어 올랐다. "졸리 세븐틴을 비판하고 싶다면 그러지 못할 이유가 있을까요. 그 사람들이 신성불가침의 대상은 아니잖아요."

"아, 무슨 말씀, 그들은 신성합니다! 지도에 은행 표식이 교회 표식을 깡그리 몰아내지 않았습니까. 그래도 나는 아무 불만 없습니다. 난 내 하고 싶은 걸 합니다. 그리고 나도 그 사람들이 하고 싶은 걸 하게 놔둬야 할 거고요."

"천민이라고 한 말은 무슨 뜻인가요?"

"나는 가난하지만, 어지간해선 부자들을 부러워하지 않습니다. 난 늙은 독신남이지요. 먹고살 만큼은 벌고요, 혼자 빈둥거리고 나 자신과 대화하고 담배를 피우고 역사책을 읽습니다. 형님 엘더나 아버지 카스가 부를 쌓는 데 일조하지 않는다, 이 말씀입니다."

"그쪽은…… 책을 상당히 많이 읽으시나 봐요."

"그렇습니다. 되는 대로 읽습니다. 사실 이 몸은 외톨박이입니다. 말을 매매하고 나무를 베고 목재 야적장에서 일하고, 말하자면 일류 허드레꾼이지요. 난 늘 대학에 갔으면 했습니다. 그렇지만 난 대학이 시시하다는 걸 알게 될 테고 대학은 날 쫓아내겠지요."

"정말 호기심이 많은 분이시군요, 미스터……"

"비요른스탐. 마일스 비요른스탐이요. 반은 양키, 반은 스웨덴인입지요. 보통은 '우리 일에 사사건건 불만인 저 빌어먹을 게으르고 말 많은 비관론자'로 알려져 있습니다. 아니, 무슨 의미로 그렇게 말했건, 난 호기심 없습니다! 난 그저 책벌레일 뿐입니다. 어쩌면 내가 이해할 능력도 없으면서 너무 많은 책을 읽는 건지도 모르지요. 분명 설익은 지식일 겁니다. 부인이 말하기 전에 내 입으로 먼저 '설익은 지식'이라고 하렵니다. 작업복 입은 급진주의자에게는 그렇게 말할 게 뻔하니까요!"

둘은 서로를 보고 활짝 웃었다. 그녀가 물었다.

"졸리 세븐틴이 바보 같다면서요. 왜 그렇게 생각하세요?"

"아, 사회제도를 갉아먹는 우리 같은 사람은 부인 같은 유한계급을 잘 압니다. 사실, 케니컷 부인, 내가 알기로 이 마을에서 머리가 좀 있다 싶은 사람은 딱 부인과 나 그리고 가이 폴록과 제분소의 현장 주임입니다. 장부를 정리하는 머리나 오리 사냥을 하는 머리 혹은 아이 볼기짝 때리는 머리가 아니라 진짜 상상력 있는 머리를 말하는 겁니다. 주임은 사회주의자예요. (라임 카스에게는 말하지 마십쇼! 사회주의자라고 하면 라임은 말을 훔친 도둑보다 더 잽싸게 자를 테니까!)"

"당연히 안 하죠. 말 안 해요."

"이 주임과 나 사이에 대단한 설전이 몇 번 있었더랬지요. 이 사람은 전형적인 사회주의자입니다. 너무 교조적이에요. '잉여가치' 같은 문구를 외치면서 삼림 벌채에서부터 하다못해 코 피 흘리는 데까지 몽땅 개혁을 요구해요. 기도서를 읽고 있는 것 같아요. 하지만 또 한편 에즈라 스토바디나 모트 교수 혹은 줄리어스 플리커보 같은 사람들에 비하면 이 사람은 플라톤 J. 아리스토텔레스예요."

"그분에 대해 듣고 나니 흥미롭네요."

그가 마치 남학생처럼 발가락을 눈 더미에 찔러 넣었다. "제길, 내가 말이 너무 많다는 거군요. 흠, 부인 같은 분을 붙들고 있을 때는 말이 많아집니다. 아마 코가 얼기 전에 얼른 달려가고 싶겠지요."

"네, 가야 할 것 같아요. 하지만 말해보세요. 고등학교 교사인 셔윈 양은 마을의 지식인 명단에서 왜 뺐나요?"

"아마 셔윈 양도 거기 들어갈 겁니다. 들은 바로는 셔윈 양은 개혁처럼 보이는 거라면 자기가 직접 아니면 배후에서 모두 관여한다는군요. 사람들이 알고 있는 것보다 훨씬 광범위하답니다. 셔윈 양은 여기 새너탑시스 클럽 회장인 워런 목사 부인이 일의 진행을 자기가 한다고 생각하게 놔둡니다. 하지만 사실은 셔윈 양이 뒤에서 감독하고 한가로운 부인들을 들볶아 무언가를 하게 해요. 그런데 내가 이해하기론 말입니다…… 아시다시피 난 이런 사소한 개혁에는 관심이 없습니다. 셔윈 양은 구멍이 숭숭 난 따개비투성이 배에서 계속 바쁘게 물만 퍼내는 방법으로 마을을 수선하려 해요. 그리고 폴록은 선원들에게 시를 읽어주면서 배를 고치겠다고 용을 쓰지요. 나는 말입니다, 배를 조선대로 끌어 올려서는, 그 따위로 제작하여 기우뚱한 채로 항해하게 만든 엉터리 작자를 자르고 나서 배를 용골부터 끝까지 제대로 제작하게 하고 싶습니다."

"네…… 그게…… 그게 더 낫겠네요. 그런데 이제 집에 뛰어가야겠어요. 딱한 내 코가 얼어붙기 일보 직전이에요."

"음, 들어와서 몸 좀 녹이면서 혼자 사는 늙은이의 오두막이 어떻게 생겼는지 보는 게 더 낫지 않겠습니까."

그녀가 미심쩍은 듯 그를 바라보았다. 나지막한 판잣집과 장작 다발이며 곰팡이 핀 널빤지며 테두리가 날아간 빨래통이 흩어져 있는 마당을 쳐다보았다. 그녀는 심란했다. 하지만 비요른스탐은 그녀가 몸을 사릴 틈을 주지 않았다. 그가 환영의 표시로 손을 활짝 뻗었다. 그녀를 자기 결정권이 있는 사람으로, 그녀를 점잖은 기혼여성이 아닌 한 사람의 온전한 인간으로 간주한다는 표현이었다. 그녀가 떨리는 목소리로 "그럼, 잠깐 코만 좀 녹일게요"라고 하고선 훔쳐보는 사람이 없는지 길 쪽을 흘깃거리며 확인하더니 급히 판잣집 안으로 들어갔다.

그녀는 한 시간을 머물렀는데 살면서 이 붉은 수염의 스웨덴

인처럼 이해심 있는 집주인은 처음이었다.

방은 하나였다. 맨 소나무 바닥, 작은 작업대, 놀랄 만큼 깔끔한 이부자리를 갖춘 벽 쪽 침상, 프라이팬, 가운데가 볼록하니 대포처럼 생긴 난로 뒤쪽 선반 위에 재가 다닥다닥 붙은 커피 주전자, 손수 만든 나무 의자들이 있었다. 나무 의자는 통을 반 잘라 만든 것 하나와 휘어진 널빤지로 만든 것 하나였다. 믿기지 않을 만큼 다양한 종류의 책들이 쭉 놓여 있었다. 바이런, 테니슨, 스티븐슨의 책들과 가스엔진에 관한 설명서, 소스타인 베블런의 책과 『가금류와 소의 관리 및 급식, 질병, 번식』이라는 얼룩덜룩해진 논문집이었다.

그림도 딱 하나 있었는데, 땅의 요정과 금발 처녀들을 연상시키는 하르츠 산지의 뾰족지붕 마을을 그린 컬러판 잡지 삽화였다.

비요른스탐은 그녀 때문에 전전긍긍하지 않았다. 그가 권했다. "코트를 벗고 난로 앞 상자 위에 발을 올려봐요." 본인은 개가죽 코트를 침상에 휙 던져버리고 통나무 의자에 앉아 차근차근 말을 이어갔다.

"예, 아마 난 본데없는 놈일 겁니다. 하지만 아이고 참 나는 허드렛일을 하면서 남의 도움 없이 살고 있어요. 그리고 그게 은행 사무원들 같은 그런 공손한 놈들이 하는 일보다 더 낫습니다. 내가 어떤 멍청이한테 무례하게 군다면 그건 내가 무식해서 그런 것일 수도 있지만, (거참 나는 복잡하기 짝이 없는 포크 사용법이나 무릎 길이 프록코트 밑에 어떤 바지를 입어야 하는지도 몰라요) 대개 무언가 뜻하는 바가 있어서입니다. 아마 존슨 카운티에서 미국인의 독립선언문 속에 '생명과 자유와 행복의 추구' 권리가 있어야 한다는 모호한 조항이 있다는 사실을 유념하고 있는 사람은 거의 나밖에 없을 겁니다.

내가 길에서 에즈라 스토바디를 만납니다. 마치 자기는 높으신 분이고 20만 달러를 가진 재산가라는 사실을 내가 떠올려주길 바라는 듯 나를 쳐다보면서 말하지요. '어, 비요른키스트……'

'비요른스탐이 내 이름이요, 에즈라.' 내가 말해줍니다. 그 사람은 내 이름을 알아요, 아시겠습니까?

'에, 또, 당신 이름이 뭐든' 그가 말합니다. '당신한테 전동 톱이 있는 걸 알지. 우리 집에 와서 단풍나무를 네 코드* 잘라주시오'라고 해요.

'그러니까 내 생긴 꼴이 마음에 드나 봅니다, 예?' 내가 자못 순진한 척 말합니다.

'그게 무슨 상관인가? 토요일 전까지 나무를 톱질해줬으면 좋겠어.' 그가 아주 신경질적으로 말합니다. 누군가가 입었던 헌 털외투를 입고 온 데를 다니는 미천한 노동자 주제에 20만 달러 재산가에게 시건방지게 군다는 거지요!

'무슨 상관인지 말해주지요.' 내가 말합니다. 그냥 약 좀 올리려고요. '댁이 내 마음에 들었는지 댁이 어떻게 압니까?' 모르긴 해도 약이 올랐을 겁니다! '아니요,' 내가 말합니다. '곰곰이 생각해보니 나는 당신의 대출신청서가 맘에 들지 않소. 딴

---

* 장작의 체적 단위.

은행으로 갖고 가요. 어디든 받아주는 데가 있을까마는.' 그러고 나는 그냥 자리를 뜨는 겁니다.

맞아요. 어쩌면 심술궂고 어리석은 짓이었을 겁니다. 하지만 그 은행가한테 말대답할 정도로 어지간히 자주적인 사람이 마을에 한 명쯤은 있어야 할 것 같더란 말입니다!"

그가 의자에서 일어나 커피를 만들어 캐럴에게 한 잔 주고는 계속 말했다. 반은 반항적이면서 반은 변명조의 태도였고, 반은 친근감을 갈구하면서 반은 노동계급의 철학을 발견하고 놀란 그녀가 재미있다는 태도였다.

문간에서 그녀가 넌지시 말했다.

"비요른스탐 씨, 그쪽 같으면 사람들이 그쪽을 잘난 체한다고 여길 때 고민이 될까요?"

"뭐라고요? 얼굴을 한 방 날리지요! 내가 온몸이 은빛으로 반짝이는 갈매기라고 가정해보자고요. 내가 날아다니는 걸 두고 더러운 바다표범 떼가 어떻게 생각할지 신경이나 쓸 것 같습니까?"

그녀가 마을을 뚫고 나갈 수 있었던 힘은 그녀의 등 뒤에서 불어주던 바람이 아니라 비요른스탐의 냉소가 만들어낸 추진력이었다. 그녀는 후아니타 헤이독을 정면으로 쳐다보았고 모드 다이어의 짧은 목례에 고개를 꼿꼿이 들었다. 그리고 활짝 웃는 얼굴로 비가 있는 집으로 돌아왔다. 바이더 셔윈에게 전화를 걸어 "저녁에 들러달라"고 했다. 의욕적으로 차이콥스키를 틀었다. 남성적인 현들의 울림이 방수포 판잣집에 사는 붉은 수염 철학자의 호탕한 웃음을 연상시켰다.

(그녀가 바이더에게 "마을의 신 같은 존재들에게 불손하게 굴면서 제멋에 사는 남자가 이 마을에 한 사람 있죠? 비요른스탐, 뭐 그런 이름이던데?"라고 슬쩍 말을 흘리자 그 개혁의 선봉장이 말했다 "비요른스탐? 아, 알아요. 이것저것 수선하러 다니죠. 무례하기 짝이 없는 사람이에요.")

IV

케니컷이 한밤중에 돌아왔다. 아침 식탁에서 그는 시시때때로 그녀가 보고 싶었다고 거듭 말했다.

장 보러 가는 길에 샘 클라크가 그녀를 소리쳐 불렀다. "정말 좋은 아침 아닙니까! 잠시 와서 새뮤얼과 이야기나 좀 하시렵니까? 따뜻해졌죠, 네? 박사님 온도계는 몇 도던가요? 언제라도 저녁에 한번 찾아오시죠. 쳇, 너무 고고한 척 댁들끼리만 놀지 마시고."

초창기 개척자로, 곡물 저장고에서 밀 매입 담당자로 일하는 챔프 페리가 우체국에서 그녀를 불러 세우더니 메마른 손으로 그녀의 손을 잡고는 청회색 눈으로 지긋이 바라보며 싱긋 웃었다. "활짝 핀 꽃처럼 참으로 싱그럽소이다. 지난번 아내가 그럽디다. 부인 얼굴을 쳐다보는 게 약 먹는 것보다 낫다고."

본톤 백화점에서 그녀는 수수한 회색 스카프를 사려는 건지 머뭇거리고 있는 가이 폴록을 발견했다. "정말 오랜만이에요." 그녀가 말했다. "크리비지 게임을 하러 언제고 저녁에 한번 오실래요?" 갈 마음이면서 그가 부탁조로 되물었다. "그래도 될까요, 정말?"

그녀가 가는 밧줄 2야드를 사고 있는데 노래하는 레이미 워더스푼이 노르께한 얼굴을 까딱이며 까치발로 다가오더니 사정하듯 말했다. "부인, 뒤쪽 제화부에 와서 특허 받은 가죽 슬리퍼를 한번 보고 가시죠. 부인을 위해 따로 빼놨어요."

그가 사제를 대하는 것보다 더 공손한 태도로 그녀의 부츠 끈을 풀고 스커트를 발목까지 걷어 올린 뒤 슬리퍼를 신겨주었다. 그녀는 그 신발을 샀다.

"훌륭한 영업사원이네요." 그녀가 말했다.

"전 영업사원 축에도 못 끼죠! 그저 우아한 것들을 좋아할 뿐입니다. 이런 것들은 다 아취가 하나도 없어요." 그가 절망적인 손짓으로 주위를 가리켰다. 신발 상자가 얹힌 선반들, 장미 문양으로 구멍을 낸 합판 좌석, 구두 모양을 유지하는 구두틀과 구두약 깡통들, 불그레한 뺨에 능청스러운 미소를 띠고서 시적인 문구로 칭찬을 늘어놓는 여성을 그린 광고 석판화. "독창적이고 세련된 클레오파트라 슈즈를 신어보고 나서야 내 발에 완벽한 신발이 어떤 건지 이해하게 됐어요."

"하지만 가끔은……" 레이미가 한숨을 내쉬었다. "이것처럼 우아하고 앙증맞은 신발이 있으면 신발의 진가를 알아볼 누군가를 위해 한쪽으로 제쳐둡니다. 이걸 보자마자 전 바로 탄성을 질렀습니다. '케니컷 부인의 발에 맞는다면 근사할 텐데.' 그래서 기회가 오면 부인께 제일 먼저 말하려 했지요. 전 거레이 부인의 집에서 나누었던 즐거운 담소를 잊지 않았습니다!"

그날 저녁 가이 폴록이 왔다. 오자마자 케니컷이 크리비지 게임을 하자고 그에게 성화를 부리긴 했지만, 캐럴은 다시 기분이 좋아졌다.

V

그녀는 어느 정도 활달한 성격을 회복해갔다. 케니컷에게 등불 밑에서 시를 읽는 즐거움을 알게 하는, 즐겁고 수월한 포교 방식으로 고퍼 프레리를 개방적으로 만들어보겠다는 결심을 다잡았다. 그러나 작전은 지연되었다. 두 번은 그가 이웃을 방문하는 게 좋겠다는 뜻을 비쳤고, 한 번은 그가 교외로 왕진을 나갔다. 네번째 저녁, 그가 기분 좋게 하품을 하면서 기지개를 켜더니 물었다. "음 오늘 밤엔 뭘 할까? 영화 보러 갈까?"

"우리가 뭘 할지 정확히 알아요. 이제 묻는 건 그만하시고! 식탁으로 와서 앉아봐요. 거기요, 편안해요? 뒤로 기댄 뒤 당신이 실무적인 사람이라는 건 잊고 내 목소리에 귀를 기울여요."

어쩌면 사람을 잘 다루는 바이더 셔윈의 영향인지도 몰랐다. 확실하게 문화를 이해시키는 듯한 목소리였다. 하지만 소파에 앉아서 손으로 턱을 괴고 무릎에 예이츠의 시집을 놓고서 큰 소리로 낭독할 때는 목소리를 낮추었다.

금세 그녀는 아늑하고 편안한 대평원 마을에서 해방되었다. 고독한 것들의 세상 속에 있었다. 어스름 속을 퍼덕이며 날아가는 홍방울새들, 마치 그물처럼 포말이 어둠으로부터 슬금슬금 기어 올라가는 해변을 따라 갈매기들의 갈구하는 외침, 아일랜드의 던앵거스섬과 고대의 신들과 이룬 적 없는 불멸의 위업, 용감한 왕들과 고색창연한 금띠를 두른 여자들, 쉴 새 없이 계속되는 애절한 노래 그리고……

"에헴!" 케니컷 박사가 기침 소리를 냈다. 그녀가 낭독을 멈췄다. 남편이 담배를 질겅질겅 씹던 사람이라는 사실을 기억했다. 그녀가 쏘아보는 사이 그가 안절부절못하며 말했다. "훌륭한 작품이야. 대학에서 배웠나? 나도 시를 좋아해. 제임스 위트콤 라일리와 롱펠로의 시들 말이야. 이 '하이어워사Hiawatha'도. 에고, 나도 그런 고상한 예술을 즐길 줄 알면 좋으련만. 그런데 난 새로운 재주를 배우기엔 너무 늙은 개가 아닌가 싶어."

혼란스러워하는 게 딱하기도 하고 약간 웃음도 나고 하여 그녀는 그가 한숨 돌릴 만한 제안을 했다. "그러면 테니슨을 읽어볼까요, 읽어봤어요?"

"테니슨? 물론이지. 학교 때 읽었어. 들어봐.

이별의 (뭐더라?)이 없기를
나 출항할 때
하지만…… 하게 하라

아, 전부 기억나진 않지만…… 아, 그렇지! 이거야. '어린 시골 소년을 만났네, 그 아이는……' 그 뒤는 정확히 기억나지 않는데 후렴은 이렇게 끝나. '우리는 일곱 명.'"*

---

* 케니컷은 알프레드 로드 테니슨(Alfred Lord Tennyson, 1809~1892)의 「모래톱

"알았어요. 그럼……「왕의 목가」를 읽어볼까요? 정말 생동감 있어요."

"좋아. 해봐." 하지만 그는 급히 시가를 들어 몸을 맡겼다.

그녀는 카멜롯 시대의 분위기에 젖어들 수가 없었다. 그를 곁눈질하며 읽다가 너무 힘들어하는 그의 모습을 보자 달려가 이마에 키스를 해주며 소리쳤다. "딱해라, 적당한 순무이고자 하는 사람에게 억지로 투베로즈*가 되라고 했으니!"

"이봐, 그건 아니지……"

"어쨌든 그만 괴롭힐게요."

그녀는 완전히 관둘 수가 없었다. 강세를 지키면서 키플링을 읽었다.

연대가 내려온다
광활한 대로로.**

그가 발로 리듬을 맞추었다. 평상시 같은 모습이었고 다시 기운을 얻은 듯했다. 하지만 "훌륭해. 잘은 모르지만, 당신이 엘라 스토바디만큼 잘 읽을 수 있다는 건 알겠어"라고 칭찬하

을 건너며*Crossing the Bar*」와 윌리엄 워즈워스(William Wordsworth, 1770~1850)의 시「우리는 일곱 명*We Are Seven*」을 뒤섞어 인용하고 있다.

* tube-rose. 수선화과에 속한 여러해살이풀. 월하향 혹은 만향옥이라고도 한다.

** 영국 작가 러디어디 키플링(Rudyard Kimpling, 1865~1936)이 1892년에 발표한 시집『막사의 담시*Barrack-Room Ballads*』에 실린「행군*Route Marchin'*」이라는 시의 일부.

자 그녀가 책을 탁 덮은 뒤 그리 늦진 않았다며 9시에 하는 영화를 보러 가자고 했다.

이것은 4월의 향기를 채취하려는 그녀의 마지막 노력이었고, 거룩한 슬픔이란 무엇인지를 통신강좌 식으로 가르치려는 노력이었으며, 아발론의 백합과 황홀한 경치의 석양을 올레 젠슨 식료품점에서 통조림으로 사려는 노력이었다.

하지만 그녀는 사실 영화관에서 한 여성의 이브닝드레스에 스파게티를 쑤셔 넣는 남자 배우의 익살에 케니컷만큼이나 실컷 웃는 자신을 발견했다. 잠시, 웃고 있는 자신이 혐오스러웠다. 미시시피강 언덕 위에서 여왕들과 함께 흉벽을 거닐던 날을 애도했다. 하지만 수프 접시에 두꺼비들을 빠뜨린다는, 유명한 그 희극배우의 기발한 착상에 그녀는 마지못해 웃음을 터뜨렸고 여운이 사라지면서 죽은 여왕들도 어둠 속으로 달아났다.

VI

캐럴이 졸리 세븐틴의 오후 브리지 모임에 갔다. 게임의 기초는 샘 클라크 부부에게서 배워두었다. 그녀는 조용히, 봐줄 만큼 서툴게나마 게임을 했다. 하울랜드 부인이 5분 동안이나 주절댔던, 일체형 양모 내복보다 더 찬반 의견이 분분한 주제가 나와도 아무 의견을 내지 않았다. 캐럴은 자주 미소를 띠었고 안주인인 데이브 다이어 부인에게 감사를 표할 때는 카나리아가 따로 없었다.

안절부절못했던 순간이라고 한다면 남편들 이야기가 나왔을 때였다.

젊은 부인들은 부부 사이에 있었던 내밀한 말과 행동을 숨김없이 미주알고주알 까발려서 캐럴을 당황하게 했다. 후아니타 헤이독은 해리가 면도를 어떻게 하는지, 사슴 사냥에 얼마나 흥미를 보이는지를 전해주었다. 구절링 부인은 살짝 짜증까지 내며 간과 베이컨을 즐길 줄 모르는 남편에 대해 빠짐없이 보고했다. 모드 다이어는 데이브의 만성 소화불량 이력을 읊은 다음 크리스천 사이언스와 양말, 조끼에 단추를 다는 문제를 두고 최근 잠자리에서 있었던 말다툼을 고대로 옮겼고, "만약 자기가 어떤 남자랑 춤을 추기라도 해서 남편이 미칠 듯 질투심에 타오른다면, 늘 여자에게 집적대는 남편을 그냥 참지 않을 생각"이라고 선언했다.

아주 유순하게 귀를 기울이던 캐럴이 드디어 자신들의 대화에 끼고 싶어 하는 게 명백해 보이자, 그들은 그녀를 애틋하게 쳐다보며 재미있을 만한 신혼여행 이야기를 좀 풀어보라고 부추겼다. 그녀는 화가 난다기보다 당황스러웠다. 일부러 이해 못 한 척했다. 그녀는 케니컷의 방수 덧신과 의술 목표 등에 대해 말했고 급기야 부인들은 따분해 죽을 지경이 되었다. 그들은 그녀를 상냥하긴 하지만 세상 물정을 잘 모르는 사람으로 치부했다.

그녀는 끝까지 묻는 말에 열심히 대답했다. 그녀가 졸리 세븐틴의 회장인 후아니타에게 잔뜩 들뜬 목소리로 회원들을 대접하고 싶다고 말했다. "다만," 그녀가 말했다. "다이어 부인의 샐러드나 부인 댁에서 먹었던 맛이 일품인 스펀지케이크만큼 근사한 다과를 대접할 수 있을지는 모르겠어요."

"좋아요! 3월 17일에 모임을 주최할 사람이 필요하거든요. 부인이 그날을 성 패트릭의 날을 기념하는 브리지 모임으로 만든다면 정말 독창적이겠죠? 그날 내가 아주 기꺼이 도와줄게요. 브리지 하는 법을 배워 와서 다행이에요. 처음엔 부인이 고퍼 프레리를 좋아할지 전혀 몰랐죠. 우리와 스스럼없이 지내기로 마음먹었다니 얼마나 근사한지! 트윈 시티 사람들처럼 고상하진 않겠지만 우리도 나름대로 시간을 즐겁게 보내고 있어요. 여름엔 수영하러 가고요, 춤도 춰요. 어머 얼마나 재미있게 보내는데요. 그냥 우리를 있는 모습 그대로 봐준다면 우리도 꽤 괜찮은 사람들이라고 생각해요!"

"그럼요. 성 패트릭의 날에 브리지 모임을 연다는 생각, 정말 감사해요."

"오, 뭘요. 졸리 세븐틴 사람들은 독창적인 생각을 잘한다고늘 생각해요. 와카민이나 조랄몬 같은 마을들이 어떤지 안다면, 고퍼 프레리가 우리 주에서 가장 생기 있고 세련된 마을이라는 사실을 깨달을 거예요. 알고 있었어요? 유명한 자동차 제조업자인 퍼시 브레스나한이 이 지방 출신이고…… 그래요, 성 패트릭의 날 파티는 정말 세련되고 독창적일 것 같아요. 그렇다고 너무 유별나거나 기이하거나 뭐 그러진 않겠죠."

11장

I

그녀는 여성들의 연구 모임인 새너탑시스 주간 회의에 종종 초대를 받았지만, 참석을 미루어왔었다. 새너탑시스는 "정말 소탈한 모임인데도 세상에서 일어나는 온갖 지적 사상과 접촉할 수 있게 해줘요."라고 바이더 셔윈이 공언했다.

3월 초 노련한 내과 의사의 아내 웨스트레이크 부인이 귀여운 늙은 고양이처럼 캐럴의 거실로 거침없이 들어와 이렇게 말했다. "저, 오늘 오후 새너탑시스 모임에 꼭 와야겠어요. 도슨 부인이 좌장인데 그 불쌍한 사람이 잔뜩 겁을 먹었거든요. 내가 부인을 데려오길 바라고 있어요. 책과 글에 대해 지식이 해박하니 부인이 분명 모임을 빛내줄 거라면서. (영시가 오늘의 주제예요.) 그러니 어서요! 코트 걸쳐요!"

"영시요? 정말이에요? 가고 싶어요. 시를 읽는 줄은 몰랐어요."

"아유, 우리 그렇게 뒤떨어진 사람들 아니에요!"

그들이 나타나자 마을 최고 부자의 아내인 루크 도슨 부인이 애처롭게 입을 떡 벌리고 쳐다보았다. 고동색 구슬들을 층층이 그리고 겹겹이 달아 늘어뜨린 연갈색의 비싼 새틴 드레스는 그녀보다 두 배쯤 체구가 큰 여자를 위해 만들어진 옷 같았다. 그녀는 접이식 의자 19개를 앞에 놓고 손을 꽉 맞잡은 채 서 있었다. 그녀가 마주한 응접실에는 1890년에 찍은 빛바랜 미네하하 폭포 사진, 도슨 씨의 '컬러 확대 사진'이 걸려 있고, 장례식장에서나 볼 수 있는 대리석 받침대 위에는 적갈색 소와 산들이 그려진 항아리 모양의 램프가 놓여 있었다.

그녀가 질질 끄는 목소리로 말했다. "오, 케니컷 부인, 정말 큰일 났어요. 내가 토론을 이끌어야 하는데 부인이 좀 도와줄 수 있을지 모르겠네요."

"오늘 어떤 시인들에 관해 얘기하나요?" 캐럴이 "어떤 책을 대출하고 싶으세요?"라는 사서의 말투로 물었다.

"아, 영국의 시인들요."

"몽땅 다는 아니죠?"

"어…… 어머, 다예요. 올해 우린 유럽 문학 전반을 공부하는 중이에요. 모임에서 아주 훌륭한 『컬처 힌트』라는 문화잡지를 받아보고 있어서 거기 프로그램을 따라가고 있어요. 작년 주제는 『성경』에 나오는 남성과 여성이었어요. 내년엔 아마 가구와 도자기를 다루게 될 거예요. 참, 새로운 이런 문화의 시류를 따라가려면 몸은 바쁘지만, 정신은 함양되죠. 그러니 오늘 토론을 도와주실 거죠?"

이리로 오면서 캐럴은 마을의 계몽을 위해 새너탑시스를 이용하기로 했었다. 그때 바로 엄청난 열정을 품고 이런 말을 읊조렸다. "이들이 실제 주민들이야. 가사 부담을 지고 있는 주부들이 시에 관심을 가진다면 이건 무언가 의미가 있어. 뭐가 됐든 이들과 함께 이들을 위해 일할 테야!"

그녀의 의욕은 희석된 상태였다. 작정한 듯 방수 덧신을 벗고 의자에 엉덩이를 딱 붙이고 앉은 13명의 여성이 페퍼민트

사탕을 먹고 손가락의 가루를 턴 다음 두 손을 포갠 채 하찮은 생각을 가다듬고서 벌거벗은 시의 여신에게 아주 고매한 그들의 메시지를 들려달라고 청하기도 전이었다. 그들은 캐럴을 다정하게 맞아주었고 그녀는 그들에게 공손하게 보이려 애썼다. 하지만 자신이 없었다. 자신이 앉을 의자가 덩그러니 그들의 시선을 오롯이 받고 있었다. 교회 기도실에 두는, 일긋거리는 미끄러운 나무쪽 의자였는데 사람들 앞에서 돌연 무너질 것 같았다. 이 의자에 앉으면 손을 모으고 경건한 자세로 경청할 수밖에 없었다.

의자를 박차고 뛰쳐나가고 싶었다. 엄청난 소리가 나겠지.

보니까 바이더 셔윈이 자신을 지켜보고 있었다. 캐럴은 마치 교회에서 시끄럽게 구는 아이를 꼬집듯 자신의 손목을 꼬집었고, 바른 자세로 앉아 있다가 다시 쥐가 나면 귀를 기울였다.

도슨 부인이 한숨을 쉬며 모임의 서두를 뗐다. “오늘 여기서 이렇게 여러분을 모두 뵙다니 얼마나 기쁜지 모르겠어요. 숙녀분들께서 아주 흥미로운 과제를 많이 준비하셨을 줄 압니다. 시인들이라는 정말 흥미로운 주제죠. 시인들은 이지적인 두뇌활동에 영감을 주었습니다. 사실, 몇몇 시인들이 여러 목사만큼 많은 영감을 주었다고 말씀하신 분이 벤릭 목사님이셨죠? 그래서 이제 기쁘게 들어볼 텐데요……”

딱한 도슨 부인이 신경이 아플 만큼 부자연스러운 미소를 지었고 겁에 질린 채 숨을 헐떡거리면서 작은 떡갈나무 탁자를 헤적여 안경을 찾더니 말을 이었다. “먼저 ‘셰익스피어와 밀턴’이라는 주제에 대한 젠슨 부인의 발표를 반겨 듣겠습니다.”

올레 젠슨 부인이 발표한 내용이다. 셰익스피어는 1564년 출생해 1616년 사망했다. 영국 런던과 많은 미국 여행자가 즐겨 찾는 스트래트퍼드 어폰에이번에서 살았다. 이곳은 음미해볼 가치가 있는 골동품과 고택이 많은 아름다운 마을이다. 많은 사람이 셰익스피어를 역사상 최고의 극작가이며 훌륭한 시인으로 생각한다. 그의 삶에 대해서는 알려진 바가 별로 없지만 어쨌든 별문제가 되지 않는다. 왜냐하면, 셀 수 없이 많은 그의 희곡이 즐겨 읽히고 있기 때문이다. 그중 가장 많이 알려진 몇 편을 이제 비평해보겠다.

아마 가장 유명한 작품은 아름다운 사랑 이야기와 여성의 기지奇智에 대한 올바른 인식을 담고 있는 「베니스의 상인」일 것이다. 이 작품은 여성운동단체가, 심지어 여성 선거권 문제에 참여하고 싶어 하지 않는 회원들까지도 감상해야 한다(웃음). 젠슨 부인 자신은 확실히 포샤 같은 사람이 되고 싶었다. 극은 샤일록이라는 유대인의 이야기로서, 그는 딸이 안토니오라는 베니스의 신사와 결혼하는 걸 원치 않았다……

호리호리한 편에 머리가 희끗하고 신경과민 증상이 있는, 새너탑시스의 회장이자 조합교회 목사의 아내 레너드 워런 부인이 바이런과 스콧, 무어, 번스의 출생 일자와 사망 일자를 발표했고 다음과 같이 마무리했다.

"번스는 소년 시절 몹시 가난하여 오늘날 우리가 누리는 혜택을 받지 못했어요. 다만 유서 깊은 훌륭한 스코틀랜드 교회가 있어서, 소위 오늘날의 선진 대도시의 벽돌로 지어진 아주 멋진 대형 교회에서보다 더 용감한 설교를 듣는 이점은 있었지요. 하지만 빈부와 상관없이 미국 청소년 모두에게 제약 없이 부여되는 특권들을 반드시 고마워하지는 않는 우리 젊은이들의, 아아, 발 앞에 흩뿌려진 충분한 교육 혜택과 라틴어나 정신적 보물을 누리지는 못했습니다. 번스는 힘들게 일해야 했고 가끔은 사탄 같은 친구들에게 이끌려 저속한 버릇에 빠질 때도 있었습니다. 하지만 그는 제가 방금 말했던 로드 바이런의 자유분방하면서 소위 귀족적인 사교생활과는 놀라우리만치 대조적으로, 훌륭한 학생이었고 스스로 학문을 깨우쳤다는 사실은 도덕적 교훈을 안겨줍니다. 비록 분명히 당대의 고관대작들이 번스를 미친한 사람이라고 무시했겠지만, 우리 대부분은 쥐라든지 그 밖의 다른 시골 소재들을 이용하여 소박한 것의 아름다움을 전하는 그의 시를 대단히 즐겼습니다. 시간이 여의치 않아 그 시들 중 일부를 소개하지 못하는 점은 유감입니다."

조지 에드윈 모트 부인은 10분 동안 테니슨과 브라우닝에 대해 발표했다.

냉소적인 얼굴이지만 희한하게 다정한 여성으로, 자기보다 더 잘난 회원들 때문에 너무 주눅 들어 있어서 캐럴이 키스해 주고 싶었던 냇 힉스 부인이 '기타 시인들'에 대해 발표하면서 그날의 엄숙한 과제를 완수했다. 생각해볼 만한 다른 시인들로는 콜리지, 워즈워스, 셸리, 그레이, 헤먼스 부인,* 키플링 등이 있었다.

엘라 스토바디는 사람들의 요청에 「퇴장 성가」와 「랄라 루

---

* 펠리시아 헤먼스(Felicia Hemans, 1793~1835)는 빅토리아 시대 시인.

크」의 인용구를 낭독했다. 앙코르 요청이 들어오자 「옛 연인」을 낭송했다.

고퍼 프레리가 시인들을 다 끝냈다. 영국 소설과 에세이가 다음 주 과제로 준비되었다.

도슨 부인이 애절하게 말했다. "자 이제 발표문에 관한 토론을 할 텐데요, 신규 회원으로 맞게 될 이분, 케니컷 부인의 말을 다 같이 경청하겠습니다. 문학 수업 등을 두루 경험한 부인께서 여러 도움이 될 만한 조언을 해줄 수 있을 겁니다."

캐럴은 '불쾌할 정도로 거만한 인상을 주지' 않으려고 조심했다. 노동으로 얼룩진 이 여성들의 뒤늦은 탐구에는 자신이 눈물을 흘려야 할 열망이 들어 있다고 스스로에게 우겼다. "하지만 이들은 너무 자기만족에 빠져 있어. 자기들이 번스에게 호의를 베푼다고 생각해. '뒤늦은 탐구'라고 생각하지 않아. 자기들이 문화를 다 섭렵했다고 확신해." 도슨 부인의 부르는 소리가 긴가민가하며 혼미한 그녀를 깨웠다. 그녀는 갑자기 무서워졌다. 이들에게 상처 주지 않고 어떻게 말하지?

챔프 페리 부인이 몸을 기울이더니 그녀의 손을 쓰다듬으며 속삭였다. "피곤해 보여요. 원하지 않으면 안 해도 돼요."

캐럴은 넘치는 호의를 느꼈다. 그녀가 일어서서 의례적인 인사말을 찾았다.

"딱 하나 참고삼아 말씀드린다면…… 여러분이 일정한 프로그램을 따라가는 것을 알고 있습니다. 하지만 더없이 근사하게 입문 과정을 끝냈으니 다른 주제로 넘어가지 말고 내년에 시인들을 다시 주제로 잡아 더 자세하게 다룰 수도 있을 것 같아요. 특히 실제로 시구들을 인용하는 거예요. 비록 시인들의 삶이 아주 흥미롭고, 워런 부인의 말씀처럼 아주 도덕적으로 배울 점이 많긴 하지만요. 그리고 오늘 언급되지는 않았지만 고려해볼 만한 가치가 있는 시인이 몇 사람 있어요. 키츠와 매슈 아널드, 로제티, 스윈번*이 그들이죠. 스윈번은 정말 음, 뭐랄까, 아름다운 이곳 중서부 지역에서 우리네가 누리는 삶과 비교하면 정말 대조적일 거예요……"

그녀는 레너드 워런 부인의 얼굴에서 자기 말을 지지하지 않는다는 표정을 읽었다. 그녀가 천진스럽게 말을 이으며 워런 부인의 지지를 구했다.

"하긴 스윈번이 여러분, 아니 우리의 사랑을 듬뿍 받는 시인들보다 더 노골적으로 표현하는 경향이 없을 때의 얘기겠죠. 워런 부인은 어떻게 생각하세요?"

목사 아내가 결심했다. "어머, 내 생각이 바로 그거예요, 케니컷 부인. 물론 읽어보진 않았지만 몇 년 전 스윈번을 읽는 게 유행일 때 워런 씨가 스윈번에 대해 (아니 오스카 와일드였나? 아무튼) 한 말이 기억나요. 남편이 그러더군요. 수많은 소위 지성인들이 아무리 스윈번의 시에서 아름다움을 발견한 척 거짓으로 꾸며도 진심에서 우러나온 교훈 없이는 진정한 아름다움은 결코 있을 수 없다고요. 하지만 케니컷 부인의 생각도 마찬가지로 훌륭한 것 같아요. 비록 내년의 주제가 가구와 도자기

---

* 스윈번(Algernon Swinburne, 1837~1909)은 영국의 시인이자 평론가. 이교적 탐미주의의 작품을 썼다.

가 될 가능성이 크지만, 프로그램 위원회가 다른 날 하루를 온전히 영국 시에 할애해보는 것도 근사할 것 같아요! 사실 의장님, 그렇게 할 것을 제청합니다."

도슨 부인의 커피와 스펀지케이크의 도움을 얻어 셰익스피어의 죽음을 생각하느라 암울해진 기분을 회복하자 다들 캐럴에게 함께할 수 있어서 기쁘다고 말했다. 회원 자격 심사위원회가 3분간 거실로 자리를 뜨더니 그녀를 회원으로 선정했다.

그녀도 더 이상 회원들을 얕잡아 보지 않았다.

그녀는 그들의 일원이 되고 싶었다. 회원들은 아주 성실하고 친절했다. 자신의 포부를 실행시켜줄 이들이었다. 나태한 마을을 개선하는 작업이 사실상 시작되었어! 구체적으로 어떤 부문의 개혁에 맨 먼저 군대를 풀어야 할까? 모임이 끝나고 잡담하는 동안 조지 에드윈 모트 부인은 시청 청사가 아름답고 현대적인 고퍼 프레리를 따라가지 못하는 것 같다고 지적했다. 냇 힉스 부인은 수줍어하면서 거기서 젊은이들이 마음껏 춤출 수 있으면 좋겠다고 바랐다. 모임에서 여는 무도회는 배타적이었다. 시청. 그거야! 캐럴이 서둘러 집으로 향했다.

그녀는 고퍼 프레리가 시市라는 사실을 깨닫지 못하고 있었다. 케니컷으로부터 고퍼 프레리가 시장과 시의회 그리고 선거구를 합법적으로 갖추고 있다는 사실을 알아냈다. 그녀는 단독으로 고퍼 프레리를 대도시로 간주하는 그 단순함에 아주 즐거워졌다. 안 될 거 없잖아?

그녀는 저녁 내내 애향심과 자부심으로 가득 찬 주민이었다.

II

다음 날 그녀가 시청을 답사했다. 그녀는 시청을 뚜렷한 특징 없이 황량한 곳으로만 기억했었다. 시청을 메인 스트리트에서 반 구역 떨어진 다갈색의 갑갑한 구조물이라고 생각했다. 정면엔 단조로운 미늘판 벽과 더러운 창문들이 있었다. 앞쪽으로는 훤한 공터와 냇 힉스의 양복점이 보였다. 옆에 있는 목공소보다는 컸지만 아주 잘 지어진 편은 아니었다.

주변에 아무도 없었다. 그녀는 복도 안으로 들어갔다. 한쪽은 시골 학교처럼 생긴 지방법원이었다. 다른 쪽은 포드사社 제품인 소방호스 수레와 퍼레이드 때 쓰는 장식 헬멧을 놔둔 자원소방대의 방이었다. 강당 끝에 불결한 두 칸짜리 구치소가 있었다. 지금은 비어 있지만, 암모니아와 오래된 땀 냄새가 났다. 2층은 전체가 완성되지 않은 커다란 방으로, 접이식 의자 더미와 석회 더께가 앉은 회반죽통, 삭고 있는 석고 방패와 빛바랜 빨강, 하양, 파랑의 휘장으로 뒤덮인 독립기념일 장식 꽃수레의 뼈대가 어질러져 있었다. 끝에는 만들다 만 무대가 있었다. 댄스홀은 냇 힉스 부인이 주장한, 지역 주민들의 무도회가 가능하고도 남을 만큼 널찍했다. 하지만 캐럴은 댄스보다 더 큰 무언가를 구상했다.

오후에 그녀는 공공도서관으로 급히 달려갔다.

도서관은 일주일에 사흘은 오후에, 나흘은 저녁에 개방했다. 낡은 주택 안에 자리 잡아서 공간은 충분하지만, 썩 끌리지는 않았다. 캐럴은 좀더 쾌적한 정독실과 아동용 좌석, 소장 미술품, 새로운 시도를 할 만한 젊은 사서 등을 상상하다가 돌연 멈추었다.

그녀는 자신을 질책했다. "이렇게 열을 올리며 다 바꾸려는 생각은 관둬! 도서관은 이 정도면 됐어! 시작은 시청으로 충분해. 그리고 정말 훌륭한 도서관인걸. 훌륭해. 이 정도면 괜찮아…… 어떻게 인간이 하는 활동마다 부정하고 어리석다고 생각할 수가 있는 거야? 학교, 사업체, 공공기관 할 것 없이 전부 다? 만족감은 절대로, 안도감은 절대로 느낄 수 없는 거야?"

그녀가 물방울을 털어내듯 머리를 흔들더니 서둘러 도서관 안으로 들어갔다. 젊고 경쾌하면서 귀여운 용모에, 단추를 잠그지 않은 털 코트와 오건디 원단의 깃을 댄 푸른색 정장, 눈 위를 걸어 다니느라 더러워진 황갈색 부츠 차림이었다. 빌레트 양이 그녀를 쳐다보자 캐럴이 애교스럽게 말했다. "어제 새너탑시스에서 못 봬서 유감이에요. 올지도 모른다고 바이더가 그랬거든요."

"어머나. 새너탑시스에 가셨군요. 재미있었나요?"

"무척이나요. 시인들을 주제로 정말 훌륭한 과제 발표들이었어요." 캐럴이 작정하고 둘러댔다. "하지만 빌레트 양에게 시와 관련한 주제로 과제를 맡겼어야 했다고 생각했어요!"

"음…… 물론 난 클럽을 맡아 끌고 갈 시간적 여유가 있어 보이는 그분들의 일원도 아니고, 또 그분들이 문학 수업이라곤 받은 적 없는 다른 여성들의 문학 과제 발표를 더 선호한다면, 결국 내가 투덜거려봤자죠. 난 그저 일개 시의 직원인걸요!"

"그렇지 않아요! 당신은 유일하게 행동하는…… 일하는……

오, 당신은 참 많은 일을 하는 사람인걸요. 말해보세요, 혹시? 음…… 클럽을 운영하는 이들은 어떤 사람들인가요?"

빌레트 양이 『미시시피강 하류의 프랭크』*를 빌려 가는 작은 금발 소년을 노려보며 소년의 머릿속에 마치 경고문을 찍듯 책의 속표지에 힘주어 날짜 도장을 찍어주고 나서 한숨을 쉬며 말했다.

"난 결코 주제넘게 나선다거나 누구도 비판하지 않을 거예요. 바이더는 내 가장 친한 친구이고 훌륭한 교사예요. 그녀만큼 사고가 진화되어 있고 각종 사회운동에 관심 있는 사람은 없어요. 하지만 솔직히 그 모임의 회장 혹은 위원회의 임원이 누구든 그 뒤에는 바이더 셔윈이 항상 있는 것 같아요. 그리고 항상 내 '멋진 사서 업무'에 대해 즐겨 이야기하면서도 지켜보니 바이더는 내게 과제 발표 요청은 그다지 하지 않더군요. 그래도 라이먼 카스 부인이 한번은 자진해서 영국 및 프랑스 여행과 건축을 다루던 해에 우리가 발표했던 논문 중 '영국의 교회'에 대한 내 논문이 가장 흥미 있었다고 말한 적은 있어요. 하지만…… 그리고 물론 모트 부인과 워런 부인은, 사람들이 교육감 아내와 조합교회 목사 아내에게 기대하듯 클럽에서 매우 중요한 분들입니다. 두 분 다 매우 교양이 있어요. 하지만…… 아니에요, 당신 눈에는 내가 전혀 중요해 보이지 않을 텐데요. 내 말은 분명 조금도 중요치 않을 거예요!"

---

* 1869년 필명이 찰스 오스틴 포스딕Charles Austin Fosdick인 해리 캐슬몬Harry Castlemon이 발표한 청소년 모험소설.

“너무 겸손하시네요. 바이더에게 말해줘야겠어요. 그런데 혹시 아주 잠깐 시간이 난다면 잡지철이 어디에 보관되어 있는지 안내해줄 수 있을까요?”

그녀는 이미 승리한 상태였다. 그녀는 할머니의 다락방처럼 생긴 장소로 충분한 호위를 받았다. 거기서 거주 공간 치장과 도시계획에 지면을 할애한 정기간행물과 함께 6년 치 『내셔널 지오그래픽』을 찾아냈다. 다행히 빌레트 양은 그녀를 혼자 있게 해주었다. 캐럴은 잡지를 옆에 쌓아둔 채 책상다리를 하고 바닥에 앉아 콧노래를 흥얼거리며 손가락으로 유쾌하게 페이지를 넘겼다.

그녀는 뉴잉글랜드 시가지의 사진들을 발견했다. 품위 있는 팰머스, 매력 있는 콩코드, 스톡브리지와 파밍턴, 힐하우스의 사진. 동화 속 그림 같은 롱아일랜드의 포레스트 힐스 교외 지역. 데본셔의 아담한 주택들과 에섹스의 대저택들, 요크셔의 하이 스트리트, 리버풀의 포트 선라이트. 복잡한 문양이 새겨진 보석상자 같은 아랍의 홍해 연안 도시인 제다. 황량한 벽돌 건물들과 어수선한 화물 창고들이 늘어선 메인 스트리트에서 아케이드와 정원들의 전경으로 시선을 사로잡는 거리로 탈바꿈한 캘리포니아 시내.

미국의 작은 마을이 사랑스러울 뿐 아니라 밀과 쟁기를 사고파는 쓸모 있는 장소일 수 있다는 믿음이 그렇게 터무니없는 건 아니라고 안심하면서, 그녀는 손가락으로 뺨을 톡톡 치며 앉아서 생각에 잠겼다. 고퍼 프레리에서 조지 왕조풍의 시청을 머릿속으로 그려보았다. 하얀 덧창들이 나 있는 따뜻한 색감의 벽돌 벽, 채광창, 널찍한 실내와 나선형 계단. 시내뿐만 아니라 주변 시골 지역을 위한 평범한 시설이면서 영감을 주는 시청이 떠올랐다. 거기에는 법정과 (구치소는 차마 포함하지 못했다) 공공도서관, 훌륭한 판화 소장품들, 화장실, 농부 아내들을 위한 견본 주방, 극장, 강의실, 주민용 무료 무도회장, 농민들을 위한 사무국, 체육관 등이 포함되어야 할 터였다. 캐럴은 성城을 중심으로 옹기종기 모인 중세 마을처럼 시청을 중심으로 형성되고 시청의 영향을 받는, 아나폴리스나 혹은 워싱턴이 말을 타고 갔던 바우어리풍의 알렉산드리아만큼 우아하고 사랑스러운 조지 왕조풍의 신시가지를 눈앞에 그렸다.

새너탑시스 클럽은 아무런 문제 없이 이걸 다 이룰 수 있었다. 일부 회원의 남편들이 상업과 정치를 조종하는 자리에 있었기 때문이다. 그녀는 이처럼 실용적인 관점을 지닌 자신이 대견스러웠다.

철조망을 두른 감자밭이 담장을 두른 장미 정원으로 바뀌는 데는 30분밖에 걸리지 않았다. 그녀는 새너탑시스의 회장인 레너드 워런 부인에게 완성한 기적을 알려주러 서둘러 도서관 밖으로 나갔다.

III

캐럴은 3시 15분 전 집을 나섰다. 4시 30분에 조지 왕조풍의 시가지를 만들었다. 5시 15분 전 그녀가 청빈한 조합교회 목사관에서 낡은 회색 지붕을 때리는 여름비처럼 레너드 워런 부인에게 열정적으로 토로하고 있었다. 5시 2분이 되기 전, 고상한 정원들과 환영하는 지붕 창들이 있는 마을이 세워졌고 5시 2분에 온 시가지가 마치 바빌론처럼 폭삭 내려앉았다.

회색과 갈색 반점의 설교집과 『성경』의 주석서들, 팔레스타인 지도책이 얹힌 긴 송판 책꽂이를 등지고 깔끔한 검은 신발은 깔개 위에 딱 붙인 채 워런 부인이 등 뒤 배경만큼이나 온당하고 어두운 분위기를 풍기며 검은색 윌리엄 메리풍의 의자에 꼿꼿이 앉아 있었다. 캐럴의 말이 완전히 끝날 때까지 말없이 듣고 나서 그녀가 품위 있게 대꾸했다.

"그래요, 아마 언젠가 실현될지도 모를 미래를 멋진 모습으로 상상했네요. 그런 마을들은 대평원에서 분명 현실로 이루어질 겁니다. 언젠가. 하지만 그냥 아주 작은 지적을 하나 해본다면, 시청이 적절한 출발점이 될 거라거나 혹은 새너탑시스가 적절한 수단이 될 거라고 가정한 데서 부인의 착오가 있는 듯해요. 결국, 지역사회의 진정한 핵심은 교회 아니겠어요. 아시겠지만 제 남편은 교회연합의 주창자로 주 전역의 조합교회에 잘 알려져 있습니다. 남편은 신교의 모든 교파가 가톨릭과 크리스천 사이언스에 대항하는 강력한 조직으로 통합되어, 도덕률과 금주법에 도움이 되는 모든 운동을 적절하게 이끌어가는 것을 보고 싶어 합니다. 그러면, 통합된 이 교회들이 멋진 클럽하우스를 세울 수 있어요. 아마 목재 골조에 스투코를 바르고 그 위에는 이무깃돌을 얹고 보기 좋게 온갖 장식을 한 건물이 될 겁니다. 내 생각에 평범한 사람들에게는 그게 부인이 설명하는, 그냥 밋밋한 옛날 식민지 시대의 건축물보다 훨씬 더 나은 인상을 줄 것 같아요. 그래서 클럽하우스가 모든 교육 및 오락 활동의 제대로 된 구심점이 되는 겁니다. 정치인들의 손에 맡기지 않는 거죠."

"교회들이 합쳐지는 데 삼사십 년 넘게 걸리지는 않겠죠?" 캐럴이 순진하게 말했다.

"그렇게 걸릴 리가 만무하죠. 세상이 급격히 변하고 있어요. 그러니까 다른 계획을 세운다면 실수가 되겠죠."

캐럴은 이틀이 지나도록 열의를 회복하지 못했다. 그러다가 교육감 아내인 조지 에드윈 모트 부인에게 의견을 들어보려 했다.

모트 부인이 말했다. "집에서 옷을 지어 입으려고 침모를 두고 이것저것 하느라 개인적으로 정말 바쁘군요. 하지만 새너탑시스의 다른 회원들이 이 문제에 관한 논의를 이어가면 좋을 것 같아요. 다만 그 무엇보다 우선으로 고려할 사항은 반드시 학교 건물을 신축해야 한다는 겁니다. 모트 씨가 그러는데 학교가 너무 협소하대요."

캐럴은 낡은 학교를 둘러보러 갔다. 옛날 감옥, 즉 증오심과 강제교육을 상징하는 감옥선 모양으로 좁은 창문들이 있는 습기 찬 노란 벽돌 건물에 초·중·고등학교가 함께 있었다. 모트 부인의 요구를 전적으로 인정한 터라 이틀 동안 자신의 작전을 중지했다. 그러고 나서 재탄생하는 마을의 중심 시설로 학교와 시청을 함께 지었다.

그녀는 데이브 다이어 부인의 푸르스름한 회색빛 주택을 과감히 찾아갔다. 이파리가 다 떨어진 겨울 덩굴과 지상에서 겨우 1피트 높이의 널따란 포치가 앞을 가리는 단독주택은 어찌나 밋밋한지 캐럴은 나중에 그 집의 모습이 그려지지 않았다. 그뿐 아니라 집 안의 물건도 전혀 기억나지 않았다. 하지만 다이어 부인은 충분히 개성적이었다. ('교양 없는' 사람이라는 걸 구태여 떠벌리면서 "되지도 않는 새너탑시스 회합의 과제물을 쓸 바엔 차라리 감옥에 가겠다"며 공공연히 말하고 다니는 후아니타 헤이독과 대조적으로) 그녀는 캐럴과 하울랜드 부인, 맥가넘 부인, 바이더 셔윈과 함께, 졸리 세븐틴과 진지한 새너탑시스를 이어주는 연결 고리 역할을 했다. 캐럴을 맞이하는 기모노 스타일 가운을 입은 다이어 부인은 극히 여성스러웠다. 보들보들 곱고 흰 피부에서 희미한 관능미가 느껴졌다. 애프터눈 커피 모임에서는 그렇게 무례하게 굴더니 지금은 캐럴을 '자기'라고 부르면서 본인도 모드라고 불러달라고 고집을 피웠다. 캐럴은 탤컴 파우더 향이 감도는 이곳이 왜 불편한지 잘은 몰랐지만 서둘러 자신이 세운 계획의 신선한 공기 속으로 빠져나가려 했다.

모드 다이어는 시청이 "아주 훌륭한" 건 아니지만, 데이브의 말마따나 주州에서 자금을 책정받아 시청과 주 방위군 무기고를 함께 지을 때까지는 시청을 어떻게 해봐야 아무 소용이 없다는 점을 인정했다. 데이브는 이런 결론을 내렸었다. "당구장에서 빈둥대는, 말 많은 젊은 애들에게 필요한 건 일반 군사훈련이야. 사람을 만들어야 해."

다이어 부인이 시청에서 학교를 제거해버렸다.

"오, 그러니까 모트 부인이 신축 교사에 대한 열망을 자기한테 옮겼구나! 그녀는 사람들이 모두 지쳐서 나가떨어질 때까지 계속 밀어붙여요. 모트 부인이 진짜 원하는 건 사랑하는 자기 남편, 대머리 좌아지*가 거드름 피우며 앉아 있을 수 있는 커다란 사무실이죠. 물론 난 모트 부인을 존경해요. 아주 좋아해요. 중뿔나게 끼어들어 새너탑시스를 운영하려 하긴 해도 정말 총명한 사람이거든요. 하지만 우리가 그 여자의 잔소리에 질렸다는 점은 꼭 짚고 넘어가야겠어요. 우리 어릴 때는 옛날 건물로도 충분했어요! 난 이런 미래의 여성 정치가들이 싫어. 자기는 안 그래요?"

IV

3월 첫 주, 봄이 올 조짐이 보이자 캐럴은 호수와 들판과 도로로 나가고 싶어 온몸이 들썩였다. 나무 밑에 솜처럼 군데군데 남아 있는 것만 빼면 눈은 사라지고 없었다. 칼바람이 불며 쌀쌀하더니 하루 만에 간질간질 온기가 느껴질 만큼 기온이 훌쩍 올라갔다. 감옥 같던 이 북부에서 또 한 번 봄을 맞을 수도 있겠다고 캐럴이 확신하자마자 마치 무대 위로 종이 눈이 쏟아지듯 갑자기 눈이 내렸다. 강한 북서풍에 눈은 거의 눈보라가 되어 마구 흩날렸다. 아름답게 변한 시가지에 대한 희망과 함께 여름 초원에 대한 희망도 사라져버렸다.

하지만 일주일 후 여기저기 질척한 눈 더미가 있긴 해도 봄의 조짐은 틀리지 않았다. 수많은 세월을 거치며 매년 대기와

* 'George Mott'의 이름을 희화화해서 발음하고 있다.

땅과 하늘에서 자신을 각성시켰던 보이지 않는 징후를 통해 그녀는 봄이 오고 있다는 것을 알았다. 일주일 전 요망스러운 불청객처럼 매서운 눈바람이 호되게 몰아치던 그런 날씨가 아니라 나른함이 배고 뽀얀 햇살에 순해진 날씨였다. 오솔길마다 실개천이 바삐 흘러갔다. 울음소리를 내며 개똥지빠귀 한 마리가 하울랜드네 마당의 능금나무 위에 홀연히 나타났다. 다들 싱긋 웃는 얼굴로 "겨울이 끝난 것 같은데"라면서 이런 말을 덧붙였다. "이러면 도로에선 서리가 안 보이겠어…… 조만간 차를 끌고 나올 수 있겠는데…… 올여름엔 배스가 어떤 놈으로 잡힐지 궁금하군…… 올해 작황이 좋아야 할 텐데."

매일 밤 케니컷이 반복해서 말했다. "내복은 벗지 않는 게 좋겠어. 덧창 떼는 것도 아직 일러…… 다시 한동안 추울지도 모르잖아…… 감기 안 걸리게 조심해야지…… 석탄이 버텨줄지 모르겠군."

그녀의 내부에서 팽창하는 삶의 활력이 개혁의 욕구를 눌렀다. 집 안을 여기저기 종종걸음치면서 그녀가 하녀 비와 함께 봄맞이 청소 계획을 세웠다. 두번째 새너탑시스 모임에 참석해서는 시가지 개조에 대해 일언반구도 하지 않았다. 영국 소설과 에세이 작가들로 구성된 것으로 보이는 디킨스, 새커리, 제인 오스틴, 조지 엘리엇, 스콧, 하디, 램, 드 퀸시, 험프리 워드 부인 등에 대한 통계를 점잖게 들었다.

그녀가 다시 개혁에 열의를 불태우게 된 건 휴게실을 세심히 살펴보고 나서였다. 그녀는 농민들이 농작물을 매매하는 동안 기다리는 아내들의 쉼터로 바뀐 상가를 자주 흘깃거렸다. 그 안에 휴게실을 조성하고 그 유지비용을 시의회와 함께 분담하는 새너탑시스의 덕행을 바이더 셔윈과 워런 부인이 칭송하는 이야기를 듣기도 했다. 하지만 3월의 이날이 다 되도록 그 안에는 한 번도 들어가 본 적이 없었다.

그녀가 무슨 마음에선지 안으로 들어갔다. 관리를 맡은 노들퀴스트라는 이름의 살집 있는 점잖은 미망인과 살랑살랑 흔들의자를 흔들고 있는 두어 명의 농부 아내에게 목례를 했다. 휴게실은 중고품 가게를 연상시켰다. 내다 버린 특허 받은 흔들의자들, 한쪽이 이운 등藤의자들, 긁힌 송판 탁자, 거칠거칠한 돗자리, 버드나무 아래 얌전한데 색정적인 젖 짜는 여인들의 낡은 강판화들, 빛바랜 장미와 물고기들의 착색판화들, 그리고 점심을 데우는 데 쓰는 등유난로가 갖춰져 있었다. 앞 유리창은 찢어진 망사 커튼과 한 무더기 제라늄 화분과 고무나무 화분 때문에 어둑했다. 노들퀴스트 부인이 매년 몇천 명이나 되는 농민 아내들이 이 휴게실을 이용하고 있고, 자신들이 '이런 멋진 장소를 그것도 무료로 마련해준 숙녀분들의 친절을 얼마나 고마워하는지' 설명하는 동안 캐럴은 생각했다. '결코 친절이 아냐! 친절한 부인들의 남편들이 농민들을 상대로 영업하는걸. 이건 순전히 영업을 위한 공간이야. 게다가 끔찍하기까지 해. 초원지대의 부엌에 신물 난 여성들의 몸을 편하게 해주려면 이곳은 마을에서 가장 멋진 공간이어야 해. 깨끗한 창문은 당연한 거고. 그래야 도시 생활이 어떻게 흘러가는지 보이지. 조만간 내가 더 좋은 휴게실을, 클럽 사교실 같은 공간을 만들 거야. 어머! 그건 이미 조지 왕조풍 시청의 일부 시설로

설계해놓았지!'

그리하여 어쩌다가 그녀는 세번째 참석에서 새너탑시스의 평화를 흔들어놓을 역모를 꾸미게 되었다. (그날은 러시아의, 이른바 교회라는 것의 사악한 이교 신앙에 대한 레너드 워런 부인의 논평과 함께 스칸디나비아와 러시아와 폴란드 문학이 다루어졌다.) 커피와 뜨거운 롤빵이 나오기도 전에 캐럴은 챔프 페리 부인을 공략했다. 그녀는 새너탑시스의 현대적인 부인들에게 과거 시대의 관록을 풍기는, 다정다감하고 가슴이 풍만한 개척 여성이었다. 캐럴은 생각하고 있는 계획을 다 쏟아냈다. 페리 부인이 캐럴의 손을 어루만지며 고개를 끄덕여주더니 마지막에 한숨을 내쉬며 말했다.

"나도 자네 의견에 동조할 수 있으면 좋으련만. 자네는 (비록 우리가 바라는 만큼 침례교회에서 자주 보진 못해도) 분명 주님의 소명을 완수할 사람일 거야! 하지만 캐럴은 마음이 너무 여린 것 같아. 챔프와 내가 여기로 올 때 우린 소 두 마리가 끄는 달구지를 타고 소크 센터에서 고퍼 프레리까지 왔다오. 그때 여긴 허허벌판이었고 그저 말뚝을 두른 울타리하고 군인 몇 명 그리고 통나무집 몇 채가 다였어. 소금에 절인 돼지고기와 화약이 필요해서 사람 하나를 말에 태워 보내면, 아마 돌아오기 전에 인전*들 총에 맞아 죽었을 거야. 그때 처음엔 다들 농사를 지었는데, 우리 숙녀들은 휴게실 같은 건 기대하지도 않았어요. 세상에, 지금 있는 휴게실 같으면 우린 그저 훌륭하다

* Injun. 아메리칸 인디언을 낮추어 부르는 말.

고 생각했을 거야! 볏짚 지붕을 얹은 집이었는데 비가 오면 엄청나게 샜지…… 젖지 않은 곳이라곤 선반 밑이 유일했어.

시가지가 커졌을 때 우린 새로 지은 시청이 정말 근사하다고 생각했어. 그리고 댄스홀은 왜 있어야 하는지 모르겠네. 여하튼 지금 춤은 예전에 추던 그런 춤이 아니야. 우린 얌전하게 췄어. 그러면서 끔찍한 터키 트로트를 추고 꼭 껴안고 하는 요즘 젊은이들 못지않게 재미있었는데. 하지만 그네들이 젊은 처자들은 조신해야 한다는 신의 경고를 무시해야 직성이 풀린다면 남성우애단체 강당이나 비밀공제조합 같은 데서 그럭저럭 놀 수도 있을 것 같은데. 비록 일부 클럽들에서 수많은 이민자와 하녀를 반드시 환영하는 건 아니겠지만 말이지. 그리고 자네가 말하는 농업촉진기구니 생활과학관이니 하는 게 뭐 때문에 필요한지 도무지 모르겠어. 내가 어릴 땐 남자애들은 힘들게 땀 흘려 농사일을 배웠고 여자애들은 모두 요리를 할 줄 알았어요. 안 그러면 엄마들이 볼기를 때리며 딸을 가르쳤잖아! 게다가 와카민에 주 정부 농사 고문이 있지 않나? 아마 보름에 한 번씩 여기 올걸. 과학영농 흉내는 이걸로 충분해…… 챔프 말로는 어차피 과학영농이라 해봐야 별거 없대요.

강의실에 관한 얘기라면, 우리에겐 교회가 있지 않나? 지도니 책이니 하는 아무짝에도 쓸모없는 물건들보다 전통적인 훌륭한 설교를 경청하는 편이 훨씬 낫지. 바로 여기 새너탑시스에서도 비기독교 강의가 남아도는걸. 그리고 자네가 말하는 식민지 시대 건축물로 온 마을을 바꿔보겠다는 것 말이지…… 나도 멋진 것들을 좋아해요. 비록 챔프 페리가 비웃어도 난 여태

내 페티코트 밑단에 리본을 둘러요. 구닥다리 영감 같으니라고! 하지만 동시에, 무슨 독일 동화책에 나오는 마을처럼 생겼을 뿐 우리가 사랑한 고장과 전혀 닮지 않은 곳을 만들려고 힘들게 일군 마을을 허무는 꼴을 보고 싶어 하는 이는 우리 구세대 중엔 없지 싶어요. 그런데 지금이 좋은 것 같지 않아요? 이 모든 나무와 잔디를 포함해서 말이야? 너무나 편안한 집들, 온수난방, 전등, 전화기, 시멘트 보도 등등이? 어머 트윈 시티에서 온 사람은 죄다 어쩜 마을이 이렇게 아름답냐고들 한 것 같은데!"

캐럴은 포기했다. 그래, 고퍼 프레리에는 알제에서 볼 수 있는 색조가 있고 마르디그라에서 느낄 수 있는 흥겨움이 있다.

하지만 다음 날 오후 그녀는 제분소 소유주의 매부리코 아내 라이먼 카스를 물고 늘어졌다.

루크 도슨의 응접실이 공간을 텅 비우는 빅토리아조 학파라면, 카스 부인의 응접실은 무엇을 잔뜩 들여놓는 빅토리아조 학파에 속했다. 응접실에 들여놓은 가구는 두 가지 원칙을 따랐다. 우선 모든 게 다른 무엇과 닮아 있어야 했다. 흔들의자는 수금 모양의 등받이에 올록볼록한 천 느낌을 낸 인조의 가죽 좌판과 스코틀랜드 장로교의 사자 형상 팔걸이였는데, 군데군데 의외의 장소에 옹이와 소용돌이 장식, 방패, 창끝 모양이 새겨져 있었다. 잔뜩 들여놓는 빅토리아조 학파의 두번째 원칙은 한 치의 공간도 남김없이 내부를 쓸데없는 물건들로 채워야 한다는 것이었다.

카스 부인의 응접실 벽은 자작나무와 신문 배달 소년, 강아지, 크리스마스이브의 교회 첨탑을 '손으로 그린' 그림들, '마로니에 나무' 그림들과 미니애폴리스의 박람회장 건물을 묘사한 벽판화, 어느 부족인지 모를 인디언 추장들의 얼굴을 그린 인두화, 팬지꽃으로 장식한 금언 글귀, 1야드짜리 장미꽃 그림 액자, 카스 부부의 두 아들이 다녔던 치코피 폴스 전문대학과 맥길리커디 대학의 학교 깃발들로 도배되어 있었다. 작은 사각 탁자 위에는 방문카드를 담는, 가장자리가 금박인 채색 사기그릇과 『가족 성경』, 그랜트 대통령의 회고록, 진 스트라톤 포터 부인의 최근 소설, 동전 저금통으로도 쓰는 목재 스위스 별장 모형, 검은색 대가리의 옷핀 하나와 빈 실패가 꽂힌 번쩍번쩍 광 나는 전복 껍데기, 발가락 부분에 '뉴욕 트로이 기념품'이라는 스탬프 문구가 찍힌 금빛 금속 슬리퍼 안에 담긴 벨벳 바늘꽂이, 돌기가 있는 알 수 없는 붉은 유리 접시가 있었다.

카스 부인이 내뱉은 첫 마디는 이거였다. "내가 가진 예쁜 소품과 예술품을 싹 다 보여줘야겠어요."

캐럴의 호소가 끝나자마자 그녀가 새된 목소리로 말했다.

"그렇군요. 뉴잉글랜드 마을과 식민지 시대 주택들이 여기 중서부 마을들보다 훨씬 더 매력적이라고 생각하는군요. 그렇게 생각하다니 반가워요. 흥미롭게도 내가 버몬트 출신이거든요."

"그러니 우리가 노력해서 고퍼 프레리를 어떻게 해야……"

"어머나, 아뇨! 우린 그럴 여유가 없어요. 사실 세금이 너무 높거든요. 지출을 줄여 시의회가 한 푼도 더 쓰지 못하게 해야 해요. 저…… 웨스트레이크 부인이 읽었던 톨스토이에 대한 발표문 대단하지 않던가요? 어리석은 그의 사회주의적 발상들이 죄다 어떤 식으로 실패했는지 짚어주니까 정말 좋았어요."

그날 밤 케니컷이 카스 부인과 똑같은 말을 했다. 시청 신축 자금 지출을 제안하거나 고퍼 프레리 주민들이 그 지출안을 의결하려면 20년은 흘러야 할 거라고.

V

캐럴은 바이더 셔윈에게 될 수 있으면 자신의 계획을 드러내지 않으려 했다. 늘 큰언니처럼 구는 바이더의 행동이 꺼림칙했다. 바이더는 날 비웃든지 아니면 내 생각을 낚아채 자기 걸로 바꿔버릴 거야. 하지만 다른 희망이 전혀 없잖아. 바이더가 차를 마시러 오자 캐럴은 자신이 설계한 유토피아를 그려 보였다.

바이더는 비위를 맞추어주면서도 단호했다.

"자기는 완전히 착각하고 있어. 나도 그걸 보고 싶어. 돌풍을 막아주는 진짜 정원 말이야. 그런데 그런 건 있을 수가 없어. 클럽의 여성 회원들이 뭘 할 수 있겠어?"

"남편들이 마을 유지들이잖아요. 그들이 곧 마을인걸요!"

"하지만 따로 떼어낸 단위로서 그 마을이 새너탑시스의 남편은 아니란 거지. 시의회가 양수장에 덩굴 가림 장치를 만드는 비용을 쓰도록 하기까지 우리 새너탑시스가 얼마나 고생했는지 자기가 알면 그런 말 안 할걸! 고퍼 프레리의 부인들에 대해 어떤 식으로 생각하는지 모르겠지만 여긴 여자들이 남자들보다 곱절로 진보적이야."

"남자들의 눈에는 흉한 게 안 보일까요?"

"흉하다는 생각을 안 하는 거지. 그리고 흉한 걸 어떻게 증명하겠어? 취향의 문제인데. 보스턴 건축가가 좋아한다고 그네들이 좋아해야 할 이유가 있을까?"

"그들이 좋아하는 건 자두나 파는 거군요!"

"음, 안 될 건 없지? 어쨌든 요점은 이거야. 우린 바깥에서 들어온 생각으로 바깥에서부터 움직이기보다 현재 우리가 품은 생각으로 안에서부터 움직여야 한다는 것. 외피가 정신에 영향을 주면 안 돼. 그럴 순 없어! 아름다운 껍질은 정신에서 자라나 그 정신을 표출해야 하는 거야. 그건 기다림이지. 우리가 10년 더 시의회가 하는 대로 계속 좇아간다면 그들이 학교 신축에 대한 채권 발행을 가결할지도 모르지."

"마을 유지들이 그런 흉한 꼴을 보면서도 너무 인색해서 건물 짓는 데 각각 몇 달러씩도 내지 못한다고 생각하고 싶진 않아요. 생각해봐요! 춤, 강의, 연극 등 모든 게 협조적으로 이루어지는걸요!"

"'협조적'이라는 말을 상인들 앞에서 꺼내는 순간 자기는 뭇매 맞아! 그네들이 가정의 우편 카탈로그 주문보다 더 겁내는 게 바로 농민들의 협동조합 운동이 시작될지도 모른다는 사실이거든."

"얼어붙은 돈지갑에 이르는 비밀의 길! 항상 만사가 그렇죠! 그런데 나한테는 딕토그래프*나 횃불 아래의 밀담처럼 멋진

* dictograph. 확성 송화기. 사장이 별실에 있는 직원·타이피스트 등과 직접 통

멜로드라마가 하나도 없어요. 그저 우둔함에 길이 막혔어요. 오, 알아요, 내가 바보란 거. 베니스를 꿈꾸고 아르한겔스크*에 살면서 북극해의 물빛이 부드럽지 않다고 야단치고 있으니. 하지만 적어도 그들 때문에 내가 베니스를 사랑하는 걸 그만두진 않을 거예요. 언젠가 난 달아나겠죠…… 좋아요. 관둘게요."

그녀가 포기한다는 표시로 손을 내저었다.

VI

5월 초였다. 밀 싹은 잔디처럼 올라왔고 옥수수와 감자 모종이 이식되고 있었다. 대지에 활기가 넘쳤다. 이틀 동안 비가 계속 내렸다. 시내의 도로마저 엄청난 양의 진흙이 고랑을 만들어 보기에도 흉했고 건너기에도 힘들었다. 메인 스트리트가 이쪽 연석에서 저쪽 연석까지 완전히 시커먼 진창이었다. 주택가 보도 옆 녹지에서는 흙탕물이 배어 나왔다. 살갗에 닿는 날씨는 따끔따끔 더운데 시가지는 음산한 하늘 아래 황량했다. 소복한 눈이나 미풍에 흔들리는 나뭇가지가 주는 온화함을 찾을 수 없는 집들이 지저분하니 부스스한 상태로 납작 엎드린 채 노려보고 있었다.

집으로 무거운 발걸음을 옮기면서 캐럴은 진흙이 잔뜩 묻은

화하거나 혹은 전 직원에게 지시를 전달하는 데 쓰는 기구. 남의 밀담을 도청하는 데도 쓰며 녹음도 가능하다.

* 러시아 공화국 서부, 북 드비나강의 삼각주에 있는 백해白海에 면한 항구도시.

덧신과 더러워진 스커트 밑단을 혐오스럽게 바라보았다. 그녀가 뾰족지붕을 한 라이먼 카스의 보기 흉한 암적색 주택을 지나갔다. 누런 물이랑이 진 웅덩이도 힘겹게 건넜다. 이 저습지는 내 고향이 아니야, 그녀가 우겼다. 그녀의 고향, 그녀의 아름다운 마을은 그녀의 마음속에 있었다. 이미 만들어져 있었다. 과업은 끝났다. 사실 그녀가 찾아다니고 있는 건 완성된 결과물을 자신과 공유할 어떤 대상이었다. 바이더는 하지 않을 테고 케니컷은 할 수 없을 테지.

누군가 아름다운 마을에 대해서 의견을 같이 나눌 사람.

불현듯 그녀는 가이 폴록을 떠올렸다.

그녀는 그를 머릿속에서 털어냈다. 그는 너무 조심스러워. 나만큼 젊고 무모한 패기가 필요해. 그런 건 절대 찾지 못할 거야. 젊은 패기가 노래를 부르며 나타나는 일은 절대 없을 거야. 그녀는 녹초가 되어버렸다.

하지만 같은 날 저녁 고퍼 프레리를 새롭게 탄생시키는 문제의 해결책이 떠올랐다.

10분도 지나지 않아 그녀는 루크 도슨 씨 집의 구식 초인종을 당기고 있었다. 도슨 부인이 문을 열면서 미심쩍은 듯 문가를 이리저리 살폈다. 캐럴이 부인과 뺨 인사를 하고는 우울한 응접실로 활기차게 들어갔다.

"이런, 이런, 이렇게 반가울 수가!" 도슨 씨가 안경을 이마 위로 밀어 올리고선 싱글거리며 신문을 내려놓았다.

"신난 것 같아요." 도슨 부인이 한숨을 쉬며 말했다.

"그래요! 도슨 씨는 백만장자시죠?"

그가 머리를 꼿꼿이 세우고 기분 좋은 목소리로 말했다. “음, 내가 가진 유가증권과 보유 농장, 메사바 철광산, 그리고 북부 삼림지하고 벌목지에 대한 투자 지분을 모두 현금화한다면 2백만 달러 가까이 될 것 같소만. 게다가 그 돈은 내가 한 푼 한 푼 다 열심히 일해서 번 것이고 밖에 나가 땡전 한 푼 쓰지 않겠다는 생각으로……”

“제가 어르신의 그 돈 대부분이 필요할 것 같은데요.”

도슨 부부가 우스갯소리로 알아듣고 서로를 쳐다보았다. 그러더니 그가 말했다. “벤릭 목사보다 더 악질이구려! 그분은—한 번에 10달러 이상은 요구하는 일이 없다오!”

“농담 아니에요. 진심이에요! 트윈 시티에 사는 자제들은 다 성장해서 잘살고 있잖아요. 어르신은 이름 하나 남기지 않고 세상을 뜨고 싶진 않으시겠죠. 대단하고 독창적인 일을 해보시는 건 어떠세요? 마을을 전부 다시 지으면 어떨까요? 훌륭한 건축가를 찾아서, 대초원에 맞는 마을을 설계하도록 해보는 거예요. 아마 완전히 새로운 형식의 건축물을 만들어낼 겁니다. 그런 다음 비틀거리는 이 건물들을 몽땅 허무는 거죠……”

도슨 씨는 그녀가 진심이라고 판단했다. 그가 탄식했다. “아니, 그러려면 최소 3, 4백만 달러가 들 텐데!”

“하지만 어르신만 해도, 혼자서 2백만 달러를 갖고 있잖아요!”

“나? 돈 모으는 게 어떤 건지 감도 잡지 못하는 속수무책의 수많은 거지를 위한 집을 짓는 데 힘들게 이룬 내 재산을 몽땅 쓰라는 거요? 내가 인색해서가 아니오. 구할 수 있었다면 마누라는 언제나 집안일을 할 하녀를 둘 수도 있었어요. 하지만 마누라와 내가 뼈 빠지게 일해왔는데 그 돈을 이런 하층민들을 위해 쓰라는……?"

"제발! 화내지 마세요! 제 말은…… 제 말은…… 아, 물론 그 돈을 다 쓰라는 말이 아니라 어르신이 먼저 시작하면 다른 사람들이 동참할 거니까, 그리고 만약 좀더 멋진 마을에 대한 어르신의 의견을 그분들이 듣는다면……"

"이런, 부인 머릿속에는 생각이 가득하구려. 그건 그렇고 마을이 뭐 어떻다는 거요? 좋기만 한데. 온 세계를 다녀본 사람들을 내가 아는데, 그 사람들이 몇 번이고 그러더군. 중서부에서 고퍼 프레리가 제일 아름다운 곳이라고. 누구에게든 이만하면 됐지. 마누라와 나한테 충분히 좋은 곳인 건 확실하고. 그뿐인가! 마누라와 나는 패서디나로 가서 단층주택을 하나 사서 그곳에서 살아볼까 생각 중이라오."

VII

그녀는 길에서 마일스 비요른스탐을 만났다. 두번째 만남에서 그녀는 산적 수염에 진흙투성이 작업복을 입은 이 일꾼이 자신과 함께 싸우고자 하는, 그 누구보다도 쉽사리 곧이듣는 젊은이처럼 보였기 때문에 도슨과의 일에 대해 재미있는 이야기를 조금 들려주었다.

그가 푸념했다. "내가 구두쇠에다 땅 도둑, 게다가 뇌물 먹이는 데도 선수인 도슨 영감의 말에 동의하게 될 줄은 몰랐네요. 하지만 부인은 접근법이 잘못되었어요. 부인은 여기 사람이 아니에요. 적어도 아직은. 마을을 위해 뭔가를 하고 싶다고요? 난 아닙니다! 난 마을 스스로가 하기를 원해요. 우린 도슨 영감의 돈을 원하지 않아요. 증여가 아니고 조건을 다는 거라면요. 우리는 영감에게서 돈을 빼앗아올 겁니다. 우리 돈이니까요. 부인은 좀더 강해지고 억척스러워져야 해요. 유쾌한 우리 부랑자들과 함께해요. 언젠가 우리가 각성해 부랑자로 지내는 걸 그만두면, 우리가 힘을 거머쥐고 만사를 다 바로잡을 겁니다."

어느 순간 그는 그녀의 친구에서 작업복을 입은 냉소적인 남자로 바뀌어 있었다. 그녀는 '유쾌한 부랑자들'의 노동 독재를 즐길 수 없었다.

마을 주변을 걸어서 돌아보면서 그녀는 그를 까맣게 잊었다.

그녀는 시청 프로젝트 대신에 그보다 훨씬 더 가슴 뛰는 아주 새로운 생각에 사로잡혔다. 정작 이 보잘것없는 마을의 가난한 주민들을 위해서는 한 일이 거의 없다는 사실이었다.

VIII

평원의 봄은 쭈뼛거리는 처녀가 아니라 화끈하게 왔다가 금세 가버린다. 며칠 전까지만 해도 진창이었던 도로에 먼지가 날렸고, 도로 옆 물웅덩이들은 갈라진 에나멜가죽처럼 반들반들 새까맣고 단단한 마름모꼴 땅이 되었다.

캐럴이 새너탑시스 프로그램 위원회에 참석하기 위해 살금살금 들어가면서 숨을 헐떡였다. 다가올 가을과 겨울의 주제가 정해질 모임이었다.

의장(은회색 블라우스를 입은 엘라 스토바디 양)이 새로운 안건이 있느냐고 물었다.

캐럴이 일어섰다. 새너탑시스가 마을의 빈민들을 도와야 하지 않겠느냐고 제안했다. 그녀의 태도는 아주 적절했고 현대적이었다. 자선을 베푸는 게 아니라 그들에게 자립의 기회를 주면 좋겠다고 말했다. 직업안내소, 아이를 씻기고 만족스러운 스튜를 만드는 지침서, 어쩌면 주택 건설을 위한 시市 자금 같은 것이 될 터였다. "제 생각이 어떤가요, 워런 부인?" 그녀가 말을 마쳤다.

결혼과 함께 교회와 관련을 맺은 워런 부인이 세심하게 말을 고르며 판결을 내렸다.

"다들 케니컷 부인의 말에 진심으로 동감하실 겁니다. 정말 가난한 사람들을 마주할 때 불우이웃에게 우리의 도덕적 의무를 다하는 일은 노블레스 오블리주일 뿐만 아니라 기쁨이기도 하니까요. 하지만 그 행위를 자선으로 간주하지 않으면 그것의 중요한 의미를 잃어버릴 것 같다는 말은 꼭 하고 싶군요. 아니, 자선 행위는 진실한 기독교인과 교회를 장식하는 가장 중요한 덕목이잖습니까! 『성경』은 우리를 위해 그런 지침을 마련해놓았습니다. 『성경』에 '신념, 희망, 자선'과, '가난한 자들은 항상 너희와 함께 있다'*라는 말씀이 있는데 이 말은 자선 행위를 폐지하려는 소위 사회주의 체제가 절대로 말이 안 된다는 걸

---

* 「마가복음」 14장 7절.

시사하고 있습니다! 그런데 자선을 베푸는 게 더 낫지 않은가요? 베푸는 행위의 모든 기쁨을 박탈당한 세상을 나는 상상할 수 없습니다. 그뿐 아니라 이런 무능한 사람들은 자신들이 무언가 당연히 받아야 할 것이 아니라 자선을 받고 있다는 걸 깨달으면 훨씬 더 고마워해요."

"게다가," 엘라 스토바디가 콧김을 내뿜으며 말했다. "그들은 케니컷 부인, 당신을 속이고 있었어요. 여긴 실제로 가난한 사람이 없어요. 당신이 말한 스타인호프 부인을 보세요. 우리 집 하녀가 감당하기에 많다 싶을 땐 언제나 난 그 집으로 빨랫감을 보냅니다. 작년 한 해만 해도 10달러어치 일감을 보냈을걸요! 아빠는 시 주택건설을 위한 자금을 절대 승인하지 않을 거예요. 아빠가 이들은 거짓말쟁이들이래요. 특히 종자와 농기구를 구하는 게 힘든 척하는 이 소작농들 말이에요. 무작정 자기네들의 빚을 갚으려 하지 않는다는군요. 분명 저당물의 담보권을 행사하긴 싫은데 그게 그들에게 법을 존중하게 하는 유일한 길이래요."

"그리고 우리가 보내주는 온갖 옷들은 어떻고요!" 잭슨 엘더 부인이 말했다.

캐럴이 다시 끼어들었다. "아, 네. 옷이요. 그 말 하려고 했어요. 불우한 사람들에게 옷을 보낼 땐 낡은 옷이라면 수선부터 해서 입을 만한 옷으로 만든 다음 줘야 한다고 생각지 않으세요? 다음 크리스마스 시즌에 새너탑시스가 의복을 나눌 땐 이렇게 하면 좋지 않을까요? 함께 모여서 옷을 깁고 모자에 장식을 달아 꾸미고 그것들을 쓸 만하게 만들어서……"

"맙소사, 그 사람들이 우리보다 더 시간이 많아요! 생긴 모양이야 어떻든 뭐라도 얻게 되면 그 사람들은 무척 좋아하고 고맙게 여길 일이죠. 내 일도 태산 같은데 그 게으른 보프니 부인을 위해 바느질하고 앉아 있지는 않을 겁니다!" 엘라 스토바디 부인이 쏘아붙였다.

모두 캐럴을 노려보았다. 그녀는 기차 사고로 남편을 잃은 그 보프니 부인에게 애가 열 명이라는 사실을 떠올렸다.

하지만 메리 엘렌 윌크스 부인은 미소를 짓고 있었다. 윌크스 부인은 아트숍과 잡지도서 판매점을 운영하면서 작은 크리스천 사이언스 교회에서 성서 강독을 하기도 했다. 그녀가 상황을 명쾌하게 정리했다.

"이런 하층민들이 크리스천 사이언스를 이해하고, 하나님의 자녀인 우리를 그 누구도 해할 수 없다는 사실을 안다면 그들은 죄를 짓지도 않을 것이고 가난하지도 않을 것입니다."

잭슨 엘더 부인이 단호하게 말했다. "더욱이 생각해보면 새너탑시스는 이미 활동을 어지간히 하고 있어요. 나무 심기, 파리 퇴치 운동을 벌이고 휴게실을 책임지고 있죠. 기차역의 공원 조성을 위해 철도회사와 이미 논의했던 사실은 차치하고서 말이죠!"

"나도 같은 생각이에요!" 의장이 말했다. 그녀가 불안스레 셔윈 양 쪽을 슬쩍 보았다. "바이더, 어떻게 생각해요?"

바이더가 노련한 표정으로 각 위원에게 미소를 지어 보이더니 단언했다. "음, 지금 당장 추가로 무언가를 시작하는 것은 좋은 생각이 아닌 듯해요. 하지만 진심에서 우러나온 캐럴의 인정 많은 생각을 듣게 되어 영광이었어요, 그죠! 오! 즉시 결정해야 하는 사안이 하나 있어요. 우리는 함께 똘똘 뭉쳐서 미니애폴리스 클럽들이 또다시 트윈 시티 출신의 주 연합회 회장을 선출하려는 시도를 전부 막아야 해요. 그리고 그들이 내세우는 이 에드가 포트버리 부인 말이에요. 포트버리 부인을 똑똑하고 흥미로운 연사라고 생각하는 사람들이 더러 있다는 건 알지만 저는 부인을 얄팍한 사람이라고 여깁니다. 제가 레이크 오지바와샤 클럽에 서신을 보내보면 어떨까요? 그네들 지역에서 제2 부의장으로 워런 부인을 지지하면 우리도 의장으로 그네들이 추천하는 하겔턴 부인을 (정말 다정하고 상냥하며 교양 있는 부인이기도 하죠) 지지하겠다고요."

"그래요! 우리가 저 미니애폴리스 사람들의 코를 납작하게 해줘야 해요!" 엘라 스토바디가 쏘아붙였다. "그리고 아, 어쨌든 주내州內 클럽들을 움직여 여성 참정권 운동을 확실히 지지하게 하려는 포트버리 부인의 시도를 막아야 합니다. 정치는 여자들이 낄 자리가 아니에요. 꺼림칙한 음모나 상호 도움을 주고받는 행위 그리고 추문이나 인신공격 등과 같은 끔찍한 정치 행위에 엮이는 순간 여자들은 자신의 우아함과 매력을 다 잃게 될 테죠."

전원이, 아니 한 명만 빼고 고개를 끄덕였다. 그들이 정식 회의 안건을 중단하고 다른 얘기로 넘어갔다. 에드가 포트버리의 남편, 포트버리 부인의 소득, 포트버리 부인의 자동차, 포트버리 부인의 집, 포트버리 부인의 연설 스타일, 포트버리 부인의 차이나 목깃이 달린 이브닝코트, 포트버리 부인의 헤어스타일 그리고 여성 클럽 주 연합회에 미치는 포트버리 부인의 아주 부정적인 영향에 대한 것이었다.

정회를 선언하기 전 프로그램 위원회는 3분 동안 『컬처 힌트』에서 얻은 단서 가운데 내년에 다룰 주제로 '가구와 도자기'가 나올지 아니면 '문학으로서의 『성경』'이 나올지를 결정했다. 그 와중에 성가시게 하는 작은 일이 하나 발생했다. 케니컷 박사 부인이 또다시 끼어들어 잘난 체를 한 것이다. 그녀가 한마디 했다. "교회와 주일학교에서 『성경』은 이미 많이 접한다고 생각지 않으세요?"

레너드 워런 부인이 의사 진행 절차에서 벗어나, 게다가 참을성은 한층 더 벗어나 소리쳤다. "세상에나! 『성경』이 질릴 수 있다고 여기는 사람이 있다는 생각은 안 해봤네요! 『구약성경』이 2천 년 세월 동안 이교도들의 공격을 견뎌냈다면 아주 조금은 주의를 기울일 만할 텐데요!"

"오, 그런 의미가 아니라……" 캐럴이 사정하듯 말했다. 생각한 만큼 명확하게 설명하기가 어려웠다. "제가 바란 것은, 우리가 연구 분야를 『성경』이나 아니면 『컬처 힌트』에서 가구와 관련된 꽤 중요한 사실로 치부하는 듯한 아담 형제의 가발 일화 같은 것에 국한하는 대신, 현재 출현하고 있는 정말 장쾌한 사상으로—화학이나 인류학 혹은 노동문제와 상관없이—참으로 커다란 의미를 지니게 될 분야들로 좀 넓혀서 공부해보면 좋겠다는 얘기였어요."

모두가 점잖게 헛기침을 했다.

의장이 물었다. "다른 안건 있나요? 가구와 도자기를 다루자는 바이더 셔윈의 제안 채택에 동의하시는 분?"

안건이 채택되었다. 만장일치였다.

"폭삭 망했어!" 캐럴이 손을 올리면서 중얼거렸다.

캐럴은 정말로 평범함이라는 텅 빈 벽에 진보주의의 씨앗을 심을 수 있다고 믿었을까? 어쩌자고 그녀는 그처럼 매끄럽고 햇볕이 잘 들고, 안에서 단잠에 빠진 사람들에게는 그처럼 만족스러운 벽에 뭐든 심어보려는 바보짓을 저질렀던 걸까?

12장

I

진짜 봄 같은 한 주, 보기 드물게 쾌청한 5월의 한 주였고 돌풍이 몰아치는 겨울과 활력 넘치는 여름 사이의 평화로운 한때였다. 날마다 캐럴은 마을을 나와 새 생명이 미친 듯 솟아나는 눈부신 시골길을 걸었다.

마법 같은 그 한 시간 동안 활기를 되찾고 아름다움의 가능성에 대한 믿음을 다시 얻었다.

그녀는 철길을 따라 플로버 레이크 상류를 향해 북쪽으로 걸어갔다. 길이 곧고 지표면이 말라 있어서 철길은 평원지대를 걷는 사람들에게 자연발생적 대로가 되어주었다. 그녀가 침목에서 침목으로 성큼성큼 발걸음을 내디뎠다. 길목에서는 가축의 탈출을 막기 위해 뾰족하게 깎아놓은 통나무 위로 엉금엉금

기어야 했다. 레일 위로 두 팔을 벌려 중심을 잡고 발뒤꿈치를 조심조심 다른 발가락 앞에 옮겨가며 걸어갔다. 중심을 잃으면 몸을 숙인 채 두 팔을 마구 휘저었고, 레일에서 떨어지면 큰 소리로 웃었다.

선로 옆 삐죽삐죽 곳곳에 탄 자국이 보이는 무성한 풀밭에는 샛노란 미나리아재비, 연보라색 꽃잎과 보송보송한 회녹색 외피의 할미꽃이 숨어 있었다.

키니키닉* 잡목림의 가지들이 옻칠한 사케 술잔처럼 붉고 매끄러웠다.

그녀는 자갈투성이 경사면을 달려 내려가 작은 바구니에다 꽃을 따 모으고 있는 아이들에게 미소를 짓고 자기도 부드러운 할미꽃 한 움큼을 하얀 블라우스 가슴께에 찔러 넣었다. 쭉 뻗은 철길을 걷다가 쑥쑥 올라오는 밀밭들에 이끌려 녹슨 철조망을 기어 넘었다. 그리고 키 작은 밀 싹들과 바람에 은빛으로 일렁이는 호밀밭 사이의 이랑을 따라 걸었다. 눈앞에 호숫가 목초지가 보였다. 미색, 붉은색, 미묘한 녹색의 오래된 진귀한 페르시아 양탄자를 펼쳐놓은 듯 초원은 헝겊 인형처럼 알록달록한 꽃들과 솜털 같은 대마 풀로 뒤덮여 있었다. 발밑에서는 무성한 풀잎이 기분 좋게 바삭거렸다. 옆에 햇빛을 받은 호수 면에 미풍이 불어오니 작은 물결들이 목초지 호숫가에 쏴아 하고 부서졌다. 그녀는 자작나무와 포플러나무, 야생 자두나무들이 모여 있는 작은 숲으로 다가갔다.

---

* 마른 잎과 나무껍질의 혼합물. 인디언의 담배 대용품으로 쓰이기도 했다.

포플러나무의 잎들이 코로*가 그린 수목처럼 그윽했다. 녹색이 감도는 회색의 나무둥치들은 자작나무처럼 깨끗하고 피에로의 팔다리처럼 호리호리하면서 윤기가 흘렀다. 뽀얀 자두나무 꽃이 봄철의 아련한 기운으로 숲을 가득 채우고 있어서 거리를 가늠키 어려웠다.

숲을 마주하자 그녀는 겨울을 보내고 되찾은 자유의 기쁨에 탄성을 질렀다. 산벚나무 꽃이 햇볕에 데워진 바깥 공간에 있는 그녀를 고요한 녹색의 심연으로 유혹했는데 그곳으로 마치 해저 불빛처럼 햇살이 어린 이파리들을 뚫고 들어왔다. 그녀는 상념에 잠긴 채 황폐한 도롯가를 걸었다. 이끼로 뒤덮인 통나무 옆에서 우연히 복주머니꽃을 발견했다. 길이 끝날 때쯤 엄청난 경작지가, 즉 꺼졌다가 솟아올랐다가 하는 눈부신 구릉지 밀밭이 눈앞에 펼쳐졌다.

"난 믿어! 숲의 신들은 아직 살아 있는걸! 저기 저쪽, 거대한 땅. 산만큼이나 아름답구나. 내가 왜 새너탑시스 같은 걸 신경 써?"

그녀는 선명한 윤곽을 드러내는 뭉게구름 아래 널따랗게 펼쳐진 초원지대로 나왔다. 작은 물웅덩이들이 반짝였다. 습지 위로 붉은부리찌르레기들이 공중에서 잽싸게 방향을 틀어 날아가는 까마귀를 쫓아갔다. 언덕 위에 쟁기를 따라가는 남자의 그림자가 졌다. 그의 말이 머리를 숙인 채 느긋하게 터벅터벅

* 장 밥티스트 카미유 코로(Jean-Baptiste-Camille Corot, 1796~1875)는 프랑스의 화가로 19세기 중반 바르비종 마을의 소박한 풍경을 화폭에 담았던 바르비종파의 대표 화가.

걸어갔다.

길을 걸어가니 마을로 돌아가는 코린트 도로가 나왔다. 길가의 들풀 사이로 군데군데 민들레가 환하게 피어 있었다. 길 아래의 콘크리트 하수관을 타고 물줄기가 세차게 흘렀다. 그녀는 건강한 피로감을 느끼며 느릿느릿 걸었다.

덜커덩거리는 포드를 탄 남자 하나가 그녀 옆에 털털거리며 서더니 인사를 건넸다. "태워드려요, 케니컷 부인?"

"감사해요, 정말 고맙지만 전 지금 산책을 즐기고 있어요."

"날씨가 참 좋습니다. 보니까 밀이 굉장하더라고요. 5인치는 됐을 겁니다. 그럼 잘 가세요."

그녀는 그가 누군지 짐작조차 가지 않았지만, 그의 인사를 받고 마음이 따뜻해졌다. 이 시골 남자가 시내에 사는 부인들이나 상점 주인들에게서 결코 찾을 수 없었던 (자신 탓인지 그네들 탓인지, 아니면 누구 탓도 아닌지 모르겠지만) 동지애를 느끼게 해주었다.

시내에서 반 마일 떨어진 헤이즐넛 덤불과 개울 사이 우묵한 땅에 집시들의 야영지가 보였다. 포장마차와 텐트, 말뚝에 매인 말이 여럿 있었다. 어깨가 떡 벌어진 남자가 쪼그리고 앉아 모닥불 위로 프라이팬을 잡고 있었다. 그가 그녀 쪽을 보았다. 마일스 비요른스탐이었다.

"이런, 이런, 이곳에 어쩐 일이시오?" 그가 큰 소리로 말했다. "와서 베이컨 한 조각 하십쇼. 피트! 헤이, 피트!"

머리카락이 마구 헝클어진 남자 하나가 포장마차 뒤에서 나왔다.

"피트, 이 시시한 마을에서 유일한 진짜 숙녀라네. 어서 이리 들어와서 잠시 앉으세요, 케니컷 부인. 나는 여름 내내 마을을 떠나 있을 겁니다."

레드 스위드가 비틀비틀 일어서서 뻐근한 무릎을 문지르더니 철조망으로 무거운 발걸음을 옮겨 그녀를 위해 철망 가닥을 잡아주었다. 그녀는 철조망을 통과하면서 자기도 모르게 그에게 미소를 지었다. 그녀의 치맛자락이 철망 가시에 걸리자 그가 조심스레 떼주었다.

플란넬 셔츠와 헐렁한 카키색 바지, 길이가 다른 멜빵, 불결한 펠트 모자 차림의 이 남자가 옆에 있으니 그녀는 자그마하고 고상해 보였다.

퉁명스러운 피트가 그녀를 위해 양동이를 엎어서 건넸다. 그녀가 그 위에 앉아서 무릎에 팔꿈치를 괴었다. "어디로 가려고요?" 그녀가 물었다.

"그냥 여름 동안 말을 매매하러 떠나는 겁니다." 비요른스탐이 킬킬거렸다. 붉은 수염이 햇빛에 반짝였다. "우리야말로 떠돌이 일꾼이자 대중의 은인들이죠. 우린 이런 장거리 여행을 가끔씩 떠납니다. 말 갖고 돈 버는 능력자들이지요. 농부들에게 사서 그걸 다른 사람들에게 되팔아요. 우린 정직해요, 자주. 더없이 즐거운 시간이지요. 길을 따라가면서 야영을 하고. 떠나기 전에 부인에게 작별인사를 할 기회가 있었으면 하고 바랐습니다만…… 음, 우리랑 같이 가는 게 어때요?"

"그러고 싶어요."

"부인이 라임 카스 부인과 주머니칼 내리꽂기 게임을 하는 동안 피트와 나는 서부의 불모지대를 지나 다코타주를 가로질러 외딴 산골로 들어갈 테고, 가을이 오면 빅혼산맥의 산길을 넘어 어쩌면 눈보라 속에서, 호수 위 해발 4백 미터 높이의 지점에서 야영하고 있을지도 모릅니다. 그리고 아침에는 포근히 담요를 덮고 누워서 비스듬히 소나무 사이를 올려다보겠지요. 어때요? 예? 독수리는 온종일 광활한 하늘을 솟구쳐 날고……"

"그만요! 그러지 않으면 당신과 같이 갈 거예요. 그러다가 소문 같은 게 돌까 봐 걱정인데요. 아마 언젠가는 할지도 모르죠. 잘 다녀오세요."

그녀의 손이 새카매진 그의 가죽장갑 속에 폭 싸였다. 길모퉁이에서 그녀가 그를 향해 손을 흔들었다. 그녀는 이제 더 말짱한 정신으로 계속 걸어갔다. 외로웠다.

밀밭과 초원은 태양 아래 매끈한 벨벳 같았다. 평원의 구름은 금빛 감도는 황갈색이었다. 경쾌하게 몸을 흔들며 그녀가 메인 스트리트로 걸어갔다.

II

6월 들어 처음 며칠 동안 그녀는 케니컷을 따라 마차를 타고 왕진을 나갔다. 그녀에게 케니컷은 힘찬 대지와도 같았다. 농부들이 한없이 공손하게 그의 지시를 따르는 걸 보니 그가 존경스러웠다. 그녀는 서둘러 커피를 마신 후 이른 아침 찬 공기에 집을 나섰고, 사람 손이 닿지 않은 세상으로 해가 막 얼굴을 내밀 때쯤 탁 트인 공터에 도달했다. 가늘게 쪼갠 나무 울타리 말뚝 꼭대기 위에서 종달새들이 울었다. 들장미 냄새가 신선했다.

늦은 오후 그들이 돌아올 때 낮게 걸린 해가 마치 하늘에 뜬 금박 부채처럼 장엄하게 방사상으로 퍼졌다. 끝을 알 수 없는 둥근 밀밭은 안개 띠를 두른 녹색 바다였고 버드나무 방풍림은 야자수 우거진 섬이었다.

7월도 되기 전에 후텁지근한 열기가 사람들을 덮쳤다. 열기에 시달린 땅이 쩍쩍 갈라졌다. 농부들은 경운기와 옆구리에 땀이 줄줄 흐르는 말들 뒤에서 옥수수밭을 갈면서 숨을 헐떡였다. 농가 앞의 차 안에 앉아서 케니컷을 기다리는 동안 그녀의 손가락은 뜨거운 좌석에 데고 이마는 펜더와 후드 위에 내리쬐는 햇빛을 받아 따끔거렸다.

토네이도의 도래를 알리려는 듯 하늘이 노래지며 먼지가 일더니 우레와 함께 시커먼 소낙비가 내렸다. 만져지지도 않는, 저 먼 다코타에서부터 날아온 까만 먼지가 닫힌 창문의 안쪽 턱에 자욱이 앉았다.

7월의 열기는 한층 더 숨 막힐 듯했다. 그들은 낮에는 메인 스트리트를 느릿느릿 걸었고 밤에는 잠을 이루기 힘들었다. 매트리스를 아래층 거실로 들고 내려와 열어놓은 창가에서 몸을 이리저리 뒤척이며 잠을 청했다. 하룻밤에도 몇 번씩이나 나가서 호스로 물을 흠뻑 덮어쓰고 이슬을 밟으며 걸어보자는 말들을 했지만, 너무 무기력해져서 그런 수고를 감당하기가 힘들었다. 저녁에 선선할 때 나가서 걸어보려고 하면 모기가 떼로 나타나서 얼굴을 마구 공격하고 목 안으로 들어왔다.

그녀는 북부의 소나무 숲으로, 동부의 해안가로 가고 싶었지만 케니컷은 "지금은 떠나기가 좀 힘들 것 같아"라고 잘라 말했다. 새너탑시스의 건강증진위원회가 파리 퇴치 운동에 참여해달라고 요청해서 그녀는 마을을 힘들게 돌아다니며 세대주들에게 클럽에서 제공하는 파리잡이 통을 사용하라고 권유하거나, 파리를 잡는 아이들에게 상금을 나눠주었다. 꽤 충실했지만 열성적이지는 않았고, 그럴 의도는 없었지만, 더위에 힘을 다 뺏기자 그 일을 소홀히 하기 시작했다.

케니컷과 그녀는 차를 몰아 북부로 가서 그의 어머니와 함께 일주일을 보냈다. 다시 말하면 캐럴은 그의 어머니와 함께 지내고 그동안 케니컷은 배스 낚시를 했다.

가장 큰 사건은 미니마쉬호수 위의 여름 별장을 산 일이었다.

고퍼 프레리의 생활에서 가장 기분 좋은 특징을 든다면 아마 여름 별장일 것이다. 그저 방 두 개짜리 판잣집들에는 습기가 배어나는 망가진 의자들, 껍질이 일어난 베니어합판 탁자, 풀칠한 사진이 붙어 있는 나무 벽, 쓸모없는 등유 난로가 있었다. 어찌나 벽들이 얇고 집들이 다닥다닥 붙어 있는지 다섯 집 건너에서 아이 엉덩이 때리는 소리도 들을 수 있을 정도였고, 실제로 들렸다. 하지만 별장들은 호수를 가로질러 녹음으로 비스듬히 이어지는 노랗게 익은 밀밭까지 굽어볼 수 있는 고지대의 느릅나무와 피나무들 사이에 자리 잡고 있었다.

여기서 주부들은 사회생활의 경쟁 같은 건 잊은 채, 체크무늬 면직물 옷을 입고 수다를 떨거나 낡은 수영복 차림으로 미친 듯 신난 아이들에게 둘러싸여 몇 시간이고 물장난을 쳤다. 캐럴은 그들과 합류했다. 그녀는 새된 소리를 질러대는 조그만 남자애들의 머리를 물속에 밀어 넣었고 어린아이들이 운 나쁜 송사리를 가둬두기 위해 모래를 파서 대야를 만드는 걸 도와주었다. 그녀는 후아니타 헤이독과 모드 다이어가 좋아져서 그들이 매일 저녁 시내에서 넘어오는 남편들을 위해 간편한 야외 저녁 식사를 준비할 때 같이 거들었다. 그들에게 좀더 관대해졌고 함께할 때 점점 더 자연스러워졌다. 해시감자 위에 송아지 로프를 얹어야 하는지 숙란을 얹어야 하는지를 의논할 때도 다른 주장을 내거나 예민한 반응을 보이는 일이 전혀 없었다.

저녁에는 가끔 춤을 추었다. 민스트럴 쇼도 했는데 케니컷이 첫 줄 끝에서 재담을 던지는 역할을 의외로 잘했다. 늘 그들은 마멋이나 땅 다람쥐, 뗏목과 버들피리에 대해 빠삭하게 알고 있는 아이들에게 둘러싸였다.

그들이 만약 이런 평범한 원시생활을 지속할 수 있었다면 캐럴은 고퍼 프레리에서 가장 열성적인 주민이 되었을 것이다. 그녀는 자신이 책 얘기만 하고 싶어 하지 않는다는 확신이 들었고, 마을이 자유분방한 보헤미안 마을이 될 거라는 기대를 접자 마음이 놓였다. 그녀는 이제 만족스러웠다. 더는 흠을 잡지 않았다.

하지만 1년 중 가장 아름다운 9월, 관습에 따라 마을로 돌아갈 시간이었다. 자연을 배우며 소일하는 아이들을 떼내어 (중간 도매상이나 화물 부족의 문제가 없는 행복한 세상에서) 윌리엄이 존에게 판 감자가 몇 개인지를 배우는 수업으로 돌려보내야 할 때였다. 여름 내내 신나게 물놀이를 갔던 부인들은 캐럴이 "올겨울 썰매나 스케이트를 타면서 이런 야외 활동을 계속하도록 해요"라고 권하자, '글쎄요' 하는 표정을 지었다. 그들의 마음은 내년 봄이 될 때까지 다시 닫혔고, 끼리끼리의 모임과 열풍기와 우아한 다과 접대의 아홉 달이 다시 시작되었다.

III

캐럴이 사교 모임을 시작했다.

케니컷과 바이더 셔윈, 가이 폴록이 유일한 회원이었는데, 케니컷은 이 세상의 온갖 시인과 급진주의자들보다는 차라리 샘 클라크 쪽을 더 좋아했을 터라, 사적이면서 자기방어적인 그녀의 파벌 모임은 첫 결혼기념일에 바이더와 가이를 대접한 저녁 식사 한 번을 넘어서지 못했다. 그리고 그 저녁 식사는 레이미 워더스푼의 갈망을 놓고 벌인 갑론을박을 넘어서지 못했다.

가이 폴록은 그녀가 이곳에서 만난 가장 신사다운 사람이었다. 그는 그녀가 입은 비취색과 크림색의 드레스를 보고 익살이 아니라 있는 그대로의 느낌을 말해주었다. 식사하려고 의자에 앉을 때는 그녀를 위해 의자를 빼주었다. 그리고 "오, 말이 나와서 하는 말인데, 오늘 재미있는 얘기를 들었어"라며 끼어드는 케니컷과 달리 그녀의 말을 끊지 않았다. 하지만 가이는 못 말리는 은둔형이었다. 늦게까지 앉아서 열심히 말하더니 다시 오지 않았다.

그 후 그녀는 우체국에서 챔프 페리를 만났고 고퍼 프레리를 위한, 나아가 전 미국을 위한 만능 해결책이 개척자들의 역사 속에 있다고 결론지었다. 우리는 그들의 강건한 기개를 잃어버렸어, 그녀가 혼자 되뇌었다. 우리는 마지막 남은 참전용사들이 힘을 되찾도록 해주고 그들을 따라 거꾸로 올라가서 링컨의 청렴함, 제재소에서 춤추던 초기 개척자들의 활달함을 찾아야 해.

그녀는 『미네소타 영토 개척자들』이라는 문헌에서 자기 아버지의 출생 시기 정도밖에 거슬러 올라가지 않는, 불과 60년 전에 통나무집 네 채에서 고퍼 프레리가 시작되었다는 내용을 읽었다. 챔프 페리 부인이 도보 여행을 할 때 찾은 말뚝 울타리는 수족族의 침입 대비용으로 군인들이 세운 것이었다. 통나무집 네 채에는 미시시피강에서 세인트폴까지 올라왔다가 북쪽으로 미개척지 풀밭 너머 원시림으로 내몰렸던 메인주의 양키들이 살았다. 그들은 손수 키운 옥수수를 빻아 먹었다. 남자들은 오리와 비둘기, 들꿩을 사냥했다. 땅을 갈아엎어 뿌리 작물인 순무 같은 루타바가를 캤다. 그걸 생으로 먹고 삶아 먹고 구워 먹고 또 생으로 먹었다. 특별한 음식이랍시고 야생 자두나 능금, 자잘한 산딸기를 먹었다.

메뚜기가 하늘을 까맣게 뒤덮더니 한 시간 뒤 농가 아낙의 채소밭과 농부의 외투를 먹어치웠다. 일리노이에서 힘들여 데려온 귀한 말들이 늪에 빠져 죽거나 눈보라에 겁을 먹고 우르르 달아났다. 휘날리는 눈발이 새로 지은 오두막 틈새를 뚫고 들어왔고, 동부에서 온 아이들은 꽃무늬 모슬린 드레스를 입은 채 겨울 내내 덜덜 떨었으며 여름에는 모기에 물려 피부가 벌게졌다가 검게 변했다. 사방에 인디언들이었다. 그들은 집 앞

마당에 천막을 쳤고 도넛을 달라고 부엌 안까지 들어왔으며, 등 뒤로 소총을 메고 학교로 와서 지도책에 있는 그림을 보여 달라고 졸랐다. 회색늑대 떼가 아이들을 나무 위로 내몰았고 개척자들은 방울뱀의 소굴을 찾아 하루에 오십 마리도 죽이고 백 마리도 죽였다.

그래도 신나는 시절이었다. 캐럴은 미네소타 연대기에서 1848년 스틸 워터에 정착했던 마론 블랙 부인이 「올드 레일 펜스 코너스」라는 제목으로 쓴 감탄스러운 추억담을 부러운 마음으로 읽었다.

"그 당시에는 축제라는 게 전혀 없었어요. 우린 삶을 있는 그대로 받아들였고 행복하게 살았어요…… 다 함께 모여서 2분만 지나면 즐겁게 시간을 보내곤 했죠. 카드놀이를 하거나 춤을 추거나 하면서. 우린 왈츠와 콘트라 댄스*를 추곤 했어요. 새로 나온 이런 지그 춤도 없었고 이렇다 할 옷도 입지 않았어요. 그때는 몸을 가렸어요. 지금처럼 꽉 달라붙는 스커트도 없었죠. 사람이 스커트 안에서 서너 걸음을 걸어도 끝자락에는 못 닿았을 거예요. 남자애들 중 한 명이 잠시 바이올린을 켰고 그다음 누군가가 그의 자리에 들어가면 그가 춤을 출 수 있었죠. 어떨 땐 춤추면서 바이올린을 켜기도 했어요."

그녀가 상념에 빠졌다. 만약 어둑하니 장밋빛이 감돌며 수정처럼 반짝이는 연회장을 가질 수 없다면 춤추는 바이올린 연주자와 함께 통나무 널빤지 바닥을 가로지르며 빙그르르 돌고 싶

---

* 길게 두 줄로 서서 서로 마주 보고 상대를 바꿔가면서 추는 춤.

어. 이도 저도 아니면서 제 잘난 줄 아는 이 마을은 '머니머스크'* 댄스 대신 돌아가는 전축 판에서 나오는 피아노 재즈곡을 듣고 있네. 고퍼 프레리는 영웅적인 옛 시대도 아니고 세련된 최신 시대도 아니야. 어떻게든, 아직은 모르겠지만 어떤 방법을 통해 마을을 소박한 옛날로 되돌릴 수 없을까?

그녀 본인도 개척자들 가운데 두 사람을 알고 있었다. 페리 부부였다. 챔프 페리는 곡물 저장고에서 곡물을 매입하는 일을 했다. 그는 짐마차가 싣고 온 밀을 거칠거칠한 앉은뱅이저울 위에 달았고 그 저울의 틈새로 매년 낟알들이 싹을 틔웠다. 짬이 날 땐 먼지가 풀풀 날리는 사무실에서 속 편히 낮잠을 잤다.

그녀가 하울랜드 & 굴드 식료품점 위층에 사는 페리 부부를 방문했다.

이미 노년인데 그들은 곡물 저장고에 투자했던 돈을 다 잃어버렸다. 두 사람은 사랑하는 자신들의 노란 벽돌집을 포기하고 상가 위층 방으로 이사를 왔다. 이 방들은 고퍼 프레리의 다세대주택에 해당했다. 거리에서 2층 복도로 바로 연결되는 널찍한 계단이 있고, 그 복도를 따라 변호사 사무실, 치과, 사진작가의 '스튜디오', 연합 스파르타 단원들의 집회실이 있고, 후방에 페리 부부의 셋방이 있었다.

그들은 노인들의 들뜬 마음을 드러내며 다정하게 (한 달 동안 첫 방문자인) 그녀를 맞이했다. 페리 부인이 솔직한 마음을 털어놓았다. "저런, 이런 좁아터진 곳에서 맞이할 수밖에 없다

* money musk. 파이프 가락에 맞춘 곡조.

니 유감이야. 바깥에 있는 복도의 낡은 철제 개수대 말고는 물이라곤 찾아볼 수 없어요. 그래도 챔프에게 말했다시피, 빈털터리에게는 선택의 여지가 없는 게지. 게다가 그 벽돌집은 내가 쓸고 닦기에 너무 큰 데다 멀리 떨어져 있었으니까. 여기서 사람들 속에 섞여 사니까 좋구려. 하지만…… 언젠가는 우리 집을 다시 장만할 수 있겠지. 돈을 모으고 있으니…… 오, 세상에, 우리 집을 가질 수 있다면 얼마나 좋을까! 그래도 이 방들 정말 괜찮지 않아요?"

세상 노인들이 다 그렇듯이, 그들은 이 작은 공간에 자신들의 눈과 손에 익은 가구를 있는 대로 들고 왔다. 캐럴은 돈으로 치장한 라이먼 카스 부인의 거실에서 느꼈던 우월감이 전혀 들지 않았다. 여기는 집처럼 편안했다. 임시방편으로 쓰고 있는 물건들을 애잔한 마음으로 전부 눈여겨보았다. 짜깁기한 의자 팔걸이, 싸구려 크레톤 천을 씌운 특허흔들의자, 종이 띠를 이어 붙여 수선한, '아빠'와 '엄마'가 찍힌 자작나무껍질 냅킨 고리.

캐럴은 새로이 열을 올리고 있는 계획에 대해 슬쩍 운을 띄웠다. 자신들의 말을 진지하게 듣는 '젊은 사람'을 발견했다는 사실에 고무된 페리 부부는 고퍼 프레리를 다시 태어나게 할, 다시 즐겁게 살 수 있는 곳으로 만들어줄 신조들을 술술 풀어놓았다.

그들이 완성한 철학은 이것이었다. 비행기와 생디칼리슴 시대에……

침례교회(그리고 조금 덜하지만, 감리교회, 조합교회, 장로교회)는 음악과 설교, 자선활동, 도덕원리 등에서 완벽하며 신이 세운 기준이다. "최신 유행하는 이런 학문, 다시 말해 대학에서 우리의 젊은이들을 망치고 있는 성서 고등비평 같은 게 우린 필요치 않아요. 우리에게는 진실한 복음 그리고 우리가 교회에서 받았던 가르침처럼 지옥의 존재에 대한 고결한 믿음을 회복하는 것이 필요하지요."

속세 문제에서는 블레인*과 맥킨리**의 정당, 미 공화당이 주님의 대리자요 침례교회의 대리자다.

사회주의자들은 모두 교수형을 당해야 한다.

"해럴드 벨 라이트***는 훌륭한 작가예요. 소설 속에서 무척이나 훌륭한 교훈을 주고 있어요. 사람들 말로는 그걸로 백만 달러 가까이 벌었답니다."

1년에 1만 달러보다 많이 벌거나 8백 달러도 못 버는 사람은 부도덕하다.

유럽인들은 훨씬 더 부도덕하다.

더운 날 맥주 한잔을 마시는 건 괜찮지만 와인에 손대는 사람은 누구나 지옥행이다.

처녀들은 예전만큼 그렇게 순결하지 않다.

약국에서 파는 아이스크림을 먹고 싶어 하는 사람은 아무도

---

* 제임스 블레인(James Gillespie Blaine, 1830~1893)은 미국의 정치가로, 공화당 조직의 지도자 역할을 했고 하원의원, 하원의장, 상원의원, 국무장관 등을 지냈다. 국무장관으로 라틴아메리카 제국과의 관계 개선에 힘썼고 범미주의를 미국의 외교정책으로 확립하는 데 기여했다.

** 윌리엄 맥킨리(William McKinley, 1843~1901)는 미국의 25대 대통령.

*** 해럴드 라이트(Harold Bell Wright, 1872~1944)는 미국의 기독교 목사이자 베스트셀러 작가.

없다. 파이는 누구나 괜찮다.

농부들은 갖고 온 밀에 비해 너무 높은 금액을 원한다.

곡물창고회사 사장들은 임금은 쥐꼬리만큼 주면서 너무 많은 것을 바란다.

모든 사람이 페리가 우리 집 첫 농장을 청소했을 때만큼만 열심히 일한다면 이 세상에 아무런 문제도, 불만도 없을 것이다.

IV

캐럴의 영웅 숭배심이 공손한 끄덕임이 되고 그 끄덕임이 달아나고 싶은 마음으로까지 줄어든 다음에야 그녀는 두통을 안고 집으로 돌아왔다.

다음 날 그녀는 거리에서 마일스 비요른스탐을 만났다.

"몬태나에서 막 돌아왔습니다. 멋진 여름이었어요. 로키산맥의 공기를 폐에 한가득 집어넣었지요. 이제 고퍼 프레리의 사장들에게 다시 말대꾸할 차롑니다." 그녀가 그에게 웃어 보였고 페리 부부는 머릿속에서 희미하게 사라졌다. 두 개척자는 점점 희미해져서 마침내 한낱 검은 호두나무 벽장 안의 흑백사진에 불과했다.

13장

I

케니컷이 출타한 11월 어느 저녁, 그녀는 페리 부부를 찾아가 보려 했다. 가고 싶어서라기보다는 의리를 지키려는 마음에서였다. 그들은 집에 없었다.

같이 놀 사람이 아무도 없는 아이처럼 그녀가 어두운 복도를 어슬렁거렸다. 한 사무실 문 아래로 불빛이 보였다. 문을 노크했다. 문을 열어준 사람에게 그녀가 웅얼거렸다. "혹시 페리 씨 부부가 어디 있는지 아세요?" 정신을 차리고 보니 가이 폴록이었다.

"케니컷 부인, 정말 유감이지만 모르겠는데요. 들어와서 기다리시겠습니까?"

"그…… 글쎄요……" 그렇게 말하고 고퍼 프레리에서 남자를 방문하는 건 옳지 않아, 들어가지 않겠어,라고 작정하는 사이에 그녀는 이미 안으로 들어섰다.

"사무실이 여기 위층에 있는 줄 몰랐어요."

"예, 사무실이자 다세대주택이고 피카르디 대저택이지요. 하지만 (서덜랜드 공작 저택 옆에 있는) 대저택과 다세대주택은 안 보입니다. 저기 안쪽 문 너머에 있으니까요. 저건 간이침대와 세면대 그리고 하나 있는 여벌 양복과 마음에 든다고 말했던 크레이프 넥타이입니다."

"그 말을 기억하세요?"

"그럼요. 항상 기억할 겁니다. 이 의자에 좀 앉으시죠."

그녀가 낡아빠진 사무실을 흘긋 둘러보았다. 홀쭉한 스토브, 황갈색 법학 서적들이 꽂힌 서가, 하도 오랫동안 놔둬서 구멍이 생기고 잉크가 지워져 흐릿해진 신문들로 꽉 찬 책상용 의자. 딱 두 가지가 가이 폴록임을 짐작게 하는 물건이었다. 녹색의 펠트 덮개가 덮인 탁자 겸 책상 위의 법률 용지 철과 굳은 잉크통 사이에 놓인 칠보 자기 꽃병이었다. 벽에 걸린 선반 위에는 고퍼 프레리에서 보기 힘든 책들이 일렬로 꽂혀 있었다. 모셔 출판사의 시인 전집과 검붉은 표지의 독일 소설들, 찌부러진 모로코 가죽 표지의 찰스 램 작품이었다.

가이는 앉지 않았다. 냄새를 맡는 그레이하운드처럼 사무실을 왔다 갔다 했다. 가느다란 코 위에 안경을 비스듬히 걸치고, 희미한 갈색의 매끈한 콧수염을 기른 그레이하운드였다. 그는 소매 접히는 데가 거의 구멍이 날 만큼 해진 저지 골프 재킷을 입고 있었다. 그녀는 그가 케니컷과 달리 그것에 대해 구구절절 변명하지 않는다는 걸 알아차렸다.

그가 화제를 꺼냈다. "페리 부부와 아주 가까운 사이인 줄 몰랐습니다. 챔프가 호인이긴 한데, 여하튼 상징적인 춤이나 디젤 엔진의 개선을 위한 부인의 계획에 그분이 동참한다는 게 상상이 안 되는군요."

"그렇죠. 페리 씨는 훌륭한 분이지만, 그랜트 장군의 칼과 함께 국립박물관에 있어야 할 사람이죠. 그리고 전…… 오, 전 고퍼 프레리를 전도할 복음을 찾고 있는 것 같아요."

"그러십니까? 무엇으로 전도하려고요?"

"뭐든 확실한 것으로요. 진지한 것이든 혹은 가벼운 것이든, 아니면 둘 다든. 실험실이든 카니발이든 상관치 않을 거예요. 하지만 고퍼 프레리는 그저 안전하기만 해요. 폴록 씨, 말해보세요. 고퍼 프레리는 무엇이 문제일까요?"

"무슨 문제가 있나요? 어쩌면 부인과 내가 문제 있는 게 아닐까요? (문제가 있다고 여기는 부인의 생각을 공유하는 영광을 누려도 될까요?)"

"(네, 감사해요.) 아뇨, 문제는 마을인 것 같아요."

"생물학보다 스케이트 타는 데 더 관심이 많아서요?"

"아니 전 생물학뿐만 아니라 스케이트 타는 것도 졸리 세븐틴 사람들보다 관심이 더 많아요! 폴록 씨와 이렇게 즐거운 대화를 나누듯 전 똑같이 마을 사람들과 스케이트를 타거나 썰매를 타거나 아니면 눈뭉치를 던질 거예요."

("그럴 리가!")

"(그럴 거예요!) 하지만 사람들은 집에서 자수나 놓으려 해요."

"그렇겠죠. 마을을 두둔하는 건 아닙니다만, 그건 그냥…… 난 원래가 회의론자입니다. (난 어쩌면 내가 자만심이 없다고 자만하고 있는지도 모르겠습니다!) 아무튼 고퍼 프레리만 특별히 나쁜 건 아닙니다. 모든 나라의 모든 마을이 다 비슷해요. 농사짓는 건 그만두어도 아직 자유분방한 사회의 맛을 혹은 아직 산업화의 맛을 보지 못한 마을 대부분이 고퍼 프레리처럼 만사를 의심하면서 자신들이 옳다고 생각하니까요. 예외적으로 매력적인 곳도 있지만 작은 마을은 쓸모없는 사회의 부속물이 아닐까 합니다. 시장이 서는 이런 단조로운 마을들은 언제고 수도원처럼 사라질지도 모릅니다. 난 농부와 그의 거래처 가게 지배인이 일과 후 모노레일을 타고 윌리엄 모리스의 책에 나오는 유토피아보다 더 매력적인 도시로 들어가는 게 상상이 되거든요. 음악이 있고 대학이 있고 나처럼 빈둥거리는 걸 좋아하는 사람을 위한 클럽이 있는 곳 말입니다. (아, 진짜 클럽다운 클럽이 있으면 좋겠어요!)"

그녀가 순간적인 충동에 이끌려 물었다. "왜 여기 머물고 계세요?"

"내겐 시골 바이러스가 있습니다."

"위험하게 들리는데요."

"그렇습니다. 지금처럼 담배를 계속 피운다면 쉰 살쯤 틀림없이 걸릴 암보다 더 위험한데요, 특히 십이지장충과 비슷합니다. 시골에 너무 오래 머무는 야심 찬 사람들을 감염시켜요. 부인도 이 바이러스가 변호사, 의사, 목사, 대학물을 먹은 상인들에게 만연해 있다는 사실을 알게 될 겁니다. 생각하고 웃는 세상을 살짝 맛보고 다시 자신들의 수렁으로 돌아온 사람들이죠. 내가 완벽한 예입니다. 하지만 비탄을 늘어놓아 부인을 괴롭히진 않겠습니다."

"그러진 않겠죠. 좀 앉으세요, 얼굴 좀 보게요."

그가 끼익 소리를 내는 사무용 의자에 털썩 주저앉았다. 그는 그녀를 정면으로 쳐다보았다. 그녀는 그의 시선을 느꼈다. 그가 남자이고 또 외롭다는 게 느껴졌다. 두 사람은 쑥스러워졌다. 서로 애써 눈길을 피하다가 그가 말을 계속 이어가면서 한숨을 쉬었다.

“내가 시골 바이러스를 진단하는 방법은 아주 간단합니다. 난 규모가 고퍼 프레리 비슷한데 사람들끼리는 훨씬 덜 우호적인 오하이오주의 한 마을에서 태어났어요. 마을이 오래될수록 지체 있는 소수 가문이 권력을 쥐지요. 여기서는 외지인이라도 그 사람이 온당하면, 만약 사냥과 드라이브를 좋아하고, 주님을 좋아하고 우리 지역 상원의원을 좋아하면 무리에 끼워줍니다. 거기서는 같은 마을에 사는 사람이라도 그들과 수도 없이 맞닥뜨리며 어지간히 익숙해져야 얕보면서 겨우 끼워주었죠. 붉은 벽돌집들의 오하이오 마을이었는데 나무들 때문에 구중중했고, 썩은 사과 냄새가 났어요. 그 시골 지역은 이곳의 호수와 평원 같지 않았어요. 빽빽한 옥수수밭과 여러 벽돌공장, 그리고 기름투성이 유정油井들이 있었지요.

기독교 교파 대학에 가서 깨달았어요. 『성경』을 받아 적게 하고 목사에게 완벽히 들어맞는 사람들을 고용하여 그걸 설명하게 한 뒤부터 신은 별로 하는 것도 없이 그저 몰래 다니면서 『성경』에 복종하지 않는 우리를 잡으려 한다는 것을요. 대학을 졸업하고서 난 뉴욕으로, 컬럼비아 법학대학원으로 갔어요. 그리고 4년을 살았습니다. 오, 뉴욕 얘기를 열광적으로 늘어놓지는 않겠습니다. 더럽고 시끄럽고 숨 가쁘고 섬뜩하리만치 물가가 비쌌어요. 하지만 숨 막혀 살았던 케케묵은 학교에 비하면……! 난 일주일에 두 번 교향악 연주를 들으러 갔습니다. 꼭대기 층에서 어빙과 테리와 두제와 베르나르를 지켜봤지요. 그래머시 공원을 걸어 다녔어요. 그리고 독서를 했고, 오, 전부 다 했습니다.

사촌을 통해 몸이 아픈 줄리어스 플리커보 변호사에게 파트너가 필요하다는 걸 알게 되었습니다. 여기로 왔죠. 줄리어스는 회복되었어요. 그는 내가 5시간을 빈둥거리다가 한 시간 동안 (그다지 형편없지 않게) 일하는 것을 좋아하지 않았어요. 우린 갈라섰습니다.

처음 여기 왔을 때 난 '내 관심사를 고수하겠다'고 맹세했어요. 아주 거창하게 말이죠! 브라우닝의 책을 읽고 미니애폴리스로 연극을 보러 갔죠. 난 내가 '고수하고 있다'고 생각했어요. 하지만 시골 바이러스가 이미 날 잡아먹은 것 같아요. 싸구려 문예지 4부를 읽는 동안 시는 한 편꼴로 읽고 있었으니까요. 미니애폴리스에는 그야말로 가지 않으면 안 될 정도로 소송 건이 밀릴 때까지 가지 않았어요.

몇 년 전 시카고에서 온 특허 변호사와 이야기를 하다가 내가 스스로를 줄리어스 플리커보 같은 사람들보다 더 잘났다고 여긴다는 사실을 깨달았죠. 하지만 내가 줄리어스만큼이나 편협하고 고루한 사람임을 알았습니다. (더 심해요! 줄리어스는 『리터러리 다이제스트』와 『아웃룩』을 충실하게 완독하지만 나는 이미 외울 정도로 다 아는 찰스 플랜드로의 책을 몇 장씩 그저 넘기고 있거든요.)

여길 뜨려고 했습니다. 단호한 결심이었죠. 세상을 알아보자는 거였어요. 그런데 시골 바이러스가 날 잠식했다는 사실을 알게 되었어요, 완전히! 새로운 거리와 젊은 사람들, 진짜 경쟁과 직면하고 싶지 않더군요. 그냥 계속 양도증서를 작성하고 배수로 소송을 변론하는 일은 식은 죽 먹기였지요. 그러니까…… 이게 산송장이나 다름없는 한 남자의 전기입니다. 다만 웃기는 마지막 장이라면, 언젠가 어떤 목사가 말라 쪼그라든 내 시체에 대고 내가 힘 있고 법의식이 뛰어났었다고 거짓말을 늘어놓겠죠."

그가 책상을 내려다보며 반짝이는 에나멜 꽃병을 만지작거렸다.

그녀는 입을 떼지 못했다. 방을 가로질러 뛰어가 그의 머리카락을 어루만지는 모습을 상상해보았다. 흐릿하니 보드라운 콧수염 아래 그의 입술이 굳게 닫혀 있었다. 그녀가 꼼짝 않고 앉아서 두서없이 말을 늘어놓았다. "알아요. 시골 바이러스. 저도 걸리겠죠. 언젠가 그렇게 되겠죠. 오, 상관없어요. 적어도 당신에게 말을 시키고 있잖아요! 보통은 당신이 제 장광설을 정중하게 들어줘야 하지만 지금은 제가 당신 발밑에 앉아 있어요."

"불 옆에서 당신을 말 그대로 내 발치에 앉힌다면 차라리 좋겠습니다."

"저를 위해 벽난로를 만들 건가요?"

"물론입니다! 이제 절 무시하지 마십시오. 늙은이가 좀 주절거리겠습니다. 몇 살이죠, 캐럴?"

"스물여섯 살이에요."

"스물여섯! 스물여섯 살에 내가 딱 뉴욕을 떠나게 됩니다. 패티*가 스물여섯 살의 나이에 노래했다는 말을 들었습니다.

---

* 아델리나 패티(Adelina Patti, 1843~1919)는 콜로라투라 소프라노 오페라 가수.

그리고 내가 지금 마흔일곱 살입니다. 난 아이 같은 기분인데 족히 당신의 아버지뻘이군요. 그러니 내 발밑에 웅크리고 앉은 당신의 모습을 상상하는 건 상당히 아버지 같은 마음이겠지요…… 물론 아니길 바라지만 아버지뻘인 척 우린 고퍼 프레리의 도덕을 따르는 흉내를 낼 테지요!…… 당신과 내가 맞추며 살아가는 이런 기준들! 고퍼 프레리에 문제가 되는, 적어도 지배계급에 (우리가 다 평등한 직업을 갖고 있는데도 지배계급은 존재합니다) 문제 되는 게 하나 있습니다. 그러니까 우리 지배계급이 받는 벌은 아랫사람들이 시시각각 우리를 지켜본다는 사실입니다. 우린 건전하게 술에 취한 채 느긋하게 쉬지를 못합니다. 성도덕에 대해서는 극히 올발라야 하고 이목을 끌지 않는 옷을 입어야 하며 상업적인 술수는 오로지 전통적인 방식으로만 해야 하죠. 그래서 아무도 그 기준에 맞출 수가 없으니 우리는 끔찍한 위선자가 되는 겁니다. 어쩔 수가 없어요. 소설 속에서 과부들을 등쳐먹는 교회 집사는 위선자가 될 수밖에 없습니다. 과부들이 그걸 원하잖습니까! 그들은 간살맞은 집사를 우러러봅니다. 자, 날 봐요. 내가 더없이 아름다운 어떤 기혼여성과 감히 연애한다고 가정해보세요. 난 그런 마음을 인정하지 않겠지요. 시카고에서 『라비파리지엔느』*를 하나 구해서 볼 때는 아주 역겹게 낄낄거리지만 난 당신의 손은 잡아볼 생각조차 하지 않을 겁니다. 꿔인 거죠. 그게 역사적으로 봤을 때 인생을 불행하게 만드는 앵글로색슨 사람들의 방식입니다……

---

* 프랑스 삽화 신문.

오, 이런, 난 수년 동안 그 누구하고도 나 자신의 얘기나 우리 모두에 대한 이야기를 한 적이 없어요.”

“가이! 우리가 이 마을에 무언가를 할 수는 없나요? 정말 안 돼요?”

“네, 안 됩니다!” 그가 마치 부적절한 이의를 기각하는 판사처럼 딱 잘라 말하더니 좀 덜 거북스러운 듯 활기차게 하던 얘기로 되돌아갔다. “희한하죠. 대부분 문제가 쓸데없는 것들입니다. 우리는 대자연을 굴복시킵니다. 밀을 자라게 하죠. 눈보라가 칠 때면 따뜻하게 할 수 있습니다. 그러니 우린 단지 재미 삼아 문제를 일으키는 겁니다. 전쟁, 정치, 인종에 대한 반감, 노동쟁의 같은 것들을요. 여기 고퍼 프레리에서는 경지를 정리하고 편안해지니까 엄청난 비용과 힘을 쏟아 스스로를 일부러 불행하게 만들고 있어요. 감리교 신자는 감독교회 신자를 싫어하고 허드슨*을 가진 사람은 플리버**를 가진 사람을 비웃거든요. 가장 나쁜 건 사업자들 간의 증오예요. 예를 들어 식료품점 주인은 자기와 거래하지 않는 사람은 모두 자기 돈을 빼앗는 날강도라고 생각합니다. 내가 마음이 아픈 건 그런 현상이 식료품점 주인들만큼이나 변호사와 의사(그리고 단연코 그 아내들)에게도 적용된다는 사실입니다. 의사들이…… 잘 아실 텐데요…… 남편 분과 웨스트레이크와 굴드 박사가 서로를 얼마나 싫어하는지 말입니다.”

---

* 허드슨Hudson 자동차 회사의 비싼 대형 자동차.

** 싸구려 소형 자동차.

"아뇨! 인정할 수 없어요!"

그가 빙긋이 웃었다.

"오, 아마 한두 번 정도는 있겠죠. 의사가…… 다른 의사 중 한 사람이 필요 이상으로 환자들을 왕진한다는 걸 확신하고선 윌이 웃어넘긴 적은 있지만……"

그가 여전히 빙긋이 웃고 있었다.

"아니, 정말 아니에요! 그리고 의사 아내들이 이런 경쟁심을 같이 느낀다고 하시는데…… 맥가념 부인과 전 서로를 딱히 좋아하진 않아요. 감정이 아주 무딘 사람이거든요. 하지만 맥가넘 부인의 어머니인 웨스트레이크 부인은, 그분보다 다정한 분이 또 있을까요."

"그래요, 맥가넘 부인은 분명 상냥하죠. 하지만 나라면 그분께 내 마음속 비밀을 털어놓지 않겠습니다. 이 마을에 전문직 남편의 아내 가운데 꿍꿍이가 없는 사람이 딱 한 명 있는데, 단언컨대 그건 복을 타고나서 남의 말을 잘 믿는 이방인, 바로 당신입니다!"

"그런 말에 넘어가지 않을 거예요! 의료업이, 치료의 성직이 돈 밝히는 직업으로 변할 수 있다고는 믿지 않을 거예요."

"들어봐요. 케니컷이 당신보고 나이 지긋한 어떤 부인에게 잘해주는 게 좋겠다고 넌지시 말한 적 없어요? 그 부인이 친구들에게 어떤 의사를 찾아가는 게 좋을지 말해준다는 이유로 말이죠. 하지만 이렇게 말하면 안 되는데……"

그녀는 케니컷이 보가트 부인과 관련하여 해주었던 어떤 말이 기억났다. 그녀가 움찔하더니 가이를 사뭇 애원조로 쳐다보왔다.

그가 벌떡 일어나 불안한 걸음걸이로 그녀에게 성큼성큼 다가가더니 그녀의 손을 어루만졌다. 그녀는 그의 애정 표현에 어떻게 반응해야 할지 고민이 되었다. 그러고 나니 혹시 그가 자신의 새 모자가, 장밋빛과 은빛의 동양풍 양단 터번이 마음에 든 건 아닌지 궁금했다.

그가 그녀의 손을 놓았다. 팔꿈치가 그녀의 어깨를 스쳤다. 그가 책상 의자 쪽으로 급히 가는데 수척한 등이 구부정했다. 그러더니 칠보 자기로 된 꽃병을 집어 들었다. 꽃병 사이로 그가 너무나 외로워하며 쳐다보는 바람에 그녀는 깜짝 놀랐다. 하지만 고퍼 프레리의 경쟁심에 대해 말하자 눈빛이 옅어지면서 다시 냉정해졌다. 그가 참았던 신랄한 어조로 말했다. "이런, 캐럴, 당신은 배심원이 아니에요. 이 같은 사건 요지에 예속되지 않을 법적 권리가 있어요. 난 빤한 내용을 분석하는 따분한 바보 늙다리인데, 당신은 반항적 정신의 소유자지요. 당신 의견을 말해봐요. 고퍼 프레리를 어떻게 생각해요?"

"따분해요!"

"내가 도울 수 있을까요?"

"어떻게요?"

"글쎄요. 들어주면 되지 않을까요. 오늘 저녁은 그걸 못 했네요. 하지만 보통은…… 내가 프랑스 고전 연극 같은 데서 비밀을 털어놓는 친구, 거울과 충실한 귀를 가진 의상 도우미 하녀가 될 수는 없을까요?"

"오, 뭘 털어놓죠? 사람들은 재미가 없고 그걸 자랑으로 여겨요. 게다가 설령 제가 당신을 무척 좋아한다 해도 당신과 얘기라도 나눠보려면 지켜보고 수군대는 스무 명의 늙은 마녀 없인 안 될 거예요.”

“하지만 가끔은 들러서 얘기 나눌 거죠?”

“그렇게 할 수 있을지 자신 없어요. 전 제가 가진 권태롭고 무사태평하게 살아가는 엄청난 능력을 계발하는 중입니다. 시도했던 건설적인 일들이 몽땅 실패했거든요. 사람들 말마따나 ‘마음을 가라앉히고’ 아무것도 아닌 상태에 만족하는 게 낫겠어요.”

“비꼬지 말아요. 당신이 그런다는 게 마음이 아픕니다. 벌새 날개 위의 피 같습니다.”

“전 벌새가 아니에요. 매예요. 하얗고 큰 덩치에 축 늘어져서 벌레가 붙어 있는 암탉들에게 죽을 때까지 쪼이는, 줄에 묶인 작은 매요. 하지만 절 특별하게 봐 주셔서 감사해요. 이제 집에 가야겠어요!”

“제발 가지 말고 나하고 커피 마십시다.”

“그러고 싶어요. 하지만 사람들이 절 겁주는 데 성공했지 뭐예요. 뭐라고 말이 나올지 겁이 나요.”

“나는 그런 거 겁나지 않습니다. 당신이 뭐라고 말을 할지만 겁납니다!” 그가 그녀에게 다가가서 반응 없는 손을 잡았다. “캐럴! 오늘 저녁 즐거우셨습니까? (제발 그렇다고 해주세요!)”

그녀가 급히 그의 손을 꽉 쥐었다가 자기 손을 잡아 뺐다. 그녀는 남녀 간의 희롱에는 관심이 없다시피 했고 은밀한 밀회의 즐거움에는 아예 관심이 없었다. 그녀가 순진한 처녀였다면 가이 폴록은 서툰 청년이었다. 그가 사무실을 뱅뱅 돌았다. 두 주먹은 주머니에 쑤셔 넣고 있었다. 그가 더듬거렸다. "내…… 내…… 내가…… 오, 망할! 내가 왜 뽀얗게 앉은 서류 먼지 속에서 일 잘하다가 이런 뾰족뾰족한 아픔을 느끼게 된 걸까요? 내가…… 내가 복도로 뛰어나가서 딜런 부부를 데려오겠습니다. 다 같이 커피든 뭐든 마시도록 하죠."

"딜런 부부요?"

"네. 꽤 괜찮은 젊은 부부입니다. 하비 딜런과 아내 말입니다. 하비는 치과 의사인데 막 시내에 입성했어요. 여기 나처럼 사무실 뒤에 있는 방에서 기거하죠. 사람들을 많이 몰라요……"

"들어봤어요. 한 번도 찾아가 볼 생각을 못 했네요. 정말 부끄럽네요. 데려오세요……"

아무런 이유 없이 그녀가 말을 멈추었다. 하지만 딜런 부부 얘기를 꺼내지 말걸 하는 마음이 그의 표정에, 그녀의 머뭇거림에 고스란히 드러났다. 겉으로는 기쁜 듯이 그가 말했다. "좋습니다! 그렇게 하겠습니다." 문간에서 그는 껍질 일어난 가죽 의자에 동그마니 앉아 있는 그녀를 힐긋 쳐다보았다. 그러고는 밖으로 나가더니 딜런 박사와 부인을 대동하고 돌아왔다.

네 사람은 폴록이 등유 난롯불에서 만들어낸 다소 맛없는 커피를 마셨다. 그들은 웃으며 미니애폴리스에 관한 이야기를 나누었다. 다들 눈치가 빨랐다. 그리고 캐럴은 11월의 바람을 뚫고 집으로 향했다.

14장

I

그녀는 씩씩하게 집으로 걸어갔다.

“안 돼. 그와 사랑에 빠질 순 없어. 그를 무척 좋아해. 하지만 가이는 지나치게 은둔형이야. 키스할 수도 있을까? 아냐! 아냐! 스물여섯 살의 가이 폴록이라면…… 그렇다면 딴 사람과 결혼했다 하더라도 어쩌면 했을지도 모르지. 그러고는 ‘그렇게 잘못된 일은 아냐’라며 그럴싸하게 날 설득했을지도 모르지.

놀라운 건 이러는 내가 놀랍지 않다는 거야. 정숙한 젊은 주부인 내가 말이야. 나 자신을 믿어도 될까? 만약 백마 탄 왕자가 나타난다면……

결혼 2년 차에 열여섯 살 소녀처럼 ‘백마 탄 왕자’를 동경하는 고퍼 프레리의 주부라니! 결혼은 멋진 변화라는데. 하지만 난 변한 게 없어. 다만……

아니! 왕자가 나타난다 해도 사랑에 빠지고 싶지 않아. 윌에게 상처 주고 싶지 않아. 난 윌을 좋아해. 정말이야! 더는 윌을 보고 마음이 떨리진 않지만 난 그에게 의지하는걸. 그는 집이고 자식이야.

우린 언제쯤 아이를 가지게 될까? 아기를 갖고 싶은데.

비에게 내일 아침은 오트밀 대신 옥수수죽으로 하라고 내가 말했나? 지금쯤 잠자리에 들었을 텐데. 일찌감치 일어나서……

난 윌을 아주 좋아해. 불같은 사랑을 놓치는 한이 있어도 윌에게 상처를 주고 싶지 않아. 설사 왕자가 나타난다 해도 난 그냥 한 번 보고 달아날 거야. 걸음아 날 살려라, 하고! 오, 캐럴, 넌 영웅적이지도 않고 섬세하지도 않아. 넌 평생 가도 저속한 젊은 여자야.

하지만 난 인정받지 못하고 있어요,라고 속마음을 털어놓길 즐기는 그런 부정한 아내는 아냐. 오, 아니지, 아냐!

그런 아낸가?

적어도 난 윌이 가진 단점이나 윌이 나의 비범한 영혼을 알아보지 못한다는 걸 가이에게 일러바치진 않았어. 안 했어! 윌은 분명 날 전적으로 이해할 거야! 그냥 내가 마을을 계몽하려 할 때 지지해주기만 하면 좋을 텐데.

자기한테 웃어주는 가이 폴록 같은 남자에게 처음으로 마음이 설레는 아내들이 얼마나, 얼마나 수없이 많을까. 아니! 난 저렇게 동경하는 무리에 끼지 않을 거야! 내숭 떠는 순결한 신부들. 하지만 만약 왕자가 젊은 데다 과감히 현실에 맞선다면 아마도……

난 순응 잘하는 저 딜런 부인의 반도 못 따라가지. 치과 의사 남편을 정말 눈에 띄게 흠모하던데! 가이를 그저 케케묵은 별종으로 보면서.

딜런 부인의 스타킹은 실크가 아니었어. 라일 면사였어. 다리가 날씬하고 예뻤어. 하지만 나보단 덜 예쁘지. 실크 스타킹 위에 면 밴드는 싫어…… 발목이 점점 굵어지고 있나? 굵은 발목은 절대 안 되지!

아니, 난 윌을 좋아해. 그가 치료해준 디프테리아 걸린 농부는 내가 그렇게 염원하는 스페인 성 정도의 가치가 있어. 욕실들 딸린 성 말이야.

모자가 너무 끼어. 늘여야겠네. 가이가 마음에 들어 하던데.

저기 집이다. 어휴 쌀쌀해. 털 코트를 꺼낼 때가 왔어. 평생 비버 코트를 입어볼 수 있을까나. 뉴트리아 코트와는 엄연히 달라. 비버…… 얼마나 반들반들한지. 손가락으로 쓸어보고 싶어. 마치 비버 같은 가이의 콧수염. 무슨 얼토당토않은 생각을!

난, 난 윌을 좋아해. 그런데…… '좋아해' 말고 다른 단어는 결코 찾지 못하는 걸까?

그이가 집에 있구나. 늦게 나다닌다고 생각하겠지.

저이는 왜 항상 가리개 내리는 걸 잊어버리지? 사이 보가트와 온갖 못된 녀석들이 전부 엿보는데. 하지만 딱한 사람, 자자한…… 자잘한…… 단어야 뭐든, 그런 걸 잘 잊어버려. 저이는 걱정이고 일이고 참 많은데 나는 비와 재잘대는 것 말고는 하는 게 없네.

옥수수죽 잊어버리면 안 돼……"

그녀가 현관 안으로 날듯이 들어갔다. 케니컷이 『미국의학협회지』에서 눈을 들어 쳐다보았다.

"여보! 언제 돌아왔어요?" 그녀가 큰 소리로 물었다.

"9시쯤. 밖에서 쏘다니고 있었던 거야? 11시가 지났군!" 부드럽긴 했으나 용인하는 어조는 아니었다.

"당신을 신경 써주는 사람이 없는 것 같았어요?"

"음, 당신 난로 아래쪽 통풍구 닫는 걸 잊었더군."

"오, 미안해요. 하지만 내가 그런 것들을 자주 잊어버리는 사람은 아니지 않아요?"

그녀가 그의 허벅지에 풀썩 앉자, (안경을 떨어뜨리지 않으려고 그가 머리를 급히 뒤로 젖히고 안경을 벗더니 쥐가 좀 덜 나는 자세로 그녀를 자신의 다리에 앉힌 다음 무심코 목청을 가다듬은 뒤) 그녀에게 사랑스럽게 키스하며 말했다.

"아니, 당연히 당신은 그런 일을 무척 잘하지. 불평하는 게 아니야. 난 그저 불이 꺼지지 않았으면 해서. 통풍구를 열어놓으면 불이 다 타서 꺼질지도 모르잖아. 게다가 밤에는 다시 꽤 추워졌어. 운전하고 오는데, 꽤 쌀쌀하더군. 자동차 옆문을 붙였어. 몹시 춥더라고. 하지만 히터는 지금 아주 잘 돌아가고 있어."

"네, 춥긴 한데 걸으니 상쾌한데요."

"산책했어?"

"페리 부부를 보러 갔었죠." 확고한 의지로 그녀가 솔직하게 덧붙였다. "집에 없었어요. 그런데 가이 폴록이 보이지 뭐예요. 그의 사무실에 갔었어요."

"이런 11시까지 그 사람과 앉아서 잡담하고 있었던 거야?"

"물론 다른 사람들도 있었죠. 그런데…… 윌! 웨스트레이크 박사를 어떻게 생각해요?"

"웨스트레이크는 왜?"

"오늘 길에서 그를 봤어요."

"절뚝거리던가? 불쌍한 그 양반, 그의 치아 엑스선 사진을 찍어보면 농양이 발견될 거라는 데 9센트 반을 걸겠어. 그는

'류머티즘'이라고 하지. 류머티즘 좋아하시네. 시대에 뒤떨어진 사람이야. 혼자서 피를 뽑는 건 아닌지 몰라! 후아아아……" 깊고 묵직한 하품. "즐거운 기분을 깨긴 싫지만, 시간이 늦었어. 그리고 의사는 아침도 되기 전에 언제 길을 나서야 할지 알 수가 없어요." (그녀는 그의 이런 설명, 이런 말을 1년에 적어도 30번은 들었다는 사실을 떠올렸다) "서둘러 잠자리에 드는 게 좋겠어. 시계는 돌려놓았고 난로도 봐두었어. 들어올 때 현관문은 걸었소?"

두 사람은 느릿느릿 2층으로 올라갔다. 그 전에 그는 전등을 껐고 현관문이 잘 잠겼는지 재차 확인했다. 그들은 이야기를 나누면서 잘 준비를 했다. 캐럴은 여전히 옷장 문 가리개 뒤에서 옷을 벗으며 프라이버시를 유지하려 했다. 케니컷은 그다지 조심하지 않았다. 여느 때처럼 오늘 밤도 캐럴은 옷장 문을 열려고 오래된 플러시 천 의자를 옆으로 밀어야 하는 일이 짜증스러웠다. 문을 열 때마다 의자를 밀어내야 했다. 한 시간에 10번쯤. 하지만 케니컷은 의자를 방에 두는 걸 좋아했고 옷장 앞 말고는 딱히 둘 데가 없었다.

그녀는 의자를 밀쳤고 열불이 났으나 티 내진 않았다. 케니컷은 더 크게 하품을 했다. 방에서 퀴퀴한 냄새가 났다. 그녀가 어깨를 한 번 으쓱거리고 나서 재잘거렸다.

"웨스트레이크 박사에 관해 얘기하고 있었잖아요. 말해봐요. 한마디로 그분이 어떤 사람인지 한 번도 말해준 적 없잖아요. 정말 훌륭한 의사예요?"

"오 그럼, 현명한 괴짜 노인네지."

(“봐요! 의사들 사이에 경쟁이 없다는 거 알겠죠. 우리 집엔 없어요!” 그녀가 가이 폴록에게 의기양양하게 말했다.)

그녀가 실크 페티코트를 옷장 고리에 걸고 나서 말을 이었다. “웨스트레이크 박사는 정말 점잖고 박식해요……”

“음, 그 양반이 그렇게 대단한 학식이 있는지는 모르겠군. 그가 그런 척하면서 굉장히 허세를 부린다는 느낌은 늘 있었어. 사람들이 자기가 프랑스어와 그리스어 그리고 누가 알랴마는 기타 여러 가지를 계속 공부한다고 여기길 원해. 항상 거실에는 이탈리아 고전이 굴러다니는데, 내 느낌에 그 양반도 우리처럼 탐정소설을 읽고 있는 것 같아. 아무튼, 빌어먹을 그 많은 언어는 어디서 다 배웠는지 모르겠어! 사람들이 자기가 하버드나 베를린, 옥스퍼드 아니면 어디 대학을 다녔다고 생각하게 놔둔다고 해야 할까. 하지만 의사 등록부에서 찾아봤더니 한참 오래전 1861년도에 펜실베이니아의 이름 없는 시골 대학을 졸업했더군.”

“하지만 이건 중요해요. 웨스트레이크 박사는 정직한가요?”

“‘정직한가요’라니, 무슨 말이야? 무슨 뜻이냐에 따라 다르지.”

“당신이 아프다고 해봐요. 그분을 오라고 할 건가요? 내가 그분을 부르게 놔둘 거예요?”

“천만에, 열렬히 말릴 정도의 정신만 있어도 안 부르지! 결코! 그런 늙은 사기꾼은 집 안에 들이지 않을 거야. 피곤해, 쉬지 않고 떠들어대면서 말로 구워삶을 텐데. 평범한 복통이나 어떤 멍청한 여인네의 손을 잡아주는 거라면 괜찮아. 하지만 진짜 병이라면 안 부르지. 당치도 않아! 내가 험담하는 성격이 아니란 걸 알잖소. 그렇지만 동시에…… 있잖아, 캐리. 난 웨스트레이크가 존더키스트 부인을 치료하던 방식 때문에 부아가 돋았던 적을 절대 잊을 수가 없어. 부인에겐 아무 문제가 없었어. 다만 휴식이 필요했을 뿐인데 웨스트레이크는 계속 왕진을 간 거야. 몇 주간 매일 가다시피 하더니 부인에게 엄청난 치료비 청구서를 보냈어. 정말이야! 그 일을 절대 용서할 수가 없어. 존더키스트 가족처럼 착하고 바르고 근면한 사람들한테 말이야!"

그녀는 얇은 모슬린 잠옷을 입고 옷장 옆에 서서, 삼면경으로 된 진짜 화장대가 있으면 얼마나 좋을까 바라면서, 얼룩진 거울 앞으로 몸을 숙이고 턱을 들어 목에 있는 점을 살펴보고 마침내 머리를 빗어 내리는 자신만의 의식에 언제나처럼 몰두하고 있었다. 규칙적으로 머리를 빗어 내리며 그녀가 계속 말했다.

"하지만 윌, 당신과 동료 의사들인 웨스트레이크와 맥가넘 사이에 매출 경쟁이라고 할 만한 일은 전혀 없죠?"

그가 뒤돌아 공중에 떴다가 침대로 벌렁 떨어지더니 우스꽝스러운 동작으로 발을 차면서 이불 밑으로 다리를 밀어 넣었다. 그러더니 코를 힝힝거리며 말했다. "허어, 없어! 난 그 누구든 나보다 더 번다고 시샘하지 않아. 공정하게 번다면."

"하지만 웨스트레이크는 공정해요? 교활하지 않아요?"

"교활, 그 말이 딱 맞아. 여우거든, 그 양반은!"

거울 속에 빙긋이 웃는 가이 폴록의 모습이 보였다. 그녀는 얼굴이 벌게졌다.

케니컷이 두 팔로 머리를 베고서 하품을 했다.

"응. 그자는 매끄러워, 너무 매끄럽다고. 하지만 장담컨대 난 웨스트레이크와 맥가넘을 합친 것만큼 많이 벌지만 정당한 내 몫보다 더 많이 차지하고 싶었던 적은 결코 없어. 누구든 나 말고 그네들한테 가고 싶다면 그 사람 마음이야. 그래도 웨스트레이크가 도슨 부부를 붙들고 있는 건 지긋지긋해. 루크 도슨은 발가락 통증이나 두통 아니면 내 시간을 잡아먹는 온갖 사소한 일로 날 찾아왔었어. 그러더니 손자가 지난여름 여기서 지내면서 여름 설사였나 뭐였나, 아무튼 거 있잖아, 당신과 내가 라퀴메르로 운전해서 갔을 때 음, 웨스트레이크가 도슨 부인을 붙들고 죽을병이라고 겁을 줘서는 손자 애가 맹장염에 걸렸다고 생각하게 만든 거야. 세상에 그 양반과 맥가넘이 수술하고선 끔찍한 유착을 발견했다고 엄청나게 떠벌리지 않았겠어. 정교한 수술을 했다고 진짜 찰스와 윌 메이요* 행세를 어찌나 하던지. 그러고는 만약 자기들이 두 시간을 더 지체했더라면 꼬마는 복막염인가 뭔가로, 내 참, 진행됐을지 모른다고 말을 흘리질 않나. 그런 다음 150달러라는 거금을 수금했다고. 내 비난이 겁나지 않았다면 아마 3백 달러를 청구했을걸! 난 절대 게걸스러운 돼지가 아니지만 내가 루크 도슨에게 10달러짜리 진찰을 1달러 반에 해줬는데 150달러가 그렇게 사라지는

* 윌리엄 메이요(William James Mayo, 1861~1939), 찰스 메이요(Charles Horace Mayo, 1865~1939)는 미국의 형제 의사로서 메이요 클리닉의 설립자들이다.

걸 보는 건 정말 싫거든. 만약 맹장 수술을 웨스트레이크나 맥가념보다 내가 더 잘할 수 없다면 내 목을 쳐도 좋아!"

잠자리에 들려는데 거봐요,라고 하듯 씨익 웃는 가이의 얼굴이 떠올라 그녀는 머리가 어지러웠다. 그녀가 물었다.

"하지만 웨스트레이크가 사위보다 더 똑똑한 것 같지 않아요?

"그래, 웨스트레이크가 구식이고 뭐 좀 그럴지 모르지만, 어느 정도 직관력은 있어. 반면에 맥가념은 뭐든 생각 없이 달려들고 빌어먹을 야수처럼 밀어붙여서 환자들이 뭐가 됐든 자기가 진단 내린 질병이 있다고 고집을 피우지! 맥가념으로선 딴 생각 않고 신생아만 계속 받는 게 가장 잘하는 거야. 뼈 맞추는 여 접골사, 매티 구치 부인과 수준이 얼추 비슷해."

"웨스트레이크 부인과 맥가념 부인은 그래도…… 친절한 분들이에요. 내게 정말 상냥했거든요."

"글쎄, 그러지 않을 이유가 없잖아? 오, 꽤 상냥하지…… 하지만 두 사람 다 고객들을 끌어오기 위해 자기네들 남편이 잘한다고 내내 홍보한다는 데 내가 가진 돈 다 걸 수 있어. 게다가 내가 거리에서 큰 소리로 알은체하는데 목에 깁스했는지 고개만 까딱하는 맥가념 부인을 정말 상냥하다고 말할 수 있으려나 모르겠군. 그래도 그녀는 괜찮아. 정작 문제를 일으키는 사람은 언제나 살금살금 돌아다니는 웨스트레이크 부인이지. 여하튼 웨스트레이크 집안사람들은 그 누구도 믿지 않을 거야. 그리고 맥가념 부인이 그 정도면 정직해 보여도 그녀가 웨스트레이크의 딸이라는 사실을 결코 잊어선 안 돼. 그렇고말고!"

"굴드 박사는 어때요? 웨스트레이크나 맥가넘보다 더 나쁜 것 같지 않아요? 참 저속해요. 술 마시고 당구 치고, 게다가 항상 폼을 잡고 시가를 피우잖아요……"

"그쯤 해둬! 허세기가 다분하긴 해도 테리 굴드가 의학 지식은 많은 친구야. 이건 절대 잊으면 안 돼!"

그녀가 빙긋이 웃는 가이를 노려보고 나서 더 쾌활한 어조로 케니컷에게 물었다. "굴드도 정직해요?"

"우아아아아아! 아이쿠 졸려!" 그가 편안하게 깔린 이불 밑으로 파고들었다가 잠수부처럼 머리를 흔들며 얼굴을 내밀면서 투덜거렸다. "어떠냐고? 누구? 테리 굴드가 정직하냐고? 웃기지 마…… 나 너무 편해서 졸려! 테리가 정직하다고는 안 했어. 그레이의 해부학에서 색인을 찾을 정도의 요령이 있다는 거였고, 그건 맥가넘보다는 쓸 만하다는 말이야! 하지만 정직한지 어떤지는 입도 벙긋 안 했어. 안 정직해. 개 뒷다리처럼 굽어 있어. 날 속여먹은 게 한두 번이 아니라고. 17마일 외곽에 사는 글로바크 부인에게 내가 산부인과에 대해선 최신 지식이 없다고 말한 적 있어. 하지만 전혀 안 먹혔지! 부인이 바로 내게 와서 일렀거든! 게다가 테리는 게을러. 포커 게임을 중단하느니 폐렴 환자가 기침하다 숨 막혀 죽도록 놔둘 사람이야."

"그럴 리가. 믿을 수가 없어요……"

"글쎄, 내가 그렇다고 하잖아!"

"그분이 포커 게임을 많이 하나요? 딜런 박사가 그랬어요. 굴드 박사가 자기와 포커 게임 하고 싶어서……"

"딜런이 뭐? 딜런을 어디서 만났소? 이제 막 시내 입성한 사람인데."

"오늘 폴록 씨 집에 딜런 박사와 아내도 있었어요."

"음, 그 사람들 어땠어? 딜런은 아주 얄팍한 사람 같지 않았어?"

"어머, 아뇨. 똑똑해 보였어요. 분명 우리가 가는 치과의보다 훨씬 더 빈틈없는 사람이에요."

"음, 이 영감은 훌륭한 치과의야. 자기 분야에 해박하지. 그리고 딜런은…… 나라면 딜런 부부와 그렇게 가깝게 지내지는 않겠어. 폴록이 그러는 건 좋아. 우리 소관이 아니니까. 하지만 우리는…… 난 그냥 가볍게 악수나 하고 무시해버릴 것 같아."

"하지만 왜요? 경쟁하는 의사도 아니잖아요."

"됐— 어!" 케니컷이 이제 잠이 확 깼는지 호전적인 태도를 보였다. "그 사람, 웨스트레이크와 맥가넘과 바로 협업할걸. 사실 딜런이 여기로 옮겨온 것도 십중팔구 그 사람들 때문이라고 생각해. 그들은 딜런에게 환자를 보낼 거고 딜런도 자기가 붙들 수 있는 환자는 모두 그 사람들에게 보내겠지. 난 웨스트레이크와 결탁하는 사람이라면 누구든 믿지 않아. 이곳에 막 농지를 사고선 시내에 치아 검진을 받으러 들어온 어떤 사람을 딜런에게 치료하라고 맡겨봐. 딜런이 치료를 끝내고 나면 그 사람은 눈치를 보면서 웨스트레이크와 맥가넘의 병원으로 슬금슬금 갈걸, 매번!"

캐럴이 침대 옆 의자에 걸쳐진 블라우스로 손을 뻗었다. 그러고는 블라우스를 어깨에 걸치고 일어나 앉아 턱을 손에 괸 채 케니컷을 자세히 들여다보았다. 저쪽 복도의 작은 전등에서 나오는 희미한 불빛에 얼굴을 찌푸린 그가 보였다.

"월, 이건…… 이 문제는 짚고 넘어가야겠어요. 요전 날 누가 그러던데, 이런 작은 마을에서는 모든 의사가, 도시에서보다 더, 서로를 싫어한다던데요. 돈 때문에……"

"누가 그래?"

"상관없잖아요."

"분명 바이더 셔윈이 그랬겠지. 셔윈은 총명한 여자지만 입을 다물면 그쪽으로 두뇌 작용이 새지 않아서 훨씬 더 총명할 텐데."

"여보! 어머나 여보! 끔찍하기도 해라! 저속한 것도 저속한 거지만…… 어떤 면에서, 바이더는 나와 가장 친한 사람이에요. 설사 그런 말을 했다 해도 그렇죠. 사실 그 말은 바이더가 한 게 아니에요."

그가 안 어울리는 분홍과 녹색의 플란넬 잠옷 차림으로 두툼한 어깨를 들어 올렸다. 똑바로 일어나 앉아 짜증스러운 듯 손가락을 딱하고 튕기며 투덜댔다.

"음 그녀가 안 했으면 됐어. 누가 그랬든 똑같아. 요점은 당신이 그걸 믿는다는 거지. 맙소사! 날 그 정도로밖에 모른다고 생각하면! 돈이라니!"

("우리 사이의 본격적인 첫 싸움이야." 그녀는 괴로워하고 있었다.)

그가 긴 팔을 쑥 내밀어 의자에서 구겨진 조끼를 휙 잡아챘다. 시가와 성냥을 꺼내더니 조끼를 바닥으로 던졌다. 그런 다음 시가에 불을 붙이고 뻑뻑 피웠다. 성냥을 부러뜨리고는 조각들을 발치로 획 던졌다.

그녀 눈에 갑자기 침대 발치의 발판이 사랑이 묻힌 무덤의 받침돌처럼 보였다.

방은 색깔이 칙칙하고 환기도 되지 않았는데, 케니컷은 '창문을 있는 대로 열어젖혀 바깥의 공기까지 다 덥히는' 걸 못마땅하게 여겼다. 혼탁한 공기는 결코 바뀔 것 같지 않았다. 복도에서 새어 나온 불빛 아래 두 사람은 어깨와 헝클어진 머리가 달린 두 덩이의 이부자리로 보였다.

그녀가 사정했다. "잠을 깨웠다면 미안해요. 그리고 담배 좀 피우지 말아요. 너무 많이 피우고 있어요. 미안해요, 다시 주무세요."

"미안해하는 건 좋지만 한두 가지만 말할게. 의료계의 시샘과 경쟁에 대한 누군가의 말을 이렇게 믿는 것이야말로, 아무것도 아닌 우리 불쌍한 고퍼 프레리 주민들을 기꺼이 가장 나쁜 쪽으로 생각하려는 당신이 평소 지닌 태도의 본질이야. 당신 같은 여자들의 문제가 뭐냐 하면, 항상 **토를 달고** 싶어 한다는 거야. 사람들을 있는 그대로 받아들이질 못해. 꼬투리를 잡아야 직성이 풀린다고. 음, 나라면 이런 걸 갖고는 하늘이 두 동강 나도 입씨름하지 않을 거야. 당신의 문제는 우리를 존중하려는 노력을 전혀 하지 않는다는 거야. 당신은 너무 잘났고 도시가 무지무지 더 멋진 곳이라고 생각하고 항상 우리가 **당신 뜻대로** 하길 바라지……"

"그렇지 않아요! 노력하는 건 나예요. 뒤로 물러나 비난하는 사람은 그들과 당신이에요. 난 마을의 의견을 따라야 하고 그들의 관심사에 열중해야 해요. 그들은 내가 관심 있어 하는 걸 채택하는 건 고사하고 내 관심이 무엇인지조차 몰라요. 난 그들이 사랑해 마지않는 미니마쉬호수와 오두막 별장에 아주 흥분하지만 내가 타오르미나섬*에도 가고 싶다고 하면 (당신이 그렇게나 자랑하는 그 다정하고 친근한 태도로) 그냥 껄껄 웃어버려요."

"물론 토르미나인지 뭔지는…… 백만장자들이 찾는 상당히 멋지고 고급스러운 거주지겠지. 그래 그거야. 샴페인 취향에 맥주 수준의 소득. 그런데 알아둬. 우린 맥주 수준 이상은 결코 넘지 못할 거라는 사실을!"

"당신, 지금 혹시 내가 절약할 줄 모른다는 거예요?"

"음 그러려고 한 건 아니었지만 당신이 먼저 그 얘길 꺼내서 하는 말인데, 정말이지 식료품비가 보통 금액의 두 배 정도더군."

"네, 그렇겠죠. 난 절약하지 않아요. 그럴 수가 없어요. 당신 덕분에!"

"'덕분에'라는 말은 어디서 주워들었어?"

"제발 그런 말투로 말하지 말아요. 아니 저속한 말투라고 해야겠죠?"

"말투는 내가 쓰고 싶은 대로 쓸 거야. '덕분에'는 어디서 배운 거야? 1년 전쯤 당신은 내가 돈 주는 걸 잊어먹는다고 날 다그쳤어. 글쎄 난 합리적이야. 난 당신을 책망하지 않고 내 잘

---

* 시칠리아섬 북동부의 휴양지인 토르미나Tormina섬을 'Taormina'로 발음함.

못이라고 그랬어. 하지만 그 뒤로 내가 돈 주는 걸 한 번이라도 잊은 적 있었어? 거의 없지?"

"네. 잊은 적 없어요. 거의 없어요! 하지만 문제는 그게 아니에요. 난 당연히 생활비가 있어야 해요. 또 받을 거고요! 매달 일정한 금액을 정한 합의서가 있어야겠어요."

"좋은 생각이군! 물론 의사는 일정한 금액의 수입이 있으니까! 그렇고말고! 어떤 달은 천 달러, 다음 달에 백 달러 벌면 다행이고."

"그럼 좋아요. 퍼센트로 하죠. 아니면 다른 거로. 수입이 들쭉날쭉해도 당신은 평균적으로 대략……"

"그런데 무슨 생각이야? 무슨 심산이냐고? 내가 비합리적이라고 말하고 싶은 건가? 내가 너무 미덥지 않은 사람이고 구두쇠라서 계약서를 써서 날 묶어놓아야 한다고 여기는 거야? 세상에, 마음이 아프군! 난 내가 꽤 너그럽고 후한 줄 알고 기쁨을 느꼈어. '이 20달러를—혹은 50달러, 아니면 얼마가 됐든 돈을 건네면 캐럴이 흡족해하겠지'라고 생각한 거야. 그런데 이제 보니 당신은 그걸 말하자면 월정액으로 정해놓기를 원하고 있었군. 불쌍한 바보처럼 나는 계속 내가 진보적이라고 생각하고 있었고 당신은……"

"자기연민은 그만둬요, 제발! 당신은 상처받은 기분을 즐기고 있어요. 당신 말 모두 인정해요. 그럼요. 당신은 내게 아끼지 않고 기쁜 마음으로 돈을 주었죠. 마치 내가 당신 애인인 것처럼!"

"캐리!"

"진심이에요! 당신에겐 자비를 베푸는 숭고한 처사가 내겐 수치였어요. 당신은 내게 돈을 줬어요. 당신 애인에게 돈을 줬죠. 그녀가 고분고분했다면요. 그런 다음 당신은……"

"캐리!"

"(막지 말아요!) 그런 다음 당신은 모든 의무를 이행했다고 여겼어요. 글쎄, 이제부터 당신이 그냥 주는 돈은 받지 않겠어요. 난 일정한 생활비로 우리 결혼의 가사 부문을 책임지는 당신의 동업자예요. 그렇지 않으면 난 아무것도 아니에요. 만약 내가 애인이 되어야 한다면 내 애인은 내가 골라요. 오, 싫어요, 싫다고요. 이렇게 억지로 웃으면서 돈을 바라고, 그런 다음 그 돈을, 애인은 권리나 있지, 난 보석을 사는 데 쓰지도 못하고 중탕냄비나 당신 양말을 사는 데 써야 하는 거요! 네, 사실이에요! 당신은 후해요! 당신은 1달러를 내게 바로 줘요. 한 가지 조건은, 그 돈을 당신의 넥타이 사는 데 써야 한다는 거예요! 그리고 당신은 그 돈을 당신 마음 내킬 때 줘요. 어떻게 내가 절약하면서 살죠?"

"오 글쎄, 물론 그런 식으로 보자면……"

"난 쇼핑을 다닐 수도 없고 많이 사지도 못해요. 대부분 외상 거래가 가능한 가게만 이용해야 해요. 쓸 수 있는 돈이 얼마가 될지 알 수 없으니 계획 같은 건 짜지도 못하죠. 그게 돈을 팍팍 주는 것에 대해 당신이 떠올리는, 돈 못 쓰던 시절의 생각 때문에 내가 받는 벌이에요……"

"잠깐! 잠깐만! 지금 당신이 과장해서 말한다는 것 알고 있지? 바로 지금 이 순간까지 그 애인 운운하는 건 생각도 해본

적 없잖소! 사실 당신은 한 번도 '억지로 웃으며 돈을 바란' 적 없어. 그렇긴 해도 당신이 옳을지 몰라. 당신은 직장이라 생각하며 가계를 꾸리는 게 마땅해. 내일 확실한 계획을 짜보겠소. 그리고 지금부터 당신 명의의 계좌로 일정한 액수 혹은 퍼센트의 돈을 받게 될 거야."

"어머, 너그럽기도 하셔라!" 그녀가 살가운 태도를 보이려 애쓰며 그를 향해 얼굴을 돌렸다. 하지만 꺼져버린 냄새 나는 시가에 불을 붙이던 성냥 불꽃에 비친 그의 눈은 보기 싫게 충혈되어 있었다. 고개가 앞으로 떨구어졌고 턱 아래로 옅은 색의 짧고 뻣뻣한 털로 뒤덮인 턱살이 불룩했다.

그녀가 가만히 앉아 있자 그가 걸걸한 목소리로 말했다.

"아냐. 특별히 너그러울 것도 없어. 그냥 공정한 거야. 제기랄! 내가 얼마나 공정한 사람이고 싶은데. 하지만 다른 사람들도 공정했으면 좋겠어. 게다가 당신은 사람들과 있을 때 너무 거만해. 샘 클라크의 경우를 보자고. 세상에 그런 호인도 없어. 정직하지, 의리 있지, 얼마나 훌륭한 친구인데……"

("네, 게다가 오리도 잘 쏘죠. 그걸 잊으면 안 되죠!")

"(음, 명사수이기도 하지!) 샘이 저녁에 불쑥 들러서는 앉아서 맙소사 불도 붙이지 않은 시가를 한 모금 빨고 그걸 입안에서 이리저리 돌리다가, 아마 한두 번 침을 뱉었을 거야. 그러면 당신은 그를 무슨 돼지 쳐다보듯 봐. 오 당신은 내가 보는 걸 몰랐어. 물론 난 샘이 당신의 그런 모습을 보지 않았길 바랐어. 하지만 난 늘 보고 있었어."

"그랬어요. 침 뱉는 거, 으윽! 하지만 내 생각을 포착했다니 유감이에요. 잘해주려 했어요. 티를 안 내려고 했다고요."

"아마 당신이 생각하는 것보다 난 훨씬 더 많이 포착할걸."

"네, 어쩌면요."

"그리고 샘이 여기 있을 때 왜 시가에 불을 붙이지 않는지 알아?"

"왜요?"

"자기가 시가를 피우면 당신이 불쾌해할까 봐 엄청 겁을 내는 거지. 당신이 두려운 거야. 샘이 날씨 얘기를 할 때마다 당신은 샘이 시詩나 아니면 괴티, 괴테? 아니면 뭐 무슨 고상한 그딴 것 얘길 안 한다고 타박하잖아. 당신이 하도 눈치를 주니까 그 사람이 여기 올 엄두를 못 내는 거야."

"오 미안해요. (하지만 지금 과장해서 말하는 사람은 분명 당신이에요.)"

"글쎄, 그러고 있는지 모르겠는걸! 그런데 한 가지는 말할 수 있어. 만약 당신이 계속 그런 식이면 이럭저럭 내 친구를 몽땅 쫓아낼 거야."

"그러면 난 나쁜 사람이겠죠. 알잖아요, 내가 그럴 의도가 아니란 거…… 여보, 나의 어떤 모습에 샘이 주눅 드나요? 만약 그렇다면요."

"오 당신이 그렇게 하지. 그럼! 다른 의자에 다리를 올리고 조끼 단추를 푼 채 재미있는 얘길 해주거나 아니면 뭘 갖고 날 놀려먹는 대신, 샘은 의자 끝에 걸치고 앉아 정치 이야길 하려고 용을 써. 심지어 욕도 않는다니까. 그런데 샘은 욕을 좀 섞지 않으면 절대 편안하지 않거든!"

"다시 말해 토담집에 사는 농부처럼 굴지 못하면 편할 수가 없다는 거군요!"

"그렇게 말하지 마! 샘이 어째서 당신 때문에 주눅 드는지 알고 싶어? 우선 당신은 샘에게 대답하지 못할 게 뻔한 그런 질문을 일부러 퍼붓지. 샘을 시험하고 있다는 건 바보도 알 수 있어. 그런 다음 조금 전처럼 애인인지 뭔지 하는 그런 얘기를 꺼내 그를 놀라게 하지……"

"당연히 순수한 샘은 사적인 대화에서 그런 애인 얘긴 절대 하지 않겠네요?"

"숙녀들과 함께 있을 때는 안 하지! 장담해!"

"그러니까 불순함은 그렇지 않은 척을 못 해서……"

"자, 우린 저, 우생학, 아니 당신이 부르는, 빌어먹을 그 어떤 유행에 대해서도 더 이상 얘기하지 않을 거야. 말했다시피 우선 당신은 샘을 얼어붙게 만들고, 그런 다음엔 너무 변덕스러워져서 그 누구도 당신 기분을 맞출 수가 없게 돼. 춤을 추고 싶어 한다거나 아니면 피아노를 두드린다거나, 아니면 엄청 시무룩해져선 대화는 물론 아무것도 하기 싫어하지. 꼭 변덕을 부려야겠다면 당신 혼자 그렇게 하면 되잖아?"

"여보, 때때로 혼자인 것보다 더 좋은 건 없어요! 나의 독방이 있다면야! 당신이 온통 얼굴에 비누칠을 한 채 욕실에서 나와 돌아다니면서 '내 갈색 바지 못 봤소?' 하고 소리치는데 내가 여기 앉아 고상한 상상이나 하면서 내 '기질'을 만족시킬 수 있으리라 생각하는 것 같네요."

"허!" 감동한 반응이 아니었다. 그는 아무 대꾸도 하지 않았다. 그가 침대를 빠져나갔다. 두 발을 바닥에 쿵 하고 내려놓는 소리가 옹골지게 났다. 자루 같은 일체형 파자마를 입은 기괴한 형체가 방에서 저벅저벅 걸어 나갔다. 욕실 수도꼭지에서 물을 받는 소리가 들렸다. 무례하게 자리를 박차고 나간 그에게 미친 듯이 분노가 일었다. 그가 돌아오자 그녀는 침대로 파고들며 그에게서 얼굴을 돌렸다. 그러든지 말든지 그는 아랑곳하지 않았다. 침대에 벌러덩 눕자 하품을 하면서 무심히 말했다.

"음, 새로 집을 지으면 개인 공간이 많이 생길 거야."

"언제쯤이나!"

"오, 지을 거야, 짓는다고. 안달 좀 부리지 말아요! 물론 고맙다는 말은 기대하지 않아."

이제 그녀가 기가 찬 듯 "허!" 하는 소리를 내며 그의 말을 묵살했다. 그리고 남편을 상관하지 않고 마음대로 할 수 있다는 기분을 느끼면서 그녀가 불쑥 일어나 그를 등진 채 화장대의 오른쪽 맨 위 칸의 작은 상자에서 하나 남은 굳은 초콜릿을 찾았다. 그걸 갉아 먹어보고 코코넛이 든 걸 깨닫고는 "젠장!" 하고 소리를 내뱉었고, 격 떨어지는 말투를 쓰는 남편에게 우쭐대려면 그런 말은 쓰지 말았어야 했는데 하고 생각했다. 초콜릿을 쓰레기통에 던져버리니 뜯어진 리넨 옷깃들과 치약 통 등 여러 쓰레기 사이에서 찰카당하며 조롱하는 듯한 불쾌한 소리가 났다. 그녀는 과도하게 감정을 잡으며 도도하게 다시 잠자리에 들었다.

이렇게 하는 내내 그는 계속해서 '고맙다는 말은 기대하지 않았다'는 자신의 주장에 살을 보탰다. 그녀는 생각에 빠졌다. '촌스러웠지. 난 싫었어. 이 사람과 결혼하다니 미쳤나 봐. 그냥 일이 싫증 나서 결혼했을 뿐이야. 긴 장갑을 세탁시켜야 하는데. 이이를 위해 더 이상은 아무것도 하지 않을래. 내일 아침 이이의 옥수수죽을 까먹으면 안 되는데.' 그가 갑자기 큰 소리로 말하는 바람에 그녀는 정신을 차렸다.

"새로 집 지을 생각을 하다니 내가 바보지. 그 집이 지어졌을 때쯤 당신은 아마 내 곁에 있는 친구와 환자들을 다 떨어져 나가게 하는 계획을 성공시켜놨을 테지."

그녀가 벌떡 일어나 앉더니 쌀쌀맞게 말했다. "나에 대한 당신의 진심을 밝혀주시니 정말 고맙군요. 그게 당신 생각이라면, 내가 당신에게 그렇게나 방해가 된다면, 이 지붕 아래 난 일분일초도 머물 수가 없어요. 그리고 난 내 힘으로 충분히 벌어먹을 수 있어요. 당장 나갈 테니 당신은 당신 마음대로 이혼해도 돼요! 당신이 원하는 건 소중한 당신 친구들이 날씨 얘기나 실컷 하게 놔두고 바닥에 침을 뱉어도 가만히 있는 싹싹하고 고분고분한 여자잖아요!"

"쯧! 바보처럼 굴지 마!"

"내가 바본지 아닌지는 곧 알게 될 거예요! 두고 봐요! 내가 당신을 화나게 한다는 걸 알고 났는데도 한순간이라도 더 여기에 머물 것 같아요? 적어도 그러지 않을 정도의 정의감은 충분히 갖고 있어요."

"제발 옆길로 새는 짓은 관둬, 캐리. 이건……"

"옆길? 옆길이라고요! 들어봐요……"

"이건 연극이 아니야. 이건 기본 원칙에 관한 의견을 맞추려는 우리의 진지한 노력이라고. 둘 다 짜증이 나 있었기 때문에 의도하지 않았던 여러 가지 것들을 말해버리고 만 거야. 우리가 대단한 시인들이라서 장미와 달빛 얘기만 하면 좋겠지만 우린 인간이야. 좋아. 서로를 찔러대는 건 그만둡시다. 우리 둘 다 어리석은 짓을 하잖아. 인정하자고. 들어봐, 당신 본인이 다른 사람들보다 잘난 줄로 알고 있는 건 사실이잖아. 당신은 내가 말한 만큼 나쁘진 않지만, 당신이 말한 만큼 훌륭하지도 않아. 결코! 당신이 잘났다는 이유가 뭐야? 사람들을 왜 있는 그대로 받아들이지 못해?"

인형의 집에서 도도하게 걸어 나갈 준비는 아직 구체적이지 않았다. 그녀가 생각에 잠긴 채 말했다.

"아마 어릴 때였을 거예요." 그녀가 말을 멈추었다. 그녀가 말을 이었을 때 목소리는 꾸민 듯했고 어휘는 감동에 젖은, 글깨나 읽은 사람에게서 풍기는 먹물의 냄새가 났다. "아버지는 이 세상 누구보다 정이 많은 분이었지만 정작 본인은 일반 사람들보다 우월하다고 여겼어요. 글쎄, 그랬어요! 그리고 미네소타강 유역…… 난 맨카토 위로 솟은 벼랑 위에 몇 시간씩 앉아 있곤 했어요. 손으로 턱을 괸 채 저 멀리 강 유역을 바라보면서 시를 쓰고 싶어 했죠. 아래로 햇빛에 반사된 경사 지붕들, 강, 그리고 그 너머 어슴푸레 아지랑이가 피어오르는 평평한 들판, 건너편에는 병풍처럼 펼쳐진 절벽의 언저리…… 그곳은 내 생각을 품어줬어요. 그 강 유역에서 나는 사는 것처럼 살았어요. 하지만 대평원에서 내 생각은 광대한 공간으로 날아가

흩어져버려요. 그래서 그런 걸까요?"

"음, 글쎄, 어쩌면, 하지만…… 캐리, 당신은 항상 삶을 알차게 살아갈 수 있다는 이야기를 무척 많이 하지. 그러면서 느긋하게 세월을 보낼 수도 있다는 점에 대해선 별로 얘길 안 해. 그리고 지금 당신은 사람들과 어울리지 않으면서 자기 고장에서 누릴 수 있는 진정한 기쁨을 일부러 자제하고 있어. 프록코트도 입지 않은 채……"

("일반 정장이죠. 오 미안해요. 말을 끊을 생각은 아니었어요.")

"……이곳저곳으로 티파티에 간다고 발길을 재촉하는 그런 사람들과 어울리지 못하잖아. 잭 엘더의 예를 보자고. 당신은 잭이 제조업과 임목의 관세율 말고는 아무 생각이 없다고 생각하지. 하지만 잭이 음악에 얼마나 빠져 있는지 알아? 그는 그랜드오페라 레코드를 축음기에 건 뒤 앉아서 눈을 지그시 감고 듣지…… 혹은 라임 카스는 어떻고. 그 사람이 얼마나 박식한지 알기나 해?"

"하지만 **그 사람이요**? 고퍼 프레리에서는 주 의사당에 가보고 글래드스톤에 대해 들어본 사람이면 누구보고든 '박식하다'고 하죠."

"자 잘 들어! 라임은 책을 많이 읽어. 활자가 빽빽한 것은 물론 역사 서적 같은 것. 혹은 자동차 정비하는 마트 마호니. 사무실에 유명한 그림들의 페리판화*를 많이 갖고 있어. 그것 말고도 1년 전 작고한, 7마일 떨어진 곳에 살았던 빙엄 플레이페

* 옛 거장들의 작품들로 만든, 가격이 적당한 판화.

어. 남북전쟁 당시 대위였는데 셔먼 장군도 알고 있었어. 네바다에서 마크 트웨인이랑 같이 광부 일도 했어. 그냥 뒤져보기만 하면 이런 작은 마을들 전부에서 이런 인물들을, 그리고 한 명 한 명에게서 깊은 지식을 발견하게 되지."

"알아요. 나도 그들을 좋아해요. 특히 챔프 페리 같은 분요. 하지만 잭 엘더처럼 우쭐대는 도회지 사람은 그다지 흥미가 당기지 않아요."

"그게 뭔지는 모르지만 그렇다면 나도 우쭐대는 도회지 놈이야."

"아니에요. 당신은 학자죠. 오, 엘더 씨의 음악에 대한 조예를 이해해보도록 할게요. 다만 그분은 왜 그런 걸 드러내지 못할까요? 그런 걸 부끄러워하면서 늘 사냥개 이야기나 하잖아요. 하지만 노력할게요. 이제 됐죠?"

"좋아. 하지만 한 가지가 또 있어. 나한테도 신경을 좀 써줬으면 좋겠어!"

"그렇게 말하는 건 아니죠! 내 관심은 온통 당신뿐인걸요!"

"아니었어. 당신은 당신이 날 존경한다고 생각하지. 늘 내가 정말 '유능하다'고 교묘하게 설득하잖아. 하지만 당신은 내가 당신만큼 야망 있는 사람이라고 결코 생각하지 않아!"

"아마도요. 당신은 완전히 만족해하는 사람으로 보여요."

"음, 안 그래. 전혀 아니야! 난 웨스트레이크처럼 평생 그냥 의사로 살다가 그 일에서 벗어나지 못해 죽는 날까지 일하고 싶지 않아. 죽고 나서 사람들이 '훌륭한 사람이었지만 돈 한 푼 모으지 못했지'라고 떠드는 말도 듣고 싶지 않고. 죽어버리면 그 사람들 말은 듣지도 못하는데 내가 그 사람들 말에 눈곱만큼이라도 신경을 써서 그러겠어? 아냐. 난 당신과 내가 언젠가 경제적으로 자립해서, 일하고 싶지 않으면 일하지 않아도 될 만큼 돈을 모으고 싶어. 그리고 멋진 집도 갖고 싶어. 맙소사, 이 마을에서 그 누구보다 멋진 집을 가질 거야! 그리고 당신이 소원하는 토르미나인지 뭔지 보러 여행을 가고 싶으면, 어, 갈 수 있어. 주머니에 돈은 충분하니까 누구에게 돈을 꿀 필요도 없고, 나이 들었다고 조바심 낼 필요도 없을 거야. 만약 병이 들었는데 꿍쳐놓은 돈뭉치도 없으면 어떻게 될까 하고 절대 걱정하지 마!"

"걱정 안 해요."

"음, 그렇다면 그 걱정은 내가 해야겠군. 그리고 내가 평생 이 마을에 틀어박혀 색다른 장소 같은 걸 보러 여행 떠날 틈을 내고 싶어 하지 않는다고 생각한다면 그거야말로 오산이야. 나도 당신만큼이나 세상을 보고 싶어. 난 단지 그런 문제에 대해 실용적이지. 우선 돈을 벌 거야. 상당히 안전한 농지에 투자하고 있거든. 이제 이해가 돼?"

"네."

"날 그냥 돈만 아는 무식한 놈이 아닌, 그 이상의 어떤 존재로 봐줄 수 없겠어?"

"오, 여보 내가 공정하지 못했어요! 내가 까다로워서요. 그리고 딜런 부부는 찾아가지 않겠어요! 만약 딜런 박사가 웨스트레이크와 맥가넘을 돕고 있다면, 저도 싫어요!"

15장

I

그해 12월 그녀는 남편과 사랑에 빠졌다. 자신이 위대한 개혁가가 아니라 시골 의사의 아내라는 낭만적인 공상에 빠졌다. 의사 아내라는 자부심 때문에 가정의 실상이 윤색되었다.

늦은 밤, 비몽사몽인 그녀 귀에 목재 포치를 밟는 발소리가 들리더니 덧문이 열렸다. 안문 문짝들을 더듬거리는 소리, 초인종 소리. 케니컷이 "제기랄" 하고 투덜거렸지만 느긋하게 침대를 빠져나가면서 잊지 않고 그녀가 춥지 않도록 이불을 당겨 덮어주었다. 그리고 슬리퍼와 실내복을 찾더니 쿵쾅거리며 아래층으로 내려갔다.

아래층으로부터, 졸음에 붙들린 그녀의 귀에 영어는 아직 터득하지 못했고 모국어는 잊어버린 농부들이 쓰는 피진 독일어로 주고받는 대화가 반쯤 들렸다.

"바니, 무슨 일이오?"

"안녕하십니까요, 박사님. 집사람이 지독히 아픕니다. 밤새도록 배가 아팠어요."

"얼마나 됐어요? 얼마나, 예?"

"글쎄요, 이틀쯤."

"왜 어제 오지 않았어요? 이렇게 곤히 자는 사람을 깨우지 말고 말이오. 지금 2시예요! 이렇게 늦게 왜요, 예?"

"에, 저, 압니다. 하지만 어젯밤에 증세가 심해졌습니다요.

좀 있으면 괜찮을 줄 알았는데 더 심해졌어요."

"열은요?"

"저, 예, 있는 것 같습니다요."

"어느 쪽이 아프답니까?"

"예?"

"통증, 그러니까 아픈 데 말이오. 어느 쪽이냐고요? 여기?"

"예. 바로 여깁니다요."

"경직되었던가요?"

"예?"

"경직됐는지, 그러니까 빳빳한지, 내 말은, 손가락으로 만졌을 때 배가 딱딱하던가요?"

"글쎄요. 그런 말은 안 했습니다요."

"뭘 먹었답니까?"

"음, 우리가 늘 먹어봐야 대개 콘드비프*와 양배추, 소시지 같은 거 아니겠습니까. 선생님, 집사람이 계속 소리를 지릅니다. 미친 듯이 지릅니다요. 좀 와주시면 좋겠어요."

"음, 알았어요. 하지만 다음번엔 좀 일찍 부르러 와요. 이봐요, 바니, 전화를 놓는 게 좋겠어요. 전화, 놓으라고요. 조만간 당신네 독일 사람 중 몇몇은 의사를 부르지도 못하고 숨이 꼴깍 넘어갈 거요."

문이 닫혔다. 바니의 마차는 눈 속에 바퀴 소리를 내지 않았지만, 차체가 덜컹거렸다. 케니컷이 수화기 걸이를 딸깍거려

* 소금, 향신료 따위를 섞어 절인 다음 열기로 살균한 쇠고기.

야간 전화교환원을 깨워서는 전화번호를 불러주더니 기다리는 동안 가볍게 욕을 했고 더 기다린 다음 드디어 으르렁거리듯 말을 쏟아냈다. "여보세요, 거스, 나 케니컷이요. 저, 어, 말들을 보내주게. 눈이 너무 쌓여 자동차는 안 되겠어. 남쪽으로 8마일을 갈 거야. 좋아. 어? 제길, 퍽이나 그러겠어! 자넨 다시 자면 안 돼. 어? 아, 됐어, 자네도 그렇게 많이는 기다리지 않았어. 좋아, 거스. 얼른 보내라고. 들어가게!"

계단을 오르는 그의 발소리. 옷을 입으며 차가운 방을 소리 없이 왔다 갔다 하는 소리. 목에서 끌어 올리는 의미 없는 기침 소리. 그녀는 잠에 빠진 듯했다. 어찌나 달콤한지 그 잠을 떨쳐내고 말을 할 수가 없었다. 화장대 위 종이쪽지에 그가 목적지를 적었다. 그녀 귀에 대리석 판에 사각사각 부딪히는 연필 소리가 들렸다. 이윽고 그가 나갔다. 배가 고팠고 추웠지만, 불평은 없었다. 다시 잠에 빠져들기 전 그녀는 강한 의지력을 지닌 남편에게 애정을 느끼며 저 멀리 떨어진 농장의 겁에 질린 가족을 향해 그가 말을 타고 달리는 한 편의 드라마를 보았고, 창가에 서서 남편을 기다리는 아이들을 상상했다. 갑자기 그에게서 충돌한 선박 위에서 끝까지 무전을 보내는 통신사나, 짐꾼이 떠나도 계속해서 정글을 헤쳐 나가는 탐험가의 영웅적 자질이 엿보였다.

6시, 젖빛유리를 통과한 듯 희부연 빛이 천천히 들어와 의자들을 어렴풋한 직사각형 물체로 확인시켜줄 즈음 포치에서 그의 발소리가 들렸다. 난롯가에서 그의 소리가 났다. 쇠살대를 덜거덕거리는 소리, 천천히 재를 긁어내는 소리, 석탄 바구니에 삽을 찔러 넣는 소리, 석탄이 화실火室로 던져지자 갑작스러운 철커덩철커덩 소리, 통풍구를 세심하게 조절하는 소리 등 고퍼 프레리 생활의 일상적인 소리가 그녀에게 처음으로 무언가 용기 있고 참을성 있으며 다채롭고 자유로운 어떤 매력으로 다가왔다. 그녀는 난로의 연소실燃燒室을 머릿속에 그려보았다. 석탄가루가 불꽃 위에 흩날리면서 노란색에서 진한 황금색으로 변했다. 자줏빛의 고불고불 가느다란 불꽃의 퍼덕임, 망령 같은 불꽃들은 아무 빛도 내지 않고 시커멓게 쌓인 석탄 사이를 미끄러지며 타올랐다.

이불 속에 있으니 너무 편안해, 일어나면 집이 따뜻하겠구나, 하고 그녀는 생각했다. '참 쓸모없는 여자야! 남편의 능력에 비해 내 포부는 뭐지?'

그가 침대로 고꾸라지자 그녀는 다시 잠에서 깼다.

"당신 나간 게 겨우 몇 분 전인 것 같아요!"

"네 시간 나가 있었어. 맹장염 수술을 했지, 독일식 주방에서. 한 발만 늦었어도 죽을 뻔했는데 살려놨어. 거의 죽기 일보 직전이었지. 바니가 그러는데 지난 일요일 토끼를 열 마리 쐈다더군."

그가 곧바로 잠에 빠졌다. 한 시간 쉬고 나면 일어나서 일찍 온 농부들을 맞을 준비를 해야 했다. 그녀는 꿈인지 뭔지도 분간 못 했던 그 밤에 그가 먼 곳으로 가서 생판 모르는 식구들을 떠맡아 한 여자의 배를 가르고 사람을 살렸다는 사실이 경탄스럽기 그지없었다.

그가 게으른 웨스트레이크와 맥가넘을 싫어하는 게 뭐가 이상하랴! 태평스러운 가이 폴록이 이런 기술과 인내심을 어찌 이해할 수 있으랴.

그러더니 케니컷이 "7시 15분이야! 일어나서 아침 식사 준비는 안 해?"라고 툴툴거렸다. 그는 영웅적인 행동을 했던 전문 직업인이 아니라 면도할 때가 된, 성질 급한 보통 남자였다. 그들은 커피와 핫케이크, 소시지를 먹으며 맥가넘 부인의 보기 싫은 악어가죽 벨트에 관해 이야기했다. 간밤의 마법과 아침의 환멸은 둘 다 현실적인 일상이 이어지면서 잊혔다.

II

일요일 오후 다리를 다쳐 시골에서 마차에 실려 집으로 옮겨지는 남자의 모습은 의사 아내에게 익숙한 풍경이었다. 남자는 재목 운반차 적재 칸의 흔들의자에 앉아 있었다. 덜컥대는 충격에서 오는 고통으로 얼굴이 창백했다. 다리는 앞으로 뻗어 전분 상자에 얹힌 상태로 가장자리가 가죽으로 된 말 보온덮개로 덮여 있었다. 대담하게 마차를 몰고 온 거무튀튀한 그의 아내가 남편이 절뚝이며 계단을 올라 집 안으로 들어가려 할 때 남편을 부축하는 케니컷을 거들었다.

"이 친구가 도끼로 다리를 찍었어. 상처가 꽤 깊어. 9마일 떨어진 데 사는 할보르 넬슨이야." 케니컷이 말했다.

캐럴은 방 뒤에서 조마조마한 마음으로 있다가 수건과 물 대야를 가져오라고 하자 아이처럼 흥분했다. 케니컷이 농부를 의자로 들어 올리고 나서 싱긋 웃었다. "됐어요, 할보르! 한 달 있으면 울타리도 고치고 아쿼비트*도 마실 수 있게 될 거요" 농부의 아내는 남자용 개가죽 코트에 재킷을 몇 겹인지 모르게 겹쳐 입은 커다란 몸집으로 아무 표정 없이 소파에 앉아 있었다. 머리에 두르고 있던 꽃무늬 비단 손수건이 이제 주름진 목에 둘러져 있었다. 흰색 울 장갑은 그녀의 무릎 위에 놓여 있었다.

케니컷이 다친 다리에서 두툼한 붉은 '독일 양말'과 회색과 흰색의 울 양말을 몇 개 더 벗긴 후 나선형으로 감아놓은 붕대를 풀었다. 다리는 힘없이 가는 검은 털 몇 가닥이 납작하게 눌러진 채 하얗게 죽은 듯했고 상처는 아무는 듯 쭈글쭈글 붉은 줄이 생겨 있었다. 캐럴이 몸서리를 쳤다. 이건 확실히 연애시를 쓰는 시인들이 말하는 사람의 육체, 반짝이는 장밋빛 살갗이 아니야.

케니컷이 상처를 살피더니 할보르와 그의 아내에게 웃어 보이며 외쳤다. "좋아요, 어이쿠! 아주 좋군!"

넬슨 부부가 어쩔 줄 몰라 했다. 할보르가 아내에게 고갯짓으로 신호를 하자 그녀가 우는 소리를 시작했다.

"저, 치료비가 얼마나 되나요, 선생님?"

"음 아마…… 봅시다. 차 몰고 나간 것이 한 번, 치료가 두 번이니까. 다 해서 11달러가량 되겠네요, 레나."

"조만간 그 돈을 갚을 수 있을지 모르겠어요, 선생님."

케니컷이 느릿느릿 그녀에게 다가가 어깨를 다독이며 큰 소리로 말했다. "이런, 신은 자매님을 사랑합니다. 그 돈을 아예

* 스칸디나비아의 맑은 브랜디.

못 받더라도 걱정하지 않습니다! 내년 가을에 추수하면 줘요. 캐리! 당신이든 비든 넬슨 부부가 먹게 커피와 찬 양고기를 좀 준비할 수 있겠어? 이 사람들, 추운 날씨에 갈 길이 멀어."

III

그는 아침부터 나가고 없었다. 그녀는 책을 읽느라 눈이 아팠다. 바이더 셔윈은 차를 마시러 오지 못했다. 캐럴은 집 안을 구석구석 돌아다녔다. 흐릿한 바깥의 거리만큼 공허했다. '그이가 저녁 식사 시간에 맞춰 집에 오려나, 아니면 그이 없이 나 혼자 먹어야 하나?'의 문제는 집에 있는 사람들에게는 중요했다. 6시는 엄격히 적용되는 표준 저녁 식사 시간이었지만 6시 반이 되었는데도 그는 오지 않았다. 비와 함께 이런저런 추측들을 해보았다. 분만이 예상보다 더 오래 걸렸나? 다른 데서 왕진 요청을 받았나? 시골 지역이라 눈이 더 내려 차를 갖고 가지 말고 마차나 썰매를 타고 갔어야 했나? 여기 시내는 많이 녹았지만, 거긴 여전히……

경적 소리, 고함 소리, 엔진 소리가 요란하게 나더니 시동이 꺼졌다.

그녀는 재빨리 창가로 갔다. 차는 맹렬한 모험을 끝내고 쉬고 있는 괴물 같았다. 헤드라이트가 도로에 엉긴 얼음을 환하게 비추자 조그만 덩어리들의 그림자가 산만해졌고 미등은 뒤쪽의 눈 위에 다홍색 원을 만들었다. 케니컷이 문을 열며 소리쳤다. "왔어, 여보! 두어 시간 잡혀 있었어. 그래도 해냈어. 와

우, 해내고 이렇게 왔어! 자자! 먹을 것! 식사!"

그녀가 그에게 달려가 그의 털 코트를 쓰다듬었다. 긴 털은 부드러웠지만, 손가락에 차가운 감촉이 전해졌다. 그녀가 신이 나서 비를 불렀다. "알겠지! 그이 왔어! 우리, 바로 식사할 거야!"

IV

의사 아내에게 남편의 성공을 알려주는, 갈채를 보내는 청중이나 서평, 명예 학위 같은 건 전혀 없었다. 다만 최근 미네소타에서 서스캐처원으로 이사 간 독일 농부가 써 보낸 편지가 하나 있었다.

> 선생님, 요번 여름 몇 주 동안 저를 치료해주시고 저의 문제를 돌봐주신 데 감사드리고 싶습니다. 이곳 의사 선생님이 저한테 뭐가 문제인지 말해주면서 약을 약간 주셨는데 선생님이 해주신 것만큼 차도가 없습니다. 이제 저한테는 약이 전혀 필요 없다고 하는데, 선생님 생각은 어떠십니까?
>
> 저는 한 달 반 동안 아무 약도 안 먹었습니다만 좋아지지 않아서, 선생님 생각은 어떠신지 들어보고 싶습니다. 음식을 먹고 나면 배가 불편하고, 먹고 나서 심장 주변하고 팔까지 세 시간에서 세 시간 반 정도 아팠습니다. 힘이 없고 어지럽고 머리가 띵하니 아픕니다. 그러니까 선생님 생각은 어떤지만 알려주십시오. 선생님께서 시키는 대로 하겠습니다.

V

그녀가 약국에서 가이 폴록과 마주쳤다. 마치 그럴 권리가 있다는 듯이 그가 그녀를 쳐다보더니 부드러운 어조로 말했다. "지난 며칠간 안 보이더군요."

"네. 윌을 따라 시골에 몇 번 다녀왔어요. 남편은 정말이지…… 당신이나 나 같은 사람들은 남편 같은 사람을 절대 이해할 수 없다는 것 아세요? 우리가, 당신과 내가 짝이 되어 하릴없이 혹평에 여념이 없을 때 남편은 조용히 나가서 할 일을 하거든요."

그녀가 고개를 까딱이며 미소를 짓고 나서 붕산을 사느라 부산을 떨었다. 그가 그녀를 빤히 쳐다보더니 슬그머니 사라졌다.

그가 가버린 걸 깨닫자 그녀는 살짝 당혹스러웠다.

VI

그녀는 결혼생활에서 면도하거나 코르셋을 입은 모습을 스스럼없이 보여주는 게 서글픈 저속함이 아니라 정신 건강에 좋은 솔직함이라는 케니컷의 말을 때때로 인정했다. 억지로 조심하는 건 아주 짜증스러울 수도 있는 일이었다. 그가 양말만 신고 거실에서 몇 시간 앉아 있어도 그다지 불쾌하지 않았다. 하지만 '이런 낭만적인 것들은 다 그저 허황한 꿈일 뿐이야. 연애할 때는 아름답지만 평생 그렇게 살면서 지쳐가는 건 쓸데없는 짓'이라는 그의 이론은 귀에 담아두지 않았다.

그녀는 뜻밖의 선물이나 게임을 고안하여 일상에 변화를 주었다. 깜짝 놀랄 자주색 목도리를 짜서 저녁 식사 때 그의 접시 밑에 감춰놓았다. (그걸 발견하자 그는 당황한 듯했고 말을 제대로 하지 못했다. "오늘 무슨 기념일이오? 이런, 깜박했네!")

한번은 보온병에 뜨거운 커피를 채우고, 콘플레이크 상자에는 비가 방금 구운 쿠키를 넣어서 오후 3시에 서둘러 그의 진료실로 갔다. 그녀가 꾸러미를 복도에 숨겨놓고 안을 살짝 들여다보았다.

진료실은 허름했다. 케니컷은 이전 사람이 쓰던 진료실을 인수하여 거기다 하얀 에나멜 칠을 한 수술대와 멸균소독장치, 엑스레이 기구와 휴대용 소형 타자기만 추가하였다. 방 두 개가 붙어 있는 구조였는데, 대기실에는 딱딱한 등받이의 의자들과 삐걱거리는 소나무 탁자, 치과나 병원 진료실에서나 보이는 표지 떨어진 정체 모를 잡지들이 있었다. 그 너머 메인 스트리트가 내려다보이는 방이 사무실이자 상담실, 수술실이었고 우묵하게 들어간 공간이 세균 및 화학 검사실이었다. 두 방 다 아무것도 깔지 않은 맨 나무 바닥이었고 가구는 갈색에 껍질이 일고 있었다.

마비된 듯 꼼짝하지 않는 여자 두 명과 그을린 왼손으로 붕대 감은 오른손을 잡은 열차 보조차장 복장을 한 남자 하나가 차례를 기다리고 있었다. 그들이 캐럴을 쳐다보았다. 그녀는 경솔했음과 어색함을 동시에 느끼며 딱딱한 의자에 얌전히 앉아 있었다.

케니컷이 안쪽 문에서 나와 힘없는 수염이 몇 가닥 붙어 있는 희끄무레한 남자를 바깥으로 안내하면서 안심시켰다. "좋습니다, 영감님. 설탕 조심하고 내가 말한 식단을 지키고요. 처방약 조제해 받아 가고 다음 주에 오세요. 저, 어, 안 하는 게, 어, 맥주는 너무 많이 마시지 않는 게 좋겠어요. 됐어요, 영감님."

그의 목소리가 마치 꾸민 듯 인정스러웠다. 그가 무심코 캐럴을 보았다. 그는 지금 병원의 기계지, 가정의 기계가 아니었다. "어쩐 일이야, 캐리?" 그가 낮게 웅얼거렸다.

"급한 건 아니에요. 그냥 당신 보고 가려고요."

"음……"

그가 이것이 깜짝 파티임을 알아차리지 못하니 그녀는 혼자 처량한 마음에 슬퍼지면서 자기연민에 빠졌다. 그래서 그에게 용감하게 "별것 아니에요. 많이 바쁠 것 같으면 그냥 집에 갈게요"라고 말하면서 순교자가 느낄 법한 희열을 느꼈다.

기다리는 동안 그녀는 자기연민을 멈추고 스스로를 비웃기 시작했다. 그녀는 처음으로 대기실을 관찰했다. 그러네, 의사 집에는 오비 장식의 벽판과 널따란 소파, 그리고 전기 커피추출기가 있어야 하고, 반면에 의사의 생계 수단이면서 의사의 존재 이유에 불과한 아프고 지친 서민들은 어디든 누추한 곳이라도 괜찮은 거구나. 아냐. 케니컷을 탓할 순 없어. 그이도 허름한 의자들을 감지덕지하면서 쓰잖아. 자기 환자들과 똑같이 그런 걸 참아내고 있어. 이건 내가 소홀히 했던 영역이야. 마을 전체의 재건을 말하며 다니던 내가!

환자들이 가고 나자 그녀가 꾸러미를 갖고 들어왔다.

"뭐요?" 케니컷이 물었다.

"뒤돌아요! 창밖을 보세요!"

그는 그다지 지루해하지 않고 시키는 대로 했다. 그녀가 "됐어요!" 하고 외치자 사무실 안 롤톱 책상* 위로 쿠키와 작은 사탕들, 그리고 뜨거운 커피의 향연이 펼쳐졌다.

그의 얼굴이 보름달처럼 밝아졌다. "이거 의외인걸! 이렇게나 놀란 건 처음이야! 게다가 이런, 배가 고픈 것 같군. 음, 좋아."

깜짝 선물의 첫 흥분이 가라앉자 그녀가 물었다. "여보! 대기실을 새로 단장할래요!"

"대기실이 어때서? 괜찮은데."

"괜찮긴요! 끔찍해요. 우린 환자들에게 좀더 나은 공간을 만들어줄 여유는 있어요. 그렇게 하면 영업에도 좋겠죠." 그녀는 무척 현명한 판단이라고 느꼈다.

"제기랄! 영업은 상관없어. 들어봐. 내가 말했다시피…… 내가 몇 달러 더 모아보자고 당신 생각을 지지한다면 난 천벌을 받아. 그저 돈이나 좇는……"

"그만해요! 당장! 내가 지금 당신의 비위를 건드리겠다는 게 아니잖아요. 흠잡는 게 아니라고요! 난 당신의 하렘에서 당신을 흠모하는 가장 보잘것없는 사람이에요. 난 그저……"

이틀 뒤 그녀가 그림들과 고리버들 의자, 양탄자 등으로 대기실을 머물 만한 곳으로 만들고 나니 케니컷이 인정했다. "훨씬 좋군. 이런 생각은 한 번도 안 해봤는데. 협박을 당할 필요가 있었겠어."

---

* 뒤로 밀어 넘기는 형식의 뚜껑이 달린 책상.

그녀는 자신이 의사의 아내라는 직업에 기꺼이 만족해하고 있음을 확신했다.

VII

그녀는 자신을 쿡쿡 아프게 찔러대던 억측과 환멸감에서 벗어나려 애썼고, 반항적인 시대의 모든 고집스러운 생각을 떨쳐내려 했다. 그녀는 송아지고기처럼 불그레한 얼굴에 뻣뻣한 수염이 있는 라이먼 카스에게도 마일스 비요른스탐이나 가이 폴록에게 하듯 환한 미소를 짓고 싶었다. 새너탑시스 클럽을 위해 파티도 열었다. 하지만 평판을 진짜 얻고자 한다면 이 집 저 집으로 날라대는 평가가 의사에게 크나큰 영향을 미치는 그 보가트 부인을 찾아가야 했다.

보가트의 집은 엎어지면 코 닿을 데였지만 그녀는 거길 세 번밖에 들어가 보지 않았다. 이제 그녀가 얼굴이 좀더 작고 순진해 보이는 몰스킨 기모 모자를 쓰고 립스틱 자국을 지우더니 자신의 기특한 다짐이 사라져버리기 전에 쏜살같이 골목을 건넜다.

주택의 나이는 사람의 나이처럼 실제 연수와 크게 상관이 없는 경우가 많다. 고결한 미망인 보가트 부인의 칙칙한 녹색 주택은 지은 지는 20년 되었지만, 고대 이집트 쿠푸왕의 피라미드만큼 오래돼 보였고 미라의 먼지 냄새가 나는 듯했다. 집의 깔끔함이 거리를 나무라는 듯했다. 들어가는 길옆의 돌 두 개는 노란색으로 칠해져 있었다. 집 밖에 있는 뒷간은 넝쿨과 격자무늬 벽으로 지나치게 가리는 바람에 전혀 숨겨지지 않았다. 고퍼 프레리에 마지막으로 남아 있는 개 모양의 철제 조형물이 잔디 위에 흰색으로 칠한 소라고둥 껍데기들 사이에 서 있었다. 복도는 섬뜩할 정도로 박박 닦여 있었다. 주방은 똑같은 간격으로 놓인 의자들로 푸는 대수 문제 같았다.

응접실은 내방객을 위해 마련된 공간이었다. 캐럴이 제안했다. "부엌으로 가서 앉아요. 귀찮게 응접실 난로까지 불 피우지 마시고요."

"귀찮다니! 아유, 캐럴은 여기 거의 오지도 않는걸. 게다가 부엌은 완전히 꼴불견이야. 깨끗하게 해보려 하지만 사이가 온 부엌에 진흙을 묻혀놓는 바람에요. 그러지 말라는 말을 한 번만 더 하면 백 번은 될 거야. 아니, 캐럴은 여기 앉아요. 불을 피울게. 괜찮아. 사실 번거로운 거 정말 없어."

보가트 부인이 끙 하는 신음을 내며 무릎을 문지르더니 불을 피우는 동안 손을 계속 비벼 털었고 캐럴이 거들려 하자 하소연을 했다. "오, 괜찮아. 어차피 난 이 일 말고는 잘하는 게 별로 없어. 다들 그렇게 생각할걸."

응접실은 천 조각을 이어 짠 널찍한 카펫으로 뚜렷하게 구분되어 있었다. 들어서면서 보가트 부인이 카펫에 죽어 있는 불쌍한 파리 한 마리를 급히 집어 들었다. 카펫 한복판에는 녹색과 초록색의 데이지꽃 들판에 모로 누운 빨간 뉴펀들랜드 개와 '우리의 친구'라고 새겨진 양탄자가 있었다. 길쭉하고 얄팍한 응접실 오르간은 부분적으로 원형과 사각형, 다이아몬드형으로 이루어진 거울과 제라늄 꽃병을 받치고 있는 까치발들,

하모니카, 『고전성가집』으로 장식되어 있었다. 가운데 탁자에는 시어스-로벅 우편 주문 카탈로그, 침례교회와 초로의 성직자 사진들을 넣은 은색 액자, 방울뱀의 꼬리 부분, 부서진 안경 렌즈가 놓여 있었다.

보가트 부인은 지터렐 목사가 설교를 유창하게 한다, 날씨가 무척 춥다, 포플러 목재 가격이 얼마다, 데이브 다이어가 이발을 했다, 그리고 사이 보가트가 원래 독실한 아이다, 등의 이야기를 늘어놓았다. "주일학교 교사에게 말했다시피 사이가 어쩌면 좀 제멋대로일 수는 있지만 그건 그 애가 다른 또래 아이들에 비하면 머리가 훨씬 좋기 때문이야. 그리고 사이가 순무를 훔치는 걸 목격했다고 주장하는 농부는 거짓말쟁이야. 그러니 내가 그 사람을 신고해야겠어."

보가트 부인이 빌리 식당의 여급은 생긴 것과 다르게 논다는, 아니 오히려 생긴 대로 논다는 항간의 소문에 대해 시시콜콜 이야기했다.

"세상에, 그 여자 엄마가 뭐였는지 다 아는데 뭘 바라겠어? 이들 순회 영업사원들이 그 여자를 그냥 내버려 두면 괜찮겠지. 하지만 그 여자가 우리 눈을 속일 수 있으리라 생각하게 놔두면 분명 안 될 것 같아. 소크 센터에 있는, 막돼먹은 여자들을 위한 감화원에 빨리 보낼수록 모두에게 더 좋을 거야. 그리고…… 커피 한잔해요, 캐럴. 이모뻘의 이 보가트가 당신을 이름으로 불러도 되려나. 내가 윌을 얼마나 오랫동안 알고 지냈는지, 그리고 윌의 사랑하는 어머니가 여기 살 때 내가 그녀와 얼마나 가까웠는지를 생각하면 괜찮을 테지…… 그 털모자

비싸게 줬어? 그런데…… 마을 사람들이 하는 말들을 들어보면 끔찍한 것 같지 않아?”

보가트 부인이 의자를 바싹 당겨 앉았다. 여러 개의 점과 드문드문 검은 털이 나 있는 커다란 얼굴에 교활한 주름이 잡혔다. 그녀가 썩은 이를 드러낸 채 못마땅한 미소를 지으며, 한물간 성 추문의 냄새를 맡은 사람이 비밀을 털어놓듯 나직한 어조로 속삭였다.

“난 그냥 사람들이 왜 그런 식으로 이야기하고 행동하는지 이해가 안 돼. 보이지 않는 데서 일어나는 일을 캐럴은 몰라. 아유, 사이가 그처럼 때가 묻지 않을 수 있었던 건, 오직 내가 가르친 신앙훈련의 힘이야. 이 마을에선 바로 얼마 전…… 난 소문 같은 것에 전혀 신경을 안 쓰지만, 해리 헤이독이 미니애폴리스의 어느 가게에서 일하는 점원 여자애와 불륜 관계라는 정말 기가 찬 소문을 자세하게 들었어. 불쌍한 후아니타는 그 일을 전혀 몰라. 하지만 어쩌면 그건 신의 심판인지도 모르지. 해리와 결혼하기 전, 후아니타가 남자들 여럿과 제멋대로 놀았잖아…… 글쎄 이런 말을 한다는 게 싫기도 하고, 또 사이의 말처럼 어쩌면 내가 좀 구식일지 모르겠지만, 난 늘 숙녀는 그런 끔찍한 내용을 입에 올리는 일조차 삼가는 편이 좋다고 생각하는 쪽이라서. 그렇지만 적어도 사례 하나는 알고 있어. 후아니타와 남자 하나가…… 아유, 그냥 끔찍한 사람들이야. 또…… 또…… 그다음엔 식료품점 주인 올레 젠슨이 있어. 자기가 무척 똑똑한 줄 아는 사람인데, 그가 어떤 농부 아내와 성관계를 맺으려 했다는 것도 알고…… 또 허드렛일 하는 끔찍한 그 사내 비요른스탐에다 냇 힉스에다……"

보가트 부인만 빼면 부끄러운 삶을 살지 않는 사람이 이 마을에 아무도 없는 것 같았고, 당연히 그녀는 입에 거품을 물었다.

보가트 부인은 알고 있었다. 공교롭게도 늘 현장에 있었기 때문이었다. 한번은, 지나가는데 창문 가리개가 조심성 없이 2~3인치 정도 올라가 있었어, 그녀가 속삭이듯 말했다. 또 한번은 남자 하나와 여자 하나가 딴 데도 아니고 감리교회 파티에서 떡하니 손을 잡고 있더라니까!

"또 다른 건…… 맹세코 분란 거리를 만들고 싶지는 않지만, 뒤쪽 계단에서 내가 본 걸 말하지 않을 수가 없어서 그러는데, 캐럴의 하녀 비가 식료품점 배달 청년들이나 뭐 그런 사람들하고 시시덕거리는 걸 내가 알아……"

"보가트 부인! 전 저 자신을 믿듯 비를 믿어요!"

"오, 캐럴이 이해를 못 하네! 분명 착한 처자겠지. 내 말은 순진하다는 거야. 그러니까 동네의 지긋지긋한 이런 젊은 남자들이 그 처자를 임신시키는 일이 절대 일어나지 않길 바라는 거야! 제멋대로 나다니게 놔둬서 사악한 유혹의 말을 듣게 하는 건 그네들 부모 잘못이야. 만약 내가 내 뜻대로 한다면 그런 일은 절대 없어. 남자애들이나 여자애들이나 결혼할 때까지는 결코 그런 짓을, 그 어떤 짓도 하게 놔두지 않을 테니까. 몇몇이 노골적으로 하는 말을 들어보면 끔찍해. 그건 그네들이 얼마나 고약한 생각을 품고 있는지를 보여주는 거야. 그런 사람들을 위한 치료 방법은 아무것도 없어. 그저 매주 수요일 저녁 기도 시간에 곧바로 주님을 찾아와 나처럼 무릎을 꿇고 '주여, 당신의 자비가 없다면 저는 불쌍한 죄인일 겁니다'라고 기도하는 수밖에.

나 같으면 버릇없이 구는 이런 녀석들을 죄다 주일학교에 보내 담배 피울 생각이나 나갈 생각 말고 어떻게 하면 착하게 살 수 있는지를 배우게 할 거야. 또 집회소에서 추는 이 춤들은 마을에서 여태 본 것 중 가장 해괴망측해. 많은 젊은 애들이 여자애들을 껴안고 어떻게 해보려고…… 오, 끔찍한 일이야. 그런 걸 못 하게 해야 한다고 내가 시장에게 말했어…… 마을에 남자애가 하나 있거든. 미심쩍어하거나 무자비하게 굴고 싶진 않지만……"

30분이 지나서야 캐럴은 벗어났다.

그녀는 자기 집 포치에 잠시 서서 못된 생각을 했다.

"만약 저 여자가 정의의 편이라면 어쩔 수 없이 난 불의의 편일 테지. 하지만…… 저 여잔 나랑 비슷하잖아? 저 여자도 '마을을 개혁'하고 싶어 해! 저 여자도 모든 사람의 흠을 잡고 있어! 저 여자도 남자들은 상스럽고 좀 모자란다고 생각해! 내가 저렇다고? 소름 끼쳐!"

그날 저녁 그녀는 케니컷이 크리비지 게임을 하자는 말에 단순히 동의만 한 게 아니었다. 자기 쪽에서 그에게 게임을 하자고 졸랐다. 그리고 토지 거래니 샘 클라크에 대해 아주 열성적인 흥미를 보였다.

VIII

연애할 때 케니컷이 넬스 에르드스트롬의 아기와 통나무집 사진을 보여준 적이 있었지만 그녀는 정작 에르드스트롬 가족을 한 번도 보지 못했다. 그들은 그저 '의사의 환자들'일 뿐이었다. 12월 중순의 어느 날 오후 케니컷이 그녀에게 전화를 걸었다. "코트 걸치고 나랑 에르드스트롬의 집에 가겠소? 꽤 포근해. 넬스가 황달에 걸렸어."

"오 좋아요!" 그녀가 서둘러 스웨터, 머플러, 모자, 장갑을 걸치고 울 스타킹, 긴 부츠를 신었다.

눈이 너무 많이 쌓인 데다 차를 움직일 수 없을 만큼 차바퀴 자국이 꽁꽁 얼어 있었다. 두 사람은 바퀴가 커다랗고 투박한 마차를 몰았다. 그녀의 손목에 꺼끌꺼끌하게 닿는 파란색 양모 덮개와 그 위에 들소 떼가 서쪽 수 마일에 이르는 대평원에 줄지어 달리던 때부터 사용했던, 이제 좀먹고 허름해진 물소 가죽 덮개가 그들을 단단히 덮고 있었다.

그들이 통과해 온 시내의 드문드문한 주택들은 눈 덮인 널찍한 마당과 확 트인 거리의 광활함에 비하면 작고 황량했다. 기찻길을 건너가자 곧바로 시골의 농지가 나왔다. 커다란 얼룩말들이 콧김을 자욱하게 내뿜더니 달리기 시작했다. 마차가 규칙적으로 삐걱거렸다. 케니컷이 "워워, 천천히!"라고 소리를 질러가며 말을 몰았다. 그는 생각에 잠겨 있었다. 캐럴은 안중에 없었다. 하지만 두 개의 눈 더미 사이 우묵한 빈터에서 의뭉스러운 겨울 햇살이 흔들리는 떡갈나무 숲에 다다르자 "저기 아주 멋지군" 하고 말한 사람은 그였다.

그들은 천연의 대평원에서부터 20년 전만 해도 숲이던 개간된 구역으로 마차를 몰았다. 야트막한 언덕, 듬성듬성한 잡목림, 갈대가 우거진 개울, 사향쥐 흙무덤, 얼어붙은 황토색 흙덩이들이 눈 사이로 보이는 들판. 시골이 이대로 북극까지 이어질 것 같았다.

그녀의 귀와 코가 쪼그라들었다. 입김에 옷깃이 얼고 손가락이 곱아들었다.

"추워지네요." 그녀가 말했다.

"그래."

이것이 3마일을 달리는 동안 그들 사이에 오고 간 대화의 전부였다. 하지만 그녀는 행복했다.

4시에 두 사람이 넬스 에르드스트롬의 집에 도착했다. 그녀는 떨리는 마음으로 자신을 고퍼 프레리로 유혹했던 씩씩한 모험의 현장을 알아보았다. 빈 들판, 그루터기들 사이의 고랑들, 진흙으로 틈을 메우고 건초로 지붕을 이은 통나무집. 하지만 넬스는 돈을 잘 번 모양이었다. 그 통나무집은 헛간으로 사용하고 있었고 신축 주택이 우뚝 솟아 있었다. 고퍼 프레리에서 보는, 보란 듯한 외관에 신중치 못한 주택이었는데 번쩍이는 흰색 페인트칠에 분홍색 가두리를 하여 아주 적나라하고 품위가 없었다. 나무는 몽땅 베어져 나가고 한 그루도 남아 있지 않았다. 보호막 같은 것 하나 없이 바람을 있는 대로 맞으면서 가혹한 빈터에 참으로 황량하게 삐죽 서 있는 집을 보니 캐럴은 몸이 떨렸다. 그래도 두 사람은 산뜻하게 스투코를 새로 바르고, 검은색 니켈 도금이 된 화덕과 구석에 크림 분리기가 있는 부엌에서 충분한 환대를 받았다.

에르드스트롬 부인이 목초지 농부의 사회적인 성공을 증명하는 축음기와 떡갈나무와 가죽소파가 있는 응접실에 앉으라고 그녀에게 사정했지만, 그녀는 '신경 안 써도 된다'고 고집을 부리면서 부엌 화덕 옆에 앉았다. 에르드스트롬 부인이 남편을 따라 방을 나가자 캐럴이 호의적인 눈길로 주위를 둘러보았다. 결이 살아 있는 소나무 찬장, 세례 증명서를 넣은 액자, 벽에 붙인 식탁 위에 남은 달걀프라이와 소시지 부스러기들이 보였고, 그중 백미는 앵두 같은 입술의 젊은 여인과 액셀 에그 가게의 스웨덴어 광고가 인쇄되어 있고 온도계와 성냥갑까지 붙어 있는 달력이었다.

그녀는 네댓 살쯤 된 남자애 하나가 복도에서 자기를 쳐다보고 있는 걸 보았다. 면 체크 셔츠와 다 해진 코듀로이 바지를 입고 있었지만, 눈이 커다랗고 입이 다부졌으며 이마가 넓었다. 아이가 사라졌다가 다시 빼꼼 훔쳐보더니 손가락 마디를 깨물면서 부끄러운 듯 그녀에게로 몸을 틀었다.

기억나지 않는가? 포트 스넬링에서 케니컷이 옆에 앉아 "저 애가 얼마나 겁을 집어먹고 있는지 봐요. 당신처럼 대단한 여자가 필요해요"라며 보채던 기억이.

그 당시 석양과 시원한 공기, 그리고 연인들의 호기심이라는 신비한 힘이 그녀의 주변을 파닥거렸었는데. 그녀가 신성한 그 기억을 붙잡으려는 듯 남자애를 향해 손을 내밀었다.

아이가 방 안으로 조금씩 들어와서 긴가민가한 듯 엄지손가락을 빨았다.

"안녕." 그녀가 인사를 했다. "이름이 뭐야?"

"히, 히, 히!"

"그러게. 네 말이 맞아. 나처럼 바보 같은 사람들이 항상 아이들의 이름을 묻지."

"히, 히, 히!"

"이리 와. 이야기 하나 해줄게. 음, 어떤 얘기가 될지 모르지만 날씬한 여주인공과 백마 탄 왕자가 나올 거야."

그녀가 터무니없는 이야기를 지어내는 동안 아이는 무덤덤한 표정으로 서 있었다. 아이의 키득거림이 그쳤다. 그녀가 아이의 마음을 얻는 중이었다. 그때 전화벨이 울렸다. 길게 두 번, 짧게 한 번.

에르드스트롬 부인이 방 안으로 뛰어 들어가더니 송화기에 대고 악을 썼다. "그런데요? 맞아요, 맞아요, 에르드스트롬 집이에요! 네? 오, 의사 선생님을 바꿔달라고요?"

케니컷이 나타나 전화에 대고 으르렁거리듯 말했다.

"아, 무슨 일이오? 오, 여보세요, 데이브, 웬일인가? 어느 모르겐로스? 아돌프 모르겐로스 집? 그렇군. 절단 수술? 그래, 알았네. 음, 데이브, 거스에게 마구 채워 내 수술 도구를 그리로 갖고 가라고 하고, 클로로포름도 좀 챙기라고 하게. 나는 여기서 바로 그리로 가겠네. 오늘 밤 집에 못 갈지도 몰라. 아돌프 집으로 연락하면 돼. 어? 아니, 캐리가 마취는 할 수 있을 거야. 수고하게. 어? 아니, 그건 내일 얘기하자고. 이 농가들 전화선에는 늘 엿듣는 사람들이 득시글거리잖는가."

그가 캐럴에게로 몸을 돌렸다. "남쪽으로 10마일 거리에 사는 아돌프 모르겐로스가 팔이 으스러졌어. 외양간을 고치던 중이었는데 기둥이 무너지면서 단단히 후려갈긴 모양이야. 잘라야 할지도 모르겠다고 데이브 다이어가 그러는군. 여기서 곧장 가봐야 할 것 같아. 그곳까지 당신을 끌고 가게 되어 정말 미안해……"

"데려가 줘요. 나에 대해선 조금도 신경 쓰지 말아요."

"당신, 마취할 수 있겠어? 보통은 마부에게 시키는데."

"가르쳐주면요."

"좋아. 음, 항상 공용전화선에 끼룩거리면서 짜증 나게 하는 이들에게 한 방 먹이는 것 들었어? 그 사람들이 내가 하는 말을 들었으면 좋겠군! 음…… 자, 베시, 넬스는 걱정 말아요. 괜찮아질 거예요. 내일 당신이나 이웃 중에 누구든지 다이어의 약국에서 이 처방전으로 약을 짓도록 해요. 4시간마다 찻숟가락으로 하나씩 먹여요. 잘 있어요. 안녕! 그 꼬마 친구군! 세상에, 베시, 얘가 툭하면 앓던 그 애라니 말도 안 돼요. 아니, 음, 이제 건장한 스벤스카가 됐어. 아빠보다 더 크겠는걸!"

케니컷의 허풍 섞인 말에 꼬마가 기뻐하며 몸을 꼬았는데 이런 걸 캐럴은 끌어내지 못했다. 마차 있는 데로 바삐 나가는 남편을 좇아가는 사람은 보잘것없는 아내였고 그녀의 야망은 라흐마니노프를 더 잘 연주하는 것도, 시청을 짓는 것도 아니었다. 그저 아기들을 보고 활짝 웃는 것이었다.

석양은 떡갈나무 가지와 가느다란 포플러 가지들이 걸린 은빛 반구 위에서 그저 장밋빛으로 번졌지만, 지평선 위의 사일로는 붉은 저장 탱크에서 어슴푸레 박무에 싸인 자줏빛 성채로 바뀌었다. 자줏빛 길이 사라졌다. 빛이라곤 없는, 파괴된 세상의 칠흑 속에서 그들은 허공을 향해 흔들흔들 계속 달렸다.

모르겐로스의 농장까지는 울퉁불퉁 얼어붙은 길이었고, 두 사람이 도착했을 때 그녀는 잠들어 있었다.

여기는 위풍당당한 축음기가 있는 번질거리는 신축 주택이 결코 아니었다. 다만 크림과 양배추 냄새가 나는, 흰색 회칠을 한 부엌이었다. 거의 사용하지 않는 주방의 긴 의자에 아돌프 모르겐로스가 누워 있었다. 고된 노동을 한 듯한 그의 아내가 불안해하며 두 손을 떨었다.

캐럴은 케니컷이 무언가 거창하고 깜짝 놀랄 일을 할 것 같았다. 하지만 그는 평소와 같았다. 그가 남자에게 인사를 했다. "이런, 이런, 아돌프, 치료해야겠네요, 예?" 그리고 그의 아내에게 조용히 말했다. "*Hat die* 약국에서 내 *schwartze* 가방 *hier geschickt?* 그래요……*schön. Wie viel Uhr ist's? Sieben? Nun, lassen uns em wenig* 저녁 *zuerst haben.* 맛있는 맥주 좀 남은 거 있어요?—*giebt's noch Bier?*"*

그가 4분 만에 식사를 마쳤다. 코트를 벗고 소매를 걷은 후 세면대의 양철 세숫대야에서 누런 부엌 비누로 손을 문질러 씻었다.

캐럴은 맥주, 호밀빵, 촉촉한 콘드비프, 양배추로 차린 저녁

---

* 원문의 독일어를 번역하면 다음과 같다. "약국에서 내 검은색 가방 이리로 보내지 않았던가요? 그래요…… 좋아요. 지금 몇 시죠? 7시? 알았어요. 간단히 저녁 식사를 먼저 합시다. 맛있는 맥주 좀 남은 것 있어요?"

을 힘겹게 먹는 동안 건넌방은 쳐다볼 엄두가 나지 않았다. 거기서 남자가 신음하고 있었다. 흘깃 보니 그의 파란 플란넬 셔츠가 핏줄 불거진 고동색 목까지 열려 있는데 목의 오목한 부분에 검고 희끗한 털들이 듬성듬성 나 있었다. 그는 시체인 양 흰 천으로 덮여 있었고 천 밖으로는 피투성이 수건으로 동여맨 오른팔이 나와 있었다.

하지만 케니컷이 건넌방으로 쾌활한 걸음걸이로 성큼성큼 건너가니 그녀도 뒤따라갔다. 그가 커다란 손가락 치고는 놀라우리만치 섬세한 손놀림으로 수건을 풀고 팔을 드러냈다. 팔꿈치 밑으로 피와 살점이 떡이 져 있었다. 남자가 고함을 질렀다. 방 안 공기가 탁해졌다. 그녀는 속이 몹시 울렁거렸다. 부엌 의자로 뛰어갔다. 구토가 나올 듯 몽롱해진 상태에서 케니컷의 툴툴거리는 소리가 들렸다. "안됐지만 잘라야겠어요, 아돌프. 어떻게 한 겁니까? 예취기 날 위로 넘어진 겁니까? 바로 처치할게요. 캐리! 캐럴!"

그녀는 도저히 일어날 수가 없었다. 마침내 그녀가 일어섰다. 무릎이 흐느적거렸고 뱃속은 시시각각 수천 번 요동쳤으며 눈은 흐릿하고 귀는 고막이 터질 듯 윙윙거렸다. 식당으로 갈 수가 없었다. 실신할 것만 같았다. 그녀의 가슴과 옆구리에 불 같은 열기와 찬기가 번갈아가며 몸을 훑고 지나갔다. 간신히 식당 벽에 몸을 지탱하고 서서 애써 미소를 짓는 동안 케니컷이 웅얼거리듯 말했다. "자, 모르겐로스 부인과 내가 이 사람을 식탁으로 옮길 테니 거들어줘요. 아니, 우선 나가서 탁자 두 개를 끌어다 붙이고 그 위에 담요하고 깨끗한 천을 깔아요."

무거운 탁자들을 밀어붙이고 그걸 문질러 닦고 정확하게 맞춰 천을 까는 일이 마치 구세주 같았다. 그녀는 머리가 맑아졌다. 남편과 농부의 아내가 울부짖는 남자의 옷을 벗기고 잠옷을 끼워 입힌 다음 그의 팔을 씻어내는 동안 그녀는 그들을 찬찬히 쳐다볼 수 있었다. 케니컷이 와서 수술 도구를 펼쳐놓았다. 그녀는 병원 시설 하나 없지만 그런 걱정은 전혀 않고 남편이, 자기 남편이 수술을, 유명한 외과의에 관한 이야기에서 읽어본 적 있는 그 놀랍도록 대담한 수술을 하려 한다는 사실을 실감했다.

그녀가 그들을 도와 아돌프를 부엌으로 옮겼다. 남자는 지독한 두려움에 사로잡혀 다리를 움직이려 하지 않았다. 무거웠고 땀과 마구간 냄새가 났다. 하지만 그녀는 그의 허리에 팔을 두르고 매끈한 머리를 그의 가슴에 붙인 채 그를 끌어당겼다. 케니컷을 따라 자신도 기운을 내기 위해 혀 차는 소리를 냈다.

아돌프를 탁자에 눕히자 케니컷이 반구형 철 테에 솜을 끼운 마취 마스크를 그의 얼굴에 씌웠다. 그리고 캐럴에게 말했다. "자, 이 사람 머리맡에 앉아서 에테르를 계속 떨어뜨려요. 이 정도 속도로, 알겠소? 난 호흡을 지켜볼 테니. 이게 누구야! 진짜 마취사군! 오크스너*에게도 이보다 더 나은 마취사는 없었어! 최고야, 어? ……자, 자, 아돌프, 마음 놓아요. 이거면 하나도 아프지 않고 편안하게 잠들 테니까, 하나도 아프지 않을

---

* 앨버트 오크스너(Albert John Ochsner, 1858~1925)는 당대 미국에서 가장 탁월하다고 평가받던 외과 의사.

거요. *Schweig' mal! Bald schlaft man grat wie ein Kind. So! So! Bald geht's besser!*"*

케니컷이 가르쳐준 대로 간격을 유지한 채 소심하게 에테르를 떨어뜨리면서 캐럴은 영웅을 우러러보듯 아무것에도 구애받지 않고 남편을 응시했다.

그가 고개를 흔들었다. "어두워, 어두워요. 여기. 모르겐로스 부인, 바로 여기 서서 이 램프를 들고 있어요. *Hier, und dieses—dieses lamp halten—so!*"**

그 한 줄기 빛에 기대어 그가 걱정 없이 신속하게 수술했다. 방은 고요했다. 캐럴은 남편을 보려 하면서도 베인 선홍빛 상처와 잔인한 메스, 뚝뚝 듣는 피는 보지 않으려고 애썼다. 에테르 가스는 달큼하면서 숨이 막혔다. 머리가 몸에서 떨어져 나와 둥둥 떠다니는 것 같았다. 그녀의 팔에 힘이 빠졌다.

그녀를 주저앉게 만든 것은 피가 아니라 살아 있는 사람의 뼈를 수술 톱으로 가는 소리였다. 그녀는 자신이 구역질을 참고 있었다는 걸, 이제 녹초가 되었다는 걸 알고 있었다. 현기증이 일면서 정신이 아득해졌다. 케니컷의 목소리가 들렸다.

"메스꺼워? 잠시 밖으로 나가 있어. 한동안 아돌프는 마취된 채 있을 거야."

그녀는 자신을 조롱하듯 뱅뱅 도는 문손잡이를 더듬거리며

---

* 이제 조용히! 곧 아기처럼 잠들게 될 겁니다. 자! 자! 금방 기분이 좋아질 거요.

** 여기, 이걸 들고 있어요. 이 램프를, 이렇게요!

찾았다. 몸을 굽힌 채 헉헉거리며 억지로 폐 속으로 공기를 빨아들였다. 머리가 맑아져 왔다. 다시 돌아오자 전체적인 상황이 눈에 들어왔다. 동굴 같은 부엌, 벽 옆에 납덩이 같은 우유통 두 개, 천장 기둥에 매달린 햄, 난로 문에 비친 빛줄기들, 그리고 중앙에는 겁에 질린 통통한 여자가 들고 있는 작은 유리등잔 불빛을 받는 케니컷 박사가 있었다. 천 아래 솟아오른 몸뚱이 위로 몸을 굽히고 있는 수술 의사의 맨 팔에는 피가 여기저기 묻어 있었고 연노랑 수술용 고무장갑을 낀 손은 지혈대를 느슨하게 풀고 있었는데 고개를 휙 들어 농부 아내에게 혀를 차며 말할 때 말고는 얼굴에 아무런 감정이 없었다. "전등을 조금만 더 똑바로 들고 있어요. *noch blos em wenig.*"*

"남편은 품위 없고 부정확한 통용 독일어로 삶과 죽음, 출산, 그리고 독일의 땅에 대해 말한다. 난 울고 짜는 연인들과 크리스마스 장식 화환이 나오는 프랑스와 독일 문학을 읽고. 그러면서 교양 있는 사람은 나라고 생각했지!" 그녀가 경건한 마음으로 제자리로 돌아왔다.

좀 있으니 그가 엄한 어조로 말했다. "그 정도면 됐어. 에테르는 그만 줘." 그는 동맥을 묶는 데 집중했다. 걸걸한 목소리가 그녀 귀에는 위엄 있게 들렸다.

그가 남은 피부를 잘라 상처 부위를 덮어씌우자 그녀가 속삭였다. "당신, 정말 대단해요!"

그는 놀랐다. "아니, 이건 아무것도 아냐. 만약 지난주 같았

---

* 조금만 더.

다면…… 물 좀 갖다 줘. 아, 지난주 복막이 터진 환자가 있었는데, 세상에, 생각지도 못한 위궤양이더라고…… 됐군. 있잖아, 정말 졸려. 여기서 자기로 합시다. 집으로 돌아가기엔 너무 늦었어. 내 예감에 폭풍이 올 것 같아."

IX

두 사람은 깃털 침대에서 자신들의 털 코트를 덮고 잤다. 아침에는 커다란 꽃 그림에 금박을 입힌 항아리 안의 얼음을 깼다.

케니컷이 예견한 폭풍은 오지 않았다. 그들이 출발했을 때는 안개가 끼면서 따뜻해지고 있었다. 1마일쯤 달리고서 그녀는 그가 북쪽의 먹구름을 예의 주시하고 있는 걸 보았다. 그가 말들에 박차를 가했다. 하지만 그녀는 비극적인 풍경에 놀라느라 그가 평소와 달리 서두른다는 사실을 알아채지 못했다. 하얀 눈, 삐죽삐죽 그루터기만 남은 밭, 뭔지 알 수 없게 된, 덥수룩하니 퇴색한 잡목 덤불들. 작은 둔덕들 아래는 차가운 그늘이었다. 거세지는 바람에 농가 근처 버드나무들이 마구 흔들렸고 껍질이 벗겨져 나간 나목들은 나환자의 피부처럼 군데군데가 하얬다. 눈 내린 습지들은 휑뎅그렁하니 평평했다. 땅 위의 모든 것이 무참했고, 뭉게뭉게 피어오르는 청회색 가장자리의 시커먼 먹구름이 하늘을 뒤덮었다.

"눈보라가 칠 것 같아." 케니컷이 추측했다. "어쨌든 벤 맥고니걸 집까진 갈 수 있겠어."

"눈보라요? 정말요? 어머나…… 하지만 그래도 어렸을 땐 그게 재미있다고 생각했어요. 아빠 법원에 못 나가고 집에 계셔야 했고 우린 창가에 서서 눈을 바라보았어요."

"대초원에선 재미있는 일이 못 돼. 길 잃고 얼어 죽는다고. 요행을 바라는 건 금물이야." 그가 쯧쯧 소리를 내면서 말들을 얼렀다. 말들은 이제 날았고 마차는 바퀴 자국이 꽁꽁 언 땅 위를 흔들거리며 달렸다.

공기가 갑자기 결정체로 변하더니 큼지막한 눈송이가 되었다. 말들과 물소 가죽 덮개가 눈으로 덮였다. 그녀의 얼굴은 축축했고 채찍 밑동에는 하얀 두둑이 생겼다. 공기는 더 차가워졌다. 눈송이가 더 단단해지더니 수평으로 퍼부으며 얼굴을 할퀴었다.

그녀는 바로 코앞도 볼 수 없었다.

케니컷은 자못 심각했다. 앞으로 몸을 구부리고 너구리 가죽 장갑을 낀 손으로 고삐를 단단히 거머쥐었다. 그녀는 그가 해낼 거라고 확신했다. 늘 해냈으니까.

그가 옆에 있다는 사실만 빼면 세상과 일상적인 모든 삶이 사라졌다. 두 사람은 마구 요동치는 눈 속에서 길을 잃었다. 그가 몸을 기울이며 큰 소리로 외쳤다. "말들이 마음대로 달리도록 놔두는 중이야. 우릴 집에 데려다줄 거야."

한바탕 덜커덩하더니 마차가 도로를 이탈했다. 바퀴 두 개가 고랑에 비스듬히 처박혔지만, 말들이 재빨리 치고 나가자 순식간에 다시 튕겨져 나왔다. 그녀는 숨이 턱 막혔다. 양모 덮개를 턱까지 끌어올리면서 용감해지려고 했지만 그러지 못했다.

그들은 오른쪽에 무언가 시커먼 벽 같은 데를 지나가고 있었다. "저 헛간 알아!" 그가 소리를 빽 질렀다. 그가 고삐를 당겼다. 그녀가 덮개 밖으로 슬쩍 보니 그는 아랫입술을 깨물고 있었고, 인상을 쓰면서 달리는 말의 고삐를 늦추었다가 이리저리 살살 움직였다가 다시 확 잡아당겼다.

그들은 멈추었다.

"저기가 농가야. 덮개 둘러, 자 어서." 그가 소리쳤다.

마차 밖으로 나가는 것은 얼음물에 뛰어드는 것 같았지만, 그녀는 땅에 내려선 뒤 어깨에 두른 물소 가죽 덮개 밖으로 조그맣고 볼그레한, 아기 같은 얼굴로 그에게 미소를 지었다. 미치광이 어둠처럼 안구를 할퀴는 눈발의 소용돌이 속에서 그가 마구를 풀었다. 우람한 체구에 모피 옷을 걸친 그가 말굴레를 들고 터덜터덜 돌아왔고, 캐럴은 손으로 그의 소맷자락을 잡아당겼다.

그들은 길가에 바로 접해 있는, 어슴푸레하니 큼지막한 헛간에 당도했다. 그가 외벽을 더듬더듬 짚으면서 마당에서 헛간으로 연결되는 출입문을 찾았다. 헛간 안은 따뜻했다. 나른한 고요함에 두 사람은 할 말을 잃었다.

그가 조심스레 말들을 마구간으로 몰았다.

그녀의 발가락들이 고통으로 불타올랐다. "집을 찾아 뛰어요." 그녀가 말했다.

"안 돼. 아직은. 어쩌면 못 찾을 수도 있어. 집을 10피트 앞에 두고 길을 잃을 수도 있다고. 이리로 와서 말 옆에 앉아. 눈보라가 잦아들면 집을 찾으러 나가자고."

“몸이 뻣뻣해요! 걸을 수가 없어요!”

그가 그녀를 마사로 옮겨 덧신과 장화를 벗긴 다음 자주색이 된 손가락에 입김 부는 걸 멈추고 장화 끈을 더듬거리며 잡았다. 그녀의 발을 문질러주고는 물소 가죽 덮개와 사료 상자 더미에서 말 보온덮개를 가져와 그녀를 덮어주었다. 그녀는 폭풍에 포위된 상태에서 노곤해졌다. 그녀가 한숨을 쉬었다.

“당신은 참 강인하면서도 아주 능숙하고 겁이 없어요, 피든 폭풍이든……”

“익숙해. 단 하나 신경이 쓰였던 건 어젯밤 에테르 증기가 폭발하면 어쩌지 하는 거였어.”

“무슨 말이에요?”

“있잖아, 데이브, 그 멍청이가 내가 말한 클로로포름을 보내지 않고 에테르를 보낸 거야. 에테르 증기는 폭발성이 정말 강한데, 특히 탁자 바로 옆에 전등이 있었잖아. 하지만 어쩔 수 없이 헛간 마당에서 묻은 오물투성이 상처를 수술해야만 했으니.”

“당신은 그걸 내내 알고 있었어요?…… 당신과 내가 폭파될 수도 있었다는 걸요? 수술하는 동안 알고 있었다는 거예요?"

“그럼. 당신은 몰랐어? 아니, 왜 그래?”

16장

I

케니컷은 그녀가 준 크리스마스 선물에 매우 만족해했고, 자신은 그녀에게 다이아몬드 핀을 선물했다. 하지만 그녀는 그가 크리스마스 아침의 의례나 자기가 장식한 크리스마스트리, 자신이 매달아둔 양말 세 개, 리본과 금박 스티커, 숨겨놓은 편지 같은 것에 흥미로워할지 확신이 서지 않았다. 그의 반응은 고작 이거였다.

"장식물을 예쁘게 달았군, 좋아. 오후에 잭 엘더의 집으로 가서 카드놀이나 할까?"

그녀는 환상적이었던 아버지의 크리스마스트리를 떠올렸다. 트리 꼭대기에 올린 신성시하는 낡은 헝겊 인형, 값싼 선물 몇 개, 펀치와 캐럴, 난롯불에 익어가는 군밤, 그리고 아이들이 휘갈겨 쓴 메모를 펼쳐선 썰매를 타고 싶어 하고 산타클로스가 진짜 있는지 알고 싶어 하는 아이들의 요구를 진지하게 받아들이던 판사인 아버지의 모습. 아버지가 평화롭고 품위 있는 미네소타주에 맞지 않게 감상주의자라는 이유로 자신을 고발하는 긴 고발장을 읽어나가던 모습을 떠올렸다. 썰매에 앉아 자신들 앞에서 가는 다리를 경쾌하게 움직이던 모습도 떠올랐다.

그녀가 떨리는 목소리로 중얼거렸다. "올라가서 신발을 신어야지. 슬리퍼가 너무 차가워." 욕실 문을 닫아걸고 그리 낭만적이지 않은 고독 속에서 그녀는 미끄러운 욕조 끝에 앉아 눈물을 흘렸다.

II

케니컷에게는 좋아하는 것이 다섯 가지 있었다. 의사라는 직업, 토지 투자, 캐럴, 자동차 운전, 사냥이었다. 어떤 순서로 좋아하는지는 분명하지 않았다. 외과의를 존경하기도 하고 교활한 방식으로 시골 개업의들에게 수술 환자를 데려오라고 설득하는 외과의를 비난하기도 하고, 진료비를 나눠 먹는 행위에 분노하기도 하고 새로 들여온 엑스레이 기구를 뿌듯해하기도 하는 등 의사라는 직업과 관련한 여러 문제 속에서도 굳건한 열정이 있다고는 하나 이들 중 그 무엇도 자동차 운전만큼 그에게 최상의 행복을 주지는 못했다.

그는 2년 된 뷰익을, 집 뒤쪽 마구간 겸 차고에 가만히 보관하며 겨울에도 애지중지 보살폈다. 그리스 컵을 채우고 펜더에 광택제를 입혔으며 뒷좌석 밑에서 장갑, 구리 나사받이, 구겨진 지도들, 그리고 흙먼지, 기름투성이 누더기 천을 치웠다. 겨울 한낮에는 밖에서 어슬렁거리다가 근엄한 표정으로 차를 바라보곤 했다. '내년 여름에 갈 수도 있는' 기막힌 여행을 상상하면서 들뜨기도 했다. 기차역으로 뛰어가 노선표를 들고 와서는 고퍼 프레리에서 위니페그나 데모인 혹은 그랜드 마레로 가는 노선을 쭉 훑었다. 그리고 혼잣말로 이런 실없는 질문을 던지면서 그녀가 야단스레 대꾸하리라 기대했다. "자 보자, 바라부에 섰다가 라크로스에서 시카고까지 바로 넘어갈 수 있을는지 모르겠네."

그에게 운전은 의문의 여지가 없는 신앙과도 같았다. 초를 밝히는 전기점화장치와 제단 성물의 신성함을 지배하는 엔진 피스톤의 고리들을 갖춘 고교회高敎會파의 숭배의식이었다. 예배의식은 억양과 운율이 있는 길 이야기로 구성되어 있었다. "사람들 말이 덜루스에서 인터내셔널 폴스에 이르는 길이 상당히 멋지대."

사냥에도 똑같은 애착을 보였는데, 사냥은 캐럴이 전혀 알지 못하는 난해한 개념으로 가득 찬 분야였다. 겨울 내내 그는 스포츠 카탈로그를 읽었고, 이전에 나갔던 사냥 중에 인상 깊었던 기억을 떠올렸다. "우연히 오리를 두 마리 잡았던 그때 기억나? 해가 막 떨어질 때였지?" 적어도 한 달에 한 번 그는 기름 먹인 플란넬 보자기에서 자기가 가장 좋아하는 연발 산탄총인 '펌프식 연발총'을 꺼냈다. 방아쇠에 윤활유를 치고 천장을 향해 총구를 겨누며 가만히 무아지경에 빠졌다. 일요일마다 아침이면 캐럴은 그가 다락으로 쿵쿵거리며 올라가는 소리를 들었고, 거기서 한 시간 뒤 그녀는 그가 장화와 유인용 목각오리, 도시락통을 뒤집어보거나, 아니면 생각에 잠긴 채 다 쓴 탄피들을 실눈으로 살피고 소매로 놋쇠 탄두를 닦고 나서 못쓰겠다며 고개를 가로젓는 걸 보았다.

그는 젊을 때 쓰던 탄약 재는 기구와 포탄에 뚜껑 씌우는 기구, 납 탄알을 제조하는 주형을 보관하고 있었다. 한번은 물건을 정리하고 싶어 안달하는 주부답게 그녀가 난리법석을 떨었다. "이런 것들 좀 없애면 안 돼요?" 그가 진지하게 방어했다.

"글쎄, 누가 알아. 언젠가 쓸모가 있을지."

그녀가 얼굴을 붉혔다. 자기 말대로 '확실한 형편이 될 때' 가지겠다는 아이에게 주려고 생각 중인 건가 의아했다.

이상하게 몸도 아프고 왠지 모르게 슬퍼져서 그녀가 슬그머니 자리를 떴다. 모성애를 발휘할 기회가 이렇게 늦어지는 것이, 모성 발휘의 기회가 마을 개선에 대한 자신의 고집과 신중한 그의 성공 욕심 때문에 이렇게 희생되는 것이 끔찍하고 비정상적인 일이라는 확신이 반쯤, 아주 반쯤 들었다.

"하지만 그가 샘 클라크 같았다면 더 심각했을 거야. 애를 갖자고 졸랐다면." 그녀가 곰곰이 생각하더니 자문했다. "만약 윌이 백마 탄 왕자였다면 내가 애를 갖자고 조르지 않았을까?"

케니컷의 토지 거래는 돈을 벌면서 즐기는 놀이였다. 시골을 쭉 운전하면서 그는 어느 농장이 수확이 좋은지 주목했다. '여길 매각하고 알베르타로 사라질 생각으로' 들썩이는 농부에 대한 소문을 듣고 다녔다. 수의사에게 다양한 품종의 가축들에 대한 평가를 부탁했다. 라이먼 카스에게는 에이나 지셀드슨의 밀 수확이 정말 에이커당 40부셸이었는지 알아보았다. 그는 늘 줄리어스 플리커보에게 조언을 구했는데 플리커보는 법보다 부동산 거래를, 정의보다 법을 더 많이 다루었다. 그리고 군구郡區의 지도를 연구하고 경매 공고를 읽었다.

그래서 토지 160에이커를 에이커당 150달러에 사서 1~2년 후 헛간 바닥에 시멘트를 바르고 집 안에 수도꼭지를 설치한 뒤 에이커당 180달러, 아니 2백 달러까지 받고 팔았다.

그는 이 같은 내용을 샘 클라크에게 상세히 설명했다. 틈만

나면.

그는 자동차, 총포류, 토지 등 자신이 좋아하는 놀이에 캐럴이 흥미를 느끼기를 바랐다. 하지만 흥미를 일으킬 만한 사실적인 내용은 말해주지 않았다. 그는 그저 딱 봐도 아는, 따분한 양상만 이야기했고, 재력에 대한 열망이나 자동차의 기계 원리에 대해서는 한 번도 말해준 적이 없었다.

설레는 기분에 빠졌던 이번 달, 그녀는 열과 성을 다해 남편의 취미를 이해하고자 했다. 그가 반 시간에 걸쳐 방열기에 알코올을 넣을 것인지 특허 받은 부동액을 넣을 것인지 아니면 물을 완전히 빼버릴 것인지 결정하는 동안은 차고에서 덜덜 떨었다. "아니, 아니지, 물을 다 빼버렸는데 날씨가 포근해지면 차를 몰고 나갈 수 없잖아. 그래도 물론 방열기를 다시 채울 수 있지. 그렇게 오래 걸리지 않을 거야. 그저 물 몇 양동이면 될 테니까. 그런데 만약 물을 다 빼지 않았는데 기온이 다시 내려가면…… 물론 등유를 넣는 사람들도 있지만, 호스 연결부를 부식시킨다고들 하니까. 러그렌치를 어디에 뒀더라?"

이쯤 되자 그녀는 자동차 운전에 대해 이해하길 포기하고 집으로 들어가 버렸다.

두 사람이 친밀감을 새로이 쌓아가는 동안 그는 자신의 환자에 관한 이야기를 많이 했다. 다른 사람에게 말하면 안 된다는 한결같은 경고와 함께, 선더키스트 부인이 또 임신했으며 '하울랜드 가게의 하녀가 사고를 쳤다'는 정보를 주었다. 하지만 그녀가 전문적인 내용을 질문하면 대답을 잘 못 했다. "정확히 어떤 방법을 써서 편도선을 들어내죠?"라고 그녀가 묻자 그가 하품하면서 말했다. “편도선 수술? 아니, 그냥…… 고름이 있으면 수술하는 거야. 그냥 떼내는 거지. 당신, 신문 봤어? 도대체 비는 신문을 어떻게 한 거야?”

그녀는 다시 묻지 않았다.

III

두 사람은 ‘영화’를 보러 갔다. 영화는 케니컷을 비롯하여 고퍼 프레리의 충실한 다른 주민들에게 땅 투기나 총포류, 자동차만큼이나 없어서는 안 될 요소였다.

남미의 어느 공화국에서 명성을 얻은 씩씩한 양키 청년을 그리는 장편영화였다. 청년은 현지인들이 교양 없이 마구 웃고 노래 부르는 습관적인 행위를 북부 양키들의 분별 있는 힘으로, 생기, 활기, 활력으로 변화시켰다. 그는 현지인들에게 공장에서 일하는 법, 세련된 대학생처럼 옷 입는 법, 그리고 “오, 아가씨, 내가 돈 버는 걸 지켜봐”라고 외치는 법을 가르쳤다. 그는 자연 자체도 변모시켰다. 백합꽃과 삼나무 수풀, 뭉게뭉게 피어 있는 구름밖에 없던 산이 그의 대활약 덕분에 기다란 목재 헛간들이 불쑥 생겨나고, 철광석 더미가 기선으로 바뀌어 철광석을 실어 나르고, 그 철광석이 다시 기선으로 바뀌어 철광석을 실어 날랐다.

본편 영화를 본 관객들의 지적 긴장 상태는 좀더 활달하고 좀더 음악적이며 좀 덜 철학적인 드라마로 해소되었다. 맥 쉬나르켄*과 수영복 입은 아가씨들이 나오는 통속극이었는데

「라이트 온 더 코코」라는 제목이었다. 쉬나르켄 씨는 무지하게 웃기는 장면들에서 요리사, 인명 구조요원, 코미디 배우, 조각가로 등장했다. 호텔 복도가 있고 경찰관들이 그리로 우르르 몰려오는데, 수많은 방문에서 석고 흉상들이 내던져지자 경찰관들은 그저 놀라서 입만 벌렸다. 비록 줄거리는 산만해도 파이와 다리라는 두 개의 모티프는 명확했다. 수영과 모델 일은 둘 다 다리를 보여주는 데 더없이 안성맞춤이었다. 쉬나르켄 씨가 커스터드 파이를 목사의 뒷주머니에 슬쩍 집어넣었으니 결혼식 장면은 불길한 클라이맥스의 서막이었을 뿐이다.

로즈버드 영화관 안의 관객들은 꺽꺽 넘어가는 소리를 냈고 눈물까지 닦았다. 그들이 덧신과 장갑, 머플러를 찾아 자리 밑을 휘저을 동안 영사막에는 다음 주 상영될 클린 코미디 코퍼레이션의 「몰리의 침대 밑에서」라는 대단한 신작 특선영화에서 쉬나르켄 씨를 볼 수 있을 거라는 광고가 떴다.

"다행이에요." 캐럴이 케니컷에게 말했다. 북서쪽에서 불어온 돌풍이 황량한 거리를 몰아치고 있었다. "미국이 도덕관념이 있는 나라라서. 우린 이처럼 지독히 노골적인 소설은 못 들어오게 하잖아요."

"응. 부패방지협회와 우편국에서 이런 걸 받아들일 리 없지. 미국인들은 추잡한 걸 좋아하지 않아."

"네. 맞아요. 그 대신에 「라이트 온 더 코코」같이 고상하기

* 미국 슬랩스틱 코미디 영화감독인 맥 세네트(Mack Sennett, 1880~1960)의 이름을 바꿔 만든 인물.

이를 데 없는 연애 이야기를 상영해주니 얼마나 다행이에요."

"제기랄, 뭘 어쩌겠다는 심산이야? 날 놀리는 거야?"

그는 침묵했다. 그녀는 그의 울분이 가라앉기를 기다렸다. 그가 쓴 하층사회 은어와 보이오티아 방언*이 뒤섞인 고퍼 프레리 특유의 말투를 곱씹었다. 그가 무슨 영문인지 모를 웃음을 지었다. 그들이 밝은 집 안으로 들어서자 그가 다시 웃었다. 그는 거들먹거리며 말했다.

"당신은 알아줘야겠어. 한결같다니까. 됐어. 우리가 꽤 괜찮은 농가들을 여러 군데 들여다봤으니 난 당신이 그 고상한 것들을 극복했으리라 생각했던가 봐. 하지만 당신은 그대로야."

"아니……" 혼잣말이었다. "가만히 있으니까 이이가 날 만만하게 보네."

"이봐, 캐리. 세상에는 딱 세 부류가 있어. 아무런 생각도 없는 사람, 뭐든 얘기하는 불평꾼, 그리고 사람들을 고무하고 만사를 해결하는, 줏대 있는 보통 사람."

"그렇다면 난 불평꾼이겠네요." 그녀가 아무렇지 않다는 듯 웃었다.

"아니. 그건 인정 못 해. 당신은 따져 말하길 좋아해. 하지만 결정적인 순간에는 머리를 기른 예술가보다 샘 클라크를 택할 거야."

"오…… 글쎄요……"

---

* 고대 그리스 지역인 보이오티아 사람(Boeotian). 아테네 사람들은 이들을 미개하다고 여겼다.

"오 글쎄요!" 그가 흉내 냈다. "이런, 우리는 그냥 모든 걸 바꿀 거야, 그렇지! 10년 동안 영화를 만들어온 사람들에게 가서 어떻게 영화를 만드는지 말해주겠지. 건축가들에게는 도시설계방법을 말해줄 거고. 잡지사에 가서는 뭘 원하는지도 모르는 고상한 노처녀와 주부들 이야기만 잔뜩 출판하게 할 거야. 오, 우린 공포의 대상이야! ……자, 캐리. 거기서 나와. 정신 차려! 영화에서 다리 좀 보여줬다고 그걸 불평하다니 당신이 그렇게 말할 자격이 있을까! 저기, 당신은 속치마도 입지 않은 그리스 무용수들, 아니 뭐가 됐든, 그들을 늘 치켜세우잖아!"

"하지만, 여보, 그 영화의 문제점은요, 다리 나오는 장면이 너무 많았다는 게 아니라 수줍게 키득거리면서 뭘 더 보여줄 것처럼 하더니 그러지 않았다는 거예요. 유머로 표현된 관음증이었다고요."

"이해할 수가 없군. 들어봐……"

그녀가 잠들지 못하고 누워 있는 동안 그는 잠에 빠져 코를 드르렁거렸다.

"밀고 나가야 해. 이이는 내 생각을 '불평'이라고 치부해. 이이를 흠모하고 이이가 수술하는 걸 지켜보는 것으로 충분할 줄 알았는데, 아니야. 애초의 설렘이 끝나고 나니 아니야.

이이에게 상처 주고 싶지 않아. 하지만, 밀고 나가야 해.

이이가 차의 방열기를 채우고 정보 쪼가리를 던져주는 동안 옆에서 지켜보는 것만으로는 충분치 않아.

내가 이이를 지켜보며 만족할 정도로 충분히 찬탄한다면 만족하겠지. '착하고 귀여운 여자'가 되겠지. 시골 바이러스. 벌써…… 지금 난 아무 책도 읽지 않고 있어. 일주일 동안 피아노에 손도 대지 않았어. '에이커당 10달러 더 받는 수지맞은 거래'를 숭배하느라 내 일상이 익사하고 있어. 그렇게 놔두지 않을 거야! 굽히지 않을 거야!

어떻게? 새너탑시스, 파티, 개척자들, 시청, 가이와 바이더까지 다 실패했는데. 하지만…… 상관없어! 이제 '마을을 바꾸려' 하지 않겠어. 애써 독서클럽을 조직하고, 애써 깨끗한 하얀 염소 가죽장갑을 끼고서 줄 달린 안경을 쓴 강사들을 쳐다보며 앉아 있지 않을 거야. 내 영혼을 구하려 애쓸 거야.

저기서 잠자는 윌 케니컷은 날 믿고 있고 자기가 날 붙들고 있다고 생각해. 그런데 난 떠나고 있고. 이이가 날 비웃었을 때 나의 전부가 이이를 떠났어. 이이에겐 내가 자기를 흠모하는 것으로 충분치 않았어. 난 변해야 해, 이이처럼 성장해야 해. 이이는 자신의 위치를 이용하고 있어. 이젠 아냐. 끝났어. 난 밀고 나갈 거야."

IV

그녀의 바이올린이 업라이트 피아노 위에 놓여 있었다. 그녀가 그걸 들어 올렸다. 마지막으로 켠 뒤로 건조해진 줄들은 끊어졌고 시가를 만 적황색 띠가 그 위에 얹혀 있었다.

V

그녀는 가이 폴록이 몹시 보고 싶었다. 자신과 같은 생각인지 확인하고 싶었다. 하지만 케니컷의 눈치가 너무 많이 보였다. 그녀는 자신이 참고 있는 것이 그가 두려워서인지, 혹은 타성에 젖어 자주권을 주장하려는 과정에서 수반될 '언쟁'의 감정 소모가 싫어서인지 판단이 서지 않았다. 그녀는 쉰 살의 혁명론자 같았다. 죽는 건 겁나지 않지만 맛없는 스테이크와 입냄새, 혹은 바람 부는 바리케이드 위에서 밤을 지새울 걸 생각하면 진절머리가 났다.

영화를 보고 온 지 이틀째 되는 날 저녁에 그녀가 충동에 이끌려 팝콘과 사과주를 함께 들자고 바이더 셔윈과 가이를 집으로 불렀다. 거실에서 바이더와 케니컷이 '8학년 미만 학생 대상의 공예 교육의 가치'에 대해 토론하는 동안 캐럴은 식탁에서 가이 옆에 앉아 팝콘에 버터를 묻혔다. 깊은 생각에 빠진 그의 눈빛에 그녀는 마음이 달떴다. 그녀가 속삭이듯 말했다.

"가이, 도와줄래요?"

"이런! 어떻게요?"

"글쎄요!"

그가 기다렸다.

"여성을 암흑 속에 살도록 한 실체가 무언지 알아내도록 좀 도와줘요. 잿빛 어둠과 그늘진 수풀 속에서 말이죠. 우린 다, 잘나가는 남편을 둔 젊은 주부들이나 리넨 목깃을 댄 옷을 입은 상점 여주인들, 차 마시러 이웃에 놀러 가는 할머니들, 쥐꼬리만 한 임금을 받는 광부의 아내들, 버터 만들고 교회 가는 걸 진짜 좋아하는 농부 아내들까지 천만 여성이 죄다 암흑 속에 살고 있어요. 우리가 원하는 건, 아니 우리에게 필요한 건 뭘까요? 저기 윌 케니컷은 우리가 아이를 여럿 낳고 열심히 일하면 된다고 하겠죠. 하지만 그게 아니에요. 아이가 여덟 있고 또 임신 중인 부인들도 똑같은 불만이 있어요! 그리고 속기 타자수 혹은 쓸고 닦는 주부들뿐 아니라 어떻게 하면 친절한 부모에게서 벗어날까를 궁리하는, 대학 나온 젊은 여성들도 마찬가지죠. 우린 뭘 원하는 걸까요?"

"근본적으로 당신은 나랑 비슷해요, 캐럴. 당신은 평온하고 예절 바른 시절로 돌아가고 싶어 해요. 다시 품위 있는 삶을 받들고 싶은 거죠."

"고작 품위 있는 삶? 꾀까다로운 사람들로요? 오, 아뇨! 난 우리가 다 같은 걸 원한다고 생각해요. 산업근로자나 여성, 농부, 흑인종, 아시아 식민지 주민, 그리고 일부 고상한 신분의 사람들까지도 말이에요. 그건 모두 똑같은 혁명이에요. 기다리고 충고를 받아온 모든 계급에서 일어난 일이죠. 아마도 우린 좀더 의식 있는 삶을 원하는 것 같아요. 우린 싫은 일을 지겨우리만치 하고 잠들고 죽어가는 삶에 지쳤어요. 겨우 몇몇 사람만 개인주의 삶을 사는 모습을 보는 것에도 지쳤어요. 늘 다음 세대까지 희망을 미루어야 하는 것에도요. 정치가들과 목사들과 신중한 개혁가들(그리고 남편들!)이 이렇게 우릴 꼬드기는 말을 듣는 것에도 지쳤어요. '잠자코 있어! 참아! 기다려! 우린 유토피아를 위한 설계를 이미 마쳤어. 시간만 좀더 준다면 그걸 보여줄 거야. 우릴 믿으라고. 우리가 당신들보다 더 현명하다니까.' 천년만년 그렇게 말했어요. 우린 지금 우리의 유토피아를 원하고 있고, 우리가 그걸 만들어낼 거예요. 우리가 원하는 건 그저 모든 주부와 모든 부두 노동자와 모든 힌두 민족주의자와 모든 교사를 위한 모든 것이요. 우리 모두를 위한 모든 것이에요! 우린 모든 걸 원해요. 우린 그걸 얻지 못할 테죠. 그러니까 우린 결코 만족할 수 없겠죠……"

그녀는 그가 왜 질겁한 표정인지 의아했다. 그가 끼어들었다.

"들어봐요. 진심으로 난 당신이 자신을 숱한 트집쟁이 노조 간부들과 같은 부류라고 생각지 않았으면 좋겠어요. 민주주의가 이론적으로는 괜찮고 노동 현장에 불평등이 존재한다는 사실은 인정하겠지만, 전부가 똑같이 평범해지는 세상보다 난 차라리 불평등한 세상이 더 나을 것 같습니다. 당신이 싸구려 소형 자동차니 흉물스러운 자동 피아노 같은 걸 사려고 임금 투쟁하는 수많은 노동자와 공통점이 있다고 생각하고 싶지 않다는 말입니다……"

그 시간 부에노스아이레스에서는 한 신문사 편집장이 늘 하는 지루한 대화를 멈추고 "어떤 불평등이라 해도 따분한 통계자료밖에 없는 평범한 세상이 되는 것보다 낫다"라고 말한다. 그 시간 뉴욕의 어느 술집 바에 서 있던 사무원 하나가 잔소리 많은 사무실 관리자에 대한 비밀스러운 두려움을 잠시 멈추고 옆에 있는 운전사에게 으르렁거리듯 말했다. "아우, 당신네 사회주의자들은 진절머리가 나! 난 개인주의자요. 조직에 들볶일 일도 노조 간부들에게 지시 들을 일도 없단 말이요. 그래서 떠돌이 노동자하고 당신이나 내가 같다는 거요?"

가이가 케케묵은 이론을 고상한 말로 열심히 설명했건만 이 순간 캐럴은 그의 소심한 태도가 샘 클라크의 육중한 체격만큼이나 답답하다는 걸 깨달았다. 가이는 그녀를 달뜨게 만들었던 수수께끼 같은 인물이 아니었다. 탈출을 위해 그녀가 의지할 수 있는, 바깥세상에서 온 낭만적인 특사가 아니었다. 완전히 고퍼 프레리 사람이었다. 그녀는 먼 나라의 몽상에서 황급히 정신을 차린 다음 자신이 메인 스트리트에 있다는 사실을 자각했다.

그가 항변을 마무리했다. "이런 의미 없는 불만에 연루되어선 안 돼요."

그녀가 그를 달랬다. "아뇨. 난 영웅적이지 못해요. 난 이 세상 모든 싸움이 두려워요. 난 숭고함과 모험을 원하지만, 어쩌면 벽난로 옆에서 사랑하는 누군가에게 바싹 달라붙어 있고 싶은 마음이 훨씬 더 큰지도 모릅니다."

"그러고 싶……"

그는 말을 끝내지 않았다. 그가 팝콘 한 줌을 집어 들더니 손가락 사이로 흘리며 안타까운 표정으로 그녀를 바라보았다.

해볼 수도 있었던 사랑을 단념한 사람의 쓸쓸한 기분이 들면서 캐럴은 그가 타인이라는 사실을 깨달았다. 그저 반짝이는 옷을 걸어놓았던 인체 모형에 지나지 않았었다는 사실을 깨달았다. 혹시라도 그가 쭈뼛대며 사랑을 표현하게 놔뒀다면 그건 그에게 관심이 있어서가 아니라 관심이 없어서였다. 전혀 중요하지 않았기 때문이었다.

연애를 못 걸게 차단하여 교묘하게 더 애타게 하는 여자처럼 그녀가 그에게 미소를 지었다. 팔을 살짝 쓰다듬는 것 같은 흔적 없는 미소였다. 그녀가 한숨을 쉬면서 말했다. "머릿속으로 상상하던 고민을 털어놓게 해주시다니 당신은 정말 좋은 분이에요." 그녀가 발딱 일어서서 지저귀듯 말했다. "이제 팝콘을 갖다 줘야죠?"

가이가 쓸쓸한 눈길로 그녀의 뒤를 좇았다.

바이더와 케니컷과 농담을 주고받으면서도 그녀는 마음속으로 되뇌었다. "밀고 나가야 해."

VI

마일스 비요른스탐, 떠돌이 일꾼 '레드 스위드'가 부엌 화덕에 쓸 포플러나무 장작을 자르려고 회전 톱과 휴대용 엔진을 들고 집으로 왔다. 케니컷이 지시해놓은 터였다. 캐럴은 아무것도 모르고 있다가 톱날 돌아가는 소리에 밖을 내다보고서야 비요른스탐을 보았다. 그는 검은색 가죽 재킷 차림에 무지하게 큰 넝마 같은 자주색 장갑을 끼고 회전하는 톱날에 나무토막을 대고 화덕 길이로 자른 뒤 한쪽으로 내던지고 있었다. 빨간색의 성마른 모터가 끊임없이 '틱-틱-틱-틱-틱-틱' 성마른 소리를 냈다. 톱날의 윙윙거림이 고조되었고 급기야 날카로운 야간 화재경보 경적인가 싶더니 끝에는 항상 찰캉하며 명쾌한 금속성 소리가 났고, 잠잠해진 다음 장작더미 위에 나무토막이 털썩 떨어지는 소리가 들렸다.

그녀가 자동차 담요를 휙 둘러쓰고 밖으로 뛰어나갔다. 비요른스탐이 그녀를 반색했다. "이런, 이런, 이런! 언제나처럼 무례한 노땅 마일스올시다. 아, 괜찮습니다. 주제넘은 짓은 아직 시작도 전인데요. 내년 여름, 아이다호까지 쭉 이어지는 말 매매 여행에 부인을 데려갈 생각입니다."

"그렇군요. 갈 수도 있죠!"

"어떻습니까? 이제 마을이 좋아졌습니까?"

"아뇨, 하지만 좋아지겠죠. 언젠가는."

"사람들이 을러대게 놔두지 말아요. 받아쳐요!"

그는 일하는 중에 그녀에게 소리를 질렀다. 장작더미가 깜짝 놀랄 만큼 쌓였다. 허여스레한 포플러나무 껍질이 회녹색과 칙칙한 잿빛 이끼로 얼룩덜룩했다. 막 자른 나무토막 끝은 선명한 색을 띠며 울 머플러처럼 기분 좋게 가슬가슬했다. 메마른 겨울 공기 속에 잘린 나무들이 3월의 나뭇진 냄새를 내뿜었다.

케니컷이 시골로 들어간다고 전화를 했다. 비요른스탐이 일을 정오에 끝내지 못했기 때문에 그녀는 그를 초대하여 부엌에서 비와 식사를 하게 했다. 그녀는 자신이 이런 외부인들과 함께 식사할 만큼 어떤 구애도 받지 않는 사람이면 얼마나 좋을까 싶었다. 그들의 호의를 생각하고 '사회적 차별'을 비웃으며 자신만의 금기사항에 분개하면서도 그녀는 여전히 이들을 사용인으로, 자신은 귀부인으로 간주했다. 그녀는 식탁에 앉아 문틈으로 비요른스탐의 우렁찬 목소리와 비의 키득거림을 들었다. 그녀에게도 어처구니가 없었던 건 혼자 저녁을 먹는 의식을 마친 후 부엌으로 가서 싱크대에 비스듬히 기댄 채 그들과 얘기할 수 있었다는 사실이었다.

비와 비요른스탐은 서로에게 끌렸다. 스웨덴 사람 오셀로와 데스데모나는 원조 주인공들보다 더 유능했고 더 상냥했다. 비요른스탐이 모험담을 풀어놓았다. 그는 몬태나 광산 캠프에서 말을 팔았고 강을 막고 있는 통나무 더미를 뚫었으며, '위세 떠는' 백만장자 목재상에게 대거리도 했다. 비가 "어머 세상에!"라고 뒤로 넘어가는 소리를 내면서 그의 잔에 계속 커피를 채워주었다.

그의 땔감 작업은 꽤 오래 걸렸다. 그는 몸을 녹이려고 부엌을 들락날락했다. 그가 비에게 속엣말을 털어놓는 게 캐럴의 귀에 들렸다. "그쪽은 정말 싹싹한 스웨덴 처녀요. 그쪽 같은 여자만 있으면 이렇게 성질머리 고약한 놈은 안 될 수도 있었을 텐데. 세상에, 부엌이 깨끗하군. 늙은 홀아비가 지저분하게 느껴지는구려. 음, 머릿결이 곱기도 하네. 어? 내가 주책바가지라고? 어어어, 아가씨. 내가 주책 부리는 걸 못 봤구먼. 무슨 소리, 난 댁을 손가락 하나로 집어 올려 공중에 들고서 로버트 잉거솔을 끝까지 읽을 수도 있다오. 잉거솔? 오, 종교 저술가요. 그럼요. 마음에 들 거요."

차를 몰고 떠나면서 그가 비에게 손을 흔들었다. 위층 창가에 홀로 서서 그 모습을 지켜보던 캐럴은 이들이 그려내는 목가적인 풍경이 부러웠다.

"그리고 난…… 그래도 난 계속해야지."

17장

I

달빛이 비치는 1월의 어느 날 밤 스무 명의 사람들이 썰매를 타고 호숫가 오두막으로 내달리고 있었다. 그들은 「토이 랜드」와 「넬리를 바래다주며」를 불렀고, 썰매의 낮은 뒤쪽에서 뛰어내린 뒤 썰매가 지나간 미끄러운 자국 위를 달렸다. 그러다가 지치면 활주부 위에 올라타고 갔다. 말이 차올린 달빛 어린 눈의 파편들이 흥에 겨운 사람들 위로 내려앉았다가 목덜미를 타고 흘러내렸지만, 그들은 웃고 비명을 지르면서 가죽 장갑으로 가슴께를 탁탁 쳤다. 마구가 덜걱거렸고 썰매 방울이 미친 듯이 울렸으며 잭 엘더의 사냥개가 말들 옆에서 뛰어오르며 짖어댔다.

한동안 캐럴은 그들과 함께 달렸다. 찬 공기에 없던 힘이 생기는 듯했다. 그녀는 밤새 달릴 수도 있을 것 같았다. 한 번에 성큼성큼 20피트씩이라도 뛸 수 있을 것 같았다. 그러나 흥분이 과해 힘이 다 빠진 그녀는 썰매에 깔린 짚을 덮어놓은 담요 사이로 파고들 수 있게 되자 기뻤다.

소란이 난무하는 가운데 그녀는 마법 같은 정적을 찾았다.

길을 따라 떡갈나무 가지들이 만들어낸 그림자들이 마치 눈 위에 잉크로 그어놓은 오선지 같았다. 그러더니 썰매는 미니마쉬호수 표면에 이르렀다. 두꺼운 얼음판을 가로지르는 것은 농부들의 진짜 지름길이었다. 꽁꽁 언 겹겹의 얼음층, 줄곧 날리는 반짝이는 녹색 얼음 가루, 이랑 진 해변처럼 이어지는 눈더미들이 있는 눈부시게 뻗어 있는 호수 위로 달빛이 강렬했다. 눈 위로 바람이 휘몰아치니 호숫가 나무들이 휘황찬란한 발광체로 변했다. 밤은 정열적이고 육감적이었다. 그렇게 취한 마법 속에서는 찌는 열기와 간사한 냉기가 전혀 다르지 않았다.

캐럴은 꿈속을 헤맸다. 소란스러운 말소리, 옆에서 은근히 환심을 사려는 가이 폴록마저 대수롭지 않았다. 그녀는 다음과 같이 되풀이했다.

수도원 지붕 위 두터이 쌓인 눈
달빛에 반짝이고 있네*

시구와 달빛이 흐려져 끝을 알 수 없는 어마어마한 행복감으로 바뀌면서 그녀는 무언가 굉장한 것이 자신에게 오고 있다고 느꼈다. 불만스럽게 아우성치던 것을 관두고 불가해한 신들에 대한 신앙에 빠져들었다. 밤이 팽창하면서 그녀는 우주를 느꼈다. 온갖 신비가 굽어보고 있었다.

봅슬레이가 오두막들이 있는 깎아지른 절벽으로 오르는 가파른 길을 덜컹거리며 달리자 그녀가 깜짝 놀라 황홀경에서 깨어났다.

---

* 시인 알프레드 테니슨(Alfred Tennyson, 1809~1892)의 「성 아그네스 축일 전야*St. Agnes' Eve*」의 첫 소절.

그들은 잭 엘더의 오두막에서 내렸다. 페인트를 칠하지 않은, 8월에는 고맙기 그지없던 내부 벽이 오싹할 정도로 차가웠다. 코트에 모자 위로 머플러를 동여매고서 사람들이 기이한 모습으로 모여 있었는데, 곰과 바다코끼리들이 말을 주고받는 것 같았다. 잭 엘더가 커다란 스튜 냄비같이 생긴 무쇠 난로 안에서 대기 중인 대팻밥에 불을 붙였다. 사람들이 목도리와 외투 같은 것들을 흔들의자에 쌓고선 의자가 장중하게 뒤로 넘어가자 환호성을 질렀다.

엘더 부인과 샘 클라크 부인이 검게 탄 커다란 양철 주전자에 커피를 끓였다. 바이더 셔윈과 맥가넘 부인은 도넛과 생강쿠키 꾸러미를 풀었다. 데이브 다이어 부인은 프랑크푸르트 소시지 롤빵인 '핫도그'를 데웠다. 테리 굴드 박사가 "신사 숙녀 여러분 놀랄 준비를 하십시오. 놀라실 분들은 오른쪽으로 줄을 서주십시오"라고 선언하더니 버번 위스키 한 병을 꺼냈다.

다른 사람들은 소나무 마룻바닥에 언 발을 찧을 때마다 "아야!" 하고 투덜거리면서 춤을 췄다. 캐럴은 꿈에서 벗어났다. 해리 헤이독이 그녀의 허리께를 들어 빙그르르 돌렸다. 그녀가 웃었다. 사람들이 서로 떨어진 채 점잔을 빼고 이야기만 하고 있으니 재미있게 놀고 싶어서 더 조바심이 났다.

케니컷, 샘 클라크, 잭슨 엘더, 아들 맥가넘 박사와 제임스 메디슨 하울랜드는 난롯가에서 발끝을 세우고 서서 돈 만지는 사람답게 거드름을 피우며 차분한 목소리로 대화를 나누었다. 세부적으로는 서로 비슷한 데가 없지만, 그들은 모두 같은 진심 어린 단조로운 목소리로 똑같은 말을 했다. 누가 말하고 있는지 알려면 그들을 쳐다봐야만 했다.

"음, 꽤 빨리 왔어." 누군가가 말했다.

"그래, 호수 위로 올라온 다음부터 빨리 달렸지."

"그래도 좀 느린 것 같더군, 차를 몰고 다녀서 그런가."

"그래, 그 말이 맞아. 음, 자네가 샀던 스핑크스 타이어는 어떤가?"

"괜찮은 것 같아. 그래도 로드이터 코드보다 더 좋은지는 잘 모르겠어."

"그래, 로드이터 타이어보다 나은 건 없지. 특히 코드는 최고지. 패브릭보다 코드가 훨씬 좋아."

"그래, 자네 말이 맞아…… 로드이터는 괜찮은 타이어지."

"음, 피트 가르샴의 지불 건은 어떻게 되었나?"

"잘 갚고 있어. 그자의 땅이 물건이야."

"그래, 근사한 농장이지."

"그래, 피트가 좋은 걸 갖고 있어."

그들은 이런 진지한 화제로 이야기를 나누다가 메인 스트리트에서 재치로 통하는 무례한 농담으로 슬쩍 넘어갔다. 샘 클라크가 특히 그런 데 능했다. "자네가 꿍꿍이 수작을 부릴 생각인가 본데, 이 여름 모자들을 이렇게 말도 안 되게 할인하는 이유는 뭔가?" 그가 해리 헤이독 쪽을 보고 외쳤다. "훔쳤나? 아니면 늘 하듯 우리한테 바가지를 씌우는 겐가? ……오, 모자 얘기가 나와서 말인데, 내가 윌에 대해 재미있는 얘기 안 해줬지? 의사 선생은 자기가 상당히 운전을 잘하는 줄, 사실 자기가 꽤 똑똑한 줄 알지만 한번은 빗속에 차를 끌고 나갔는데 저

딱한 바보가 체인을 감지 않았어. 그리고 내 생각에는……"

캐럴은 이 얘기를 마르고 닳도록 들었다. 그래서 춤추는 무리 속으로 돌아가 맥가넘 부인의 등에 고드름을 집어넣는 데이브 다이어의 절묘한 장난에 미친 듯이 손뼉을 쳤다.

사람들은 바닥에 앉아 걸신들린 듯 음식을 먹어치웠다. 남자들은 위스키 병을 건네주면서 즐거운 듯 키득거렸고, 후아니타 헤이독이 한 모금 마시자 "그렇지, 그래야지!" 하며 웃었다. 캐럴도 한번 해보려 했다. 취해서 자유분방해지고 싶다고 생각했지만, 위스키가 숨을 못 쉬게 하는 데다 인상을 찌푸린 케니컷의 모습이 눈에 들어오자 그녀는 이내 뉘우치며 병을 넘기고 말았다. 가정이나 뉘우침 같은 건 이미 포기하지 않았냐고 기억을 떠올렸을 때는 이미 늦은 뒤였다.

"연상 게임 합시다!" 레이미 워더스푼이 말했다.

"오, 네, 해요." 엘라 스토바디가 말했다.

"그거 신나는 오락이지." 해리 헤이독이 찬성했다.

그들은 'making'이라는 단어를 May와 King으로 풀었다. 왕관은 샘 클라크의 불그레한 넓은 이마 위에 쫑긋 세운 빨간 플란넬 장갑이었다. 그들은 자신들이 점잖다는 걸 잊고 있었다. 잊어먹은 척했다. 캐럴이 흥분하여 소리쳤다.

"연극 클럽을 만들어서 공연해보는 거 어때요! 할까요? 오늘 밤 정말 재미있었어요!"

사람들이 친근해 보였다.

"그래요." 샘 클라크가 의리를 보이며 말했다.

"오, 해요! '로미오와 줄리엣'을 하면 멋질 것 같아요!" 엘라 스토바디가 몹시 하고 싶어 했다.

"무지하게 재미있을 겁니다." 테리 굴드 박사가 응했다.

"하지만 하더라도" 캐럴이 조심스러워하며 말했다. "아마추어 같은 공연은 아주 시시할 거예요. 무대장치니 하는 것들을 손수 칠하고 무언가 정말 멋지게 해야 해요. 힘든 작업이 많을 거예요. 여러분이, 아니 우리가 리허설에 모두 정확히 올 수 있을 것 같으세요?"

"물론이죠!" "그럼요." "바로 그거죠." "리허설 시간을 엄수해야 해요." 그들이 모두 동의했다.

"그럼 다음 주에 만나서 고퍼 프레리 극단을 결성하도록 해요!" 캐럴이 노래하듯 말했다.

집으로 돌아가면서 그녀는 달빛 어린 눈 속을 함께 달리고 보헤미안 파티를 열고 이제 곧 연극무대에서 아름다움을 창조할 이들 친구들에게 애정을 느꼈다. 모든 게 다 해결됐다. 마을의 진정한 일원이 되면서 시골 바이러스의 무력감에서도 탈출하게 될 것이다. ……케니컷에게 상처 주지도 않고, 케니컷이 알지 못하게 그에게서 다시 자유로워질 것이다.

그녀는 성공적이었다고 생각했다.

달은 이제 조그맣게 저 높은 곳에, 무심히 떠 있었다.

II

다들 분명히 위원회 모임과 리허설에 참여하고 싶다고 했음에도 불구하고, 명확하게 윤곽이 나온 극단의 구성원은 고작 케니컷, 캐럴, 가이 폴록, 바이더 셔윈, 엘라 스토바디, 해리 헤이독 부부, 데이브 다이어 부부, 레이미 워더스푼, 테리 굴드 박사와 네 명의 새 지원자들이 전부였다. 끼 있는 리타 사이먼스, 하비 딜런 박사 부부, 매력은 없어도 열정적인 열아홉 살의 아가씨 머틀 카스가 새로운 얼굴들이었다. 이 열다섯 명 중 일곱 명만 첫 모임에 참석했다. 나머지는 전화를 걸어와 비할 데 없는 유감의 뜻과 함께 다른 용무와 질병의 사유를 전하면서 다음 모임부터는 절대 빠지지 않고 다 참석하겠노라고 단언했다.

캐럴이 단장 겸 감독을 맡게 되었다.

그녀는 딜런 부부를 추가했다. 케니컷의 우려에도 불구하고 치과 의사 부부는 웨스트레이크 부자와 협력한 적 없이 그저 스토바디의 은행에서 금전출납원이자 부기계원, 수위로 일하는 윌리스 우드포드처럼 진정한 상류층에 끼지 못한 상태였다. 졸리 세븐틴의 브리지 모임이 있던 날 캐럴은 딜런 부인이 집을 천천히 지나면서 애처로운 표정으로 안에 있는 선택받은 화려한 인사들을 바라보는 걸 목격했다. 그녀는 충동적으로 딜런 부부를 극단 모임에 초대했고, 케니컷이 그들에게 퉁명스러울 때 본인은 그들을 유별나게 다정히 대하면서 우쭐한 기분을 느꼈다.

이러한 그녀의 자기만족 덕분에, 초라한 인원수에 살짝 실망한 마음과 "연극이 고양될 필요가 있다"느니 "일부 작품은 대단한 교훈을 주는 것 같다"라고 레이미 워더스푼이 반복해 말할 때의 당혹감이 상쇄되었다.

밀워키에서 발성법을 공부했던 전문 연기자인 엘라 스토바디는 최근 작품들에 대한 캐럴의 열정을 못마땅하게 여겼다. 스토바디 양은 미국 연극의 기초 원리를 설명했다. 유일하게 예술다워지는 방법은 셰익스피어 극을 상연하는 것이라고 말했지만 아무도 자기 말을 들어주지 않자 그녀는 레이디 맥베스 같은 얼굴을 하고서 가만히 앉아 있었다.

III

3, 4년 뒤 미국 연극에 자극을 줄 소극장들이 이제 겨우 싹을 틔우고 있었다. 하지만 빠르게 나타나는 이런 반란을 캐럴은 예감했었다. 그녀는 잃어버린 어떤 잡지에서 더블린에 있는 이른바 아일랜드 배우들*이라는 혁신가들에 대한 기사를 읽은 적이 있었다. 확실치는 않지만 고든 크레이그라는 남자가 무대 장치를 페인트칠했다는, 아니 희곡을 썼던가 하는 사실도 알았다. 사건이 휘몰아치는 드라마 속에서 그녀는 자신이 상원의원들이나 그들의 허세 섞인 유치한 언행을 다루는 진부한 신문들보다 더 중요한 역사를 발견하고 있다고 느꼈다. 브뤼셀의 어느 카페에 앉아 있다가 대성당 벽 옆에 있는, 작고 흥겨운 극장에 가는 모습을 상상하면서 친숙함을 느꼈다.

미니애폴리스 신문의 광고란이 벌떡 일어나 그녀의 눈에 들어왔다.

---

* 1904년 윌리엄 예이츠와 레이디 이사벨라(본명은 오거스타 그레고리)에 의해 설립된 애비 극장(Abbey Theatre)의 배우들.

코스모스 음악 발성 연극학교에서는 슈니츨러, 쇼, 예이츠, 던세이니 경이 쓴 단막극 네 편을 공연할 예정입니다.

저길 가야겠어! 그녀는 자기랑 트윈 시티로 달려가자고 케니컷을 졸랐다.

"음, 글쎄. 연극 보러 가는 건 즐거울 테지만 어쩌자고 당신은 아마추어들이 여럿 나오는 젠장맞을 저런 외국 작품을 보려고 해? 기다렸다가 나중에 정식 공연을 보는 게 어때? 정말 재미있는 게 올 텐데. 「쌍권총 목장의 로티」와 「경찰과 사기꾼들」 같은, 뉴욕의 배역진들이 하는 진짜 브로드웨이 공연 말이야. 당신이 보려는 이 시시한 것들은 뭐야? 음. 「그는 어떻게 그녀의 남편에게 거짓말을 했나」.* 가히 나쁘진 않겠는데. 도발적이겠어. 그리고 어, 그렇군, 모터쇼에 가도 되고. 새로 나온 이 허프 로드스터를 보고 싶군. 음……"

그녀는 그가 어떤 매력에 이끌려서 가겠다고 한 건지 결코 알지 못했다.

나흘 동안 그녀는 고급 실크 페티코트에 난 구멍, 갈색 시폰 벨벳 드레스에서 떨어진 구슬 한 줄, 가장 아끼는 조젯 크레이프 블라우스에 묻은 케첩 얼룩을 떠올리며 즐거운 걱정에 빠졌다. "번듯하게 입고 갈 옷이 단 한 벌도 없어." 푸념했지만, 사

---

* 「그는 어떻게 그녀의 남편에게 거짓말을 했나*How He Lied to Her Husband*」는 아일랜드 극작가 조지 버나드 쇼(George Bernard Shaw, 1856~1950)가 1914년 발표한 단막 익살극.

실은 이 상황을 무척 즐기고 있었다.

케니컷은 '연극을 몇 편 보러 트윈 시티에 갈' 거라는 말을 사람들에게 가볍게 흘렸다.

바람 없는 날, 기차가 잿빛 평원을 통과하면서 엔진에서 나온 거대한 솜뭉치 같은 연기가 풀밭에 바짝 붙어서 눈밭을 가리는 나지막한 담을 만들었지만 그녀는 창밖을 보지 않았다. 두 눈을 감고 콧노래를 흥얼댔는데 정작 본인은 그러고 있는지도 몰랐다.

그녀는 명성과 파리를 공격하는 젊은 시인이었다.

미니애폴리스역에서 벌목꾼들, 농부들, 그리고 몇 명인지 알 수 없는 아이들과 할머니 할아버지들 그리고 종이로 싼 꾸러미를 진 스웨덴 일가족들이 뒤섞여 있는 인파와 그들이 만들어내는 번잡함, 소음에 그녀는 정신이 없었다. 한때 익숙했던 도시지만 고퍼 프레리에서 1년 반을 지내고 오니 자신이 시골 사람처럼 느껴졌다. 케니컷이 분명 전차를 잘못 탈 것 같았다. 어스름이 깔리는 저녁, 주류 판매점, 유대인의 양복점, 하숙집이 있는 로우어 헤너핀 거리는 연기가 피어올랐고 험악하고 심술궂었다. 러시아워에 복잡하게 오가는 교통과 소음에 정신이 혼미해졌다. 허리에 너무 딱 맞는 외투를 입은 사무원 하나가 뚫어지게 쳐다보자 그녀는 케니컷의 팔에 더 바짝 붙었다. 그 사무원은 건방져 보였고 도시 사람의 티를 냈다. 이런 혼잡한 상황에는 이골이 난 잘난 사람이었다. 지금 날 비웃는 건가?

순간, 걱정 없는 고퍼 프레리의 평온이 그리웠다.

호텔 로비에서 그녀는 괜스레 사람들의 눈치를 보았다. 호텔은 익숙한 곳이 아니었다. 후아니타 헤이독이 시카고의 유명한 호텔을 얼마나 뻔질나게 들먹였던가를 부러운 마음으로 떠올렸다. 커다란 가죽 의자에 거만한 태도로 앉아 있는 순회 영업사원들을 정면으로 쳐다볼 수가 없었다. 사람들이 자신과 남편이 호사스러운 것, 우아하고 고급스러운 것에 익숙하다고 생각해주길 바랐다. 케니컷이 'W. P. 케니컷 박사와 아내'라고 등록부에 서명하고선 접수 직원에게 "욕조가 있는 근사한 방이 있소?"라고 우렁차게 물어보는 통에 품위 없이 구는 남편에게 살짝 짜증이 났다. 도도한 표정으로 휘둘러보아도 자신에게 관심 두는 사람이 아무도 없다는 걸 깨닫자 그녀는 자신이 바보 같다는 생각이 들었고 조바심쳤던 일을 부끄러워했다.

그녀는 "로비가 너무 화려하잖아"라고 단언하면서도 동시에 그 화려함에 탄복했다. 도금한 기둥머리의 줄마노 기둥과 왕관 문양이 수 놓인 벨벳 커튼이 드리운 식당 문, 그리고 어여쁜 여자들이 의문의 남자들을 쉴 새 없이 기다리는, 비단 밧줄로 울이 둘려 있는 알코브*가 있었다. 신문 가판대에는 2파운드짜리 캔디 상자와 다양한 잡지들이 놓여 있었다. 안 보이는 곳에서 흘러나오는 오케스트라 연주가 경쾌했다. 헐렁한 외투를 입고 홈부르크 모자**를 쓴 유럽 외교관처럼 생긴 남자가 보였다. 브로드테일 모피 코트에 두꺼운 레이스 베일과 진주 귀걸이, 꽉 끼는 검은 모자를 쓴 여인이 식당으로 들어갔다. "세상

* 서양식 건축에서, 벽의 한 부분을 쑥 들어가게 만들어놓은 부분.

** homburg. 중절모의 일종으로 챙의 양쪽 끝이 살짝 올라간 모양의 모자.

에! 저렇게 세련된 여자를 보는 게 얼마 만이야!" 캐럴은 마구 흥분했다. 도시인이 된 듯했다.

하지만 케니컷을 따라 엘리베이터로 가자 코트 보관대에서 뺨에 덕지덕지 분을 바르고 목이 깊게 파인 정열적인 빨간색의 얇은 블라우스를 입은, 거만한 표정의 젊은 여자가 자신을 샅샅이 훑으며 깔보는 그 눈빛에 캐럴은 다시 소심해졌다. 그녀는 무심코 벨보이가 자기보다 엘리베이터에 먼저 타기를 기다렸다. 그가 코웃음 치며 "먼저 타세요!"라고 말하자 굴욕감이 들었다. 시골뜨기라고 생각했을까 봐 걱정스러웠다.

방에 들어와서 벨보이가 밖으로 나가자 그녀는 케니컷을 요모조모 뜯어보았다. 몇 달 만에 처음으로 진지하게 보았다.

옷이 너무 두꺼웠고 시골티가 났다. 고퍼 프레리의 냇 힉스가 지어준 괜찮은 회색 정장이 철판인가 싶었다. 재단도 특별할 게 없었고 외교관의 바바리코트 같은 편안함이나 우아함이라곤 전혀 없었다. 검은 구두는 뭉툭했으며 잘 닦여 있지도 않았다. 목도리는 둔한 갈색이었다. 면도도 필요했다.

하지만 방 안에 있는 희한한 것들이 눈에 들어오자 걱정이 싹 사라졌다. 그녀는 이리저리 둘러보았다. 욕조의 수도꼭지를 틀었다. 집에 있는 수도꼭지처럼 쫄쫄 나오는 게 아니라 물이 콸콸 쏟아졌다. 파라핀지에 싸인 새 수건을 확 빼냈다. 트윈 베드 사이에 있는 장미 문양의 갓을 씌운 전등을 켰다. 콩팥 모양의 호두나무 책상 서랍을 빼서 문양이 인쇄된 편지지를 살폈고 거기다 알고 있는 사람들 모두에게 편지 쓸 계획을 세웠다. 암적색 벨벳을 씌운 안락의자와 푸른색 양탄자에 감탄사를 연발했다. 냉수 수도꼭지를 틀어본 뒤 정말 차가운 물이 나오자 행복한 비명을 질렀다. 그녀는 두 팔을 활짝 벌려 케니컷을 안고 키스했다.

"여보, 맘에 들어?"

"반했어요. 정말 놀라운데요. 여길 데려와 주다니 사랑해요, 여보. 정말 자상해요!"

그가 하염없이 귀여워하는 표정으로 보다가 하품을 하더니 거들먹거리듯 말했다. "방열기 위에 온도조절계가 상당히 잘되어 있어서 어떤 온도든 당신 원하는 대로 맞출 수가 있어. 이런 데를 난방하려면 커다란 난로가 필요하겠군. 아이구, 오늘 밤, 비가 난로 통풍구를 까먹지 말고 잘 닫아야 할 텐데."

화장대의 유리 덮개 아래 넋을 빼놓는 요리 메뉴판이 있었다. 비트레스의 암컷 뿔닭 가슴살, 러시아식으로 요리한 감자, 샹틸리 크림 머랭, 브뤼셀 케이크가 있었다.

"어머, 가요…… 뜨거운 물에 목욕한 다음 털실 꽃장식이 달린 새 모자를 쓸게요. 그리고 내려가서 몇 시간이고 식사한 다음 칵테일을 마셔요!" 그녀가 읊조렸다.

케니컷이 낑낑거리며 주문하는 동안 웨이터의 주제넘은 행동을 그냥 두는 모습에 성미가 돋았지만, 칵테일 덕분에 형형색색의 별들 사이에 있는 다리에 올라간 기분이 들었다. 고퍼 프레리식으로 깡통에 든 게 아니라 껍질 반쪽 위에 얹힌 석화가 등장하자 그녀는 탄성을 질렀다. "이런 저녁 메뉴를 정하고 정육점에 주문을 내고 어떻게 만들까 수선을 떨면서 생각하고 비가 요리하는 걸 지켜보지 않아도 되는 게 얼마나 근사한 일인지 당신이 알기나 할까! 날아갈 것 같아. 게다가 새로운 요리, 색다른 문양의 접시들과 리넨, 그리고 혹시 푸딩이 상한 건가 걱정하지 않아도 된다니! 오, 정말 최고의 순간이야!"

IV

두 사람은 대도시에서 시골 사람들이 하는 모든 경험을 했다. 아침 식사 후 캐럴은 서둘러 미장원에 갔다가 장갑과 블라우스를 산 뒤 거창하게 안경점 앞에서 케니컷을 만났다. 세웠다가 고쳤다가 마지막으로 결정한 계획에 따른 것이었다. 그들은 상품 진열장의 다이아몬드와 모피, 새하얗게 반짝이는 은식기류, 마호가니 의자, 윤기 흐르는 모로코 가죽 반짇고리에 혀를 내두르고 백화점 인파에 당황하면서 점원의 강요로 케니컷의 셔츠를 너무 많이 사버렸고, '뉴욕에서 막 도착한 독창적인 향수 신제품'에 입을 다물지 못했다. 캐럴은 연극 관련 책을 세 권 샀고, 호화로운 인도산 실크 드레스는 살 여유가 없다고 스스로 경계하다가 그걸 사면 후아니타 헤이독이 무척 부러워하리라는 생각에 눈을 질끈 감고 드레스를 구매하느라 한 시간을 신나게 보냈다. 케니컷은 이 가게 저 가게를 돌아다니며 자동차 앞유리창을 깨끗하게 유지해줄, 펠트 소재의 가림막을 찾아다녔다.

저녁에는 호텔에서 호화스러운 식사를 하고 다음 날 아침엔 돈을 아끼려고 남들 눈에 안 띄게 길모퉁이의 차일드 체인 레스토랑으로 갔다. 오후 3시쯤엔 피곤해져서 영화관에서 꾸벅꾸벅 졸면서 고퍼 프레리에 돌아가고 싶다는 말을 했고 밤 11시쯤엔 다시 원기를 되찾아 월급날 점원들이 애인을 데리고 자주 찾는 중국 음식점에 갔다. 티크와 대리석으로 된 탁자에 앉아서 에그 푸 영을 먹으며 황동색 자동 피아노에서 흘러나오는 음악을 들었고 완전한 도시인의 기분을 만끽했다.

거리에서 두 사람은 같은 마을에 사는 맥가넘 부부와 마주쳤다. 그들은 웃으면서 악수를 하고 또 하면서 소리쳤다. "세상에, 이런 우연을 봤나!" 케니컷 부부는 맥가넘 부부에게 언제 왔냐고 물으면서 이틀 전 떠나온 고향 소식을 좀 들려달라고 부탁했다. 고향에서야 맥가넘 부부가 어떤 사람들이든 간에 여기선 터무니없이 바쁘게 지나가는, 누가 누군지 구분도 안 되는 낯선 이들을 전부 놓고 보아도 단연 으뜸이었기 때문에 케니컷 부부는 되도록 오래 그들을 붙잡았다. 맥가넘 부부는 7호 북부선을 타러 기차역으로 가는 게 아니라 마치 티베트라도 가는 것처럼 작별인사를 했다.

두 사람은 미니애폴리스를 샅샅이 더듬었다. 세계 최대 규모인 제분소의 거대한 회색 건조물과 새 시멘트 곡물 저장 창고가 보이자 케니컷은 글루텐과 곡류를 선별하는 나선 실린더, 밀 품종 하드 1호에 대해 잘 아는 듯 말이 많아졌다. 그들은 로링 파크, 세인트 마크 대성당과 임시 주교좌성당의 첨탑들까지 이어지는 산책길, 그리고 켄우드 언덕길에 늘어선 주택의 빨간 지붕들을 건너다보았다. 공원으로 둘러싸인 여러 호수를 차로 돌아보면서 확장하는 도시의 권력자들인 제분업자, 제재업자, 부동산중개업자 무리의 주택들을 구경했다. 덩굴 차양이 있는 작고 특이한 별장과 자갈 섞인 시멘트와 태피스트리 벽돌로 마감한, 일광욕실 위에 침실 베란다가 있는 주택, 레이크오브아일스 호수를 맞보고 있는, 믿기 힘든 광활한 대저택을 요모조모 뜯어보았다. 두 사람은 눈에 띄는 새 공동주택 지구를 걸어 다녔다. 동부 도시들의 높고 황량한 아파트가 아니라 밝은 노란색 벽돌로 지어진 나지막한 건물들이었는데, 각 가구에는 유리로 둘러막은 베란다에 그네 소파와 붉은 쿠션 그리고 러시아풍의 놋쇠 대야가 있었었다. 그들은 버려진 기찻길과 움푹 패어 맨흙이 드러난 언덕 사이에서 쓰러져가는 판잣집들의 빈곤을 발견했다.

그들은 대학 생활에 여념 없을 때는 결코 알지 못했던, 수 마일에 걸쳐 있는 미니애폴리스를 구경했다. 두 사람은 저명한 탐험가가 된 듯했다. 서로에게 대단한 존경심을 느끼면서 의견을 말했다. "보나 마나 해리 헤이독은 이런 도시는 구경도 못 했을 거야! 그야 물론, 제분소의 기계류를 조사하거나 이런 외진 동네들을 전부 살펴볼 정도의 생각이란 게 없었을 테니까. 고퍼 프레리 사람들은 아마 우리처럼 두 발로 구석구석 탐사하지 않으려 할걸!"

두 사람은 캐럴의 언니와 식사를 두 번 하고서 싫증이 났고, 부부가 남편의 친척이나 아내의 친척을 똑같이 싫어한다는 사실을 돌연 인정하면서 한없이 행복해지는 그런 친밀감을 느꼈다.

그리하여 캐럴이 연극학교에 공연을 보러 갈 저녁이 다가오자 두 사람은 애정과 동시에 피로감을 느꼈다. 케니컷이 가지 말자고 제안했다. "온종일 걸었더니 죽을 만큼 피곤하군. 암튼 일찍 잠자리에 들어 푹 쉬는 게 좋을 것 같아." 캐럴이 자신과 함께 남편을 따뜻한 호텔에서 끌어내 냄새나는 전차를 타고 연극학교가 침울하게 자리 잡은, 대저택을 개조한 건물의 브라운스톤 계단을 올라간 것은 순전히 의무감 때문이었다.

V

두 사람은 정면에 투박한 커튼이 쳐져 있는 길쭉한 백색 강당 안에 있었다. 접이식 의자들에는 때 빼고 광낸 사람들이 빼곡히 앉아 있었다. 학부모, 여학생, 성실한 교사 들이었다.

"갑자기 시시할 것 같은 생각이 들어. 첫번째 작품이 시원찮으면 일어나자고." 케니컷이 희망을 걸면서 말했다.

"좋아요." 그녀가 하품했다. 몽롱한 눈으로 피아노, 악기상, 식당, 캔디 등 맥 빠진 광고들 사이에 숨어 있는 등장인물에 대한 설명을 읽어보려 했다.

그녀는 슈니츨러*의 작품을 별다른 흥미 없이 보았다. 배우들의 움직임과 대사가 뻣뻣했다. 냉소적인 대사가 시골 생활로 무뎌진 그녀의 발랄한 본능을 막 깨우려는 순간 극이 끝났다.

"별로인 것 같아. 살짝 빠져나가면 안 될까?" 케니컷이 사정했다.

"오, 다음 작품 한번 보고요. 「그는 어떻게 그녀의 남편에게

* 아르투어 슈니츨러(Arthur Schnitzler, 1862~1931)는 오스트리아의 소설가이자 극작가.

거짓말을 했나」예요."

그녀는 버나드 쇼의 재치 있는 비유가 재미있었지만 케니컷은 어리둥절했다.

"참으로 터무니없군. 아슬아슬한 맛이 있을 줄 알았는데. 남편이 어떤 사내보고 자기 아내와 바람을 피워달라고 실제로 요구하는 작품을 좋다고 해야 하는 건가. 설마 그런 짓을 하는 남편이 있을라고! 얼른 나갈까?"

"「마음이 열망하는 곳」이라는 이 예이츠 작품을 보고 싶어요. 대학 때 좋아했어요." 그녀는 이제 정신이 들었는지 끈덕졌다.

"내가 예이츠를 읽어줄 때 당신이 별로 좋아하지 않았다는 거 알지만 무대에 올린 예이츠 작품은 좋아할 거라 믿어요."

거의 모든 배우가 마치 떡갈나무 의자가 걷는 듯 투박했고 무대장치는 예술 흉내를 낸답시고 배치해놓은 바틱염색 스카프와 육중한 탁자들이었지만, 여주인공 메이러 브루인은 캐럴처럼 날씬하고 눈이 컸으며 목소리가 아침 종소리 같았다. 캐럴은 여주인공을 통해 살아 있었고, 여주인공의 낭랑한 목소리를 타고 생기 없는 작은 마을의 남편과 줄줄이 앉아 있는 점잖은 학부모들에게서 빠져나와 초가지붕 오두막의 고요한 고미다락으로 이동했다. 거기서 파르라니 흐릿한 빛 아래 참피나무 가지들이 어루만지는 창가에서 불가사의한 여인들과 고대 신들의 연대기를 읽었다.

"저런, 세상에, 저 여자 역의 여학생, 근사한데. 매력적이야." 케니컷이 말했다. "남아서 마지막 것까지 보고 싶어? 응?"

그녀는 전율했다. 그 말에는 대꾸하지 않았다.

커튼이 다시 옆으로 걷혔다. 무대 위에는 기다란 녹색 커튼과 가죽 의자밖에 보이지 않았다. 가구 덮개 같은 헐렁한 갈색 옷을 입은 두 젊은이가 아무 의미도 없는 몸짓과 함께 수수께끼 같은 문장들을 반복적으로 중얼거렸다.

캐럴이 처음 접하는 던세이니의 작품이었다. 케니컷이 주머니를 더듬어 담배를 찾았다가 아쉬운 듯 도로 집어넣자 그녀는 가만있지 못하고 들썩거리는 그가 측은했다.

언제 혹은 어떻게 그렇게 된 건지도 모르고, 무대 위 꼭두각시 같은 배우들의 부자연스러운 대사가 뚜렷이 바뀌지도 않았는데 그녀는 시대와 장소가 달라진 걸 느꼈다.

치장을 도와주는 자부심에 찬 하녀들 사이에서 당당하고 고상하게 대리석 바닥을 사각사각 스치는 대례복을 입은 여왕이 무너져가는 궁전의 회랑을 걷고 있다. 궁정에서는 코끼리들이 울부짖고 있고, 진홍빛으로 물든 턱수염의 거무스레한 남자들이 피 묻은 두 손을 칼자루 위에 포개고서, 엘 샤르낙크에서 온 대상隊商과 고대 페니키아의 항구도시 티레의 황색과 선홍색 물품을 짊어진 낙타들을 호위하며 서 있다. 성 외벽의 포탑 너머로 정글이 반짝이며 비명을 지르고 있고 태양은 이슬에 흠뻑 젖은 난초 위에서 이글이글 타고 있다. 청년 하나가 양각 장식의 강철 문을 통과하여 성큼성큼 걸어 들어온다. 그 문은 장신 남자들 열 명을 올려 세운 것보다 더 높고 칼자국이 남아 있다. 그는 유연한 비늘 갑옷을 입었고, 모자처럼 생긴 매끈한 투구 테두리 아래 사랑스러운 곱슬머리가 흘러내린다. 그가 손을 내민다. 그녀가 그 손을 만지기도 전에 온기를 느낀다.

"제기랄! 도대체 이게 다 뭐야, 캐리?"

그녀는 시리아 여왕이 아니었다. 케니컷 박사 부인이었다. 그녀가 깜짝 놀라 백색의 강당으로 떨어져서 겁먹은 여학생 둘과 주름진 타이츠 차림의 남학생 하나를 바라보며 앉아 있었다.

강당을 나가면서 케니컷이 경솔하게도 의견을 늘어놓았다.

"도대체 그 마지막 장광설은 뭘 말하는 건지 종잡을 수가 없더군. 그게 만약 식자층의 연극이라면 난 언제든 카우보이 영화를 보는 게 더 좋아. 다행이야, 다 끝나고 이제 잠자러 갈 수 있게 됐으니 말이야. 전차 타러 니콜레가까지 걸어갈 시간이 되려나? 그 쓰레기장 같은 곳에 대해 하나만 말해주지. 따뜻한 건 충분했어. 분명 거대한 열풍 난로가 있을 거야. 겨울 내내 돌리려면 석탄이 얼마나 들어갈까?"

차 안에서 그는 그녀의 무릎을 정답게 쓰다듬었고, 잠시 동안 성큼성큼 걸음을 내딛던 갑옷 차림의 젊은이 같았다. 그러더니 다시 고퍼 프레리의 케니컷 박사로 돌아갔고 그녀는 메인 스트리트에 다시 붙잡혔다. 평생은 아니겠지만 다시는 정글과 왕의 무덤들을 보지 못하겠지. 세상에는 불가사의한 것들이 있어. 정말 있어. 하지만 난 결코 보지 못할 거야.

연극에서 그것들을 재창조해야지!

연극 모임이 나의 열망을 이해하도록 만들 테야. 그들은 이해할 거야. 분명히 이해할 거야……

그녀가 하품하는 전차 차장, 졸음에 겨운 승객들, 비누와 속옷을 광고하는 현수막이라는 불가해한 현실을 의심스럽게 바라보았다.

18장

I

그녀가 대본 낭독 위원회의 첫 모임을 위해 서둘렀다. 정글의 연애는 사라졌지만, 제안을 통해 미를 창조하고 싶은 감정의 솟구침, 신성한 열정을 간직한 상태였다.

던세이니의 극은 고퍼 프레리 극단에는 너무 어려울 터였다. 그녀는 그들이 쇼가 최근 발표한 작품 「안드로클레스와 사자」*로 타협하도록 할 생각이었다.

위원회는 캐럴과 바이더 셔윈, 가이 폴록, 레이미 워더스푼, 후아니타 헤이독으로 구성되었다. 그들은 조직적이면서 동시에 예술적인 모습의 자신들을 그려보면서 크게 고무되었다. 그들은 엘리샤 거레이 부인의 하숙집 거실에서 바이더의 환대를 받았다. 거실에는 애퍼매톡스에서 항복을 받아낸 그랜트 장군의 강판과 입체사진들을 담은 바구니가 있었고, 모래가 버석거리는 카펫 위에는 수상한 얼룩이 묻어 있었다.

바이더는 문화 구매와 효율적 시스템을 옹호하는 사람이었다. (새너탑시스 위원회 모임에서처럼) '의사 일정 순서'와 '의사록 강독'이 있어야 한다고 그녀가 넌지시 알려줬지만, 강독할 의사록이 없고 문학과 관련된 일이니만큼 정확한 순서가 어떻게 되는지 아무도 알지 못했기 때문에 그들은 효율을 포기할

---

* 1916년에 발표된 버나드 쇼의 희극.

수밖에 없었다.

의장으로서 캐럴이 정중하게 말했다. "어떤 작품을 제일 먼저 하는 게 좋을지 의견이 있으신가요?" 그녀는 그들이 쑥스러워하면서 멍한 표정을 짓기를 기다렸다. 그러면 「안드로클레스와 사자」를 제안할 수 있을 터였다.

가이 폴록이 당황스러울 정도로 재빨리 대답했다. "음, 우리는 무언가 예술적인 걸 해보려는 것이지 단순히 노닥거리려는 게 아니므로 좀 고전에 속하는 작품을 해야 할 것 같군요. 「추문 패거리」*는 어떨까요?"

"아니…… 그 작품은 너무 많이 공연된 것 같은데요?"

"네, 그럴 겁니다."

캐럴이 "버나드 쇼는 어때요?"라고 말하려는데 그가 예상을 깨고 말을 이었다. "그렇다면 그리스 비극은 어떨까요? 「오이디푸스 왕」 같은 작품요?"

"음, 제 생각에는……"

바이더 셔윈이 끼어들었다. "그 작품은 우리가 하기에 힘들 거예요. 내가 무언가 엄청 재미있을 것 같은 작품을 하나 들고 왔어요."

그녀가 「맥기너티의 장모」라는 제목의 얇은 회색 팸플릿을 건넸고 캐럴이 어정쩡한 표정으로 그걸 받았다. '학교 오락' 카탈로그에 다음과 같이 소개된 일종의 소극이었다.

---

* 아일랜드 극작가 리처드 셰리든(Richard Brinsley Sheridan, 1751~1816)이 1777년 발표한 희극.

놀랍도록 흥미진진한 이야기. 남자 다섯 명과 여자 세 명 출연, 공연시간 두 시간, 실내 배경, 교회 및 모든 상류층 행사에서 대중의 사랑을 받고 있음.

캐럴은 조잡한 팸플릿에서 눈을 들어 바이더를 흘깃 보고선 그녀의 말이 농담이 아니란 걸 알아차렸다.

"하지만 이건, 이건, 음, 이건 그냥…… 아니, 바이더, 난 당신이 안다고, 음, 예술을 안다고 생각했어요."

바이더가 코웃음을 쳤다. "어머. 예술이요. 네, 그래요. 나도 예술을 좋아해요. 아주 멋지죠. 하지만 결국 우리가 극단을 출범시키는 게 중요하지 어떤 종류의 작품을 올리는 게 뭐가 중요해요? 중요한 건 그 누구도 아직 말하지 않았던 어떤 문제예요. 그건 우리가 만약 조금이라도 돈을 번다면 그 돈으로 뭘 할 거냐 하는 거죠? 고퍼 프레리 고등학교에 스토다드의 여행기 전집을 기증한다면 정말 근사할 것 같아요!"

캐럴이 넋두리처럼 말했다. "오, 하지만 바이더, 미안하지만 이 소극은…… 저기 우리가 올렸으면 하는 건 무언가 평판 있는 작품이에요. 말하자면 쇼의 「안드로클레스」 같은 거요. 이 작품 읽어본 사람 있나요?"

"읽었어요. 훌륭한 작품이죠." 가이 폴록이 말했다.

그러자 레이미 워더스푼이 깜짝 놀랄 만큼 목소리를 높여 말했다.

"저도 읽었어요. 이 모임에 대비하려고 공공도서관에서 모든 희곡 작품을 독파했어요. 그리고…… 그런데 케니컷 부인은 이 「안드로클레스」 작품 속의 비종교적인 내용을 파악하지 못한 것 같은데요. 여성의 사고는 너무 순수해서 이런 부도덕한 작가들을 모두 이해하기가 힘들 거예요. 버나드 쇼의 흠을 잡겠다는 건 분명 아닙니다. 그가 미니애폴리스의 지식인들 사이에 아주 인기가 있다는 거 압니다. 하지만 동시에…… 내가 이해하기로 쇼는 아주 음란해요. 그가 말하는 것들은…… 음, 우리 젊은 사람들이 보기에 상당히 외설적일 겁니다. 멋진 여운도 남기지 않고 전하는 메시지도 하나 없는 극은 그저, 그저…… 음, 뭐가 됐든 그건 예술이 아니에요. 그래서…… 자, 제가 순수하면서 아주 재미있는 장면들도 들어 있는 희곡을 찾았습니다. 읽으면서 큰 소리로 웃었어요. 제목은 「그의 어머니의 마음」인데, 대학에 다니는 한 청년의 이야기예요. 이 청년은 자유 사상가들과 아주 친하게 지내면서, 술이라든지 뭐 이런저런 걸 즐기지만 결국 어머니의 영향이……"

후아니타 헤이독이 조롱조로 끼어들었다. "이런 망할, 레이미! 어머니의 영향 같은 건 넣어둬요! 무언가 고상한 걸 해보자고요. 분명 우리는 「캥커키에서 온 소녀」의 판권을 얻을 수 있을 거예요. 연극다운 연극이죠. 뉴욕에서 11개월 동안 상연했었다니까요!"

"아주 재미있겠네요. 비용이 너무 많이 들지 않는다면." 바이더가 곰곰이 생각했다.

캐럴은 「캥커키에서 온 소녀」에 유일하게 반대표를 던진 사람이었다.

II

그녀는 「캥커키에서 온 소녀」를 예상했던 것보다 더 싫어했다. 위조 혐의를 받는 오빠의 무죄를 성공적으로 입증하는 시골 아가씨에 관한 이야기였다. 여주인공은 뉴욕 백만장자의 비서이자 그의 아내의 사교 상담 친구가 되는데, 재산가에 대한 불편한 마음을 멋지게 연설하고선 백만장자의 아들과 결혼해 버린다.

극 속에는 웃기는 사무실 청년도 나왔다.

캐럴은 후아니타 헤이독과 엘라 스토바디 두 사람이 모두 주연을 맡고 싶어 한다는 사실을 포착했다. 후아니타에게 주연을 맡겼다. 후아니타가 그녀에게 감사의 키스를 하더니 첫 주연을 따낸 사람의 열정을 보이며 집행위원회 앞에서 자신의 이론을 피력했다. "연극에서 필요한 건 유머와 활기예요. 그게 미국 극작가들이 지독히 암울한 유럽의 옛날 극작가들보다 훨씬 나은 점이죠."

캐럴이 선정하고 위원회가 승인한 배역은 다음과 같았다.

존 그림, 백만장자	가이 폴록
그림의 아내	바이더 셔윈 양
그림의 아들	하비 딜런 박사
그림의 동종업계 라이벌	레이먼드 T. 워더스푼
그림 부인의 친구	엘라 스토바디 양
캥커키에서 온 소녀	해럴드 C. 헤이독 부인

소녀의 오빠	테렌스 굴드 박사
소녀의 어머니	데이비드 다이어 부인
속기사	리타 사이먼스 양
사환	머틀 카스 양
그림 부부 집의 하녀	W. P. 케니컷 부인

연출: 케니컷 부인

소소한 탄식이 터져 나왔다. 모드 다이어도 그중 하나였다. "아니 물론 내가 후아니타의 어머니로 보일 만큼 나이 들어 보이겠죠. 비록 후아니타가 나보다 8개월 늦게 태어났지만요. 하지만 모든 이가 그 점을 알아차리게 하고 싶진 않아요. 그리고……"

캐럴이 사정했다. "오, 자기! 두 사람 다 같은 나이로 보여요. 내가 자기를 선택한 건 자기가 정말 매력적인 피부를 갖고 있어서예요. 분을 바르고 가발을 쓰면 누구라도 본인의 나이보다 두 배 더 들어 보여요. 그리고 난 누가 하든 극 중 어머니가 상냥했으면 좋겠어요."

전문 배우인 엘라 스토바디는 자신이 작은 역을 맡게 된 건 질투로 인한 공모 때문이라고 생각했다. 그녀는 고고하게 웃어 넘겼다가 점잖게 참기도 하며 감정이 요동쳤다.

캐럴이 대사를 줄이면 극이 더 좋아지겠다고 넌지시 말했으나 바이더와 가이, 그녀를 제외한 전원이 대사가 한 줄만 줄어도 난리를 치는 통에 그녀는 포기해버렸다. 그리고 어쨌든 연출과 무대장치를 잘하면 많은 게 완성될 수 있을 거라고 스스로를 다독였다.

샘 클라크가 동창인 보스턴의 벨벳 자동차 회사 사장 퍼시 브레스나한에게 극단을 자랑하는 편지를 써 보냈다. 브레스나한이 1백 달러짜리 수표를 보내왔고 샘이 25달러를 보탠 돈을 캐럴에게 들고 와서 흡족한 듯 외쳤다. "자! 이거면 공연을 시작해 멋지게 성공시키는 데 도움이 될 겁니다!"

그녀는 시청 2층을 두 달 동안 빌렸다. 봄철 내내 극단은 그 황량한 공간에서 자신들의 재능에 황홀한 기분을 느꼈다. 단원들이 장식용 깃발과 투표용지함, 광고전단, 다리가 날아간 의자들을 치웠다. 무대를 공략했다. 조잡한 무대였다. 무대는 바닥보다 높았고, 죽은 지 10년 지난 약제사의 광고가 칠해진 이동 커튼이 있었다. 그게 없었으면 무대라는 걸 알아보지도 못했을 것이다. 탈의실 두 개 중 하나는 남자용, 다른 하나는 여자용으로 양쪽에 각각 있었다. 탈의실 문은 관객에게 개방된 무대 입구이기도 해서 고퍼 프레리의 많은 주민은 주연 여배우의 드러난 어깨에서 연애 이야기의 분위기를 처음으로 느꼈다.

무대배경은 수풀, 누추한 집 실내, 부유한 집 실내 등 세 개였는데, 마지막 배경은 기차역, 사무실 그리고 시카고에서 온 4인조 여성 중창단의 배경에도 유용하게 쓰였다. 조명은 전체 조명, 반 조명, 암전 이렇게 3단계였다.

이것이 고퍼 프레리에 있는 유일한 극장이었다. 극장은 '오페라 하우스'로 통했다. 한때는 순회극단들이 막간 공연과 함께 「두 명의 고아」「넬리와 아름다운 망토 모델」「오셀로」를 상연하기 위해 사용했지만, 지금은 영화가 집시 연극을 축출해 버린 상태였다.

캐럴은 사무실 세트와 그림 씨의 응접실, 캥커키 근방의 누추한 집을 세울 때 굉장히 현대적으로 구성할 작정이었다. 고퍼 프레리에서 누구든 연속적인 측벽을 이용해 막힌 장면들을 표현할 만큼 획기적이었던 적은 이번이 처음이었다. 오페라 하우스의 무대는 분리된 벽판을 세워 벽으로 썼는데, 이는 연출 기법을 단순화시켰다. 악당은 벽을 따라 걸어 나가면서 주인공 앞에서 언제든 사라질 수 있었다.

누추한 집의 거주자들은 쾌활하고 똑똑한 사람들이어야 했다. 캐럴은 그들을 위해 따뜻한 색감의 단순한 배경을 구상했다. 그녀는 극의 시작이 그려졌다. 완전히 캄캄한 상태에서 등받이 높은 긴 의자들과 그 사이의 단단한 원목 탁자만 무대 밖에서 쏘는 한 줄기 조명을 받게 될 터였다. 가장 밝은 부분은 앵초꽃이 한아름 담긴 반질반질한 구리항아리였다. 그림 가족의 응접실은 세련되고 높직한 하얀색 아치형 구조물이 연결된 형태 정도로, 구상이 조금 덜 명확했다.

이런 효과들을 어떻게 연출할지 그녀는 감도 잡지 못했다.

그녀는 열정적인 젊은 작가들이 쓴 작품임에도 불구하고, 연극에 자동차나 전화처럼 주민의 실생활을 나타내는 것이 반도 표현되지 않았다는 사실을 발견했다. 간단한 공연에도 고도의 교육이 필요하다는 사실을 깨달았다. 하나의 완벽한 무대 장면을 만들어내는 것은 고퍼 프레리 전체를 조지 왕조풍의 정원으로 바꾸는 것만큼 어렵다는 것을 알게 됐다.

연출 관련 자료를 모조리 찾아 읽었다. 페인트와 경목을 구매하고 염치도 없이 가구와 커튼을 빌리고 케니컷을 목수로 만들었다. 그러다가 조명 문제에 부딪혔다. 그녀는 케니컷과 바이더의 항의에도 불구하고 극단을 담보로 미니애폴리스에 주문을 넣어 베이비 스포트라이트, 스트립라이트, 조광기調光器, 파란색과 호박색 전구를 사들였다. 그리고 처음으로 색깔을 마음껏 사용하게 된 타고난 화가처럼 뿌듯한 희열을 맛보며 어두운 조명 혹은 화려한 조명을 만들기 위해 색상을 조합하는 데 몇 날 밤을 몰두했다.

케니컷과 가이, 바이더만 그녀를 도와주었다. 널빤지들을 서로 어떻게 동여매야 벽을 만들 수 있을까 곰곰이 생각했고, 창문에는 진한 노란색 커튼을 달아주었다. 그리고 함석판으로 만든 난로를 검게 칠했고, 앞치마를 두르고 비질을 했다. 나머지 극단 단원들은 매일 저녁 들러서는 고상하게 문학적인 이야기를 했다. 캐럴에게서 극 연출 입문서를 빌려 가더니 그들이 쓰는 어휘가 엄청나게 많아졌다.

후아니타 헤이독, 리타 사이먼스, 레이미 워더스푼은 톱질하는 나무토막에 앉아 캐럴이 첫 장면에 쓰일 벽 그림의 위치를 정확하게 잡으려는 모습을 지켜보았다.

"자화자찬하고 싶지는 않지만 난 여기 1막에서 멋진 연기를 해낼 것 같아요." 후아니타가 솔직히 말했다. "그런데 캐럴이 너무 자기 마음대로 하지 않았으면 좋겠어요. 캐럴은 옷을 몰라요. 내게 음, 완전히 주홍색인 근사한 드레스가 하나 있는데 그걸 입고 싶어서 '등장할 때 내가 이 새빨간 옷을 입고 문간에 그냥 서 있기만 해도 사람들이 넋을 잃지 않을까요?'라고 말했죠. 그런데 그녀가 그걸 못 입게 했어요."

젊은 아가씨 리타가 맞장구를 쳤다. "캐럴은 케케묵은 세부 사항들과 목공일 등에 너무 신경을 쓰느라 전체적인 그림을 보질 못해요. 난 사무실 장면이 「리틀, 벗 오 마이!」에 나온 것과 비슷하면 좋겠다고 생각했죠. 내가 덜루스에서 그걸 봤기 때문이죠. 하지만 그녀는 그냥 아무 말도 들으려 하지 않았어요."

후아니타가 한숨을 쉬었다. "난 에설 배리모어가 이런 극에서 역을 맡는다면 할 것 같은 대사를 하고 싶었어요. (해리하고 내가 미니애폴리스에서 그녀의 대사를 한 번 들은 적이 있거든요. 아주 좋은 오케스트라 좌석에서였죠. 그녀처럼 할 수 있다는 직감이 들어요.) 캐럴은 내 제안에 콧방귀도 뀌지 않았어요. 비난하고 싶지는 않지만, 연기에 대해선 에설이 캐럴보다 더 많이 알걸요!"

"음, 2막에서 벽난로 뒤쪽으로 스트립라이트를 사용하는 데 대해 캐럴이 잘 알고 있는 것처럼 보이나요? 조명 여러 개를 써야 한다고 내가 말했거든요." 레이미가 말했다. "그리고 1막에서 창밖에 파노라마 배경막을 쓰면 멋지겠다고 제안하니까 그녀가 뭐라는지 알아요? '그래요. 그리고 엘레오노라 듀스가 주연을 맡는다면 멋질 거고요'라고 하더니 '1막은 때가 저녁이라는 사실만 빼면 당신은 훌륭한 기술자예요'라더군요. 비꼬았던 게 분명해요. 난 여러 가지를 많이 읽었기 때문에 파노라마 배경막을 만들 수도 있어요. 캐럴이 뭐든 자기가 나서고 싶어 하지만 않는다면 말이죠."

"맞아요. 그리고 또 하나는, 1막의 입구는 L. 3 E.가 아니라 L.U.E.가 되어야 할 것 같아요." 후아니타가 말했다.

"그리고 캐럴은 왜 아무것도 없는 흰색 가림막을 쓰죠?"
"가림막이 뭐예요?" 리타 사이먼스가 불쑥 물었다.
전문가들이 그녀의 무식에 질타의 눈초리를 보냈다.

III

캐럴은 그들의 비판에 화내지 않았다. 자신이 연출하도록 그냥 내버려만 둔다면 그들이 성급하게 감 놔라 배 놔라 해도 별로 분개하지 않았다. 불만이 터진 건 예행연습에서였다. 예행연습이 브리지나 감독교회의 친목회처럼 실질적인 약속이라는 사실을 이해하는 사람이 아무도 없었다. 사람들은 제멋대로 30분 늦게 오거나 10분 일찍 나와 떠들었고, 캐럴이 불만을 표하자 기분이 너무 상해서 그만둬버릴까 어쩔까 소곤거렸다. 전화를 걸어와, "나가지 않는 게 좋겠어요. 날씨가 눅눅해서 치통이 도질지도 몰라요"라거나 "오늘 밤엔 갈 수가 없게 됐어요. 데이브가 같이 포커 게임을 하자고 하네요"라고 했다.

한 달의 진통을 겪고 나니 열한 명 중 아홉 명 정도가 대체로 예행연습에 나왔다. 대부분이 자신들의 역할을 익혔고 일부는 대사할 때 사람처럼 보였다. 캐럴은 자기 자신과 가이 폴록이 아주 형편없는 배우들이고 레이미 워더스푼이 의외로 괜찮은 배우라는 사실을 깨닫고는 새삼스레 충격을 받았다. 머릿속에서 그렇게나 그려보았지만, 그녀는 자신의 목소리를 제어할 수가 없었고 하녀 역의 대사 몇 줄을 50번 반복하자 질려버렸다. 가이는 부드러운 수염을 잡아당기며 남을 의식하는 표정으로 그림 씨를 축 처진 인체 모형으로 만들고 말았다. 하지만 악당 역의 레이미는 아무런 억압을 받지 않았다. 고개를 젖힌 품새가 완전히 악당이었다. 느릿느릿한 말투는 탄복할 만큼 악랄한 분위기를 풍겼다.

캐럴에게 연습 공연이 성공적일 것 같은 느낌을 준 저녁이 있었다. 연습하는 동안 가이가 더 이상 쭈뼛거리지 않은 날이었다.

그날 밤부터 연기가 내리막을 걸었다.

사람들은 녹초가 되었다. "이제 맡은 역을 충분히 잘하고 있다는 걸 아는데, 신물 나게 연습할 이유가 있나요?" 불평이 터져 나왔다. 그들이 게으름을 피우기 시작했다. 신줏단지 같은 조명으로 장난을 치고, 캐럴이 눈물 많은 머틀 카스를 익살맞은 사환으로 변신시키려 할 때는 키득대기도 하면서 「캥커키에서 온 소녀」의 연습만 빼고 온갖 짓을 다 했다. 테리 굴드 박사는 자기 역할의 연습에는 내내 게으름을 피우더니 익살맞은 '햄릿' 흉내로 큰 갈채를 받았다. 레이미까지 캐럴에 대한 의리를 잊은 채 자기도 「보드빌」*의 코믹 댄스를 출 수 있다는 걸 증명해 보이려 했다.

캐럴이 단원들을 질타했다. "이봐요. 이런 허튼짓은 그만했으면 좋겠네요. 그야말로 본격적으로 매달려야 한다고요."

후아니타 헤이독이 항명에 앞장섰다. "봐요, 캐럴, 너무 이래라저래라 지시하지 말아요. 우리가 이렇게 하는 게 결국 다 즐

---

* 「보드빌*vaudeville*」은 춤과 노래 따위를 곁들인 가볍고 풍자적인 통속 희극.

기려고 하는 건데, 장난치면서 즐거워한다면 뭐가 문제죠?"

"그래요." 힘없는 대꾸였다.

"언젠가 그랬죠. 고퍼 프레리 사람들이 인생을 충분히 즐길 줄 모른다고요. 그래서 지금 우리가 즐기고 있는 거잖아요. 그런데 당신은 멈추라고 하니!"

캐럴이 천천히 말했다. "내가 뭘 말하려는지 설명이 될지 모르겠네요. 만화를 보는 것과 마네 그림을 보는 건 달라요. 물론 나도 여기서 재미를 찾고 싶어요. 다만…… 최대한 완벽한 공연을 만들어내려는 것이 재미를 더했으면 더했지 떨어뜨리는 거라고 생각지 않아요." 그녀는 이상하게 승리감에 도취해 있었다. 긴장된 목소리였다. 그녀는 단원들을 보지 않고, 누군지 모를 무대 담당자들이 벽판 뒷면에 휘갈겨놓은 기괴한 낙서를 보고 있었다. "여러분이 아름다움을 만들어내는 '재미', 그것에서 얻는 자부심과 만족감 그리고 성스러움을 이해할 수 있을지 의문이네요!"

단원들이 미심쩍은 표정으로 서로를 흘깃 쳐다보았다. 고퍼 프레리에서는 일요일 10시 반에서 12시까지 교회에서 성스러워지는 것 말고 다른 건 없었다.

"하지만 그런 걸 느끼고 싶다면 우린 노력해야 해요. 절제해야 해요."

그들은 흥겨움을 느끼면서 동시에 당황스러웠다. 정신 나간 듯 열심인 이 여인에게 상처를 주고 싶지 않았다. 그들은 뒤로 물러나 연습을 해보려 했다. 캐럴은 앞에서 후아니타가 모드 다이어에게 쫑알거리는 소리는 듣지 못했다. "자기는 이런 터무니없는 구닥다리 연극에 땀을 뻘뻘 흘리는 것을 재미와 성스러움이라고 칭하겠지만, 글쎄요, 난 아니에요!"

IV

캐럴이 그해 봄 고퍼 프레리에 온 유일한 전문 극단의 공연을 보러 갔다. '서커스 천막 아래서 산뜻하고 새로운 연극을 보여주는 천막 순회공연'이었다. 부지런한 배우들이 본업 외에도 이런저런 일을 했고 입장권도 받았다. 막간에는 6월에 뜨는 달에 대한 노래도 부르고 윈터그린 박사가 만든 심장, 폐, 신장, 내장 질환에 확실한 효과가 있다는 강장제도 팔았다. 공연 작품은 「선 보닛을 쓴 넬: 오자크에서 일어나는 흥미진진한 코미디」로, J. 위더비 부스비가 나와서 이런 말로 감정을 쥐어짰다. "도시 양반, 당신이 분명 내 어린 딸내미에게 옳지 못한 짓을 했겠다. 하지만 알게 될 거야, 여기 이 언덕배기에 정직한 주민과 명사수 들이 산다는 사실을 말이야!"

청중들은 천을 이어 붙인 천막 밑에서 널빤지 의자에 앉아 부스비 씨의 수염과 장총을 우러러보았다. 부스비의 영웅적인 행동을 보면서 먼지가 뽀얗게 일도록 발을 굴렀고, 부스비가 포크로 도넛을 찍어 눈에 갖다 대면서 코안경을 사용하는 도시 여자를 흉내 낼 때는 고함을 질렀으며 펄이라는 부스비 씨의 실제 아내이면서, 부스비 씨의 어린 딸로 나오는 넬 때문에 눈물을 흘렸다. 커튼이 내려가자 사람들은 촌충 구제에 좋다는 윈터그린 박사의 강장제에 대한 부스비 씨의 설명을 다소곳이

들었다. 그는 촌충을 설명하려고 노란 알코올 병 속에 보기에도 끔찍한 꼬불꼬불한 허연 물체를 보여주었다.

캐럴이 고개를 저었다. "후아니타 말이 맞아. 내가 바보야. 연극의 성스러움! 버나드 쇼!「캥커키에서 온 소녀」의 유일한 문제는 이게 고퍼 프레리 사람들한테 너무 섬세하다는 거야!"

그녀는 "평범한 사람들의 천성에서 나오는 고귀함" "고상한 것들을 이해하는 데는 오직 그런 기회가 필요할 뿐" "민주주의의 확고한 옹호자" 등과 같이 책 속의 두루뭉술한 상투적인 문구들을 믿어보려고 애썼다. 하지만 이런 낙관적인 생각은 "그러죠, 젠장. 난 괜찮은 놈입니다" 같은 익살꾼의 대사에 터지는 청중의 웃음소리만큼 대단해 보이지 않았다. 그녀는 연극을, 극단을, 마을을 포기하고 싶었다. 천막에서 나와 케니컷과 함께 칙칙한 봄날의 거리를 걷는 동안 구불구불 흩어져 있는 활기 없는 마을을 흘깃 보면서 그녀는 자신이 이곳에서 내일 하루도 머물 수 없을 것 같다고 느꼈다.

그녀에게 용기를 준 사람은 마일스 비요른스탐이었다. 그리고「캥커키에서 온 소녀」의 좌석이 매진되었다는 사실이었다.

비요른스탐은 비와 '정분을 쌓고 있는' 중이었다. 매일 밤 집 뒤편 계단에 앉아 있었다. 한번은 캐럴이 나타나자 그가 투덜거렸다. "이 마을에 훌륭한 공연 하나 보여줄 거지요. 부인이 그걸 못하면 누가 할까 싶네요."

V

역사적인 밤, 공연 날 밤이었다. 숨을 몰아쉬며 새파랗게 질린 채 초조해하는 배우들로 두 개의 분장실이 난리법석이었다. 미니애폴리스에서 전문 극단 공연의 군중 장면에 한 번 나온 적이 있는, 엘라만큼 전문 배우인 이발사 델 스내플린이 배우들에게 분장을 해주면서 아마추어들을 깔보는 태도를 보였다. "가만히 있어요! 제발 좀. 이렇게 계속 씰룩이는데 내가 어떻게 눈두덩을 진하게 칠해주겠소?" 배우들이 애원했다. "이봐요, 델. 콧구멍에 붉은색 좀 넣어줘요. 리타한테도 넣고. 세상에, 내 얼굴에는 아무것도 한 게 없잖아요."

그들은 엄청나게 배우처럼 행동했다. 델의 분장 도구 상자를 검사했고 분장용 화장품의 냄새를 킁킁거렸다. 쉴 틈 없이 달려나가 커튼 구멍으로 살짝 본 뒤 돌아와 가발과 의상을 점검했고, 하얀 분장실 벽 위에 연필로 적혀 있는, "플로라 플랑드르 코미디극단"과 "시시한 극단이다" 같은 문구를 읽으면서 사라지고 없는 이 연극배우들에게 동료의식을 느꼈다.

하녀 복장을 멋지게 입은 캐럴이 1막 무대를 마무리 중인 임시 무대 담당자를 살살 구슬렸고 전기기술자로 변한 케니컷에게 고함을 질렀다. "자, 2막에서 신호 보내면 제발 까먹지 말고 노란색 등으로 바꿔요." 그러고 나서 입장권을 받고 있는 데이브 다이어에게 슬쩍 가서 의자를 좀더 갖다 놓아달라고 부탁한 뒤 겁에 질린 머틀 카스에게는 존 그림이 "어이, 레디"라고 부르면 확실하게 쓰레기통을 엎으라고 주의를 주었다.

피아노, 바이올린, 코넷으로 이루어진 델 스내플린의 오케스트라가 음을 맞춰보았고 무대와 객석을 나누는 마법 같은 경계선 뒤에서 모든 사람이 겁에 질린 채 굳어 있었다. 캐럴이 불안한 걸음걸이로 커튼 구멍으로 갔다. 밖에는 사람들이 엄청나게 많이 와서 뚫어지게 보고 있었다.

두번째 줄에 앉아 있는 마일스 비요른스탐이 보였다. 비 없이 혼자였다. 정말 이 극을 보고 싶었나 봐! 좋은 징조였다. 그 누가 알겠는가? 어쩌면 오늘 밤 공연이 고퍼 프레리를 의식 있는 멋진 마을로 바꿀지도 몰랐다.

그녀가 여자 분장실로 쏜살같이 달려가 기절할 정도로 겁에 질려 있는 모드 다이어를 일으켜 세운 뒤 무대 옆으로 밀면서 커튼을 올리라고 지시했다.

커튼이 주춤주춤 올라갔다. 비틀거렸지만 이번에는 걸리지 않고 끝까지 도달했다. 그다음 그녀는 케니컷이 깜박 잊고 객석 조명을 끄지 않은 것을 알아차렸다. 객석 앞줄에 앉은 누군가가 킬킬거렸다.

그녀가 무대 왼편까지 전속력으로 빙 돌아가 직접 스위치를 당긴 뒤 케니컷을 향해 아주 사나운 눈길을 보내니 겁이 난 케니컷이 벌벌 떨면서 뒤편으로 달아났다.

다이어 부인이 반쯤 어두워진 무대로 슬며시 나오고 있었다. 공연이 시작된 것이다.

그 순간 캐럴은 그것이 차마 눈 뜨고 볼 수 없는 형편없는 공연이라는 사실을 깨달았다.

그녀는 거짓 웃음을 띤 채 배우들을 격려하면서 자신의 노력이 산산조각 나는 현장을 지켜보았다. 무대는 허접했고 조명은 평범했다. 그녀는 가이 폴록이 으름장 놓는 대부호로 보여야 할 때 말을 더듬거리며 수염을 배배 꼬는 걸 보았다. 그림의 소심한 아내 역인 바이더 셔윈은 마치 청중이 고등학교 영어 수업을 듣는 학생이라도 되는 양 그들에게 딱딱거렸다. 주연인 후아니타는 그림 씨에게 대거리하는 모습이 마치 아침에 식료품점에서 사야 할 품목을 읊고 있는 듯했다. 엘라 스토바디는 "차 한잔 마시고 싶어요"라는 대사를 마치「오늘 밤엔 통금시간 종이 울리지 않으리」를 암송하듯이 했다. 그리고 굴드 박사는 리타 사이먼스와 사랑을 속삭이면서 한껏 높인 목소리로 "오—오—당신은—아름다워—요"라고 했다.

사환 역의 머틀 카스는 친지들의 박수에 무척 신이 났으나 객석 뒷줄에서 사이 보가트가 바지 입은 자신의 모습을 보고 지껄인 말에 너무 마음이 상해서 무대에서 물러나는 것마저 힘이 들었다. 유일하게 레이미만 사람 사귀는 걸 싫어한 덕에 온전히 연기에 집중할 수 있었다.

1막이 끝난 후 밖으로 나간 마일스 비요른스탐이 돌아오지 않았을 때 캐럴은 공연에 대한 자신의 판단이 옳았음을 확신했다.

VI

2막과 3막 사이에 그녀가 단원들을 불러 모아 간청하듯 말했다. "끝나면 다들 흩어질 것 같으니 그 전에 하나 알고 싶어요. 오늘 우리가 잘하든 못하든 이건 시작이에요. 하지만 이걸 단순히 시작으로 생각하고 말 건가요? 여러분 중 몇 사람이 당장, 내일부터 저와 준비해서 9월에 있을 또 다른 공연을 계획하겠다고 서약하시겠어요?"

그들이 그녀를 빤히 쳐다보았다. 그러더니 후아니타가 이의를 제기하자 고개를 끄덕였다. "지금으로선 한 번이면 충분할 것 같아요. 오늘 밤은 잘되고 있지만 다른 공연은…… 그 문제는 가을에 충분히 이야기할 시간이 있을 것 같아요. 캐럴! 오늘 우리 연기가 근사하지 않다고 넌지시 알려주려던 건 아닐 테죠. 박수를 들어보니 분명 관객들은 오늘 공연이 정말 멋지다고 생각하는 것 같은데요!"

그때 캐럴은 자신이 얼마나 철저히 실패했는지 감을 잡았다.

관객들이 슬슬 빠져나갈 때 은행장 B. J. 구절링이 식료품점 주인 하울랜드에게 하는 말이 귀에 들렸다. "음, 정말 멋지게들 했군. 직업 배우들과 견주어도 손색이 없어. 하지만 난 연극은 별로 좋아하지 않아. 내가 좋아하는 건 괜찮은 영화야. 자동차 사고나 권총 강도 장면에 멍청이들도 좀 나오고, 이렇게 내내 주저리주저리 말도 많지 않은 그런 것 말일세."

그러자 캐럴은 자신이 또다시 실패할 게 얼마나 뻔한지 알게 되었다.

그녀는 거의 자포자기 심정이 되어 그 두 사람도, 단원들도, 관객들도 원망하지 않았다. 상당히 잘 자란 뱅크스소나무에다 음각 무늬를 새기려 한 스스로를 탓했다.

"지금까지 한 실패 중에서 최악이야. 난 졌어. 메인 스트리트에. '계속 밀고 나가야 해.' 그런데 할 수가 없어!"

그녀는 『고퍼 프레리 돈트리스』의 기사에도 크게 용기를 얻지 못했다.

……잘 알려진 이 뉴욕 무대극의 어려운 역을 단원 전원이 그렇게나 훌륭히 수행해냈는데 누가 잘하고 누가 못하고를 가리는 건 불가능한 일일 것이다. 그 누구도 늙은 백만장자로 분한 가이 폴록보다 걸걸한 노 백만장자의 역을 더 잘해내지는 못했을 것이다. 서부에서 온 젊은 아가씨 역의 해리 헤이독은 뉴욕 사기꾼들의 정체를 적당한 때가 왔을 때 드러냈는데, 무대 위에서 근사한 모습을 보인 그녀는 사랑스러움의 화신이었다. 이곳 고등학교의 변함없는 인기 교사 바이더 셔윈은 그림 부인 역으로 호감을 샀고, 굴드 박사는 젊은 연인 역에 잘 들어맞았다.—여성들은 잘 지켜보는 게 좋을 것이다. 박사는 미혼이다. 지역 사교계에 따르면 박사는 발끝을 경쾌하게 흔들며 춤추는 데 선수라고 한다. 속기사 역의 리타 사이먼스는 그림처럼 고왔고 엘라 스토바디 양은 동부 학교에서 연극과 비슷한 분야의 예술을 오랜 기간 집중적으로 공부한 사람답게 맡은 역할을 훌륭하게 마무리했다.

……가장 큰 공이 돌아가야 하는 사람은 연출에 대한 부담을 능력 있는 두 어깨에 떠안았던 윌 케니컷 부인일 것이다.

"참 관대하고," 캐럴이 생각에 잠겼다. "좋은 뜻이고 이웃을 생각하는 기사지만, 끔찍하리만치 거짓이야. 이게 정말 나의 실패일까? 아니면 그들의 실패일까?”

그녀는 합리적으로 생각해보려 했다. 공연에 흥분하지 않는다고 고퍼 프레리를 비난하는 건 너무 웃긴 일이라고 스스로를 애써 타일렀다. 고퍼 프레리는 농부들을 위한 시장의 역할을 하고 있었다. 세계로 식량을 실어 보내고 농부들을 먹이고 병을 치료하면서 고퍼 프레리는 정말 멋지고 자비롭게 맡은 소임을 다하고 있잖아!

그때 남편 병원 아래 모퉁이에서 한 농부가 늘어놓는 말을 들었다.

“그렇지. 당연히 내가 당했지. 도회지인들은 우리보고 감자 달라고 아우성치는데도 운송업자와 여기 식료품점 주인들은 우리 감자에 제값을 쳐주려 하지 않아. 그러니까 음, 우리가 말했지, 그럼 트럭을 구해 감자를 싣고 직접 미니애폴리스로 가겠다고. 하지만 거기 중개 상인들이 여기 판매자들과 짝짜꿍이가 되어 있거든. 물건을 더 가까이 대줘도 여기 판매자에게 주는 값보다 한 푼도 더 안 주겠대. 글쎄, 알아보니 시카고에서는 더 받을 수 있겠더라고. 그런데 거기로 실어 보내려고 화물 차량을 얻어 보려 하니 철도회사에서 우리한테 차량을 내주질 않겠다고 해. 여기 조차장에 텅텅 빈 화물 차량이 놀고 있는데도 말이지. 그거야, 좋은 시장. 이런 마을들이 우리가 좋은 시장에 접근하는 걸 막고 있어. 거스, 이게 이 마을들이 늘 하는 짓거리야. 이 사람들은 우리 밀에다 자기들이 주고 싶은 돈을 지급하지만 우리는 자기들 옷에 자기들이 받겠다고 매긴 돈을 내야 해. 스토바디와 도슨은 할 수 있는 모든 저당 물건을 압류하여 거기다 소작농을 집어넣어 버려. 『돈트리스』는 초당파 농민동맹에 대해 우리에게 헛소리하고, 변호사들은 우릴 속이고, 기계상들은 흉년이 들 때 우리가 대금 지급을 넘기는 걸 싫어하고, 그다음 그네들 딸들은 어떤가 하면, 멋진 옷을 차려입고 우리를 마치 뜨내기 일꾼 보듯 쳐다봐. 세상에, 이 마을을 그냥 확 불 질러버렸으면 좋겠어!"

케니컷이 말했다. "저기 저 늙은 투덜이 웨스 브래니건이 또 입에서 나오는 대로 지껄이고 있군. 세상에, 정말로 혼잣말을 좋아하는군! 저 작자를 마을에서 쫓아버려야 하는데!"

VII

고퍼 프레리에서 젊음의 축제인 고등학교 졸업식이 있는 주간 동안 그녀는 나이 먹은 기분이었고 아무것에도 관심이 가지 않았다. 졸업예배와 졸업생의 가두행렬, 재학생들의 연주, 고결함의 미덕을 믿는다고 주장하는 아이오와 목사의 졸업축사, 그리고 현충일 행진이 있었는데 이때 몇 안 되는 남북전쟁 참전용사들은 녹슨 보병모를 쓴 챔프 페리를 따라 먼지 나는 길로 묘지까지 쭉 걸었다. 그녀는 가이를 만났지만, 그와는 아무런 할 말이 없다는 걸 깨달았다. 별 이유 없이 머리가 아팠다. 케니컷이 "이번 여름, 우리 멋지게 보내자고. 일찌감치 호수로 내려가서 헌 옷을 걸치고 편안하게 지내는 거지"라고 신이 나서 말할 때 미소를 띠긴 했지만 마음은 일그러져 있었다.

대평원의 열기 속에 그녀는 변함없이 느릿느릿 걸었고 뜨뜻

미지근한 사람들과 별 의미 없는 이야기를 나누었으며 저들에게서 절대 탈출할 수 없을지도 모른다는 생각을 했다.

그녀는 스스로 '탈출'이라는 단어를 떠올렸다는 사실에 소스라치게 놀랐다.

그리하여 뭉텅 잘리듯 지나간 3년 동안 그녀는 비요른스탐 부부와 자신의 아기 말고는 아무것에도 흥미를 찾지 못했다.

19장

I

스스로를 완전히 포기하고 살았던 3년 동안 캐럴은 『돈트리스』가 중요 기사로 다루었거나 졸리 세븐틴 회원들이 입에 올렸던 몇몇 사건들을 겪었다. 하지만 기사화되거나 사람들의 입에 오르진 않았으나 그녀를 크게 지배한 사건은 자기 사람을 찾고자 하는 열망을 그녀가 시나브로 인정하게 된 일이었다.

II

비와 마일스 비요른스탐은 「캥커키에서 온 소녀」 공연이 있은 지 한 달 뒤인 6월에 결혼했다. 마일스는 점잖은 사람으로 변했다. 나라와 사회에 대한 비판을 단념했다. 말 매매를 위해 떠돌아다니거나 빨간 매키노 외투를 입고 벌목장에서 사는 것도 포기했다. 그는 잭슨 엘더의 제재소에서 기술자로 일했다. 수년간 조롱하던 미심쩍은 사람들과 이웃처럼 지내려 애쓰는 모습을 거리에서 볼 수 있었다.

캐럴은 그 결혼식의 후원자이자 책임자였다. 후아니타 헤이독이 놀렸다. "비처럼 참한 하녀를 가게 놔두다니 바보가 따로 없네요. 그뿐인가요! 저 끔찍한 레드 스위드처럼 뻔뻔한 건달과 결혼시키는 걸 어찌 잘하는 일이라고 할 수 있겠어요? 정신 좀 차려요! 그자를 자루걸레로 쫓아버리고, 붙들고 있을 수 있을 때 당신의 그 스벤스카를 붙들어요. 네? 저 스칸디나비안들 결혼식에 내가 갈 거냐고요? 어림도 없어요!"

다른 주부들도 후아니타와 같은 말을 했다. 그녀는 아무렇지도 않게 던지는 그들의 잔인한 말에 매우 실망했지만 포기하지 않았다. 마일스가 장담했던 게 있었기 때문이다. "잭 엘더가 어쩌면 결혼식에 올 수도 있겠다는데요! 와, 비를 보통의 다른 집 부인처럼 우리 사장에게 소개한다면 근사할 겁니다. 언젠가 내가 아주 잘되면 비가 엘더 부인과…… 그리고 부인과도 어울리게 되겠지요. 두고 보십시오!"

페인트칠 안 된 루터교회에서 겨우 하객 아홉 명이 참석한 가운데 뒤숭숭한 결혼식 예배가 거행되었다. 하객은 캐럴과 케니컷을 비롯하여 가이 폴록, 챔프 페리 부부 등 몽땅 캐럴이 데려온 사람들과 비의 겁먹은 시골 부모, 비의 사촌 티나, 그리고 마일스와 말을 매매하러 다니던 옛 동료 피트가 전부였다. 무뚝뚝한 털북숭이 피트는 결혼식을 위해 검은 정장을 사 입고 1,200마일 떨어진 스포캔에서 달려왔다.

마일스는 교회 문 쪽을 연신 뒤돌아보았다. 잭슨 엘더는 나타나지 않았다. 첫번째 하객들이 쭈뼛거리며 입장한 후로 문은 한 번도 열리지 않았다. 마일스의 손이 비의 팔을 단단히 잡고 있었다.

그는 캐럴의 도움을 받아 자신의 판잣집을 흰 커튼과 노란색 사라사 무명천을 씌운 의자가 있는 아담한 집으로 변모시켰다.

캐럴은 영향력 있는 가정주부들에게 비의 집을 방문해보라고 구슬렸다. 반은 콧방귀를 뀌었고 반은 그러겠다고 약속했다.

비의 후임으로 덩치 있고 말수가 적은 나이 지긋한 오스카리나라는 하녀가 왔는데, 이 하녀가 자유롭고 순진해 보이는 자기 안주인을 한 달 동안 못 미더워하니까 후아니타 헤이독이 이렇게 땍땍거렸다. "거봐, 똑똑한 체하더니. 하녀 문제로 골치 아플 거라고 내가 그랬잖아요!" 하지만 오스카리나는 캐럴을 딸처럼 생각하면서, 비가 그랬던 것처럼 캐럴과 함께 부엌일에 매진했으므로 캐럴의 일상은 전혀 변한 게 없었다.

III

생각지도 않게 신임 시장 올레 젠슨이 그녀를 마을 도서관위원회의 위원으로 임명했다. 다른 위원들은 웨스트레이크 박사, 라이먼 카스, 변호사인 줄리어스 플리커보, 가이 폴록, 마차 대여소 관리인이었다가 지금은 정비소 주인인 마틴 마호니였다. 그녀는 날아갈 듯 기뻤다. 가이를 제외하면 책이나 도서관 운영방식을 아는 사람은 자신이 유일하리라 생각하며 조금은 우쭐한 기분으로 첫 회합에 참석했다. 그녀는 전체 시스템을 개혁할 생각이었다.

도서관으로 개조한 시청 2층의 초라한 방에서 위원들이 날씨 얘기를 나누거나 체커 게임을 못 해 몸을 들썩이는 게 아니라 책에 관한 이야기를 나누고 있는 모습을 보자 그녀는 생색내려던 마음이 와장창 무너지면서 좋은 방향으로 점점 겸손해졌다. 알고 보니 친근한 성격의 연로한 웨스트레이크 박사는 시와 '가벼운 소설'을 섭렵하고 있었다. 불그레한 얼굴에 뻣뻣한 수염을 기른 제분소 주인, 라이먼 카스는 기번, 흄, 그로트, 프레스코트를 비롯하여 역사학자들의 두꺼운 책들을 꾸준히 독파해왔으며, 그런 책들에 나온 구절을 그대로 옮길 수 있을 정도였고 실제로 옮겼다. 웨스트레이크 박사가 "그렇소, 라임은 아는 게 아주 많은 사람이오만 그걸 드러내길 삼가지요"라고 낮은 소리로 말했을 때 그녀는 자신이 아는 게 없고 주제넘은 기분이 들어 이 광활한 고퍼 프레리에서 잠재성 있는 인물들을 못 알아보았다고 스스로를 질책했다. 웨스트레이크 박사가 『신곡』의 천국 편과 『돈키호테』『빌헬름 마이스터』『코란』을 인용하자 아는 사람 중에 그 누구도, 심지어 그녀의 아버지조차 이 네 작품을 다 읽어보지 못했을 거라고 차분히 생각했다.

그녀가 자신 없는 태도로 두번째 회합에 나갔다. 그녀는 어떤 개혁도 계획하지 않았다. 어진 원로들이 매우 아량 있어서 청소년 도서의 진열 선반을 바꾸자는 자신의 제안에 귀 기울여주기를 바랐다.

하지만 위원회 회의를 네 번 거친 뒤 그녀는 첫 회의가 있기 전의 모습으로 돌아가 있었다. 책을 많이 읽는 사람으로서 자부심에도 불구하고 웨스트레이크와 카스, 심지어 가이에게도 도서관을 전체 마을 주민에게 친숙한 공간으로 만든다는 개념이 아예 없었다. 그들은 도서관을 이용했고, 도서관과 관련한 결의안을 통과시켰으며, 마치 죽은 모세 같은 얼굴로 도서관을 나섰다. 일반적으로 찾는 도서는 헨티*의 책과 엘시의 이야기 책 그리고 건전한 여성 소설가들과 정력적인 목사들이 근래에 쓴 낙관적인 책들이었고, 위원회의 위원들만 해도 과장된 문체의 고서에만 흥미가 있었다. 위원들은 위대한 문학작품을 찾으며 왁자지껄 떠드는 청소년들에게는 아무런 애정이 없었다.

그녀가 자신의 알량한 지식에 대해 자만심이 강했다면, 그들도 그녀에 뒤지지 않았다. 추가 도서관세의 필요성을 두고 온갖 논의를 했음에도 그들 중 아무도 비난을 무릅쓰고 도서관세의 증액을 위해 싸우려 하지 않았다. 현재 보유 기금이 너무 적어서 건물 임대료, 난방비, 전기세, 빌레트 양의 월급을 지출하고 나면 책을 구입할 수 있는 돈은 매년 1백 달러뿐인데도.

17센트 사건은 그녀에게 그나마 얼마 남지도 않았던 흥미까지 말살해버렸다.

그녀가 기획안을 갖고 노래를 부르면서 위원회 회합에 왔다. 도서관에 부족한, 지난 10년간의 유럽 소설 30권과 함께 심리학, 교육학, 경제학 등에 관한 20권의 중요한 책 목록을 작성

---

* 조지 헨티(George A. Henty, 1832~1902)는 청소년을 위한 역사적 배경의 모험소설을 많이 썼던 영국 작가.

해둔 상태였다. 케니컷에게 15달러를 기부하겠다는 약속도 받아놓았다. 만약 각 위원이 모두 같은 금액을 낸다면 그 책들을 구입할 수 있을 터였다.

라이먼 카스는 놀랐는지 몸을 긁적거리며 이의를 제기했다. "위원들이 돈을 낸다면 나쁜 선례로 남을 것 같습니다만…… 음…… 내가 그렇게 하기 싫다는 게 아니라…… 선례를 만드는 건 좋지 않다는 거지요. 거참! 주민들은 우리의 봉사에 한 푼도 내지 않아요. 물론 봉사라는 특권에 돈을 내길 바라는 건 있을 수 없겠지만요!"

가이만 동조하는 듯이 소나무 탁자를 어루만지면서 아무 말도 하지 않았다.

그들은 기금 잔액에서 17센트가 부족하다는 사실을 놓고 싸울 듯이 꼬치꼬치 따지면서 회합의 남은 시간을 다 흘려보냈다. 빌레트 양이 소환되었다. 그녀는 30분을 써가며 열렬히 자신을 변호했다. 17센트가 한 푼 한 푼까지 잘근잘근 씹혔다. 한 시간 전만 해도 너무나 사랑스럽고 흥미롭던, 신중하게 작성된 목록을 바라보면서 캐럴은 빌레트 양을 안타까워했고, 자기 자신은 더 불쌍히 여기며 조용히 앉아 있었다.

그녀는 임기 2년을 채우고 바이더 셔원이 그 자리에 앉을 때까지 별 무리 없이 정기적으로 회합에 참석은 했지만 무언가를 획기적으로 바꿔보려고 하지는 않았다. 그녀가 꾸역꾸역 일상을 살아가는 동안 변한 건 아무것도 없었고 새로운 것도 없었다.

IV

케니컷이 기가 막힌 토지 거래를 성사시켰지만, 자세한 내용은 아무것도 말해주지 않았기 때문에 그녀는 날아갈 듯 기쁘지도 않았고 불안한 마음에 동요되지도 않았다. 그녀의 마음을 동요시켰던 건 귓속말하듯 불쑥, 부드러운 듯 사무적인 의사의 말투로 건넨 "이제 형편이 되니까 아이를 가져야겠어"라는 그의 선언이었다. 두 사람은 오랫동안 '당분간 아이 없이 지내는 게 오히려 더 낫겠다'는 생각에 합의한 상태였기 때문에 아이 없는 생활이 당연하게 느껴졌다. 지금 그녀는 두려웠고 아이를 몹시 원하면서도 자신의 마음을 잘 몰랐다. 그녀는 어물어물 그러자고 하고선 곧바로 그러지 말걸, 하고 생각했다.

두 사람 사이의 맥 빠진 관계에 변화가 전혀 없는 것 같았기에 그녀는 그 생각을 까맣게 잊어버렸고, 삶에 목표가 없었다.

V

케니컷이 시내에 가 있는 오후, 수면이 유리처럼 매끄럽고 사방에 나른한 공기가 감쌀 때면 그녀는 호숫가의 여름 별장 베란다에서 빈둥거리며 수백 번 탈출을 상상했다. 리무진 자동차들과 금빛 찬란한 상점들, 교회 첨탑이 보이는 눈보라 휘날리는 뉴욕 5번가. 수풀이 빽빽하게 우거진 강가의 뻘밭 위로 환상적인 말뚝 위에 지어진 갈대 오두막들. 장식 휘장이 드리운 넓고 높다란 장중한 방들과 발코니가 있는 파리의 스위트룸. 마법에 걸린 뉴멕시코의 메사.* 바위투성이 계곡과 급경사 언덕 사이 길모퉁이에 있는 메릴랜드의 오래된 석조 제분소. 고지대 황야의 양들과 휙 지나가는 시원한 햇살. 강철 기중기들이 부에노스아이레스와 칭따오에서 온 증기선들에서 짐을 내리느라 철커덩거리는 부두. 뮌헨의 콘서트홀과 연주 중인 첼리스트가 그녀를 위해 연주하고 있다.

어떤 장면 하나가 끈질기게 그녀의 마음을 끌어당겼다.

그녀가 테라스에 서서 따뜻한 바닷가의 대로를 내려다보고 있다. 그렇게 생각할 이유도 없는데 거기가 이탈리아의 멘토네라고 확신했다. 발아래 대로를 따라 타그닥-타그닥, 타그닥-타그닥, 타그닥-타그닥 규칙적인 말발굽 소리를 내는 4인승 사륜마차들과 까맣게 반짝이는 보닛과 노인의 한숨처럼 조용한 엔진의 대형 자동차들이 미끄러지듯 달린다. 그 안에는 마리오네트처럼 반들반들 표정 없는 여자들이 등을 곧추세우고 앉아 있다. 조그만 두 손을 파라솔 위에 얹은 채 움직이지 않는 눈동자는 언제나 정면을 향해 있다. 옆에 앉아 있는 희끗한 머리카락과 기품 있는 얼굴의 헌칠한 남자들은 안중에 없다. 대로 저 너머에는 마치 페인트를 칠한 것 같은 바다와 모래사장, 푸른색과 노란색의 별장들. 미끄러지듯 달리는 마차들 말고는 전부 멈춰 있고, 사람들은 작고 빳빳하니, 황금색과 짙은 푸른색을 듬뿍 칠한 그림 속의 점 같다. 파도 소리나 바람 소리는 전

* Mesa. 꼭대기가 평평하고 주위가 급경사를 이룬 탁자 모양의 지형. 해안의 육지가 침식되었을 때 지층 위의 단단한 암석층이 남아 이루어진다.

혀 없다. 달콤한 속삭임도, 떨어지는 꽃잎 소리도 없다. 노란색과 코발트색, 선명한 광선, 그리고 변함없는 타그닥-타그닥, 타그닥-타그닥 소리뿐……

그녀가 흠칫 놀라더니 흐느꼈다. 그녀를 홀려 한결같은 말발굽 소리로 들리게 했던 정체는 째깍거리며 바삐 돌아가는 시곗바늘 소리였다. 아리듯 아픈 바다 색깔이나 얕보듯 거만한 사람들은 없었다. 그저 대패질 안 된 꺼슬꺼슬한 소나무 벽에 걸린 선반 위 배불뚝이 니켈 자명종과 그 위에 걸린 뻣뻣한 마른행주, 그리고 그 아래에 등유 난로가 놓인 현실이 있을 뿐이었다.

그녀가 읽었던 소설에서 영향받은, 선망의 눈길로 쳐다봤던 그림에서 생겨난 무수한 상상이 호숫가에서 보내는 그녀의 나른한 오후를 점령했지만, 항상 그런 상상이 한창일 때 케니컷이 마을 시내에서 나와, 생선 비늘이 덕지덕지 말라붙은 카키색 바지를 입고 나타났다. 그는 "재미있어?"라고 물어보고선 그녀의 대답은 듣지도 않았다.

그리고 아무것도 변하지 않았고, 변하게 될 거라고 그녀가 믿을 이유도 전혀 없었다.

VI

기차!

호숫가 오두막에서 지내며 그녀는 기차 지나는 걸 못 봐서 아쉬웠다. 그녀는 시내에 있을 때 자신이 기차를 보면서 저 너머에 아직 세상이 있다고 믿었다는 사실을 깨달았다.

철도는 고퍼 프레리에서 운송수단 이상의 의미가 있었다. 철도는 새로운 신神이었다. 강철 팔다리, 떡갈나무 갈빗대, 자갈 육체를 갖고서 엄청난 화물을 먹어치우는 욕망의 괴물. 광산과 방적 공장, 자동차 공장, 대학, 군대 등을 부족 신의 자리에 올려놓고 숭상해왔듯, 유·무형의 재산을 계속 떠받들게 할 수 있는 인간이 만들어낸 신이었다.

동부 사람들은 철도가 없던 세대를 기억하고 철도에 대한 경외심도 없었지만, 이곳 고퍼 프레리에는 일찌감치 철도가 있었다. 황량한 대평원에 기차가 정차할 수 있는 편리한 지점에 마을이 세워졌고, 1860년과 1870년 당시 마을이 생길 위치에 대한 사전 정보를 가진 귀족 가문들은 많은 이익과 상류 가문이 될 기회를 누렸다.

만약 어떤 마을이 탐탁지 않으면 철도는 마을을 무시하고 상거래를 단절시켜 파괴할 수도 있었다. 고퍼 프레리에 선로는 진리였고 철도회사의 임원들은 무소불위의 존재였다. 아주 어린 꼬마나 남들과 거의 접촉이 없는 노파까지 지난주 화요일 32호선에 축받이 상자가 있었는지, 7호선에 보통 객차가 더 달려 있을 예정인지 줄줄 꿰고 있었다. 집집이 아침 식탁에 철도회사 사장의 이름이 오르는 건 다반사였다.

자동차를 타는 이런 새로운 시대에도 주민들은 기차가 지나가는 걸 보기 위해 역으로 달려갔다. 그것은 그들에게 설레는 모험이었다. 가톨릭교회의 미사를 빼면 유일하게 신비스러운 사건이었다. 그리고 기차에서는 바깥세상의 거물들인 가두리 장식을 한 조끼를 입은 순회 영업사원들과 밀워키에서 찾아온 사촌들이 내렸다.

고퍼 프레리는 한때 '지역본부'였다. 원형 기관차 차고와 수리점들은 사라졌지만 두 명의 차장이 여전히 상주했고, 그들은 저명인사였다. 기차로 다니면서 여행자들과 이야기를 나누고 황동 단추 유니폼을 입는, 사기꾼들의 이런 부정행위에 대해 훤히 알고 있는 사람들이었다. 그들은 헤이독 가문보다 높지도 낮지도 않지만, 예술가들과 모험가들과는 동떨어진 특권 계급이었다.

기차역의 야간 전신기사는 마을에서 가장 극단적인 인물이었다. 새벽 3시에 일어나 홀로 전신실에서 정신없이 전송 키와 씨름했다. 밤새도록 그는 20마일, 50마일, 1백 마일 떨어진 곳에 있는 기사들에게 '전보를 두드렸다.' 총기 강도를 당하는 건 언제든지 일어날 수 있는 일이었다. 한 번도 당하지는 않았지만, 그의 머릿속에는 창문에 복면 쓴 얼굴이 나타나 권총으로 위협한 뒤 노끈으로 자신을 의자에 묶으면, 자신은 기절 직전까지 용을 써서 전송 키 쪽으로 기어가는 모습이 늘 연상되곤 했다.

눈보라가 휘몰아치는 동안은 철도와 관련된 건 모두 극단적인 연극 같았다. 마을이 완전히 정지되는 날들이 있었다. 편지나 급행열차, 신선한 정육, 신문은 구경도 할 수 없는 날들이었다. 마침내 회전식 제설차가 눈더미를 헤치고 순간 온수를 내보내면서 뚫고 지나가면 바깥으로 나가는 길이 다시 열렸다. 목도리를 두르고 털모자를 쓴 보조차장들이 살얼음이 언 화물칸 지붕 위를 쭉 뛰어갔다. 기관사들은 기관실 창문에 낀 성에를 긁어내고 속을 알 수 없는 자신 있는 표정으로 밖을 내다보았다. 대평원이라는 망망대해를 헤쳐 나가는 항해사들, 그들은 영웅이었고, 캐럴에게는 잡화점들과 설교의 세상에서 용기 있는 원정대였다.

어린 사내애들에게 철로는 친근한 운동장이었다. 그들은 덮개 있는 화물열차의 양쪽 철제 사다리를 기어올랐고, 교체된 낡은 침목 더미 뒤에서 불을 피웠으며 맘에 드는 보조차장들에게 손을 흔들었다. 하지만 캐럴에게 이것은 마법이었다.

그녀는 케니컷과 자동차를 타고 가고 있었다. 차는 어둠을 뚫고 힘차게 달렸고 헤드라이트가 진흙 웅덩이와 들쑥날쑥한 길옆 잡초들을 비추었다. 기차가 온다! 속력을 실은 칙칙 폭폭 칙칙 폭폭 소리. 획 지나간다. 퍼시픽 플라이어호, 황금빛 불꽃이 쏜살같이 지나간다. 화실火室에서 나온 불꽃이 꼬리를 늘어뜨린 증기 아래에서 번쩍 튀었다. 눈앞의 광경이 금세 사라졌다. 캐럴은 다시 기나긴 어둠 속에 있었다. 케니컷이 기차의 그 불빛과 경이로움에 대해 본인의 해석을 들려준다. "19호가 10분 연착이겠군."

마을에 있을 때 그녀는 침대에서 북쪽으로 1마일 질러 쌩하고 달리는 급행열차 소리에 귀를 기울였다. 뿍뿍!— 희미하고 불안하고 넋이 나간, 자유로운 밤 기차의 경적 소리. 웃음소리가 있고 현수막이 걸려 있고 종소리가 들리는 더 큰 마을로 이동하는 야간 여행객들과 기적 소리, 뿍뿍! 뿍뿍! 세상이 지나가고 있다— 뿍뿍! 더 희미하고 더 애달프게 들리더니 사라진다.

여기는 기차의 그림자도 보이지 않았다. 정적의 크기는 가늠도 할 수 없었다. 원초적인 먼지 빛깔의 빽빽한 대평원이 호수를 에워싼 채 그녀의 주변에 누워 있었다. 기차만이 그 고요를 깰 수 있었다. 언젠가 그녀는 기차를 타게 될 테고 그것은 앞을 향한 커다란 한 걸음이 되리라.

VII

그녀는 앞서 극단에 그리고 도서관위원회에 의지해 보았듯이 셔터쿼*에 희망을 걸었다.

뉴욕주의 상설 본원인 셔터쿼 외에도 전국적으로 영리로 움직이는 셔터쿼 회사들이 있었고, 이들은 일주일간의 문화교육을 위해 강의와 '오락' 공연단을 아주 작은 마을에까지 구석구석 파견했다. 미니애폴리스에 살면서 캐럴은 순회 셔터쿼는 한 번도 본 적이 없었기에 고퍼 프레리에 그것이 온다는 말을 듣자, 자신이 시도했었던 막연한 활동을 다른 사람들이 펼치고 있는지도 모른다는 기대를 품었다. 그녀는 사람들에게 제공되는 압축된 대학 과정을 상상했다. 케니컷과 함께 호수에서 돌아오는 아침마다 그녀는 온 상점의 창문과 메인 스트리트를 가로지르는 줄에 쭉 꿰어 달아놓은 광고 깃발을 보았다. 한 줄로 이어진 깃발들에는 "볼랜드 셔터쿼 상륙!"과 "일주일의 확실한 감동과 즐거움!"이라는 문구가 번갈아 적혀 있었다. 그러나 그

* Chautauqua. 1874년 뉴욕주 서남부에 있는 호숫가의 마을 셔터쿼에서 창설된 성인을 위한 하계교육문화학교. 순회 강사들의 강연과 교육적 가치가 있는 볼거리 등을 지원했다.

녀는 프로그램을 보고 실망했다. 압축 대학이 아닌 것 같았기 때문이다. 대학의 느낌이 전혀 나지 않았다. 프로그램은 보드빌 공연과 Y. M. C. A. 강의, 웅변 수업의 졸업 발표를 합쳐놓은 것 같았다.

그녀가 미심쩍은 마음을 케니컷에게 내비쳤다. 그가 우겼다. "글쎄, 이게 어쩌면 당신이나 내가 좋아하는 것처럼 아주 근사한 지적 프로그램은 아니겠지만 아무것도 없는 것보다야 훨씬 낫잖아." 바이더 셔윈이 거들었다. "이들 중에 대단한 강사들이 더러 있어. 사람들이 실효성 있는 정보는 별로 가져가는 게 없다고 하더라도 참신한 생각은 많이 얻어 가지. 그게 중요한 거 아니겠어."

셔터쿼가 열리는 동안 캐럴은 저녁에 세 번, 오후에 두 번, 아침에 한 번 참석했다. 그녀는 청중에게서 깊은 인상을 받았다. 셔츠와 블라우스 차림에 누르께한 얼굴로 열심히 생각해보려는 여인들, 조끼와 셔츠 바람으로 열심히 웃어보려는 남자들, 꼼지락거리면서 빠져나가려고 애쓰는 아이들이 와 있었다. 그녀는 붉은 차양 아래 놓인 기다란 벤치와 이동 무대가 마음에 들었다. 그 위로 거대한 천막이 쳐져 있었는데, 밤에는 일렬로 달린 백열전구 윗부분이 어둑했고, 낮에는 호박색의 빛이 참을성 있는 청중들을 밝혔다. 먼지 냄새, 밟아 뭉개진 잡초들, 바싹 마른 나무는 그녀에게 시리아의 이동 천막 안에 있는 착각이 들게 했다. 천막 밖의 소음을 듣고 있으면 연사들은 머릿속에서 사라졌다. 두 농부가 걸걸한 목소리로 이야기를 나누었고 마차가 삐걱거리며 메인 스트리트를 달렸으며 수탉이 울었다. 그녀는 만족했다. 하지만 그것은 길 잃은 사냥꾼이 잠시 멈춰 숨을 돌릴 때 드는 그런 만족감이었다.

그도 그럴 것이 셔터쿼 그 자체에서 그녀는 빈말과 헛소리, 커다란 웃음소리 말고는 아무것도 얻은 게 없었기 때문이다. 케케묵은 농담에 터지는 촌사람들의 웃음은 농장 가축들의 울부짖음처럼 서글프고 조야한 소리였다.

다음은 7일짜리 압축 대학의 강사들 면면이다.

강사 아홉 명 중 네 사람이 전직 목사이고 한 사람은 전직 의원이었는데, 모두가 '감동적인 연설'을 했다. 캐럴이 그들로부터 유일하게 얻은 지식 혹은 의견이라면 이런 내용이었다. 링컨은 미국에서 칭송받는 대통령이지만 어린 시절에는 찢어지게 가난했다. 제임스 힐은 서부에서 가장 유명한 철도 종사원이지만 어린 시절에는 찢어지게 가난했다. 상거래에서는 상스러운 언동을 쓰거나 뻔히 남을 속이려 하기보다 정직하고 예의 바른 게 좋은데 여러분에게 하는 말은 아니다. 왜냐하면 고퍼 프레리의 전 주민은 정직하고 예의 바르다고 정평이 나 있기 때문이다. 런던은 대도시다. 저명한 정치인 한 사람은 한동안 주일학교에서 가르쳤다.

네 명의 '연예인들'이 유대인, 아일랜드인, 독일인, 중국인, 그리고 테네시 산간지방 사람들 이야기를 했고, 대부분은 캐럴이 이미 들었던 내용이었다.

'여성 연설가' 한 명이 키플링을 낭송했고, 아이들 흉내를 냈다.

강연자 한 명은 안데스산맥 탐험에 대한 영화를 갖고 나왔는데, 영상은 멋졌으나 내레이션은 뚝뚝 끊겼다.

취주악대 세 팀, 오페라 가수군단 여섯 명, 하와이인 6인조 공연단, 색소폰과 빨래판으로 위장한 기타를 연주하는 청년 네 명. 가장 박수를 많이 받았던 작품은 필수적으로 연주되는 「루치아」*처럼 청중이 가장 많이 들어봤음직한 것들이었다.

현지 대표는 나머지 강연자들이 일일 공연을 위해 다른 셔터쿼에 가고 없는 일주일 내내 남아 있었다. 대표는 고지식한 인상에 영양 섭취가 부족해 보이는 남자로, 열의가 식은 청중을 인위적으로 열광케 하느라 애를 썼는데, 청중을 경쟁 그룹으로 나누고선 머리가 좋으니 단체 함성을 멋지게 지를 수 있을 거라고 그들을 부추기며 흥을 돋우었다. 그는 대부분 아침 강연을 맡아서, 시詩와 성지(팔레스타인 지역)와 고용주에게 부당한 이익 공유 제도에 대해 잠 오는 목소리로 시종일관 시답잖은 강연을 펼쳤다.

마지막 강사는 강의하는 것도 아니고 감동을 주는 것도 아니면서 즐겁게 해주지도 않는 남자였다. 두 손을 주머니에 찔러 넣은 작고 평범한 남자였다. 모든 강연자가 하나같이 "고백하건대, 이번 순회에서 여기보다 더 매력적인 장소와 여기 주민보다 더 진취적이고 따뜻한 마음씨를 가진 사람들을 본 적이 없다는 사실을 이 아름다운 도시의 주민들에게 말씀드리지 않을 수가 없군요"라는 말을 늘어놓았다. 하지만 이 작은 남자는 고퍼 프레리의 건물들이 제멋대로인 데다 화산자갈을 쌓아

* 가에타노 도니제티(Gaetano Donizetti, 1797~1848)의 오페라 『루치아 디 람메무어』의 3막 중 광란의 장면에 등장하는 아리아.

만든 철둑길이 호숫가를 떡하니 차지하도록 놔두고 있으니 어리석은 일이라고 넌지시 말했다. 나중에 청중들이 툴툴거렸다. “저 사람이 속사정을 바로 아는 걸 수도 있지만, 만날 나쁜 쪽만 보면 뭐해? 새로운 생각은 더할 나위 없이 좋지만 이런 온갖 비판이 다 좋은 건 아니지. 애써 찾지 않아도 인생은 골칫거리가 차고 넘친다고!”

이렇듯 캐럴이 본 셔터쿼는 그랬다. 셔터쿼가 끝나고 마을 사람들은 뿌듯해했고 교양을 쌓은 듯한 기분을 느꼈다.

VIII

2주일 뒤 세계대전이 유럽을 강타했다.

한 달 동안 고퍼 프레리는 전쟁의 공포에 몸서리쳤다. 그 뒤 전투가 주로 참호에서 벌어지면서 그들은 전쟁을 잊어버렸다.

캐럴이 발칸 지역과 독일의 개혁 가능성을 이야기하자 케니컷이 하품을 하며 말했다. “아, 맞아, 큰 싸움이야. 하지만 우리하곤 아무 상관도 없어. 여기 사람들은 옥수수 키우느라 너무 바빠서 다른 나라들이 자발적으로 힘들어지고 싶어 벌이는 어리석은 전쟁에 휘말릴 여유가 없어.”

이런 말을 한 건 마일스 비요른스탐이었다. “이해할 수가 없어요. 난 전쟁은 반대요만 그래도 독일은 패배해야 할 것 같습니다. 망할 융커*들이 진보를 방해하고 있잖습니까.”

---

* Junker. ‘젊은 주인(도련님)’을 뜻하는 독일어로 아직 주인의 지위에 오르지

초가을 그녀는 마일스와 비를 방문했다. 그들은 환호성을 지르며 그녀를 맞이했고 의자에서 먼지를 털어내고 커피 끓일 물을 가지러 뛰어갔다. 마일스는 선 채로 그녀에게 함박웃음을 지었다. 수시로 고퍼 프레리의 거물들에 대해 다시 불손한 언사를 내뱉었지만 언제나 무언가 예의 차린 칭찬을 덧붙이며 끝을 맺었다.

"사람들이 많이 찾아오지 않았나요?" 캐럴이 슬쩍 말을 건넸다.

"어, 비의 사촌 티나가 주기적으로 왔고, 제분소의 현장 주임하고 또…… 아, 우린 즐겁게 보내고 있습니다. 음, 저기 비를 좀 보세요! 비가 하는 말을 듣고 있거나 비의 스칸디나비아 사람의 아마빛 머리카락을 보면 노란 카나리아 같지 않습니까? 그런데 음, 비가 무언지 아십니까? 암탉입니다! 내게 수선을 떨 때나 다 늙은 내게 넥타이를 매게 할 때 보면 말입니다! 이 말 듣고 버릇 나빠지는 건 싫지만 비는 한 마리 예쁜…… 예쁜…… 아이고! 고상한 체하는 속물들이 아무도 찾아오지 않는 게 무슨 대수라고요? 우리 둘이면 됐지요."

캐럴은 애쓰고 있는 그들이 마음 쓰였지만, 메스꺼움과 두려

않은 귀족의 아들을 가리킨다. 16세기 이래 엘베강 동쪽 프로이센 동부의 보수적인 지방 귀족의 속칭으로 사용되었다. 19세기에는 동부 독일의 완고한 보수주의·권위주의의 귀족을 자유주의자들이 모욕적으로 융커라고 불렀고, 1848년 결성된 보수당은 '융커당'이라는 별칭으로 불렸다. 19세기 독일제국의 창건은 융커를 중심으로 이루어졌으며 융커는 제국의 고급관리와 장교의 지위를 독점하여 꺾일 수 없는 파벌을 형성했다. 그 세력은 독일혁명 뒤에도 은연히 유지되었으나, 제2차 세계대전 뒤 소련군의 점령으로 괴멸했다.

움의 압박 때문에 그 걱정을 잊었다. 그해 가을 그녀의 아기가 태어날 테고, 대변화의 위험 속에서 드디어 삶이 흥미로워지리란 걸 알고 있었다.

20장

I

출산일이 다가오고 있었다. 매일 아침 그녀는 구역질하면서 한기를 느꼈고, 후줄근해진 채로 자신이 다시는 매력 있는 모습을 되찾을 수 없을 것 같았다. 황혼이 질 때마다 겁이 났다. 그녀는 행복한 게 아니라 부스스한 데다 화가 나서 미칠 듯한 기분이었다. 입덧의 시기를 지나고 나서는 한없이 따분한 시간이 계속되었다. 돌아다니는 것이 힘들어졌고 날씬하고 날렵했던 자신이 지팡이를 찾아야 하고 저잣거리 입방아에 실컷 오르내려야 하는 현실에 분노가 일었다. 가는 데마다 느끼할 정도로 친절한 눈길에 에워싸였다. 가정주부들은 다들 이런 식의 귀띔을 했다. "이제 엄마가 될 거니까 지금까지 했던 생각들은 털어내고 마음을 차분하게 먹어요." 그녀는 싫든 좋든 자신이 이제 주부의 무리에 속한 듯한 기분이 들었다. 아이를 볼모로 잡힌 채 결코 도망치지 못할 것이다. 머지않아 커피를 마시고 흔들의자에서 몸을 흔들며 기저귀에 관한 이야기를 나누고 있겠지.

"저들과 싸우는 건 참을 수도 있어. 익숙하니까. 하지만 이렇게 받아들여지는 건, 당연한 듯 그들에 속하게 되는 건 참을 수 없어…… 그런데 이걸 참아야만 하다니!"

그녀는 부인들의 친절에 감사할 줄 모르는 자기 자신이 싫었다가, 조언하는 부인들이 싫었다가 하며 마음이 오락가락했다. 분만이 얼마나 고생스러운 일인지에 대한 애처로운 조언과 오랜 경험과 전적인 착오에 기반한 시시콜콜한 아기 위생법, 태교 단계에서 먹어야 할 것, 읽어야 할 것, 봐야 할 것 등에 대한 미신적인 주의사항 그리고 늘 성가시게 히죽히죽 웃으며 어린아이 대하듯 말하는 사람. 챔프 페리 부인이 부산스럽게 들어와서 품행 나쁜 아이가 태어나지 않도록 하는 예방책으로 「벤허」를 빌려주었다. 보가트 여사가 행복한 감탄사를 연발하며 나타났다. "정신없는 우리 예쁜 부인은 오늘 어떠신가! 세상에, 사람들 하는 말이 맞아. 임신하고 있으면 성모상처럼 여자가 정말 사랑스러워진다더니. 말해봐……" 그녀의 속삭임에 속된 티가 묻어났다. "콩알만 한 예쁜 아기가 뱃속에서 움직이는 게 느껴져? 사랑의 맹세가? 사이를 임신했을 때가 떠오르네. 물론 개는 너무 커서……"

"난 사랑스럽지 않아요, 보가트 부인. 피부색은 칙칙하고 머리카락은 빠지고 있고 꼴은 마치 감자 자루 같아요. 그리고 발등은 내려앉는 것 같고, 뱃속 아기는 사랑의 맹세가 아니고, 이 아기가 우리처럼 생겼을까 봐 걱정이고, 난 헌신적인 모성을 믿지 않아요. 이 임신이라는 사건은 빌어먹을 성가신 생물학적 과정이에요." 캐럴이 말했다.

이윽고 아기가 별 탈 없이 태어났다. 곧은 등과 튼튼한 다리를 가진 사내아이였다. 첫날은 밀어닥치는 통증과 절망스러운 두려움 때문에 아기가 미웠다. 그녀는 아기가 벌겋고 못생겼다고 원망했다. 그 후 그녀는 자신이 비웃었던 온갖 헌신과 본능으로 아기를 사랑했다. 그녀는 완벽하게 생긴 아기의 아주 작은 두 손을 보고 케니컷만큼이나 요란스러운 감탄사를 터뜨렸다. 아기가 자신을 믿고 의지하는 모습에 압도당했다. 아기에 대한 열렬한 사랑은 아기를 위해 해야 하는 지적이지도 않고 성가신 일들을 할 때마다 커졌다.

아기 이름은 그녀 아버지의 이름을 따서 휴라고 지었다.

휴는 머리가 크고 머리카락은 연한 갈색의 부드러운 직모에, 호리호리하고 건강한 아이로 자라났다. 생각이 깊고 태평스러운 게 케니컷 사람이었다.

2년 동안 그녀의 관심은 오로지 아이뿐이었다. 그녀는 "지켜야 할 자신의 아이가 생기는 즉시 세상 걱정과 다른 사람들의 자녀 걱정은 관둘 거야"라고 냉소적인 다른 주부들이 예언했던 대로 하지는 않았다. 한 아이가 더 많이 가지려고 서슴없이 다른 아이들을 희생시키는 그런 만행은 그녀에게 있을 수 없는 일이었다. 하지만 그녀는 자신의 신념을 희생할 생각이었다. 그녀는 축성祝聖을 잘 알고 있었다. 휴에게 세례를 받게 하자고 제안하는 케니컷에게 이런 말로 대꾸한 그녀였으니까. "아무것도 모르는 대례복 입은 젊은 남자에게 내 아이를 축성해달라고, 내가 내 아이를 소유할 수 있게 해달라고 부탁하면서 내 아이와 나 자신을 욕보이고 싶지 않아요! 아이에게 악마를 쫓는 그 어떤 의식도 받게 하고 싶지 않아요! 지옥 같은 그 아홉 시간 동안 내가 내 아이에게—내 아이에게—준 축성이 충분치 않았다면 지터렐 목사한테서 뭐가 더 나오겠어요!”

“음, 침례교회가 아이에게 세례 주는 일은 잘 없지. 난 워런 목사에게 갈까 생각하고 있었어.” 케니컷이 말했다.

휴는 그녀가 살아가는 이유였다. 미래의 확실한 성공, 사랑을 바치는 성전, 그리고 기쁨을 얻는 장난감이었다. “난 내가 아마추어 엄마가 될 줄 알았는데 당황스럽게도 보가트 부인만큼 타고난 엄마야.” 그녀가 큰소리쳤다.

2년 동안 캐럴은 마을의 구성원이었다. 맥가넘 부인처럼 젊은 엄마들 무리 중 한 사람이었다. 고집은 죽은 듯했고 눈에 띄게 탈출하려는 욕구도 없었다. 생각은 온통 휴에게 집중되었다. 휴의 진주처럼 매끄러운 귀를 보고 깜짝 놀라 탄성을 질렀다. “휴 옆에 있으니 난 사포처럼 꺼끌꺼끌한 피부의 늙은 여자 같아. 그래서 다행이야! 휴는 완벽해. 휴는 전부 갖게 될 거야. 여기 이 고퍼 프레리에서 영원히 살지는 않을 거야. ……정말로 어느 학교가 좋을지 모르겠어. 하버드일까 아니면 예일? 아니면 옥스퍼드?”

II

그녀의 자유를 구속하는 인물 집단이 위티어 스메일 부부, 즉 케니컷의 외삼촌인 위티어와 외숙모 베시의 합류로 크게 보강되었다.

진정한 메인 스트리트 사람이 규정한 친지란 초대 없이 찾아가서 마음 내키는 대로 지낼 수 있는 사람이다. 만약 라임 카스가 동부로 가는 일정 동안 오이스터 센터를 '방문'했다는 말을 듣는다면 그건 그가 뉴잉글랜드의 다른 지역보다 그 마을을 더 좋아한다는 말이 아니라 그쪽에 친지가 있다는 의미다. 그가 근래 몇 년간 친지에게 편지를 써 보낸 적이 있다는 말도 아니고 그들이 그에게 보고 싶다는 의사를 표시한 적이 있다는 말도 아니다. "매사추세츠주 어딘가에 팔촌이 살고 있는데, 누가 많은 돈을 써가며 보스턴의 호텔에 머물겠는가?"

스메일 부부는 노스다코타주의 낙농장을 팔고 나서 라퀴메르에 있는 스메일 씨의 누나, 즉 케니컷의 어머니를 방문하더니 그다음 고퍼 프레리에 사는 조카 집에서 지내려고 꾸역꾸역 찾아왔다. 아이가 태어나기 전인데, 예고도 없이 나타나 손님처럼 대접받는 걸 당연하게 여기면서 곧바로 자기들 방이 북향이라며 트집 잡았다.

위티어 외삼촌과 베시 외숙모는 캐럴을 비웃는 것이 친지의 특권이며, 조카며느리에게 그녀의 '생각'이 얼마나 터무니없는지를 알려주는 것이 기독교인으로서 의무라고 여겼다. 그들은 음식이며 상냥하지 못한 오스카리나의 태도며 바람이며 비며, 그리고 캐럴의 점잖지 못한 임부복을 다 탐탁지 않게 생각했다. 그들은 강하고 끈기가 있어서, 한번 질문을 던지기 시작하면 그녀에게 아버지의 수입은 얼마였는지 종교관은 무엇인지 외출할 때 덧신은 또 왜 안 신었던 건지 한 시간 내내 물어볼 수도 있었다. 별것 아닌 일을 꼬치꼬치 끄집어내어 묻는 데는 완전히 선수였고, 그들을 본받아 케니컷도 애정의 표현이랍시고 피곤하리만큼 집요하게 물어보는 똑같은 행태를 보이기 시작했다.

만약 캐럴이 아무 생각 없이 머리가 좀 아프다고 중얼거리면 당장 두 스메일과 케니컷이 그걸 물고 늘어졌다. 5분이 멀다 하고, 그녀가 앉거나 혹은 서거나 혹은 오스카리나에게 말하거나 하면 콧소리를 내며 물었다. "머리 아픈 건 좀 괜찮니? 어느 쪽이 아픈 거냐? 집에 탄산암모늄 있니? 오늘 일을 너무 많이 한 것 아니냐? 탄산암모늄은 써봤니? 곧바로 쓸 수 있게 집에 좀 비치해두지 그랬어? 이제는 좀 괜찮니? 좀 어때? 눈도 아픈 거니? 보통 몇 시에 잠자리에 들지? 그렇게나 늦게? 저런!! 이제 좀 어떠냐?"

그녀 앞에서 위티어 외삼촌은 케니컷에게 코웃음을 쳤다. "캐럴이 이렇게 두통 앓는 일이 종종 있느냐? 응? 네 아내는 브리지니 뭐니 한다고 싸돌아다니지 말고 때로는 몸을 돌보는 게 더 좋겠구나!"

그들이 이러쿵저러쿵 말하고는 물어보고, 또 이러쿵저러쿵 말하고는 물어보기를 멈추지 않았기 때문에 급기야 그녀가 작정하고 푸념을 쏟아냈다. "제발, 그 얘기는 그만하세요. 제 머린 괜찮아요!"

그녀는 베시 외숙모가 앨버타에 사는 자기 언니에게 보내고 싶어 하는 『돈트리스』 한 부에 2센트 우표를 붙여야 할지 혹은 4센트 우표를 붙여야 할지를 놓고 외삼촌 내외와 케니컷이 서로 주고받는 말을 들었다. 캐럴이라면 약국에 가져가서 무게를 쟀겠지만, 자신은 공상가인 반면 그들은 (자기들이 툭하면 인정하듯이) 실용적인 사람들이었다. 그래서 그들은 머릿속으로 생각하면서 우편요금을 알아내려 애썼고, 이는 생각을 전부 입 밖으로 내뱉는 솔직함과 더불어 모든 문제를 해결하는 그들만의 방식이었다.

스메일 부부는 사생활이니 과묵함이니 하는 '이 모든 돼먹지 않은 것들을 인정'하지 않았다. 캐럴은 언니에게서 온 편지를 탁자에 놔뒀을 때 위티어 외삼촌이 하는 말을 듣고 큰 충격을 받았다. "언니 말이 형부는 잘 지내고 있다고. 넌 언니를 좀더 자주 보러 가야겠다. 윌에게 물어보니 그다지 자주 언니를 보러 가지 않는다던데. 저런! 더 자주 가야지!"

동창에게 편지를 쓰고 있거나 일주일 식단을 짜고 있으면 베시 외숙모가 불쑥 나타나 킥킥대면서 이런 말을 하리란 걸 캐럴은 확신할 수 있었다. "방해하지 않으마. 그냥 네가 어디 있는지 궁금해서. 계속 쓰려무나. 금방 갈 거야. 오늘 점심때 내가 양파를 먹지 않은 게 양파가 제대로 익지 않아서였다고 생각할지 모르겠는데, 전혀 그 때문이 아니야. 제대로 안 익어서 먹지 않았던 게 아니란다. 물론 너희 집은 모든 게 늘 아주 깔끔하게 정리되어 근사하지. 그렇지만 어떤 면은 오스카리나가 세심하지 못한 것 같더구나. 네가 주는 높은 보수를 고마워하지 않아. 그리고 짜증이 많더구나. 이들 스웨덴 사람들은 죄다 짜증이 많아. 왜 네가 스웨덴 사람을 쓰는지 모르겠지만…… 하지만 그것 때문이 아니야. 내가 양파를 먹지 않았던 건 양파가 제대로 안 익은 것 같아서가 아니란다. 그건 그저 양파가 나하고 맞지 않는 건지 어쩐 건지. 아주 이상해. 내가 담즙병을 한 번 앓고 나서부터는 튀긴 양파든 생양파든 상관없이 나와 잘 맞지 않아요. 위티어는 식초와 설탕을 곁들인 생양파를 정말 좋아하거든……"

그것은 순수한 애정이었다.

캐럴은 지능적인 미움보다 더 당황스러운 것이 사랑을 요구하는 것임을 깨닫는 중이었다.

그녀는 스메일 부부 앞에서 자신이 적절하게 무디고 표준화되어 있다고 가정했지만, 그들은 그녀에게서 무언가 다른 냄새를 맡았는지 몸을 구부정하게 내밀고 앉아 재미 삼아 그녀에게 터무니없는 말을 시키려 애썼다. 그들은 동물원에서 원숭이들을 노려보는 일요일 오후의 군중 같았다. 손가락으로 찌르고 얼굴을 찡그리면서 좀더 고상한 부류가 분개하는 모습에 낄낄거렸다.

헤벌쭉하게 입을 벌리고 윗사람이라는 표를 내면서 촌사람 같은 웃음과 함께 위티어 외삼촌이 넌지시 운을 뗐다. "캐리, 네가 고퍼 프레리를 다 철거하고 새로 지어야 한다고 생각한다는데 이게 다 무슨 말이냐? 사람들이 어디서 듣도 보도 못한 이런 발상들을 얻어 오는지 모르겠군. 다코타의 농부들 여럿이 요즘 이런 생각을 하고 있어. 협동조합이라는 거 말이지. 농부들이 주인들보다 퍽이나 상점을 더 잘 운영할 수 있겠다! 허!"

"위티어와 내가 농사지을 때는 협동조합이 다 뭐냐!" 베시가 큰소리를 뻥뻥 쳤다. "캐리, 자 늙은 외숙모에게 말해보렴. 주일에 교회에 가기는 하는 거니? 가끔씩은 가니? 하지만 주일마다 가야지! 나만큼 나이 들면 알게 돼. 사람들이 아무리 제 잘난 것 같아도 신이 그네들보다 훨씬 더 잘 아셔. 그러니까 목사님 말씀을 들으러 갈 수 있어서 다행이라는 걸 깨닫게 될 거야!"

그들은 마치 방금 머리가 둘 달린 양을 본 사람처럼 "그렇게 웃긴 생각은 태어나서 처음 들어보네!"라는 말을 되풀이했다. 보아하니 그들은 미네소타에 살고 있는, 다른 사람도 아니고 자신들의 조카와 결혼한 실제 인물이 다음과 같은 사실을 믿고 있다는 걸 알고 충격을 받은 듯했다. 이혼이 늘 부도덕한 것만은 아닐 수도 있다. 사생아라고 특별하고 확실한 저주를 지니고 살진 않는다. 구약성서 외에도 도덕 규범이 있다. 와인을 마셨다고 시궁창에 처박혀 죽지 않는다. 자본주의의 분배 제도와 침례교회의 결혼식은 「창세기」에 나오지 않는다. 버섯은 콘드비프처럼 먹을 수 있는 음식이다. '녀석'이라는 말은 이제 더 이상 자주 쓰지 않는다. 진화를 인정하는 복음 전도자들이 있다. 누가 봐도 똑똑하고 사업 능력이 있는 몇몇 사람들은 공화당 후보라고 바로 찍지 않는다. 겨울에 맨살 위에 바로 따끔거리는 플란넬 내복을 입는 것이 보편적인 관습은 아니다. 바이올린이 원래 교회 오르간보다 더 외설적인 건 아니다. 어떤 시인들은 머리가 길지 않다. 유대인이라고 다 행상이나 양복장이는 아니다.

"조카며느리가 어디서 그런 이론들을 주워들었지?" 위티어 스메일 외삼촌이 깜짝 놀랐다. 한편 베시 외숙모는 물었다. "재처럼 그렇게 생각하는 사람들이 많다고 생각해요? 맙소사! 만에 하나 그렇다고 한다면." 그녀의 어조는 그렇지 않다는 쪽으로 확정 짓고 있었다. "도대체 세상이 어찌 되려고 이러는지 모르겠네!"

캐럴은 그들이 떠난다고 선언하는 지상 최고의 날을 인내심을 가지고 기다렸다. 3주가 지나자 위티어 외삼촌이 말했다. "우린 고퍼 프레리가 좀 마음에 드는구나. 아마도 여기서 계속 살게 되지 않을까 싶구나. 낙농장과 농장들도 팔았으니 뭘 할까 둘이서 계속 생각해봤단다. 그래서 올레 젠슨하고 그의 식료품점에 대해 얘기를 했어. 그 가게를 인수해서 당분간 그걸 운영해볼 생각이야."

그는 그렇게 했다.

캐럴은 반발했다. 케니컷이 그녀를 달랬다. "오, 외삼촌네를 볼 일은 그리 많지 않을 거야. 그분들도 자신들 집을 갖게 될 텐데, 뭘."

그녀는 그들에게 몹시 냉랭하게 굴면 멀찌감치 떼어낼 수 있으리라 생각했다. 하지만 그녀에게는 의식적으로 오만방자하게 구는 소질이 없었다. 그들은 살 집을 찾아놓고도 웃는 얼굴로 나타났고 캐럴은 그런 그들로부터 결코 무사할 수 없었다. "오늘 저녁 너한테 들러서 심심하지 않도록 해줘야겠다고 생각했단다. 오, 여태 저 커튼을 빨지 않았구나!" 바로 저분들이 외로운 사람들이라는 걸 깨닫고 그녀가 마음이 뭉클해질 때마다 그들은 한결같이 이런저런 참견 혹은 질문, 이런저런 참견 혹은 충고로 그녀의 동정 어린 호의를 산산조각 내버렸다.

그들은 루크 도슨 부부, 피어슨 집사 부부, 보가트 부인 등 자기들과 같은 부류의 사람들과 이내 친해져 저녁에 그들을 대동하고 나타났다. 베시 외숙모는 다리였고, 그 다리를 넘어 천

부적인 상담 능력과 잘 모르는 경험 사례를 안고서 노부인들이 조용한 캐럴의 섬으로 밀려들었다. 베시 외숙모가 선량한 과부, 보가트 부인을 졸랐다. "진짜로 좀 자주 들러서 캐리를 보고 가세요. 요즘 젊은 사람들은 살림에 대해 우리만큼 몰라요."

보가트 부인은 이웃사촌이 되겠다는 기꺼운 의지를 몸소 완벽하게 증명했다.

캐럴이 이들의 공격을 되받아칠 방법을 궁리하던 차에 케니컷의 어머니가 내려와 두 달 동안 남동생네에서 지내게 되었다. 캐럴은 시어머니를 좋아했다. 결국 반격은 단념할 수밖에 없었다.

궁지에 빠진 기분이었다.

그녀는 마을 사람들에게 납치되어 지냈다. 그녀는 베시 외숙모의 질부였고 아이 어머니가 될 예정이었다. 그녀는 영원히 아기들과 요리 하녀들, 자수, 감자 가격, 시금치에 대한 남편들의 취향에 대해 얘기하고 앉아 있는 것이 당연했고, 스스로도 그래야 할 것 같았다.

그녀는 졸리 세븐틴에서 피난처를 발견했다. 불현듯 회원들이 함께 보가트 부인을 마음껏 비웃어줄 수 있는 사람들로 여겨졌고, 알고 보니 후아니타 헤이독의 한담도 저속한 게 아니라 유쾌하면서 아주 분석적이었다.

그녀의 삶은 휴가 태어나기도 전에 변해 있었다. 그녀는 다음번 졸리 세븐틴의 브리지 모임을, 그리고 모드 다이어와 후아니타, 맥가넘 부인 등 친한 친구들과 안심하고 수다 떨 날을 손꼽아 기다렸다.

그녀는 마을의 일원이었다. 마을 사람들의 인생관과 다툼이 그녀를 지배했다.

III

그녀는 나이 지긋한 부인들이 친한 척 속삭이는 것이나, 아가들에게는 레이스와 촉촉한 입맞춤만 충분하면 음식은 뭘 먹이든 상관없다는 그들의 의견이 더 이상 짜증스럽지는 않았지만, 정치와 마찬가지로 아이의 양육에서도 예쁜 팬지꽃 등의 미사여구를 갖다 붙이는 것보다는 지성이 더 중요하다고 결론지었다. 그녀는 케니컷과 바이더, 비요른스탐 부부에게 휴의 이야기를 하는 걸 제일 좋아했다. 케니컷이 바닥에 앉아 그녀 옆에서 아이가 온갖 표정을 짓는 걸 지켜보고 있으면 기꺼이 가정적인 여자가 되었다. 마일스가 마치 성인 남자에게 말하듯 휴에게 "나 같으면 그런 스커트는 못 참을 거야. 자, 자, 노조에 가입해서 파업해. 바지를 달라고 해야지"라고 충고할 때면 무척 즐거웠다.

케니컷은 한 아이의 부모로서 마음이 움직여 고퍼 프레리의 첫 아동복지주간을 제정했다. 캐럴도 거들어 아이들의 체중을 재고 목구멍을 살피고 영어 못하는 독일과 스칸디나비아 엄마들을 위해 아동용 식단을 써주었다.

고퍼 프레리의 상류층 인사들, 심지어 라이벌 의사들의 부인들까지 참여했고 마을에는 며칠 동안 공동체 정신이 고조되었다. 하지만 화기애애하던 행사가 우량아 선발대회 최고상이 괜찮은 부모가 아닌 비와 마일스 비요른스탐에게 수여되자 풍비박산이 나버렸다. 선량한 주부들이 푸른 눈과 황금빛 머리카락, 멋지게 뻗은 등의 올라프 비요른스탐을 쏘아보면서 말을 쏟아냈다. "어머, 케니컷 부인, 저 스웨덴 아기가 당신 남편의 말처럼 건강한지 몰라도 하녀를 엄마로, 끔찍한 무신론자 사회주의자를 아빠로 둔 사내애 앞에 기다리고 있는 미래에 대해서는 생각하기도 싫어요!"

캐럴은 부아가 치밀었지만, 명망 있다는 사람들의 우월의식이 너무 강하고, 베시 외숙모가 사람들의 소문을 하도 집요하게 듣고 오는 바람에 그녀는 휴를 올라프에게 데려가서 함께 놀게 하기가 난처했다. 이러는 게 싫었지만, 자신이 비요른스탐의 오두막으로 들어가는 모습을 그 누구도 보지 않기를 바랐다. 환한 얼굴로 두 아이를 똑같이 보살피는 비를 보거나 두 아이를 아련하게 바라보는 마일스를 보며 자기 자신은 물론 마을 사람들의 무정함과 냉혹함을 미워했다.

마일스는 돈을 모아놓았기 때문에 엘더의 제재소를 그만두고 오두막 옆 공터에 낙농장을 시작했다. 그리고 자신의 소 세 마리와 닭 60마리를 뿌듯해하면서 밤마다 일어나 가축을 먹였다.

"내가 큰 농장주가 되면 깜짝 놀랄 겁니다! 내, 말하지만 저 어린 녀석 올라프는 동부로 가서 헤이독의 아이들과 함께 대학을 다닐 겁니다. 어…… 이제 여러 사람이 오다가다 들러서 비랑 나랑 잡담을 주고받아요! 한번은 보가트 부인도 찾아왔어요. 보가트 부인은…… 그 노부인이 맘에 듭니다. 그리고 제분소 현장 주임이 꾸준히 찾아와요. 어허 우린 친구가 많아요. 정말입니다!”

IV

캐럴의 눈에 마을은 주변의 들판처럼 별로 변한 게 없어 보였지만 최근 3년간 마을에는 변화가 끊임없었다. 대평원의 주민들은 늘 서쪽으로 이동하고 있었다. 서부 개척 시대의 계승자이기 때문일 수도 있고, 주어진 환경에서는 신나는 일이 너무 없었기에 환경을 바꾸어 그런 일을 찾아보자는 강박감이 생겼기 때문일 수도 있었다. 마을은 그대로지만 주민들의 면면은 대학의 수업시간처럼 바뀌었다. 고퍼 프레리의 보석상은 특별한 이유 없이 가게를 팔고 나서 앨버타인지 워싱턴인지로 가서, 자기가 떠났던 꼭 고만한 마을에서 자기가 갖고 있던 꼭 고만한 가게를 열었다. 전문직 종사자나 부자를 제외하면 주거지나 직업을 지속하는 사람은 별로 없었다. 한 사람이 농부, 식료품 잡화상, 마을 순경, 자동차수리공, 식당 주인, 우체국장, 보험대리인, 그리고 처음으로 돌아가 다시 농부가 되었고, 그는 해보는 것마다 아는 게 부족하다 보니 지역사회가 그 고생을 참아내다시피 했다.

식료품점 주인 올레 젠슨과 정육점 주인 달은 각각 사우스다코타주와 아이다호주로 이사했다. 루크와 도슨 부인은 1만 에이커의 대평원 땅을 정리한 후 마법처럼 간편한 형태의 소형 수표책으로 만들어 방갈로 저택과 햇살과 카페테리아식 식당들이 있는 패서디나로 갔다. 쳇 대셔웨이는 가구점과 장의사를 팔고 로스앤젤레스로 떠났다. 『돈트리스』는 이런 기사를 올렸다. "친애하는 체스터가 부동산 회사의 괜찮은 자리를 수락했고 대셔웨이 부인은 사우스 웨스트랜드, 퀸시티의 화려한 사교계에서 우리 지역의 상류층 인사들 사이에서 누렸던 것과 같은 평판을 얻고 있다."

리타 사이먼스는 테리 굴드와 결혼하고 나서 사교계에서 가장 화려한 젊은 주부의 자리를 두고 헤이독과 경쟁했다. 하지만 후아니타 역시 지위가 높아졌다. 해리의 부친이 사망하고 해리가 본톤 백화점의 사장이 되면서 후아니타는 더 톡톡 쏘면서 한층 더 약삭빨라졌고 예전보다 더 깔깔거렸다. 그녀는 이브닝드레스를 하나 사서 쇄골을 드러내 보이며 졸리 세븐틴 사람들을 놀라게 하더니 미니애폴리스로 이사 가는 것에 대해 이야기했다.

새로 등장한 테리 굴드 부인에 대항하여 자신의 입지를 다지기 위해 후아니타는 캐럴에게 생긋거렸고 캐럴을 자기편으로 끌어들이려 했다. "어떤 사람들은 리타를 순진하다 할 테지만 내 직감으로는 보통 신부들의 반만큼도 아닌 것 같고, 테리만 해도 당신 남편과 나란히 세 손가락에 꼽을 만한 의사는 아니지 않나요."

캐럴은 자신도 흔쾌히 올레 젠슨 씨를 따라, 또 다른 메인 스트리트로 이주하고 싶었을 것이다. 익숙한 권태에서 새로운 권태로 도망가면 잠시나마 바깥도 보고 진기한 경험도 해볼 수 있을 터였다. 그녀는 케니컷에게 몬태나주와 오리건주 쪽에 환자가 더 많지 않겠냐며 넌지시 암시했다. 남편이 고퍼 프레리에 만족해한다는 걸 알지만, 떠날 걸 상상하면서 역에서 기차 시간표를 구해 떨리는 집게손가락으로 지도를 찾아보는 일은 그녀에게 대리 만족을 안겨주었다.

하지만 일반 사람들의 눈에 그녀는 불만족스러워 보이지 않았다. 그녀는 메인 스트리트의 믿음을 저버리는, 비정상적이며 고통을 주는 배신자가 아니었다.

만족스러워하는 시민은 불평꾼이 끊임없이 불평한다고 생각하기 때문에 캐럴 케니컷 같은 유형에 대해 들으면 어이없다는 표정으로 이렇게 말한다. "아주 끔찍한 사람이군! 분명 같이 살기 힘들겠어! 내 가족은 현재 상태에 만족하고 있으니 다행이지 뭐야!" 사실 캐럴이 외로운 희망에 빠져 있는 시간은 하루에 5분도 되지 않았다. 이렇게 흥분하는 주민도 자기가 속한 사회에 캐럴만큼 불안정한 기분을 제대로 표현하지 않고 지내는 불평꾼이 최소한 한 명은 있을 것이다.

아이의 존재 때문에 그녀는 고퍼 프레리와 갈색 주택을 당연한 거주지로 진지하게 받아들였다. 그녀는 현실에 안주하는 성숙한 클라크 부인과 엘더 부인을 살갑게 대하면서 케니컷의 마음을 흡족하게 해주었고, 엘더 부부가 샀다는 신차 캐딜락이나 클라크 씨의 장남이 취직했다는 제분소 사무실에 관한 이야기를 실컷 나눈 뒤면 이런 것들이 중요해지면서 매일매일 뒷이야기가 궁금해졌다.

거의 모든 감정을 휴에게 집중했기 때문에 그녀는 최근 1, 2년간은 가게나 거리, 지인들에 대해 흠을 잡지 않았다. 그녀는 서둘러 위티어 외삼촌 가게로 가서 콘플레이크 한 상자를 사고 그가 지난 화요일 남서풍인데 남풍이라고 우겼다는 이유로 마틴 마호니에 대해 마구 성토하는 걸 아무 생각 없이 들은 뒤, 놀랄 것도 없고 특이하게 낯선 얼굴도 보이지 않는 거리를 쭉 지나 돌아왔다. 내내 휴의 젖니에 대해 생각하느라 그녀는 이 가게, 이 칙칙한 단지들이 자신의 환경을 구성하고 있다는 사실을 깊이 생각해보지 않았다. 자신이 해야 할 일을 했으며 카드 게임에서 클라크 부부를 이기고 승리감을 느꼈다.

V

휴가 태어나고 2년 동안 가장 중요한 사건이 일어났는데 그 기간에 바이더 셔윈이 고등학교 교사 자리를 그만두면서 결혼을 한 것이다. 캐럴은 신부 들러리였다. 결혼식이 감독교회에서 거행되었기 때문에 모든 여성은 새끼 염소 가죽으로 만든 새 구두를 신고 새끼 염소 가죽으로 만든 기다란 흰 장갑을 꼈으며 다들 고상해 보였다.

수년간 캐럴은 바이더에게 막내 여동생 같은 존재였지만 바이더가 자신을 어느 정도나 좋아하는지, 어느 정도나 싫어하는지, 미묘한 견제 속에 어느 정도나 자신에게 집착하는지 전혀 감을 잡지 못했다.

21장

I

플라이휠이 너무 빨리 돌아서 마치 멈춰 있는 듯한 착각이 드는 회색빛 강철, 떡갈나무 가로수 길의 희부연 눈, 태양을 뒤에 숨기고 있는 어스레한 빛, 이것이 36세 바이더 셔윈의 회색빛 삶이었다.

그녀는 체구가 작고 활동적이었으며 안색은 약간 누런 빛이었다. 노란 머리카락은 색이 바랬고 푸석해 보였다. 푸른색 실크 블라우스와 얌전한 레이스 목깃, 발목 높이의 검은색 구두, 그리고 납작한 밀짚모자는 교탁만큼이나 상상력 없이 밋밋했다. 하지만 그녀의 외모를 결정짓는 두 눈은 그녀가 특별한 사람임을 드러내주었고 그녀가 만물의 선성과 만물의 목적성을 믿고 있음을 말해주었다. 푸른빛 눈동자는 결코 가만히 있는 법이 없었다. 놀라움과 연민, 열정을 드러냈다. 눈가 주름들이 잠잠해져 있고 아름다운 홍채가 눈꺼풀에 덮인 채 자는 모습이 혹시 보인다면 그땐 그녀가 힘을 잃은 상태일 것이다.

그녀는 아버지가 따분한 목사로 봉직하던 위스콘신주의 첩첩 산중 마을에서 태어났다. 경건한 척하는 대학을 가까스로 마친 뒤 얼룩진 얼굴의 타타르인, 몬테네그로인들과 철광 폐기물들의 철광산 마을에서 2년 동안 교사 생활을 했다. 고퍼 프레리로 온 후 이곳의 수목과 한없이 펼쳐진 눈부신 밀밭 평원을 보면서 그녀는 자신이 천국에 있다고 확신했다.

그녀는 학교 건물이 좀 구중중하다는 동료 교사들의 말이 옳다고 생각했지만, 교실들이 "아주 편리하게 배열되어 있고…… 계단 머리에 있는 저 매킨리 대통령의 흉상, 아름다운 예술작품이죠. 그리고 용감하고 정직하며 희생적인 대통령이 있다는 사실을 떠올릴 수 있게 해주니 얼마나 감동적이에요!"라며 우겼다. 프랑스어, 영어, 역사, 그리고 2학년에게는 라틴어를 가르쳤는데 간접화법과 탈격독립어구라고 불리는 형이상학적 성격의 문제를 다루는 수업이었다. 그녀는 학년이 바뀔 때마다 학생들의 습득력이 좀더 빨라지고 있다고 매번 확신했다. 4년이라는 시간을 보내며 토론 그룹을 만들었고, 어느 금요일 오후 토론이 정말 활발하면서 토론자들이 자신들이 맡은 부분을 까먹지 않고 발표하자 보상받는 기분을 느꼈다.

그녀는 정열을 다 바치는 유익한 삶을 살았고, 겉보기에 사과만큼이나 멋지고 단순한 사람이었다. 하지만 속으로는 두려움과 갈망 그리고 죄의식 사이를 은밀하게 기어다녔다. 그녀는 그게 무언지 알았지만, 감히 입 밖에 내지 못했다. '섹스'라는 단어를 발음하는 것조차 싫어했다. 풍만하고 뽀얀 살결에 팔다리가 후끈 달아오른 하렘의 여자가 된 꿈이라도 꾸는 밤이면 소스라치게 놀라며 잠을 깬 뒤 어두컴컴한 방 안에서 무방비 상태가 되었다. 그러면 예수 그리스도를, 하느님의 아들을 맹렬히 찬양하고 그를 영원한 사랑이라 부르면서 그에게 기도를 올렸다. 그의 영광을 생각하면서 그녀는 점점 열렬해지고 숭고해지고 너그러워졌다. 그러면서 끝까지 참아냈다.

주간에 이런저런 활동으로 바삐 움직였던 터라 그녀는 타오르는 검은 밤을 비웃을 수 있었다. 즐거운 척하며 어딜 가나 이런 말로 큰소리를 쳤다. "난 원래 노처녀로 태어났나 봐요." "나같이 평범한 여교사와 누가 결혼하겠어요." "몸만 커다래 갖고 귀찮게 하는 당신네 남자들, 당신들이 특별한 애정을 받고 보살펴줘야만 하는 존재가 아니었다면 우리 여자들은 당신들이 깔끔한 방을 어지럽히는 걸 보면서 옆에 안 둬요. 그냥 '쉬잇!' 하고 쫓아버려야겠죠!"

하지만 춤추면서 남자가 꽉 붙잡거나, 심지어 조지 에드윈 모트 '교수'가 사이 보가트의 불량스러움을 거론하면서 아버지처럼 손을 어루만지기라도 하면 몸서리를 쳤고 자신이 처녀성을 간직해온 게 얼마나 훌륭한 일인지 생각에 잠겼다.

윌 케니컷 박사가 결혼하기 1년 전인 1911년 가을, 바이더는 카드 게임에서 케니컷의 짝이었다. 그때 그녀는 34세였고 케니컷은 36세쯤이었다. 그녀에게 그는 당당하고 소년다운 매력이 있는 유쾌한 사람이었다. 듬직한 체구에 온갖 영웅적인 자질을 다 갖춘 남자였다. 두 사람은 안주인이 월도프 샐러드*와 커피, 생강쿠키를 내가는 걸 도와주고 있었다. 그들이 주방의 긴 의자에 나란히 앉아 있는 동안 다른 사람들은 건너편 식당에서 점잖게 저녁 식사를 했다.

케니컷은 사내다웠고 적극적이었다. 바이더의 손을 쓰다듬더니 태평스럽게 그녀의 어깨에 팔을 둘렀다.

"하지 마요!" 그녀가 톡 쏘았다.

---

* Waldorf Salad. 사과, 견과류, 샐러리를 마요네즈에 버무린 샐러드.

“깜찍한 사람 같으니.” 그가 말하면서 탐색전을 벌이듯 그녀의 등을 쓰다듬었다.

떼내려 안간힘을 쓰면서도, 그녀는 그의 옆에 더 바짝 다가가고 싶었다. 그가 몸을 숙여 다 안다는 듯 그녀를 바라보았다. 그의 왼손이 무릎에 닿자 그녀가 그 손을 흘겨보았다. 그리고 벌떡 일어나더니 괜히 시끄럽게 설거지를 시작했다. 그가 거들었다. 그는 계속 치근덕댈 만큼의 성의는 보이지 않았다. 직업상 여성들의 속성을 너무 잘 알고 있기도 했다. 그녀는 그가 개인사를 화제로 삼지 않는 걸 고마워했다. 그 덕분에 다시 자제력을 회복할 수 있었다. 그녀는 자신이 위험한 생각을 피했다는 걸 알고 있었다.

한 달 뒤 무리 지어 썰매를 타던 날, 봅슬레이 안에서 물소가죽 덮개를 덮고 그가 속삭였다. “성숙한 교사인 척해도 당신은 그냥 아이예요.” 그의 팔이 그녀를 감싸고 있었다. 그녀가 저항했다.

“외로워하는 이 불쌍한 총각이 싫어요?” 그가 얼빠진 모습으로 칭얼거렸다.

“네, 싫어요! 당신은 날 조금도 좋아하지 않아요. 그냥 한번 찔러보는 거죠.”

“무슨 말을 그렇게 해요! 난 당신을 정말 좋아해요.”

“난 아니에요. 그렇게 되도록 놔두지도 않을 거예요.”

그가 그녀를 끈질기게 자기 쪽으로 끌어당겼다. 그녀가 그의 팔을 와락 잡았다. 그런 다음 덮개를 내팽개치고 썰매에서 내려 해리 헤이독과 함께 썰매 뒤를 따라갔다. 썰매를 탄 뒤 춤을 출 때 케니컷은 무미건조하게 예쁘기만 한 모드 다이어에게 흥미를 보였고 바이더는 사람들을 일으켜 버지니아 릴*을 추게 하려고 수선을 피웠다. 케니컷을 보지 않는 척하면서도 그녀는 그가 자기를 한 번도 쳐다보지 않는다는 걸 알았다.

이것이 그녀의 첫 연애 사건의 전말이다.

그는 자신이 "정말 좋아"했다는 것을 기억하는 기색이 전혀 없었다. 그녀는 그를 기다렸다. 그리움 속에, 그리고 그리움으로 인한 죄의식 속에 푹 빠져 있었다. 그의 일부는 원치 않으며, 그가 열과 성을 다해 자신에게 헌신하지 않는다면 절대 자신을 건드리지 못하게 하리라 혼자 되뇌면서도 어쩌면 자기가 거짓말을 하고 있는지도 모른다는 사실을 깨닫고 경멸감에 얼굴을 붉혔다. 그녀는 기도로 이겨보려 했다. 분홍색 플란넬 잠옷 차림으로 무릎을 꿇었다. 숱 적은 머리카락을 뒤로 늘어뜨리고 이마에는 비극의 가면처럼 지독한 혐오를 가득 채웠다. 그렇지만 예수 그리스도에 대한 사랑을 인간에 대한 사랑과 동일시하면서 혹시 다른 여자도 이처럼 불경한 적이 있었을까 궁금해했다. 그녀는 수녀가 되어 영속적인 사랑을 지키고 싶었다. 묵주를 샀지만 철저한 신교도로 자라온 터라 묵주를 사용하지는 않았다.

하지만 학교와 기숙사에서 아주 친했던 그 어떤 친구도 끝없는 나락에 빠진 그녀의 욕정에 대해 알지 못했다. 그들은 그녀가 '아주 낙관적'이라고 여겼다.

---

* Virginia Reel. 두 사람씩 마주 보고 두 줄로 서서 추는 미국의 포크 댄스.

바이더는 케니컷이 젊고 예쁘고 당당한 도회지 출신의 여자와 결혼한다는 말을 듣자 낙담했다. 그녀는 케니컷에게 축하 인사를 건넸고 무심코 결혼식 시간을 확인했다. 그 시간 바이더는 자기 방에 앉아서 세인트폴에서 거행되는 결혼식을 상상했다. 경악스러운 흥분에 휩싸여 케니컷과 자신의 자리를 채간 그 여자를 따라갔다. 그들을 따라 기차를 탔고, 저녁 내내, 밤새도록 그들을 따라다녔다.

그녀는 자신이 사실은 수치스러운 사람이 아니며 캐럴과 자신 사이에는 묘한 관계가 형성되어 있어서 케니컷과 함께하진 않지만, 진정으로 함께하고 있으며 함께할 권리가 있다는 믿음을 만들어낸 다음 안도감을 느꼈다.

그녀는 캐럴이 고퍼 프레리에 도착하고서 첫 5분 동안 그녀의 모습을 지켜보았다. 그녀는 지나가는 차를, 케니컷과 옆에 앉아 있는 여자를 응시했다. 모호한 감정 전이의 세계에서 바이더는 통상의 질투심이 아니라 캐럴을 통해 자신이 케니컷의 사랑을 받았으므로 캐럴은 자기 자신의 일부, 제2의 자신, 순수하고 더 사랑스러운 자신이라는 확신을 가졌다. 그녀는 캐럴이 매력 있고 검고 부드러운 머리카락에 우아한 머리와 여린 어깨를 갖고 있어서 반가웠다. 하지만 돌연 골이 났다. 캐럴이 자신을 1초도 보지 않고 눈길을 돌려 낡은 길가의 헛간을 쳐다봤기 때문이다. 자기가 그만큼 크게 양보했으면 캐럴이 적어도 그것을 고마워하고 인정해줄 줄 알았다. 그녀는 분한 마음이 들었지만, 이성적인 교사의 사고로 이런 정신 나간 짓을 제발 그만두라고 속으로 빌었다.

첫 방문에서 그녀의 반쪽은 책을 좋아하는 동지를 환영하고 싶었고, 다른 반쪽은 케니컷이 이전에 자신에게 관심 있어 했다는 사실을 그녀가 조금이라도 아는지 알고 싶어 좀이 쑤셨다. 그녀는 케니컷이 다른 여자 손을 잡은 적이 있다는 사실을 캐럴이 아직 모르고 있다는 사실을 알아냈다. 캐럴은 재미있고 순진하며 몹시 박식한 아가씨였다. 새너탑시스의 성공적인 업적을 아주 적극적으로 설명하고 캐럴의 사서 경험을 칭찬하는 동안 바이더는 이 아가씨가 자신과 케니컷 사이에서 태어난 아이라고 상상했다. 그리고 그런 상징화를 통해 그녀는 몇 달 동안 모르고 있었던 위안을 찾았다.

케니컷 부부, 가이 폴록과 함께 저녁을 먹고 집에 오자 그녀는 갑자기 약간 즐거운 마음으로 캐럴에 대한 애착을 버리고 이전의 마음으로 되돌아갔다. 서둘러 방으로 들어가 모자를 침대 위에 내팽개치고선 주절거렸다. "상관없어! 몇 살 많은 것만 빼면 난 그녀와 아주 비슷해…… 움직임도 경쾌하고, 그녀와 똑같이 말할 수도 있어. 분명…… 남자들은 정말 바보야. 환상에 사로잡힌 저 애송이보다 내가 열 배 더 다정하게 사랑을 속삭일걸. 그리고 분명…… 미모도 빠지지 않아!"

하지만 침대에 앉아 가는 허벅다리를 빤히 보고 있자니 반발심이 슬슬 사라지고 탄식이 터져 나왔다.

"아냐. 난 아냐. 맙소사, 우리가 얼마나 스스로를 속이고 사는지! 난 '고상한' 체하고 다녀. 내 다리가 우아하다고 상상해. 내 다리 우아하지 않은데. 내 다리는 가늘잖아. 노처녀의 다리라고. 싫어! 잘난 체하는 저 젊은 여자가 싫어! 이기적인 고양이 같으니. 내 사랑을 당연하다는 듯 가져가다니. ……아냐, 그녀는 사랑스러워. ……가이 폴록에게 너무 다정하게 굴면 안 될 텐데.”

1년 동안 바이더는 캐럴을 아주 좋아했고 케니컷과 그녀의 관계에 대해 사소한 하나하나까지 알고 싶어도 캐묻지 않았으며, 유치한 티파티에서 보여준 캐럴의 유쾌한 활기에 즐거워하기도 했고, 자신과 캐럴 사이의 신비한 연분이 잊히면서 고퍼 프레리를 구하러 온 사회문제의 구세주인 척하는 캐럴의 태도에 건전하게 짜증도 났다. 이 마지막 측면이 1년이 지나 바이더가 머릿속에서 가장 빈번히 곱씹어보았던 것이었다. 곰곰이 생각하면서 그녀는 울컥했다. “아무것도 하지 않으면서 하늘에서 모든 게 뚝딱 떨어지길 바라는 이런 사람들이 지겨워! 난 4년 동안 토론할 학생들을 선발하고 그들을 단련시키고, 참고도서를 찾아보라고 닦달하고 나름의 주제를 선정해보라고 매달리고. 몇 번의 훌륭한 토론을 성사시키기 위해 4년을 일해야 했어! 그런데 캐럴은 뭐야. 급히 달려들어선 1년 만에 마을 전체가, 주민들 모두가 딴 건 다 관두고 튤립이나 재배하고 차나 마시는 달콤한 천국으로 바뀌길 바라기나 하고. 게다가 여긴 편안하고 아늑하고 유서 깊은 마을이잖아!”

캐럴이 더 나은 새너탑시스 프로그램, 더 괜찮은 버나드 쇼의 연극, 더 인간적인 학교 등을 만들기 위한 운동을 들고나올 때마다 그녀는 폭발했지만 결코 감정을 드러내지 않았고 항상 그런 모습을 뉘우쳤다.

바이더는 개혁가이면서 진보주의자였고, 또 늘 그럴 것이었다. 그녀는 세부사항은 자극적으로 바뀔 수 있다 해도 전체적인 사항은 적당하고 유익하면서 결코 바뀔 수 없는 것이라고 믿었다. 캐럴은 알지도 못하고 받아들이지도 못하는 개혁가이면서 급진주의자였고, 그 때문에 오로지 파괴자만이 가질 수 있는 '개혁적인 구상'을 했다. 왜냐하면, 개혁가는 본질적으로 모든 건설이 이미 완성되어 있다고 믿기 때문이었다. 몇 년간의 친밀한 관계에도 불구하고 케니컷의 사랑을 잃어버렸다는 상상보다 바이더를 더 짜증스럽게 옭아매었던 것은 표현하지 않았던 이런 반감이었다.

그러나 휴의 탄생으로 초월적인 감정이 되살아났다. 그녀는 캐럴이 케니컷의 아이를 출산한 데서 전적인 성취감을 느끼지 않는다는 데 분개했다. 캐럴이 아이를 사랑하고 나무랄 데 없이 잘 보살피는 것 같았지만, 그녀는 이제 자신을 케니컷과 동일시하면서 자신이 캐럴의 변덕을 꽤 많이 참아왔다고 느끼기 시작했다.

그녀는 바깥세상에서 들어와 고퍼 프레리의 진가를 알아보지 못했던 다른 여성들 몇몇을 떠올렸다. 내방객들을 차갑게 대하며, "정—말—, 시골의 이런 왁자지껄한 환대가 견디기 힘들군요"라고 말했다는 소문이 마을에 파다하게 돌았던 교구 목사의 아내가 떠올랐다. 그 여자가 드레스 상체 부분에 패드처럼 손수건을 받쳐 넣었다는 건 기정사실처럼 알려져 있었다. 아니, 마을이 아주 그냥 떠들썩하게 그녀를 비웃었다. 물론 교구 목사와 그 사모는 몇 달 있다가 제거되었다.

그다음엔 머리를 염색하고 연필로 눈썹을 그렸던 수수께끼 같은 여자가 있었다. 그녀는 꽉 끼는 속옷 같은 영국식 드레스를 입고 퀴퀴한 사향 내를 풍기며 남자들에게 꼬리를 쳐서 소송비용을 대야 한다고 돈을 빌렸고, 학교 오락시간에 바이더가 강독하는 걸 비웃더니 호텔 숙박료와 빌린 돈 3백 달러를 갚지 않은 채 사라졌다.

캐럴을 사랑한다고는 하지만 바이더는 욕먹는 이런 여자들과 캐럴을 비교하면서 쾌감을 느꼈다.

II

바이더는 레이미 워더스푼이 감독교회 합창단에서 노래 부르는 모습을 즐겨 보았다. 감리교회 친목회와 본톤 백화점에서 만나면 그와 함께 날씨란 날씨는 다 훑었다. 하지만 거레이 부인의 하숙집으로 옮겨오기 전만 해도 사실상 그녀는 그를 알지 못했다. 케니컷과 연애사건이 있은 지 5년이 흘렀다. 그녀는 서른아홉 살이었고 레이미는 아마 그녀보다 한 살 어릴 것이다.

그녀가 그에게 말했다. 그리고 진심이었다. "어머나! 당신은 두뇌와 감각, 그리고 천부적인 목소리가 있으니 뭐든 할 수 있어요. 「캥커키에서 온 소녀」에서는 정말 훌륭하더군요. 당신을 보고 있으면 난 정말 천치처럼 느껴져요. 배우가 되었다면 당신은 미니애폴리스의 배우들만큼 훌륭했을걸요. 그렇긴 해도 당신이 지금 하는 일에 매달리는 것이 유감스럽진 않아요. 정말 건설적인 직업이잖아요."

"정말 그렇게 생각하나요?" 레이미가 사과 소스를 앞에 놓고 간절한 심정으로 말했다.

바이더나 레이미나 두 사람 다 믿음이 가는 지성적인 동지를 발견한 게 처음이었다. 그들은 은행 사무원인 윌리스 우드포드, 불안한 얼굴로 오로지 아이 생각뿐인 그의 아내, 말이 없는 라이먼 카스 부부, 저속한 어휘를 쓰는 순회 영업사원, 그리고 거레이 부인의 집에 머무르는 교양 없는 나머지 투숙객들을 백안시했다. 그들은 서로 마주 보고 앉은 채 늦게까지 머물렀다. 두 사람은 자신들이 신앙고백에 동의했다는 사실을 알고서 기뻐서 어쩔 줄 몰라 했다.

"샘 클라크와 해리 헤이독 같은 사람들이 음악과 그림, 유창한 설교와 정말 품위 있는 영화들을 시삐 여기지만 반면에 캐럴 케니컷 같은 사람들은 이런 예술 전부에다 너무 중점을 두지요. 사람들은 아름다운 것들을 즐길 수 있어야 하지만 마찬가지로 또 실용적이어야…… 사람들은 실용적인 시각으로 사물을 봐야 해요."

웃음을 띤 채 바이더와 레이미가 피클이 담긴 압착 유리 접시를 주거니 받거니 하면서 친밀감이라는 빛에 의해 밝아진 거레이 부인의 보풀 일어난 식탁보를 바라보며 이런저런 이야기를 나누었다. 캐럴의 장밋빛 터번, 캐럴의 다정함, 캐럴의 목 낮은 새 구두, 학교에서는 엄한 교육이 전혀 필요치 않다는 캐럴의 잘못된 견해, 본톤 백화점에서 상냥하던 캐럴의 모습, 솔직히, 좇아가다 보면 그저 혼이 쏙 빠지고 마는, 넘쳐나는 캐럴의 무모한 생각, 이런 것들이 화제였다.

레이미가 입혀놓은 대로 멋지게 진열된 본톤 백화점 쇼윈도의 신사 셔츠들, 지난 일요일 레이미가 불렀던 봉헌송, 「예루살렘 금성아」만큼 멋진 독창곡은 없다는 사실, 그리고 가게로 들어와 이래라저래라 지시하려는 후아니타 헤이독에게 레이미가 어떤 식으로 맞섰는지에 대한 얘기도 있었다. 레이미는 후아니타에게 본인이 똑똑하고 잘났다고 여기게 하려고 너무 안달하다 보니 안 해도 될 말을 하고 있다고, 여하튼 제화점을 운영하는 사람은 레이미 자신이니까 만약 후아니타나 해리가 자신의 매장 운영방식이 마음에 들지 않으면 다른 사람을 구하면 된다고, 대놓고 이렇게 말하진 않았지만 거의 이 정도로 말했단다.

새로 산 앞가슴의 프릴 덕분에 바이더가 서른두 살로(바이더 본인의 평가), 아니 스물두 살로(레이미의 평가) 보인다는 얘기, 바이더가 고등학교 토론 동아리 아이들에게 촌극을 공연시킬 계획을 품고 있다는 얘기, 사이 보가트같이 덩치 큰 농땡이꾼이 제멋대로 굴면 사내애들을 운동장에서 말 잘 듣게 하기가 어렵다는 얘기가 오고 갔다.

도슨 부인이 패서디나에서 카스 부인에게 그림엽서를 보냈는데, 2월에 야외에서 자라고 있는 장미 그림이 있더라, 4호선 운행시간이 변경되었더라, 굴드 박사는 늘 자동차를 난폭하게 몰더라, 사람들 대부분이 자동차를 항상 난폭하게 몰더라 같은 얘기도 했다. 이런 사회주의자들이 자신들에게 본인들의 이론을 시험할 기회가 온다면 6개월 정도 체제를 끌고 갈 수 있다고 생각하는 건 착각이며, 캐럴은 화제를 하나 꺼내고선 금방 다른 화제로 바꿔 정신없게 만든다는 얘기도 나누었다.

바이더는 한때 레이미를 울상을 한 안경 낀 길쭉한 얼굴에 윤기 없이 뻣뻣한 머리카락을 가진 마른 남자로 보았다. 이제 그녀는 그의 턱이 다부지고 기다랗고 표백한 듯 하얀 두 손이 민첩하고 우아하게 움직이는 것을 알아차렸다. 또한 믿음 가는 두 눈은 그가 '깨끗한 삶을 살아왔다'는 사실을 나타냈다. 그녀는 그를 '레이'라고 부르기 시작했고 졸리 세븐틴에서 후아니타 헤이독이나 리타 굴드가 그를 두고 키득거리기라도 하면 펄쩍 뛰면서 그의 욕심 없음과 배려 깊음을 두둔했다.

늦가을의 어느 일요일 오후 두 사람은 미니마쉬호수까지 걸었다. 레이가 바다를 보고 싶다고 말했다. 정말 장엄하겠죠. 분명 호수보다, 심지어 아주 커다란 호수보다 훨씬 더 장엄하겠죠. 바다를 본 적 있어요. 바이더가 겸손하게 말했다. 케이프 코드로 떠났던 여름 여행 때 본 적이 있어요.

"케이프 코드까지나 가본 겁니까? 매사추세츠요? 여행을 다녔다는 건 알았지만 그렇게 멀리 간 줄은 결코 몰랐습니다!"

그의 관심에 키가 더 커지고 젊어진 기분이 들어서 그녀가 말을 쏟아냈다. "어머나, 그래요. 멋진 여행이었어요. 매사추세츠 전역에 흥미롭고 역사적인 데가 얼마나 많던지. 영국 군인들을 되돌려 보냈던 렉싱턴, 케임브리지에 있는 롱펠로의 생가, 케이프 코드도 있고. 그냥 어부, 포경선, 모래언덕 등 전부요."

짚고 다닐 작은 지팡이가 있으면 좋겠는데,라고 그녀가 말했다. 그가 버드나무 가지를 꺾었다.

"어머, 힘도 세군요!" 그녀가 말했다.

"아니, 그렇게 센 건 아닙니다. 여기에도 Y. M. C. A.가 있으면 좋겠어요. 그러면 규칙적인 운동을 시작할 수도 있을 텐데요. 기회만 있었다면 곡예를 곧잘 했을 것 같다는 생각을 하곤 했습니다."

"그럼요, 할 수 있겠는데요. 체구가 큰 사람치고 아주 나긋나긋하잖아요."

"아, 아닙니다. 그렇지 않아요. 하지만 Y. M.이 있으면 좋겠어요. 강의나 뭐 그런 걸 들으면 근사할 겁니다. 그러면 기억력을 높일 수 있는 수업을 듣고 싶어요…… 아무리 일을 한다고 하더라도 계속 스스로 갈고닦으며 지식을 함양해야 한다고 전 생각합니다. 안 그렇습니까, 바이더. '바이더'라고 부르다니 제가 좀 주제넘었군요!"

"난 몇 주나 당신을 '레이'라고 부르고 있는데요!"

그는 그녀의 어조가 왜 삐친 것처럼 들릴까 의아했다.

그는 그녀가 호숫가 둑으로 내려가도록 손을 잡아주고선 급히 손을 놓았고 두 사람이 통짜배기 버드나무 위에 앉을 때 그녀의 소매에 몸이 닿자 살짝 옮겨 앉으며 중얼거렸다. "이런, 미안합니다. 본의 아니게."

그녀가 시뻘건 진흙이 섞인 차가운 물을, 둥둥 떠 있는 허연 갈대들을 응시했다.

"무언가 깊이 생각 중인가 봅니다." 그가 말했다.

그녀가 두 손을 휙 젖히며 말했다. "네 그래요! 말해주실래요, 모든 게…… 무슨 소용이 있는지! 오, 관둬요. 난 심술궂은 잔소리꾼이에요. 본톤 백화점에서 동업자 자리를 얻겠다는 계획에 대해 말해봐요. 당신이 옳은 것 같아요. 해리 헤이독과 그 못된 늙은 사이먼스는 당신에게 한자리 줘야 해요."

그가 불행한 고대 전쟁을 읊었다. 마치 그리스의 명장 아킬레스이자 현명한 노장 네스토르라도 되는 듯 자신은 나름대로 올바른 길을 갔지만 난폭한 왕들에게 무시당했다는 것이다. ……"아니 한 번만 더 하면 열두 번 정도는 말했을 겁니다. 가벼운 남성용 하복 바지를 비주류 상품으로 갖추어야 한다고요. 그런데 자, 그 사람들, 리프킨 같은 유대인 놈이 선수 쳐서 물건들을 팔아치우게 하고 나선 해리가 하는 말이, 해리가 어떤지 알잖아요. 투덜댈 생각은 아니었는지 몰라도, 걸핏하면 화부터 내는 사람이니까……"

그가 그녀를 일으키려고 손을 내밀었다. "괜찮으시다면. 여성이 남자와 산책하러 갔는데 그녀가 남자를 아직 완전히 믿지 못하는 상태에서 남자가 여자에게 집적거리려 한다면, 그 남자는 아주 몹쓸 사람일 것 같거든요."

"당신은 믿어도 되는 사람이 분명해요!" 그녀가 톡 쏘더니 그의 도움 없이 벌떡 일어났다. 그러더니 과하게 웃으며 말했다. "저…… 캐럴이 가끔씩 윌 박사의 능력을 제대로 평가하지 못하는 것 같지 않아요?"

III

레이는 자신이 해놓은 가게 앞쪽 장식이나 새로 나온 구두

제품의 진열, 동방별 무도회에 어울리는 가장 좋은 음악에 대해서 그리고 (자신이 '신사복·구두'라는 명칭 부문에서 인정받는 전문가지만) 자신의 옷차림에 대해서 그녀에게 습관적으로 물었다. 그녀는 그를 구슬려 삐죽하니 키 큰 주일학교의 모범생처럼 보이게 하는 나비넥타이를 매지 못하게 했다. 한번은 그녀가 울분을 터뜨렸다.

"레이, 당신을 흔들어 정신 차리게 해야 할까 봐요. 당신은 자신이 너무 저자세라는 거 알아요? 항상 다른 사람들에게 지나치게 좋은 말만 해요. 캐럴 케니컷이 우리 모두 무정부주의자가 되어야 한다거나 아니면 무화과나 견과류 같은 음식을 먹고 살아야 한다는 무모한 말을 하면 당신은 호들갑스럽게 관심을 보여요. 그리고 해리 헤이독이 잘난 척하려고 회전율이나 대변 과목, 아니면 당신이 백배 더 잘 아는 그런 것들에 대해 말할 때 당신은 그냥 듣고만 있어요. 사람들의 눈을 봐요! 두 눈을 부릅뜨고 그들을 보라고요! 말할 때 목소리를 굵게 내봐요! 당신은 마을에서 가장 똑똑한 사람이에요. 알기나 하는지. 정말이에요!"

그는 그 말을 믿지 못했다. 확인을 받으려고 다시금 그녀를 찾아왔다. 두 눈을 똑바로 바라보고 굵은 목소리로 말하는 연습을 했지만, 그는 자기가 해리 헤이독의 눈을 마주치려고 했을 때 해리가 "무슨 일인가, 레이미? 어디 아픈가?"라며 묻더라고 바이더에게 에둘러 의견을 말했다. 그러나 그 뒤 해리가 칸트비텀 양말에 대한 의견을 물어봤었는데, 레이는 그 태도가 예전의 거들먹거리는 품새와 좀 다른 것 같다는 기분이 들었다.

두 사람은 하숙집 응접실의 땅딸막한 노란색 새틴 소파에 앉아 있었다. 해리가 자신에게 동업자 지위를 주지 않으면 더 이상은 몇 년을 참지 못할 거라고 레이가 재차 단언하다가 휘젓던 손이 바이더의 어깨를 스쳤다.

"이런, 미안합니다!" 그가 사정하듯 말했다.

"괜찮아요. 저, 제 방으로 올라가야겠어요. 두통이." 그녀의 대답은 간결했다.

IV

봄날의 어느 저녁 레이와 그녀가 영화를 보고 집으로 돌아오는 길에 핫초코를 마시러 다이어의 가게에 들렀다. 바이더가 떠보듯 말했다. "내년엔 내가 여기 없을지도 모른다는 거 알아요?"

"무슨 말입니까?"

그녀가 좁다랗고 가녀린 손톱으로 앉아 있는 둥근 탁자를 덮은 유리판을 매만졌다. 훤히 비치는 유리를 통해 텅 비어 있는 탁자 안에 놓인 검은색, 황금색, 담황색 향수 곽들을 흘끔거렸다. 고무로 된 빨간 온수 주머니, 미색 스펀지, 가장자리가 파란 수건, 뒷면이 매끈한 체리목 헤어브러시 등이 얹힌 선반들도 둘러보았다. 무아지경에서 깨어난 긴장한 영매처럼 그녀가 머리를 흔들더니 언짢은 얼굴로 그를 쳐다보며 물었다.

"뭐 하러 내가 여기 계속 있겠어요? 난 마음을 정해야 해요.

지금요. 내년도 수업을 위한 재계약 시기거든요. 아무래도 다른 마을로 가서 가르치게 될 것 같아요. 다들 날 피곤하게 생각하니까. 떠나는 편이 좋겠죠. 사람들이 나서서 날 지겨워한다고 말하기 전에 말이죠. 오늘 밤 결정해야 해요. 가는 게 나아요…… 오, 상관없어요. 자 그만. 이제 가요. 늦었어요."

그의 만류를 무시하고 그녀가 벌떡 일어났다. "바이더! 잠깐만! 앉아봐요! 이런! 영문을 모르겠네요! 세상에! 바이더!" 그녀가 성큼성큼 걸어갔다. 그가 돈을 지불하는 동안 그녀가 앞서 나갔다. 그가 울면서 그녀를 뒤쫓았다. "바이더! 잠깐만!" 구절링 씨 집 바로 앞 라일락 꽃그늘에서 그가 그녀를 따라잡았고 손으로 그녀의 어깨를 붙들고 달아나지 못하게 했다.

"오, 이러지 말아요! 제발! 무슨 상관이세요?" 그녀가 사정했다. 그녀는 울고 있었다. 주름진 부드러운 눈꺼풀이 눈물로 흠뻑 젖어 있었다. "내가 보내는 관심이나 도움을 누가 신경이나 쓰나요? 떠나는 게 나아요. 잊히겠죠. 아니 레이, 제발 잡지 말아요. 가도록 내버려 둬요. 그냥 결정할래요. 재계약하지 않고…… 떠나기로…… 저 멀리……"

그의 손이 그녀의 어깨를 계속 잡고 있었다. 그녀가 고개를 숙여 그의 손등에 자기 뺨을 비볐다.

두 사람은 6월에 결혼했다.

V

그들은 올레 젠슨의 집을 얻었다. "작네요." 바이더가 말했다. "하지만 아주 아름다운 채소밭 덕분에 마침내 자연 가까이에 있을 수 있어서 좋아요."

엄밀히 말해 그녀는 이제 바이더 워더스푼이 되었고, 처녀적 이름을 간직하겠다는 자주 원칙 같은 것도 없었지만 여전히 바이더 셔윈으로 불렸다.

학교는 사직했어도 그녀는 영어 수업 하나만은 계속 유지했다. 그녀는 새너탑시스 위원회가 있을 때마다 바삐 쫓아다녔다. 항상 휴게실에 불쑥 들러 노들퀴스트 부인이 바닥을 쓸도록 만들었다. 캐럴의 뒤를 이어 도서관위원회 임원을 맡았고, 감독교회의 주일학교에서 고학년 여학생반을 가르치면서 왕의 딸들 봉사단을 부활시키려 애썼다. 자신감과 행복감이 넘쳐흘렀다. 위축되어 있던 생각이 결혼으로 활력을 되찾았다. 나날이 눈에 띌 정도로 점점 더 포동포동해지고 예전처럼 열심히 재잘거렸지만, 행복한 결혼생활에 대한 찬양은 눈에 덜 띄었고, 아이를 향한 감상적인 태도도 좀 수그러들었으며, 땅을 사서 공원을 만든다거나 뒷마당을 반드시 청소해야 한다는 등, 마을 개선을 위한 자신의 의견에 온 마을 사람들이 동참하기를 원하는 요구는 더 강해졌다.

그녀가 본톤 백화점의 책상에 앉아 있는 해리 헤이독을 꼼짝하지 못하게 막았다. 그의 농담을 싹둑 자른 뒤 제화 코너와 남성복 코너를 성장시킨 것은 레이라면서 그가 동업자가 되어야 한다고 주장했다. 해리가 입도 벙긋하기 전에 그녀는 레이와 자신이 경쟁 가게를 열겠다고 으름장을 놓았다. "내가 직접 계산대에 앉을 거고, 어떤 사람이 돈을 대려고 딱 대기하고 있어요."

그녀야말로 그 어떤 사람이 누구인지 궁금했다.

레이가 6분의 1의 지분을 소유한 동업자가 되었다.

번듯한 매장 지배인이 되자 그는 달라진 자세로 남성 고객들을 맞았고 예쁜 여성들에게는 더 이상 살살거리며 아첨하지 않았다. 원치 않는 물건을 억지로 사게 하려고 사람들을 구슬리지 않을 때는 매장 뒤에 서서, 바이더가 드러내 보인 의외의 격정적인 애정 표현을 떠올리며 벌게진 얼굴로 넋 놓고 자신의 남성다움을 느꼈다.

케니컷과 레이가 함께 있는 모습을 볼 때 캐럴과의 심리적 일체감에서 바이더에게 유일하게 남은 건 시샘뿐이어서 그녀는 몇몇 사람들이 케니컷을 레이의 상관으로 보지 않을까 하는 생각에 신경이 쓰였다. 캐럴이 그렇게 생각할 건 뻔했기 때문에 그녀는 소리를 지르고 싶었다. "흐뭇해할 필요 없어! 느려터진 늙은 당신 남편은 안 가져. 케니컷에게는 레이의 고귀한 정신이 눈곱만큼도 없으니까."

22장

I

인간에 대한 가장 큰 수수께끼는 섹스나 칭찬에 대한 반응이 아니라 어떻게든 하루 24시간을 보내는 방식이다. 이것은 부두 잡역부가 점원을 보면서, 런던 사람이 오지 사람을 보면서 이해할 수 없는 점이기도 하다. 기혼의 바이더를 보면서 캐럴이 이해할 수 없는 것도 이런 점이었다. 캐럴은 아기도 있고 쓸고 닦아야 하는 집도 더 크고 케니컷이 출타했을 때 걸려오는 온갖 전화도 있었다. 캐럴은 신문도 구석구석 다 읽지만 바이더는 제목만 읽으면 땡이었다.

하지만 바이더는 몇 년간 여러 하숙집을 옮겨가며 혼자 우울하게 살았던 터라 집안일의 아주 사소한 데까지 몹시 굶주려 있었다. 그녀는 하녀도 없었고 하녀를 원하지도 않았다. 최신 실험실의 화학자처럼 자신이 당당하게 요리를 하고 빵을 굽고 비질을 했으며 식탁보를 빨았다. 그녀에게 가정은 정말 신성한 장소였다. 장을 보러 가면 수프 깡통들을 두 팔로 끌어안았고, 파티라도 준비하는 듯이 자루걸레나 베이컨 한 덩이를 샀다. 그녀는 콩나물 옆에 쪼그려 앉아 흥얼거렸다. "이걸 내 손으로 키웠어. 내가 새 생명을 주어 세상에 나오게 한 거야."

"바이더가 정말 행복해서 다행이야." 캐럴은 곰곰이 생각했다. "나도 저래야 하는데. 아이는 떠받들어도 집안일은. 아유, 난 운이 좋은 것 같아. 신규 개간지의 농부 아내들이나 빈민가에 사는 사람들보다 훨씬 잘살고 있어."

다른 사람들보다 잘산다는 사실을 곰곰이 되새기면서 아주 엄청난, 혹은 영원한 만족감을 얻었다는 사람은 아직 없었다.

하루 24시간 동안 캐럴의 일과는 이랬다. 일어나서 아이에게 옷을 입히고 아침 식사를 한다. 오스카리나에게 오늘 살 것들을 말해주고, 아이를 포치에서 놀게 하고선 고깃간으로 가서 스테이크를 살지 돼지고기 토막 살을 살지 정하고 아이를 목욕시킨다. 선반에 못을 박고, 점심을 먹고 아이를 낮잠 재우고선 얼음 배달원에게 돈을 주고 한 시간가량 책을 읽은 뒤 아이를 산책시키고 바이더를 찾아간다. 저녁을 먹고 아이를 재운 다음 양말을 깁고, 맥가넘 박사가 상피종 진단에 싸구려 엑스레이 장비를 사용하려 한다며 케니컷이 하품 섞어 들려주는 이야기에 귀를 기울인다. 코트를 수선하고 나른한 상태로 케니컷이 난로에 석탄을 집어넣는 소리를 들으며 소스타인 베블런*을 한 장 읽어보겠다고 애를 쓴다—그러면 하루가 갔다.

그녀는 휴가 극심하게 말을 듣지 않거나 칭얼대거나 혹은 까르륵 웃어 젖히거나, 놀랄 만큼 어른스럽게 "내 의자가 좋아"라고 말할 때 말고는 외로움에 시달렸다. 이제는 더이상 그런 불행에 대해 우월감을 느끼지 못했다. 자신도 기꺼이 바이더처럼 고퍼 프레리에서의 삶에 만족하고 마룻바닥을 닦는 사람이 될 수 있기를 바랐다.

II

캐럴은 공공도서관과 도시 서점들에서 믿기 힘들 만큼 많은 책을 구해 맹렬히 섭렵했다. 케니컷은 처음에는 책을 사들이는 그녀의 당혹스러운 습관이 불편했다. 책은 책일 뿐인데, 이곳 도서관에서 수천 권의 책을 무료로 볼 수 있는데도 굳이 내 귀

---

* 소스타인 베블런(Thorstein Veblen, 1857~1929)은 미국의 경제학자이자 사회학자이며, 기술결정론적 진화이론의 선구자.

한 돈을 써야 한단 말인가? 2, 3년 정도 그 문제를 걱정하더니 그것이 그녀의 사서 경험에서 얻어진 엉뚱한 생각의 하나이고 그녀가 절대 그걸 완전히 극복하지 못한다는 결론을 내렸다.

그녀가 읽은 작가 대부분에 대해 바이더 셔윈 같은 유형의 사람들은 기겁했다. 그들은 아나톨 프랑스, 롤랑, 넥쇠, 웰스, 쇼, 키, 에드거 리 마스터스, 시어도르 드라이저, 셔우드 앤더슨, 헨리 멘컨 같은 미국의 소장파 사회주의 작가, 영국의 소장파 사실주의 작가, 러시아의 공포물 작가 들과, 바틱 염색 커튼이 쳐진 뉴욕의 스튜디오와 캔자스주의 농가, 샌프란시스코의 거실, 앨라배마의 흑인 학교 등 각지에서 여성들이 조언을 구하는 전복적 성향의 철학자들과 예술가들이었다. 이들 작가를 통해 그녀는 다른 수많은 여성이 똑같이 느끼는 뭔지 모를 갈망과 자신이 속한 계층이 어딘지 알지 못한 채 사회계급에 비판적이고자 하는 투지를 느꼈다.

분명 독서의 영향일 테지만 그녀는 메인 스트리트와 고퍼 프레리, 그리고 자신이 케니컷과 차를 타고 가면서 보았던 고퍼 프레리 인접 지역을 더 주시하게 되었다. 생각들은 떠다녔고, 잠자리에 들거나 손톱을 손질하거나 케니컷을 기다리는 동안 어떤 확신이, 그때그때 받은 인상의 조각들이 가끔 들쭉날쭉 모습을 드러냈다.

이런 확신을 그녀는 바이더 셔윈, 즉 바이더 워더스푼에게 표현했다. 케니컷과 레이미가 고대 스파르타인 연합의 다른 간부들과 함께 와카민에 새 지부를 발족하기 위해 출타하고 없던 어느 날 저녁, 방열기 옆에서 위티어 외삼촌의 가게에서 산, 별로 좋지 않은 호두와 피칸 한 그릇을 놓고서였다. 바이더가 그날 밤 캐럴의 집으로 건너왔었다. 그녀는 휴를 잠자리에 누이는 걸 도와주면서 애가 어쩜 이렇게 피부가 부드럽냐며 침을 튀겨가며 칭찬했다. 그런 다음 두 사람은 자정까지 이야기꽃을 피웠다.

그날 저녁 캐럴이 했던 말, 그녀가 열심히 떠올렸던 생각은 고퍼 프레리 유형의 마을에 있는 1만 여성들의 마음속에도 떠오르고 있었다. 그녀의 진술은 적절한 해결책이 아니라 결실 없는 슬픈 상상이었다. 그녀의 진술이 아주 간결하게 표명되지 않은 탓에, 말 도중에 "음, 있잖아요"와 "혹시 내 말이 무슨 뜻인지 이해한다면"과 "내가 정확히 의사를 전달하고 있는 건지 모르겠네요" 등이 들어가면서 표현이 매끄럽지 못하고 거칠어졌다. 하지만 그것은 충분히 명확했고 분노를 담고 있었다.

III

캐럴은 대중소설을 읽거나 연극을 보면서 작은 미국 마을들에 나타나는 전통을 딱 두 개 찾았다고 잘라 말했다. 매월 수십 권의 잡지에 반복적으로 등장하는 첫번째 전통은 미국의 시골 마을이 여전히 친절함과 정직함 그리고 깔끔하고 착한 결혼적령기의 여자들이 있는 안전한 주거지라는 사실이다. 그러므로 파리에서 그림으로 혹은 뉴욕에서 금융으로 성공한 남자들은 결국 똑똑한 여성들에 지쳐서 자신들이 태어난 고장으로 돌아와 도시가 사악하다고 단언하고선 어릴 때 좋아했던 여자와 결혼한 뒤, 상상컨대 그런 마을에서 죽을 때까지 행복하게 살아간다.

또 하나의 전통은, 모든 시골 마을에서 두드러지게 나타나는 특징이 구레나룻 수염, 잔디밭 위에 개 형상을 한 강철 장식물, 속아서 산 도금 골드바, 도금한 부들개지를 꽂아놓은 항아리, 그리고 속칭 '촌놈들'이라는, "아, 진짜야"라고 큰소리 뻥뻥 치는 심술궂고 웃기는 노인들이라는 것이다. 대체로 감탄을 자아내는 이런 전통은 보드빌 무대와 경박한 삽화가들, 연합신문의 익살 코너에 영향을 주지만, 실생활에서 사라진 지가 40년이 지났다. 캐럴이 사는 작은 마을의 주민들은 말 매매에 대해서가 아니라 싸구려 자동차와 전화, 기성복, 사일로, 사료용 자주개자리 풀, 코닥 카메라, 축음기, 가죽 씌운 모리스 의자, 브리지 우승, 원유 매장량, 영화, 토지 거래, 읽지 않은 마크 트웨인의 소설 전집, 국내 정치에 대한 간결한 설명 등에 대해 생각한다.

케니컷이나 챔프 페리 같은 사람들은 그러한 작은 마을의 삶에 만족하지만, 수십만 명 특히 여성과 젊은이들은 전혀 만족하지 못한다. 더 똑똑한 젊은이들(그리고 운 좋은 과부들!)은 소설에서 그려지는 전형적인 모습과 다르게, 재빠르게 도시로 달아나 거기 눌러살면서 명절 때조차 찾아오지 않는다. 아주 맹렬한 애향민들도 할 수만 있다면 노년에 마을을 떠나서 캘리포니아나 도시에서 살아간다.

꾸미지 않은 시골스러움 때문이 아니에요, 캐럴이 우겼다. 재미있는 게 하나도 없어서죠!

상상력 없이 획일화된 배경, 느릿느릿한 말투와 태도, 점잖게 보이고 싶은 욕구에서 비롯된 엄격하게 억눌린 정신. 그것은 만족감이다…… 말없이 죽은 듯 사는 사람들의 만족감, 그들은 쉴 새 없이 걸어 다니는 산 사람들을 경멸한다. 그것은 확실한 가치로서 인정되는 부정否定이다. 그것은 행복의 금지. 그것은 자발적으로 추구하고 자발적으로 지켜나가는 노예 상태다. 그것은 신이 된 따분함이다.

맛없는 음식을 게걸스럽게 먹고, 그런 다음 외투도 걸치지 않고 생각도 없이 의미 없는 무늬가 박힌 꺼끌꺼끌한 안락의자에 앉아서, 축음기에서 나오는 음악을 듣고 포드 자동차의 장점에 대해 기계적인 대화를 하면서 세상에서 자신들이 가장 위대한 종족이라고 여기는, 아무 재미없는 사람들.

IV

그녀는 어딜 가나 보이는 이런 따분함이 이방인들에게 미치는 영향을 따져보았다. 스칸디나비아인 이민 1세대에서 발견되었던 희미한 이국풍 특색을 기억했다. 비가 데리고 가주었던 루터교회의 노르웨이 축제에서였다. 스칸디나비아풍의 부엌을 그대로 살린 그곳 농가에서, 금색 실과 오색 구슬로 수를 놓은 진홍색 상의와 파란 선을 두른 까만 스커트, 녹색 줄무늬 앞치마 차림에 싱싱한 얼굴을 살려주는 뒤가 봉긋한 모자를 쓴 하얀 얼굴의 여인들이 로메그로드 오그 레프세, 즉 달콤한 케이크와 계피 향을 첨가한 젖산 발효유 푸딩을 내왔다. 고퍼 프레리에서 처음으로 캐럴은 참신함을 발견했다. 그녀는 은근한 이국풍을 마음껏 즐겼다.

하지만 그녀가 보니 이런 스칸디나비아 여인들이 자신들의 풍미 넘치는 푸딩과 빨간 재킷 대신 튀긴 돼지 갈빗살 요리와 뻣뻣한 흰 블라우스로 열심히 갈아탔고, 피오르드의 고대 크리스마스 찬송가 대신「그녀는 나의 재즈 랜드의 이쁜이라네」를 불렀으며, 똑같이 미국화되어 한 세대도 지나지 않았는데 뭐든 마을의 삶에 더해질 수도 있었던 새로운 유쾌한 풍습들을 희미하게 잃어갔다. 그 과정은 그들의 아들들에서 끝났다. 자식들은 기성복을 입고 진부한 학교 교훈을 들으며 적당한 사람이 되었고, 온전한 미국 문화는 오염의 흔적도 없이 외부에서 들어온 문화를 흡수했다.

이들 이주민과 함께 그녀는 자신도 다림질로 겉만 반질반질 평범해진 기분이었고 그래서 두려워하며 싸웠다.

고퍼 프레리 같은 마을의 명사들은 지식을 절대 가까이하지 않겠다는 순결 서약으로 자신들의 지위를 더 공고히 한다고 캐럴이 말했다. "각 마을에서 여섯 명 정도만 예외일까, 나머지 주민들은 가만히 있기만 하면 도달하는 무지 상태를 자랑스러워하죠. '지성적'이거나 '예술적'인 사람, 혹은 자기들 말로 '교양 있는' 사람이라는 건 아는 체한다는 말이고 도덕성이 모호하다는 말이에요."

정치와 협동조합 형태의 유통에서 대규모 시도들, 즉 지식과 용기, 상상력이 필요한 진취적인 활동들이 서부와 중서부에서 일어나고 있지만, 그것들은 마을 사람들이 아니라 농부들의 소관이다. 만약 이런 이단적인 행위가 마을 사람들에게 지지를 받는다면 그건 가물에 콩 나듯 하는 교사나 의사, 변호사, 노조원들, 그리고 마일스 비요른스탐 같은 노동자들뿐이며, 이들은 그 벌로 '투덜이' '선불리 입만 나불대는 사회주의자'라고 조롱받는다. 신문 편집자와 교구 목사들은 그들에게 설교한다. 평온한 무지의 구름이 그들을 불행과 허무에 잠기게 한다.

V

그때 바이더가 말했다. "맞아…… 음…… 있지, 난 늘 레이가 멋진 목사가 되었을 것 같았어. 레이는 본질적인 신앙심이라고 부를 만한 그런 게 있었어. 세상에! 예배 때 정말 멋지게 강독했을 거야! 지금은 이미 늦은 감이 있지만, 레이에게 말했듯 그인 구두를 팔면서 세상에 봉사할 수 있을 거야. 그런데…… 우리도 가정예배 시간이 있어야 할 것 같지 않아?"

VI

시대를 막론하고 모든 나라의 작은 마을들이 다 따분한 건 말할 것도 없고, 사람들은 짓궂고 냉소적이며 어딜 가나 뭘 캐려 하는 경향이 있다는 사실을 캐럴은 받아들였다. 와이오밍이나 인디애나주에서처럼 프랑스 혹은 티베트에서도 단절되어 있으면 소심해지기 마련이었다.

하지만 공을 들여 온통 표준화되고 순수해지려는, 세상에서 제일 평범한 빅토리아 시대의 영국을 열렬히 따르고 싶어 하는 한 나라의 한 마을은 더 이상 그저 시골스럽지 않다. 더는 무지 상태에서 나무 그늘에 파묻혀 온화하고 평화로이 지내지 않는다. 기세 좋게 땅덩이를 지배하면서 언덕과 바다에서 생기를 빼앗고, 단테를 갖다가 고퍼 프레리를 부양하는 데 사용하고 신들에게 기성복을 입히려 한다. 자신감이 지나쳐서 그 기세는 중산모를 쓴 순회 영업사원이 지혜의 나라 중국을 정복하고 수 세기에 걸쳐 오롯이 『논어』의 경구만 붙어 있던 아치문 위에 담배 광고를 부착하는 형태로 다른 문명을 위협한다.

그런 사회는 싸구려 자동차, 1달러짜리 회중시계, 안전 면도날 등의 대량 생산에 감탄할 만한 역량을 발휘한다. 하지만 이런 사회는 살아 있는 이유와 기쁘게 살아가는 삶의 목적이 싸구려 자동차를 타고 1달러짜리 회중시계의 광고사진을 만들고, 해 질 녘 앉아서 사랑이나 용기가 아닌 안전 면도날의 편리성에 관한 이야기를 나누는 것임을 온 세상 역시 인정할 때까지 만족하지 않는다.

그리하여 그런 사회, 그런 나라는 고퍼 프레리 같은 작은 마을들에 의해 모양이 잡힌다. 가장 큰 제조업자라고 해봐야 조금 더 바쁜 샘 클라크일 것이고, 국회의사당의 상원의원들과 대통령이라고 해봐야 9척 장신으로 자란 마을 변호사들과 은행가들일 것이다.

비록 고퍼 프레리 같은 어떤 마을이 위대한 세상의 일부라고 자처하면서, 자신들을 로마나 빈에 갖다 댄다 해도 이들은 자신들을 위대하게 만들어줄 과학적 정신이나 만국적인 사고방식을 습득하지 못할 것이다. 이들은 돈이나 사회적 명성을 눈앞에 가져다주는 정보만 가려서 취득한다. 이들이 가진 이상적 공동체의 개념은 품위 있는 태도나 고결한 열망, 상류계급이 갖추어야 할 훌륭한 긍지 같은 것이 아니라 부엌 하녀를 싸게 데려올 방법이나 토지가격의 상승 속도 등이다. 고퍼 프레리 사람들은 오두막의 기름 먹인 식탁보 위에서 카드 게임을 하면서도 선각자들이 테라스를 거닐며 이야기하고 있다는 건 알지 못한다.

만약 시골 사람들이 다 챔프 페리와 샘 클라크처럼 관대하다면 마을이 훌륭한 전통을 추구하기를 바랄 이유가 없을 것이다. 마을을 소수의 우두머리 지배체제로 만드는 이들은 자신들의 공동 목표를 위해 압도적인 힘을 발휘하는 해리 헤이독, 데이브 다이어, 잭슨 엘더 같은 소규모 자영업자들이었다. 그들은 스스로는 세상 물정에 훤하다고 여기지만 사실은 계산대와 코믹 영화에 스스로 묶여 있는 인물들일 뿐이다.

VII

그녀는 고퍼 프레리 같은 마을들의 추한 외관을 분석하면서 이를 명확하게 확정하려고 했다. 그녀는 이런 문제가 보편적인 유사성에서 비롯된다고 주장했다. 엉성한 건축물 때문에 마을은 개척 시대의 천막촌을 연상시킨다. 천혜의 자연을 등한시한 탓에 낮은 산들이 잡목림으로 뒤덮이고 호수들은 기찻길로 가로막히고 개울들은 쓰레기 매립지를 옆에 두고 흘러간다. 우울하리만치 엄숙한 색깔, 네모난 건물들, 푹 파인 길들이 지나치게 넓은 데다 쭉 뻗어 있어서 돌풍이나 음산하게 뻗어 있는 지대를 벗어날 피난처는 물론이고 어슬렁거리는 사람의 기분을 맞춰주는 굽은 골목길 하나 없다. 반면에 웅장한 궁전 거리에서나 볼 수 있는 대로는 특징 없는 메인 스트리트를 따라 나지막이 쭉 늘어선 시시한 가게들을 오히려 더 초라하게 만든다.

보편적 유사성, 이는 따분한 안전이라는 철학을 물리적으로 표현한 것이다. 미국의 마을들은 십중팔구 너무 비슷해서 여기저기 다니는 일이 더없이 지루하다. 피츠버그 서부 지구는 물론, 동부 지구에도 종종 똑같은 목재 야적장, 똑같은 기차역, 똑같은 포드 자동차 정비소, 똑같은 낙농장, 똑같은 상자 모양의 주택과 2층 구조로 된 가게가 있다. 남의 이목을 좀더 신경쓰는 가정의 신축 주택들도 다양성을 추구하는 양태가 엇비슷하다. 똑같은 단층집, 스투코나 외장 벽돌을 사용한 똑같은 정사각형 구조. 가게들도 똑같이 규격화된, 전국적으로 광고된 제품들을 선보인다. 3천 마일 떨어져 있는 지역들이지만 신문란에는 동일한 '배급 기사들'이 실려 있다. 아칸소주의 젊은이는 델라웨어주의 젊은이가 입고 보여주는 바로 그런 화려한 기성복 정장을 과시한다. 두 청년 다 똑같은 스포츠란에 나오는 똑같은 속어를 반복하니, 설사 한 명이 대학생, 다른 한 명이 이발사라 한들 어떤 이가 대학생이고 어떤 이가 이발사인지 짐작하기 어려울 것이다.

설령 케니컷이 고퍼 프레리에서 순간 이동하여 3마일가량 떨어진 마을로 간다 해도 그는 알아채지 못할 것이다. 똑같아

보이는 메인 스트리트를 (십중팔구 거기도 메인 스트리트라고 불릴 것이다) 따라 걸어갈 것이고, 똑같은 약국에서 똑같은 젊은이가 똑같은 잡지와 전축 판을 팔 밑에 낀 똑같은 아가씨에게 똑같은 아이스크림소다를 팔고 있는 모습을 보게 될 것이다. 자기 사무실로 올라가 안에 또 다른 케니컷 박사가 있는 또 다른 간판을 보고 나서야 뭔가 희한한 일이 일어났나 보다고 생각할 것이다.

마침내 캐럴은 자신이 한 모든 말을 뒷받침하는 사실을 보았다. 대평원의 마을들이 주요 도시들과 마찬가지로 자기들을 먹고 살게 해주는 농부들에게 도움이 되려고 존재하는 게 아니라는 사실을 깨달았다. 그들은 도심지 주민들에게 커다란 자동차와 사회적 지위를 갖게 해주기 위해, 농부들을 생계수단으로 삼아 자신들의 배를 불리기 위해 존재했다. 주요 도시와 달리 대평원의 마을은 폭리의 대가로 해당 지역에 품위 있고 영구적인 중심지를 마련하지 않고 이런 누덕누덕한 수용소를 만들어 놨을 뿐이었다. 그건 '얹혀사는 그리스 문명'에 문명이 빠진 꼴이었다.

"이게 저간의 사정이에요." 캐럴이 말했다. "처방이요? 있기나 한가요? 어쩌면 시작의 시작을 위한 비판이 있겠죠. 오, 평범이라는 부족의 신을 공격하는 건 뭐든 약간은 도움이 되겠죠. ……그래도 크게 도움 되는 해결책은 없을 거예요. 언젠가 농부들이 자체적으로 자신들의 시장 마을을 건설하고 소유할지도 모르죠. (농부들에게 생길 클럽을 생각해봐요!) 하지만 내겐 '개혁 프로그램'이 아무것도 없는 것 같아요. 더 이상은요! 문제는 정신적인 거라는 거죠. 그 어떤 당이나 연맹도 쓰레기 매립지보다 공원 조성에 대한 법을 우선적으로 제정할 수가 없으니까요. ……이게 솔직한 내 마음이에요. 어때요?"

"다시 말해 자기는 완벽한 걸 원한다는 거지?"

"네! 왜 안 돼요?"

"정말 여길 싫어하네! 일말의 연민도 없으면서 어떻게 이곳에서 무언가를 해보려고 하지?"

"아뇨, 있어요! 일말의 애착이. 그렇지 않다면 이토록 씩씩대진 않겠죠. 고퍼 프레리는 내가 처음 생각했듯 대평원 위에 그냥 솟아나 있는 데가 아니라 뉴욕만큼이나 크다는 사실을 알았어요. 뉴욕에서도 지인은 사오십 명을 넘지 않을 텐데 여기서 그 정도는 알거든요. 계속해봐요! 생각하는 걸 말해봐요."

"음, 자기, 만약 내가 자기가 말한 생각을 전부 다 진지하게 받아들인다면 정말 맥 빠졌을 거야. 상상을 해봐. 수년간 힘들여 일해서 멋진 마을을 건설하는 걸 도왔는데, 자기가 불쑥 나타나서 '형편없어요!'라고 한다면 어떤 느낌일 것 같아? 공평하다고 생각해?"

"왜 안 돼요? 베니스를 보고 나서 비교하는 것도 고퍼 프레리 사람들에겐 똑같이 허탈할걸요."

"그렇지 않아! 곤돌라를 타면 좀 즐겁긴 할 것 같아. 그래도 화장실은 우리가 더 좋은걸! 그런데…… 이봐, 이 마을에서 혼자서 무언가를 생각해봤던 사람이 자기 하나만 있었던 게 아니야. 그래도 자기는 (무례하더라도 이해해줘) 그렇다고 생각하겠지. 우리가 여러 가지로 부족한 게 많다는 것 인정해. 이곳의 극작품은 아마 파리의 무대 공연만큼 훌륭하지 않겠지. 괜찮아! 난 이방의 문화가 갑자기 우리에게 들이닥치는 걸 보고 싶지 않아. 그게 도로 정비든 식사예절이든 무분별한 공산주의 사상이든 말이야."

바이더가 자기 말로 "더 행복하고 아름다운 마을로 만들어주면서도 우리의 삶에 녹아 있는, 실제로 일어나고 있는 실용적인 것들"에 대해 간략히 설명했다. 새너탑시스 클럽에 대해, 그리고 환상적이고 모호하며 멀리 있는 게 아니라 즉각적이고 분명한 사안들, 이를테면 화장실 개선이라든지 모기 퇴치 문제, 더 많은 공원과 나무 그늘 조성과 하수관 설치에 대해 말했다.

캐럴의 대답은 지나치게 공상적이고 모호했다.

"네…… 그래요…… 알아요. 훌륭한 일들이죠. 하지만 그런 개혁들을 당장 이룰 수 있다손 치더라도 난 여전히 특이하고 이색적인 일들을 하고 싶어요. 이곳의 생활은 이미 어지간히 편안하고 깨끗해요. 게다가 얼마나 안전해요. 여긴 좀 덜 안전하면서 좀더 열정적일 필요가 있어요. 시민 생활의 향상을 위해 새너탑시스가 지원해주었으면 하는 건 스트린드베리 작품들과 망사 무용복 아래서 아름답게 다리를 움직이는 발레 무용수들과 (너무나 선명하게 보여요!) 검은 수염이 무성한 냉소적인 프랑스 남자, 느긋이 앉아 술을 마시며 오페라 아리아를 부르고 외설적인 이야기를 하면서, 예절 바른 우리를 비웃고 라블레를 인용하며 서슴없이 내 손에 키스하는 남자죠!"

"참 내! 딴 건 모르겠지만, 그런 게 자기나 다른 불만 가득한 젊은 여자들이 진짜 원하는 건가 봐. 웬 모르는 남자가 자기 손에다 키스하는 거 말이야!" 캐럴이 기가 막힌다는 표정을 짓자 늙은 다람쥐 같은 바이더가 힐끗 쳐다보더니 소리쳤다. "오, 내 말 너무 심각하게 받아들일 필요 없어. 난 그저……"

"알아요. 방금 진심을 말했잖아요. 계속해요. 내 정신에 보약이 될 테죠. 웃기지 않나요. 여기 우리 모두가. 난 고퍼 프레리의 정신에 도움을 주려 애쓰고 있고, 고퍼 프레리는 내 정신에 도움을 주려 애쓰고 있으니 말이에요. 내가 저지른 또 다른 죄목은 뭔가요?"

"어머 많이 있어. 어쩌면 훗날 자기가 말하는 냉소적인 살찐 프랑스 남자를 볼는지 모르겠지만(지독한 술로 머리와 위장을 망치는, 끔찍하고 냉소적이고, 담뱃진에 찌든 사람!) 다행이야, 당분간은 어쨌든 잔디와 보도 정비로 바쁘게 되었으니! 알다시피 이런 게 실제로 현실이 되고 있어! 새너탑시스가 조금씩 이루고 있거든. 그리고 자기는……" 그녀가 어조를 바꾸었다. "정말 실망스럽게도, 자기가 비웃는 사람들보다 더 많이 일하는 게 아니라 더 적게 일하고 있어! 학교 이사회의 샘 클라크는 학교의 환기장치 개선을 위해 애쓰고 있지. (자기가 늘 발음이 몹시 이상하다고 생각하는) 엘라 스토바디는 철도회사에다 역내에 공터를 없애기 위한 녹지 공간 조성비용을 분담하도록 설득했어.

자기는 툭하면 남을 얕잡아 봐. 미안하지만 자기 태도엔 근본적으로 인색한 데가 좀 있어. 특히 종교와 관련해서.

사실을 말하자면, 자기는 건전한 개혁가가 전혀 아니야. 개혁이 불가능하다고 믿는 사람이야. 그리고 너무 쉽게 포기해버려. 시청 신축과 파리 퇴치 운동, 클럽 소논문 발표, 도서관 위원회, 극단 등을 포기했지. 극단은 단지 첫 작품으로 입센을 선택하지 않았다는 이유로. 자기는 처음부터 완벽함을 원해. 휴를 낳은 일 말고 자기가 한 일 중 가장 잘한 게 뭔 줄 알아? 아동복지주간에 윌 박사를 도와준 거였어. 아이의 체중을 재기 전에 우리에게 하듯이 철학자가 될 건지 예술가가 될 건지 물어보지 않았거든.

이제 내 얘기에 자기가 맘 상하면 어쩌지. 자기 도움이나 관심 같은 거 하나도 안 받고도 몇 년만 있으면 우리 마을에 신축 학교 건물이 생기거든!

나와 모트 교수 그리고 몇몇 다른 사람들이 부자들을 몇 년간 애면글면 구슬려왔어. 자기한테는 도움을 부탁하지 않았어. 격려 하나 못 받고 몇 년을 계속 애써야 하는 일을 자기는 결코 참지 못했을 테니까. 그리고 우린 승리했어! 의결에 중요한 인사들 전원으로부터 전시 상황이 허용하는 즉시 학교 신축 채권 발행에 찬성하겠다는 약속을 받아냈거든. 그러면 아름다운 갈색 벽돌 벽에 커다란 창문들이 달리고 농경과 공작 실기부서가 있는, 멋진 건물이 생기는 거야. 건물이 지어지면, 그게 자기가 말하는 온갖 이론에 대한 내 대답이 되겠지!"

"다행이네요. 그리고 내가 학교 신축에 아무 기여도 하지 못했다는 게 부끄러워요. 하지만…… 내가 이런 질문을 한다고 해서 날 매정한 사람이라고 생각지는 말아주세요. 더 위생적인 신축 건물에서도 교사들은 학생들에게 페르시아가 지도 위에 노랗게 표시된 점이고, '시저'는 문법책의 이름이라고 계속 가르칠까요?”

VIII

바이더는 분개했고 캐럴은 변명했다. 두 사람은 한 시간 더 이야기를 나누었다. 그들은 시간을 초월한 마리아와 마르다, 더 정확하게 비도덕주의자 마리아와 개혁주의자 마르다였다. 승리한 것은 바이더였다.

학교 신축을 위한 모금 활동에서 제외되었다는 사실 때문에 캐럴은 언짢았다. 그녀는 완벽의 꿈을 잠시 접었다. 바이더가 캠프파이어 소녀단을 맡아달라고 청하자 시키는 대로 했고 인디언의 춤과 의식, 의상 등에서 확실한 즐거움을 느꼈다. 새너탑시스에는 더 착실하게 나갔다. 부서장이자 비非공인 지휘관인 바이더와 함께 그녀는 마을 간호사의 빈곤 가정 간호 지원 운동을 펼쳤고 혼자서 기금을 모았으며 간호사가 젊고 튼튼하고 상냥하고 똑똑한 사람인지 확인했다.

그러는 동안에도 쭉 그녀는 마치 어린아이가 상상 친구를 바라보듯 냉소적인 건장한 프랑스 남자와 속이 비치는 의상의 댄서들을 지켜보았다. 바이더의 말처럼 ‘이 소녀단의 훈련이 이들을 훌륭한 아내로 만드는 데 크게 일조하기’ 때문이 아니라 인디언 춤이 아이들의 칙칙한 삶에 전복적인 색채를 불어넣기를 바라는 마음으로 캠프파이어 소녀단을 돌보는 일을 즐겼다.

그녀는 엘라 스토바디를 도와 기차역에 있는 손바닥 크기의 삼각형 공원에 화초를 심었다. 곡선의 모종삽과 아주 품위 있는 원예용 장갑을 끼고 바닥에 쭈그려 앉았다. 엘라 스토바디에게 푸크시아와 칸나가 대중에게 얼마나 생기를 주는 식물인지 말해주었다. 하지만 신들이 떠나버린, 향냄새도 없고 성가 소리조차 들리지 않는 신전을 닦고 있는 기분이 들었다. 기차에서 바라보는 승객들의 눈에는 그녀가 귀염성이 사라진 얌전한 얼굴에 이상한 일은 전혀 할 것 같지 않은 마을 여자로 보였다. 짐꾼의 귀에 그녀의 목소리가 들렸다. "아, 네. 아이들에게 좋은 본보기가 될 것 같아요." 하지만 시종 그녀는 자신이 화관을 쓰고 바빌론 거리를 뛰어가는 모습을 상상했다.

화초 심기 덕분에 그녀는 식물 채집에 빠졌다. 알아보는 식물이라고 해봐야 참나리나 들장미 정도였지만, 그녀는 휴를 새로이 발견했다. "엄마, 미나리아재비가 뭐라고 말하는 거예요?" 아이가 축 늘어진 풀을 손에 한가득 쥐고 뺨에는 반짝반짝 꽃가루를 묻히고 소리쳤다. 그녀가 쪼그려 앉아 그를 안았다. 아이가 삶을 더없이 충만하게 해준다는 사실을 확인했다. 그녀는 전적으로 삶을 받아들였다. ……한 시간 동안은.

하지만 그녀는 밤에 죽을 것 같은 느낌에 잠에서 깼다. 케니컷이 자고 있는 이불 뭉치에서 살금살금 빠져나왔다. 까치걸음으로 욕실로 들어가 약장 문에 붙은 거울을 보며 핏기 없는 얼굴을 살폈다.

바이더는 더 통통해지고 젊어지는데 상대적으로 난 눈에 띄게 늙어가고 있는 건가? 코가 더 뾰족해졌나? 목이 더 쭈글쭈글해지진 않았고? 그녀는 뚫어지게 거울을 보면서 숨이 막혔다. 이제 겨우 서른 살인데. 하지만 결혼 후 5년이 마치 마취 상태였기라도 하듯, 그 5년이 허겁지겁 아무것도 모른 채 지나가 버린 건 아니었던가? 시간이란 죽을 때까지 몰래 천천히 달아나는 것 아니었어? 그녀가 에나멜 칠이 된 차가운 욕조 가장자리를 주먹으로 내리치면서 냉정한 신들에게 조용히 분노했다.

"상관없어! 참지 않을 거야! 그들은 거짓말을 하고 있어—바이더와 윌, 베시 외숙모—그들은 내게 휴와 훌륭한 가정과 기차역 정원에 일곱 송이의 금련화를 심은 것으로 만족해야 한다고 하지! 난 나야! 내가 죽으면 이 세상은 아무것도 아니야. 난 나야! 바다와 상아탑을 타인들에게 남기는 것으로는 만족하지 못해. 난 날 위해 그것들을 원해! 망할 바이더! 망할 인간들! 하울랜드&굴드 가게에 진열해놓은 감자가 어지간히 아름답고 이색적이지 않냐고 날 설득할 수 있다고 생각하는 거야?"

23장

I

미국이 제1차 세계대전에 뛰어들자 바이더는 레이미를 장교 양성 훈련소에 보냈다. 결혼한 지 1년도 채 되지 않은 무렵이었다. 레이미는 열심이었고 엄밀히 말하면 독했다. 그는 보병대 중위로 제대했고 가장 먼저 해외로 파병된 사람 중 하나였다.

바이더가 결혼생활에 발산했던 정열을 전쟁이라는 대의명분으로 옮기면서 다른 건 전혀 수용하지 않자 캐럴은 확실히 그녀가 점점 무서워졌다. 레이미의 영웅적인 행동에 감동하여 캐럴이 그걸 나름대로 표현하려 했을 때 바이더는 그녀를 마치 주제넘은 말을 하는 아이 같은 기분이 들게 했다.

자원입대와 징병으로 라이먼 카스와 냇 힉스, 샘 클라크의 아들들이 군에 입대했다. 하지만 대부분 병사는 캐럴이 잘 알지 못하는 독일과 스웨덴 농부의 아들들이었다. 테리 굴드 박사와 맥가넘 박사는 의무부대의 부대장이 되어 아이오와와 조지아주에 있는 부대에 배치되었다. 레이미를 제외하면 그들이 고퍼 프레리 출신의 유일한 장교들이었다. 케니컷도 그들과 함께 가기를 원했지만, 마을의 일부 의사들은 위원회 회의에서 자신들이 경쟁 관계라는 사실은 잊고서 케니컷이 군에서 필요할 때까지 기다리며 마을을 잘 지키는 게 낫다는 결론을 내렸다. 케니컷은 이제 마흔둘이었다. 18마일 반경 지역에 남은 의사 중 유일하게 젊은 축에 끼었다. 게으름뱅이처럼 편한 걸 좋아하는 늙은 웨스트레이크 박사는 시골 지역의 야간 왕진 때문에 마지못해 침대에서 몸을 굴려 나온 뒤 셔츠 깃 보관 상자를 뒤져 남북전쟁 재향군인회 단추를 찾았다.

캐럴은 케니컷의 참전 의향을 어떻게 생각해야 할지 정말 몰랐다. 확실히 그녀는 전사의 아내는 아니었다. 그녀는 남편이 가고 싶어 하는 걸 알고 있었다. 변함없이 무거운 발걸음을 옮기며 날씨에 대한 화제를 꺼내면서도 그 이면에 이런 갈망을 늘 품고 있다는 사실을 다 알고 있었다. 그녀는 그에게 존경스러운 감정을 느꼈고, 그 이상의 감정은 없다는 사실이 유감스러웠다.

사이 보가트는 대단한 마을 명물이었다. 더 이상 다락에 앉아 캐럴의 자기중심 성향과 출산의 비밀을 캐느라 머리를 굴리는 건달 청년이 아니었다. 그는 이제 열아홉 살이었고, 키가 크고 우람한 체격에 할 일 많은 '놀 줄 아는 마을 청년'으로, 맥주 마시기, 주사위 던지기, 음담패설 늘어놓기, 자기 구역인 다이어의 약국 앞에서 '야유'를 던져 지나가는 아가씨들을 당황시키기 같은 재주로 명성이 자자했다. 그의 얼굴은 복숭앗빛 혈색이 도는 동시에 여드름이 돋았다.

사이는 보가트 부인이 자원입대를 허락하지 않으면 달아나서 허락 없이 입대하겠다고 떠벌리며 다닌다는 소문이 돌았다. 그는 "더러운 독일 놈 새끼는 전부 다 싫어. 어휴 만약 총검으로 역겨운 독일 놈을 하나 찌르고 무엇이 옳은지, 무엇이 민주주의인지 가르쳐줄 수 있다면 행복하게 죽겠어"라고 소리쳤다. 사이의 평판은 아돌프 포치바우어라는 농가의 아들을 '망할 독일계'라는 이유로 마구 휘갈기면서 더 자자해졌다. ……이 아이는 어린 포치바우어였고, 아르곤에서 미국인 대위의 시신을 참호로 데려오는 도중 전사했다. 이때 사이 보가트는 아직 고퍼 프레리에 살면서 참전 계획을 세우고 있었다.

II

어디를 가나 캐럴은 전쟁이 기본적인 심리에 변화를 일으켜 부부 관계에서 국내 정치에 이르는 만사를 정화하고 정신을 고양할 거라는 말을 들었기 때문에 자신도 그런 기분을 느껴보려 애썼다. 그녀만 그걸 발견하지 못했다. 그녀는 여자들이 적십자에 보낼 붕대를 만드느라 브리지도 포기하고 설탕 없이 살아야 하는 상황도 웃어넘기는 걸 보았지만, 외과 처치용 붕대를 만들면서 여자들이 나누는 대화는 신이나 인간의 영혼에 대한 것이 아니라 마일스 비요른스탐의 건방진 태도와 농부 딸과 4년간 이어가고 있는 테리 굴드의 망신스러운 불륜, 그리고 양배추 삶기와 블라우스의 리폼에 관한 것이었다. 전쟁에 대한 얘기는 그저 얼마나 끔찍한지 정도에 그쳤다. 그녀도 붕대 감는 일을 정확하고 효율적으로 해냈지만, 라이먼 카스 부인과 보가트 부인처럼 붕대에다 적군에 대한 증오를 꾹꾹 눌러 담지는 못했다.

그녀가 바이더에게 "젊은 사람들이 일하는 동안 나이 든 사람들은 빈둥거리면서 일하는 우릴 방해하고 증오만 쏟아내고 있어요. 기력이 너무 없어서 증오하는 일 말고 할 수 있는 게 없으니까요"라고 항의하자 바이더가 그녀를 보며 이렇게 말했다.

"남자고 여자고 죽어가는 지금, 공손할 수 없다면 적어도 그렇게 당돌하게 자기주장을 내세워선 안 되지. 우린 많은 걸 포기했어. 그것도 기꺼이. 적어도 자기 같은 다른 사람들은 우리를 희생물로 삼아 잘난 체하진 않았으면 좋겠어."

흐느낌이 새어 나왔다.

캐럴은 프로이센의 전제 군국주의가 패배하는 걸 보고 싶었다. 그녀는 프로이센을 제외하면 전제군주국은 없다고 굳게 믿었다. 뉴욕항에서 출항하는 군대 수송선의 영상에 짜릿한 전율을 느꼈다. 그리고 길에서 마일스 비요른스탐을 만났을 때 그가 쉰 목소리로 이렇게 말하자 불편한 마음이 들었다.

"어떻게 지내십니까? 난 잘 지내고 있습니다. 소를 두 마리 새로 들였지요. 음, 애국자가 되신 겁니까? 예? 물론 정부가 민주주의를 가져올 겁니다. 죄다 죽어 나가는 민주주의를. 암, 그럼요. 에덴의 동산 시절부터 노동자들은 고용주들이 넘겨준, 지극히 타당한 명분을 위해 자기들끼리 서로 싸웠습니다. 음, 난 말입니다, 난 현명합니다. 전쟁에 대해 내가 개뿔도 아는 게 없다는 사실을 알 만큼 현명하지요."

마일스의 열변을 듣고 나자 그녀의 머릿속에 남은 건 전쟁 생각이 아니라, 자신과 바이더와 '평민들을 위해 무언가를 하길' 원하는 좋은 의도의 사람들이 아무런 쓸모가 없다는 자각이었다. '평민들'은 스스로를 위해 무언가를 할 능력이 있으며, 그런 사실을 알게 되는 즉시 십중팔구 그렇게 할 것이기 때문이었다. 마일스 같은 수백만 명 노동자들이 권력을 쥐게 된다는 발상이 그녀를 섬뜩하게 만들었고, 그녀는 자신이 아끼고 은전을 베푸는 비요른스탐과 비 그리고 오스카리나 같은 이들에게 더 이상 자비 부인으로 여겨지지 않을 순간이 올 수도 있다는 생각을 허둥지둥 떨쳐냈다.

III

미국이 전쟁에 뛰어든 지 2개월 후인 6월에 중대한 사건이 일어났다. 보스턴에 있는 벨벳 자동차 회사의 백만장자 사장, 외지인들에게 꼭 언급되고 넘어가는 고퍼 프레리의 아들, 퍼시 브레스나한이 방문한 것이다.

2주일 동안 온통 그 얘기였다. 샘 클라크가 케니컷에게 외쳤다. "있잖은가, 퍼시 브레스나한이 온대! 세상에 오랜 친구를 보게 된다니 엄청나군, 안 그런가?" 마침내 『돈트리스』가 브레스나한이 잭슨 엘더에게 보낸 편지를 신문 제1면 머리기사로 실었다.

잭에게

음, 잭, 시간이 될 것 같네. 항공기 자동차 쪽의 원달러맨* 으로 워싱턴에 가서 내가 카뷰레터에 대해 얼마나 아는 게 없는지 말하게 됐네. 하지만 주요 인사가 되기에 앞서 잠시 들러서 커다란 블랙배스도 한 마리 잡고 샘 클라크와 해리 헤이독, 윌 케니컷 그리고 나머지 날강도들과 농이나 주고받으며 즐기고 싶다네. 6월 7일 미니애폴리스발 7호선을 타고 도착할 거야. 뭐 좀 재미있는 일 없나. 버트 타이비에게 날 위해 맥주 한 잔 남겨두라고 전해주게.

그럼, 이만.

퍼시

---

* 원달러맨(dollar a year man)은 제1차 세계대전에 뛰어든 미국에서 "모든 전쟁을 종식시키기 위한 전쟁"을 외치는 우드로 윌슨 대통령에게 감명을 받아서, 필요경비 외 연봉 1달러라는 상징적인 보수를 수락하고 각 전문 분야에서 정부에 봉사하게 된 수많은 주요 상공업자, 은행가, 전문가들을 일컫는다.

사회, 경제, 과학, 문학, 그리고 사냥 애호가 등 각계 인사들이 브레스나한을 만나려고 7호선 승강장에 몰려들었다. 라이먼 카스 부인은 이발사 델 스내플린 옆에 서 있었고 후아니타 헤이독은 사서인 빌레트 양에게 상냥하기까지 했다. 캐럴이 보니 브레스나한이 기차 통로에서 자신들을 내려다보며 웃고 있었다. 체구가 크고 티 없이 말끔한 외모에 하관이 든든하고 경영자의 눈을 가진 사람이었다. 전문적인 호인의 목소리로 그가 우렁차게 말했다. "안녕들 하시오, 여러분!" 그녀가 그에게 (그가 그녀에게가 아니라) 소개되자 브레스나한이 그녀의 눈을 들여다보았다. 그의 악수는 따뜻하면서도 느긋했다.

그는 자동차로 모신다는 제의를 거절하고, 사냥 애호가인 양복장이 냇 힉스의 어깨에 팔을 두르고 역을 빠져나갔다. 해리 헤이독이 연한 색깔의 엄청나게 큰 가죽 가방 중 하나를, 델 스내플린이 다른 하나를 들고 잭 엘더는 외투를, 줄리어스 플리커보는 낚시 도구를 떠맡았다. 캐럴은 그가 각반을 차고 지팡이를 짚고 있는데도 꼬마들이 아무도 놀리지 않는다는 점에 주목했다. 그녀는 결심했다. "윌에게 저이처럼 더블 단추로 된 파란색 코트를 입히고 윙 칼라*에 점박이 나비넥타이를 매라고 해야겠어."

그날 저녁 케니컷이 원예용 가위로 진입로의 잔디를 다듬고 있는데 브레스나한이 혼자 나타났다. 그는 이제 코듀로이 바

* 남성용 야회복 안에 입는 셔츠의 높고 빳빳한 목깃.

지에 목 단추를 푼 카키색 셔츠, 하얀 선원 모자를 쓰고 가죽을 댄 아주 멋진 캔버스화를 신고 있었다. "일하는 중인가, 윌! 아, 이런, 이게 사는 거지. 돌아와서 보통 남자들이 입는 편한 바지를 입는 이런 것 말이야. 사람들은 대도시가 어쩌고저쩌고 하면서 내키는 대로 말할 테지만 내가 생각하는 멋진 삶은, 빈둥거리고 지내면서 자네들을 만나고, 퍼드덕대는 배스를 낚는 거라고!"

그가 진입로를 휘적휘적 헤치고 올라가더니 캐럴에게 쩌렁쩌렁 울리는 목소리로 말했다. "그 작은 친구는 어디 있습니까? 안 보여주려고 감춰둔 근사한 녀석이 있다고 하던데요!"

"잠들었어요." 좀 짧게 대답했다.

"압니다. 요즘 세상에 규칙은 규칙이니까요. 아이들은 자동차처럼 생산 라인을 쭉 거치는 거지요. 하지만 이봐요 누이, 내가 규칙 깨는 데는 전문가입니다. 자, 그러니 퍼시 삼촌이 녀석을 보겠습니다. 누이, 지금요 네?"

그가 그녀의 허리에 팔을 둘렀다. 크고 튼튼한 팔이었고 기분 나쁘지 않은 팔놀림이었다. 그가 한눈에 꿰뚫듯 다 안다는 표정으로 싱글거릴 때 케니컷은 바보같이 웃고 있었다. 그녀는 얼굴이 빨개졌다. 이 대도시 남자가 자신이 친 방어막을 수월하게 뚫고 들어오는 통에 당황스러웠다. 다행히 그 자리를 빠져나와 휴가 잠들어 있는 2층 입구 방으로 두 남자보다 먼저 날쌔게 올라갔다. 오는 내내 케니컷이 중얼거렸다. "자, 자, 이런, 이거 놀랐는걸. 어쨌든 자네가 돌아와서 기뻐. 자넬 보니 얼마나 좋은지!"

휴는 엎드려 곤히 자고 있었다. 전등 불빛을 피해 자그마한 파란 베개에 두 눈을 파묻더니 갑자기 일어나 앉았다. 양모 잠옷을 입은 아이는 작고 여렸으며, 부드러운 명주실 같은 갈색 머리카락은 엉클어지고 가슴에는 베개가 꼭 안겨 있었다. 아이가 징징거렸다. 낯선 이를 뚫어지게 쳐다보았고 그가 나갈 때까지 그러고 있을 기세였다. 아이가 캐럴에게 살짝 말했다. "아빠가 벌써 아침이 오게 하진 않겠죠? 베개는 뭐라고 그래요?"

브레스나한이 캐럴의 어깨에 다정하게 팔을 얹었다. 그가 선언하듯 말했다. "어허, 저렇게 근사하고 건장한 녀석을 뒀으니 당신은 참 행복한 사람이군요. 윌이 당신에게 자기처럼 늙은 놈팡이에게 운을 맡겨보라고 설득했을 때 자기가 뭘 하려는 건지 알고 있었나 봅니다. 듣자 하니 세인트폴에서 왔다고요. 머잖아 보스턴에 한번 모셔야겠군요." 그가 침대 위로 몸을 숙였다. "젊은이, 자넨 내가 보스턴 이쪽에서 본 것 중에 가장 멋진 명물이야. 허락해준다면 장시간에 걸친 자네의 봉사에 우리가 아주 조그만 감사 표시를 하고 싶은데, 괜찮을까?"

그가 고무로 된 빨간 피에로를 내밀었다. 휴가 "주세요" 하고선 피에로를 이불 밑에 감추더니 브레스나한을 마치 생전 처음 보는 사람처럼 빤히 쳐다보았다.

처음으로 캐럴은 느긋한 기분으로 "이런, 휴, 누군가가 선물을 주면 어떻게 말해야 하지?"라고 시키지 않고 가만히 있었다. 브레스나한은 기다리는 것 같았다. 그들은 멍하니 서 있었고 급기야 브레스나한이 그들을 앞장서 나가며 굵은 목소리로 말했다. "낚시 계획은 어떻게 돼가고 있나, 윌?"

그는 30분 정도 머물렀다. 시종일관 캐럴에게 정말 매력적인 사람이라고 하면서 다 안다는 표정으로 그녀를 바라보았다.

"그래. 저 사람이라면 어쩌면 여자를 사랑에 빠지게 하겠지. 하지만 그 사랑은 일주일을 못 넘길 거야. 난 저 사람의 터무니없는 활달함이 지겨울 거야. 위선도 지겨울 거고. 저이는 정신적으로 협박하는 사람이야. 난 스스로를 지키기 위해 저 사람에게 무례하게 굴게 돼. 오 그래, 저 사람은 여기 온 걸 좋아해. 우리를 정말 마음에 들어 하고. 저이는 어찌나 연기를 잘하는지 자기 자신마저 속이고 있어. ……보스턴에서 봤다면 저 사람을 싫어했을 거야. 대도시의 것들을 전부 다 갖추고 있을 테지. 리무진. 품위 있는 야회복. 상류층이 가는 식당에서 번드르르한 저녁 식사를 주문하고. 거실의 실내장식은 최고급이지만 벽의 그림들이 그가 어떤 사람인지 말해주지. 차라리 가이 폴록하고 먼지 앉은 그의 사무실에서 얘기하는 게 나아. ……어쩜 난 이렇게 거짓말을 잘할까! 그 사람 팔은 내 어깨를 살살 쓰다듬었고 그의 눈빛은 내게 자신을 우러러볼 것을 요구했잖아. 그가 두려울 거야. 그가 싫어! ……오 여자들의 상상이란 정말 지독히도 자기중심적이야! 윌의 아내인 내게 호의를 보였다고 해서 훌륭하고 점잖고 다정하고 유능한 한 남자를 이렇게 안달복달 뜯어보고 있다니!"

IV

케니컷 부부, 엘더 부부, 클라크 부부와 브레스나한이 레드

스쿼호수로 낚시하러 갔다. 그들은 엘더의 신형 캐딜락을 타고 호수까지 40마일을 달렸다. 출발을 앞두고는 웃음이 흘러넘쳤고 소란스러웠다. 점심 바구니와 마디 낚싯대들이 한 짐 실렸고 캐럴이 둘둘 만 숄 위에 발을 올리고 정말 가도 방해가 되지 않을지 묻는 말을 몇 번이나 했다. 갈 준비가 되었을 때 클라크 부인이 "오, 샘, 잡지를 깜박했어요"라며 애석해하자 브레스나한이 으름장을 놓았다. "자자, 여성분들이 문학적이 되고 싶다면 우리 거친 사내들과 함께 못 가요!" 다들 엄청나게 웃었다. 차가 계속 달리자 클라크 부인이 설명했다. 자기는 어쩌면 잡지를 읽지 않았을 수도 있지만 다른 사람들이 낮잠을 즐기는 동안 읽고 싶었을지도 모르고, 그리고 자기는 지금 연재물 하나를 한창 재미있게 읽는 중인데 무지하게 흥미진진한 이야기다. 이 이야기에 나오는 여자 주인공은 튀르키예 무용수인데 (하지만 그녀는 사실 미국 여성과 러시아 왕자 사이에서 태어난 딸이다) 남자들이 정말 역겨우리만치 계속 쫓아다니지만, 그녀는 여전히 순결을 지키는데, 한 장면이 나온다……

남자들이 호수 위에서 블랙배스를 잡으려고 낚싯대를 드리우는 동안 여자들은 하품하면서 점심을 준비했다. 캐럴은 남자들이 여자들은 낚시를 좋아하지 않는다고 가정해버리는 태도에 좀 화가 났다. "남자들과 같이 가고 싶은 건 아니지만 거절할 수 있는 특권은 누리고 싶어."

점심 식사는 길고 유쾌했다. 거물의 귀향에 관한 얘기를 나누고 대도시와 거창하고 긴요한 일들과 저명인사들에 대한 정보도 얻고, 자신들의 친구인 퍼시가 '유서 깊은 부잣집 출신에 대학도 나오고 해서 스스로 대단하다고 여기는 보스턴 명사들'과 어깨를 나란히 한다는 사실을 농담처럼 겸손하게 시인하기에 좋은 기회였다. "정말이야, 보스턴을 이끌어가는 건 우리 신흥 사업가들이지, 사교클럽에서 꾸벅꾸벅 졸기나 하는 성가신 노땅들이 아니라고!"

캐럴은 그가 동부에서 사실상 굶주리지만 않으면 으레 '아주 성공한' 사람으로 회자되는 고퍼 프레리의 아들 중 하나가 아니라는 것을 깨달았다. 그리고 지나치리만큼 쉴 새 없이 건네는 공치사의 이면에 숨어 있는 친구들에 대한 진심 어린 애정을 발견했다. 정작 그가 호의를 베풀어 그들을 전율케 한 건 전쟁과 관련된 문제였다. 그들이 몸을 굽히며 바싹 모이는 동안 그가 목소리를 낮춘 채(2마일 근방에 엿들을 사람은 아무도 없었지만) 보스턴과 워싱턴에 몇몇 인사들과 연줄이 있어서 전쟁에 대한 상당한 내부 정보를 사령부에서 직통으로 얻고 있다고 말했다. 누군지 밝힐 수는 없지만, 국방부와 국무부 양쪽에서 아주 요직에 있는 사람들이라고 털어놓으면서 이에 대해선 제발 입도 벙긋해선 안 된다는 말을 했다. 이건 절대 비밀이라서 워싱턴 외부에선 일반적으로 잘 모르는 사실인데 스페인이 드디어 세계대전의 협상연합국에 가입하기로 했어. 그냥 우리 사이에 하는 얘기지만 진실이라고 믿어도 좋아. 맞아, 한 달 후면 완전무장한 2백만 스페인 군인들이 프랑스에서 연합군과 함께 싸우게 되는 거지. 독일로선 날벼락이지, 그럼!

"독일에서 개혁의 가망성은 어떤가?" 케니컷이 정중하게 물었다.

권위자가 끙 하고 신음 소리를 냈다. "전혀 없어. 확실한 사실은 지든 이기든, 무슨 일이 일어나든지 간에 독일인들은 영원히 빌헬름 2세 황제를 떠나지 않을 거라는 거야. 정부의 내부 소식통 가운데 가장 가까운 친구에게서 직접 들은 이야기야. 어림없지! 국제 정세에 대해 뭘 많이 아는 체하려는 건 아니지만 기정사실로 간주할 수 있는 한 가지는 향후 40년간은 독일이 호엔촐레른 왕조를 유지할 거라는 사실일세. 그렇다 해도 그게 그렇게 나쁜 건지는 잘 모르겠군. 카이저와 융커들이 빨갱이 선동가들은 확실히 잡는 데다 만약 빨갱이들이 정권을 잡는다면 왕정보다 더 나쁠 거 아닌가."

"러시아의 차르를 무너뜨린 그 폭동에 전 관심이 아주 많아요." 캐럴이 말했다. 그녀는 전쟁 문제를 훤하게 꿰뚫고 있는 이 남자에게 마침내 압도당해버렸다.

케니컷이 그녀를 대신해 사과했다. "캐리는 이 러시아 혁명에 푹 빠졌어. 특기할 사항 있나, 퍼시?"

"없어!" 브레스나한이 무덤덤하게 말했다. "그건 확실히 말할 수 있어. 캐럴, 당신이 뉴욕의 유대계 러시아인이나 관념적인 지식인처럼 말하는 걸 보니 의외입니다! 말해드리지요. 하지만 딴 사람에게는 말하지 말아주세요. 이건 기밀이거든요. 국방부와 가까운 사람에게서 들었어요. 하지만 사실 올해가 다 가기 전에 황제가 다시 권력을 잡을 겁니다. 그가 물러나고 암살당하고 했다는 이야기를 많이 읽어보셨겠죠. 하지만 내가 아는 바로는 황제의 뒤에는 막강한 군대가 버티고 있어요. 그래서 그가 이 망할 선동가들을 물리칠 겁니다. 자기들을 믿고 있는 불쌍한 노동자들을 조종하면서 편안하게 살려고 하는 게으른 거지들, 그네들에게 본때를 보여줄 거예요!"

황제가 복귀한다는 말을 들으니 유감스러웠지만, 그녀는 아무 말도 하지 않았다. 나머지 사람들은 러시아처럼 한참 먼 나라의 이야기가 나오자 멍한 표정을 지었다. 이제 그들이 대화에 끼어들어 브레스나한에게 패커드 자동차와 텍사스 유정 투자, 미네소타주 젊은이들과 매사추세츠주 젊은이들의 상대적인 장점, 금주법 문제, 자동차 타이어의 향후 가격 등에 관한 그의 생각과 미국인 비행사들이 프랑스인 조종사들보다 실력이 월등하다는 게 사실인지를 물었다.

그들은 그가 모든 문제에서 자신들과 의견이 같다는 걸 알게 되자 다행이라 여겼다.

브레스나한이 "우린 노동자들이 선출한 그 어떤 위원회하고도 기꺼이 대화를 나누겠지만 외부 선동가가 끼어들어 우리가 공장을 어떤 식으로 운영해야 하는지 간섭하는 건 그냥 보고 있지 않을 겁니다!"라고 선언하자 캐럴은 (지금은 새로운 생각을 얌전히 받아들이고 있는) 잭슨 엘더가 똑같은 말로 똑같은 얘길 하던 게 떠올랐다.

샘 클라크가 기억을 헤집어가며 조지라고 불리는 풀먼 열차 승무원에게 으스댔던 이야기를 장황하게 늘어놓는 동안 브레스나한이 무릎을 감싼 채 몸을 흔들며 캐럴을 바라보았다. 그녀는 이 남자가, '캐리에 대한 웃기는 얘기'라며 집 안에서 일어났던 민망한, 열 번도 더 말한 케니컷의 이야기를 들으며 자신이 힘들게 미소 짓고 있다는 걸 아는지 궁금했다. 캐리가 '몹시 열을 내며 상자를 두드리느라', 해석하자면 '열정적으로 피아노를 치느라' 휴에게 기저귀 갈아주는 걸 까맣게 잊어버린 이야기였다. 같이 크리비지 게임을 하자는 케니컷의 말을 자신이 못 들은 척할 때, 브레스나한은 그 마음을 다 간파했을 것 같았다. 그가 무슨 말을 할지 겁이 났고, 그런 걱정을 하는 스스로에게 부아가 돋았다.

그녀가 똑같이 기분이 언짢아졌던 일은 또 있었다. 차가 고퍼 프레리를 가로질러 들어오면서 사람들이 손을 흔들고 후아니타 헤이독이 창문에서 몸을 내밀 때 문득 깨닫고 보니 자신도 브레스나한의 유명세를 함께 누리며 뿌듯해하고 있었던 것이다. 그녀는 "덩치는 큰 데다 틀면 나오는 축음기 같은 이이와 함께 탄 모습을 사람들이 보든 말든 무슨 대수라고!"라면서도 "다들 윌과 내가 브레스나한 씨와 얼마나 친한지 이제 알았을 거야"라며 혼잣말을 했다.

마을은 온통 그가 한 말, 그가 베푼 친절, 그가 기억한 이름들, 그가 입은 옷, 그가 만든 송어 낚시 미끼, 그가 한 통 큰 기부에 관한 이야기로 넘쳐났다. 그는 미국화를 위한 이민자 교육에 쓰라며 클루복 신부에게 1백 달러를, 지터렐 침례교회 목사에게 1백 달러를 기부했다.

본톤에서 캐럴은 양복장이 냇 힉스가 기세등등하게 떠드는 소리를 들었다.

"퍼시가 항상 제 마음대로 주둥이를 놀리는 비요른스탐에게 멋지게 한마디 날렸지. 결혼한 뒤로 잠잠해진 줄 알았는데 세상에, 모르는 게 없다고 생각하는 저 작자들, 저들은 절대 바뀌지 않아. 허, 그 레드 스위드가 아주 조롱거리가 되었다는 말일세. 데이브 다이어의 가게에서 그 작자가 퍼시에게 배짱 좋게 말을 걸더군. 퍼시한테 이러더라고. '어찌나 훌륭하신지 아무것도 안 해도 사람들이 1백만 달러를 지급한다는 분을 늘 한번 보고 싶었습니다.' 그러자 퍼시가 쓱 훑어보더니 바로 맞받아서 '이제 봤군, 응?' 이랬어. '음,' 퍼시가 말했어. '마루 청소를 너무 잘해서 하루에 4달러를 줘도 될 만한 유능한 사람을 난 찾고 있었소. 일해보겠소?' 하하하! 비요른스탐이 얼마나 말이 많은 작자인가? 음, 이번만은 아무 말 못 하더군. 건방을 떨면서 마을이 얼마나 타락했는지 말해보려 했지만, 퍼시가 바로 반격하지 않았겠나. '이 나라가 싫으면 여길 떠나 독일로 돌아가는 게 나을 텐데. 당신이 있어야 할 곳 말이오!' 허, 비요른스탐 앞에서 우린 완전히 너털웃음을 터뜨리고 말았지. 오, 퍼시는 정말 마음에 드는 사람이야, 암!"

V

브레스나한은 잭슨 엘더에게서 자동차를 빌렸다. 그가 케니컷의 집에 들러 휴와 함께 포치의 흔들의자에 앉아 있는 캐럴을 큰 소리로 불렀다. "드라이브 나가는 게 더 좋을 텐데요."

그녀는 그의 제안을 튕기고 싶었다. "감사합니다만 애를 보는 중이에요."

"데려와요! 데려오면 돼요!" 브레스나한이 차에서 내려 진입로까지 성큼성큼 다가오자 거절하고 품위를 지키겠다는 그녀의 의지는 온데간데없이 사라졌다.

그녀는 휴를 데려가지 않았다.

1마일가량을 가는 동안 브레스나한은 아무 말도 하지 않았다. 하지만 그는 그녀가 무슨 생각을 하는지 자신이 다 알고 있다는 걸 알려주려는 듯 그녀를 쳐다보았다.

그녀가 아주 두툼한 그의 가슴팍을 주시했다.

"저기 들판이 멋지지 않습니까." 그가 말했다.

"저 들판이 정말 좋으신가요? 저기선 아무 수익이 나지 않아요."

그가 키득키득 웃었다. "누이, 빠져나갈 생각 말아요. 다 아니까. 내가 허풍을 친다고 생각하죠. 음, 어쩌면요. 하지만 당신도 마찬가지요. 게다가 워낙 예뻐서, 혹시 얼굴을 한 대 맞을 걱정만 없으면, 당신에게 구애해보고 싶어요."

"브레스나한 씨, 당신 아내의 친구들에게도 그런 식으로 말씀하시나요? 그리고 그들을 '누이'라고 부르나요?"

"사실은 그렇게 부릅니다! 그리고 그걸 좋아하게 만들지요. 2점 획득!" 하지만 웃음소리는 그다지 호탕하지 않았고 그는 계기판에 신경 썼다.

잠시 후 그가 조심스럽게 공격을 개시했다. "윌 케니컷은 멋진 사냅니다. 대단한 일을 이 시골 의사들이 하고 있어요. 일전에 워싱턴에서, 존스홉킨스 의대 교수로 있는 숙련된 전문의와 얘기를 해봤는데, 일반 내과의의 진가를, 사람들에게 주는 그들의 동정심과 도움의 진가를 충분히 알아주는 사람이 여태 없었다고 그가 그러더군요. 이들 일류 전문가들, 젊은 연구원들은 자부심이 강하고 연구실에 틀어박혀 지나치게 연구만 해서 그런지 인간미가 부족해요. 점잖은 사람이라면 걸려서 고생할 일 없는 일부 괴상한 병만 빼면, 지역사회의 정신과 육체를 건전하게 유지할 수 있도록 해주는 건 나이 든 의사입니다. 그리고 윌은 내가 여태껏 본 사람 중에 가장 견실하고 명석한 시골 의사라는 생각이 듭니다. 그렇죠?"

"그런 것 같아요. 남편은 현실에 충실한 사람이에요."

"뭐라고요? 음. 네. 모든 일에 그렇지요. 그게 뭐든. ……저, 내가 잘못 본 게 아니라면 당신은 고퍼 프레리를 그다지 좋아하지 않아요."

"그래요."

"그 부분에서 당신이 커다란 기회를 놓치고 있어요. 도시들이요, 별거 없습니다. 진짜예요, 내가 알아요! 고퍼 프레리는 마을로 치면 훌륭합니다. 여기 사는 건 행운이에요. 나도 여기 살 수 있다면 좋으련만!"

"그러면 계속 사시지 그러세요?"

"네? 어…… 세상에…… 그럴 수가 없어요. 빠져나……"

"당신은 여기 살지 않아도 되죠. 난 살아야 해요! 그래서 난 마을을 바꾸고 싶어요. 당신 같은 저명한 사람들이 고향 마을이나 고국을 완벽하다고 우기면서 상당한 피해를 주고 있다는 걸 아세요? 거주민들에게 변하지 말라고 부추기는 당신 같은 사람요. 사람들은 당신의 말을 들먹이면서, 자기들은 낙원에 산다고 계속 생각하고 있어요. 게다가……" 그녀가 주먹을 불끈 쥐었다. "믿기 어려울 정도로 그 따분한 분위기는 어떻고요!"

"맞는 말인 것 같군요. 그렇다고 해도 뭘 하기 겁내는 불쌍한 작은 마을에 너무 많은 불만을 쏟아내고 있다는 생각은 안 드세요? 좀 심술궂군요!"

"정말이지 따분해요. 따분하다고요!"

"주민들은 따분하다고 생각지 않아요. 헤이독 같은 부부들은 아주 즐겁게 지냅니다. 춤도 추고 카드놀이도 하고……"

"그렇지 않아요. 그분들도 지루해해요. 여긴 안 그런 사람이 거의 없어요. 공허함과 무례한 태도, 악의적 험담들, 그런 것들이 난 싫어요."

"그런 것들, 물론 여기에는 그런 것들이 있습니다. 보스턴에도 있어요! 다른 곳은 없나요? 허어, 여기서 당신이 찾아내는 흠결들은 그저 인간이 지닌 본성일 뿐이고 절대 바뀌지 않습니다."

"아마도요. 하지만 보스턴 같은 도시에서는 여러 훌륭한 캐럴이 다(내가 좀 완전무결하죠) 서로 찾아내서 어울리죠. 하지만 여기선 썩어가는 연못에 나 혼자뿐이에요. 브레스나한 씨가 휘저을 때만 예외일까!"

"세상에, 그런 말을 들으면 어떤 사람은 당신 말마따나 모든 거주민이 지독히도 불행해서 다들 자살하지 않는 게 이상하다고 생각할 겁니다. 하지만 사람들은 어떻게든 살아가는 것 같군요!"

"그 사람들은 자기들이 무얼 놓치고 있는지 몰라요. 그리고 누구나 무엇이든 참을 수는 있어요. 광산이나 감옥에 있는 사람들을 봐요.”

그가 미니마쉬호수의 남쪽 기슭으로 다가갔다. 그가 물 위에 반사된 갈대들과 주름진 은박지 모양으로 떨리는 잔물결, 어둑한 숲과 은빛 귀리, 샛노란 밀밭이 군데군데 보이는 먼 호숫가 기슭을 건너다보았다. 그가 그녀의 손을 쓰다듬었다. “누…… 캐럴, 당신은 정말 사랑스럽지만 까다로워요. 무슨 말인지 알겠소?”

“네.”

“흠. 어쩌면 알겠지요, 하지만…… 내 하찮은(그다지 하찮은 건 아니고!) 생각에 당신은 남다른 걸 좋아해요. 당신은 본인을 특별하게 여기고 싶어 해요. 음, 몇만 명이나 되는 여성이, 특히 뉴욕 여성이 당신처럼 생각하고 당신처럼 말하는 줄 아십니까? 만약 알게 된다면 당신은 본인을 외로운 천재로 생각하는 재미를 다 잃고서, 고퍼 프레리의 훌륭한 가정생활을 찬양하는 무리에 가담할 겁니다. 어딜 가나 자기 할머니한테 날달걀 빨아 먹는 방법을 가르치고 싶어 하는, 이제 막 대학을 나온 젊은 여성들이 부지기수죠.”

“재미도 없는 그런 촌스러운 비유를 쓰고선 정말 뿌듯해하시네요! ‘연회’나 이사회 모임 같은 데서 그런 말을 하면서, 시골 출신이 그 자리까지 올라왔다고 큰소리치시죠.”

“허! 내 속마음을 읽었나 봅니다. 입 다물고 있겠소. 하지만 이봐요. 당신은 고퍼 프레리에 대한 편견 때문에 도를 넘고 있어요. 당신은 어떤 점에서 당신 의견에 동의하고 싶을지도 모르는 사람들을 적대시하는 거라고요. 하지만…… 젠장, 마을 사람이 몽땅 다 나쁠 수는 없는 거 아니오!"

"물론 없죠. 하지만 어쩌면요. 객쩍은 이야기 하나 할게요. 원시시대 여성이 남편에게 불평하는 장면을 떠올려보세요. 그녀는 마음에 드는 게 하나도 없어요. 축축한 동굴, 벌거벗은 다리 위를 지나다니는 쥐들, 뻣뻣한 가죽옷, 설익은 고기를 먹는 것, 남편의 털투성이 얼굴, 끊임없는 전쟁, 주술사에게 발톱 목걸이를 바치지 않으면 자신에게 재앙을 내리게 될 혼령들에 대한 숭배. 남편이 '하지만 모두 다 나쁠 수는 없는 거잖아!'라고 하고선 아내를 어리석은 사람으로 취급해버리죠. 이제 당신은 퍼시 브레스나한과 벨벳 자동차 회사를 만들어낸 세상이니 당연히 문명화되었을 것이라고 치부하죠. 그런가요? 우리는 그저 미개한 상태의 중간쯤에 있는 것 아닌가요? 보가트 부인을 한번 보면 되겠네요. 당신만큼 똑똑하다 싶은 사람들이 현상이 그러하다는 이유로 현 상태를 계속 옹호하는 한 우리는 계속 미개한 상태에 있을 거예요."

"저런, 상당히 말을 잘하는군요. 하지만, 오 난 당신이 신형 다기관을 설계하거나 공장을 경영하면서 체코와 슬로바키아, 헝가리, 그리고 출신지도 알 수 없는 당신의 숱한 공산주의자 동지들을 파업하지 못하게 하려고 애쓰는 모습을 봤으면 좋겠습니다. 당신은 당장 자신의 이론을 포기할 겁니다! 난 현상을 옹호하는 게 아니에요. 그럼요. 현상은 형편없어요. 난 그저 분별이 있을 뿐입니다."

그는 야외 스포츠에 대한 애정, 정정당당한 사업, 친구에 대한 의리 등 자신의 신조를 역설했다. 그녀는 인습 타파자가 공격할 때 보수주의자들이 당황하면서 대답을 못 찾던 정치선전 소책자와 달리, 현실에서는 현혹적인 통계자료를 내밀며 민첩하게 반격한다는 사실을 발견한 신참자와 같은 충격을 받았다.

그를 상대로 열심히 논쟁을 벌이려고 해도 그가 진정한 남자이자 노동자이며 친구였기에 그녀는 그가 좋았다. 그는 경영인으로서 너무나 성공한 사람이었기 때문에 그녀는 그에게 얕보이고 싶지 않았다. 그가 이름 붙인 '방구석 사회주의자들'을 (그 표현이 놀랄 정도로 새롭지는 않지만) 조롱하는 그의 태도에는 잘 먹어 기름지고, 속도에 목을 매는 그의 회사 경영진의 기분을 맞춰주고 싶게 만드는 힘이 있었다. 그가 물었다. "당신은 인두염이 있는 데다 이발도 하지 않은 채 모든 시간을 '노동조건'에 대한 이야기로 보내면서 일은 눈곱만큼도 하지 않는, 그저 빨건 목에 뿔테 안경 쓴 미치광이들일 뿐인 자들과 엮이고 싶은 겁니까?" 그녀가 대답했다. "아뇨, 하지만 그렇긴 해도……" 그가 "설사 당신이 말하는 원시시대 여인이 온갖 걸 트집 잡는 게 옳다손 쳐도, 그녀에게 축축하지 않은 동굴을 찾아주는 건 투덜투덜 불만만 늘어놓는 어떤 급진주의자가 아니라 혈기왕성한 어떤 쾌남, 진짜 남자다운 어떤 남자입니다"라고 주장하자 그녀가 끄덕임인지 도리질인지 알 수 없는 희미한 고갯짓을 했다.

커다란 두 손, 육감적인 입술, 부드러운 음성이 그의 자신감을 떠받쳤다. 그는 그녀를 아직 어리고 덜 여문 느낌이 들게 했다. 케니컷이 한때 그랬듯이. 그가 강인한 얼굴을 숙이고 이렇게 설명했을 때 그녀는 아무 말도 할 수 없었다. "마을을 떠나게 되어 유감이오. 당신은 같이 어울려 놀면 사랑스러운 사람이겠지요. 예뻐요! 조만간 보스턴에서 우리가 점심을 어떤 식으로 대접하는지 보여주지요. 이런, 애석하게도 슬슬 돌아가야겠어요."

집으로 돌아와 힘에 대한 그의 신조에 그녀가 찾은 유일한 대꾸는 "하지만 그렇긴 해도……"라는 한탄이었다.

그가 워싱턴으로 출발할 때까지 그녀는 그를 다시 보지 않았다.

그의 눈빛이 여운처럼 남았다. 그녀의 입술과 머리카락 그리고 어깨를 향하던 그의 눈길은 그녀가 아내나 어머니가 아니라 하나의 여자라는 사실을, 대학 때처럼 세상에는 아직 남자들이 있다는 사실을 보여주었다.

그런 감탄으로 인해 그녀는 케니컷을 자세히 살피게 되었고, 친밀감의 장막을 걷어내고서 가장 친숙한 사람의 이상함을 인식하게 되었다.

24장

I

한여름 한 달 내내 캐럴은 케니컷에 대해 특히 생각을 많이 했다. 그가 했던 숱한 기괴한 일들이 떠올랐다. 그에게 시를 읽어주려던 날 저녁, 담배를 씹었던 그의 행적을 보고 씁쓰레하게 낙담했던 일, 흔적이나 결과도 남지 않고 사라져버린 것 같은 문제들. 그녀는 노상 그가 참전하고픈 욕구를 영웅적으로 참아냈다고 반복해서 말했다. 조그만 일에도 그에게서 위로가 되는 애정을 느꼈다. 그녀는 그가 집 안 이곳저곳을 손보는 가정적인 성향, 덧문의 경첩을 조일 때의 기운과 손재주, 그리고 펌프식 연발총의 총열에 녹을 발견하고서 위로받으려고 자신에게 뛰어오는 소년다움을 좋아했다. 하지만 그중 최고는 휴가 가진 매력적인 미지의 미래는 없지만, 그가 또 하나의 휴라는 사실이었다.

6월 하순, 마른번개가 쳤다.

다른 의사들이 없는 바람에 떠맡게 된 진료로 케니컷 부부는 호숫가 별장으로 가지 못한 채 마을의 먼지와 짜증 속에 남아 있었다. 오후에 올슨&맥과이어 식료품점(과거 달&올슨)에 갔을 때 그녀는 최근에 농장에서 온, 붙임성을 보이며 무례하게 구는 젊은 점원의 주제넘은 태도에 언짢아졌다. 그는 그저 마을의 다른 십여 명의 점원들처럼 허물없이 친근하게 굴었을 뿐이지만 그녀의 신경은 더위 때문에 곤두서 있었다.

그녀가 저녁거리를 위해 대구를 찾자 그가 툴툴대듯 말했다. "그런 오래되고 말라버린 것 갖고 뭘 하려고요?"

"난 좋아해요!"

"이크! 의사 선생님은 그것보다 더 좋은 걸 살 수 있을 듯한데요. 새로 들여온 소시지 가져가 보세요. 근사합니다. 헤이독씨 댁은 그걸 먹어요."

그녀가 폭발했다. "이봐요, 젊은 양반, 나에게 살림을 가르치는 건 당신 일이 아니에요. 그리고 헤이독 부부가 거들먹대며 뭘 좋다 했는지는 별 관심 없어요!"

마음이 상한 그가 허여멀건 생선 토막들을 급히 쌌다. 그녀가 느릿느릿 밖으로 나가자 그는 기가 차서 입을 떡 벌렸다. 그녀는 후회했다. "그렇게 말하는 게 아닌데. 점원은 별 뜻 없었어. 자기 행동이 방자하다는 걸 모르는 것뿐이야."

그녀가 소금과 성냥 한 갑을 사려고 위티어 외삼촌 가게에 들렀는데 아까의 후회는 효과가 없었다. 깃 없는 셔츠를 입고 등줄기를 타고 내리는 갈색 땀에 흠뻑 젖은 위티어 외삼촌이 점원에게 징징대고 있었다. "자, 이제 서둘러서 저 파운드 케이크를 카스 부인 댁으로 날라야지. 마을의 몇몇 주민은 상점 주인이 전화 주문만 좇아다니고 아무것도 하는 게 없다고 생각한다고. ……왔구나, 캐리. 드레스가 목이 좀 깊게 파인 듯하구나. 단정하고 수수할지는 모르겠다만 여자가 온 마을에 앞가슴을 내보이는 건 결코 좋은 게 아니지! 내가 구식인지 몰라도, 이히히! ……안녕하시오, 힉스 부인. 세이지요? 딱 떨어졌군요. 다른 향신료를 드려도 되겠지요, 네?" 위티어 외삼촌이 씩씩거렸다. "그럼요! 무슨 요리에든 다 넣어도 되는 세이지만큼 좋은 향신료가 충분히 있습니다! 올스파이스가…… 왜 어때서요?" 힉스 부인이 가버리자 그가 분노했다. "어떤 사람들은 자기가 뭘 원하는지도 몰라!"

'땀 흘리면서 유세를 떠는 골목대장, 시외삼촌!' 캐럴은 생각했다.

그녀가 데이브 다이어의 가게로 슬며시 들어갔다. 데이브가

"쏘지 말아요! 항복할게요!"라며 두 팔을 번쩍 들어 올렸다. 그녀는 웃었지만, 문득 데이브가 거의 5년 동안이나 자신에게서 죽이겠다는 위협을 받는 척하는 이런 놀이를 계속했다는 것을 깨달았다.

햇빛이 피부를 찔러대는 거리를 천천히 지나가면서 그녀는 고퍼 프레리 주민들은 농담거리가 몇 개밖에 없고, 데이브도 그중 하나라는 생각에 잠겼다. 추운 겨울을 다섯 번 보내는 동안 매일 아침 라이먼 카스는 말했다. "추위가 고만고만합니다. 더 추워지고 나면 좀 따뜻해지겠지요." 스토바디는 캐럴이 "수표 뒷면에 배서해야 하나요?"라고 한번 물어봤던 일을 사람들에게 50번이나 들먹였다. 50번을 샘 클라크는 그녀를 불러 세워 "그 모자 어디서 슬쩍 했어요?"라고 물었다. 50번을 케니컷으로부터 동전 넣으면 나오듯 짐마차꾼인 바니 카훈에 대한 이야기를 들었다. 믿기 힘들게도 바니 카훈이 목사에게 이런 명령을 했다는 것이다. "역에 와서 목사님의 종교 책 상자를 찾아가세요. 책들이 새고 있어요!"

그녀는 변함없는 길을 지나 집으로 돌아왔다. 그녀는 모든 집 정면의 모습과 모든 교차로, 모든 간판, 모든 나무, 모든 개를 알고 있었다. 배수로에 있는 까맣게 변색한 바나나 껍질과 빈 담뱃갑마저 알고 있었다. 모든 사람의 인사도 알고 있었다. 짐 하울랜드가 걸음을 멈추고 그녀를 뚫어지게 쳐다보면 거창한 얘길 털어놓을 가능성은 전혀 없고, 그저 무뚝뚝한 목소리로 "아, 안녕하시오?"라고 할 뿐이었다.

앞으로도 쭉, 빵집 앞에는 똑같은 이 붉은 상표의 빵 상자가,

스토바디 가게 앞의 화강석 말뚝에서 4분의 1구역 떨어진 보도에는 골무 모양의 틈이 벌어져 있을 것이다……

그녀가 사 온 물건들을 조용한 오스카리나에게 말없이 건넸다. 그리고 포치의 흔들의자에 앉아 부채질하면서 휴의 찡얼거림에 긴장하고 있었다.

귀가한 케니컷이 툴툴거렸다. "아이는 도대체 뭣 때문에 찡얼대는 거야?"

"내가 온종일 견딘다면 당신은 10분은 견딜 수 있을 줄 알았어요!"

그가 셔츠 차림으로 저녁 식사를 하러 왔다. 조끼 단추가 반쯤 풀려 색 바랜 멜빵이 드러났다.

"하복용 옷감으로 지은 멋진 정장이 있잖아요. 그 끔찍한 조끼는 좀 벗어요." 그녀가 투덜거렸다.

"너무 귀찮아. 너무 더워서 위층으로 올라가질 못하겠어."

그녀는 한 1년 동안 남편을 진지하게 쳐다본 적이 없다는 사실을 깨달았다. 남편의 식사예절을 눈여겨보았다. 그가 접시에 흩어진 생선 조각들을 나이프로 열심히 긁어 게걸스럽게 먹더니 나이프를 핥았다. 그녀는 비위가 약간 상했다. 그러곤 혼자 단언했다. "난 바보야. 이런 게 무슨 문제가 된다고! 별것 아닌 일로 이러면 안 되지!" 하지만 그녀는 이런 게, 식탁의 이런 문법 위반과 시제 혼동이 자신에게는 문제가 된다는 걸 알았다.

그녀는 자신들이 별로 할 말이 없다는 걸, 놀랍게도 자신들이 식당에서 화제가 바닥난 채 앉아 있던 딱한 부부들 같다는 걸 깨달았다.

브레스나한이라면 활기차고 신나고, 종잡을 수 없는 이야기로 입심을 뽐냈을 텐데……

제대로 보니 케니컷의 옷은 다림질이 거의 안 되어 있었다. 코트는 주름지고, 바지 무릎은 그가 일어서면 늘어질 터였다. 구두는 약칠도 되어 있지 않은 데다 모양은 노인들 것처럼 볼품이 없었다. 그는 부드러운 모자를 쓰지 않으려 했다. 정력과 성공의 상징으로 딱딱한 중산모를 고수했다. 그리고 가끔씩은 잊어먹고 집 안에서 모자를 벗지 않았다. 그녀가 그의 소매 끝동을 슬쩍 보았다. 풀 먹인 부분이 해져서 까슬까슬했다. 그녀는 그걸 한 번 뒤집어주었고, 매주 부푸러기를 잘라주었다. 하지만 지난 일요일 아침 일주일에 한 번 목욕하는 위기의 순간에 셔츠 좀 버리라고 사정하자 그가 어물쩍 반기를 들었다. "오, 아직 한참은 더 갈 거야."

그는 (자기 혼자 하거나, 혹은 사람들과 좀 어울리려 한다면 델 스내플린에게 가서) 일주일에 겨우 세 번 면도했다. 이날 아침은 그 세 번에 해당하지 않았다.

하지만 그는 접어 젖힌 신형 옷깃들과 날렵한 넥타이들에 대한 허영이 있었다. 종종 맥가넘 박사의 '단정치 못한 복장'을 들먹였다. 뗐다 붙이는 소매 끝단과 글래드스턴식 목깃을 단 셔츠를 입는 나이 먹은 남자들을 비웃었다.

캐럴은 그날 저녁 크림소스를 곁들인 대구 요리를 그다지 즐기지 못했다.

그녀는 그의 손톱 끝이 들쭉날쭉 고르지 않은 걸 보았다. 주머니칼로 손톱을 깎으면서 손톱 줄은 계집애나 도시인들이 쓰는 것으로 업신여기는 그의 습관 탓이었다. 한결같이 청결한 손톱과 빡빡 문질러 닦는 외과 의사의 손가락을 가진 사람이기에 그의 고집스러운 단정치 못함이 더욱 눈에 거슬렸다. 그의 손은 지혜롭고 인정스러운 손이지만 결코 사랑스러운 손은 아니었다.

그녀는 그가 구애하던 시절을 떠올렸다. 그는 그녀를 기쁘게 하려고 애썼다. 색 띠를 두른 밀짚모자를 수줍게 쓰고서 그녀에게 감동을 주었다. 서로를 더듬던 그 시절이 이처럼 깡그리 사라져버린다는 게 가능한 일인가? 그는 그녀에게 잘 보이려고 책을 읽었다. 본인이 잘못한 게 있으면 다 지적해줘야 한다고 (얄궂게도 그녀는 그 말이 생각났다) 말했다. 두 사람이 포트스넬링 요새 담벼락 아래의 은밀한 장소에 앉아 있었을 때 이렇게 우긴 적이 있었다……

그녀는 생각의 문을 닫았다. 신성한 영역이었기 때문이다. 하지만 아쉬웠다……

그녀가 성질난 듯 케이크와 살구조림을 옆으로 밀쳤다.

저녁 식사를 끝낸 후 포치에 있다가 두 사람은 모기 때문에 쫓겨 들어왔고 케니컷이 5년 동안 200번째로 "베란다에 새 방충망을 달아야겠어. 온갖 벌레가 다 들어와"라고 말하고선 앉아서 책을 읽었다. 그녀는 꼴사나운 그의 버릇을 주시했고, 그렇게 주시하는 자신이 싫지만 그걸 또다시 주시했다. 그가 의자에 털썩 주저앉아 다른 의자에 두 다리를 올린 채 새끼손가락 끝으로 왼쪽 귓구멍을 후볐다. 딱 하는 소리가 어렴풋이 들렸다. 그가 계속 귀를 팠다. 계속……

그가 불쑥 말했다. “아, 말하는 걸 깜박했는데, 오늘 밤 친구들이 포커 치러 건너올 거야. 크래커하고 치즈, 맥주는 좀 있겠지?”

그녀가 고개를 끄덕였다.

“미리 말해줘도 됐을 텐데. 아 뭐, 자기 집이니까.”

포커 칠 사람들이 하나둘씩 들어왔다. 샘 클라크, 잭 엘더, 데이브 다이어, 짐 하울랜드였다. 그들이 그녀에게 “안녕하시오”라고 기계적으로 인사하고선 케니컷에게 투지에 찬 남자답게 말했다. “자자, 시작할까? 누군가를 완전히 작살 낼 듯한 예감이 드는군.” 아무도 그녀에게 같이 하자고 청하지 않았다. 좀 더 사근사근하지 못했으니 자신의 잘못이라고 그녀는 스스로를 타일렀다. 하지만 저 사람들이 샘 클라크 부인에게도 같이 치자는 말을 한 번도 한 적이 없다는 사실이 떠올랐다.

브레스나한이라면 청했을 텐데.

남자들이 식탁 위로 몸을 숙이자 그녀는 거실에 앉아 거실 저편의 남자들을 흘깃 쳐다보았다.

다들 셔츠 차림이었다. 담배를 피우고 껌을 씹으면서 끊임없이 침을 뱉었고, 잠시 소리가 너무 작아 무슨 말인지 알아듣지 못하게 목소리를 낮추더니 이어 걸걸한 목소리로 낄낄거렸다. 그러면서 게임에 늘 쓰는 용어를 계속해서 썼다. “세 장씩” “5달러 더” “자 돈을 걸어야지, 자네는 이게 뭐 점잔 빼는 다과회 줄 아나?” 사방에 담배 연기가 매캐했다. 입에 담배를 물고 있는 폼이 꽤 단호하여 남자들 얼굴에서는 입 부분에 아예 표정이 없었고 심각한 듯 아무 감정도 읽을 수 없었다. 남자들은 마치 비정하게 직위를 나누는 정치인들 같았다.

이런 사람들이 어떻게 나의 세계를 이해할 수 있겠어?

희미하고 은은한 그런 세계가 있기나 한가? 난 바보인가? 그녀는 자신의 세계를, 자기 자신을 의심하면서 연기에 찌든 매캐한 공기에 속이 울렁거렸다.

그녀는 습관이 지배하는 가정생활에 대해 다시 곰곰이 생각했다.

케니컷은 고립된 노인처럼 생활 패턴이 딱 정해져 있었다. 처음에는 사랑에 빠져서 스스로를 속이고 그녀가 상상력을 발휘할 수 있었던 실험적인 음식을 좋아했지만, 지금은 스테이크, 로스트비프, 삶은 돼지족발, 오트밀, 구운 사과 같은, 자신이 좋아하는 틀에 박힌 요리만을 먹으려 했다. 좀더 유연한 식성을 발휘하던 시기에 오렌지에서 자몽까지 먹어봤다고 자신을 미식가로 간주했다.

같이 지내던 첫 가을, 그녀는 사냥 외투에 집착하는 그에게 웃음이 났다. 지금은 가죽을 기운 희미한 노란색 바늘땀들이 툭툭 끊기고 천 조각은 너덜너덜해지고 들판의 먼지와 총을 닦으며 생긴 기름이 얼룩져서 거의 넝마 상태로 걸려 있었기에 그녀는 그것을 쳐다보기도 싫었다.

내 인생이 몽땅 저기 걸린 저 사냥 코트 같은 건 아닐까?

그녀는 1895년 케니컷의 어머니가 구입했던 자기 식기 세트의 그릇마다 나 있는 흠과 반점을 모두 알고 있었다. 흐릿한 금색이 둘리고 색 바랜 물망초 무늬가 새겨진 진중한 식기 세트였는데, 어울리지 않는 받침 접시에 담긴 그레이비 그릇, 엄숙한 복음주의자가 그려진 뚜껑 있는 채소 접시들, 두 개의 큰 접시 등이었다.

케니컷은 비가 중간 크기의 접시 하나를 깬 걸 두고 열두 번도 더 한숨을 쉬었다.

부엌.

눅눅한 검은 철제 개수통, 오랜 세월 문질러 닦아 솜털처럼 부드러워진, 색 바래고 끄트러기가 일어난 미색의 눅눅한 나무 식기 건조대, 휘어진 탁자, 자명종, 오스카리나가 용감하게 검은 칠을 했지만 헐거워진 문짝들과 부서진 통풍구로 흉물스러워진 난로, 그리고 골고루 데워지는 법이 없는 오븐.

캐럴은 부엌을 꾸미는 데 최선을 다했다. 흰색으로 칠하고 커튼을 달고 6년 된 달력을 컬러 인쇄된 것으로 바꾸었다. 타일을 깔고 여름철 조리할 때를 생각해서 등유 화덕이 있었으면 하고 바랐지만 케니컷은 항상 이런 데 돈 쓰기를 미루었다.

그녀에겐 부엌의 조리도구들이 바이더 셔윈이나 가이 폴록보다 더 친숙했다. 예전에 창문을 억지로 열려다 휘어져버린, 무른 회색 금속 손잡이의 병따개가 유럽의 그 어떤 교회보다 가까웠고, 일요일 저녁 식사에 나오는 찬 닭고기를 자를 때 도장 안 된 주방용 소형 칼이 더 나은지 그게 아니면 사슴뿔 손잡이 고기 칼이 더 나은지, 매주 등장하지만 결코 정답이 없는 이 문제가 아시아의 미래보다 더 중요했다.

II

그녀는 자정이 될 때까지도 남자들의 관심에서 벗어나 있었다. 그녀의 남편이 소리쳤다. "캐리, 먹을 것 좀 있지?" 그녀가 부엌으로 지나가자 남자들이 그녀에게 미소를 지었다. 음식 생각에 짓는 웃음이었다. 그녀가 크래커와 치즈, 청어, 맥주를 내는 동안 그녀에게 신경 쓰는 사람은 아무도 없었다. 그들은 앞서 두 시간 전에 데이브 다이어가 다른 카드를 받지 않겠다고 했던 심리가 정확히 뭐였는지 판단하고 있었다.

그들이 돌아가고 나서 그녀가 케니컷에게 말했다. "당신 친구들이 술집에서 하는 행동을 하는군요. 종업원처럼 내가 자기들을 시중들길 바라고 있어요. 팁을 줄 필요가 없으니 웨이터에게만큼도 내게 관심이 없네요. 유감스럽게도! 그럼, 잘 자요."

더운 날씨 탓을 하듯 아무것도 아닌 일로 그녀가 이렇게 바가지를 긁는 경우가 좀체 없었기 때문에 그는 화가 난다기보다 오히려 놀랐다. "이봐! 기다려! 무슨 말이야? 정말 이해가 안 되네. 내 친구들이—술집? 어, 퍼시 브레스나한은 세상에 오늘 여기 왔던 무리보다 더 훌륭하고 유쾌한 친구들은 없다고 하던데!"

그들은 아래층 거실에 서 있었다. 너무 놀랐기 때문에 그는 현관문을 잠그고 손목시계와 괘종시계의 태엽을 감는 자기 일을 계속해나갈 수가 없었다.

"브레스나한! 지긋지긋해요, 그 사람!" 특별한 뜻은 전혀 없었다.

“아니, 캐리, 그이는 이 지방에서 최고 거물 중 한 명이야! 보스턴 사람들은 그를 무척 좋아해!”

“정말 그럴까요? 보스턴의 교양 있는 사람들 사이에서 완전히 막돼먹은 사람으로 취급당하는지 우리가 어떻게 알아요? 여자를 ‘누이’라고 부르는 거 하며 또……”

“자, 이봐! 그만하면 됐어! 물론 당신이 진심이 아니란 걸 알아…… 그저 덥고 피곤해서 내게 성질부리려는 거잖아. 하지만 그래도 말이야, 퍼시를 비난하는 건 못 참겠어. 당신은…… 그게 꼭 전쟁에 대해 미국이 군국주의 국가가 되기라도 할까 봐 몹시 겁내는 당신의 태도와 똑같아……”

“그런데 당신은 완전한 애국자고요!”

“맙소사, 그래 애국자야!”

“그래요. 당신이 오늘 밤 소득세 탈세 방법에 대해 샘 클라크와 하는 얘기 들었어요!”

그는 문을 잠글 만큼 평정을 찾았고 그녀보다 먼저 쿵쾅거리며 2층으로 올라가면서 으르렁댔다. “지금 당신이 무슨 말을 하는지도 모르지. 난 정말이지 내 세금을 전액 낼 용의가 있어. 사실 난 세금에 찬성이야. 비록 그게 근검절약하는 상공인에 대한 벌이라고 생각하긴 하지만. 사실 불공평해. 빌어먹을 멍청한 세금 같으니. 하지만 그래도 난 낼 거야. 다만 정부가 내게 매긴 것보다 많이 낼 정도로 난 바보가 아니야. 그리고 샘과 나는 차량 유지에 들어가는 비용이 전부 공제되어야 하는 건 아닌지 따지고 있었어. 캐리, 나에 대한 불평은 덜어주려 해보겠지만 한순간이라도 내가 애국자가 아니라는 말에 참을 생각은 없어. 내가 여길 떠나 참전하려 했다는 건 당신이 너무나 잘 아는 사실이잖아. 전쟁이 시작될 때부터 난 말했어. 독일이 벨기에를 침공한 순간 우리가 전쟁에 뛰어들었어야 한다고 내내 말했다고. 당신은 날 전혀 모르는군. 남자가 하는 일은 전혀 인정할 줄을 몰라. 당신은 비정상적이야. 이런 바보 같은 소설이니 책이니 고상한 허섭스레기에는 그렇게 야단법석을 떨면서…… 당신은 따지는 게 좋은 거지!"

15분 뒤 그는 그녀를 '노이로제 환자'라고 부른 뒤 돌아누워 잠든 척했고 그제야 싸움이 끝났다.

처음으로 그들은 화해하지 못했다.

"세상에는 두 종류, 단 두 종류의 인간들이 있고 그들은 나란히 살아간다. 남자는 여자를 '노이로제 환자'라고 부르고 여자는 남자를 '바보'라고 부른다. 우린 결코 서로를 이해하지 못할 것이다. 결코. 그리고 우리가 논쟁하는 건—섬뜩하리만치 싫은 침실의 후끈한 침대 위에 함께 누워 있는 건—바보 같은 짓이다. 부부로 묶인 적들."

III

자기만의 공간에 대한 갈망이 그녀의 내면에서 명확해졌다.

"너무 더우니까 손님용 방에서 잘게요." 다음 날 그녀가 말했다.

"좋은 생각이야." 그의 어투는 유쾌하고 우호적이었다.

방 안에는 육중한 2인용 침대와 값싼 소나무 장롱이 들어차 있었다. 그녀는 침대를 다락방으로 옮기고, 낮에는 소파로 사용할 수 있는 데님을 씌운 간이침대로 대신했다. 화장대와 사라사 천을 씌워 탈바꿈시킨 흔들의자를 들여놓았고 마일스 비요른스탐에게 책장을 만들어달라고 했다.

케니컷은 그녀가 계속 혼자 지낼 생각이라는 걸 서서히 알게 되었다. "방을 완전히 바꾸게?" "당신 책을 전부 갖다 넣는 거야?"라고 묻는 말에서 그녀는 그의 낭패감을 포착했다. 하지만 일단 방문을 닫으면 그의 걱정을 쉽게 차단할 수 있었다. 그게 그녀의 마음을 아프게 했다. 그를 잊는 게 이리도 쉽다는 것이.

베시 스메일 외숙모가 이런 무질서 상태의 냄새를 맡고 잔소리를 늘어놓았다. "아니, 얘야, 혼자 자려는 건 아니지? 그건 좋은 생각이 아닌 것 같구나. 결혼한 부부라면 당연히 한방을 써야지! 어리석은 생각에 빠지지 않도록 해. 그러다가 어떤 일이 일어날지 몰라. 나도 가서 너희 외삼촌에게 내 방을 갖고 싶다고 말한다면 어떻게 될까!"

캐럴은 옥수수푸딩 레시피에 대해 이야기했다.

하지만 그녀는 웨스트레이크 박사 부인에게서 용기를 얻었다. 오후에 웨스트레이크 부인을 찾아갔다. 처음으로 2층으로 안내받아 올라간 그녀는 작은 침대가 있는, 마호가니 가구의 하얀 방에서 바느질하는 나이 든 우아한 부인을 발견했다.

"어머, 부인은 혼자 쓰는 멋진 방이 있고 박사님은 박사님 방이 따로 있는 건가요?" 캐럴이 넌지시 물었다.

"그래요! 남편 말로는 식사 때마다 내 성질을 참아야 하는 것만도 어지간히 힘들다는군요. 당신도……” 웨스트레이크 부인이 그녀를 예리한 눈빛으로 쳐다보았다. “아니, 당신은 이렇게 살지 않아요?”

“저도 그럴까 생각 중이었어요.” 캐럴이 겸연쩍게 웃었다. “그러면 제가 가끔씩 혼자 있고 싶어 한다고 아주 막 나가는 여자라고 생각진 않으시겠네요?”

“오, 여자는 다 혼자 떨어져 나와 자기만의 생각에 빠져보는 게 좋아요. 아이들과 신에 대해서 그리고 자신의 안색이 얼마나 나쁜지, 남자들이 어떤 식으로 진짜 자신을 이해 못 하는지, 집 안에 할 일이 얼마나 많은지, 남자의 사랑에 든 무언가를 참으려면 얼마나 큰 인내심이 필요한지에 대해서 말이에요.”

“맞아요!” 캐럴이 헉하고 놀라면서 두 손을 배배 꼬았다. 그녀는 베시 외숙모 같은 사람들에 대한 미움뿐만 아니라 가장 사랑하는 사람들을 향한 은밀한 짜증, 그리고 케니컷에 대한 소외감, 가이 폴록에 대한 실망, 바이더와 같이 있을 때의 불편한 마음을 털어놓고 싶었다. 그녀는 어지간히 자제하면서 이 정도로만 말했다. “그래요. 남자들! 사랑스러운 얼간이 영혼들, 우리는 떨어져 나와 그들을 비웃어야 해요.”

“정말 그래요. 케니컷 박사를 그렇게 비웃어야 한다는 게 아니라 우리 양반 말이에요. 세상에, 참 희한한 노인이라니까요! 진료를 보고 있어야 하는 시간에 소설을 읽고 있질 않나! ‘마커스 웨스트레이크’ 하고 부르고는 ‘당신은 낭만에 젖어 사는 바보 영감이에요’라고 말해주죠. 그러면 화를 내냐고요? 안 내요. 킬킬 웃으면서 ‘맞아, 여보, 결혼한 사람들은 서로 닮아간다

더군!'이라고 해요. 망할 영감!" 웨스트레이크 부인이 편하게 웃었다.

그런 폭로가 나온 터라 캐럴 역시 "케니컷은 어떻고요, 그인 낭만이 부족해요, 귀여운 사람"이라며 예의상 맞장구를 칠 수밖에 없었다. 그 집을 나올 때까지 그녀는 웨스트레이크 부인에게 이런저런 이야기를 재잘거렸다. 베시 외숙모에 대한 자신의 반감과 케니컷의 연 소득이 이제 5천 달러를 넘는다는 사실, 그리고 (레이미의 '따뜻한 마음씨'에 대해 건성으로 덧붙이는 칭찬까지 포함하여) 바이더가 레이미와 결혼한 이유에 대해 느낀 점과 도서관위원회에 대한 의견, 카설 부인의 당뇨병에 대해 케니컷이 말해줬던 정확한 내용, 트윈 시티의 일부 외과 의사에 대한 케니컷의 생각 등이었다.

그녀는 속내를 털어놓아서인지 마음이 홀가분해지고 새 친구를 찾았다는 사실에 힘을 얻어서 집으로 돌아갔다.

IV

웃기면서도 서글픈 '하녀 문제'.

오스카리나가 농장 일을 거들기 위해 집으로 돌아간 뒤, 캐럴은 띄엄띄엄 하녀들을 데리고 있었다. 하녀들의 공급 부족이 평원 마을의 가장 고통스러운 문제 중 하나였다. 갈수록 농부의 딸들은 마을의 따분함과 '하녀들'을 대하는 후아니타 같은 사람들의 변치 않는 태도를 받아들이지 못했다. 그들은 자유로우면서 심지어 일과가 끝나면 사람답게 지낼 수도 있는 도시의 부엌 혹은 가게나 공장으로 떠나갔다.

졸리 세븐틴은 캐럴이 충실한 오스카리나에게 버림받은 사실에 기뻐했다. 그들은 그녀에게 "난 하녀들과 문제없이 지내요. 오스카리나가 계속 남아 있는 것 보이죠"라고 하지 않았느냐고 기억을 상기시켰다.

노스 우즈에서 온 핀란드 하녀들, 평원 마을에서 온 독일인 하녀들, 가끔씩 스웨덴과 노르웨이와 아이슬란드 하녀들이 있다가 그만두면 공백기에 캐럴은 자기 일을 했고, 귀신처럼 나타난 베시 외숙모가 풀풀 날리는 먼지를 잡기 위해 빗자루를 적시는 방법, 도넛에 설탕을 묻히는 방법, 거위 속을 채우는 법을 말해주는 걸 참아냈다. 능숙하게 해내는 덕분에 멋쩍게 건네는 케니컷의 칭찬도 들었지만 두 어깨가 쑤시기 시작하면서 그녀는 지나온 세월 동안 수백만 여성이 끝도 없는 가사노동의 유치한 방식을 즐기는 척하며 얼마나 많이 스스로를 기만했던 걸까 하는 의문이 들었다.

그녀는 자신이 그럴듯한 삶의 기본이라고 여겨왔던, 한 명의 남편과 한 명의 아내가 꾸리는 독립된 가정의 편리성과 그에 따른 가정의 존엄성에 회의를 느꼈다.

그녀는 이런 회의가 나쁘다고 생각했다. 졸리 세븐틴에서 얼마나 많은 여성이 남편들에게 잔소리를 퍼붓고 그들의 남편들에게서 잔소리를 듣는지 떠올리지 않으려 했다.

그녀는 온 힘을 다해 케니컷에게 징징대지 않으려고 했다. 하지만 눈이 아팠다. 그녀는 5년 전 콜로라도 산중에서 모닥불에 요리하던, 반바지와 플란넬 셔츠 차림의 아가씨가 아니었다. 그녀의 소원은 9시에 잠자리에 드는 것이었다. 그녀를 점령한 가장 큰 감정은 휴를 챙기려고 6시 반에 일어나는 것에 대한 울분이었다. 침대에서 나오려니 그녀는 뒷목이 뻐근했다. 노동하는 삶의 소박한 기쁨 같은 건 믿고 싶지 않다는 냉소적인 기분이 들었다. 노동자와 노동자의 아내들이 친절한 고용주에게 고마워하지 않는 이유를 알 것 같았다.

아침나절 목과 허리의 통증이 잠시 사라졌을 때 그녀는 눈앞에 닥친 일이 반가웠다. 일하는 순간은 활기찼고 민첩했다. 하지만 예언자인 양 눈썹 허연 기자들이 매일 쓰는 일간 평론의 유려한 노동예찬론을 읽고 싶은 마음은 하나도 없었다. 그녀는 혼자 해낸다는 기분과 (비록 감추긴 했어도) 약간 뚱한 기분이 들었다.

집 청소를 하면서 그녀는 하녀의 방에 대해 곰곰이 생각해보았다. 경사진 지붕에 작은 창문이 나 있는 부엌 위의 거처는 여름에 후텁지근하고 겨울에는 몹시 추웠다. 그녀는 스스로를 이례적으로 훌륭한 안주인이라고 생각해오면서도 친구라고 여기는 비와 오스카리나를 돼지우리 같은 데서 지내게 했다는 걸 알았다. 그녀가 케니컷에게 불평했다. 두 사람이 부엌에서 요리조리 위쪽으로 연결된 위태위태한 계단 뒤에 섰을 때 "방이 뭐 어떻다고 그래?"라며 그가 툴툴거렸다. 그녀는 고리 모양의 누런 빗물 자국이 보이는, 회칠 안 된 경사 지붕의 널빤지와 평평하지 않은 마루, 간이침대, 숨이 푹 죽은 퀼트 이불, 부서진 흔들의자, 뒤틀린 거울을 들먹였다.

"뭐, 래디슨 호텔의 객실 같지는 않겠지만 이들이 자기네들

고향에서 괜찮게 생각하던 익숙한 것에 비하면 어딜 보나 훨씬 낫지. 좋은지 어떤지 알아보지도 못하는 데에다 돈을 쓰는 건 바보짓이야."

하지만 그날 밤 그가 뜻밖이면서 아주 반갑게 들리길 바라는 사람의 무심한 어투로 느릿느릿 이렇게 말했다. "캐리, 어떨지 모르겠지만 조만간 우리 집의 신축 문제를 생각해봐도 될 것 같아. 당신 생각은 어때?"

"아…… 아니……"

"이제 멋들어진 집을 지을 때가 온 것 같아! 이 동네에 진짜 집 같은 집을 보여줄 생각이야! 샘과 해리네보다 더 월등한 것으로! 사람들이 눈을 번쩍 뜨고 감탄하게 만들어야지!"

"그럼요." 그녀가 말했다.

그는 그 말만 했다.

그는 매일 새집에 대한 주제를 꺼냈지만 언제 어떤 식으로 지을지에 대해서는 정한 게 없었다. 처음에는 믿었다. 그녀는 격자창과 튤립 꽃밭이 있는 나지막한 석조 주택에 대해, 식민지 시대의 벽돌 벽에 대해, 녹색 덧문과 지붕 창이 있는 하얀 목재 구조의 작은 주택에 대해 재잘댔다. 열심히 말하는 그녀에게 그가 대꾸했다. "음, 그, 그렇지, 고려해볼 가치가 있겠어. 내 파이프 어디 뒀더라?" 그녀가 재차 말하자 그가 몸을 꼼지락대며 말했다. "글쎄, 당신이 말한 그런 유형의 집들은 이제 너무 흔한 것 같아."

알고 보니 그가 원하는 집은 정확히 샘 클라크의 것과 같은 집이었다. 나라 안 어느 마을에나 세 집 건너 하나쯤 있는 그런 신축 주택이었다. 말쑥한 미늘 벽판과 널따란 방충망을 단 포치, 깔끔한 잔디밭, 콘크리트 진입로가 있는 낮고 튼튼한 사각형의 노란색 집. 투표할 땐 같은 당 후보로 주르륵 찍고 한 달에 한 번 교회에 나가며 좋은 차를 모는 소매상인의 사고방식을 닮은 집이었다.

그가 인정했다. "음, 그래, 어쩌면 엄청 예술적이지는 않겠지만…… 사실, 그렇지만 내가 꼭 샘의 집 같은 걸 원하는 건 아냐. 샘의 집에 있는 저 웃기는 망루는 넣지 않을 테고, 근사한 크림색으로 칠하면 아마 더 멋있어 보일 거야. 샘의 집에 칠해진 저 노란색은 너무 현란해. 그리고 또 다른 종류로는 미늘 벽판 대신 목재 색깔을 낸 지붕널을 얹은 아주 멋지고 튼튼해 보이는 집인데, 미니애폴리스에서 그런 집을 몇 번 본 적이 있어. 내가 한 종류의 집만 좋아한다고 말한다면 당신은 완전히 잘못 알고 있는 거야!"

어느 날 저녁 캐럴이 졸리는 목소리로 장미 정원이 있는 작은 주택에 대한 옹호론을 펼치고 있을 때 위티어 외삼촌과 베시 외숙모가 찾아왔다.

"외숙모님은 집안일에 경험이 많으시니까," 케니컷이 지원 요청을 했다. "네모반듯한 멋진 집을 짓고, 건축양식이나 하찮은 온갖 장식보다 근사한 난로를 들이는 문제에 더 신경 쓰는 게 합리적이라고 생각지 않으세요?"

베시 외숙모가 입술을 고무 밴드처럼 이리저리 씰룩였다. "그럼! 캐리, 너처럼 젊은 사람들이 어떤 생각인지 알고 있다. 너희 젊은 사람들은 망루다 내닫이창이다 피아노다 뭐다 하는 그런 온갖 걸 원하지만, 사실 장롱과 좋은 난로, 편하게 빨래를 널 수 있는 공간이면 됐지, 딴 게 뭐가 중요하니."

위티어 외삼촌이 침을 약간씩 흘리며 자신의 얼굴을 캐럴의 얼굴에 가까이 대더니 잽싸게 말을 늘어놓았다. "물론 아니지! 사람들이 너희들 집 외관을 어떻게 생각하든 무슨 상관이냐? 중요한 건 들어가서 사는 집 내부야. 내 알 바 아니다만 이 말은 해야겠구나. 감자보다 케이크를 먹겠다는 너희 젊은 사람들 때문에 속이 뒤집히는구나."

그녀는 방에 도착하자 급기야 분노가 솟구쳤다. 아래층, 무서우리만치 가까이에서 빗자루가 휘익 하고 허공을 가르는 듯한 베시 외숙모의 목소리와 대걸레로 두드리는 듯한 위티어 외삼촌의 투덜거림이 들려왔다. 그녀는 두 사람이 자기들 의견을 억지로 밀어붙일까 봐 두려웠고 그다음엔 베시 외숙모에 대한 고퍼 프레리식의 도리에 굴복해서 아래층으로 내려가 '싹싹하게' 굴 일이 무서웠다. 각자의 거실에 앉아 점잔 빼는 눈길로 바라보며 기다리는, 요구 많고 완고한 주민들 모두가 표준화된 행위를 하라고 파상적으로 요구하는 기분이 들었다. 그녀가 으르렁거렸다. "오 좋아, 내려가겠어!" 그녀가 코에 분을 바르고 목깃을 바로잡은 뒤 냉정한 태도로 계단을 성큼성큼 내려갔다. 세 명의 손윗사람은 그녀를 본체만체했다. 그들은 새집에 관한 이야기는 관두고 이런저런 화제로 유쾌하게 떠들고 있었다. 베시 외숙모가 마치 마른 토스트 빵을 씹는 듯한 어조로 말하고 있었다.

"스토바디 씨가 우리 가게의 빗물관을 즉시 고쳐줘야 할 것 같아. 내가 화요일 아침 10시가 되기 전에 찾아갔는데, 아니 10시 조금 지나서였지, 어쨌든 12시가 되려면 아직 한참 멀었을 때였어. 스테이크 고기를 사려고 은행에서 정육점으로 바로 갔기 때문에 내가 알아. 참내! 터무니없지 뭐야, 올슨&맥과이어에서 고깃값으로 달라는 금액이 말이야. 좋은 부위를 줬냐 하면 그것도 아냐, 그냥 되는 대로 줬어. 그래도 그걸 샀지. 그러고는 보가트 부인 댁에 들러 류머티즘이 어떠냐고 물어봤어……"

캐럴은 위티어 외삼촌을 보고 있었다. 뻣뻣한 표정에서 그가 아내 말을 듣고 있는 게 아니라 자기 생각을 좇고 있다는 걸 알았다. 그러다가 아내의 말을 불쑥 자를 거라는 감이 왔다. 그가 말했다.

"윌, 이 코트와 조끼에 맞춰 입을 여벌 바지를 어디서 구할 수 있을까? 너무 비싼 건 싫고."

"글쎄요, 냇 힉스가 만들 수 있을 겁니다. 하지만 저라면 아이크 리프킨 가게로 가겠습니다. 본톤보다 싸거든요."

"흠. 이제 진료실에 새 스토브는 들인 거냐?"

"아니요. 샘 클라크 가게에서 몇 개 눈여겨보긴 했는데……"

"음, 하나 들여야 해. 여름 내내 미루는 건 좋지 않아. 그러다가 가을에 추워지면 골치 아파져."

캐럴이 그들에게 미소를 띠며 싹싹하게 말했다. "자러 올라가 봐도 될까요? 오늘 2층을 청소했더니 조금 피곤하네요."

그녀가 물러났다. 그들은 분명 자신에 대해 부당하게 험담하면서 그럭저럭 넘어갈 것이다. 잠들지 않고 누워 있는데 마침내 삐걱대는 침대 소리가 그녀의 귀에 어렴풋이 들려왔다. 케니컷이 자러 올라왔다는 뜻일 터였다. 그러고 나니 그녀는 안심이 되었다.

아침 식사 시간에 스메일 부부의 이야기를 꺼낸 것은 케니컷이었다. 아무 맥락도 없이 그가 말했다. "외삼촌이 좀 투박하긴 해도 한편으로는 꽤 현명한 노인이셔. 분명 가게에 수익이 나고 있을 거야."

캐럴이 미소를 짓자, 케니컷은 그녀가 예전의 상태로 돌아온 것이 반가웠다. "외삼촌 말씀으로는, 가장 중요한 건 집 내부를 우선 괜찮게 만들어놓는 것이고, 바깥에서 들여다보는 이들은, 제기랄 신경 쓸 것 없댔어!"

새로 짓는 집은 샘 클라크 파의 착실한 본보기가 될 모양이었다.

케니컷은 집이 오로지 그녀와 아이를 위한 것이라는 점을 강조했다. 그는 그녀의 드레스가 들어갈 벽장과 '쾌적한 재봉실'에 대해 말했다. 하지만 오래된 장부에서 찢어낸 한 면 위에(그는 종이 한 장, 노끈 하나 버리는 법이 없었다) 차고의 도면을 그리더니 재봉실에 신경을 써야 하는데 시멘트 바닥과 작업대, 연료 탱크에 더 신경을 쏟았다.

그녀는 몸을 뒤로 젖혀 앉으며 걱정이 되었다.

지금 살고 있는 서식처에는 몇몇 기묘한 구석이 있었다. 현관 바닥에서 식당까지 차이가 나는 높낮이, 독창성 넘치는 헛간, 질척한 마당의 라일락 덤불. 하지만 새집은 평평하고 획일적이며 단단할 것이다. 이제 케니컷도 마흔이 넘었고 자리를 잡았으니 아마 이번이 그가 집을 짓는 마지막 모험이 될 것이다. 현재의 피난처에 머무르는 동안에는 변화의 가능성이 항상 열려 있지만, 일단 새집에 살면 자기는 거기서 여생을 몽땅 보낼 것이다. 거기서 생을 마감할 것이다. 그녀는 기적 같은 가능성을 바라며 새집의 건축을 필사적으로 늦추고 싶었다. 케니컷이 특허 받은 여닫이 차고 문에 대해 신나게 떠드는 동안 그녀는 감옥의 스윙도어를 떠올렸다.

그녀는 한 번도 먼저 나서서 신축 얘기를 꺼내지 않았다. 기분이 상한 케니컷은 도면 그리기를 중단했고 열흘이 지나자 새집은 잊혀버렸다.

V

결혼하고서부터 해마다 캐럴은 동부 여행을 갈망했다. 케니컷은 매년 전미의학협회 총회 참석에 대해 말했었다. "학회가 끝나고 나면 동부로 멋진 여행을 할 수도 있어. 내가 뉴욕은 완전히 꿰고 있지. 거기서 일주일가량 묵었으니. 하지만 뉴잉글랜드와 역사 유적지를 몽땅 둘러보면서 해산물도 좀 먹고 싶군." 그는 2월부터 5월까지 그 얘길 하다가 5월이면 어김없이 출산일이 가까운 산모들 혹은 토지 거래 때문에 "올해는 집을 오랫동안 비우고 멀리 떠나기가 힘들어서…… 제대로 여행할 수 있을 때까지는 가는 게 의미가 없겠어"라고 결론지어버렸다.

설거지에 지쳐 그녀는 더 떠나고 싶어졌다. 그녀는 에머슨이 살던 집을 보고 하얀 파도가 부서지는 비취색 바닷가에서 수영하고 산책용 긴 스커트에 여름 모피를 입고 귀족풍의 이방인을 만나는 자신의 모습을 상상했다. 봄에 케니컷이 애처롭게 자진해서 말을 꺼냈다. "올여름 긴 여행을 멋지게 다녀오고 싶을 테지. 그런데 굴드와 맥이 없는 상황에서 수많은 환자가 나에게 의지하고 있으니 여행을 갈 수 있겠나 싶어. 제길, 당신에게 여행도 못 시켜주는 내가 구두쇠처럼 느껴지는군." 브레스나한에게서 싱숭생숭한 여행과 쾌락의 맛을 본 터라 심란했던 7월 내내 그녀는 떠나고 싶었지만 아무 말 하지 않았다. 두 사람은 트윈 시티로의 여행을 들먹거린 뒤 여행을 미루었다. 대단한 우스개를 던지는 듯 "당신 놔두고 애랑 나랑 케이프 코드로 불쑥 떠날까 봐요!"라고 그녀가 슬쩍 내비쳤을 때 그의 반응은 겨우 이거였다. "저런, 잘 모르겠지만 내년에 우리가 여행을 가지 못하면 애와 당신은 그래야 하지 않을까."

7월이 끝나갈 즈음 그가 제안했다. "저, 조랄몬에서 비버 공제조합 대회가 있어. 거리 축제랑 온갖 걸 하거든. 내일 떠나도 되겠어. 업무 관련하여 칼리브리 박사를 만나고 싶기도 하고. 하루 꼬박 있을 거야. 여행 못 간 데 대한 보상이 좀 되지 않을까 싶어. 괜찮은 친구야, 칼리브리 박사 말이야."

조랄몬은 고퍼 프레리와 비슷한 크기의 초원지대 마을이었다.

자동차는 고장이 났고 이른 시간에 다니는 여객 열차는 하나도 없었다. 두 사람은 화물열차로 내려갔다. 베시 외숙모에게 휴를 맡기는 문제로 신중한 논의가 오간 뒤였다. 캐럴은 예상치 못한 이 여행에 마냥 신이 났다. 휴를 낳고 나서 생긴 일

중 브레스나한을 본 것을 제외하면 처음 맛보는 색다른 경험이었다. 그들은 기차 맨 끝에 달린, 내내 덜컥대는 조그만 빨간색 둥근 지붕의 제동수 칸에 탔다. 거긴 측면을 따라 검은 방수포를 씌운 좌석이 붙어 있고, 경첩 달린 소나무 판자를 벽에서 내려서 책상으로 쓰는, 이동식 임시 거처이자 땅 위를 다니는 범선의 객실이었다. 케니컷은 차장 그리고 두 명의 제동수와 카드 게임을 했다. 캐럴은 제동수들이 목에 두른 실크 스카프가 마음에 들었다. 자신을 반기는 모습과 자유로우면서 호의적인 태도도 좋았다. 옆에서 땀을 흘리며 밀어붙이는 승객이 하나도 없었기 때문에 그녀는 천천히 달리는 기차 안에서 마음껏 즐겼다. 어느 순간 호수와 황갈색 들판의 일부가 되어 있었다. 그녀는 뜨거운 대지와 깨끗한 기름 냄새가 좋았고, 칙칙폭폭 조를 맞춰 달리는 바퀴들이 태양 아래 유유자적 노래를 불렀다.

그녀는 지금 로키산맥으로 가는 중이라고 상상했다. 조랄몬에 도착했을 때 그녀는 휴가를 만끽하며 환한 미소를 지었다.

그녀의 흥분은 그들이 방금 고퍼 프레리에서 떠나온 것과 똑같이 생긴 붉은색 구조의 기차역에 멈추자 순식간에 줄어들기 시작했다. 케니컷은 하품을 하면서 말했다. "제시간에 왔군. 칼리브리네의 오찬에 딱 맞추었어. 우리가 올 거라고 고퍼 프레리에서 전화해뒀어. '12시 이전에 도착하는 화물열차를 탈 겁니다'라고 했거든. 역에서 우리를 만나 집으로 바로 데려가 식사를 하겠다고 하더군. 칼리브리는 좋은 사람이야. 그의 아내를 보면 대단히 똑똑한 여성이란 걸 알게 될 거야. 무척 명석하지. 이런, 저기 와 있군."

칼리브리 박사는 땅딸막하고, 말끔히 면도한 얼굴에 성실해 보이는 마흔 살의 남자였다. 자동차 앞유리 같은 안경을 쓰고 있는 모습이 희한하게 꼭 그의 갈색 자동차 같았다. "아내를 소개하지요. 캐리, 칼리브리 박사와 인사해." 케니컷이 말했다. 칼리브리는 말없이 몸을 숙이고 그녀의 손을 잡았지만, 악수를 채 끝내기도 전에 케니컷에게로 관심을 집중했다. "반갑습니다, 박사님. 잊기 전에 물어볼 게 있어요. 안구돌출성 갑상선종 환자에게 해주었던 치료 말입니다, 와키니언의 보헤미안 여자요."

자동차 앞좌석에 앉은 두 남자는 갑상선종에 대해 이야기하며 그녀를 전혀 신경 쓰지 않았다. 그녀도 그 사실을 눈치채지 못했다. 낯선 주택들을 쳐다보며 신기한 모험에 대한 환상을 충족시키고 있었기 때문이다. 칙칙한 작은 주택들, 인조 석재로 지은 단층집들, 말쑥한 미늘 벽판과 널따란 방충망을 단 포치와 깔끔한 잔디밭이 있는 낮고 튼튼한 사각형의 페인트칠이 된 집들이었다.

칼리브리가 통통한 몸집의 자기 아내에게 그녀를 안내했다. 그녀는 캐럴을 '자기'라고 부르며 덥냐고 묻더니 티 나게 대화거리를 찾다가 말을 꺼냈다. "그러니까, 박사님과의 사이에 애가 하나죠?" 정찬에 칼리브리 부인이 콘드비프와 양배추를 내왔는데, 그녀에게서 김이 나는 듯했고 마치 김 서린 양배추 잎사귀처럼 보였다. 남자들은 아내들을 잊은 채, 사교 단계로 들어가는 암호인 날씨, 작물, 자동차에 대한 일반적인 생각을 꺼내놓더니 격의를 벗어던지고 흥미진진한 진료실 이야기로 선회했다. 턱을 어루만지며 박식함의 황홀감에 빠져 느릿느릿 말을 이어가던 케니컷이 물었다. "음, 그러니까 출산 전 다리 통증을 치료하기 위해 갑상선에 했던 처치에 어떤 성과가 있었습니까?"

캐럴은 남자들끼리의 대화에 끼기에 자신을 너무 무지하다고 가정하는 그들에게 분노하지 않았다. 그녀는 그런 상황에 익숙했다. 하지만 양배추 이야기에다 "하녀 구하기가 이렇게 어려워서 앞으로 어떻게 될지 모르겠네요"라며 단조로운 목소리로 늘어놓는 칼리브리 부인의 푸념에 졸음이 쏟아져 눈꺼풀이 내려앉았다. 그녀가 잠을 쫓아내려고 칼리브리 박사에게 지나치게 활기찬 목소리로 이렇게 물었다. "박사님, 미네소타의 의료계가 모유 수유 중인 어머니들을 돕기 위한 법안을 지지한 적이 있나요?"

칼리브리가 그녀를 향해 서서히 몸을 돌렸다. "어…… 전, 한 번도…… 어…… 한 번도 검토해본 적이 없습니다. 정치에 얽히는 걸 그다지 좋게 생각하지 않거든요." 그가 그녀로부터 단호하게 몸을 돌리더니 케니컷을 열렬히 쳐다보며 말을 이었다. "박사님, 일측성 신우신염을 다뤄본 적이 있으십니까? 볼티모어의 벅번은 신피막박리술이나 신장절개술을 지지하지만 제가 보기에는……"

2시가 되어서야 그들은 자리에서 일어났다. 냉정하고 성숙한 세 사람 뒤에서, 캐럴이 비버스연합공제조합의 연례 성찬식에 세속적인 흥겨움을 얹어주는 거리 축제의 장으로 향했다. 사방에 비버들, 인간 비버들이었다. 회색 정장에 품위 있는 중산모를 쓴 32등급 비버들, 굵은 아마포로 만든 여름용 겉옷에 밀짚 모자를 쓴 좀 경망스러운 비버들, 셔츠 차림에 느슨해진 멜빵을 건 시골뜨기 비버들이 있었지만, 계급을 표시하는 옷차림이야 어떠하든 모든 비버는 "형제기사단, 비버스연합공제조합 주州 연례총회"라는 은색 글씨가 박힌 연한 주황색의 커다란 리본으로 정체를 표시하고 있었다. 아내들은 어머니풍의 블라우스를 입고 있었는데 그 위에는 "서 나이츠 레이디"*라는 배지가 붙어 있었다. 덜루스 대표단은 자기네들의 유명한 비버 아마추어 밴드를 데려왔다. 단원들은 녹색 벨벳 상의와 청색 바지, 진홍색 페즈 모자의 주아브** 복장이었다. 이상한 것은 진홍색 자부심 아래로 보이는 주아브 병사들의 얼굴이 붉은 혈색의 매끄러운 얼굴에 안경을 걸친 미국 사업가들의 얼굴 그대로라는 점이었다. 그들이 메인 스트리트와 2번가의 모퉁이에 원형으로 서서 연주할 때, 파이프 피리를 불거나 볼을 불룩하게 만들어 코넷을 불 때 그들의 눈은 여전히 진지하여 마치 "오늘은 바쁜 날입니다"라는 팻말을 붙여놓고 책상에 앉아 있는 듯했다.

캐럴은 비버들이 값싼 생명보험을 들거나 한 주 걸러 수요일마다 휴게실에서 포커 게임을 할 목적으로 조직된 일반 시민이라고 생각했지만, 다음과 같이 주장하는 커다란 포스터가 눈에 들어왔다.

---

* Sir Knight's Lady. 비버스 회원의 아내라는 표식.

** Zouave. 19세기의 프랑스 보병. 현란한 색상의 군복을 입었다.

비버스
비버스연합공제조합

이 나라의 훌륭한 시민정신을 위한 가장 위대한 영향력. 혈기 왕성하고 자비로우며 기운찬 이 세상의 호탕한 남자들이 모인 아주 유쾌한 조직.

조랄몬은 두 팔 벌려 여러분을 환영합니다.

케니컷이 포스터를 읽더니 칼리브리에게 "비버스는 강한 지부군요. 가입해본 적이 없어요. 어쩌면 가입하게 될지도 모르겠군요"라며 찬사를 보냈다.

칼리브리가 대략 설명했다. "좋은 사람들입니다. 상당히 힘 있는 지부예요. 저기 스네어드럼을 치고 있는 저 사람 보이시죠? 덜루스에서 가장 성업 중인 식료품 도매업자라고 그러더군요. 가입해볼 만할 겁니다. 아, 박사님은 보험 조사를 많이 하십니까?"

그들은 거리의 축제 현장으로 계속 걸어갔다.

메인 스트리트 구역을 따라 '인기 있는 가판대들'이 늘어서 있었다. 두 개의 핫도그 판매대, 레모네이드와 팝콘 판매대, 회전목마, 헝겊 인형에 공을 던지고 싶은 사람을 위한 헝겊인형 공 던지기 부스 등이었다. 점잖은 대표들은 그런 부스에 들어가길 꺼렸지만, 벽돌색 목에 하늘색 넥타이를 두르고 짙은 노란색 구두를 신은 시골 남자애들은, 먼지가 좀 묻고 기우뚱한 포드 자동차로 애인들을 태우고 와서는 샌드위치를 게걸스럽게 먹고 딸기 탄산수를 병째 들이켜면서 빨갛고 노란 목마를 타고 빙글빙글 돌고 있었다. 그들은 큰 소리를 지르며 낄낄거렸다. 땅콩 볶는 기계가 쉭쉭 소리를 냈다. 회전목마에서는 단조로운 음악이 반복적으로 쿵쿵 울렸다. 호객하는 사람들이 고함을 질렀다. "기횝니다. 기회예요. 어서 와요, 젊은이. 자, 이리로, 연인을 즐겁게 해주세요. 멋진 시간을 만들어줘 봐요. 단돈 5센트에, 10센트의 반으로, 1달러의 20분의 1로 순금 시계를 가질 기회라고요!" 평원의 태양 광선이 그늘 없는 거리 위로 독가시처럼 훅 내리꽂혔다. 벽돌 건물 가게들 윗부분의 주석 돌림띠들이 번쩍거렸다. 후텁지근한 미풍이 땀에 젖은 비버들 위로 먼지를 날렸다. 비버들은 타는 듯 조이는 새 신발을 신고 느릿느릿 두 구역을 올라갔다가 내려오고 다시 올라갔다가 내려오기를 반복하면서 다음엔 뭘 할까 궁리하며 시간을 즐겁게 보내려 애썼다.

웃지 않는 칼리브리 부부를 따라 부스들이 있는 구역을 천천히 걷자니 캐럴은 머리가 아파왔다. 그녀가 새된 목소리로 케니컷에게 재잘거렸다. "화끈하게 놀아요! 회전목마를 타고서 금반지를 잡자고요!"

케니컷은 생각해보더니 칼리브리에게 웅얼거렸다. "두 분, 그만 걷고 회전목마 타는 게 어떨까요?"

칼리브리가 생각해보더니 자기 아내에게 웅얼거렸다. "당신, 그만 걷고 회전목마 타는 것 어때?"

칼리브리 부인이 지친 표정으로 미소를 지으며 탄식하듯 말했다. "아, 아뇨. 전 그다지 내키지 않지만, 다들 가서 타세요."

칼리브리가 케니컷에게 말했다. "아니, 우리는 그렇게 내키지 않는데, 두 분은 가서 타도록 하세요."

케니컷이 화끈하게 노는 문제에 반대하는 입장을 이렇게 정리했다. "다른 기회에 타도록 하지, 캐리."

그녀는 포기했다. 그녀가 마을을 바라보았다. 고퍼 프레리의 메인 스트리트에서 조랄몬의 메인 스트리트까지의 모험에 자신이 조금도 감동하지 않았다는 걸 알았다. 차양 위에 지부 회원 표시가 박혀 있는 똑같은 2층 건물 식료품점들이 있고, 똑같은 단층 목조건물 군복 상점, 똑같은 내화벽돌 건물 주유소들, 널찍한 거리가 끝나면서 펼쳐지는 똑같은 대평원, 그리고 핫도그 샌드위치를 먹는 재미가 혹시 자신들의 금기를 깨는 행동은 아닐까 의아해하는 똑같은 주민들이 있었다.

그들은 밤 9시에 고퍼 프레리에 도착했다.

"더워 보여." 케니컷이 말했다.

"네."

"조랄몬은 진취적인 마을 같아, 안 그래?"

그녀는 참을 수 없었다. "아뇨! 거긴 쓰레기장 같아요."

"왜 그래, 캐리!"

그는 일주일 내내 그 말을 고민했다. 베이컨 조각을 찾아 열심히 나이프로 접시를 긁으면서도 그는 그녀를 슬쩍슬쩍 곁눈질했다.

25장

I

“캐리는 괜찮아. 신경이 예민한 상태지만 극복할 거야. 하지만 좀 빨리 그래주면 좋겠는데. 아내는, 이런 작은 마을에서 의료직에 몸담은 사람이라면 교양이니 하는 허튼 것들에 관심을 끊어야 하고, 콘서트에 가거나 구두에 광을 내는 데 꼬박 매달리지 않아야 한다는 사실을 이해하질 못해. (만약 그럴 시간이 있었다면 내가 온갖 지성적이고 예술적인 것에 대해 다른 사람들만큼 조예가 깊었을 거라는 뜻은 아냐!)” 여름 오후가 저물어갈 무렵, 한가한 시간을 맞은 윌 케니컷 박사는 진료실에서 곰곰이 생각에 잠겼다. 기울어진 책상 의자에 등을 구부리고 앉아 셔츠 단추를 풀고서 『미국의학협회지』 뒷면에 실린 주州 동향을 대충 훑어본 다음 뒤로 기대어 오른손 엄지는 조끼 암홀에 찔러 넣고 왼손 엄지로는 뒷머리를 쓰다듬었다.

“허 참, 그렇지만 캐리가 크나큰 실수를 하고 있어. 내가 휴게실에서 빈둥대는 신사가 아니라는 건 알겠지. 아내는 우리가 ‘자기를 바꾸려’ 한다고 말해. 글쎄, 아내야말로 호시탐탐 날 바꾸려 하는걸. 흠잡을 데 없이 훌륭한 의사에서 사회주의자처럼 스카프를 맨 망할 시인으로 말이야! 윌이 틈을 줬을 경우 얼마나 많은 여자가 친애하는 윌의 옆을 기꺼이 파고들어 그에게 위안을 주고 싶어 하는지 알면 기절해버릴 거야. 나이 든 남자가 매력적이지 않은 건 아니라고 생각하는 숙녀들이 아직 꽤 있다고! 다행히 결혼한 후로는 여자들과 노닥거리는 짓은 피해왔지만…… 때때로 삶을 있는 그대로 받아들일 만큼 분별 있는 여자에게 환심을 사고픈 마음이 들지 않는다면 말이 안 되지. 롱펠로 같은 얘기만 하려 하지 않고, 그저 내 손을 잡고 '당신 지쳐 보이네요. 편히 있어요. 말은 안 해도 돼요'라고 말해주는 그런 여자 말이야.

캐리는 자기가 사람들을 분석하는 데 전문가라고 생각해. 마을을 한번 쓱 훑어보고선 어디가 잘못되었는지 말하잖아. 아니, 머리 비상한 사내가 아내에게 충실하지 않으면 이 도시에서 어떤 좋은 시절을 보낼 수도 있는지 캐리가 만약 알게 된다면 기겁할 거야. 하지만 난 충실해. 그러나저러나 캐리에게 어떤 결점이 있다 해도 여기서, 아니 미니애폴리스에도, 캐리만큼 예쁘고 반듯하고 똑똑한 여자는 없어. 캐리는 예술가나 작가나 뭐 그런 부류가 돼야 했어. 하지만 일단 큰맘 먹고 여기서 살기로 했으면 이곳의 규칙을 따라야지. 예뻐…… 그럼, 말이라고. 하지만 쌀쌀맞아. 그야말로 정열이 뭔지 몰라. 혈기왕성한 남자가 그저 참는 상태로 계속 만족하는 척하는 게 얼마나 힘든 일인지 전혀 감도 못 잡지. 내가 정상이라는 이유로 나 자신을 범죄자처럼 느껴야 한다는 게 몹시 속상하군. 그녀는 이제 내가 키스하는 것도 좋아하질 않아. 참나……

참을 수 있을 거야. 혼자 힘으로 학교를 마치고 병원도 열었는데. 하지만 언제까지 내가 내 집에서 이방인 취급을 받으며 사는 걸 견딜 수 있을지 의문이군."

데이브 다이어 부인이 들어오자 그가 일어섰다. 그녀는 의자에 털썩 앉으며 더워서 입을 떡 벌렸다. 그가 허허 웃었다. “이런, 이런, 모드, 잘 왔어요. 기부자 명부는 어디 있어요? 이번엔 또 무슨 일로 내 돈을 뜯어 갈 생각이신가?”

“기부자 명부 같은 건 없어요, 윌. 의사와 환자로 당신과 얘기하고 싶어요.”

“크리스천 사이언스 교도인 당신이? 이제 안 믿기로 했소? 다음은 뭐죠? 신사고* 아니면 심령론?”

“아니, 안 믿기로 한 거 아니에요!”

“당신이 의사를 찾는 건 교리를 어기는 것 같은데요!”

“아니에요. 나의 믿음이 아직은 충분히 단단하지 않은 것뿐이에요. 그거예요! 그런데 윌, 당신은 위안이 돼요. 내 말은 의사가 아니라 남자로서 말이에요. 무척 강하고 차분해요.”

그는 책상 모서리에 걸터앉아 있었다. 셔츠 차림에 조끼 단추는 끌러진 채 두꺼운 시곗줄이 앞섶을 가로지르고 있었고, 굵은 팔을 구부려 두 손을 바지 주머니에 편안하게 찌른 자세였다. 그녀가 아양을 떨며 말하자 그가 관심을 보이며 눈을 살짝 치켜떴다. 모드 다이어는 신경질적이고, 모든 걸 종교 중심으로 이해했으며, 쇠약해져 있었다. 금방이라도 눈물을 흘릴 듯 울적한 표정이었고 균형이 어그러진 몸매였는데, 멋진 허벅지와 팔에, 발목은 두꺼웠고 몸은 불룩하지 않아야 할 데가 불룩했다. 하지만 우윳빛 피부는 아름다웠고 눈빛이 살아 있었으

* 신사고(New Thought)는 19세기 미국의 최면술사인 피니어스 큄비(Phineas Quimby, 1802~1866)의 가르침에서 시작된 치료 운동. 질병은 마음의 문제이며 ‘올바른 생각’으로 병이 치유될 수 있다고 믿었다.

며 밤색 머리카락은 윤기가 흐르면서 귀에서 턱 아래 그늘진 곳까지 부드러운 곡선을 이루었다.

평소와 달리 주의를 기울이며 그가 판에 박힌 질문을 했다. "음, 어디가 문제인 것 같소, 모드?"

"늘 허리가 몹시 아파요. 당신이 치료했던 기질적인 질환이 도지는 것 같아요."

"뚜렷한 증상이라도?"

"아뇨, 하지만 당신이 좀 살펴봐야겠어요."

"아니, 그럴 필요는 없을 것 같아요, 모드. 사실 오랜 친구 사이니까 하는 말인데, 당신의 병은 대부분 상상에서 오는 질환 같아요. 검사를 받으라고 권할 건 아닌 것 같소."

그녀가 얼굴을 붉히며 창밖을 쳐다보았다. 그는 자신의 목소리가 차분하면서 고르지 않은 건 아닌지 신경이 쓰였다.

그녀가 얼른 몸을 틀며 말했다. "윌, 당신은 항상 내 병이 상상이라고 말하죠. 좀 과학적일 수 없어요? 새로운 신경전문가들에 대한 소논문을 읽어봤는데, '상상적인' 질환 중 많은 경우가, 네, 그리고 실제 통증이 있는 경우도 역시 정신신경증이라며 이들은 생활방식을 바꾸라고 처방하더군요. 그러면 여성의 삶을 더 높은 차원으로 나아가게 한다고……"

"잠깐! 잠깐! 워워! 멈춰봐요! 당신의 크리스천 사이언스랑 당신이 생각하는 신경증을 뒤섞지 말아요! 두 유행은 완전히 별개입니다! 다음번엔 사회주의와 뒤섞겠어요! '정신신경증'에 대한 당신의 생각은 캐리만큼 어처구니가 없어요. 아니, 나 참, 모드, 나도 신경증이니 정신병이니 억압이니 콤플렉스니 하는 질환에 대해 그 어떤 전문의만큼이나 잘 진단할 수 있어요. 상담료만 받을 수 있다면, 도시에 병원이 있는 개업의들처럼 배짱 좋게 상담료를 청구할 수 있다면 말이오. 만약 전문의가 당신에게 상담료로 1백 달러의 바가지를 씌우면서 데이브의 잔소리를 피해 뉴욕으로 가라고 한다면 그렇게 하겠지요, 1백 달러를 헛돈 썼다고 생각하지 않으려고요! 하지만 당신은 날 알잖소, 난 당신의 이웃이오. 내가 잔디 깎는 모습까지 보잖소. 당신은 날 그냥 평범한 일반 의사로 볼 테지요. 내가 만약 '뉴욕으로 가요'라고 한다면 데이브와 당신은 고개를 젖히고 웃으면서 이러겠지. '윌이 무게 잡는 것 좀 보게. 자기가 뭐라도 되는 줄 아나 봐.'

사실 당신 말이 맞아요. 당신은 완벽하게 진행된 성 본능 억압 사례요. 그게 당신 몸에 문제를 일으키고 있어요. 당신에게 필요한 건 데이브에게서 벗어나 여행을 떠나는 거요, 맞아요, 그리고 신사고니 바하이교니 힌두교니 하는, 당신이 찾아다닐 수 있는 별의별 온갖 예배 모임에 가는 겁니다. 당신만큼 나도 알아요. 하지만 그런 걸 어떻게 조언합니까? 데이브가 여기 와서 날 혼쭐낼 텐데요. 난 기꺼이 가족 주치의도 되고 신부, 변호사, 배관공, 유모까지도 되겠지만 거기서 끝이에요. 데이브에게 돈을 쓰게 하는 일은 못 해요. 힘든 직업이에요, 이런 날씨에는! 그러니 알겠소? 이 더위가 계속되다 보면 비가 내릴 거라 믿어요."

"하지만, 윌, 데이브는 내 부탁은 절대 들어주질 않아요. 절대 못 떠나게 할걸요. 데이브가 어떤 사람인지 알잖아요. 밖에 나가면 너무나 쾌활하고 개방적이죠. 그리고 아유, 홀짝 게임에 죽고 못 살면서 질 때는 또 어찌나 멋지게 져주는지! 하지만 집에서는 5센트짜리 동전 뒷면의 버펄로가 피가 나도록 동전을 꼭 붙들고 있어요. 한 푼 한 푼 얻어낼 때마다 난 그 사람을 들들 볶아야 해요."

"물론, 알지만 이건 당신의 싸움이잖아요. 계속 요구해요. 내가 끼어들면 데이브는 바로 열받을 거요."

그가 건너가서 그녀의 어깨를 다독였다. 창밖 먼지와 미루나무 털로 흐릿한 방충망 너머로 메인 스트리트가 입을 다물고 있고, 서 있는 자동차의 숨넘어가는 엔진 진동 소리만 들렸다. 그녀가 단단한 그의 손을 잡더니 손등 마디 부분을 자기 뺨에다 갖다 댔다.

"오 윌, 데이브는 너무 못됐어요. 키는 작은 게 말은 어찌나 많은지, 꼬꼬마 같으니! 당신은 참 차분해요. 데이브가 파티에서 웃고 떠들 때 당신이 뒤에 서서 그이를 바라보는 게 보여요. 마스티프가 테리어를 보는 것 같죠."

그가 의사의 품위를 잃지 않으려 애쓰며 대꾸했다. "데이브는 괜찮은 사람이오."

아쉬운 듯 미적대면서 그녀가 그의 손을 놓아주었다. "윌, 저녁에 우리 집에 들러서 날 혼내줘요. 제대로 정신 차리게 만들어주세요. 난 너무 외로워요."

"간다 해도 데이브가 있을 테고, 그러면 우린 카드를 쳐야 할 텐데. 저녁에 가게를 안 보는 날이잖소."

"아뇨. 점원이 코린트로 막 불려갔어요. 엄마가 아프대요. 데이브가 자정까지 가게를 지킬 거예요. 오, 놀러 와요. 차가운 맥주도 있으니, 앉아 이야기하면서 내내 시원하고 느긋하게 있을 수 있어요. 잘못된 거 아니잖아요, 그죠!"

"아니, 물론 잘못된 건 아닐 겁니다. 하지만 그래도, 그래서는……" 그가 캐럴을 떠올렸다. 날씬한 몸매, 검은 머리카락, 하얀 피부의 그녀가 냉정한 표정으로 밀회를 비웃고 있었다.

"좋아요. 하지만 난 참 외로울 거예요."

기계로 짠 레이스가 달린 헐렁한 모슬린 블라우스 위로 그녀의 목이 젊어 보였다.

"이봐요, 모드. 혹시 그쪽으로 왕진을 가게 되면 잠시 들를게요."

"마음대로 해요." 새침하게 답했다. "오 윌, 난 그냥 위로가 필요한 거예요. 당신이 결혼했고, 나 참, 더없이 당당한 아빠인 걸 누가 모르나요. 게다가 물론 지금…… 어스름 저녁에 당신 옆에 그냥 가만히 앉아서 데이브를 잊을 수 있다면! 올 거죠?"

"그러죠!"

"기다릴게요. 안 오면 쓸쓸할 거예요! 안녕."

그가 심하게 자책했다. "바보 같으니. 약속을 왜 해서는. 약속을 지킬 수밖에 없게 됐어. 안 그러면 모드가 기분 상할 거 아냐. 모드는 착하고 예의 바르고 매력적인 여자이고 데이브가 구두쇠인 거지, 맞아. 모드는 캐럴보다 더 생기 있어. 아무튼, 다 내 잘못이야. 왜 난 칼리브리나 맥가넘이나 다른 의사들처럼 좀더 신중하지 못할까? 오, 난 신중한데 모드가 지나치게 요구하는 얼간이인 게지. 교묘하게 날 꾀어 오늘 밤 거길 찾아오도록 만들고. 원칙의 문제야. 자기 하고 싶은 대로 하게 해선 안 돼. 난 안 가. 전화해서 가지 않겠다고 말해야겠어. 세상에서 가장 훌륭한 아내인 캐리를 집에 두고, 내가 모드 다이어 같은 정신 복잡한 여자를, 안 되지, 절대로! 그렇다고는 해도 모드의 기분을 잡칠 필요는 없잖아. 잠깐 들러서 오래 있을 순 없다고 말해도 되겠지. 어쨌든 다 내 잘못이야. 시작을 말았어야지. 예전에 모드의 비위를 맞춰주지 말았어야 했어. 그게 내 잘못이라면 모드를 탓할 권리가 없지. 그냥 잠시 들러 교외에 왕진이 잡혀 있는 척 줄행랑을 칠 수도 있고. 그래도 가짜 핑계를 만들어야 하니, 우라질, 성가시기 짝이 없어. 맙소사, 왜 여자들은 우릴 가만두지 않을까? 7억 년 전에 그저 한두 번 바보짓 했기로서니, 우리가 그냥 잊어먹고 살게 놔두면 여자들은 어디가 덧나는 건가? 모드의 잘못이야. 난 엄격하게 거리를 둘 거야. 캐리를 데리고 영화 보러 가서 모드는 잊어버리는 거야. ……하지만 오늘 밤 영화관 안은 좀 덥겠지."

그가 혼자만의 생각에서 도망쳤다. 모자를 꾹 눌러쓰고 코트에 팔을 끼우고 나서 문을 쾅 닫아걸더니 아래층으로 터벅터벅 내려갔다. "안 가!" 그가 단호하게 말했다. 그렇게 말하면서도 그는 자기가 갈 건지 말 건지를 몰랐다.

늘 그렇듯이 익숙한 진열장과 얼굴들을 보고 나서야 그의 기분이 나아졌다. 샘 클라크가 신뢰를 담아 외치는 말을 들으니 생기가 돌아왔다. "오늘 밤 호숫가에 내려가 수영하면 좋지 않겠나, 의사 선생. 올여름엔 별장을 전혀 사용하지 않을 작정인가? 아이고, 없으니까 서운해." 눈여겨보니 정비소 신축에 진척이 좀 있었다. 벽돌이 놓이는 걸 볼 때마다 그는 성취감을 느꼈다. 그 속에서 마을의 성장을 목격했다. 올리 선키스트의 공손한 말 덕분에 의사로서 굉장한 자부심도 되찾았다. "안녕하세요, 선생님! 아내가 많이 좋아졌습니다. 아내에게 주신 약이 기차게 들었어요." 그는 무의식적으로 수행하는 집안일에 마음이 차분해졌다. 야생 체리나무의 허연 천막벌레나방 집을 태우고 자동차 오른쪽 앞 타이어의 찢어진 데를 수지로 때우고 집 앞 도로에 물을 뿌렸다. 호스가 손에서 시원하게 느껴졌다. 푸푸 희미한 소리를 내며 눈부신 물 화살이 떨어지니 허연 흙 위로 거뭇한 초승달 모양이 만들어졌다.

데이브 다이어가 다가왔다.

"어디 가는 길인가, 데이브?"

"가게에. 방금 저녁 먹었어."

"그런데 목요일은 야간 근무가 없는 날이잖은가."

"그러게. 한데 피트가 집에 갔어. 모친이 아프다나 뭐라나. 거참, 요즘 점원들은…… 나는 돈을 많이 주는데 저네들은 일을 안 하려고 드니!"

"쉽지 않지, 데이브. 그러면 자정까지 계속 있어야겠군."

"응. 상가로 내려오게 되면 잠시 들러 시가 한 대 피우게."

"음, 그래도 되고. 내려가서 챔프 페리 부인을 봐야 할지도 몰라. 몸이 안 좋대. 그럼 이만, 데이브."

케니컷은 아직 집 안으로 들어가지 않았다. 그는 캐럴이 가까이에 있다는 사실, 그녀가 중요하다는 사실, 그녀의 반감이 걱정되지만, 자신이 혼자 있는 것에 만족하고 있다는 사실을 알고 있었다. 물 뿌리는 걸 끝내더니 그가 집으로 천천히 들어가서는 아기방으로 올라가 휴에게 소리쳤다. "대장을 위한 동화 시간이구나, 응?"

캐럴은 낮은 의자에 앉아 있었다. 창문을 등지고 앉아 있다 보니 금빛 후광이 나오는 액자 속에 있는 듯한 모습이었다. 그녀가 유진 필드의 동요를 불러주는 동안 아이는 그녀의 무릎 위에 동그마니 안겨 그녀의 팔에 머리를 묻은 채 진지하게 듣고 있었다.

아침에 어여쁜 루디 다드
밤에 어여쁜 루디 다드
하루 종일
변함없이 사랑스런 노래
커가고 환성 지르고 배워가는 예쁜 영혼의 노래

케니컷이 넋을 잃었다.

"모드 다이어? 절대 아니야!"

현재 일해주는 하녀가 2층에 대고 고함을 질렀다. "저녁 차려놨어요!" 케니컷은 등을 대고 누워 손을 파닥거리며 열심히 돌고래를 만들었고 아들의 힘찬 발차기에 몸을 떨었다. 그가 팔로 캐럴의 어깨를 슬쩍 감쌌다. 그리고 위험한 생각에 대한 죄책감을 씻어낸 것을 기뻐하며 저녁을 먹으러 내려갔다. 캐럴이 아이를 침대에 눕히는 동안 그는 현관 계단에 앉아 있었다. 양복장이 난봉꾼, 냇 힉스가 다가와 그의 옆에 앉았다. 모기를 쫓느라 손을 휘젓는 사이 냇이 속삭였다. "이봐, 의사 양반, 결혼 전이라 생각하고 오늘 밤 잠시 나오고 싶은 생각 들지 않나?"

"무슨 수로?"

"있잖나, 새로 온 양재사, 스위프트웨이트 부인? 금발 염색한 멋진 부인 말이야. 꽤 잘 노는 여자야. 나랑 해리 헤이독이 그 여자하고 본톤에서 일하는 그 뚱뚱한 여자를 데리고 드라이브 가기로 했거든. 어쩌면 해리가 샀다는 그 농장까지 드라이브 갈지도 몰라. 맥주와 여태 맛본 것 중 가장 부드러운 라이위스키를 좀 가져갈 거야. 딱히 예상하는 건 없지만 신나게 놀지 못한다면 내가 헛물켠 게 되겠지."

"가보게. 내 알 바 아니야, 냇. 내가 곁다리 붙고 싶어 할 것 같은가?"

"물론 아니지. 하지만 이봐. 스위프트웨이트 부인에겐 위노나 출신의 친구가 있어. 매력적인 외모에 명랑한 여잔데, 해리와 난 자네가 하루 저녁 슬쩍 빠져나오고 싶어 할 줄 알았어."

"아니…… 아냐……"

"이런 제기랄, 의사 선생, 지루한 자네 품위는 개나 줘버려. 결혼 전엔 자네 역시 잘 놀곤 했잖은가."

스위프트웨이트의 친구라는 여자가 케니컷에게는 여전히 근거 없는 소문이기 때문일 수도 있고 어스름 저녁에 휴에게 노래를 불러줄 때의 수심에 잠긴 캐럴의 목소리 때문일 수도 있었다. 아니면 그냥 당연하고 칭찬받을 미덕이었기 때문일 수도 있겠지만 케니컷의 의사는 확실했다.

"아니. 난 결혼한 몸이야. 성인군자인 척하는 게 아니야. 밖에 나다니면서, 시끄럽게 언쟁도 하고 몇 잔 들이켜고 하는 것 좋지. 하지만 사람에겐 도리라는 게 있어…… 솔직히 유쾌하게 놀고 난 뒤 아내에게 돌아왔을 때 비겁한 기분이 들지 않겠나?"

"나? 내 도덕관념은 이거야. '모르면 아무도 상처받을 일 없다.' 흔히 말하듯, 마누라를 길들이는 방법은 일찌감치 낚아서 거칠게 다루고 아무것도 말해주지 않는 거야!"

"글쎄, 그건 자네의 경우지. 난 그렇게 하면 무사하지 못해. 그뿐인가, 내 생각으로는 이런 패륜적인 정사란 항상 지는 게임이야. 만약 지면 바보 같은 기분이 들 거고, 만약 이기면, 자네가 얼마나 하찮은 일을 꾸몄던가를 깨닫는 순간, 이런, 자넨 최악의 패배자가 되는 거야. 늘 그렇듯 고통스러운 자연의 법칙이지. 하지만 여하튼 이 마을에 숱한 주부들이 자기들 뒤에서 벌어지는 온갖 일을 알게 되면 놀라 자빠질 거야, 안 그래, 내티?"

"말이라고! 아, 그럼! 몇몇 남정네들이 트윈 시티로 내려갔을 때 들키지 않고 그냥 넘어간 일이 어떤 짓인지 안다면 아이쿠, 착한 아내들이 발작을 일으킬걸! 안 갈 거지, 의사 선생? 장시간 드라이브로 더위를 식힌 다음 스위프트웨이트가 아-리-따운 하얀 손으로 정신이 훅 가는 위스키 소다를 만들어주는 걸 상상해봐!"

"아니. 아니. 미안하네. 못 갈 것 같아." 케니컷이 중얼거렸다.

그는 냇이 가려는 눈치를 보이자 반가웠다. 하지만 마음은 불안했다. 계단에서 캐럴의 소리가 들렸다. "와서 앉지— 세상을 다 가진 기분을 느껴봐!" 그가 유쾌하게 소리쳤다.

그녀는 명랑한 그의 태도에 반응을 보이지 않았다. 포치에 앉아 조용히 몸을 흔들더니 한숨을 쉬었다. "모기가 왜 이렇게 많담. 방충망 고친 것 아니었어요."

그녀를 떠보려는 듯 그가 조용히 말했다. "또 두통이야?"

"오, 심하진 않아요. 그런데…… 이번 하녀는 배우는 게 너무 느려요. 일일이 다 보여줘야 해요. 식기를 거의 다 내가 닦아야 했다니까요. 휴는 오늘 오후 내내 말을 안 듣고. 너무 칭얼거려요. 딱한 녀석, 더워서 그랬겠지만 내 진을 쏙 빼놓았어요."

"아…… 평상시에 당신은 나가고 싶어 했잖아. 호숫가로 산책갈 테야? (하녀가 집에 있으면 되니까.) 아니면 영화라도? 자, 영화 보러 가지! 아니면 차로 샘의 별장에나 갈까, 수영하러?"

"미안하지만 나 좀 피곤한 것 같아요."

"오늘 밤은 아래층 소파에서 자는 게 어때? 더 시원할 거야. 내 매트리스 갖고 내려올게. 어서! 남편 옆에 있어줘. 혹시 알아…… 내가 밤도둑들을 무서워할지. 나같이 작은 사람을 내내 혼자 두고는!"

"생각은 고맙지만 난 내 방이 아주 마음에 들어요. 하지만 당신은 그렇게 해요. 바닥에다 매트리스를 깔고 자지 말고 소파에서 자요. 그럼…… 난 들어가서 잠시 책을 읽을까 봐요. 『보그』 최신 호를 읽고 싶어서요…… 그러고 나서 잘래요. 내가 없어도 될까요, 여보? 혹시 내가 정말로 해주었으면 하는 일이라도……?"

"아니, 아니. ……사실 내려가서 챔프 페리 부인을 봐줘야 해. 아픈가 봐. 그러니 당신은 들어가서…… 다이어네 약국에 잠시 들를지도 모르겠어. 잘 시간이 될 때까지 내가 오지 않더라도 기다리지 말아요."

그가 그녀에게 키스하고 나가서는 좀 걷다가 짐 하울랜드에게 눈인사를 했고 예사롭게 테리 굴드 부인과 잠시 이야기를 나누었다. 하지만 그의 심장은 쿵쾅거렸고 뱃속은 답답했다. 그는 좀더 천천히 걸었다. 데이브 다이어의 집 마당에 당도했다. 그는 안을 흘긋거렸다. 포치에 개머루덩굴에 가려진 흰옷 차림의 여인이 있었다. 그네 의자가 끽끽거리는 소리를 냈다. 그녀가 갑자기 일어나 훔쳐보다가 다시 등을 뒤로 기대고 쉬는 척했다.

"시원한 맥주를 좀 마시면 좋겠군. 잠시 들른 거요." 다이어의 집 대문을 열면서 그가 끈질기게 강조했다.

II

보가트 부인이 베시 스메일 외숙모가 옆에서 지키고 있는 캐럴을 찾아왔다.

"양재 일을 하기 위해 여기로 이사 왔다는 이 끔찍한 여자 얘기 들어봤어? 스위프트웨이트 부인이라고, 망측하게도 탈색해서 금발을 한 여자 말이야." 보가트 부인이 한숨을 쉬었다. "그 여자 집에서 끔찍하게도 수상한 짓거리가 벌어지고 있다나 봐. 그저 그냥 어린 남자애들하고 머리카락 희끗한 늙다리 난

봉꾼들이 저녁마다 거기 숨어들어 독주를 마시면서 온갖 수상한 짓을 벌인대. 우리 여자들은 남자들 머릿속에 든 색욕을 결코 이해할 수가 없어. 실은 내가 정말 어릴 때부터 윌 케니컷을 잘 알지만, 그이마저도 믿지 못할 것 같다니까! 누가 알아, 꿍꿍이 수작이 대단한 어떤 여자들이 그를 유혹할지! 특히 여자들이 만나겠다고 진료실로 몰려들거나 하면! 저, 내가 한 번도 이런 말 한 적 없지만, 혹시 그런 기미를 느낀 적이……"

캐럴은 부아가 치밀었다. "윌에게 결점이 전혀 없는 척하는 건 아닙니다만, 한 가지는 알고 있어요. 부인이 '수상한 짓'이라고 부르는 것에 대해 남편은 아기만큼 순진해요. 만약 그이가 다른 여자를 넘겨볼 정도로 막 나가는 사람이라면, 그이가 부인의 암울한 상상 속에서처럼 살살 꾀는 남의 말에 넘어가는 게 아니라 기백이 넘쳐서 자신이 끌리는 일을 했으면 좋겠어요!"

"아니, 캐리, 그런 부정한 말이 어디 있니!" 베시 외숙모의 말이었다.

"아니, 진심이에요! 오, 물론 진심이 아니죠! 하지만…… 그이가 머릿속으로 무슨 생각을 하는지 내가 너무 잘 알기 때문에 설령 하고 싶은 게 있다 해도 그인 결코 아무것도 숨기지 못해요. 오늘 아침…… 그인 어젯밤 늦게까지 나가 있었어요. 앓고 있다는 페리 부인을 봐주러 가야 했거든요. 그다음엔 남자 환자의 손을 치료했고, 그리고 오늘 아침 그이는 아침 식사 때 아주 조용히 생각에 잠겨 있었어요. 그리고……" 그녀가 몸을 앞으로 숙이더니 의자에 걸터앉아 딱딱거리는 두 여자를 향해 마치 연극을 하듯 과장된 어투로 말했다. "그이가 무슨 생각을 하고 있었을까요?"

"무슨 생각?" 보가트 부인이 조바심을 쳤다.

"잔디 깎을 때가 됐나, 이런 거였겠죠! 자, 자! 제가 무례했다면 이해해주세요. 갓 구운 건포도 쿠키 좀 드세요."

26장

I

캐럴에게 가장 흥미 있는 일은 아이와 산책하는 것이었다. 휴는 네군도단풍나무가 뭐라고 하는지, 포드 정비소가 뭐라고 하는지, 커다란 구름이 뭐라고 하는지 알고 싶어 했다. 그러면 그녀는 이야기를 지어내는 게 아니라 사물의 영혼을 발견하고 있다는 느낌으로 아이에게 이야기해주었다. 그들은 특히 제분소 앞에 있는 말 매는 말뚝을 좋아했다. 갈색 말뚝인데 튼튼하고 마음에 들었다. 매끈한 다리가 햇볕을 받고 있었고 끈 자국이 생긴 목을 만지면 손가락이 간질거렸다. 캐럴은 대지를 그저 색의 변화와 만족스러운 거대한 덩어리들이 이루어내는 풍경으로 보았을 뿐 달리 느껴본 적이 없었다. 사람들 속에서 살았고, 어떤 생각을 하고 살아야 하는지에 대한 생각을 하면서 살았지만, 휴가 던진 질문들 덕분에 그녀는 참새나 개똥지빠귀, 큰어치, 노랑텃멧새들의 놀이를 눈여겨보게 되었다. 활 모양으로 날아가는 제비들을 보며 즐거움을 되찾았고, 그 즐거움에 그들의 둥지와 집안싸움에 대한 걱정을 추가했다.

그녀는 지루했던 시간을 잊었다. 그녀가 휴에게 말했다. "우린 세상을 떠돌아다니는, 뚱뚱한 몸에 못된 짓 하는 늙은 악극단원이야." 그러면 휴가 따라 했다. "떠돌아다니는, 떠돌아다니는."

아주 아슬아슬한 모험, 두 사람이 즐겨 달아나는 비밀 장소는 마일스 비요른스탐과 비와 올라프가 사는 집이었다.

케니컷은 부단히 비요른스탐 가족을 못마땅하게 여겼다. "뭐하러 그런 괴짜와 말을 섞으려 하지?"라며 이의를 제기했다. 이전에 데리고 있던 '스웨덴 하녀'가 윌 케니컷 박사의 아들과 어울리기에는 격이 낮다는 눈치도 넌지시 비쳤다. 그녀는 이유를 대지 않았다. 자기 자신조차 이해할 수 없었다. 비요른스탐 가족 속에서 자신이 친구를, 사교 모임을, 공감대를 발견하고, 적정량의 냉소를 즐기고 있다는 걸 알지 못했다. 얼마간은 후아니타 헤이독과 졸리 세븐틴 회원들과 나누는 잡담이 베시 외숙모의 앵앵거림을 피하는 은신처였으나 그런 위안은 오래가지 못했다. 젊은 주부들이 그녀의 신경을 긁었다. 그들은 너무 시끄럽게 말했다. 항상 너무 시끄러웠다. 방을 차지하고 앉아서 쨍쨍거리는 목소리로 수다를 떨었다. 익살과 농담을 몇 번이고 반복했다. 부지불식간에 그녀는 졸리 세븐틴, 가이 폴록, 바이더와 다른 사람들은 다 버리고 웨스트레이크 박사 부인과, 친구인지 분명하게 알지 못했던 비요른스탐 가족들만 남겨두게 되었다.

휴에게 레드 스워드는 세상에서 가장 용맹스럽고 강인한 사람이었다. 마일스가 소여물을 먹이고 제 맘대로 돌아다니는 본능이 있는 돼지를 쫓아가거나 인상적인 몸짓으로 닭을 잡는 동안 휴는 좋아하는 마음을 주체하지 못한 채 종종걸음을 치면서 그의 뒤를 쫓았다. 그리고 휴에게 올라프는 살아 있는 사람 중에서 왕이었다. 늙은 군주인 마일스 왕보다는 덜 튼튼하지만 작은 막대기나 짝 잃은 카드, 복구 불능 상태로 망가진 굴렁쇠 같은 물건들의 인연과 가치를 더 잘 이해했다.

캐럴은, 비록 인정은 하지 않지만 올라프가 가무잡잡한 자기 아이보다 더 예쁠 뿐만 아니라 더 예의가 바르다는 걸 알았다. 올라프는 바이킹 족장이었다. 쭉 뻗은 몸에 머리카락은 햇빛에 찰랑거렸고 팔다리는 큼직큼직했으며, 부하에게는 눈부실 정도로 상냥했다. 휴는 속물이었다. 늘 부산스럽게 움직이는 사업가였다. 깡충거리면서 "놀자"고 말하는 쪽이 휴라면, 반짝이는 푸른 눈으로 쳐다보며 은혜라도 베풀 듯 점잖게 "좋아"라고 말하는 쪽은 올라프였다. 만약 휴가 그를 방망이로 때리기라도 하면 올라프는 겁을 먹는 게 아니라 깜짝 놀랐다. 그런데 휴가 실제로 그를 방망이로 때렸다. 올라프가 혼자서 당당하게 집으로 급히 걸어가는 동안 휴는 숭고한 호의를 망친 자신의 죄를 비통해했다.

두 친구는 마일스가 전분 상자와 네 개의 빨간 실감개로 만든 위풍당당한 마차를 가지고 놀았다. 둘은 함께 낭창거리는 나뭇가지들을 쥐구멍에 찔러 넣고는 결과가 어찌 되었는지도 모르면서 쾌재를 불렀다.

비, 통통한 몸집에 콧노래를 흥얼거리는 비는 두 아이에게 차별 없이 쿠키도 주고 꾸지람도 주었다. 그리고 만약 캐럴이 커피와 버터 바른 크네케브뢰드를 안 먹겠다고 사양하기라도 하면 우울해했다.

마일스는 농장을 잘 꾸렸다. 농장에는 소가 여섯 마리, 닭이 2백 마리, 크림 분리기, 포드 트럭이 있었다. 봄에 그는 자신의 오두막집에 방 두 칸을 지어 붙였다. 그 멋진 건물은 휴에게 볼거리 천지였다. 마일스 삼촌은 시선을 잡아끄는, 생각지도 않은 일을 했다. 사다리를 타고 올라가 마룻대 위에 서서, 「무기를 들라, 시민들이여」 같은 노래를 부르며 망치를 흔들었고 베시 할머니가 손수건을 다리는 것보다 더 빨리 지붕널에 못질을 했다. 그리고 가로 2피트 세로 6피트짜리 널판의 한쪽 끝에 휴를, 다른 쪽 끝에는 올라프를 앉힌 채 들어 올렸다. 가장 마음을 홀리는 마일스 삼촌의 기교는, 종이가 아니라 바로 새 송판 위에다 세상에서 가장 두껍고 부드러운 연필로 도형을 그리는 것이었다. 볼 만했다!

도구들! 아빠의 진료실에도 반짝반짝 희한한 모양으로 마음을 뺏는 도구들이 있지만, 그것들은 예리하게 생긴, 살균되었다고 말하는 그런 것들이어서, 딱 봐도 아이들이 만질 수 있는 종류가 아니었다. 사실 아빠 진료실의 유리 선반에 있는 도구들을 볼 때는 "만지면 안 돼"라고 먼저 마음먹는 것이 상책이었다. 하지만 마일스 삼촌은, 여러 면에서 아빠보다 더 훌륭한 사람인데, 톱만 빼고 모든 도구 장비를 만지도록 놔두었다. 은빛 머리가 달린 망치가 있고, 커다란 L자 모양의 금속 물건도 있었다. 비싼 붉은 삼나무와 금으로 만들어진, 튜브가 달린 아주 귀하고 신기한 기구도 있었다. 안에는 물방울이 들어 있었는데 아니, 물방울이 아니었다. 그것은 물에 살지만, 물방울처럼 생긴 아무것도 아니었는데, 그 물방울은 그 신비한 기구를 제아무리 조심조심 기울여도 화들짝 놀란 듯 튜브 안을 위아래로 획획 움직였다. 못들, 아주 색다르고 멋있는 용맹스러운 대못들, 특별히 흥미로울 게 없는 중간 크기의 못들과 지붕널을 고정하는 못들은 노란 책에 있는 호들갑스러운 동화보다 훨씬 더 흥미로웠다.

II

증축 작업을 하는 동안 마일스는 캐럴에게 솔직하게 말했다. 고퍼 프레리에 사는 한, 자기가 계속 따돌림을 당할 거라는 사실을 이제 인정했다. 비의 루터교회 친구들은 그의 좌익 사상에 불쾌해하는 상인들만큼이나 신에 대한 불가지론을 주장하는 그의 조롱에 불쾌해했다. "그런데 난 조용히 입 닫고 있질 못하는 것 같습니다. 난 내가 순진한 새끼 양인 것 같고 '1 더하기 1은 2다' 이상의 이론은 내놓지 않는 것 같은데, 사람들이 가버리고 나면 내가 그들이 애지중지하는 종교의 티눈을 밟고 있었다는 걸 깨닫게 되거든요. 오, 제분소의 현장 주임하고 덴마크인 구두장이, 엘더의 공장에서 일하는 친구 하나, 그리고 스벤스카 몇 명이 꾸준히 들릅니다. 하지만 비가 어떤 사람인지 알잖습니까. 아내처럼 마음이 푸근한 여자는 사람들이 많이 찾아와주길 원해요. 사람들과 왁자지껄 떠드는 걸 좋아하지요. 누군가에게 커피 만들어주는 일에 이골이 난다면 모를까, 아내는 늘 아쉬워합니다.

한번은 비가 날 살살 달래 감리교회로 가자고 꼬였어요. 내가 교회 안으로 들어갑니다. 보가트 부인만큼이나 경건하게 조용히 앉아 설교사가 진화에 대한 그릇된 지식을 전달하는 동안 난 단 한 번도 웃지 않습니다. 하지만 예배가 끝나고 충실한 신도들은 문간에서 모든 이에게 '형제'니 '자매'니 불러가며 손을 잡아 흔들면서도 나와는 손 한 번 잡지 않고, 내가 바로 빠져나가게 놔둡니다. 내가 마을의 악동이라는 사실을 파악한 거지요. 아마 늘 그렇지 않을까 싶습니다. 올라프는 성공해야 해요. 그리고 가끔씩…… 정말이지 불쑥 이런 말을 하고 싶어집니다. '난 지금껏 조용히 있었소. 그건 식은 죽 먹기였지. 이제 마을 서쪽의 구린내 나는 초라한 목재 야적장에서 뭔가 시동을 걸어봐야겠군.' 하지만 비가 내게 최면을 걸었어요. 이런, 케니컷 부인, 비가 얼마나 쾌활하면서 공명정대하고 성실한 여자인지 아십니까? 게다가 난 올라프를 사랑해요…… 에이, 더 말해서 부인에게 동정을 구하지 않겠습니다.

물론 말뚝을 뽑고 서부로 이사 갈 생각도 했었지요. 내가 독단적으로 생각하려는 죄를 저질렀다는 선입견이 없었다면 사람들은 그런 걸 몰랐을 겁니다. 하지만…… 아, 내가 열심히 일해서 이 낙농 사업을 일구었는데 다시 처음부터 시작하고 비와 아이를 또 다른 단칸방 오두막으로 이사 시키는 건 싫습니다. 이렇게 사람들이 우리를 쥐락펴락합니다! 절약해서 자기 집을 가지라고 우리를 부추기더니 맙소사, 우리를 옭아매고 있었어요. 우리가 불경? 뭐라고 하죠? 불경죄?를 저질러가며 모든 위험을 감수하지 않을 걸 그들은 알아요. 내 말은 협동조합이 있다면 스토바디 없이도 해나갈 수 있다는 말을 흘리고 다니지 않을 거란 사실을 그들이 알고 있다는 말입니다. 음…… 앉아서 비와 함께 피너클 카드를 할 수 있고, 올라프에게 아빠의 굉장한 숲속 모험담을, 나무타기 명수인 와팔루시에게 어떻게 올가미를 거는지, 또 거인 영웅인 폴 버니언을 안다고 허풍 칠 수 있는 한, 난 왕따라도 상관없습니다. 상관한다면 그건 내 가족 때문입니다. 저! 저! 비에게는 한마디도 하지 마세요. 근데 이번 증축을 끝내고 나면 아내에게 축음기를 사줄까 합니다!"

그는 그것을 사주었다.

비는 일에 허기진 근육이 찾아낸 일거리, 즉 세탁, 다림질, 수선, 제빵, 청소, 식품 보존, 닭털 뽑기, 개수대에 페인트칠하기 등 자신이 마일스와 완전한 한 팀이었기 때문에 흥이 나고 기발하게 느껴졌던 그런 일을 하느라 바빴지만, 따뜻한 축사의 가축이 느꼈을 법한 무한한 즐거움 속에서 음악을 들었다. 증축으로 그녀에게는 부엌과 위층 침실이 생겼다. 원래 있던 단칸 오두막은 이제 축음기와 진짜 가죽을 씌운 황금빛의 떡갈나무 흔들의자와 존 존슨 주지사의 사진이 있는 거실이 되었다.

7월 말 캐럴이 비버스연합공제조합, 칼리브리 부부와 조랄몬 사람들에 대한 의견을 말해주려고 비요른스탐의 집으로 갔다. 올라프는 약간의 미열로 인해 침대에 누워 들썩이고 있었고, 비는 상기된 얼굴로 어지러워하며 계속 자기 할 일을 해내려 애썼다. 캐럴은 마일스를 옆에 불러 앉힌 뒤 걱정스럽게 말했다.

"둘 다 몸이 몹시 안 좋아 보여요. 무슨 일이에요?"

"위에 탈이 났어요. 케니컷 박사를 모셔오고 싶었지만, 아내는 의사 선생님이 우리를 좋아하지 않는다고, 부인께서 여기 내려와 있는 걸 선생님이 좋아하지 않는다고 생각해요. 하지만 걱정이 되네요."

"그이를 바로 부를게요."

그녀는 올라프가 애처로웠다. 깜박거리는 두 눈이 멍했다. 아이가 한숨을 내쉬면서 자기 이마를 문질렀다.

"무언가 상한 걸 먹었던가요?" 그녀가 불안해하며 마일스에게 물었다.

"수질이 엉망인 물 때문이 아닌가 싶어요. 실은, 우리가 저기 길 건너 오스카 에클런드의 집에서 물을 대어 먹고 있었는데, 오스카가 몇 번이나 계속해서 내가 구두쇠라서 내 우물을 안 판다는 식으로 말을 하는 겁니다. 한번은 이래요. '당신네 사회주의자들은 다른 사람들의 돈을 나누는 건 잘하면서…… 물은!' 그자가 계속 그러고 있으면 싸움이 벌어지리란 걸 난 알았습니다. 일단 싸움이 벌어지면 나라는 사람은 옆에 두면 위험하지요. 십중팔구 분수를 잊고 코를 한 방 날려 비명을 질러대게 할 테니까요. 내가 돈을 내겠다고 하니 오스카가 거절했어요. 차라리 두고두고 날 놀리는 쪽을 택했지요. 그래서 패저로스 부인 댁 웅덩이의 물을 대어 먹기 시작했는데 좋은 물이 아닌 것 같아요. 이번 가을에 내 우물을 파려고 합니다."

이야기를 듣는 동안 캐럴의 눈앞에 두려운 단어 하나가 스쳐갔다. 그녀가 케니컷의 사무실로 내달렸다. 그가 그녀의 이야기를 끝까지 다 듣더니 고개를 끄덕이며 말했다. "바로 갑시다."

그가 비와 올라프를 진찰했다. 그가 고개를 저었다. "맞아. 장티푸스 같군."

"아이쿠, 목재 야적장에서 지낼 때 장티푸스 환자를 본 적이 있습니다." 마일스가 젖 먹던 힘까지 짜내어 신음 같은 소리를 뱉었다. "심각합니까?"

"아, 잘 돌보겠소." 케니컷이 말했다. 그리고 안면을 트고 나서 처음으로 마일스에게 미소를 보이며 어깨를 다독여주었다.

"간호할 사람이 필요하지 않을까요?" 캐럴이 물었다.

"아이고……" 마일스에게 케니컷이 넌지시 물었다. "비의 사촌 티나를 데려올 수 없겠습니까?"

"시골 친척 집에 내려갔습니다."

"그러면 내가 할게요!" 캐럴이 우겼다. "저들을 위해 음식을 해줄 사람이 있어야 하고, 또 장티푸스면 스펀지로 몸을 닦아주는 게 좋잖아요?"

"그래. 좋아." 케니컷의 대답은 자동반사적이었다. 그는 관리자였고 의사였다. "지금 당장 마을에서 간호할 사람을 구하는 건 어려워 보여. 스티버 부인은 산모 때문에 바쁘고 당신이 아는 마을 간호사는 휴가 중이잖아, 응? 좋아, 비요른스탐이 밤에 당신과 교대하면 되겠어."

일주일 내내 아침 8시부터 자정까지 캐럴은 아픈 두 사람에게 음식을 해 먹이고 목욕을 시키고 침대보를 매끈하게 다듬고 체온을 쟀다. 마일스는 그녀가 요리하게 놔두지 않았다. 겁을 먹은 핼쑥해진 얼굴로 소리를 내지 않으려 양말 바람으로 부엌일과 비질을 했다. 커다랗고 벌건 손은 어설펐지만 조심스러웠다. 케니컷은 하루에 세 번 들러서 환자가 있는 방에서 변함없이 자상하고 희망적인 태도를 보여주었고 마일스에게는 반듯하고 정중했다.

캐럴은 친구들에 대한 자신의 사랑이 얼마나 큰지 깨달았다. 그 사랑으로 그녀는 끝까지 견뎌냈다. 그 사랑에 힘입어 튼튼하고 지칠 줄 모르는 팔로 그들을 목욕시켰다. 그녀를 지치게 한 것은 비와 올라프가 축 늘어진 병자가 되어가는 모습이었다. 음식을 먹고 나면 거북한 듯 얼굴이 달아오르고, 밤에 편히 잠들 수 있기를 애원하는 그들의 모습이 그녀를 지치게 했다.

둘째 주가 되자 힘이 넘치던 올라프의 다리가 흐느적흐느적했다. 아주 몹쓸 분홍 반점이 가슴과 등에 미세하게 나타났다. 뺨이 푹 꺼졌다. 얼굴은 겁에 질려 있었다. 혀는 갈색을 띠면서 흉했다. 자신감 있던 목소리가 점점 중얼거림으로 낮아져서는, 쉽 없이 마른기침처럼 튀어나왔다.

비는 애초에 지나치게 무리를 했었다. 케니컷이 자러 가라고 지시한 순간 그녀는 무너지기 시작했다. 어느 날 초저녁에 그녀는 배가 몹시 아프다고 비명을 질러 사람들을 펄쩍 놀라게 했다. 그러더니 30분이 지나 정신이 혼미한 상태에 빠졌다. 새벽까지 캐럴은 그녀 옆에 있었다. 비가 반쯤 정신이 나가서 깜깜한 방을 더듬으며 고통을 호소하는 것보다 마일스가 좁은 계단 꼭대기에서부터 살금살금 내려와 방 안을 조용히 엿보는 것이 캐럴은 더 가슴 아팠다. 캐럴은 다음 날 아침 3시간 자고서 다시 달려갔다. 비는 헛소리를 계속했지만, 이 말만 중얼거렸다. "올라프…… 정말 재미있구나……"

10시에 캐럴이 부엌에서 얼음주머니를 준비하는 동안 문 두드리는 소리에 마일스가 나갔다. 대문간에 바이더 셔윈, 모드 다이어, 침례교회 목사 사모인 지터렐 부인이 보였다. 그들은 포도와 선명한 사진과 낙천적인 내용의 소설이 실린 여성잡지를 들고 있었다.

"당신 부인이 아프다는 소식을 이제야 들었어요. 우리가 해드릴 일이 혹시 없을까 해서 왔답니다." 바이더가 재잘거렸다.

마일스가 세 여인을 계속 쳐다보았다. "너무 늦었소. 지금은 아무것도 할 수 없소. 비는 늘 당신들이 찾아오지 않을까 생각했지요. 기회가 생겨 친구가 되기를 바랐지요. 누군가가 문을 두드리기를 앉아서 기다리곤 했습니다. 아내가 여기 앉아서 기다리는 걸 봤습니다. 이젠…… 아, 당신들은 지옥에 떨어지는 것도 아깝소." 그가 문을 닫았다.

하루 종일 캐럴은 올라프에게서 기력이 빠져나가는 모습을 지켜보았다. 아이는 수척했다. 갈비뼈가 앙상하게 드러났고 피부는 축축했고 맥박은 꺼질 듯 약하지만 놀랄 정도로 빨랐다. 팔딱-팔딱-팔딱, 죽음의 북소리가 울렸다. 그날 늦은 오후에 아이는 숨을 헐떡였고 그만 눈을 감고 말았다.

비는 그 사실을 몰랐다. 정신이 혼미한 상태였다. 다음 날 아침, 그녀에게 죽음이 찾아왔을 때 그녀는 올라프가 더 이상 문간에서 막대기 칼을 휘두르지 않으리라는 걸, 외양간의 부하들에게 호령하지 않으리라는 걸, 마일스의 아들이 동부의 대학에 가지 않으리라는 걸 알지 못했다.

마일스와 캐럴, 케니컷은 침묵했다. 세 사람은 눈빛을 숨기고서 함께 시신을 씻겼다.

"이제 돌아가서 눈 좀 붙이세요. 아주 피곤할 겁니다. 당신이 베푼 은혜는 결코 못 갚을 겁니다." 마일스가 캐럴에게 낮은 목소리로 말했다.

"네. 하지만 내일 다시 올게요. 함께 장례식에 가도록 해요." 그녀가 품을 들여 말했다. 장례식이 있을 시간에 캐럴은 쓰러진 채 침대에 있었다. 그녀는 이웃들이 가리라 생각했다. 그들은 마일스가 바이더를 퇴짜 놓으며 했던 말이 마을에 파다하게 퍼져 광풍 같은 분노를 일으켰다는 사실을 그녀에게 알려주지 않았다.

그녀가 침대에 팔꿈치를 세워 몸을 구부렸을 때 우연히 창문을 통해 비와 올라프의 장례식을 보게 되었다. 장례 음악도 조문객들의 마차도 없었다. 오직 마일스 비요른스탐 혼자였다. 아내와 아이의 시신을 실은 초라한 영구차 뒤에서 그는 검은 결혼 예복 차림으로 고개를 숙인 채 오로지 혼자서 걸어가고 있었다.

한 시간 뒤 휴가 울면서 방에 들어왔다. "왜 그러니?" 그녀가 최대한 밝은 목소리로 물으니 아이가 졸랐다. "엄마, 가서 올라프 형과 놀고 싶어요."

그날 오후 후아니타 헤이독이 캐럴의 기분을 북돋아주려고 들렸다. 그녀가 말했다. "데리고 있던 비가 그렇게 되어 참 안됐어요. 하지만 비의 남편에게 헛되이 위로의 말 같은 건 하고 싶지 않아요. 다들 그러는데, 그 사람 술고래에다 가족을 학대했대요. 그 때문에 아내와 아이가 병이 난 거래요."

27장

I

프랑스에서 레이미 워더스푼이 보낸 편지에 그가 전방에 배치되었고 경상을 당했으며 대위로 진급했다고 적혀 있었다. 캐럴은 바이더의 자부심을 보면서 슬픔을 떨쳐보려 애썼다.

마일스는 낙농장을 팔았다. 수천 달러를 손에 쥐었다. 그가 거친 악수와 함께 우물거리는 말로 캐럴에게 작별을 고했다. "앨버타주 북부에 농장을 하나 살 생각입니다. 사람들에게서 최대한 멀어지는 곳으로요." 그가 급히 돌아섰지만, 걸음걸이는 이전처럼 경쾌하지 않았다. 어깨가 늙어 보였다.

떠나기 전에 그가 마을을 저주했다는 소문이 있었다. 그를 잡아서 혼꾸멍을 내줬다는 이야기도 있었다. 역에서 챔프 페리가 그를 꾸짖었다는 소문이었다. "다시는 돌아오지 않는 게 좋아. 죽어버린 당신 가족은 우리가 존중했을지 몰라도 나라를 위해 아무것도 안 하고 전시공채 하나만 딸랑 산 주제에 욕을 입에 달고 사는 배신자는 손톱만큼도 존중할 생각이 없으니."

역에 있었다는 몇몇 사람들이 마일스가 미국 은행가들보다 독일 노동자들이 더 좋다는 식의 무언가 지독하게 선동적인 대꾸를 몇 마디 했다고 주장했다. 하지만 또 다른 사람들은 그가 그 노련한 은행가에게 한마디도 대꾸할 말을 찾지 못했다고, 그냥 기차 승강장으로 슬금슬금 갔다고 우겼다. 죄책감을 느꼈음이 분명하다는 말에는 다들 수긍했다. 기차가 마을을 떠날 때 그가 객실 연결통로에 서서 밖을 내다보는 걸 농부 하나가 봤기 때문이다.

4개월 전 직접 집칸을 늘렸던 그의 집은 기차가 지나는 철로에서 아주 가까이 있었다.

마지막으로 거기에 갔을 때 캐럴은 빨간 실패 바퀴가 달린 올라프의 마차가 마구간 옆 양지바른 모퉁이에 세워져 있는 걸 보았다. 눈 밝은 사람이라면 기차에서 그걸 알아볼 수도 있었겠다는 생각이 들었다.

그날과 그 주에 그녀는 마지못해 적십자 봉사활동에 나갔다. 그녀가 조용히 바느질하고 꾸러미를 만드는 동안 바이더는 전쟁 소식을 읽었다. 그리고 케니컷이 이렇게 말했을 때도 그녀는 아무 말 하지 않았다. "챔프가 하는 말로 미루어보건대 하여튼 비요른스탐은 망나니인 것 같아. 비는 좋은 사람이지만, 글쎄 주민위원회가 그자에게 억지로라도 애국 행위에 동참시켰어야 했어. 기꺼이 전시채권을 사고 Y. M. C. A.에 기부하지 않으면 위원회가 감옥에 보낼 수도 있다는 듯이 굴었어야 했어. 독일 농부들에게는 그런 엄포가 다 먹혔거든."

II

그녀는 웨스트레이크 부인에게서 감동은 못 받았을지라도 믿음직한 따스함을 느꼈다. 그래서 마침내 나이 지긋한 이 여인의 이해심에 마음을 열게 되었고 흐느끼며 비의 이야기를 하면서 위로를 받았다.

가이 폴록을 길에서 자주 마주쳤지만, 그녀에게 그는 한낱 찰스 램이나 석양에 대해 유쾌하게 말하는 목소리에 불과했다.

가장 힘이 되었던 경험은 키가 크고 날씬하며 얼굴을 찡긋대는 변호사의 아내, 플리커보 부인에 대한 뜻밖의 발견이었다. 캐럴이 약국에서 그녀와 마주쳤다.

"산책 중이에요?" 플리커보 부인이 재빨리 물었다.

"아, 네."

"으흠. 이 마을에서 아직 다리를 쓰고 있는 사람은 부인밖에 없는 것 같네요. 집에 가서 나하고 차 한잔해요."

다른 별일이 전혀 없던 터라 캐럴은 그녀의 집으로 갔다. 다만 플리커보 부인의 옷차림을 재미있다는 듯이 보는 사람들의 시선이 거북했다. 더위가 기승을 떨치는 8월 초인데 그녀는 남자 모자를 쓰고, 얄팍한 죽은 고양이의 털처럼 보이는 소품에 모조 진주목걸이를 하고선 아슬아슬한 새틴 블라우스와 앞을 추켜올린 두꺼운 스커트를 입고 있었다.

"자, 앉아요. 아이는 저기 흔들의자에 앉혀두세요. 집이 엉망진창인 걸 이해해줘요. 이 마을이 마음에 들지 않죠? 나도 그래요." 플리커보 부인이 말했다.

"어머……"

"마음에 안 들잖아요!"

"그렇게 말한다면, 네, 마음에 안 들어요! 하지만 조만간 분명 어떤 해결책을 찾게 되겠죠. 어쩌면 난 육각형 못인가 봐요. 해결책이라면 육각 구멍을 찾는 거죠." 캐럴은 매우 활달했다.

"그걸 찾을 수 있을지 어떻게 알죠?"

"웨스트레이크 부인이 있잖아요. 그분이 원래 필라델피아나 보스턴에 오래된 멋진 집을 가지고 있어야 할 대도시 여성이잖아요. 그런데 독서에 몰두하는 방법으로 현실에서 도피하고 있어요."

"부인이 아무것도 안 하고 독서만 하면서 만족할까요?"

"아뇨, 하지만…… 어휴, 언제까지나 마을을 미워하면서 살 순 없잖아요!"

"왜 안 돼요? 난 그럴 수 있어요! 32년간을 미워하면서 살아온걸요. 난 여기서 죽을 테고…… 난 죽을 때까지 미워할 거예요. 난 사업하는 사람이 됐어야 했어요. 지금은 다 사라졌지만, 숫자 다루는 데 상당한 재능이 있었답니다. 어떤 사람들은 날 미쳤다고 생각해요. 그런 것 같기도 해요. 난 앉아서 투덜거려요. 교회에 가서는 찬송가를 부르고. 사람들은 내가 믿음이 깊은 줄 알죠. 츳! 빨래와 다림질, 양말 깁기를 생각지 않으려고 애쓰는 거예요. 어엿한 내 가게를 가지고 장사를 하고 싶어요. 줄리어스는 절대 들어주지 않아요. 너무 늦었어요."

캐럴은 모래가 서걱거리는 소파에 앉아서 두려움에 빠졌다. 그렇다면 이런 칙칙한 삶이 영원히 계속될 수도 있는 걸까? 언젠가 나도 나 자신과 이웃들이 너무 혐오스러워서, 초라한 고양이털 옷을 걸친 늙고 깡마른 몸의 기이한 여자의 모습으로 메인 스트리트를 걷고 있을까? 슬며시 집에 당도하자 그녀는 그 덫이 마침내 철컥 닫힌 기분이 들었다. 집 안으로 들어섰을 때 그녀는 여전히 매력적이지만 팔에 안겨 잠든 아이의 무게에 휘청거릴 때는 절망적인 눈빛을 띠는 가냘프고 자그마한 여인이었다.

그날 저녁 그녀는 포치에 혼자 앉아 있었다. 케니컷은 데이브 다이어 부인에게 왕진을 가야 하는 모양이었다.

잠잠한 나뭇가지들과 칠흑 같은 안개가 옅게 깔린 거리는 그물처럼 촘촘하게 정적에 휩싸여 있었다. 노면에 드르륵 갈리는 자동차 바퀴 소리, 하울랜드 집 포치의 삐걱거리는 흔들의자 소리, 찰싹 모기 때리는 소리, 어디선가 들리더니 잦아든 더위에 지친 말소리, 한 치의 오차 없이 규칙적으로 울어대는 귀뚜라미 소리, 탁 하고 나방이 방충망에 부딪히는 소리, 불순물이 제거된 정적의 소리들이었다. 거리는 세상 끝 너머에, 희망 저 너머에 있었다. 비록 여기 끝없이 앉아 있더라도 그 어떤 용감한 행진도, 그 어떤 흥미로운 인물도 지나가지 않을 것이다. 만질 수 있게 된 따분함이랄까, 무기력과 공허로 지어진 거리였다.

사이 보가트와 함께 머틀 카스가 나타났다. 사이가 사랑에 빠진 그녀의 귀에 콧바람을 불자 그녀가 간지러운 듯 키득거리며 팔짝 뛰었다. 그들은 발을 옆쪽으로 차거나 지그재그 스텝으로 발을 이리저리 끌면서 연인들이 반쯤 춤을 추듯, 한가로이 거닐었고, 콘크리트 인도에는 4분의 2박자의 리듬이 들렸다

끊겼다 했다. 그들의 목소리가 어둠을 흔들었다. 별안간, 의사 선생 댁 포치의 흔들의자에서 몸을 흔들거리던 여자에게 밤이 살아 움직였고, 주저앉아 기다리면서 놓치고 있던 열렬한 탐구 대상이 어둠 속 도처에서 헐떡거리는 것 같았다…… 분명 뭔가 있을 거야.

28장

I

캐럴이 데이브 다이어 부인으로부터 '엘리자베스' 이야기를 들은 건 8월의 졸리 세븐틴 모임의 저녁 식사 자리에서였다.

캐럴은 모드 다이어를 좋아했다. 특히 최근 들어 사근사근했고 한때 과민하게 싫어하는 티를 냈던 일을 확실히 뉘우친 상태였기 때문이다. 둘이 만났을 때 모드는 그녀의 손을 토닥이며 휴의 안부를 물었다.

케니컷은 "어찌 보면 모드가 좀 안됐어. 지나치리만큼 몹시 감정적이야. 그렇긴 해도 데이브가 모드에게 매정한 구석이 있어"라고 했다. 다들 수영하러 별장으로 내려갔을 때 그는 불쌍한 모드에게 친절히 대해주었다. 캐럴은 남편이 보여주는 연민의 정을 뿌듯하게 여기며, 일부러 새로 친구가 된 모드와 함께 앉아 있었다.

다이어 부인이 발랄하게 재잘댔다. "오, 이 마을로 막 이사

온 젊은 남자에 대해 들어봤어요? 남자애들이 '엘리자베스'라고 부르는 그 친구 말이에요. 냇 힉스의 양복점에서 일해요. 틀림없이 일주일에 18달러도 못 벌지만, 세상에! 그 사람 완벽한 숙녀인 거 있죠! 어찌나 고상하게 말하는지, 오, 젠체하는 건 또 어떻고요. 벨트 맨 코트, 금 핀을 찌른 피케 원단 목깃, 넥타이에 맞춘 양말에다 정말이지, 못 믿으실 테지만 바로 말할게요. 이 사람, 있잖아요, 허름하고 낡은 거레이 부인의 집에서 하숙하는데, 부인에게 저녁 식사 때 정장을 입어야 하는지 물어봤다지 뭐예요! 생각해봐요! 정말 기절초풍할 말 아니에요? 한낱 스웨덴 양복장이가 말이에요. 에릭 발보르그, 이게 그 사람 이름이에요. 하지만 미니애폴리스에 있는 양복점에서 일했나 본데, (하여튼 사람들 말이 맞춤옷에 솜씨가 있대요) 자기가 괜찮은 도시 남자라는 걸 보여주려고 애를 써요. 사람들 말이, 자기를 시인처럼 보이게 하려고 용을 쓴대요. 책을 끼고 다니면서 그런 책들을 읽는 척한다는 거죠. 머틀 카스 말로는 그 사람을 댄스에서 한 번 본 적 있는데, 하릴없이 여기저기 서성대다가 그녀에게 꽃이나 시, 음악 등을 좋아하는지 물었다는군요. 말하는 품새가 자기가 뭐 아주 상원의원이나 되는 듯이 하더래요. 그리고 머틀—저돌적인 그 여자, 하! 하!—그 여자가 그의 말을 들어주는 척 장단을 맞추며 말을 시켰더니 정말, 그가 뭐라고 했는지 아세요? 이 마을에서 대화를 나눠보고 싶은 지성인을 한 명도 못 찾았대요. 그런 말 들어본 적 있어요? 생각해봐요! 그 사람, 스웨덴 양복장이요! 내 참! 사람들 말이 아주 여자래요, 딱 여자애처럼 생겼다고. 남자애들은 그 사람을 '엘리자베스'라고 부르는데 그를 세워놓고 읽은 척했던 책들에 관해 물어봐요. 그러면 그가 말을 해주거든요. 남자애들은 말을 다 듣고 난 뒤 그를 추어올리는 척 지독히 놀려먹어요. 그런데도 그는 남자애들이 자길 놀리고 있다는 사실을 결코 파악하지 못한다는 거죠. 오 너무 웃기지 뭐예요!"

졸리 세븐틴 회원들이 웃었고 캐럴도 따라 웃었다. 잭 엘더 부인은, 에릭 발보르그가 거레이 부인에게 "여성복을 디자인하고 싶다"고 솔직하게 말했었다는 이야기를 보탰다. "상상해봐요! 하비 딜런 부인은 자기가 그를 얼핏 봤었는데, 솔직히 아주 잘생겼다고 생각했다고." 이 말에 은행가의 아내, 구절링 부인이 바로 반격을 가했다. 자기도 이 발보르그라는 사람을 유심히 봤다는 것이다. 그녀는 남편과 함께 자동차를 타고 가면서 맥그루더 다리 옆에서 '엘리자베스'를 지나쳤다. 발보르그는 여자애처럼 허리를 졸라맨, 아주 끔찍한 옷을 입고 있었다고 했다. 아무것도 하지 않고 바위에 가만히 앉아 있었는데, 구절링의 차가 오는 소리가 들리자 주머니에서 책 하나를 급히 끄집어내더니 그들이 지나가자 허세를 부리려고 마치 그걸 읽고 있는 척했다는 것이다. 게다가 그렇게 잘생긴 얼굴도 아니었다고. 남편 말마따나 그저 좀 곱상한 정도였단다.

남편들이 들어와서 이런 폭로전에 가담했다. "엘리자베스라고 해요. 이름 있는 재단사인데 노래를 불러요. 숱한 젊은 여성들이 저한테 푹 빠졌죠. 송아지고기 좀더 주시겠어요?" 데이브 다이어가 새된 목소리로 신나 하며 말했다. 그는 마을 젊은이들이 발보르그를 골려 먹었던 장난질에 관한 탄복할 만한 무용

담을 다수 알고 있었다. 젊은이들은 썩어가는 민물 농어를 발보르그의 주머니에 쑤셔 넣기도 했고, 등에다 "난 아주 멍청이입니다. 걷어차요"라는 딱지를 핀으로 꽂기도 했었다.

캐럴이 웃으면서 즐거워하며 놀리는 재미에 함께 빠졌고 이런 흉내로 좌중을 놀라게 했다. "데이브, 이발해서 그런지 세상에서 제일 사랑스러워 보여요!" 돌발적으로 던진 탁월한 기지였다. 전원이 박장대소했다. 케니컷은 뿌듯한 얼굴이었다.

그녀는 조만간 일부러라도 힉스의 양복점을 지나가면서 이 괴상한 인물을 꼭 봐야겠다고 작정했다.

II

그녀가 일요일 아침 침례교회의 엄숙한 신도석에 앉아 예배를 보고 있었다. 남편과 휴, 위티어 외삼촌, 베시 외숙모와 함께였다.

베시 외숙모의 잔소리에도 불구하고 케니컷 식구는 좀체 교회에 가지 않았다. 케니컷은 주장했다. "그래, 종교는 훌륭한 영향력을 가지고 있지. 하층계급 사람들의 질서를 유지하려면 꼭 필요해. 사실 종교는 그런 하층민들을 매혹하여 재산 소유자들을 존중하게 만드는 유일한 체계야. 기독교 『성경』은 괜찮은 것 같아. 다수의 현명한 노인들이 이걸 다 생각해냈고 이걸 우리보다 더 잘 알고 있었어." 그는 기독교를 믿으면서도 기독교에 대해 깊이 생각해보지 않았다. 교회를 믿으면서도 그 근처로는 좀체 가지 않았다. 캐럴에게 믿음이 없다는 사실에 충격을 받았으나 정작 아내에게 어떤 종류의 믿음이 없는 건지 잘 알지 못했다.

캐럴 본인은 불안정하고 회피적인 불가지론자였다.

주일학교 교사라는 모험을 해보면서 교사들이 지루한 목소리로 삼스래*의 족보가 생각해볼 만한 소중한 윤리 문제라고 아이들에게 가르치는 걸 들었을 때였다. 시험 삼아 수요 기도회에 나가 나이 지긋한 가게 주인들의 원초적인 성적 상징들과 고대 셈족의 "양의 피로 씻긴" 혹은 "복수심에 불타는 신" 같은 잔혹한 구절이 들어간, 판에 박힌 주간 간증을 들었을 때였다. 보가트 부인이 자신은 사이에게 유소년기 내내 매일 밤 십계명에 의거하여 고해성사를 하게 만들었다고 떠벌렸을 때였다. 그때 캐럴은 20세기 미국의 기독교가 화려함이 빠진 조로아스터교만큼이나 기형적이라는 사실을 깨닫고 경악했다. 그러나 교회의 저녁 식사에 가서 친근감을 느끼면서, 신도 자매들이 차가운 햄과 감자그라탱을 유쾌하게 대접하는 모습을 보았을 때, 챔프 페리 부인이 어느 날 오후 방문하여 "아유, 변치 않는 신의 은총 안에 드는 것이 얼마나 인간을 행복하게 하는지 부인도 알면 좋으련만"이라고 큰 소리로 말했을 때였다. 그때 캐럴은 음울하고 이질적인 신학 이면에 숨어 있는 인간다움을 발견했다. 그녀는 늘 깨닫고 있었다. 어린 시절 아버지의 집에서는 감리교, 침례교, 조합교회, 가톨릭교회 등 모든 교회가 참으로 대수롭지 않아 보였고, 세인트폴에서는 생존에 몸부

* Shamsherai. 예루살렘에 살고 있는 베냐민 지파의 족장.

림치는 도시의 삶과 참으로 동떨어져 있던 그런 교회들이 고퍼 프레리에서는 여전히 존경심을 강요하는 가장 강력한 세력이라는 사실을.

8월의 그 일요일, 에드먼드 지터렐 목사가 "미국이여 문제를 직시하라!"라는 주제로 강의할 거라는 발표에 그녀는 귀가 솔깃했다. 세계대전 상황에서 전 세계 노동자들이 산업을 장악하려는 야심을 드러내고 있고 러시아에서 케렌스키에 대항하는 공산주의 혁명이 꿈틀거리고 있으며 여성 참정권이 현실로 다가오다 보니, 지터렐 목사가 미국 국민에게 현실을 직시하라고 촉구할 문제는 수도 없이 많아 보였다. 캐럴은 남편과 아이를 그러모아 위티어 외삼촌의 뒤를 종종걸음으로 따라갔다.

신도들이 소탈하게 더위에 맞서고 있었다. 포마드로 머리를 한껏 올려붙이고 수염을 너무 바짝 깎은 탓에 얼굴이 따가울 것 같은 남자들이 겉옷을 벗고 숨을 내쉬면서 구김 없이 다려진 주일예배용 조끼의 단추 두 개를 풀었다. 가슴이 풍만한, 하얀 블라우스 차림에 안경을 쓰고 더위로 목이 벌게진 부인들이 일정한 리듬으로 연신 야자나무 잎 부채를 흔들었다. 이들은 이스라엘 어머니회 회원들, 개척자들이면서 챔프 페리 부인의 친구들이었다. 남자애들이 겸연쩍은 듯 뒷줄 신도석으로 슬그머니 들어와 낄낄대는 동안 뽀얀 살결의 어린 여자애들은 어머니와 함께 앞줄에 앉아 다른 사람들의 눈치를 보느라 뒤돌아보는 걸 참고 있었다.

교회의 반은 헛간 같았고 반은 고퍼 프레리의 거실 같았다. 줄무늬가 있는 갈색 벽지가 쭉 도배된 벽에는 다만 "내게로 오라"와 "신은 나의 목자시니" 등 액자로 만든 말씀들과 찬송가 목록, 대마 색깔의 종이 위에 비뚤비뚤 그려진 붉은색과 초록색의 도해만이 중간중간 걸려 있었다. 젊은이가 기쁨의 궁전과 자부심 가득한 가정에서 살다가 영원한 나락으로 떨어지기가 얼마나 쉬운지를 나타내는 도해였다. 하지만 니스 칠 된 떡갈나무 신도석과 붉은색의 새 카펫, 그리고 아무것도 없는 독서대 뒤의 연단 위에 놓인 커다란 의자 세 개는 흔들의자만큼이나 편안해 보였다.

오늘 캐럴은 주민다웠고 이웃과 어울렸으며 칭찬받을 만했다. 환한 얼굴로 허리를 굽혀 인사를 했고, 다른 사람들과 함께 낭랑한 목소리로 찬송가를 불렀다.

참으로 즐거워라, 주일 아침
교회에 함께 모였으니
여기서는 속세 생각도 나지 않을 것이고
그 어떤 죄도 날 더럽히지 못하리니

신도들이 풀 먹인 리넨 스커트와 빳빳한 셔츠 앞부분을 바스락거리며 자리에 앉아 지터렐 목사에게 신경을 집중했다. 목사는 호리호리하고 까무잡잡한 외모에 쉽게 과격해지는 정열적인 젊은 사람이었다. 검은 신사복 차림에 연보라색 넥타이를 매고 있었다. 그가 독서대의 커다란 『성경』을 탕탕 치면서 "자, 다 같이 따져봅시다"라고 고함치더니 전지전능하신 하느님께 지난주 있었던 일을 알려주는 기도를 올리며 논리적으로 따지기 시작했다.

미국이 맞서야 하는 유일한 문제는 모르몬교와 금주법인 것으로 드러났다.

“항상 문제를 일으키려 하는 이 주제넘은 사람들이, 노동조합과 초당파 농민동맹이 임금과 물가를 담합해 우리의 진취성과 기업을 죽이는 이런 잘난 운동들이 중요하다는 믿음으로 여러분을 현혹하지 못하게 하십시오. 도덕적인 배경을 갖지 못한다면 절대 의미 있는 운동이 될 수 없습니다. 말씀드리죠. 사람들이 소위 ‘경제’니 ‘사회주의’니 ‘과학’이니 혹은 무신론의 또 다른 이름에 불과한 것들로 난리법석을 떠는 동안, 사탄은 유타주에서 조 스미스나 브리검 영, 혹은 누구든 상관없어요, 어쩌다 지금 지도자가 되어 있는 자들의 탈을 쓰고서, 엉큼한 그물망과 더듬이를 분주하게 뻗치고 있습니다. 그리고 우리 미국 국민을 수많은 고난과 역경을 겪게 하면서 예언의 이행과 세계에서 인정받은 선도 국민이라는 확고한 위치로 이끌어왔던 구약성서를 악용하고 있어요.「사도행전」2장 34절에 “내가 네 원수를 네 발아래에 굴복시킬 때까지 너는 내 오른쪽에 앉아 있으라”라고 만군의 주께서 말씀하셨습니다. 지금 말하지요. 주님보다 더 똑똑해지고 싶다면, 여러분은 심지어 낚시 가려고 아침에 일어날 때보다 훨씬 더 일찍 일어나야 합니다. 주께서는 우리에게 바르고 좁은 길을 보여주셨습니다. 누구든 그 길에서 벗어나는 사람은 끝없는 위험에 처하는 겁니다. 그리고 치명적이고 지독한 이 모르몬교의 주제로 돌아가서, 내가 말했다시피, 사실 우리 한가운데, 바로 우리의 집 문간에 있는 이

악귀를 얼마나 신경 쓰지 않고 있는지 깨닫는 건 끔찍한 일입니다. 미 의회가 자신들의 권한을 이용하여 모르몬교도라고 인정하는 사람은 누구든 강제 이송되도록 하고, 일부다처제와 사탄의 독재를 수용할 여지가 없는 이 자유국가에서 사실상 쫓겨나도록 하는 법안을 통과시키기는커녕, 내가 알기로, 재무부에 맡겨놓아야 할 하찮은 재정 문제를 논의하느라 온 시간을 다 쓰고 있다는 사실은 안타깝고도 창피한 일입니다.

그런데 잠시 주제를 벗어나자면, 특히 이 나라 안에는 모르몬교도보다 이런 자들이 더 많지만, 허영기 있는 이 젊은 여성 세대에 어떤 일이 일어날지 결코 알 수 없습니다. 이들 젊은 처자들은 어머니를 따르며 좋은 빵 굽는 법을 배우기보다 실크 스타킹 신을 생각을 더 많이 하는 데다 여자애들 다수가 이 살쾡이 같은 모르몬교 선교사들의 말을 듣고 다닙니다. 실제로 몇 년 전 덜루스의 바로 어떤 길모퉁이에서 선교사 하나가 이야기하는 게 들리던데 경관들은 아무 제재를 가하지 않더군요. 그렇다고는 해도 제7일 안식일 예수 재림교회 신도들의 숫자는 모르몬보다 적지만 문제가 더 시급하니만큼 잠시 시간을 내어 이들의 얘기를 할까 합니다. 이들이 부도덕하다는 게 아닙니다. 그런 뜻은 아니지만, 예수께서 새로운 신의 섭리를 분명히 보여주었는데도 어떤 집단이 토요일을 안식일이라고 계속 우긴다면, 법률이 개입해야 한다고 나는 생각합니다……"

이 지점에서 캐럴은 정신이 번쩍 들었다.

건너편 신도석에 앉은 소녀의 얼굴을 살피면서 3분을 보냈다. 지터렐 목사를 숭배할 때 섬뜩할 정도로 열망을 드러내 보이는 예민하고 불행해 보이는 소녀였다. 캐럴은 저 소녀가 누구인지 궁금했다. 그녀를 교회 만찬에서 본 적이 있었다. 캐럴은 이 마을 3천 명 인구 가운데 얼마나 많은 사람을 자신이 모르는지 생각해보았다. 얼마나 많은 사람에게 새너탑시스와 졸리 세븐틴은 닿지 못할 곳에 있는 차가운 사교계일지, 얼마나 많은 사람이 더 큰 용기를 내면서 자신보다 더 깊은 권태를 힘겹게 끌고 가는지 생각했다.

그녀가 손톱을 살폈다. 성가 두 편을 읽었다. 그녀는 간질거리는 손마디를 문지르고는 좀 시원한 기분을 느꼈다. 엄마와 똑같이 시간 가기만을 지루하게 기다리다가 다행스럽게 잠이 든 아이의 머리를 어깨로 받쳐주었다. 성가집의 서문, 속표지, 판권면을 읽었다. 케니컷이 접은 목깃이 벌어지지 않게 타이를 매지 못하는 이유가 무엇인지 설명해줄 수 있는 논리를 도출해보려고 애썼다.

신도석에서 달리 눈길을 돌릴 만한 것은 아무것도 없었다. 신도들을 다시 흘긋 쳐다보았다. 그녀는 챔프 페리 부인에게 허리 굽혀 인사한다면 정감 있지 않을까 생각했다.

천천히 돌아가던 그녀의 고개가 충격을 받은 듯 갑자기 멈추었다.

통로 건너편, 두 줄 뒤 되새김질하는 소처럼 우물거리는 주민들 사이에 태양계에서 온 방문자처럼 돋보이는 낯선 청년이 있었다. 금발 곱슬머리, 좁은 이마, 잘생긴 코, 안식일의 면도 덕분에 매끈하긴 하지만 벌겋지는 않은 턱. 그의 입술에 그녀는 깜짝 놀랐다. 고퍼 프레리 남자들의 입은 얼굴 위에 납작하니 붙은 일자 형태의 불만스러워하는 입이었다. 이 낯선 청년의 입은 볼록 솟아 있었고 윗입술이 짧았다. 갈색 저지 코트에 델프트블루색 나비넥타이, 하얀 실크 셔츠, 하얀 플란넬 바지를 입고 있었다. 그의 복장은 태양이 작열하는 메인 스트리트의 효용성과 거리가 한참 먼 푸른 해안가나 테니스 코트를 생각나게 했다.

미니애폴리스에서 여기로 업무 출장을 온 외지인인가? 아니다. 사업가가 아니었다. 시인이었다. 얼굴에 키츠가 있었다. 셸리, 그리고 미니애폴리스에서 한 번 본 적 있는 아서 업슨*도 있었다. 고퍼 프레리에서 사업하는 사람들을 잘 알기에, 딱 봐도 장사를 하기에는 지나치게 감성적이고 지나치게 고상했다.

차분하게 즐기면서 그는 지터렐 목사의 시끄러운 설교를 분석하고 있었다. 캐럴은 대도시 상류사회에서 온 이 정보원이 목사의 푸념을 듣는 것을 부끄럽게 생각했다. 그녀는 마을에 대한 책임을 느꼈다. 그가 자신들의 은밀한 의식에 입을 떡 벌리고 있는 것을 못마땅하게 여겼다. 그녀는 얼굴이 달아올라 고개를 돌렸다. 하지만 여전히 그의 존재를 느꼈다.

저 사람을 어떻게 만나지? 만나야 해! 한 시간 정도 대화를 나누고 싶어. 그나마 내가 찾던 사람인걸. 한마디도 못 해보고 그냥 보낼 순 없어. 그래도 그래야겠지. 그녀는 그에게 걸어가서 이렇게 말하는 모습을 상상하며 스스로를 비웃었다. "난 시

---

* 아서 업슨(Arthur Upson, 1877~1908): 미네소타에서 활동한 시인. 익사 사고로 요절했다.

골 바이러스에 신물이 났어요. 뉴욕에서는 사람들이 어떤 말을 하고 어떤 놀이를 하는지 얘기해주실래요?" 케니컷에게 "여보, 저기 갈색 저지 코트 입고 있는, 오늘 처음 본 낯선 이에게 당신이 저녁 식사를 청하는 것이 괜찮지 않을까요?"라고 했을 때 그가 지을 표정을 상상하며 한숨을 지었다.

그녀는 뒤돌아보지 않고 앉아서 곰곰이 생각했다. 어쩌면 과장하는 것일 수 있다고, 이렇게 수준 높은 자질을 모두 갖춘 젊은이는 있을 수 없다고 스스로를 타일렀다. 누가 봐도 너무 유행을 따르는 데다 지나치게 번쩍거리는 신상품이잖아? 영화배우처럼. 어쩌면 테너 음성으로 노래하고 모조 뉴포트 양복을 입고 우쭐대면서 '여태껏 도출한 것 중 가장 멋진 사업 제안'에 대해 말하는 순회 영업사원일지도 몰라. 당황스러워하며 그녀가 그를 유심히 쳐다보았다. 아냐! 이 사람이, 곡선을 이룬 그리스 조각상의 입술과 진지한 눈빛을 가진 이 남자가 결코 강매하는 영업사원일 리 없어.

예배가 끝난 뒤 그녀가 일어섰다. 조심스레 케니컷의 팔을 잡고 무슨 일이 있어도 나는 당신에게 헌신할 거예요,라는 다짐의 뜻으로 말없이 그에게 미소를 지었다. 그녀는 수수께끼 인물의 부드러운 갈색 저지 코트의 어깨를 따라 교회 밖으로 나왔다.

쩌렁쩌렁한 목소리에 우쭐대는 냇의 아들, 패티 힉스가 그 아름다운 이방인을 손으로 찰싹 치더니 빈정거렸다. "안녕? 윤기가 좌르르 흐르는 말처럼 오늘 쫙 빼입었군!"

캐럴은 몹시 역겨웠다. 외부 세상에서 온 선구자는 '엘리자베스'라고 하는 에릭 발보르그였다. 도제 재단사! 휘발유와 다리미와 더불어 사는 사람! 더러운 재킷을 수선하는 사람! 공손한 태도로 뚱뚱한 배에 줄자를 두르는 사람!

그래도 이것 또한 그의 모습이야, 그녀는 우겼다.

III

그들은 과일과 꽃을 그린 정물화와 크레용으로 그린 위티어 외삼촌의 확대 초상화로 둘러싸인 식당에서 스메일 부부와 함께 주일 저녁 식사를 했다. 로버트 쉬만케 부인의 진주목걸이와 이런 날 어울리지 않게 줄무늬 바지를 입은 위티어 외삼촌의 실수에 대해 호들갑을 떠는 베시 외숙모를 캐럴은 신경 쓰지 않았다. 로스트 포크의 맛도 느끼지 못했다. 그녀가 무심히 말했다.

"음…… 월, 오늘 아침 교회에서 흰색 플란넬 바지를 입고 있던 그 젊은이가 혹시 모두가 말하는 발보르그라는 사람인가요?"

"응. 그 사람이야. 복장이 정말 희한했지!" 케니컷이 빳빳한 회색 소맷자락에 묻은 하얀 얼룩을 긁었다.

"그렇게 나쁘진 않던걸요. 어디 출신이에요? 도시에서 오래 살았던 것 같아요. 동부에서 왔어요?"

"동부? 그 사람이? 아니, 바로 여기 위쪽의 농장 출신이야. 제퍼슨의 이쪽 지역 말이야. 내가 부친을 약간 알아. 아돌프 발보르그라고 전형적인 불평꾼, 늙은 스웨덴 농부지."

"오, 그런가요?" 무덤덤하게 답했다.

"하지만 한동안 미니애폴리스에서 살았었나 봐. 거기서 재단 일을 배웠고. 내가 말하지만, 어떤 면에서 똑똑한 친구야. 책도 많이 읽고. 폴록이 그러는데, 마을의 그 누구보다 도서관에서 책을 많이 대출한다더군. 허! 그런 면에서 당신하고 좀 비슷하네!"

스메일 부부와 케니컷이 이 교묘한 농담에 박장대소했다. 위티어 외삼촌이 대화를 주도했다. "힉스 가게에서 일하는 그 친구? 얼뜨기지. 전쟁에 나가 싸우거나, 아니면 이러고저러고 간에 젊었을 때 내가 그랬듯 들판에서 정직하게 밥벌이를 해야 할 젊은 친구가 여자들이나 하는 일을 하고 배우처럼 옷을 빼입고 나오는 걸 보면 참질 못하겠어. 아니, 내가 그 친구 나이 때는……"

캐럴은 고기 덩이 자르는 저 칼이면 위티어 외삼촌을 찌를 단검으로 안성맞춤이겠다는 생각을 곰곰이 했다. 쑤욱 미끄러져 들어가겠지. 무시무시한 머리기사가 쏟아질 거야.

케니컷이 신중하게 말했다. "오, 그 사람을 부당하게 평가하고 싶지는 않습니다. 입대를 위한 신체검사를 받은 거로 알고 있어요. 정맥류가 있어서, 크게 심각하진 않았어도 신체검사에 불합격되기에는 충분했죠. 하긴 그 친구가 독일군의 창자를 총검으로 쑤시고 싶어 안달 난 사람처럼 보이지는 않습니다만."

"윌! 제발요!"

"음, 사실이 그래. 내 눈엔 물러 보여. 게다가 토요일 이발하러 가서는 델 스내플린에게 피아노를 배웠으면 좋겠다고 말했다던데."

“이런 마을에서 사람들이 다들 서로를 어찌나 많이 알고 있는지 경이로울 따름이에요.” 캐럴이 순진하게 말했다.

케니컷은 미심쩍어했지만 플로팅 아일랜드를 디저트로 내고 있던 베시 외숙모는 그 말에 수긍했다. “그래, 멋진 일이야. 끔찍한 도시에서는 사람들이 온갖 종류의 추잡한 짓과 죄를 저질러도 무사히 빠져나갈 수 있지만 여기선 안 돼. 오늘 아침 이 양복장이 친구를 지켜보고 있었는데, 릭스 부인이 자신의 성가집을 같이 보자고 권하니까 그 사람이 고개를 가로젓고는 우리가 찬송가를 부르는 내내 그저 멍청하게 거기 서서 입도 벙긋하지 않더구나. 자신이 다른 사람들보다 훨씬 예의를 잘 차린다고 생각하는 것 같다던데, 그런 게 그 작자 말마따나 예의를 차리는 거라면, 난 그런 예절 믿지 않는다!”

캐럴이 또 한 번 고기 써는 칼을 살폈다. 하얀 식탁보 위로 벌건 피가 굉장할 거야.

그런 다음 이렇게 생각했다.

‘바보! 신경과민에 걸린 구제 불능 인간! 나이 서른에 동화 같은 이야기나 되뇌고 있고. ……세상에, 내가 정말 서른이야? 저 청년은 스물다섯도 안 됐을 텐데.”

IV

그녀가 가정 방문을 갔다.

과부인 보가트 부인의 집에 펀 멀린스라는 사람이 하숙하고 있었다. 스물두 살의 아가씨로 신학기에 고등학교에서 영어,

프랑스어, 체육을 가르칠 예정이었다. 펀 멀린스는 시골 교사들이 거치는 6주간의 교생실습을 위해 일찌감치 마을에 와 있었다. 캐럴은 그녀를 거리에서 알아보았고, 에릭 발보르그만큼이나 그녀에 대해 듣고 있었다. 껑충하니 키가 크고 예쁜 얼굴에, 못 말릴 정도로 매력적이었다. 목이 파인 세일러복 목깃의 옷을 입든 학교 출근에 어울리는 하이넥 블라우스와 검은 정장으로 차분하게 차려입든 아무튼 그녀는 도도하고 활기찼다. "정말 육감적인 여자 같아." 샘 클라크 부인 같은 사람들은 죄다 그녀가 마뜩잖은 듯 말했고, 후아니타 헤이독 같은 사람들은 죄다 그녀가 부러운 듯 말했다.

그날 일요일 저녁, 케니컷 부부는 집 옆에서 다 늘어진 접이식 캔버스 의자에 앉아 펀이 사이 보가트와 함께 웃고 있는 걸 보았다. 사이는 아직 고등학교 2학년이었지만 몸이 다 큰 성년이었고 펀보다 두세 살밖에 어리지 않았다. 사이는 당구장과 관련한 중요한 문제로 시내에 가야 했다. 펀은 보가트네 포치에서 손으로 턱을 괴고 풀이 죽은 채 앉아 있었다.

"심심해 보이는군." 케니컷이 말했다.

"맞아요. 가엾기도 하지. 건너가서 그녀와 얘기를 좀 할까 봐요. 데이브의 집에서 소개받았었는데 한 번도 찾아가 보진 않았어요." 캐럴이 잔디밭을 가로질러 살며시 넘어갔다. 까만 어둠 속에 하얀 형체가 이슬 맺힌 잔디 위를 가볍게 스치고 지나갔다. 그녀는 에릭에 대해, 발이 젖어버린 사실에 대해 생각하고 있었다. 그녀가 자연스럽게 인사를 건넸다. "안녕하세요! 남편과 난 그쪽이 혹시 심심할지도 모르겠다고 생각했어요."

"그래요!" 골이 난 목소리였다.

캐럴은 그녀에게 관심을 집중했다. "이런, 그런 것 같네요! 그게 어떤 건지 알아요. 나도 일할 때 피곤해서 지쳐 있곤 했죠. 난 사서였어요. 어느 대학 나왔어요? 난 블로젯 칼리지요."

좀 관심을 보이는 대꾸가 들렸다. "U를 다녔어요." 펀이 말하는 U란 미네소타 대학을 의미했다.

"근사한 시간이었겠어요. 블로젯은 좀 지루했어요."

"사서 일은 어디서 했어요?" 도전적인 어조였다.

"세인트폴 중앙도서관에서요."

"정말이에요? 어머나, 난 트윈 시티로 돌아가면 좋겠어요! 올해 교직 1년 차인데, 너무 겁나요. 대학에서는 최고의 시간을 보냈어요. 연극과 농구를 하고 노닥거리거나 춤을 추러 다녔죠. 난 춤이 그냥 미치도록 좋아요. 여기선, 체육 시간에 애들하고 있거나 혹은 타지로 원정 가는 농구팀을 인솔할 때 말고는 감히 움직일 생각을 안 해요. 사람들은 우리가 학교 밖에서 얌전한 사람처럼 보이기만 한다면, 즉 하고 싶은 걸 아무것도 안 한다면 우리가 수업에 활기를 주든 말든 별 관심이 없어 보여요. 이 교생실습만 해도 이루 말할 수 없이 형편없지만, 정규 수업은 더 끔찍하겠죠! 트윈 시티에 일자리 구하는 게 이미 늦어버린 것만 아니면 정말이지 여길 관두고 싶어요. 분명히 겨울 내내 춤추러 가는 건 엄두도 못 낼 거예요. 혹시 에라 모르겠다면서 내 멋대로 춤추기라도 하면 사람들은 날 완전히 망나니라고 생각할 거예요. 아무런 해도 끼치지 않는 불쌍한 나를요! 오 이런 식으로 얘기하면 안 되는데. 펀, 넌 어쩜 그렇게 조심성이 없니!"

"이봐요, 겁먹을 필요 없어요! ……이런 식의 말, 엄청 옛날 사람 같지 않은가요! 웨스트레이크 부인이 내게 하듯 당신에게 말하고 있네요. 결혼하면 다 그렇게 되나 봐요. 하지만 난 내가 젊은 사람 같아서, 나도 뭐랄까, 망나니처럼? 춤추러 가고 싶어요. 그러니까 그 마음 이해해요."

펀은 감사한 마음을 표했다. 캐럴이 물었다. "대학 시절 연극했을 때 어떤 걸 시도해봤어요? 난 여기서 소극장 같은 걸 시작하려 했죠. 끔찍했어요. 그 얘길 해줘야겠네요……"

2시간 후 케니컷이 건너와 펀과 인사를 나눈 뒤 하품을 하며 말했다. "이봐, 캐리, 들어가야 할 것 같지 않아? 내일 힘든 하루거든." 그때쯤 두 사람은 아주 허물이 없어진 터라 대화 도중 끊임없이 상대의 말을 가로채며 끼어들고 있었다.

치맛자락을 점잖게 들어 올린 채 남편의 호위를 받으며 집으로 돌아가면서 그녀가 기쁨에 겨워 외쳤다. "모든 게 바뀌었어! 친구가 두 명 생겼어. 펀하고…… 그런데 다른 한 명은 누구지? 희한한 일이야. 더 있는 줄 알았는데…… 아유, 정말 우스워!"

V

그녀는 거리에서 종종 에릭 발보르그를 스쳐 지나갔다. 갈색의 저지 코트가 이제 평범해 보였다. 어느 날 초저녁 그녀가 케니컷과 함께 차를 타고 지나가는데 호숫가에서 필시 시집일 것 같은 얇은 책을 읽고 있는 그가 보였다. 주목하고 보니 그는 누구나 다 차를 가진 마을에서 유일하게 장거리 산책을 다니는 사람이었다.

그녀는 자신이 판사의 딸이자 의사 아내이며, 마구 돌아다니는 양복장이에게는 관심 없다고 스스로를 일깨웠다. 난 남자들에게 ……퍼시 브레스나한에게도 관심이 없었어. 서른 살 여자가 스물다섯 살 남자를 마음에 둔다는 건 웃기는 일 아니냐며 자신을 타일렀다. 그러다가 금요일, 꼭 필요한 용건이라는 확신이 들자 그녀는 별로 낭만적이지 않은 남편의 바지 한 벌을 들고 냇 힉스의 가게로 갔다. 힉스는 뒷방에 있었다. 그녀가 회벽에 검댕 자국이 있는 방에서 겉면이 벗겨진 재봉틀로 코트에 박음질하는, 어찌 보면 신이라고 하기 힘든 모습의 그리스 신과 대면했다.

그의 손은 그리스 신 같은 얼굴을 따라가지 못했다. 두툼한 손은 바늘과 뜨거운 다리미, 쟁기 손잡이 등을 쥐느라 거칠었다. 가게 안에서조차 그는 근사한 복장을 고수했다. 실크 셔츠와 토파즈 색 스카프, 무두질한 얇은 가죽 구두를 착용하고 있었다.

그녀는 사무적인 어조로 용건을 말하는 한편 이 모든 사항을 한눈에 파악했다. "이 바지 좀 다려줘요."

재봉틀에서 일어나지 않은 채 그가 손을 내밀며 중얼거렸다. "언제까지 해드려요?"

"오, 월요일까지요."

모험은 끝났다. 그녀가 씩씩하게 걸어 나갔다.

"성함이?" 그가 그녀의 등에 대고 물었다.

그는 일어서 있었다. 한 짐 되는 불룩한 윌 케니컷 박사의 바지를 팔에 걸친 희극적 상황에도 불구하고 그에게는 고양이의 우아함이 있었다.

"케니컷."

"케니컷. 오우! 오, 그러니까 부인이 케니컷 박사의 아내시군요, 그렇죠?"

"그래요." 그녀가 문간에 서 있었다. 이제 그가 어떤 사람인지 보고 싶은 터무니없는 충동을 수행했기 때문에 그녀는 차가웠고, 정숙한 엘라 스토바디 양만큼이나 치근치근한 언행을 가려낼 준비가 되어 있었다.

"말씀 많이 들었습니다. 부인께서 극단을 세워 멋진 작품을 공연했다고 머틀 카스가 그러더군요. 저도 소극장에서 유럽 작가들의 작품이나 엉뚱한 배리*의 극, 혹은 패이전트**를 늘 해보고 싶었습니다."

그가 패전트를 '패이전트'라고 했는데 '패즈'를 '래이즈'와 같은 운으로 발음하고 있었다.

캐럴은 상업에 종사하는 사람을 자상하게 대하는 귀부인다운 태도로 고개를 끄덕였고, 그녀의 본모습 중 하나가 조소하듯 말했다. "우리 에릭은 사실 장소를 잘못 찾은 존 키츠네요."

그가 간청하듯 말했다. "올가을, 또 다른 극단을 꾸리게 될

---

* 제임스 배리(James Matthew Barrie, 1860~1937)는 스코틀랜드 태생 극작가. 『피터 팬』을 썼다.

** pageant. 야외극. 발음은 패전트[ˈpædʒənt]이다.

까요?"

"글쎄요, 생각은 해볼 만하네요." 그녀가 이런저런 태도 사이에서 갈등하다가 진지하게 말했다. "저, 멀린스 양이라고 새로 온 교사가 있는데 재능이 좀 있을지도 몰라요. 그렇게 되면 우리 세 명이 핵심 구성원이 되겠죠. 만약 여섯 명 정도 끌어모은다면 소수의 인원으로 연극다운 연극을 해볼 수 있을지도 모르죠. 경험은 좀 있나요?"

"미니애폴리스에서 일할 때 몇 사람이 모여 세웠던 시시한 극단 경험뿐입니다. 우리한테는 괜찮은 사람이 있었습니다. 실내장식하는 사람이었는데, 아마 약간 계집애 같고 여성적이었는지는 몰라도 진정한 예술가였어요. 그래서 우린 멋진 공연을 펼쳤습니다. 하지만 전…… 물론 늘 열심히 일하면서 독학해야 했습니다. 어쩌면 전 체계가 없을 수도 있습니다만 만약 무대에 서는 방법을 배운다면 좋겠죠. 제 말은, 연출가가 지적하면 할수록 전 더 좋아할 거라는 말입니다. 부인께서 절 배우로 쓰고 싶지 않다면 무대의상 디자인도 좋습니다. 전 옷감이라면, 그러니까 원단의 질감과 색감, 디자인 같은 것에 사족을 못 쓰거든요."

그녀는 그가 자신을 가지 못하게 하려 한다는 걸, 본인이 바지나 다려달라고 들고 오는 사람 그 이상임을 보여주고자 애쓰고 있다는 걸 깨달았다. 그가 애원했다.

"언젠가 돈을 모으면, 제가 이 웃기는 수선 일을 벗어날 수 있겠지요. 전 동부로 가서 유명한 재단사 밑에서 일하면서 전문적으로 도안을 공부해 일류 디자이너가 되고 싶습니다. 혹시

제 그런 야망이 남자가 꿈꾸기에 하찮다고 생각하십니까? 전 농촌에서 자랐습니다. 그다음엔 비단 셔츠를 만지작거렸지요. 글쎄요. 어떻게 생각하십니까? 머틀 카스 말로는 부인이 엄청나게 많이 배우신 분이라던데요."

"그래요. 엄청요. 말해보세요. 사내애들이 당신의 야망을 조롱하던가요?"

그녀는 70대 노파였고 성적 욕망 같은 것 없이 바이더 셔윈보다 더 많이 조언할 준비가 되어 있었다.

"음, 여하튼 그랬어요. 여기서도 미니애폴리스에서도 사람들이 절 많이 조롱했습니다. 재단 일이 여자들 일이라는군요. (하지만 난 기꺼이 징집될 용의가 있었어요! 입대하려 했습니다. 하지만 그들이 날 퇴짜 놓았어요. 그래도 난 노력했다고요!) 남성용품점에서 일할까 생각하다가 의류판매점에서 순회 영업사원으로 일할 기회를 얻었지요. 이런 재단 일이 싫지만 그렇다고 제가 영업직에 그다지 열의가 있는 것 같지도 않아요. 전 좁다란 금빛 액자 사진들을 걸어둔 회색빛 연갈색 벽지의 방을 계속 생각합니다. 아니, 하얀 에나멜 칠 판벽의 방이 더 나을까요? 하지만 아무튼, 그 방은 5번가를 맞보고 있고 저는 호하로운……" 그가 '호화로운'를 '호하로운'으로 발음했다. "드레스를 디자인하고 있습니다. 금사 천에 참피나무 빛이 도는 녹색 시폰으로 말이죠. 연한 연두색, 아시죠. 우아한 색깔입니다. …… 어떻습니까?"

"안 될 것 없죠. 도시의 무뢰한들이나 시골 남자애들이 하는 말에 뭐 하러 신경을 써요? 그래선 안 돼요. 정말 안 돼요. 나

같이 평범한 외부인들에게 평가할 기회를 줘봐요."

"음…… 어떻게 보면 부인은 외부인이 아니잖습니까. 머틀 카스, 카스 양이라고 해야겠지요, 그녀가 당신에 대해 꽤 여러 번 이야기했습니다. 저는 부인을, 박사님도 함께, 한번 찾아뵙고 싶었습니다만 그만한 배짱이 없었습니다. 어느 날 밤 산책하다가 부인 댁을 지나가고 있었습니다. 하지만 부인과 남편이 포치에서 이야기하고 있는데 부인이 참으로 다정하고 행복해 보여서 제가 감히 끼어들 수가 없었어요."

어머니처럼 대꾸했다. "연출가에게서 발음법 교육을 받고 싶어 하다니 몹시 고마운 일이군요. 어쩌면 내가 도와줄 수 있을 듯한데요. 난 아주 능력이 있지만, 태생적으로 독창성이 없는 선생이에요. 정말 어쩔 수 없이 다 살아버린 어른이죠."

"아니, 둘 다 당치 않은 말이에요!"

그녀는 그의 열렬한 반응을 범속한 여인처럼 기꺼이 받아들이지는 못한 채 상당히 침착하게 말했다. "고마워요. 정말 극단을 새로 꾸릴 수 있을지 지켜보도록 할까요? 있잖아요, 오늘 저녁 8시쯤 우리 집으로 와요. 멀린스 양도 건너오라고 청해서 그 얘길 한번 해봐요."

VI

"진짜 유머 감각이라고는 손톱만큼도 없는 사람이야. 월보다 더하군. 하지만 정말 그럴까…… '유머 감각'이 뭔데? 그 사람에게 없다는 '유머 감각'이란 게 여기서 유머랍시고 야단스럽게 등을 탁 하고 치는 익살맞은 언동 그거잖아? 어쨌든…… 가엾은 사람, 날 잡아두고 같이 놀아달라고 감언이설을 늘어놓는 모습이라니! 불쌍하고 외로운 사람! 만약 냇 힉스 같은 사람들, '깔롱쟁이'라느니 '멍청이'라고 말하는 사람들에게서 벗어난다면 더 크게 성장할까?

휘트먼도 어린 시절엔 브루클린 뒷골목 은어를 쓰지 않았을까?

아니. 휘트먼은 아니야. 그 사람은 키츠 쪽이야. 비단처럼 부드러운 것에 민감한 키츠. '수많은 반점과 눈부신 색조는 불나방의 짙은 담홍색 날개 같아라.'* 이곳의 키츠야! 메인 스트리트에 떨어진 길 잃은 영혼. 메인 스트리트는 그 영혼이 아파할 때까지 웃고, 그 영혼이 자기 자신을 못 미더워하며 '양복점'의 올바른 용도를 위해 날개의 사용을 포기하려 할 때까지 킬킬거리지. 11마일에 이르는 유명한 시멘트 포장도로의 고퍼 프레리. ……그 시멘트에는 얼마나 많은 존 키츠들의 묘석이 들어가 있을까?"

VII

케니컷은 펀 멀린스에게 다정하게 대하며, 그녀를 놀리고, 자기가 "예쁜 학교 선생들과 달아나는 데 선수"라고 말하면서 만약 학교 이사회에서 그녀가 춤추는 걸 반대한다면 자기가 머

---

* 존 키츠가 1820년에 발표한 「성 아그네스 전야*The Eve of St. Agnes*」의 일부.

리를 곤봉으로 쳐주고, "활기 있는 여성과 같이 일할 수 있는 그들이 얼마나 행복한 사람들인지 말해주겠다"라고 약속했다.

하지만 에릭 발보르그에게는 다정하지 않았다. 그는 건성으로 악수하면서 인사했다. "안녕하세요."

냇 힉스 같은 사람은 사교적으로 어울려도 괜찮다. 여기에 수년째 살고 있고 본인의 가게도 있으니까. 하지만 이 사람은 한낱 냇의 고용인에 불과한 데다, 마을의 완벽한 민주주의 원칙이라는 게 차별 없이 적용되는 것은 아니었다.

극단 협의회에는 원칙적으로 케니컷도 포함되어 있었다. 하지만 그는 뒤로 물러나 앉아 하품을 참으며 펀의 발목에 관심을 보였고, 열심히 자기들끼리 즐기고 있는 그들에게 온화한 미소를 지었다.

펀은 자신의 고충을 얘기하고 싶어 했다. 캐럴은 「캥커키에서 온 소녀」가 떠오를 때마다 언짢아졌다. 제안을 한 사람은 에릭이었다. 그는 놀랄 만큼 독서의 범위가 넓었지만 놀랄 만큼 책에 대한 식견이 없었다. 유음의 발음에 세심했지만 '글로리어스'*라는 단어를 남발했다. 책에 나온 단어 중 열 개에 하나꼴로 발음을 틀렸는데, 본인도 그 사실을 알았다. 그는 고집스러웠지만 수줍음이 있었다.

그가 "쿡과 글래스펠 양의 「억눌린 욕망」을 상연하고 싶다"고 했을 때 캐럴은 잘난 척하기를 그만두었다. 그는 동경하는 사람이 아니라 소신이 분명한 예술가였다. "저라면 단순하게

* glorious(눈부시게 아름다운)에는 유음인 'l'과 'r'이 들어 있다.

만들겠어요. 눈에 바로 들어오는 파란색 파노라마 배경을 뒤쪽의 커다란 창과 함께 쓰고, 나뭇가지 하나로 아래쪽에 공원 분위기를 주는 겁니다. 방의 상단에 아침 식탁을 놓아요. 색채는 좀 예술애호가의 분위기를 주면서 티룸같이 오렌지색 의자들과 오렌지색과 파란색 탁자, 파란 일본식 조반 식기 세트에, 벽 어딘가쯤에 큼지막하게 검은색 얼룩을 내는 거죠. 짜잔! 아. 우리가 했으면 좋겠다 싶은 다른 작품은 테니슨 제시의 「검은 가면」이에요. 한 번도 본 적은 없지만…… 결말이 장엄해요. 결말에 가서 이 여인은 얼굴이 완전히 날아간 남자의 얼굴을 보면서 끔찍한 괴성을 딱 한 번 질러요."

"세상에, 그게 당신이 생각하는 장엄한 결말이오?" 케니컷이 물었다.

"정말 과격한 것 같은데요! 전 예술적인 것은 좋아하지만 끔찍한 건 싫어요." 펀 멀린스가 한숨을 내쉬었다.

에릭이 어리둥절한 표정으로 캐럴을 쳐다보았다. 그녀가 괜찮다는 표시로 고개를 끄덕였다.

회의는 끝났지만 결정된 건 아무것도 없었다.

29장

I

이번 주 일요일 오후 그녀는 휴와 함께 기찻길을 걸었다.

에릭 발보르그가 시무룩하니 혼자서 막대기로 레일을 두드리며 터벅터벅 걸어오는 게 보였다. 꽉 끼는 구식 정장을 입고 있었다. 순간적으로 그녀는 괜스레 그를 피하고 싶었지만 걸음을 멈추지 않고 신에 대해 차분히 말했다. 휴는 전신줄의 위잉거리는 소리를 신이 만들었다고 주장했다. 에릭이 쳐다보다가 자세를 바로잡았다. 두 사람이 "안녕하세요"라며 인사를 주고받았다.

"아들, 발보르그 씨에게 안녕하세요,라고 해야지."

"오, 이런, 단추 하나가 안 채워졌어." 걱정스러운 표정으로 에릭이 쪼그려앉았다. 캐럴이 인상을 찌푸리더니 아이를 기운차게 들어 올리는 그를 주시했다.

"잠깐 같이 걸어도 될까요?"

"피곤하네요. 저기 침목에 앉아 쉬어요. 좀 쉰 다음에 돌아가야겠어요."

두 사람은 버려진 침목 더미 위에 앉았다. 참나무 목재는 건부병이 들어 계피색 얼룩이 졌고 철판을 얹어놓았던 자리에는 갈색의 금속성 줄이 나 있었다. 휴는 침목 더미가 인디언들이 숨던 곳이라는 걸 배운 터라 어른들이 재미없는 이야기를 나누는 동안 그들을 잡으러 갔다.

전신줄이 침목 더미 위에서 위잉, 위잉, 위잉 소리를 냈다. 철로는 반짝이는 두 개의 단단한 선이었다. 미역취에서 먼지 냄새가 났다. 철로 건너편에는 키 작은 토끼풀과 드문드문 잔디 목초지가 있고 소가 지나간 데는 흙이 드러나 있었다. 평온하고 좁다란 목초지 너머로 새로 생긴, 거칠한 그루터기들과 함께 거대한 파인애플 같은 밀단이 들쭉날쭉 놓여 있었다.

에릭은 책 이야기를 했다. 마치 어떤 종교로 최근 개종한 사람처럼 상기되어 있었다. 과시하듯 책 제목과 작가들의 이름을 최대한 나열하면서 "그 작가의 최근 책 읽어보셨습니까? 정말 실력 있는 작가라고 생각지 않으세요?"라고 물을 때만 잠시 쉬었다.

그녀는 머리가 어지러웠다. 하지만 "부인은 사서를 하지 않았습니까. 말해보세요. 제가 소설을 너무 많이 읽고 있나요?" 라고 그가 조르자 그녀가 고자세로 약간 장황하게 조언했다. 그녀는 그가 공부한 적이 없다는 점을 지적했다. 그는 감정이 오락가락했다. 그녀가 머뭇거리다가 느닷없이 그에게 짐작으로만 발음하지 말고, 성가시더라도 멈추고 사전을 찾는 수고를 감수해야 한다고 했을 때는 특히 그랬다.

"내가 잔소리 많은 교사 같죠." 그녀가 한숨을 내쉬었다.

"아닙니다! 공부하겠습니다! 망할 사전을 처음부터 끝까지 훑겠습니다." 그가 다리를 꼬고 몸을 숙여 두 손으로 발목을 잡았다. "무슨 뜻인지 압니다. 전 마치 처음으로 미술관을 제 마음대로 다니게 된 아이처럼 이 그림 저 그림 옮겨 다니기 바빴어요. 있잖습니까, 최근 정말 괴로웠습니다. 어떤 세상이, 말하자면 아름다운 것들이 인정되는 세상이 있다는 것을 깨달았기 때문입니다. 전 열아홉 살 때까지 농장에서 일했습니다. 아버지는 훌륭한 농부였지만 그게 다였지요. 아버지가 왜 절 재단 일을 배우라고 보냈는지 아십니까? 전 원래 소묘를 배우고 싶었습니다. 그런데 아버지한테 다코타에서 재단 일로 돈을 꽤 번 사촌이 있었어요. 그러자 아버지가 재단 일이나 소묘나 그게 그거라면서 별 볼 일 없는 컬루라는 시골로 절 보내 양복점에서 일하게 만들어버렸지요. 그때까지 전 1년에 겨우 3개월만 공부했습니다. 무릎까지 오는 눈길을 뚫고 2마일을 걸어 학교까지 걸어 다녔는데, 부친은 교과서 말고 다른 책은 한 권도 갖지 못하게 했어요.

컬루의 도서관에서 『해든 홀의 도로시 버논』*을 빌려 보기 전까지 소설은 읽은 적이 없습니다. 정말 세상에서 가장 아름답다고 생각했지요! 그다음 『타버린 장벽』,** 그런 다음 포프***가 번역한 호메로스의 작품을 읽었습니다. 멋진 조합이죠, 좋잖아요! 불과 2년 전, 미니애폴리스에 갔을 때는 이미 컬루 도서관에 있는 거의 모든 책을 읽었던 것 같습니다만 로제티****나 존 사전트,***** 혹은 발자크나 브람스는 못 읽었습니다. 그런데…… 예, 공부하겠습니다. 보세요! 제가 이 재단 일에서, 이 다림질과 수선 일에서 벗어나게 될까요?"

"외과 의사가 뭐 하러 구두 수선하는 데 시간을 다 보내겠어요."

---

* 『해든 홀의 도로시 버논*Dorothy Vernon of Haddon Hall*』은 1902년 미국 작가 찰스 메이저(Charles Major, 1856~1913)가 쓴 소설.

** 『타버린 장벽*Barriers Burned Away*』은 미국 작가 에드워드 로(Edward Payson Roe, 1838~1888)의 1872년 소설.

*** 알렉산더 포프(Alexander Pope, 1688~1744)는 영국 신고전주의 작가.

**** 단테 로제티(Dante Gabriel Rossetti, 1828~1882)는 영국 시인이자 화가. 라파엘 전파의 선도적 인물.

***** 존 사전트(John Singer Sargent, 1856~1925)는 미국 초상화 화가.

"하지만 제가 정말 도안과 디자인에 재능이 없다는 걸 발견하면 어떻게 될까요? 뉴욕이나 시카고에서 어정거리다가 다시 남성용품점에서 일해야 한다면 바보 같다는 생각이 들지 않겠습니까!"

"'남성복 매장'이라고 해주세요."

"남성복 매장? 좋습니다. 기억할게요." 그가 어깨를 으쓱하면서 손바닥을 쫙 폈다.

그녀는 그의 겸손한 태도에 겸허해졌다. 그녀는 자신이 순진한 건 아닌가 하는 의구심은 나중에 끄집어내기로 하고 마음 한 켠으로 밀쳐놓았다. 그녀가 의견을 피력했다. "하던 일로 다시 돌아간다면 어떻게 되냐고요? 대다수 사람이 그래요! 누구나 다 예술가가 되진 못해요. 내가 그 예죠. 우린 양말을 기워야 하지만 그렇다고 기꺼이 양말과 사뜨기 실 생각만 하고 있지는 않아요. 난 살면서 해볼 수 있는 건 다 해볼 거예요. 결국 드레스를 만들게 되든 혹은 사원을 짓게 되든 아니면 바지를 다리게 되든 상관없어요. 만약 되돌아간다면 어떻게 되냐고요? 진기한 경험들을 해봤을 테죠. 인생을 너무 미지근하게 살지 말아요! 한번 해봐요! 당신은 젊고 결혼도 안 했잖아요. 다 해봐요! 냇 힉스나 샘 클라크가 시키는 대로 하면서 그들의 배만 불리는 '건실한 청년'으로 살지 말아요. 다행히도 당신은 아직 순수해요. 선량한 주민들이 당신을 붙잡을 때까지 마음껏 놀아요!"

"하지만 난 놀고 싶지가 않습니다. 무언가 아름다운 걸 만들고 싶어요. 맙소사! 게다가 전 아는 게 별로 없습니다. 아시겠어요? 이해하십니까? 여태까지 아무도 이해하지 못했어요! 부인은 이해하시겠습니까?"

"네."

"그러니까…… 제가 괴로운 건 이겁니다. 전 직물을 좋아합니다. 그런 류의 예쁘장한 것들, 작은 소묘 작품들과 우아한 단어들 말이죠. 하지만 저기 밭들을 보세요. 광대하죠! 새롭죠! 이런 걸 놔두고 동부나 유럽으로 돌아가서 사람들이 오랜 세월 해온 일을 한다는 게 좀 안타깝지 않으세요? 여기서는 수백만 부셸의 밀을 수확하는데 깐깐하게 단어들을 고르는 일이라니요! 아버지와 함께 밭을 일구었는데 페이터*라는 사람의 글이나 읽고 있다니요!"

"밭을 개간하는 것은 좋은 거죠. 하지만 당신이 할 일은 아니에요. 널따란 평원이 호연지기를 키우고 높은 산이 원대한 목표를 키운다는 건 우리가 좋아하는 미국 신화 중 하나예요. 내가 처음 대평원에 왔을 때 나도 그렇게 생각했어요. '광대하다, 새롭다.' 오, 대평원의 미래를 부정하고 싶지는 않아요. 근사하겠죠. 하지만 동시에 난 그것에 겁먹고 싶지 않아요. 메인 스트리트를 위해 전쟁에 나가고 싶지 않아요. 미래가 이미 여기 있고 우리는 다 여기 남아서 밀 포대를 숭배해야 하고, 이것이 '신의 나라'라며 미래를 만들어줄 독창적이고 다채로운 건 절대 하지 않아야 한다고 우기는 믿음에 겁먹고 싶지가, 겁

---

* 월터 페이터(Walter Pater, 1839~1894)는 영국의 평론가, 소설가. 탐미주의의 옹호자.

먹고 싶지가 않아요! 어쨌든 당신은 여기 사람이 아니에요. 샘 클라크와 냇 힉스, 그런 사람이 광대하고 새로운 우리 고퍼 프레리가 만들어낸 산물이죠. 해봐요! 너무 늦기 전에요. 우리 중 누군가에게는…… 너무 늦었기 때문이에요. 젊은이여, 동부로 가서 혁명적인 걸 배우고 성장하세요! 그러고선 다시 돌아와 어쩌면 샘과 냇, 그리고 내게 우리가 일구어왔던 토지를 어찌해야 할지 말해줄 수도 있는 거죠. 만약 우리가 들어준다면, 우리가 먼저 당신을 목매달지 않는다면요!"

그가 그녀를 경건한 눈빛으로 바라보았다. 그녀는 이런 말이 들리는 것 같았다. "전 늘 그런 식으로 말해주는 여성을 알고 싶었습니다."

그녀가 들은 말은 착각이었다. 그가 하는 말은 전혀 그런 종류가 아니었다. 그가 말했다.

"남편과는 왜 행복하지 못한가요?"

"난…… 당신은……"

"남편은 부인의 '축복받은 순수함'을 좋아하지 않는군요!"

"에릭, 안 돼요……"

"처음엔 당신이 저보고 마음대로 하라고 하더니 그다음엔 저보고 '안 된다!'고 하는군요."

"알아요. 하지만 안 돼요…… 개인적인 영역으로 더 들어가선 안 돼요!"

그는 빈틈없는 어린 부엉이처럼 그녀를 노려보았다. 분명하진 않지만 그가 이런 말을 웅얼거린 것 같았다. "절대 안 하죠." 그녀는 다른 사람의 운명에 끼어드는 위험을 좋은 쪽으로 두려워하면서 소심하게 말했다. “이제 돌아가는 게 좋지 않을까요?”

그가 생각에 잠겨 말했다. “부인은 저보다 더 젊어요. 당신의 입술로는 아침의 강물과 저녁의 호수를 노래해야 합니다. 그 누군가가 부인에게 상처를 줄 수 있다는 게 상상이 안 됩니다. ……그래요. 돌아가는 게 좋겠군요.”

그는 그녀와 눈길을 마주치지 않은 채 옆에서 터덜터덜 걸었다. 휴가 그의 엄지손가락을 잡아보았다. 그가 꼬마를 진지하게 내려다보았다. 그러고는 큰 소리로 외쳤다. “좋아요. 해보죠. 여기서 1년 더 있겠습니다. 돈을 모을 겁니다. 옷 사는 데는 돈을 많이 쓰지 않을 거고요. 그런 다음 동부로, 미술학교로 갈 겁니다. 부업으로 양복점에서, 의상실에서 일할 겁니다. 내가 잘하는 걸 배울 겁니다. 의상 디자인이나 무대 꾸미기, 삽화 그리기 혹은 뚱뚱한 남자들에게 셔츠 목깃 팔기 등등, 온갖 것들을요.” 그는 웃음기를 빼고 그녀를 응시했다.

“이 마을에서 1년을 견딜 수 있겠어요?”

“부인을 바라볼 수 있다면요?”

“제발 그만! 내 말은, 여기 사람들이 당신을 괴짜라고 생각하지 않나요? (나한테는 그래요. 진짜예요!)”

“글쎄요. 별로 느끼지 못했습니다. 오, 군대 가지 않은 걸 갖고 놀리긴 해요. 특히 노병들이나 자기들은 입대하지 않을 나이 든 사람들이요. 그리고 이 보가트라는 녀석. 그리고 힉스 씨의 아들, 정말 끔찍한 녀석이죠. 하지만 녀석은 아마 자기 아버지 밑에서 일하는 직원에 대해 제 맘대로 말해도 된다고 생각할 겁니다.”

“지긋지긋한 녀석이에요!”

그들은 마을에 들어왔고 베시 외숙모의 집을 지나쳤다. 베시 외숙모와 보가트 부인이 창가에 있었는데, 캐럴이 보니 그들은 두 사람을 너무 골똘히 쳐다보느라 그녀의 인사에도 로봇처럼 뻣뻣하게 팔만 겨우 들어 응했다. 다음 구역에서 웨스트레이크 박사 부인이 포치에서 입을 떡 벌리고 바라보고 있었다. 캐럴이 당황하여 떨리는 목소리로 말했다.

“들어가서 웨스트레이크 부인을 뵙고 싶어요. 여기서 작별할게요.”

그녀는 그의 눈을 쳐다보지 않았다.

웨스트레이크 부인은 상냥했다. 이 상황에 대한 설명을 기대하는 것 같았다. 마음속으로는 내키지 않았지만 그녀는 벌써 설명하고 있었다.

“기찻길에서 발보르그 청년이 오는 걸 휴가 봤지 뭐예요. 둘이서 아주 친한 친구가 되었답니다. 나도 그와 잠시 얘기를 나눴어요. 좀 괴짜라고 들었는데, 사실 알고 보니 꽤 똑똑한 친구였어요. 되는 대로이긴 하지만 책을 읽더라고요. 거의 웨스트레이크 박사님처럼 읽어요.”

“훌륭하네요. 이 동네에는 왜 머무른대요? 머틀 카스에게 관심을 보인다는 이야기는 다 뭔가요?”

“글쎄요. 그런가요? 안 그럴 거예요! 굉장히 외롭다고 하던데요! 게다가 머틀은 애잖아요!”

“적어도 스물한 살은 먹었어요!”

"저어…… 박사님은 이번 가을에 사냥은 안 가시나요?"

II

에릭에 관해 설명하다 보니 문득 그녀는 의구심에 빠져들었다. 열심히 책을 읽고 열정적으로 살면 그가 답답한 농촌에서 자라 시시한 양복점을 전전하는, 작은 마을의 청년이 결코 아닌 건가? 손도 거칠었다. 그녀는 아버지처럼 곱고 부드러운 손에만 끌렸었다. 아버지는 손이 우아했고 목적이 확고했다. 하지만 이 청년의 손은 깊게 주름이 잡힌 데다 의지가 약했다.

"고퍼 프레리 같은 마을을 살리는 것은 에릭처럼 무언가를 호소하는 우유부단함이 아니라 건전한 단호함이야. 다만…… 그런 게 의미가 있나? 아니면 지금 난 바이더의 말을 그대로 따라 하는 건가? 우린 늘 '강한' 정치가와 군인들이, 이른바 큰 목소리를 가진 남자들이 세상을 지배하게 놔뒀지. 그런데 우렁차게 외치던 얼간이들이 해놓은 게 뭐지? '단호함'이 뭐지?

이렇게 사람을 분류하다니! 양복장이들도 강도들이나 왕들만큼 사람마다 다 달라.

에릭이 날 몰아붙일 때 깜짝 놀랐어. 물론 별 뜻은 없었겠지만 그렇게 사적으로 접근하게 둬선 안 돼.

깜짝 놀랄 만큼 무례했어!

하지만 그 사람은 그럴 생각이 아니었어.

그 사람 손은 단단해. 조각가들도 손이 투박하지 않나?

물론 그 청년을 도와주기 위해 내가 할 수 있는 게 뭐라도 있으면……

하지만 난 이런 식으로 참견하는 사람들을 경멸하는데. 에릭은 독립적이어야 해."

III

일주일 후 그녀는 에릭이 자신의 격려도 구하지 않고 독자적으로 테니스 토너먼트를 계획한 걸 알았을 때 마냥 기쁘진 않았다. 알고 보니 그는 미니애폴리스에서 테니스를 배웠고 후아니타 헤이독 다음으로 이 마을에서 가장 서브를 잘 넣는 사람이었다. 고퍼 프레리에서 테니스는 반응이 좋은 운동이지만 경기는 치러진 적이 거의 없었다. 마을에는 코트가 세 개 있었다. 하나는 해리 헤이독의 사유물이고, 다른 하나는 호숫가 별장들에 딸린 것, 나머지 하나는 지금은 없어진 테니스협회가 마을 외곽의 거친 들판에 조성해놓은 것이었다.

에릭은 플란넬 셔츠와 바지 차림에 가짜 파나마모자를 쓰고서 스토바디 은행의 직원 윌리스 우드포드와 버려진 코트에서 경기하는 모습이 눈에 띄곤 했었다. 그러던 그가 갑자기 테니스협회의 재결성을 제안하면서 다이어의 가게에서 산 15센트짜리 공책에 이름을 적으러 다니기 시작했다. 캐럴에게 왔을 때 그는 주최자라는 본분에 너무 흥분한 나머지 본인과 오브리 비어즐리*에 대해서 10분이 넘도록 쉬지 않고 주절댔다. 그가

* 오브리 비어즐리(Aubrey Beardsley, 1872~1898)는 영국의 삽화가이자 작가.

“주민들을 좀 참여하게 도와주실 수 있을까요?”라고 사정하자 그녀가 선뜻 고개를 끄덕였다.

그가 협회 홍보를 위한 친선 시범 경기를 열자고 제의했다. 캐럴과 본인, 헤이독 부부, 우드포드 부부, 딜런 부부로 복식 경기를 하면 좋겠고, 열성 회원들이 모여 협회를 구성해야 한다고 말했다. 자기가 해리 헤이독에게 임시 회장을 맡아달라고 부탁해놓았는데, 해리가 “그러지. 하고말고. 하지만 자네가 먼저 준비를 해놓으면 내가 승인하도록 하지”라면서 수락했다고 전했다. 에릭은 토요일 오후 마을 외곽에 있는 옛 공용 코트에서 시합을 열 계획을 세웠다. 그는 처음으로 고퍼 프레리의 일원이 되어 기뻤다.

그 주 내내 캐럴은 얼마나 엄선된 사람들이 참석하는지에 대해 들었다.

케니컷은 으르렁대듯 별로 가고 싶지 않다고 했다.

내가 에릭과 함께 시합하는 게 싫어요?

아냐. 분명히 아니지. 당신도 운동해야지.

캐럴은 시합장에 일찍 나갔다. 테니스 코트는 뉴안토니아 거리 언저리의 목초지에 있었다. 가보니 에릭밖에 없었다. 적어도 갈아엎은 밭 같은 느낌이 안 들게 갈퀴로 주변의 흙을 깨고 있었다. 몰려들 사람들 생각에 무대 공포증이 생겼다고 그가 인정했다. 윌리스와 우드포드 부인이 도착했다. 윌리스는 집에서 만든 속바지에 발끝 부분이 닳은 운동화를 신고 있었다. 그 다음에 우드포드 부부만큼 순진하고 고마움을 아는 사람들인 하비 딜런 부부가 왔다.

캐럴은 마치 침례교도 자선 시장에서 위화감을 느끼지 않으려 애쓰는 감독교회 주교의 사모처럼 어색해하면서 사람들을 매우 친절하게 대했다.

그들은 기다렸다.

시합은 3시로 예정되어 있었다. 관중이랍시고, 포드 배달 차를 세우고 운전석에서 지켜보는 식료품점의 앳된 점원 하나와 콧물 흘리는 여동생을 끌어당기고 있는 엄숙한 표정의 작은 남자애가 있었다.

"헤이독 부부는 어디 있지? 최소한 나타나긴 해야 할 텐데." 에릭이 말했다.

캐럴이 그에게 자신 있게 웃어 보이며 마을 방향의 텅 빈 도로를 힐끗 쳐다보았다. 열기와 먼지, 먼지를 덮어쓴 잡초들뿐이었다.

3시 반인데 아무도 오지 않으니 식료품점 청년이 내키지 않는 듯 나와서 포드 자동차의 시동을 걸었고 환상에서 깬 듯한 표정으로 그들을 쳐다보더니 덜커덩거리며 차를 몰고 가버렸다. 작은 남자애와 여동생은 풀을 뜯어 먹으며 한숨을 쉬었다.

참가 선수들은 서비스를 주고받으며 기분이 들뜬 척했지만, 자동차가 먼지를 일으키며 지나갈 때마다 화들짝 놀랐다. 풀밭으로 꺾어 들어오는 차는 한 대도 없었다. 그러다가 4시 15분쯤 되어서야 비로소 케니컷이 차를 몰고 나타났다.

캐럴은 가슴이 벅찼다. "얼마나 의리가 있는 사람인지! 난 남편을 믿어! 아무도 안 온다 해도 그는 왔을 거야. 테니스 시합을 좋아하지 않더라도. 사랑스러운 자기!"

케니컷은 차에서 내리지 않았다. 그가 소리쳤다. “캐리! 해리 헤이독이 전화했어. 테니스 시합인지 뭔지 그걸 여기서 말고 호숫가 별장에서 하기로 했대. 사람들이 지금 그쪽에 있어. 헤이독, 다이어, 클라크 부부들하고 전부 다. 내가 당신을 데려올 수 있는지 해리가 알고 싶어 했어. 난 시간을 낼 수 있을 것 같은데, 저녁 먹고 바로 돌아오자고.”

캐럴이 상황을 종합하기도 전에 에릭이 더듬거리며 말했다. “아니, 나한테는 헤이독이 장소 변경에 대해 한마디도 안 했어요. 물론 그가 회장이긴 하지만……”

케니컷이 그를 근엄하게 바라보더니 투덜거렸다. “그건 난 모르겠고. ……갈 거야? 캐리?”

“안 가요! 시합은 여기서 하기로 했으니 여기서 할 거예요! 해리 헤이독에게 가서 끔찍할 정도로 무례하다고 전해줘요!” 그녀는 배제된, 언제나 배제될 다섯 사람을 불러 모았다. “자! 동전을 던져서, 우리 중 어느 네 명이 포레스트 힐스, 델몬트, 고퍼 프레리를 아우르는 우리만의 제1회 연례 테니스 토너먼트 경기에 출전할 건지 정하도록 해요!”

“나도 이해해.” 케니컷이 말했다. “그럼, 저녁은 집에서 먹는 거지?” 그가 차를 몰고 가버렸다.

그녀는 그의 태연자약함이 싫었다. 그는 그녀의 반항심을 무너뜨렸다. 옹기종기 모여 있는 추종자들을 돌아볼 때 그녀는 더 이상 수전 앤서니*가 된 것 같은 기분이 들지 않았다.

---

* 수전 앤서니(Susan B. Anthony, 1820~1906)는 미국의 여성 참정권·노예제도

딜런 부인과 윌리스 우드포드가 동전 던지기에서 졌다. 나머지 사람들이 고르지 못한 땅 위에서 아주 쉬운 공도 못 받아내며 천천히 고생스럽게 비틀거리며 시합을 했다. 작은 남자애와 코를 훌쩍이는 그의 여동생만이 그들을 지켜보았다. 코트 너머에는 그루터기만 남은 들판이 가없이 펼쳐졌다. 비웃기라도 하듯 끝없이 펼쳐진 뜨거운 땅에서 시합을 치르는 보잘것없는 네 명의 마리오네트는 영웅과는 거리가 멀었다. 점수를 불러줄 때의 목소리는 쩌렁쩌렁 울리는 대신 미안해하는 듯했다. 시합이 끝났을 때 그들은 마치 비웃음을 기다리고 있었다는 듯이 주위를 흘깃거렸다.

그들은 집으로 걸어갔다. 캐럴은 에릭의 팔짱을 꼈다. 자신의 얇은 리넨 소매를 통해 익숙한 그의 갈색 저지 코트의 구김간 소매에서 온기가 느껴졌다. 가만히 보니 코트는 자주색과 적황색 실이 갈색 실과 섞여 있었다. 그 코트를 처음 본 날이 떠올랐다.

두 사람은 그저 즉흥적으로 떠오르는 것들을 화제 삼아 이야기했다. "나는 이 헤이독이라는 사람이 정말 싫었어요. 자신의 편익밖에 몰라요." 그들 앞에서 딜런 부부와 우드포드가 날씨와 B. J. 구절링의 신축 단층주택에 대해 말했다. 그 누구도 테니스 토너먼트에 대해선 입도 벙긋하지 않았다. 캐럴은 대문간에서 에릭의 손을 꼭 잡은 채 악수하면서 그에게 미소를 지었다.

폐지 운동가.

일요일인 다음 날 아침, 캐럴이 포치에 있는데 헤이독 부부가 차를 몰고 나타났다.

"무례하게 굴려던 건 아니었어요, 자기!" 후아니타가 사정하는 투로 말했다. "절대 그런 식으로 생각하지 않았으면 좋겠어요. 자기를 윌과 함께 별장으로 내려오게 해서 우리와 함께 저녁을 먹으려고 했던 거예요."

"그럼요. 그럴 생각은 아니었겠죠." 캐럴은 아주 싹싹했다. "하지만 딱한 에릭 발보르그에게는 사과해야 할 것 같아요. 굉장히 상처를 받았어요."

"아. 발보르그. 난 그자가 어떻게 생각하든 크게 신경 쓰지 않소." 해리가 이의를 제기했다. "그저 제 잘난 맛에 사는 참견쟁이 아니오. 아무튼, 후아니타와 나는 이 친구가 이 테니스협회 운영에 지나치게 개입하려는 게 아닌가 생각했어요."

"하지만 헤이독 씨가 그 사람에게 시합을 준비하라고 맡겼잖아요."

"그렇긴 하지만 그 친구, 마음에 안 들어요. 어허, 그자가 감정이 상할 리가 있나! 합창단처럼 옷을 빼입고 다니면서. 어허, 그렇게 보여! 하지만 그래 봐야 그저 스웨덴 촌놈일 뿐이고, 이 이민자들, 이들은 죄다 한 무리 코뿔소처럼 가죽이 두꺼워요."

"하지만 에릭은 상처를 받았어요!"

"음…… 내가 생각 없이 그렇게 해선 안 되었던 것 같소. 그자의 기분도 고려해야 했는데. 공치사를 해줘야겠군. 아마……"

후아니타가 입술을 핥으며 캐럴을 빤히 보고 있었다. 그러더니 남편의 말을 끊고 말했다. “그래요, 해리가 그 사람과 풀어야 할 것 같아요. 캐럴, 그 사람을 좋아하는군요, 그죠?”

경고성 두려움이 캐럴의 온몸을 훑고 지나갔다. “그 사람을 좋아한다고요? 전혀 아니에요. 아주 예의 바른 청년 같아요. 테니스 시합을 아주 열심히 준비했는데 그에게 협조하지 않는 건 안타까운 일이라고 느꼈을 뿐이에요.”

“그럴 수도 있겠군.” 해리가 중얼거렸다. 그런 다음 케니컷이 모퉁이에서 나와 정원의 빨간 호스의 황동 노즐을 잡고 끌어당기는 걸 보더니 살았다는 기분에 소리를 질렀다. “뭘 하려고 그러나, 의사 선생?”

케니컷이 자기가 뭘 할 생각인지 자세하게 전부 설명했고, 턱을 문지르며 근엄한 목소리로 “잔디밭이 군데군데 약간 누레진 것 같아서…… 그냥 물을 좀 뿌려주려고 했네”라고 하니 해리가 좋은 생각이라고 고개를 끄덕여주었다. 그러는 동안 후아니타는 억지 미소를 덮어쓴 매력적인 얼굴로 친근한 추임새를 넣으며 캐럴의 표정을 살폈다.

IV

그녀는 에릭을 만나고 싶었다. 같이 놀 누군가가 필요해! 케니컷의 바지 다림질을 맡기는 것만큼 참으로 품위 있고 건전하기까지 한 핑계가 있을까. 바지들을 살폈다. 실망스럽게도 세 벌이 다 말쑥했다. 당구장에서 냇 힉스가 당구를 치며 익살을 떨고 있는 걸 알아채지 못했다면 그녀는 감히 그런 생각을 하지 못했을 것이다. 에릭이 혼자 있어! 그녀가 양복점으로 펄럭이며 달려가, 우스꽝스럽게 깔끔을 떨며 메마른 참나리꽃에 부리를 찔러 넣는 벌새처럼 열기로 가득 찬 지저분한 내부로 들어갔다. 안에 들어선 뒤에야 구실이 떠올랐다. 에릭은 뒷방에 있었다. 긴 탁자 위에 다리를 꼬고 앉아 조끼를 바느질하고 있었다. 하지만 그는 이 별난 일을 하면서 스스로 즐기고 있는 것 같았다.

"안녕하세요. 내가 입을 운동복 한 벌을 디자인할 수 있을지 모르겠네요?" 그녀가 숨을 헐떡이며 말했다.

그가 그녀를 가만히 보더니 항의했다. "아뇨, 못 해요! 부인에게 양복장이가 되지는 않을 겁니다!"

"아니, 에릭!" 그녀가 마치 살짝 놀란 엄마처럼 말했다.

그러면서 자기는 그 옷이 필요치 않은데 케니컷에게 왜 주문했는지 설명하려면 어려울 수도 있겠다는 생각이 들었다.

그가 탁자에서 폴짝 뛰어내렸다. "뭐 좀 보여드리고 싶어요." 그가 롤톱 책상을 열고 안을 뒤졌다. 냇 힉스는 그 책상에다 청구서니 단추니 달력, 버클, 실 가닥 자국이 팬 왁스, 산탄총 탄피, '고급 조끼'용 공단 샘플, 낚시 얼레, 춘화 엽서, 안감용 아마포 조각들을 보관해두고 있었다. 그가 흐릿하게 뭉개진 브리스틀 마분지를 꺼내더니 염려스러운 듯 그걸 그녀에게 주었다. 드레스 도안이었다. 잘 그린 것은 아니었다. 지나치게 세밀했다. 배경의 기둥들이 기이할 정도로 땅딸막했다. 하지만 드레스의 등판이 특이했다. 허리에서 흑옥 목걸이 부분까지 삼각형으로 깊이 파여 있었다.

"정말 아름다워요. 그런데 클라크 부인이 보면 너무 놀라서 뒤로 넘어가겠어요!"

"맞아요, 그렇겠죠!"

"도안할 때는 거침이 없어야 해요."

"그럴 수 있을까요. 좀 늦었다고 봐야죠. 하지만 들어봐요! 지난 2주간 내가 뭘 했게요? 라틴어 문법을 거의 다 떼고 시저를 20페이지가량 읽었어요."

"멋져요! 당신은 운이 좋군요. 당신을 인위적으로 만드는 선생이 없으니까요."

"부인이 제 스승인걸요!"

목소리에서 그의 주제넘은 성격이 묻어났다. 그녀는 불쾌하고 불안했다. 어깨를 돌려 뒤쪽 창을 뚫어지게 보면서 무심히 오가는 행인들의 눈에는 보이지 않는 풍경, 전형적인 메인 스트리트 구역의 대표적인 중심지를 관찰했다. 시내의 주요 시설들의 뒷면이 더러운 상태로 방치된 채 더없이 음울한 사각형 안뜰을 에워싸고 있었다. 앞에서 보면 하울랜드&굴드 식료품점은 더없이 번지르르했지만, 뒷면에는 모래가 섞인 타르로 지붕을 덮고 번개를 맞은 듯, 줄이 간 소나무 목재로 지은 별채인 다 쓰러져가는 헛간이 붙어 있었다. 그 뒤로는 타고 남은 잿더미, 쪼개진 포장 상자들, 대팻밥 부스러기, 구겨진 마분지, 깨진 올리브 병들, 썩은 과일과 완전히 흐물흐물해진 채소가 있었다. 주황색 당근은 검게 변색했고 감자는 병들어 있었다. 본톤 백화점의 뒤쪽은 검은 페인트칠 표면이 올록볼록 올라온 철제 덧문들이 음산했고, 그 아래로 한때 반짝거렸던 붉은색 셔츠 상자들이 최근 내린 비로 지금은 곤죽이 되어 있었다.

메인 스트리트에서 보면 올슨&맥과이어 정육점은 카운터의 새 타일, 바닥의 신선한 톱밥, 그리고 천장에 매단 장미 모양 송아지 고기 등이 위생적이고 단정한 인상을 주었다. 하지만 그녀가 이제 기름기가 거멓게 얼룩진, 손수 만든 노란색 냉장고가 있는 뒷방을 살폈다. 여기저기 핏자국이 말라붙은 앞치마를 두른 남자 하나가 단단한 고기 한 판을 밖으로 끌어내고 있었다.

빌리 식당 뒤에서 오래전에는 하얬을 앞치마를 입은 조리사가 파이프를 피우며 끈적이는 더러운 파리들에 침을 뱉었다. 구역의 중앙에는 짐마차꾼의 말 세 필이 매여 있는 독자적인 마방이었고, 그 옆에 말똥이 한 무더기 있었다.

에즈라 스토바디 은행 뒷면은 회칠이 되어 있었고 건물 뒤편은 콘크리트 보도와 3제곱피트의 잔디가 있었지만, 창문에는 창살이 쳐 있고, 창살 너머로 윌리스 우드포드가 거창한 장부의 숫자들에 파묻혀 몸을 웅크리고 있는 모습이 그녀 눈에 들어왔다. 그가 머리를 들고 눈을 마구 비비더니 끝없는 숫자의 세계로 다시 돌아갔다.

다른 가게들의 뒤쪽은 지저분한 회색과 말라빠진 갈색, 꿈틀거리는 쓰레기 더미로 이루어진 인상주의 그림 같았다.

"내 로맨스는 재단 기능공과 하는…… 뒷마당 로맨스야!"

에릭의 마음을 생각하면서 그녀는 자기연민을 그만두었다. 그녀가 분개하며 그에게로 고개를 돌렸다. "이게 당신이 쳐다봐야 할 전부라니 역겨워요."

그는 생각해보았다. "저기 바깥이요? 잘 모르겠어요. 전 내면 보는 법을 배우고 있어요. 그리 쉽지 않네요!"

"그렇죠. ……서둘러 가봐야겠어요."

그녀는 집으로 천천히 걸어오면서 아버지가 열 살 난 진지한 캐럴에게 한 말이 떠올랐다. "아가씨, 오직 바보만 멋진 장정의 책보다 자기가 더 잘났다고 생각하지. 하지만 더 심한 바보는 멋진 장정의 책 표지밖에 읽지 않는단다."

아버지가 환생했나 싶을 정도로, 이 금발 청년에게서 돌연 완전한 사랑과 완벽한 이해심의 전형이던 은발의 과묵한 판사를 발견했다는 확신이 들자 그녀는 소스라치게 놀랐다. 곰곰이 생각해보고선 아니라고 미친 듯 부인했다가, 다시 재차 확신하고선 그런 생각을 비웃었다. 불행히도 한 가지는 확실했다. 윌 케니컷에게는 사랑하는 아버지의 이미지가 하나도 없었다는 것.

V

그녀는 자기가 왜 그렇게 자주 노래를 하고, 눈에는 또 왜 그렇게 유쾌한 게 많이 보이는지 의아한 기분이 들었다. 시원한 저녁 나무 사이로 보이는 가로등, 갈색 숲에 내린 햇살, 아침 녘 참새, 달빛을 받아 은빛 널빤지로 변하는 까만 경사 지붕이 그랬다. 기분 좋은 것들, 소소하게 친근한 것들, 미역취가 피어 있는 들판이나 개울가 목초지 같은 기분 좋은 장소들에다 갑자기 상냥한 이웃들이 많아졌다. 바이더는 수술용 붕대를 감는 강의에서 캐럴에게 다정하게 대했다. 데이브 다이어 부인은 건강과 아이, 요리하는 하녀, 그리고 전쟁에 관한 생각을 물어보며 그녀의 기분을 맞추어주었다.

다이어 부인은 에릭에 대한 마을 사람들의 편견에 동의하지 않는 것 같았다. "잘생긴 친구예요. 언제고 우리 소풍에 같이 데려가도록 해야겠어요." 뜻밖에 데이브 다이어도 그를 마음에 들어 했다. 돈에 인색한, 별 볼 일 없는 그 익살꾼은 자기 눈에 세련되거나 영리해 보이는 건 뭔지도 모르고 다 우러러보았다. 해리 헤이독이 조롱하니 이렇게 응수했다. "괜찮아! 엘리자베스가 너무 치장에 공을 들이는지는 모르겠지만 그 친구는 똑똑해. 그리고 잊지 말게! 우크라이나가 어디 있는지 알아보려고 내가 묻고 다녔는데, 나 원 그 친구가 알려주지 않았겠나. 말할 때 그 친구가 아주 공손한 게 뭐가 문제야? 젠장, 친절해서 나쁠 건 없어, 해리. 여자들만큼이나 몹시 공손한 근육질 남자들도 더러 있다네."

캐럴은 "사람들이 정말 친근하구나!"라며 기뻐하는 자신을 발견했다. 그녀가 당황해서 멈추었다. "내가 이 청년과 사랑에 빠진 거야? 바보 같은 소리! 나는 그저 그에게 흥미가 있는 거야. 그의 성공을 도와줄 뿐이라고 생각하는 게 좋아."

하지만 거실의 먼지를 떨거나 목깃을 손질하거나 휴를 목욕시키면서, 그녀는 자신이 젊은 예술가이자 이름도 없는 어렴풋한 미남 청년과 함께 있는 모습을 상상했다. 버크셔 혹은 버지니아에 집을 짓고, 그가 써준 첫 수표로 활기차게 의자를 사고, 함께 시를 읽고, 때때로 노동문제에 관한 중요한 통계를 열심히 살펴보고, 일요일 아침이면 일찌감치 침대에서 나와 산책을 한 뒤 호숫가에서 버터 바른 빵을 놓고 담소를 나누었다(그럴 때 케니컷이었다면 하품을 했겠지). 휴도 상상 속에 등장했는데 아이도 예술가 청년을 좋아했다. 청년은 의자와 양탄자 같은 것으로 아이를 위한 성을 만들어주었다. 이런 상상이 끝나자 그녀는 '에릭을 위해 할 수 있는 것들'이 보였고, 에릭이 완벽에 가까운 예술가의 이미지를 일부 갖추고 있다는 사실을 인정했다.

두려움에 휩싸여 그녀가 케니컷의 시중을 들겠다고 계속 고집을 부렸는데, 그때 케니컷은 방해받지 않고 신문을 읽고 싶어 했다.

VI

그녀는 새 옷이 필요했다. 케니컷은 "가을에 트윈 시티로 여행 가게 되면 옷 살 시간이 충분할 테니 그때 좋은 나들이옷을 장만할 수 있어"라고 장담했다. 하지만 옷장을 쭉 훑어보던 그녀가 구식 검은 벨벳 드레스를 바닥에 내팽개치며 화를 냈다. "창피해. 전부 누더기야."

스위프트웨이트 부인이라고, 여성 옷과 모자를 만드는 새로운 인물이 하나 있었다. 사람들은 이 여인이 남자들을 쳐다보는 품새를 보니 썩 고상한 인물은 아니다, 엄연한 법적 남편이든 아니든 이 여자가 그를 기꺼이 빼앗아갈 것이다, 그녀에게 스위프트웨이트 씨라고 하는 사람이 있다면 "그에 대해 아는 사람이 아무도 없다는 게 확실히 이상하지 않은가!" 등의 말들을 했다. 하지만 주부들은 그녀가 리타 굴드에게 "말도 못 할 정도로 아주 멋지다"고 다들 인정하는 오건디* 드레스와 그에 어울리는 모자를 만들어준 전력 때문인지, 곁눈질과 함께 지나치게 점잔을 빼면서 플로랄 거리에 있는 오래된 루크 도슨 집에 세 들어 사는 스위프트웨이트 부인의 방을 조심스레 찾았다.

캐럴은 고퍼 프레리에서 보통 새 옷을 사기 전에 거치는 심리적인 준비도 없이 스위프트웨이트 부인의 가게로 성큼성큼 들어가 말했다. "모자랑 블라우스도 있으면 하나 보고 싶어요."

전신거울을 비롯하여 패션 잡지에서 떼낸 표지들과 생기 없는 프랑스 그림들로 산뜻하게 꾸며보려 애쓴 음산한 구식 응접실에서 스위프트웨이트 부인이 재단할 때 쓰는 인체 모형과 모자 걸이들 사이를 거침없이 움직이더니 검붉은 조그만 터번을 집으며 붙임성 있게 말했다. "이게 정말 멋지다고 생각하실 것 같은데요."

'몹시 평범하고 촌스러워.' 생각은 이렇게 하면서 캐럴은 부드럽게 말했다. "내게는 딱히 어울리지 않는 것 같군요."

"여기 있는 것 중에 최상품이에요. 분명 부인에게 잘 어울린다고 여길 겁니다. 정말 세련미가 있어요. 제발 한번 써보세요." 스위프트웨이트 부인이 아까보다 더 살갑게 말했다.

캐럴은 여인을 살폈다. 모조 다이아몬드만큼 인위적인 냄새를 풍겼다. 애써 도시인처럼 보이려 해서 더 촌스러웠다. 여자

* 아주 얇고 반투명한 모직물. 여성 의류의 여름 옷감이나 장식용으로 많이 쓴다.

는 자그마한 검은색 단추가 주르르 달린, 하이칼라의 블라우스를 입고 있었다. 블라우스는 아래로 붙은 호리호리하고 아담한 젖가슴에 어울렸지만 스커트는 병적으로 알록달록했다. 그녀의 뺨은 너무 붉게 칠해져 있었고 입술 선은 펜슬 자국이 너무 선명했다. 그녀는 똑똑하고 매력적인 삼십 대로 보이려고 꾸민, 못 배운 사십 대 이혼녀라는 걸 대대적으로 홍보하고 있었다.

모자를 써보는 동안 캐럴은 일부러 아주 정중히 행동했다. 그녀가 모자를 벗고 고개를 가로저으며 아랫사람들에게 짓는 친절한 미소와 함께 이유를 말했다. "안 되겠네요. 이런 작은 마을에서 보기 드물게 멋지긴 하지만요."

"하지만 이건 진짜 확실한 뉴욕 스타일이에요."

"글쎄요, 그건……"

"내가 뉴욕 스타일을 알아요. 수년간 살았거든요. 애크런에서도 1년 가까이 살았어요!"

"그랬어요?" 캐럴은 정중하게 물러나 언짢은 기분으로 집으로 돌아갔다. 자신도 스위프트웨이트 부인만큼 웃기는 모습일까 생각했다. 그녀는 케니컷이 얼마 전 책 읽을 때 쓰라고 준 안경을 쓰고 식료품 영수증을 살폈다. 그러고는 급히 자기 방으로 올라가 거울 앞에 섰다. 스스로를 깎아내리고 싶은 기분이었다. 정확하든 아니든 그녀가 거울 속에서 본 모습은 이랬다.

깔끔한 무테안경. 노처녀에게나 어울렸을 법한 연보라색 밀짚모자 밑에 아무렇게나 욱여넣은 검은 머리카락. 깨끗하니 핏기 없는 뺨. 가느다란 코. 완만한 선의 입과 턱. 목 끝에 레이스를 댄 얌전한 보일* 블라우스. 처녀다운 상냥함과 소심함. 불꽃 같은 쾌활함도 없고, 도시나 음악 혹은 생기 있는 웃음소리가 전혀 연상되지 않는다.

"작은 마을의 여염집 여자가 돼버렸어. 확실해. 전형적이야. 얌전하고 정숙하고 안전해. 일상에서 보호받고 있고. **점잔 빼는 부인!** 시골 바이러스 곧 시골의 미덕. 내 머리카락이 한데 뒤엉켜 있어. 에릭은 노처녀 같은 거울 속 저 기혼녀에게서 무엇을 볼까? 그는 날 좋아해! 유일하게 자기를 제대로 대우하는 사람이니까! 그가 나의 본모습을 깨닫기까지 얼마나 걸릴까? ……난 내 본모습을 파악했는데. 내가 이렇게나 나이 들었나?

그렇게 늙진 않았어. 신경이 무뎌졌지. 노처녀같이 보이도록 그냥 뒀어.

지금 있는 옷을 전부 내다 버리고 싶어. 검은 머리카락과 창백한 뺨은 스페인 무희 의상과 딱 맞을 텐데, 귀 뒤에 꽂은 장미와 한쪽 어깨 위에는 진홍빛 만틸라를 두르고 다른 쪽은 맨살 그대로."

그녀는 붉은색 스펀지를 쥐고 두 뺨을 톡톡 두드렸고 입술을 주홍빛 펜슬로 따끔거릴 때까지 그리고 나서 목깃을 확 열어젖혔다. 그녀가 가는 두 팔로 판당고 추는 자세를 잡았다. 그러더니 두 팔을 홱 내렸다. 머리를 흔들었다. "춤출 마음이 아니야." 이렇게 말하곤 블라우스의 단추를 채우며 얼굴을 붉혔다.

---

* voile. 성기게 짜서 속이 비쳐 보이는 얇고 가벼운 직물.

"적어도 난 펀 멀린스보다는 고상해.

이런! 트윈 시티에서 여기로 왔을 때 여자들이 날 따라 했는데. 지금은 내가 도시 여자를 따라 하려고 하네."

30장

I

펀 멀린스가 9월 초순의 어느 토요일 아침 집으로 들이닥쳐 캐럴에게 소리쳤다. "다음 주 화요일 학기가 시작돼요. 꼼짝없이 묶이기 전에 한 번 더 마음껏 즐겨야겠어요. 오늘 오후 호숫가로 소풍 가는 거 어때요? 케니컷 부인, 박사님이랑 가지 않을래요? 사이 보가트가 가고 싶어 하네요. 문제아이긴 해도 활발하죠."

"남편은 갈 수 없을 것 같아요." 침착하게 대꾸했다. "오늘 오후 교외로 왕진 가야 한다고 했어요. 하지만 난 좋아요."

"멋져요! 누굴 데려갈까요?"

"다이어 부인이 대동해줄지도 몰라요. 쭉 아주 친절했어요. 어쩌면 데이브도, 가게에서 짬을 낼 수 있다면요."

"에릭 발보르그는 어때요? 이 마을 청년들에 비하면 많이 세련된 것 같아요. 부인도 좋으시죠?"

그리하여 캐럴, 펀, 에릭, 사이 보가트, 다이어 부부의 소풍은 도덕적일 뿐만 아니라 당연하기까지 한 행사가 되었다.

그들은 차를 몰아 미니마쉬호수의 남쪽 수변 자작나무 수풀로 내려갔다. 데이브 다이어는 혼자서 온갖 익살을 다 떨었다. 비명을 지르고 촐랑대며 캐럴의 모자를 써보기도 하고 개미를 펀의 등에 집어넣기도 했다. 그리고 수영하러 가더니(여자들은 측면 커튼을 올려 차 안에서 옷을 갈아입었고 남자들은 수풀 뒤에서 옷을 벗으며 계속 이런 말을 반복했다. "어이구, 옻이 오르면 큰일인데") 사람들에게 물을 끼얹고, 잠수해서 자기 아내 발목을 와락 움켜잡았다. 그의 기운이 다른 사람들에게도 전염되었다. 에릭이 보드빌에서 본 적 있는 그리스 무용수들을 흉내 냈고, 사이는 사람들이 잔디 위에 무릎 덮개를 펼치고 앉아 식사할 때, 나무 위에 올라가 도토리를 던졌다.

하지만 캐럴은 장난치지 못했다.

그녀는 젊게 꾸몄다. 머리에 가르마를 타고 세일러복 모양의 블라우스에 푸른색의 커다란 리본을 맸으며 하얀 캔버스화를 신고 짧은 리넨 스커트를 입었다. 대학 다닐 때와 똑같은 모습이라고, 목선도 매끄럽고 쇄골도 너무 도드라지지 않는다고 거울이 그녀를 안심시켰다. 다만 그녀는 기분을 억눌렀다. 수영할 때는 깨끗한 물을 즐겼지만, 사이의 장난질과 데이브의 과도한 흥겨움 때문에 짜증스러웠다. 에릭의 춤은 감탄스러웠다. 그는 사이나 데이브처럼 결코 저속한 취향을 드러낼 수는 없을 것이다. 그녀는 그가 자기한테 오기를 기다렸지만 그는 오지 않았다. 즐거움을 주는 태도 때문에 다이어 부부의 호감을 산 듯했다. 모드가 그를 지켜보더니 저녁 식사가 끝나자 소리쳐 그를 불렀다. "내 옆에 와서 앉아요, 악동!" 캐럴은 그가 기꺼이 악동이 되어 와서 앉는 태도며 모드, 데이브, 사이가 서로의 접시에서 차게 먹는 우설牛舌 조각을 뺏는 별 재미도 없는 게임을 즐기는 모습에 질겁했다. 모드는 수영하고 나서 살짝 어지러워했다. 다들 있는 데서 "케니컷 박사가 제 식이요법을 많이 도와주었어요"라고 말했다. 하지만 그녀는 자기가 조금만 기분 나쁜 말을 들어도 아주 예민하고 쉽게 상처를 받기 때문에 착하고 유쾌한 친구들만 사귀어야 하는 자신의 특이한 성격을 에릭한테만 설명했다.

에릭은 착하고 유쾌했다.

캐럴은 스스로를 안심시켰다. "내게 그 어떤 결점이 있더라도 질투는 절대 안 돼. 난 모드를 좋아해. 늘 상냥했어. 그래도 남자에게 동정심 얻는 걸 좀 좋아하는 게 아닌가 싶어. 에릭과 노닥거리는 것 하며, 기혼녀가…… 글쎄…… 하지만 저 기력 빠진 듯 졸도할 듯, 마치 빅토리아 시대 여자들처럼 에릭을 쳐다보는 것 좀 봐, 역겨워!"

사이 보가트가 커다란 자작나무 뿌리들 사이에 누워 파이프를 피우면서 펀을 놀렸다. 일주일 후 자기가 다시 고등학생으로, 그녀가 자신의 담당 선생으로 돌아가면 수업시간에 그녀에게 윙크하겠다고 장담했다. 모드 다이어는 에릭과 '조그만 피라미들을 보러 호숫가로 내려가고' 싶어 했다. 캐럴은 데이브에게 맡겨졌다. 데이브는 엘라 스토바디가 초콜릿 페퍼민트를 좋아한다는 둥 익살스러운 이야기로 그녀를 웃겨보려 애썼다. 그녀는 모드 다이어가 몸의 균형을 잡으려고 에릭의 어깨에 손을 짚는 걸 지켜보았다.

'역겨워!' 그녀는 생각했다.

사이 보가트가 불그레한 손으로 안절부절못하는 편의 손을 감쌌다. 그녀가 반쯤 화를 내며 펄쩍 뛰면서 "이거 놔, 놓으라고!"라고 소리치니 그가 싱긋이 웃으며 파이프를 흔들었다. 스무 살 먹은 꺽다리 호색한 같으니.

"역겨워!"

모드와 에릭이 돌아온 뒤 짝의 이동이 생기자 에릭이 캐럴에게 웅얼거렸다. "물가에 작은 배가 있어요. 살짝 빠져나가 뱃놀이해요."

"사람들이 이상하게 생각하면요?" 그녀가 걱정했다. 보아하니 모드 다이어가 에릭을 곁에 잡아두고 싶다는 듯 촉촉한 눈빛으로 바라보고 있었다. "그래요! 가요!" 캐럴이 말했다.

그녀가 도를 넘지 않는 활발한 목소리로 일행에게 소리쳤다. "여러분, 잘 있어요. 중국에서 무전 칠게요."

노는 규칙적으로 텀벙거리다가 삐걱거렸고, 석양빛이 가늘게 쏟아지는, 현실이 아닌 듯한 은은한 회색 물 위를 떠다니고 있자니 사이와 모드 때문에 생겼던 짜증스러운 마음이 사라지는 듯했다. 에릭이 그녀에게 보란 듯이 미소를 지었다. 그녀가 그를 찬찬히 살폈다. 겉옷 없이 얇은 흰 셔츠 차림이었다. 그녀는 그에게 남다른 남성미가 있음을 깨달았다. 날렵한 근육질의 옆구리와 갸름한 허벅지, 그리고 거뜬히 노 젓는 모습. 두 사람은 도서관에 관해서, 영화에 관해서 이야기를 나누었다. 그가 콧노래를 불렀고 그녀는 「스윙 로, 스위트 채리엇」을 나지막이 불렀다. 푸른 마노석 같은 호수를 가로질러 미풍이 불어왔다.

잔물결 이는 수면이 다마스크 칼날처럼 번쩍였다. 미풍이 불면서 배 주위로 한기가 스쳤다. 캐럴은 세일러복 블라우스의 목깃을 맨살의 목 위로 끌어 올렸다.

"추워지네요. 돌아가야 할 것 같아요." 그녀가 말했다.

"좀더 있다 돌아가죠. 다들 떠들며 놀고 있을 텐데요. 수변을 따라 좀더 가봐요."

"하지만 당신도 '떠들며 노는 거' 좋아하잖아요! 모드하고 함께 엄청나게 재미난 시간을 보내던걸요."

"아니! 우린 그냥 해안가를 걸으며 낚시 이야기를 했어요!"

그녀는 마음이 놓이면서 친구인 모드에게 미안한 마음이 들었다. "그럼요. 농담이었어요."

"있잖아요! 여기 배를 대고 수변에 좀 앉아서 석양을 바라봐요. 헤이즐넛 수풀이 바람을 막아줄 테니. 마치 용광로의 납 같네요. 잠깐이에요! 돌아가서 사람들 얘기 듣고 싶진 않잖아요!"

"그래요, 하지만……" 그녀가 아무 말 않는 사이에 그가 호숫가로 노를 급히 저었다. 용골이 바위에 부딪치는 소리가 났다. 그가 앞자리에 서서 손을 내밀었다. 고요히 물결만 일렁이는 정적 속에 둘뿐이었다. 그녀가 서서히 일어서서 낡은 배가 닿아 있는 물 위로 서서히 발을 내디뎠다. 그녀가 그의 손을 자신 있게 잡았다. 말없이 두 사람은 가을을 연상시키는 적갈색 석양 아래 색 바랜 통나무 위에 앉았다. 린덴나무 이파리들이 주변에 펄럭이며 떨어졌다.

"정말 좋을 텐데…… 추우신가요?" 그가 속삭이듯 말했다.

"약간." 그녀가 몸을 떨었다. 하지만 추워서가 아니었다.

"저기 나뭇잎들 속에 웅크리고 앉아 몸을 완전히 가린 채 어둠을 내다보며 있을 수 있다면 정말 좋을 텐데."

"그러면 참 좋겠죠." 마치 그가 진심으로 한 말이 아니라고 편안하게 이해한 듯한 대답이었다.

"모든 시인이 말하는…… 갈색 정령과 목신牧神처럼."

"아뇨. 난 이제 더는 정령이 될 수 없어요. 너무 늙었어요…… 에릭, 나 늙었죠? 생기가 사라진 작은 마을의 아낙네 같죠?"

"아니, 부인이 제일 젊어요…… 눈이 소녀 같은걸요. 정말로…… 음, 제 말은, 뭐랄까 모든 걸 믿는 것 같아요. 비록 부인이 날 가르치고 있지만, 난 내가 부인보다 천 살은 더 먹은 것 같아요. 한 살 어린 게 아니고 말이죠."

"네댓 살 더 어려요!"

"하여간 눈이 정말 순수하고 뺨은 정말 매끄러워요…… 이런, 왠지 울고 싶게 만드네요, 너무 보호본능을 일으켜서요. 내가 지켜드리고 싶은데…… 지켜드릴 수 있는 게 없네요!"

"내가 젊어요? 내가? 정말요? 진심이에요?" 그녀가 순간, 아이처럼 조르는 말투를 흉내 냈다. 아주 진지한 여인이 마음에 드는 남자가 자길 어린 소녀처럼 대할 때 내는 목소리였다. 아이 같은 말투에 아이같이 입술을 뾰족 내밀고 수줍게 뺨을 치켜올렸다.

"네, 그래요!"

"그렇게 생각하다니 다정하기도 하네요, 윌…… 아, 에릭!"

"나랑 놀 건가요? 많이?"

"어쩌면요."

"정말 나뭇잎들 속에 웅크리고서 머리 위로 별들이 지나가는 걸 보고 싶어요?"

"차라리 여기 앉아 있는 게 더 나을 것 같아요!" 그가 그녀에게 손깍지를 꼈다. "그런데…… 에릭, 돌아가야겠어요."

"왜요?"

"사회적 관습의 역사를 전부 설명하기엔 좀 늦었어요!"

"알아요. 가야죠. 그래도 도망 나와서 기쁘죠?"

"네." 차분하면서 몹시 간단한 대꾸였다. 하지만 그녀는 일어섰다. 그가 무뚝뚝하게 팔을 그녀의 허리에 둘렀다. 그녀는 거부하지 않았다. 별로 신경 쓰지 않았다. 그는 시골뜨기 양복장이도 아니었고, 재능 있는 예술가나 사회의 골칫덩이, 혹은 위험인물도 아니었다. 그는 그냥 그 자신이었다. 그에게, 그가 풍기는 성격에 그녀는 이유 없이 행복했다. 친밀해지고 나서 그의 머리를 새로이 바라보았다. 넘어가는 석양빛이 그의 목선, 혈색 감도는 평평한 뺨, 코의 옆면, 움푹 들어간 관자놀이를 드러냈다. 수줍어하고 어색해하는 연인으로서가 아니라 친구로서 두 사람은 배가 있는 곳으로 걸어갔다. 그가 그녀를 뱃머리로 끌어 올려주었다.

그가 노를 젓는 동안 그녀는 열심히 말했다. "에릭, 당신은 무언가 해야 해요! 어엿한 사람이 되어야 해요. 당신은 자신의 왕국을 도둑맞았어요. 싸워서 쟁취해요! 방송 통신 과정의 소묘 수업을 수강하세요. 수업은 그다지 훌륭하지 않을지 모르지만 수업을 들으면 그려보려고 할 거 아녜요……"

소풍 장소에 이르렀을 때 해가 저물고 있어 그녀는 자신들이 오랫동안 떠나 있었음을 알아차렸다.

"사람들이 뭐라고 할까?" 그녀는 궁금했다.

남아 있던 일행이 그들을 맞으면서 농에다 살짝 짜증을 섞어서 피해갈 수 없는 질문을 퍼부었다. "도대체 당신들 어디 있었던 거예요?" "두 사람, 잘 어울리는 한 쌍이네요!" 에릭과 캐럴은 찔리는 표정이었다. 애를 썼지만, 재치 있게 응수하지 못했다. 집으로 가는 내내 캐럴은 당황스러웠다. 사이가 한 차례 그녀에게 윙크했다. 차고 다락방의 관음증 환자인 저 사이 녀석은 날 자기랑 같은 범죄자라고 생각하겠지…… 그녀는 화가 났다가 겁이 났다가 기뻤다가 감정이 오락가락했고, 그런 와중에 자신이 즐긴 대담한 모험을 케니컷이 분명 알아챌 것 같았다.

그녀가 애써 당당한 척하며 집으로 들어갔다.

램프를 켜놓고 반쯤 잠들어 있던 남편이 그녀를 맞이했다. "이런, 이런, 재미있었어?"

그녀는 대꾸할 수가 없었다. 그가 쳐다보았다. 하지만 눈빛이 예리하지는 않았다. 늘 그랬듯이 그는 시계태엽을 감았고 하품 소리를 냈다. "하아암, 자러 가야겠는걸."

그게 다였다. 그런데도 그녀는 기쁘지 않았다. 실망스럽기까지 했다.

II

보가트 부인이 다음 날 찾아왔다. 부스러기를 쪼아 먹는 암탉 같은 부지런한 등장이었다. 악의 없는 미소를 띠고 있었다.

쪼아대기가 즉각 시작되었다.

“사이가 그러는데, 어제 소풍에서 되게 재미있었다면서요. 즐거웠나요?”

“아 네. 사이와 수영으로 시합했어요. 사이가 심하게 날 눌러 이겼지만요. 아드님은 정말 강해요!”

“불쌍한 녀석, 참전 못 해서 안달이죠. 그런데…… 이 에릭 발보르그라는 자도 같이 간 거죠?”

“네.”

“정말 잘생긴 청년인 것 같아요. 게다가 똑똑하다면서요. 그 사람 마음에 들어요?”

“아주 예의 바른 것 같아요.”

“사이 말이, 당신과 그 사람이 멋진 뱃놀이를 했다던데. 어머, 정말 재미있었겠어요.”

“네, 발보르그 씨에게 말을 못 시킨 것만 빼면요. 힉스 씨가 짓고 있는 남편의 양복에 관해 물어보고 싶었거든요. 그런데 우기며 계속 노래만 부르더라고요. 그래도 물 위를 떠다니고 노래를 불러주니 편안했어요. 정말 행복하고 순수한 시간이었어요. 보가트 부인, 사람들이 이같이 좀더 멋지고 순수한 일을 하는 대신 남들에 대해 온갖 불쾌한 험담이나 늘어놓는 게 안타깝지 않으세요?”

“네. ……그러게요.”

보가트 부인의 대답이 공허하게 들렸다. 그녀가 쓴 보닛이 뒤틀려 있었다. 그녀는 어디 비교할 수 없을 만큼 촌스러웠다. 캐럴이 그녀를 지긋이 바라보았다. 아무리 계략을 꾸며봐라 싶으면서 마침내 그 계략을 물리칠 준비가 된 기분이었다. 성미 고약한 현모양처가 “또 소풍 갈 계획인가요?”라며 다시 무언가를 캐내려 하자 그녀가 홱 되받았다. “전혀요! 이거 휴가 우는 소리죠? 얼른 가봐야겠어요.”

하지만 위층에 올라가자 자신이 철로를 걷다 에릭과 함께 시내로 걸어오는 걸 보가트 부인이 봤던 일이 떠올라 불안한 마음에 등골이 오싹했다.

이틀 뒤 졸리 세븐틴에서 그녀는 모드 다이어와 후아니타 헤이독과 요란하게 인사를 주고받았다. 그녀는 모두가 자기를 지켜본다는 의심이 들었지만 확신하진 못했고, 어쩌다 대담한 생각이 들 때는 알게 뭐람 싶었다. 비록 또렷하진 않아도 이제 반항할 무언가가 있으므로 마을 사람들이 캐고 다니는 행위에 거부감을 나타낼 수 있었다.

열렬한 탈출에는, 탈출하고 싶은 곳뿐만 아니라 탈출해서 가야 할 곳도 있기 마련이다. 그녀는 자신이 고퍼 프레리를, 메인 스트리트를, 그리고 메인 스트리트가 의미했던 모든 걸 미련 없이 떠나고 싶다는 생각은 했지만, 목적지가 없는 상태였다. 이제 그녀는 목적지를 찾았다. 그 목적지는 에릭 발보르그도 아니고 그와의 사랑도 아니었다. 그녀는 자신이 그와 사랑에 빠진 게 아니고 그저 ‘그를 좋아하고 그의 성공에 관심이 있는 것’일 뿐이라고 되뇌이며 스스로 이해해보려 했다. 하지만 그라는 인물 속에서 자신이 젊어질 필요성과 젊음이 자신을 환영할 것이라는 사실을 깨달았다. 자신이 탈출해서 가야 할 목적지는 에릭이 아니라 교실, 스튜디오, 사무실 그리고 일반적인 것들에 항거하는 집회 등 보편적이면서 즐거움이 가득한 젊음이었다. ……하지만 보편적이면서 즐거움이 가득한 젊음은 왠지 에릭을 닮아 있었다.

일주일 내내 그녀는 그에게 하고 싶은 말을 생각했다. 고상하고 유익한 것들. 그녀는 에릭 없이는 외롭다는 사실을 인정했다. 그러자 걱정이 되었다.

그를 다시 본 것은 소풍을 다녀오고 일주일 뒤 침례교회의 저녁 식사 때였다. 케니컷과 베시 외숙모랑 저녁 식사에 갔었는데, 식사는 교회 지하에 방수 식탁보를 덮어씌운, 버팀 다리를 댄 기다란 식탁 위에 차려져 있었다. 에릭은 머틀 카스를 도와 커피잔에 도우미들이 가져갈 커피를 따르고 있었다. 신도들은 신앙심을 벗어놓았다. 아이들은 탁자 밑에서 굴렀고 피어슨 집사는 쩌렁쩌렁 울리는 목소리로 여 신도들에게 말했다. “존스 형제는 어디 있습니까, 자매님, 존스 형제는요? 오늘 밤 우리와 함께 있지 않으시고요? 어허, 페리 자매님께 접시에 굴 파이를 듬뿍 담아달라고 하세요!”

에릭은 사람들 틈에서 즐기고 있었다. 머틀과 함께 웃으면서 그녀가 잔에 커피를 채울 때 팔꿈치를 슬쩍 쳤고 도우미들이 커피를 가지러 오면 배꼽 인사를 흉내 내기도 했다. 머틀은 그의 유머에 넋이 빠졌다. 방 한쪽 끝에 주부들 사이에 앉은 캐럴은 머틀을 눈엣가시처럼 지켜보며 그녀를 미워하다가 갑자기 자신이 그러고 있다는 사실을 깨달았다. “못생긴 촌뜨기를 질투하다니!” 하지만 그러길 계속했다. 그녀는 에릭이 가증스러웠다. 분위기 파악이 안 되는 말이나 행동, 소위 ‘사교 예절에 어긋나는 언동'을 하면 고소한 기분이 들었다. 그가 피어슨 집사에게 절을 한답시고 마치 러시아 무용수처럼 하도 유난을 떨어 집사의 비웃음을 사는 걸 보고선 고통스러운 희열을 느꼈다. 세 명의 여자와 동시에 얘기하려다 컵을 떨어뜨리고 "어머 세상에!"라고 여자처럼 비명을 지를 때는 은밀히 주고받는 여자들의 모욕적인 눈빛에 공감했고 아파했다.

모든 이에게 애정을 구걸하는 그의 눈빛을 보자 치사스럽게 그를 미워하던 마음이 불쌍한 마음으로 돌아섰다. 그녀는 자신의 판단이 얼마나 부정확할 수 있는지를 깨달았다. 소풍 때 모드 다이어가 지나치게 감정을 담아 에릭을 쳐다본다고 상상하면서 "기혼녀들이 품위 떨어지게 젊은 남자들에게 들이대는 건 정말 꼴불견이야"라며 치를 떨었었다. 하지만 저녁 식사 때 모드는 도우미 역할을 했다. 케이크 접시를 바쁘게 날랐고 나이 든 부인들에게는 상냥했다. 그러면서 에릭에게는 전혀 관심을 보이지 않았다. 정작 본인은 케니컷 가족과 함께 앉아서 식사했으니, 모드가 마을의 멋쟁이 청년을 놔두고 탈 날 염려 없는 케니컷과 이야기하는 사실을 보면서 캐럴은 자신이 그녀를 정이 헤픈 사람이라고 생각한 것이 얼마나 터무니없는 일인지 깨달았다.

에릭을 다시 힐끗거리다가 캐럴은 보가트 부인이 자길 보고 있다는 걸 알았다. 보가트 부인의 훔쳐보는 행위에 자신이 겁을 먹어야 하는 무언가가 있구나 하는 것을 마침내 자각하고는 충격을 받았다.

"내가 뭐 하고 있지? 에릭과 사랑에 빠졌나? 부정하게? 내가? 젊음은 좋지만 그를 원하진 않아. 내 말은, 내 인생을 파괴할 만한 젊음을 원하진 않아. 여길 나가야겠어. 얼른."

집으로 돌아오는 길에 그녀가 케니컷에게 말했다. "윌! 며칠 동안 떠나 있고 싶어요. 시카고에 휙 다녀오지 않을래요?"

"거긴 여전히 더워. 대도시는 겨울이 되어야 재미있어. 왜 가고 싶은 거야?"

"사람들요! 열중하고 싶어요. 난 자극이 필요해요."

"자극?" 그가 온순하게 말했다. "누가 당신에게 그런 생각을 불어넣었지? 본인들이 잘살고 있다는 걸 모르는 여자들에 대한 어리석은 소설들에서 '자극'을 받은 거로군. 그런데 진심이야, 김새는 말이겠지만 난 떠날 수 없어."

"그러면 나 혼자 가면 어때요?"

"아니…… 알잖아, 돈 때문에 내가 이러는 게 아니란 걸. 휴는 어떡하고?"

"베시 외숙모가 계시잖아요. 며칠 동안인데요."

"애들 놔두고 이러는 거 난 좋게 보지 않아. 애들에게 안 좋아."

"그러면 당신 말은……"

"있잖아. 전쟁 끝날 때까지 그대로 있는 게 좋겠어. 그러고 나서 긴 여행을 멋지게 다녀오자고. 아니, 지금은 여행 갈 계획을 세우지 않는 게 좋겠어."

그리하여 그녀에게 남은 대안은 에릭밖에 없었다.

III

삼라만상이 조용해진 새벽 3시 그녀가 잠에서 깼다. 또렷하게 완전히 깨어났다. 아버지가 무자비한 협잡꾼에게 판결을 내릴 때만큼 엄중하고 냉철한 상태에서 그녀는 판단을 내렸다.

“한심하고 천박한 연애야.

아름답지도 않고 반항적이지도 않아. 착각에 빠진 보잘것없는 여자가 겉멋 든 보잘것없는 남자와 모퉁이에서 소곤대고 있어.

아냐, 보잘것없지는 않아. 훌륭한 사람이야. 포부가 있어. 그 사람 잘못이 아니지. 날 쳐다볼 때의 다정한 눈빛. 다정해. 정말.”

그녀는 자신의 로맨스가 한심하다는 사실에 스스로가 측은했다. 흐리멍덩한 이 시간, 이런 엄격한 자신에게 그 로맨스는 천박해 보여야 했다.

그러자 커다란 반항심이 일고 모든 증오심이 폭발하면서 이런 말이 나왔다. “그게 저속하고 천박할수록 더더욱 메인 스트리트의 탓이야. 그건 내가 얼마나 도망치고 싶었는지를 보여주는 거야. 어떤 식으로든 달아나고 싶다는 거지! 달아날 수만 있다면 어떻게 되어도 상관없어. 메인 스트리트가 날 이렇게 만들었어. 고귀한 목표를 이루고 싶은 마음으로 일할 준비를 하고서 여기 왔는데 이젠…… 어떤 식으로든 달아나고 싶어.

그들을 믿고 왔는데. 그들은 따분함이라는 회초리로 날 때려. 이 사람들은 몰라. 이들은 자신들이 만족해하는 따분함이 얼마나 괴로운 일인지 이해 못 해. 상처 위에 내리쬐는 8월의 태양과 개미들 같아.

저속해! 불쌍해! 예전엔 재빨리 걷던 정갈한 여자, 캐럴이 컴컴한 모퉁이에서 몰래 킥킥거리고, 감정에 휘둘려 교회 저녁 식사에서는 질투를 하다니!"

아침이 되니 그녀의 괴로움은 밤처럼 흐릿해져서 걱정스러운 망설임으로만 남았다.

IV

졸리 세븐틴의 상류층 회원들은 변변찮은 사람들이 모이는 침례교회나 감리교회의 저녁 식사에 거의 끼지 않았다. 거기서는 윌리스 우드포드 부부, 딜런 부부, 챔프 페리 부부와 정육점 주인 올슨, 양철공 브래드 베미스, 피어슨 집사 정도가 참석해 외로운 생활로부터 해방감을 느꼈다. 반면 상류층에 속하는 사람들은 모두 감독교회의 잔디밭 파티에 갔고, 외부인들에게 흠을 잡으려는 태도를 보이며 예의를 차렸다.

해리 헤이독 부부가 파티 시즌 마지막으로 파티를 열었다. 일본풍의 랜턴과 카드 테이블, 조각 닭고기와 나폴리식 아이스크림 등으로 화려했다. 에릭은 더 이상 완전한 열외자가 아니었다. 그가 가장 확실한 '내부자'들인 다이어 부부, 머틀 카스, 가이 폴록, 잭슨 엘더 부부의 무리에 끼어 아이스크림을 먹고 있었다. 헤이독 부부는 거리를 두었지만 다른 사람들은 에릭을 너그럽게 봐주었다. 그는 절대 마을에서 선도 그룹의 일원이 될 수 없을 것이라고 캐럴은 생각했다. 왜냐하면, 사냥이나 운전, 포커에 정통하지 못했기 때문이다. 하지만 그는 활기, 쾌활함으로 사람들의 마음을 얻었다. 그가 가진 것 중 가장 미미한 자질인 그것으로.

사람들이 오라고 불렀을 때 캐럴은 날씨와 관련하여 일리가 있는 말을 몇 마디 했다.

머틀이 에릭에게 소리쳤다. "봐요! 우린 이 어르신들과 맞지 않아요. 내가 아주 쾌활한 여자를 소개해줄게요. 와카민 출신인데 지금 메리 하울랜드와 함께 지내고 있어요."

그가 와카민에서 온 초대 손님에게 달변을 뽐내는 모습이 캐럴의 눈에 들어왔다. 그가 머틀과 둘이서만 산책하는 모습도 보였다. 캐럴이 웨스트레이크 부인에게 득달같이 달려갔다. "발보르그와 머틀이 서로에게 반했나 봐요."

웨스트레이크 부인이 그녀를 이상하다는 듯 쓰윽 보더니 중얼거렸다. "맞아요, 그러네요."

'이런 식으로 말하다니, 미쳤어.' 캐럴은 걱정이 되었다.

"일본풍의 전등이 있어서 그런지 잔디밭이 정말 아름다워요"라고 후아니타 헤이독에게 사교적인 말을 건네고 나서 보니 에릭이 자기 뒤를 졸졸 따라다니고 있었다. 그는 손을 호주머니에 찔러 넣고 그저 천천히 걷고 있었을 뿐이고, 자신을 훔쳐보지도 않았는데 그녀는 그가 자신을 부르고 있다는 걸 직감했다. 그녀가 옆걸음으로 후아니타에게서 물러났다. 에릭이 서둘러 다가왔다. 그녀가 차분하게 고개를 까닥였다(그녀는 그런 스스로가 대견했다).

"캐럴! 멋진 기회가 생겼어요! 잘은 모르겠지만 어떤 면에서 미술 공부를 하러 동부로 가는 것보다 더 나을지 몰라요. 머틀 카스가 그러는데…… 어젯밤 인사나 하려고 잠시 들렀거든요. 거기서 그녀 아버지랑 꽤 오래 이야기를 나누었어요. 그분 말씀이 제분소에서 일하면서 일을 전부 배운 뒤 나중에 총지배인이 될 사람을 찾는 중이래요. 농사일을 해봤기 때문에 제가 밀은 좀 알아요. 그리고 재단 일이 싫어졌을 때 컬루의 제분소에서 몇 달 일한 적이 있거든요. 어때요? 예술가가 하면 무슨 일이든 예술적이라면서요. 게다가 밀가루는 정말 중요하잖아요. 어떻게 생각하세요?"

"잠깐! 잠깐만요!"

감성적인 이 청년은 라이먼 카스와 못생긴 그의 딸에 의해 교묘하게 일반 사람으로 주조될 것이다. 하지만 이런 이유로 그의 계획이 싫은 건가? '솔직해져야 해. 내 허영심을 만족시키려고 그의 미래를 조몰락댈 순 없어.' 하지만 그녀는 그를 어떻게 해야 할지 전혀 감이 잡히지 않았다. 그녀가 그를 향해 말했다.

"내가 어떻게 결정해요? 당신에게 달렸어요. 당신은 라이먼 카스 같은 사람이 되고 싶어요, 아니면 그 어떤, 말하자면, 그래요, 나 같은 사람이 되고 싶어요? 잠깐! 내 비위 맞추지 말아요. 솔직해져요. 중요한 문제니까요."

"알아요. 난 지금 부인과 같은 사람이에요! 반항하고 싶다는 뜻이에요."

"맞아요. 우린 비슷해요." 엄숙하게 대꾸했다.

"단지 난 내 계획을 관철할 수 있을지 자신이 없어요. 난 정말 그림을 그다지 잘 그리지 못해요. 직물에는 상당히 취미가 있는 것 같지만, 부인을 알게 된 뒤로는 드레스 디자인 가지고야단 떨 생각이 없는 것 같아요. 하지만 제분소 지배인이 되어 재력이 생기면…… 책, 피아노, 여행이 가능해지겠죠."

"고약하지만 솔직하게 말할게요. 머틀이 그저 자기 아버지의 제분소에 똑똑한 젊은이가 필요해서 당신에게 상냥하게 굴었다고 생각해요? 당신을 손에 넣으면 머틀이 당신에게 뭘 할지 감이 안 오나요? 당신을 교회에 보내고 점잖은 사람으로 만들 거라는 걸 모르겠어요?"

그가 그녀를 노려보았다. "글쎄요. 그렇겠죠."

"당신은 정말 흔들리기 쉬운 사람이에요!"

"그러면 뭐요? 낯선 환경에선 대부분 그렇죠! 보가트 부인처럼 말하지 말아요! 어떻게 내가 '흔들리기 쉬운' 사람이 되지 않을 수 있겠어요. 농장에서 양복점으로, 책방으로, 아무런 훈련도 없이 그저 책에서 얻어내려 하는 것 말고는 아무것도 없던 내가요! 아마 못 하겠죠. 오, 압니다. 어쩌면 난 변덕스러운 사람일 겁니다. 하지만 제분소의 이 일과 머틀에 대한 생각에서는 흔들리지 않습니다. 난 내가 뭘 원하는지 압니다. 당신을 원해요!"

"제발, 제발, 아휴 제발요!"

"정말이에요. 난 더 이상 꼬마애가 아니에요. 당신을 원해요. 만약 내가 머틀을 택한다면 그건 당신을 잊기 위한 겁니다."

"그만, 그만해요!"

"흔들리는 건 당신이에요! 당신은 아무렇게나 말하고 아무렇게나 갖고 놀지만, 당신은 두려워하고 있어요. 부인이랑 달아나 가난하게 막일을 해야 한다고 내가 그런 처지를 신경 쓸까요? 아니요! 하지만 부인은 신경 쓰겠죠. 부인은 날 좋아해도 인정하지 않을 겁니다. 말은 안 했지만, 부인이 머틀과 제분소를 비웃을 때…… 설사 내가 이치에 맞는 그런 제안을 받아들이지 않는다고 쳐요. 부인을 알게 되었는데도 내가 망할 재단사나 되어보겠다고 애쓰는 걸로 만족할 것 같은가요? 부인의 말은 공정한가요? 네?"

"아뇨, 아닌 것 같아요."

"날 좋아합니까? 네?"

"네…… 아뇨! 제발! 더 이상 얘기 못 하겠어요."

"여기선 안 되겠네요. 헤이독 부인이 우릴 봐요."

"아니, 다른 데도 안 돼요. 오 에릭, 난 당신을 좋아해요. 하지만 겁이 나요."

"뭐가요?"

"그들이요! 고퍼 프레리의…… 지배자들이요. ……이런, 우린 지금 정말 바보 같은 말을 하고 있어요. 난 그냥 주부이자 좋은 엄마예요. 그리고 당신은…… 오, 대학 신입생이죠."

"부인은 날 좋아해요! 부인이 날 사랑하게 만들겠어요!"

그녀가 상관없다는 듯이 그를 한 차례 쳐다보더니 차분한 걸음걸이로 그 자리를 떠났는데 사실은 머릿속이 어수선하여 달아난 것이었다.

케니컷이 집으로 가면서 투덜거렸다. "당신과 그 발보르그란

자가 꽤 친하던걸.”

“어머, 맞아요. 그 사람이 머틀 카스에게 관심이 있어서 머틀이 얼마나 착한 사람인지 얘기해주고 있었죠.”

방에 오자 그녀는 기가 찼다. “난 거짓말쟁이가 돼버렸어. 거짓말에다 불확실한 분석과 욕망으로 혼란에 빠져 있어. 깨끗하고 확실한 내가.”

그녀가 케니컷의 방으로 서둘러 가서 그의 침대 끝에 앉았다. 그가 널따란 누비이불과 쿠션들 사이에서 게슴츠레 손을 흔들며 그녀를 맞았다.

“윌, 나, 정말 세인트폴이나 시카고 아니면 어딘가로 떠나야겠어요.”

“그 얘긴 며칠 전에 다 끝난 줄 알았는데! 진짜 여행을 할 수 있을 때까지 기다려요.” 그가 몸을 흔들며 졸음을 떨쳐냈다. “잘 자라는 키스는 해줄 테지.”

그녀가 의무감으로 키스를 했다. 그가 입술을 지나치게 오랫동안 그녀의 입술에 댔다. “이제 늙은 남편에 대한 애정이 식었어?” 그녀를 슬슬 구슬리던 그가 똑바로 몸을 세워 앉아 손바닥을 조심스럽게 그녀의 날씬한 허리에 밀착시켰다.

“그럴 리가요. 당신을 정말 좋아해요.” 그녀 자신이 들어도 전혀 감흥 없는 목소리였다. 가벼운 여자처럼 수월하게 들뜬 목소리를 내고 싶다는 생각이 간절했다. 그녀가 그의 뺨을 어루만졌다.

그가 탄식처럼 말했다. “미안해, 당신이 많이 피곤한가 봐. 마치…… 아니 물론 당신은 체력이 그다지 튼튼하지 않잖아.”

"그래요. ……그러면, 당신 생각에는…… 확실히 내가 여기 그냥 있어야 한다는 거죠?"

"말했잖아! 그렇다니까!"

그녀가 자기 방으로 슬며시 돌아갔다. 자그마니 기가 죽어 있는 흰색의 형체.

"윌과는 싸워 이기지 못해. 권리를 요구할 수가 없어. 그는 고집을 부릴 테지. 게다가 난 이곳을 떠나 내 힘으로 생활비를 벌지도 못해. 그렇게 한 지가 오래됐으니. 윌이 날 몰고 있어…… 윌이 날 원하는 대로 몰아가는 게 두려워. 겁이 나.

저기 저 남자, 답답한 공기 속에서 코를 고는 남자가 내 남편이라고? 그 어떤 의식이 저이를 내 남편으로 만들 수 있었을까?

아냐. 저이에게 상처 줄 순 없어. 난 저이를 사랑하고 싶어. 에릭을 생각하고 있으니 그럴 수가 없어. 내가 너무 정직한 건가. 뒤죽박죽 웃긴 정직. 불충실에 대한 충실? 남자들처럼 내 마음속에 칸이 여러 개 있으면 얼마나 좋을까. 난 지독히도 일부일처주의자야. 에릭! 내 아이 에릭, 내가 있어줘야 하는 사람.

불륜은 도박 빚 같은 것인가. 기혼자의 합법적인 빚보다 더 엄격한 명예를 요구하는, 법적으로 강요되지 않아서?

말도 안 돼! 난 에릭을 눈곱만큼도 좋아하지 않아! 다른 그 어떤 남자도 마찬가지고. 여자들의 세상에서 혼자 있고 싶어. 메인 스트리트나 혹은 정치인 혹은 장사하는 사람들 혹은 몹시 군침을 흘리는 눈길, 아내들이 다 아는 저 엉큼한 표정을 한 남자들이 없는 세상에서 혼자 있고 싶어.

에릭이 여기 있다면 그냥 조용히 앉아서 다정하게 이야기한다면 난 진정할 수 있을 텐데. 잠들 수 있을 텐데.

너무 피곤해. 잠이 들면 좋으련만……"

31장

I

그들의 밤은 예고 없이 찾아왔다.

케니컷은 교외로 왕진 중이었다. 선선한 날씨였지만 캐럴은 포치에 웅크린 채 몸을 흔들었다가 생각에 잠겼다가 몸을 흔들었다가 했다. 집은 쓸쓸하고 역겨웠다. 그녀는 탄식을 내뱉듯 "들어가서 책이나 읽어야지. 읽을 게 너무 많아"라고 말하면서도 계속 그 자리에 있었다. 난데없이 에릭이 오다가 방향을 틀더니 들어와서 방충망 문을 활짝 열어젖히고는 그녀의 손을 잡았다.

"에릭!"

"남편이 교외로 운전해 나가는 걸 봤어요. 참을 수가 없었어요."

"어머…… 5분 이상은 안 돼요."

"당신을 만나지 않고선 견딜 수가 없었습니다. 매일 저녁 무렵이면 당신을 봐야 할 것 같아서 당신 모습을 너무나 선명하게 그렸어요. 그러나 귀찮게 안 했어요. 멀찌감치 떨어져 있었잖아요!"

"계속 그래야 해요."

"왜죠?"

"여기 포치를 벗어나는 게 좋겠어요. 길 건너편 하울랜드 부부가 창문으로 잘 훔쳐봐요. 그리고 보가트 부인도……"

그녀는 그를 보지 않았지만, 그가 비척대며 안으로 들어갈 때 떨고 있다는 걸 직감했다. 조금 전만 해도 차갑게 텅 비어 있던 밤은 앞일이 가늠되지 않을 정도로 뜨겁고 위태위태했다. 그러나 배우자 찾기에 대한 집착을 버리는 즉시 침착한 현실주의자가 되는 건 여자 쪽이다. "배고파요? 벌꿀 색깔 케이크가 좀 있어요. 두 개 먹고선 얼른 가는 거예요." 캐럴은 차분하게 이렇게 중얼거렸다.

"위층에 올라가 휴가 자는 모습 좀 볼게요."

"안 될 것……"

"그냥 살짝만!"

"아니……"

그녀가 반신반의하며 복도 쪽의 아이 방으로 앞장을 섰다. 둘의 머리가 닿을락 말락 했고 에릭의 곱슬머리가 뺨에 닿을 때는 기분이 좋았다. 둘은 아이 방을 들여다보았다. 휴가 볼그레한 얼굴로 잠에 빠져 있었다. 베개 속으로 파고든 힘이 어찌나 센지 아이는 베개 때문에 숨을 못 쉴 것처럼 보였다. 베개 옆에는 플라스틱 코뿔소가 있었고, 아이의 손에는 『늙은 왕콜』에서 뜯어낸 사진이 꼭 쥐어져 있었다.

"쉿!" 캐럴이 무의식적으로 말했다. 그녀가 까치발로 들어가 베개를 토닥토닥 만져주었다. 에릭에게로 돌아왔을 때 그녀는 자기를 기다리는 그가 친근하게 느껴졌다. 그들은 서로를 보며 웃었다. 그녀는 아이 아빠 케니컷은 생각하지 않았다. 그녀가 생각한 것은 에릭과 비슷한 사람, 나이가 좀더 들고 좀더 안정된 에릭이 휴의 아빠여야 한다는 것이었다. 그들 셋은 무척 창의적인 게임을 하며 같이 놀았을 것이다.

"캐럴! 당신이 혼자 쓰는 방에 대해 얘길 한 적 있죠. 좀 보여주세요."

"하지만 그곳에 머물진 못해요. 잠시라도. 우린 내려가야 해요."

"네."

"똑바로 처신할 거죠?"

"적…… 적당히!" 그는 창백한 얼굴에 커다란 눈을 하고서 자못 심각한 표정이었다.

"적당히로는 부족해요!" 그녀는 분별 있고 초연해진 기분이었다. 활기차게 문을 열었다.

케니컷이 그 방에 있을 때는 항상 무언가 위화감이 들었는데, 에릭이 책을 쓰다듬으며 활자를 훑어보고 있으니 그 방의 정신과 조화를 이루었다. 그가 두 손을 내밀었다. 그녀 쪽으로 다가왔다. 그녀는 힘이 없었다. 본의 아니게 마음이 풀어져 관대해졌다. 그녀의 고개가 뒤로 젖혀졌다. 눈이 감겼다. 뚜렷한 생각은 없었지만, 복합적인 기분이었다. 눈꺼풀에 그의 키스가 느껴졌다. 조심스럽고 정중했다.

그제야 그녀는 있을 수 없는 일이라는 것을 알았다.

그녀가 몸을 떨었다. 그에게서 화들짝 떨어졌다. "그만요!" 날카로운 목소리였다.

그가 굽힐 생각이 없다는 듯이 그녀를 바라보았다.

"난 당신을 좋아해요." 그녀가 말했다. "다 망치지 말아요. 친구가 되어줘요."

"분명 몇십만, 몇백만 명의 여인들이 그 말을 했을 겁니다! 이젠 당신이! 이렇게 키스한다고 다 망가지진 않아요. 모든 게 아름다워지죠."

"맙소사, 당신한테는 확실히 동화 같은 구석이 좀 있어요. 어떤 식으로든요. 아마 난 한때 그런 점을 사랑했을 거예요. 하지만 안 그럴래요. 너무 늦었어요. 그래도 당신에 대한 애정은 계속 간직할 거예요. 사사로운 감정 없이…… 사사로운 감정은 갖지 않을 거예요! 꼭 말이 오가는 피상적 애정일 필요는 없어요. 당신은 내가 필요하잖아요? 당신과 내 아들만이 날 필요로 해요. 난 사람들이 날 원하길 몹시 바랐어요! 한때 난 사람들이 내게 사랑을 주기를 원했죠. 이제는 내가 줄 수 있다면 만족할래요. ……거의 만족스럽다고 느낄래요!

우리 여자들, 우리는 남자들을 위해 무언가를 하는 걸 좋아해요. 딱한 남자들! 당신들이 무방비 상태일 때 우린 달려들어 마구 관심을 보이죠. 그리고 당신들을 바꾸겠다고 고집을 부리죠. 하지만 참으로 안타깝지만 그게 우리의 본능인걸요. 당신은 내가 실패하지 않을 유일한 작품이 될 거예요. 무언가 확실한 걸 하세요! 비록 그게 그저 면직물을 파는 일일지라도. 아름다운 면직물. 중국에서 오는 대상隊商들……"

"캐럴! 그만해요! 당신은 날 사랑해요!"

"아뇨! 난 그냥…… 이해 못 하겠어요? 모든 게 그런 식으로 날 억압해요. 입을 떡 벌리고 놀라는 따분한 사람들. 그래서 탈출구를 찾는 거예요…… 가세요. 더 이상 못 견디겠어요. 제발!"

그는 가버렸다. 집이 고요해졌는데도 그녀의 마음은 편치 않았다. 그녀는 허전했고 집은 텅 빈 것 같았으며 그녀는 그가 필요했다. 계속 이야기하면서 이런 마음을 충분히 털어내고 건전한 우정을 쌓고 싶었다. 거실로 비틀비틀 내려가 내닫이창으로 밖을 내다보았다. 그의 자취는 찾을 수 없었다. 하지만 웨스트레이크 부인이 보였다. 그녀가 모퉁이의 아크등 불빛이 내리비치는 포치와 창문들을 재빨리 살피며 걸어가고 있었다. 캐럴이 커튼을 치고서 마비된 듯 동작과 생각을 멈춘 채 서 있었다. 기계적으로 아무 생각 없이 그녀가 중얼댔다. "곧 다시 만나 우리가 분명 친구라는 점을 이해시킬 거야. 다만…… 집이 너무 공허하네. 말소리가 몹시 울려."

II

이틀 뒤 저녁을 먹을 때 케니컷은 초조해하면서 딴생각에 빠져 있는 듯했다. 거실을 서성대다가 마침내 으르렁거리듯 말했다.

"도대체 웨스트레이크 부인에게 뭐라고 말한 거야?"

캐럴이 들고 있던 책이 순간 흔들렸다. "무슨 말이에요?"

"웨스트레이크와 그의 아내가 우리를 질투한다고 했잖아. 요즘 당신이 그들과 친하게 지내더라니…… 데이브 말을 들어보니, 웨스트레이크 부인이 동네방네 다니며 당신이 베시 외숙모를 싫어한다고 얘기한다더군. 게다가 당신 방을 따로 마련한 건 내가 코를 골아서이고, 비요른스탐은 비에게 과분한 사람이었고, 또 최근에는 우리가 이 발보르그라는 친구에게 다들 바짝 엎드려 같이 저녁 먹자고 초대하지 않는다며 마을 사람들에게 기분이 상했다는 말도 했다더군. 그 여자가 당신이 또 무슨 말을 했다고 할지 어찌 알겠어."

"전부 다 사실이 아니에요! 난 웨스트레이크 부인을 좋아했어요. 그래서 집에 인사차 간 건데 부인이 내 말을 몽땅 왜곡하고 다닌 것 같아요."

"그렇지. 물론 그럴 테지. 그럴 거라고 내가 말하지 않았나? 교활한 여자야. 눈치 보면서 사람들 기분이나 맞춰주는 웨스트레이크처럼 말이지. 세상에, 내가 만약 몸이 아프다면 웨스트레이크에게 가느니 차라리 신앙치료사를 찾겠어. 그리고 웨스트레이크 부인은 남편과 판박이라고. 그렇다고는 해도 내가 이해할 수 없는 건……"

그녀가 켕긴 마음으로 기다렸다.

"……이해할 수 없는 건, 도대체 뭐에 홀렸기에 그 여자가 당신에게 그런 질문을 퍼붓도록 놔두었냐는 거야. 당신같이 총명한 사람이. 무슨 말을 했는지는 상관없지만. 우린 다 짜증 나면 가끔씩 화를 분출하고 싶어 하니까, 당연한 일이야. 그런 걸 비밀로 지키고 싶으면 『돈트리스』에다 말하든지 아니면 확성기를 들고 호텔 꼭대기에서 소리를 지르든 뭐든 해. 웨스트레이크 부인에게만은 털어놓지 말라고!"

"알아요. 당신이 그랬죠. 하지만 부인은 참 어머니 같은 분이에요. 난 아무도 없어요…… 바이더는 결혼하더니 완전히 가정만 아는 부인이 되어서는 자기만 다 옳은 척해요."

"음, 이다음엔 좀 현명하게 판단하겠지."

그가 그녀의 머리를 가볍게 쓰다듬고는 신문을 들고 털썩 주저앉더니 더 이상 아무 말도 하지 않았다.

적대자들이 창문 사이로 음흉하게 살펴보면서 현관에서부터 그녀에게로 슬며시 움직였다. 그녀에겐 에릭 말고는 없었다. 이 친절한 남편 케니컷이라는 사람은 오빠 같았다. 안식을 찾아 달려가고 싶은 사람은 자신의 이단자 친구, 에릭이었다. 감정이 요동치는 동안 겉으로 보기에 그녀는 하늘색 가정 봉제 관련 책장 사이에 손가락을 얹은 채 조용히 앉아 있는 것 같았다. 하지만 웨스트레이크 부인의 불신행위에 대한 그녀의 당혹감은 현실적인 두려움으로 바뀌었다. 나와 에릭에 대해 그녀가 뭐라고 한 걸까? 뭘 알고 있을까? 뭘 봤을까? 그 밖에 또 누가 궁지 몰이에 동참하게 될까? 그 밖에 또 누가 에릭이랑 함께 있는 걸 봤지? 다이어 부부와 사이 보가트, 후아니타, 베시 외숙모에 대해서는 뭘 걱정해야 하지? 보가트 부인이 묻는 말에 정확히 뭐라고 대답했더라?

다음 날 온종일 그녀는 불안해서 집에 있을 수가 없었다. 게다가 억지로 짜낸 볼일을 보러 거리를 걸어갈 때는 만나는 모든 사람이 두려웠다. 그녀는 그들이 말을 걸기를 기다렸다. 불길한 마음을 안고 기다렸다. 그녀가 되뇌었다. "다시는 에릭을 만나면 안 돼." 하지만 그 말은 머릿속에 남지 않았다. 그녀는 메인 스트리트의 여자들이 무의미하고 권태로운 생활로부터 가장 확실하게 탈출하는 방법인 죄의식에 무아지경으로 빠지진 않았다.

5시, 거실 의자에 쓰러져 있던 그녀가 초인종 소리에 깜짝 놀랐다. 누군가 문을 열었다. 그녀는 심란한 마음으로 기다렸다. 바이더 셔윈이 안으로 밀고 들어왔다. "내가 믿을 수 있는 바로 그 사람이야!" 캐럴은 너무 기뻤다.

바이더는 진지하면서도 다정다감했다. 그녀가 캐럴에게 호들갑스럽게 말했다. "어머, 자기, 집에 있어서 정말 다행이야. 앉아. 이야기를 좀 해야겠어."

캐럴이 고분고분 앉았다.

바이더가 커다란 의자를 야단스럽게 잡아끌어다 앉더니 말의 포문을 열었다.

"자기가 이 에릭 발보르그에게 관심 있다는 소문을 어렴풋이 듣고 있었어. 자기가 그런 잘못을 저지를 리가 없다는 걸 알아. 그리고 지금 난 그걸 더더욱 확신해. 여기 이렇게, 데이지 꽃처럼 밝은걸."

"기혼여성이 죄가 있으면 어떤 얼굴을 하고 있죠?"

캐럴은 화난 어조였다.

"아니…… 오, 보면 알지! 그뿐인가! 자기가 그 누구보다 윌 박사를 존중하는 사람이란 걸 알아."

"무슨 말을 들었어요?"

"별거 아냐. 보가트 부인이 그러는데, 자기랑 발보르그가 함께 산책하는 모습을 자주 봤다나." 바이더의 조잘거림이 느려졌다. 그녀가 손톱을 보았다. "하지만…… 자기가 발보르그를 좋아하는 것 같긴 해. 아, 전혀 나쁜 쪽으로는 아니고. 하지만 자기는 젊잖아. 순수한 마음으로 좋아하는 게 어느 쪽으로 흘러갈지 자기는 몰라. 자기는 늘 세련되고 뭐 그런 척하지만 그냥 아기야. 너무 순수해서 그 친구의 머릿속에 어떤 사악한 생각이 도사리고 있을지 모르는 거지."

"발보르그가 실제로 나와 사랑을 하려는 마음이 있을 수 있다는 생각은 안 드세요?"

다소 저속한 그녀의 농담은 바이더가 인상을 찌푸리며 소리치는 바람에 갑자기 끝났다. "마음속에 품은 생각을 자기가 어떻게 알아? 자기는 그냥 재미 삼아 세상을 개혁하려고 해. 고통이 뭔지 몰라."

인간이 절대 참을 수 없는 두 가지 모욕이 있다. 유머 감각이 없다는 주장과 고통을 결코 모른다는, 두 배로 무례한 주장이다. 캐럴이 맹렬한 기세로 말했다. "내가 고통을 모른다고 생각하세요? 내가 늘 편안하게 살았다고……"

"아니, 모르면 말하지 마. 내가 그 누구에게도, 레이에게도 해준 적 없는 말을 해줄게." 바이더가 자신이 수년 동안 지어올렸던, 레이미가 참전하고 없는 상태에서 지금도 짓고 있는, 억눌린 망상의 둑을 터뜨렸다. "난…… 난 윌을 끔찍이도 좋아했어. 파티에서 한 번이지만. 아, 물론 자기를 만나기 전이야. 우리는 손도 잡고, 정말 좋았어. 하지만 난 내가 그에게 실제로 적합한 사람이라는 느낌이 들지 않았어. 그를 놔줬지. 내가 아직도 그를 사랑한다고 생각지는 말아줘! 지금은 레이가 내 운명의 남편인 걸 알겠어. 하지만 내가 윌을 좋아하기 때문에, 그가 얼마나 성실하고 깨끗하고 고결한 사람인지, 그리고 그가 청렴의 도리에서 벗어난 생각을 결코 한 적이 없다는 걸 알기 때문에…… 그러니 비록 내가 양보는 했지만, 자기는 적어도 그의 진가를 존중해주어야 해! 우린 함께 춤추었고 많이 웃었고, 난 그를 포기했지만…… 이건 내 연애사야. 난 끼어들고 있는 게 아니야! 내가 말한 이 모든 것 때문에, 난 그가 하는 행동 그대로 전부를 이해하는 거야. 이런 식으로 내 마음을 드러내는 게 어쩌면 뻔뻔한 행동일 수 있겠지만 윌을 위해 그리고 윌과 자기를 위해서 이러는 거야!”

캐럴은 바이더가 겁도 없이 자신의 은밀한 연애담을 미주알고주알 풀어놓았다고 믿고 있다가 순간적으로 아차 싶었는지 민망함을 감추려고 요리조리 어렵게 살을 붙이고 있다고 생각했다. “난 절대적으로 명예를 지키면서 케니컷을 좋아했어…… 내가 아직도 그의 시각으로 사물을 보는 일이 있다면 그건 정말 어쩔 수가 없어…… 케니컷을 포기하긴 했어도 자기한테 악이 얼씬거리는 것까지 조심하라고 요구하는 것이 월권이라고 할 수는 없지 않겠어. 게다가……” 그녀는 울고 있었다. 벌건 얼굴로 꼴사납게 울고 있는 하찮은 여자.

캐럴은 차마 보고 있기가 힘들었다. 바이더에게 달려가 이마에 키스한 뒤 비둘기가 구구거리듯 중얼중얼 그녀를 달래면서 “오, 정말 고마워요.” “당신은 정말 훌륭하고 멋진 사람이에요.”

"단언컨대 당신이 들었던 말은 하나도 사실이 아니에요." "오, 사실 윌이 얼마나 성실한 사람인지 내가 알죠. 게다가 당신 말처럼 정말 정말 성실해요." 이런 진부한 말을 생각나는 대로 급히 긁어모아 그녀를 안심시키려 했다.

바이더는 도리에 어긋난 여러 어려운 문제에 대한 해명을 자신이 끝냈다고 생각했다. 그녀는 마치 참새가 빗물을 털어내듯 과잉 흥분 상태에서 벗어났다. 자세를 바로잡고 앉더니 자신의 승리를 기회로 활용했다.

"상처에 소금 뿌리고 싶지 않지만 이제 자기는 직접 볼 수 있을 거야. 이게 다 자기가 이곳에 만족하지 못하고 좋은 사람들을 알아보지 못한 결과라는 걸 말이야. 또 더 있어. 자기나 나나 개혁을 하고 싶어 하는 사람들은 행동거지에 특히 주의해야 해. 만약 자기가 작은 일까지도 세세하게 그들의 기대에 부응하는 삶을 산다면 낡은 인습을 비판하기가 얼마나 더 수월할지 생각해봐. 그러면 사람들은 자기가 자신의 잘못을 어물쩍 넘기려고 그들을 공격한다는 말을 못 하지."

캐럴은 돌연 냉철한 큰 깨달음, 즉 역사상 대부분의 개혁이 소극적이었던 이유에 대한 설명을 얻었다. "네. 그런 주장을 들어봤어요. 효과가 있는 말이에요. 그런 말이 폭동을 잠시 진정시키고, 그런 말이 무리를 이탈하는 사람을 막죠. 다른 말로 하자면 이거죠. '네가 만약 대중의 규칙을 믿는다면 그 규칙에 따라 살아야 하고, 만약 그 규칙을 믿지 않는다면 그래도 그 규칙에 따라 살아야만 한다!'"

"전혀 그렇지 않아." 바이더가 막연하게 말했다. 그녀가 기분

상한 표정을 짓기 시작했고 캐럴은 그녀가 그냥 잘난 체하도록 내버려뒀다.

III

바이더가 도움이 되었다. 그녀와 이야기하고 난 뒤 모든 고민이 너무나 공허하게 느껴진 터라, 캐럴은 고통의 몸부림을 멈추고서 자신의 문제가 더없이 간단한 것임을 이해했다. 나는 에릭의 포부에 관심이 있어. 관심이 있으니까 그이에게 망설이는 애정이 생긴 거야. 그리고 미래는 알아서 흘러가겠지. …… 하지만 밤에 잠자리에 누워서는 딴생각이 들었다.

"하지만 난 억울한 죄를 뒤집어쓴 무고한 사람이 아니야! 만약 그게 에릭이 아니라 좀더 과감한 사람, 수염을 기르고 무례한 입 모양을 한 예술가였다면…… 그런 사람들은 책 속에만 있지. 내가 결코 비극을 알지 못할 거라는 사실, 결국 웃음거리로 밝혀질 무의미한 혼란밖에 알아내지 못한다는 게 진짜 비극인 건가?

그 누구도 나 자신을 희생할 만큼 대단하거나 불쌍하지 않아. 단정한 블라우스 차림의 비극. 멋지고 안전한 등유 난로의 영원한 불꽃. 고결한 신념도 없고 고결한 죄의식도 없어. 메인 스트리트에서 레이스 커튼 뒤에 숨어 사랑을 훔쳐보고 있어!"

다음 날 베시 외숙모가 슬며시 찾아오더니 케니컷이 바람을 피우고 있을지도 모르겠다고 넌지시 운을 떼면서 정보를 캐내려고, 무언가를 캐내려고 발동을 걸기 시작했다. 캐럴이 딱 부러지게 말했다. "제가 뭘 하든, 윌은 그런 사람이 아니라는 사실은 말씀드릴 수 있어요!" 이내 그녀는 그런 식으로 건방지게 응수하지 말걸 하고 생각했다. "제가 뭘 하든"이라는 말을 베시 외숙모는 어떻게 알아들었을까?

케니컷이 집에 돌아와 괜히 물건들을 찔러보고 헛기침을 하는가 싶더니 말을 꺼냈다. "오후에 외숙모님을 만났어. 당신이 좀 공손하지 않았다고 그러시던데."

캐럴이 웃었다. 그가 어리둥절한 표정으로 그녀를 쳐다보더니 잽싸게 신문으로 시선을 피했다.

IV

그녀는 뜬눈으로 누워 있었다. 케니컷을 떠날 방법을 생각해 봤다가, 그의 장점을 떠올려봤다가, 약도 없고 도려낼 수도 없는, 서서히 마음을 좀먹는 미묘한 통증을 그가 마주하고 당혹해하는 모습을 가엾어했다. 책을 위안 삼는 에릭보다 그이한테 내가 더 필요한 게 아닐까? 만약 윌이 갑자기 죽게 된다면. 만약 아침 식사 때 조용하지만 다정한 표정으로 내가 조잘대는 걸 듣고 있는 모습을 다시는 볼 수 없게 된다면. 만약 그가 다시는 휴를 위해 코끼리 흉내를 낼 수 없게 된다면. 만약…… 교외로 왕진 가는 길, 미끄러운 도로, 자동차가 미끄러지고, 도로 가장자리가 허물어지면서 차가 뒤집히고, 윌이 차에 깔려 고통스러워하면서 사지를 못 움직이는 상태로 집으로 실려 와 불쌍한 눈빛으로 날 쳐다보거나, 혹은 날 기다리거나 날 찾고 있는데 나는 사고에 대해선 전혀 모른 채 시카고에서 지내고 있다면. 만약 의료사고라고 악을 쓰는 사악한 어떤 여자로부터 고소를 당한다면. 그는 목격자를 찾으려 애를 쓴다. 웨스트레이크는 거짓말을 퍼뜨린다. 친구들은 그를 믿지 못한다. 그의 자신감은 몹시 손상을 입을 것이고, 결단력 있는 남자의 우유부단한 모습을 보게 되는 건 끔찍할 것이다. 그가 기소되고 수갑이 채워진 채 기차에 실려 간다면……

그녀가 그의 방으로 뛰어갔다. 불안한 마음으로 밀어젖힌 문이 확 안으로 열리면서 의자에 부딪혔다. 그가 잠에서 깨어나 입을 떡 벌리더니 침착한 목소리로 물었다. "왜 그래 여보? 무슨 일 있어?" 그녀가 그에게로 쏜살같이 뛰어들어, 손에 익은 뻣뻣하고 꺼칠꺼칠한 뺨을 쓰다듬었다. 얼마나 익숙한 감촉인가. 안면의 봉합선 하나하나, 견고한 뼈대, 도톰한 살집! 하지만 "이렇게 오니 좋은데"라면서 그가 그녀의 가녀린 어깨에 손을 올리자 그녀가 지나치다 싶게 쾌활한 목소리로 말했다. "당신이 신음을 낸다고 생각했죠. 정말 바보 같지 뭐예요. 잘 자요, 여보."

V

그녀는 보름 동안 에릭을 두 번밖에 보지 못했다. 한 번은 교회에서, 한 번은 양복점에 갔을 때였는데, 1년에 한 번 케니컷에게 새 정장을 맞추어주는 작전에 대한 계획과 그에 따른 우발 상황과 전략을 논의하기 위해서였다. 양복점에는 냇 힉스가 있었지만, 그는 예전만큼 공손하지 않았다. 필요 이상으로 쾌활한 태도를 보이며 싱긋거렸다. "정말 멋진 플란넬 견본이죠, 네?" 괜히 그녀의 팔을 건드려 복식 도판을 보게 하고선 재미있다는 듯 그녀와 에릭을 번갈아 쳐다보았다. 집에 오자 그녀는 그 끔찍한 난쟁이가 혹시 자기와 시시덕거릴 생각이었던 건가 의아했지만, 진흙탕에 빠진 듯 역겹기 짝이 없는 그런 생각은 하고 싶지 않았다.

웨스트레이크 부인이 한 차례 그랬듯이 후아니타 헤이독이 집 앞으로 천천히 걸어가는 게 보였다.

그녀는 위티어 외삼촌 가게에서 웨스트레이크 부인과 마주쳤는데, 민첩하게 움직이는 눈빛을 보자 무례하게 굴려던 결심을 잊은 채 불안에 떨면서 공손한 태도를 보였다.

거리의 모든 남자가, 가이 폴록과 샘 클라크마저 자신을 소문이 자자한 이혼녀라도 되는 듯 기대를 품은 흥미로운 눈길로 힐끗거리는 것 같았다. 마치 미행당하는 범죄자처럼 불안했다. 에릭을 만나고 싶으면서도 처음부터 만나지 않았더라면 얼마나 좋았을까 하고 바랐다. 그녀는 케니컷이 마을에서 자신과 에릭에 대한 모든 걸, 실은 별로 특별할 것 없는 내용을 모르는 유일한 사람 같았다. 의자에 웅크리고 앉은 걸걸한 목소리의 음란한 남자들이 이발소나 담배 냄새에 찌든 당구장에서 자신의 애길 하는 장면을 상상했다.

초가을을 보내는 동안 편 멀린스는 긴장을 풀어준 유일한 인물이었다. 방정스러운 그 선생은 캐럴을 자기 또래 친구처럼 여기며 찾아왔고, 학기가 시작되었는데도 매일 와서 댄스파티나 치즈토스트 먹는 파티에 가자고 권했다.

편이 토요일 저녁 시골에서 열리는 농가 댄스파티에 보호자로 같이 가달라고 캐럴을 졸랐다. 그녀는 가지 못했다. 그다음 날, 그 광풍이 휘몰아쳤다.

32장

I

일요일 오후 캐럴이 뒤쪽 베란다에서 아이 보행기의 나사를 조이고 있었다. 열려 있는 보가트네 창문을 통해 악쓰는 소리가, 보가트 부인이 내는 포악한 노파의 목소리가 들렸다.

"……너도 그랬어. 부인해봐야 소용없는 일이야…… 아니, 안 돼. 곧장 네 발로 이 집에서 걸어 나가…… 살면서 그런 소리는 처음 들어보는군…… 그 누구도 그런 식으로 내게 말하지 못했어…… 사악하고 불결한 길로 걸어가다니…… 옷은 그냥 두고, 그렇게 해주는 것만 해도 고마운 줄 알아…… 주제넘게 대꾸만 했단 봐, 경찰을 부를 테니까."

대화 상대자의 목소리는 물론이고, 자신의 증인이며 자신의 조력자라며 보가트 부인이 말끝마다 선언하는 그녀의 하느님 목소리도 들을 수 없었다.

"사이하고 또 한바탕하나 보네." 캐럴이 추측했다.

그녀는 보행기를 들고 뒷마당 계단으로 내려가, 뿌듯한 마음으로 보행기를 시험 삼아 마당 저편까지 밀어보았다. 보도 위에 발소리가 들렸다. 사이 보가트는 보이지 않았고 펀 멀린스가 여행 가방을 끌고서 고개를 숙인 채 서둘러 거리로 나오고 있었다. 보가트 부인이 오동통한 양팔을 허리에 대고 포치에서서 달아나는 여자의 등 뒤에 대고 쏘아붙였다.

"다시는 이 동네에 얼씬거릴 생각 마. 트렁크는 짐마차꾼을 보내면 되니까. 내 집은 더러워질 대로 더러워졌어. 어찌하여 하느님은 내게 이런 시련을 주시는지……"

펀이 사라졌다. 고결한 미망인이 쏘아보며 문을 쾅 닫고 집 안으로 들어가선 자신의 보닛을 톡톡 매만지며 나오더니 의기양양하게 사라졌다. 이때까지 캐럴은 창문으로 엿보는 고퍼 프레리의 다른 주민들과 딱히 다를 바 없는 모습으로 이 상황을 주시했다. 그녀의 눈에 보가트 부인이 하울랜드 가게에 들어갔다가 나와선 카스네로 들어가는 게 보였다. 저녁때가 되어서야 그녀가 케니컷의 집을 찾아왔다. 케니컷이 문을 열어준 뒤 인사를 했다. "이런, 이런, 착한 우리 이웃님 안녕하십니까?"

착한 이웃이 거실로 돌진하더니 매끈한 검은색 양가죽 장갑을 흔들며 입심 좋게 말을 쏟았다.

"어떻게 지내는지 잘 물어봤어요! 오늘 그 끔찍한 상황을, 그리고 잘라버려야 할 그 여자의 입에서 나온 무례한 말들을 내가 어떻게 견뎌냈는지 놀라울 따름이에요……"

"워워! 잠깐만요!" 케니컷이 소리쳤다. "막돼먹은 그 여자가 누굽니까, 보가트 자매님? 진정하시고 앉아서 전부 말씀해보세요."

"앉을 수가 없어요. 서둘러 집에 가야 하지만, 댁들에게 경고부터 해준 다음에야 내 볼일을 온전히 볼 수가 있을 것 같네요. 게다가, 아이고 참, 내가 그 여자에 대해 마을 사람들에게 경고해주면서 무슨 공치사를 기대하진 않아요. 세상에는 늘 악이 차고 넘치는데 사람들은 우리가 자기네들을 지키려 하는 노력을 이해하거나 인정하지 않아요…… 그리고 그 여자가 여기로 억지로 밀고 들어와 의사 선생과 캐럴이랑 친밀하게 지내는 꼴을 여러 번 봤는데, 고맙게도 더 이상 해악을 저지르기 전에 제때 발각되었어요. 난 그 여자가 이미 저질렀을지도 모르는 일을 생각하면 정말 가슴이 찢어지면서 정신을 못 차릴 지경이에요. 비록 우리 중 누군가는 그것에 대해 알고 있지만……"

"진정하세요! 도대체 누구 얘길 하는 겁니까?"

"펀 멀린스 얘기예요." 캐럴이 끼어들었다. 유쾌하지 않은 어조였다.

"뭐라고?" 케니컷은 믿을 수가 없었다.

"맞아요!" 보가트가 말을 쏟아냈다. "그 여자가 캐럴, 당신을 무슨 일에 끌어들이기 전에 내가 제때 발견한 게 다행일지도 모르겠어. 당신이 비록 내 이웃이고 윌의 아내에다 교양 있는 숙녀이기 때문에 내가 지금 당장 한마디 하지, 캐럴 케니컷, 당신이 늘 공손하지는 않다는 건, 늘 경건하지만도 않다는 건 하느님의 말씀을 따라 성서에 정해진 훌륭한 양식에 복종하지 않는다는 거지. 그리고 물론 잘 웃는 게 그다지 나쁠 건 없고 당신한테 정말 사악한 구석이 없다는 것도 알지만, 동시에 당신은 하느님을 경외하지 않고 마땅히 그래야 하는데, 하느님 말씀을 어긴 자를 미워하지도 않아. 그런데 내가 품었던 이 악마를 찾아낸 걸 당신이 고맙게 생각할지도 모르겠어…… 암, 그렇지! 아, 그렇고말고! 우리 숙녀분께서는 아침마다 달걀을 두 개 먹어야 하고 달걀은 12개짜리 한 꾸러미에 60센트인데, 보통 사람들처럼 하나로는 성에 차지 않아 했어…… 달걀이 얼마 하는지, 혹은 자신에게 숙식을 제공하면서 누군가는 한 푼도 벌지 못할 수도 있다는 걸 상관이나 했을까. 사실 난 그 여자가 정말 불쌍해서 먹이고 재워준 건데, 트렁크에 몰래 넣어서 들여온 스타킹과 옷의 종류를 보고 난 이미 알았는지도 모르지……"

5분 동안 추악한 사례를 더 주절대고 나서야 그녀가 내막을 풀어놓았다. 시궁창 희극이 검은 양가죽 장갑을 낀 복수의 여신과 함께 고전 비극이 되었다. 이야기 자체는 단순하고 우울한 데다 시시했다. 보가트 부인은 세부 내용을 대충 얼버무리면서 미심쩍어하는 반응에는 화를 냈다.

펀 멀린스와 사이는 그 전날 밤, 차를 몰아 시골 농가의 댄스파티에 갔다(캐럴은 펀이 보호자를 구하려 했다는 것을 인정했다). 댄스파티에서 사이가 키스를 했다고 펀이 털어놓았다. 사이는 위스키 반병을 구해놓았다. 어디서 구했는지는 기억나지 않는다고 했다. 보가트 부인은 펀이 사이에게 술을 줬을 거라는 식으로 말했다. 펀은 사이가 술을 농부의 외투에서 훔쳤다고 주장했는데, 그 말은 새빨간 거짓말이라며 보가트 부인은 분통을 터뜨렸다. 술에 절어 있는 사이를 펀이 차를 몰아 집으로 데려왔고, 구역질을 해대며 비틀거리는 그를 현관 앞에 내려주었다.

자기 아들은 한 번도 술에 취해본 적이 없다고 보가트 부인이 찢어지는 목소리로 말했다. 케니컷이 끙 하고 신음을 내뱉자 그녀가 실토했다. "아니, 어쩌면 한두 번 술 냄새를 맡은 적은 있을 거예요." 그러더니 정말 양심적으로 정확히 말한다는 식으로 가끔은 아침이 되어서야 집에 온 적도 있다고 인정했다. 하지만 사이에게는 늘 최고의 핑곗거리가 있었을 테니 술에 취했을 리가 없었을 것이다. 아들은 다른 녀석들의 유혹에 넘어가 강에서 손전등 불빛에 작살로 강꼬치고기를 잡았거나, '연료가 다 떨어진 자동차' 안에서 밤을 지새웠을 것이다. 어쨌든 '속이 시커먼 여자'의 제물이 되었던 적은 한 번도 없었다.

"멀린스 양이 아들과 어떤 수작을 벌이려 한 것 같으세요?" 캐럴이 강하게 물었다.

보가트 부인이 당황해하더니 대답은 관두고 말을 이어나갔다. 그녀가 오늘 아침 두 사람을 대면했을 때 사이가 전부 펀 때문이라고, 다른 사람도 아니고 자기 담임선생님이 자기를 부추겨 술을 마시게 했다고 남자답게 고백했다고 말했다. 펀은 그게 아니라고 잡아뗐고.

"그러니까," 보가트 부인이 재빠르게 지껄였다. "그러니까 그 여자가 뻔뻔하게도 내게 이러더군요. '내가 무슨 의도가 있어서 저 추잡한 개가 취하길 바랐을까요?' 사이를 그렇게 불렀어요, 개라고. '내 집에서 그런 저속한 어휘는 쓸 수 없어.' 내가 그랬죠. '네가 교육을 받아 선생 자질을 갖추고 젊은 사람들의 품행을 돌봐주는 척 사람들의 눈을 속이고 그 말을 믿게 하지만, 넌 매춘부보다 나빠!'라고 했어요. 한바탕 제대로 나무란 거죠. 난 내 본분을 피하려 하거나, 그 여자가 예절 바른 주민들이 자신의 천한 언행을 참고 들어주리라는 생각을 하지 못하게 할 셈이었어요. '의도?' 내가 그랬죠. '의도? 네 의도가 무엇이었는지 내가 말해주지! 네 주제넘은 꼴에 시간을 허비해가며 관심을 가질 온갖 남정네들에게 네가 알랑거리는 걸 내가 안 봤을까? 망할 짧은 스커트에 다리를 드러내놓고 마치 아주 어린 여자애처럼 허세를 부리며 거리를 활보하는 걸 내가 안 봤겠어?'"

펀의 왕성한 젊음에 대한 이러한 해석에 캐럴은 역겨움이 일었다. 보가트 부인이 사이와 펀이 집으로 돌아오기 전, 둘 사이에 무슨 일이 있었는지는 아무도 모를 거라며 슬쩍 말을 흘릴 때 그 역겨움은 더했다. 정확하게 어떤 장면을 묘사하지 않고 음탕한 상상력을 동원하게 했다. 보가트 부인은 귀에 거슬리는 바이올린 소리와 쿵쿵거리는 댄스 스텝이 난무하는 헛간과 멀리 떨어진, 전등 불빛이 닿지 않는 시골의 으슥한 장소와 그 뒤의 거칠고 무분별하고 불쾌한 섹스를 연상시켰다. 캐럴은 너무 역겨워서 중단시키지도 못했다. 소리친 건 케니컷이었다.
"아이고, 세상에, 그만하세요! 무슨 일이 있었는지 알 수 없지 않습니까. 펀이 그저 천방지축 생각 없는 젊은 애 정도가 아니라는 증거를 아직 하나도 내놓지 않았잖습니까."

"안 내놨다고요? 아니, 이건 어때요? 내가 단도직입적으로 물었어요. '사이가 갖고 있던 위스키 맛봤어, 안 봤어?' 그러니까 그 여자가 '한 모금 마신 것 같아요. 사이가 마시래서요'라고 합디다. 그 정도 털어놨으면 상상할 수 있잖아요……”

“그걸로 그녀가 매춘부라는 증거가 되나요?” 캐럴이 물었다.

“캐리! 절대 그런 단어를 입에 올리지 마!” 분개한 금욕주의자 보가트 부인이 소리쳤다.

“음, 그걸로 그녀가 나쁜 여자인 게 증명되나요? 위스키 한 모금 했다는 것이요? 저 역시 마신 적 있어요!”

“그건 다르지. 캐리가 한 일을 인정한다는 말이 아니야. 성서에 뭐라고 되어 있지? ‘독주는 조롱하게 하나니!’ 그런데 선생이 자기가 가르치는 학생과 술을 마시는 건 완전히 별개의 문제야.”

“그래요, 잘못한 것 같네요. 편이 분명 어리석었어요. 하지만 사실 그녀는 사이보다 겨우 한두 살 많아요. 그리고 나쁜 짓을 한 것으로 치자면 사이보다 아마 몇 년은 더 어릴걸요.”

“그…… 렇지…… 않아! 그 여잔 걔를 충분히 타락시킬 수 있는 나이야!”

“사이의 타락은 부인의 죄 없는 마을에 의해 벌써, 5년 전에 저질러진 일이에요!”

보가트 부인은 그 말에 펄쩍 뛰지 않았다. 별안간 기가 죽어 고개를 숙였다. 그녀가 까만 양가죽 장갑을 쓰다듬더니 연한 갈색 스커트의 실밥을 뜯으며 한숨을 내쉬었다. “걘 착해서 잘만 대해주면 정말 싹싹해. 어떤 사람들은 걔가 너무 거칠다고들 하는데 그건 한창때라서 그런 거지. 얼마나 용감하고 진실한데. 아니, 참전하려고 마을에서 제일 먼저 입대하려고 한 애야. 그래서 떠나지 못하게 하려고 정말 모질게 말해야 했어. 난 아들이 군 생활의 나쁜 영향을 받지 않길 바랐어…… 그러다가," 보가트 부인이 자기연민에서 벗어나 아까의 어조로 되돌아갔다. "그러다가 내가 여자 하나를, 아들이 만날 수 있는 최악의 여자라고 다들 말하는 그런 여자를 집에 데려오고 만 거야. 당신은 이 여자가 너무 어리고 경험이 없어서 사이를 타락시킬 수 없다고 하는데, 그렇다면 이 여자는 너무 어리고 경험이 없으니까 아이를 가르치지도 못하는 거네. 둘 중 하나니까. 꿩 먹고 알 먹고 할 수는 없어! 그러니까 어떤 이유로 그 여자를 해고하든 아무런 차이 없어. 그리고 이상이 내가 학교 이사회에 실제로 대략 말한 내용이야."

"이걸 학교 이사회 위원들에게 말하고 다녔던 거예요?"

"했지! 모든 위원에게! 그리고 그들의 아내들에게 내가 말했어. '우리 선생들을 어떻게 해야 할지 결정하는 건 내 소관이 아닙니다.' 그리고 '어떤 형태로든 이래라저래라할 생각은 없어요. 그저 알고 싶어요.' 내가 말했어. '술 먹고 담배 피우고 욕하고 저속한 어휘를 쓰는 데다, 내 입으로 다시 말하진 않겠지만 다들 무슨 말인지 아실 만한 그런 끔찍한 짓을 하는 여자를 순진한 남녀 학생들이 있는 여기 이 학교에 데리고 있을 생각인 건지.' 내가 '만약 그렇다면, 마을 사람들이 반드시 이런 내용을 접할 수 있도록 하겠어요'라고 했어. 이게 내가 교육감인 모트 교수에게도 말한 내용인데…… 그분은 고결한 분이어서, 주일에 학교 이사회의 여타 위원들처럼 자동차로 드라이브 나가거나 하지 않아. 게다가 교수님 역시 실은 멀린스라는 여자를 미심쩍어하고 있었다고 인정했어."

II

케니컷은 캐럴보다 충격을 덜 받았고 훨씬 덜 겁먹었으며, 보가트 부인이 가고 난 뒤 그녀에 대해 설명할 때는 캐럴보다 좀더 명확했다.

모드 다이어가 캐럴에게 전화하여 베이컨 넣은 리마 콩 요리에 대해 별것도 아닌 걸 물어보더니 급기야 캐물었다. "멀린스 양과 사이 보가트에 대한 소문 들었어요?"

"분명 거짓말이에요."

"오, 그럴지도." 모드의 어조로 보건대 소문이 허위라 한들 소문이 주는 즐거움에는 별로 지장이 없는 것 같았다.

캐럴은 슬금슬금 방으로 가서 두 손을 오므려 꽉 맞잡고 앉아 한 무리의 음성에 귀를 기울였다. 마을 사람들이, 누구 할 것 없이 전부, 소문에 고성을 질렀고 새로운 정보를 얻으면 신바람이 나서 나름대로 보탤 내용을 쥐고 남들보다 더 위세를 떨고 싶어 안달했다. 이들은 자기들이 감히 하지 못했던 일탈을 다른 사람의 경험을 통해 상상하면서 얼마나 너끈히 그것을 보상받을 것인가! 완전히 겁먹지 않고(단순히 조심하면서 몸을 사렸던) 사람들, 이발소의 난봉꾼들과 모자 상점의 부유층 여자들은 재미있다는 듯 몹시 낄낄거렸고(이 순간 그들이 소문에 침을 튀겨가며 열중하는 소리가 귀에 들리는 듯했다), 더없이 우아한 본인들의 농담을 자화자찬해가며 키득댔다. "나한테 그 여자가 헤프지 않다고 말할 생각은 마. 난 다 아니까!"

마을 사람 중에서 소문에 아랑곳하지 않고 멋지게 욕을 한 방 날려 자신만의 개척자 정신을 실천하는 이는 아무도 없었다. 자신들의 '거친 의협심'과 '조야한 덕목'이 시시하게 추문이나 주워듣는 유럽 사람들보다 더 너그럽다는 걸 증명하는 이는 아무도 없었다. 거칠고 창의적인 저주와 함께 호통을 치는 인상적인 개척자는 하나도 없었다. "무슨 말이 하고 싶은 거요? 뭘 두고 그렇게 낄낄거려요? 알고 있는 게 뭐요? 당신이 그렇게나 비난하면서, 그렇게나 좋아하는, 듣도 보도 못한 이 죄악들이 무슨 말이요?"

이런 말을 하는 사람은 아무도 없었다. 케니컷은 물론 가이 폴록이나 챔프 페리조차도.

에릭은 할까? 어쩌면. 확신 없이 더듬거리며 이의를 제기하겠지.

그녀는 갑자기 궁금해졌다. 에릭에 대한 나의 관심과 이 연애 사건 사이에 숨은 연결 고리는 뭘까? 사람들은 내가 가진 사회적 지위 때문에 나의 꼬리를 추적할 수 없어서 펀에게 난리법석을 피우는 걸까?

III

저녁도 먹기 전에 여섯 통의 전화가 걸려와 그녀는 펀이 미니마쉬 호텔로 도망친 사실을 알았다. 거리에서 쳐다보는 사람들의 시선을 의식하지 않으려 애쓰면서 호텔로 걸음을 재촉했다. 직원은 멀린스 양이 2층 37호실에 있는 것 '같다'고 심드렁하게 말하고는 캐럴이 알아서 찾아가게 두었다. 그녀는 선홍색 데이지 꽃과 초록색 장미 무늬 벽지의 군내 나는 복도를 쭉 뒤지듯 찾아나갔다. 복도에는 물 흘린 자국들이 점점이 허옇게 남아 있었고, 연청색으로 페인트칠이 된 문들이 줄지어 있었다. 그녀는 그 번호를 찾지 못했다. 복도 끝쪽 어두컴컴한 데서는 객실 번호판 위의 알루미늄 숫자를 손으로 더듬어야 했다. 한번은 "예? 뭘 원하는 거요?" 하는 남자의 목소리에 화들짝 놀라서 달아났다. 찾는 객실 앞에 당도하자 캐럴은 가만히 귀를 기울였다. 긴 흐느낌이 새어 나왔다. 노크해도 대답이 없더니 세번째 노크에 경계하는 목소리가 들렸다. "누구예요? 가세요!"

그녀가 문을 열어 밀자 마을 사람들에 대한 증오가 단호하게 변했다.

어제 봤을 때 펀 멀린스는 부츠를 신고 트위드 스커트와 연한 노란색 스웨터를 입고 있었고 날렵하면서 자신감이 있었다. 지금 그녀는 쭈글쭈글한 연보라색 면직물 옷에 볼품없는 구두를 신은 채 침대에 가로로 누워 있었고, 몹시 나약하고 완전히 주눅 든 모습이었다. 그녀가 바보같이 놀란 얼굴로 고개를 들었다. 머리카락은 마구 엉클어지고 얼굴은 누렇게 떠서 주름살이 잡혀 있었다. 눈동자는 울어서인지 흐릿했다.

"안 그랬어요! 안 그랬다고요!" 그녀가 가장 먼저 한 말이었고, 캐럴이 자기 뺨에 키스하고 머리카락을 쓰다듬으며 이마를 쓸어주는 동안 그녀는 이 말을 되풀이했다. 이윽고 그녀가 차분해졌다. 그동안 캐럴은 이방인을 따뜻하게 맞이하는 곳, 따뜻한 메인 스트리트의 안식처, 케니컷의 친구인 잭슨 엘더에게 황금알을 낳는 거위가 되어주는 방을 둘러보았다. 오래된 리넨과 썩어가는 카펫, 그리고 묵은 담배 냄새가 났다. 우툴두툴 납작한 매트리스가 깔린 침대는 일긋거렸고, 갈색 벽지에는 긁히고 찍힌 자국이 나 있었다. 구석구석 사방에 먼지와 담뱃재가 뽀얗게 앉아 있었고, 기우뚱한 세면대 위에는 이가 나간 땅딸막한 물 항아리가 놓여 있었다. 달랑 하나 있는 의자는 군데군데 니스 칠이 벗겨진 채 음산하게 수직으로 서 있었다. 하지만 전체적으로 아주 인상적인, 금색과 장미색의 타구가 하나 있었다.

그녀는 애써 펀의 소문을 끄집어내지 않았으나 펀이 자기가 얘기하겠다고 고집했다.

펀은 파티에 갔었다. 사이가 마음에 든다고는 할 수 없었지만, 그녀는 춤을 추기 위해서, 쏟아지는 보가트 부인의 『성경』 말씀에서 도망치기 위해서, 긴장한 채 처음 몇 주 동안 수업을 했던 터라 좀 쉬기 위해서 기꺼이 그를 참아낼 용의가 있었다. 사이는 '얌전히 굴겠다고 약속했다.' 갈 때는 얌전했다. 댄스파티에는 젊은 농부들과 함께 고퍼 프레리에서 온 노동자도 몇몇 있었다. 덤불로 가려진 계곡의 질 나쁜 이민촌에서 온, 감자 심어 먹고 물건을 훔치기도 하는 무단 거주자들 여섯 명 정도가 왁자지껄 거나하게 취해서 들어왔다. 다들 전통적인 스퀘어 댄스를 추면서 헛간 바닥을 쿵쿵 굴렀다. 바이올린을 켜면서 스텝을 지시하는 이발사 델 스내플린의 주문에 따라, 파트너를 빙그르르 돌리거나 폴짝폴짝 뛰면서 흥겹게 웃었다. 사이는 주머니에서 휴대용 술병을 꺼내 두 잔을 마셨다. 펀은 그가 헛간 한쪽 끝의 사료 상자 위에 겹쳐져 있는 외투 더미를 더듬는 걸 보았다. 얼마 안 있어 농부 하나가 자기 술병을 누가 가져갔다고 외치는 소리가 그녀의 귀에 들렸다. 그녀는 술병을 훔친 일로 사이를 나무랐다. 그가 싱긋거렸다. "아, 그냥 장난이야. 돌려줄 거야." 그가 그녀에게 한 잔 마시라며 강요했다. 마시지 않으면 술병을 돌려주지 않으려 했다.

"난 그냥 입술만 축였고, 술병을 사이에게 다시 주었어요." 펀이 한숨을 쉬었다. 그녀가 일어나 앉아 캐럴을 노려보았다. "술 마신 적 있어요?"

"마셔봤어요. 몇 번. 지금 한 잔 마시고 싶네요! 이들 도덕적인 사람들 옆에 있으면서 지쳐버렸어요!"

그제야 펀은 웃을 수 있었다. "저도요! 평생 통틀어 다섯 잔도 안 마신 것 같지만 보가트와 그 아들 같은 사람을 한 번만 더 만난다면…… 아니, 난 사실 그 술병, 독한 위스키 원액에는 손대지 않았지만, 와인이었다면 좋아했을 거예요. 아주 얼근한 기분이었어요. 헛간은 흡사 무대 장면 같았어요. 높은 서까래 천장, 어두컴컴한 외양간 칸막이들, 주석 손전등들이 흔들거렸고 위쪽엔 약간 신기한 기계 같은 사료 목초 재단기가 있었죠. 난 아주 멋진 젊은 농부와 춤추면서 더없이 흥겨운 시간을 보내고 있었어요. 건장하고 상냥하면서 정말 똑똑한 남자였죠. 하지만 사이의 행동을 보자 불안해졌어요. 그러니까 난 그 끔찍한 것을 두 방울도 입에 대지 않은 것 같아요. 신은 와인을 원한 것조차 벌을 내리고 있는 걸까요?"

"저기요, 보가트 부인의 신이자 메인 스트리트가 믿는 신이라면 그럴지도 모르죠. 하지만 용감하고 지성적인 사람들은 다들 그 신에 맞서고 있어요. ……비록 신은 우릴 허물어뜨리겠지만.”

편은 젊은 농부와 다시 춤을 추었다. 대학에서 농과를 공부한 아가씨 하나와 이야기하는 동안에 사이는 잊혔다. 그가 술병을 돌려주지 않았을 수도 있었다. 그가 비틀거리며 그녀에게로 왔다. 도중에 보는 여자마다 시비를 걸고 지그 댄스를 추느라 시간이 걸렸다. 그녀가 돌아가자고 졸랐다. 사이가 웃고 촐랑거리면서 그녀와 함께 나갔다. 문밖에서 그가 키스를 했다. ……“댄스파티에서 남자들의 키스를 유도하며 즐거워하곤 했던 일을 생각하면!” ……그녀는 사이가 싸움을 일으키기 전에 집에 데려다줄 생각에 키스를 무시했다. 농부 하나가 그녀를 도와 마구를 씌웠고, 그러는 동안 사이는 앉아서 코를 골았다. 출발하기 전에야 그가 깼다. 가는 내내 사이는 잠을 자거나 그러지 않으면 그녀에게 집적댔다.

“난 사이만큼 힘이 세요. 가까스로 그를 떼어내가며 지독히도 삐걱대는 마차를 몰았어요. 난 내가 여자처럼 느껴지지 않았어요. 마치 내가 허드레 일꾼 같았어요. 아니, 너무 겁에 질려 아무것도 느낄 수 없었던 것 같아요. 칠흑처럼 어두웠거든요. 어찌어찌 집에 왔어요. 하지만 내려야 하는데 표지판이 너무 뿌옇게 보여 읽기가 힘들었어요…… 내가 사이의 코트 주머니에서 성냥을 꺼내서 켰고 그가 내 뒤를 따라 내렸죠…… 사이가 디딤대에서 진창으로 넘어지고 말았어요. 그런데 일어나더니 내게 엉겨 붙으려 하지 뭐예요. 그래서…… 난 겁이 났어요. 사이를 때렸죠. 꽤 세게 때렸어요. 그러고는 마차에 올랐는데, 그가 마차 뒤를 쫓아오면서 아이처럼 울어댔죠. 그래서 다시 마차에 태웠어요. 그런데 타자마자 또 엉겨 붙으려고…… 하지만 개의치 않았죠. 그를 집에 데려다줬어요. 현관 바로 앞에. 보가트 부인이 자지 않고 기다리고 있더군요.

있잖아요, 웃겼어요. 보가트 부인이 쉴 새 없이…… 아유, 나한테 말하고 있고…… 사이는 지독하게 게워대고…… 난 계속해서 그저 이 생각만 했죠. '마차를 대여소에 돌려주어야 하는데. 대여업자가 아직 안 자고 깨어 있으려나?' 하지만 아무튼 해결했어요. 마차를 대여소에 돌려주고 나서 난 내 방으로 돌아와 문을 잠갔어요. 그런데 보가트 부인이 문밖에서 계속 말을 하더군요. 거기 서서 나에 대해 끔찍한 이야기를 하면서 문손잡이를 잡고 흔들었어요. 그동안 내내 뒷마당에서는 사이의 게우는 소리가 들렸죠. 난 죽어도 결혼은 하지 않을 것 같아요. 그리고 오늘……

보가트 부인이 날 바로 집 밖으로 쫓아냈어요. 아침 내내 내 말은 들으려 하지 않았죠. 사이 말만 들었어요. 이젠 두통이 사라졌겠죠. 아침 먹을 때까지도 사이는 이 모든 걸 굉장한 농담이라고 여겼어요. 지금, 이 시간 그는 마을을 돌며 자기가 '넘어뜨린 여자'에 대해 떠들고 다닐 거예요. 아시겠어요? 오 이해가 안 돼요? 난 사이를 계속 떼어냈다고요! 하지만 이제 학교에 어떻게 갈 수 있을지 모르겠어요. 시골 마을은 남자애를 키우기에 좋다고들 하죠. 하지만…… 내가 여기 이렇게 누워 이런 말을 하고 있다는 게 믿어지지 않아요. 지난밤 일이 믿어지지 않아요.

오. 희한하네요. 어젯밤 입은 드레스가 참 예뻤어요. 정말 맘에 들었던 건데 물론 진흙 때문에 다 엉망이 되어버렸죠. 난 그걸 들고 한탄했어요. 그리고…… 상관없어요. 하지만 내 하얀 실크 스타킹이 다 찢어졌는데 희한한 건, 그게 내가 표지판을 보려고 나가다가 다리가 찔레꽃 덤불 가시에 걸려서 생긴 건지 아니면 사이를 떼어내려다가 그가 할퀴어서 생긴 건지 모르겠다는 거예요."

IV

샘 클라크는 학교 이사회 이사장이었다. 캐럴이 펀의 이야기를 전하자 샘은 측은해했고, 클라크 부인은 "오, 너무 안됐어"라는 말을 혼자 속삭이며 앉아 있었다. 캐럴은 클라크 부인이 "있잖아요, '경건한' 사람들을 너무 원망하지 말아요. 꼬박꼬박 교회에 나가는 성실한 교인 중에는 아량 있는 사람도 많아요. 챔프 페리 부부같이 말이에요"라며 사정하듯 끼어들 때 말고는 계속 말을 이어갔다.

"네, 알아요. 유감스럽게도 교회 안에는 교회를 돌아가게 하는 친절한 신자들이 참 많죠."

캐럴이 하던 말을 끝내자 클라크 부인이 한숨을 쉬며 "딱해라. 난 펀의 얘기를 조금도 의심하지 않아요"라고 했고, 샘은 저음으로 이렇게 말했다. "허, 그래요. 멀린스 양이 젊어서 앞뒤 가리지 않는 면이 있긴 해도, 이 마을에서는 사이가 어떤 앤지 보가트 부인만 빼고 다 알지요. 하지만 멀린스 양이 사이를 따라간 건 어리석었어요."

"그렇다고 해도 그게 수모를 당할 만큼 잘못한 일은 아니잖아요?"

"그…… 그렇죠, 하지만……" 샘이 결론은 내리지 않고 내용의 끔찍함에 홀려 그것만 물고 늘어졌다. "보가트 부인이 멀린스 양에게 아침 내내 욕을 퍼부었죠? 몹시 나무랐죠, 네? 지독히 심술궂은 것만은 확실해요."

"그래요, 부인이 어떤 사람인지 아시잖아요. 정말 악독해요."

"아…… 아니, 부인의 특기는 악독함 말고 따로 있어요. 우리 가게에 와서 어떻게 했냐 하면요, 기독교인의 얼굴로 웃으며 들어와서는 길이 3.8센티미터짜리 못 여섯 개를 고르는 동안 직원을 한 시간이나 귀찮게 했어요. 한번은……"

"샘!" 캐럴은 불안했다. "펀을 위해 싸워주실 거죠? 보가트 부인이 이사장님을 만나러 와서 정확한 죄목을 적시했나요?"

"저어, 네, 그랬다고 해야겠죠."

"그렇다고 학교 이사회가 징계를 내리진 않겠죠?"

"어느 정도 징계가 필요하겠죠."

"하지만 이사장님이 펀의 누명을 벗겨주실 거죠?"

"개인적으로는 그녀를 위해 할 수 있는 일을 하겠지만, 이사회가 어떤 덴지 아시잖습니까. 지터렐 주교님이 계시지만, 보가트 부인은 교회 운영에 사실상 영향력 있는 인물이니 주교님은 당연히 부인의 주장을 들을 거고 은행장으로서 에즈라 스토바디는 도덕과 순결을 끔찍이 옹호하겠죠. 차라리 인정하는 게 어떻겠어요, 캐리. 이사회의 구성원 대다수가 펀에게 반대할 것 같아요. 비록 사이가 하늘에 대고 맹세한다고 해도 우리가 사이 말을 믿지는 않겠지만, 그래도, 이런 소문을 다 들었는데 학교 농구팀이 다른 팀들과의 원정 경기를 위해 다른 지방으로 갈 때 선수들의 감독 업무를 멀린스 양에게 맡겨 보낼 리가 만무하잖습니까!"

"아무래도 그렇겠죠. 하지만 다른 사람이 할 수도 있잖아요?"

"아니, 그런 일을 위해 그녀가 고용된 거예요." 샘은 완강해 보였다.

"고용과 해고는 단순히 업무의 문제가 아니란 것 알고 계세요? 이건 사실 훌륭한 여선생에게 끔찍한 낙인을 찍어 내보내는 것이고, 이 세상의 모든 보가트 부인들에게 그녀를 물어뜯을 기회를 주는 겁니다. 펀을 해고하면 일어날 일이에요."

샘이 언짢은 듯 몸을 움직이면서 아내를 쳐다보더니 머리를 긁적이며 아무 말 없이 한숨을 쉬었다.

"이사회에서 펀을 위해 싸워주지 않겠어요? 만약 실패한다면 누구든 이사장님의 의견에 동의하는 사람과 함께 반대의견서를 작성해주시지 않겠어요?"

"이런 경우 반대의견서가 작성된 예가 없어요. 이사회 규칙에는 사안에 관한 판단을 거쳐서 최종결정을 발표만 하게 되어 있어요. 만장일치든 아니든 상관없어요."

"규칙! 한 여자의 미래가 달려 있어요! 세상에! 이사회 규칙이라니! 샘! 펀의 편에 서서 이사회가 그녀를 해고하려 한다면 이사회를 나가겠다고 으름장을 놓을 수도 있잖아요?"

짜증도 좀 나고 여러 가지 미묘하게 얽힌 문제 때문에 피곤해진 그가 투덜거렸다. "글쎄, 내가 할 수 있는 건 해보겠지만 이사회 회의가 있을 때까지 기다려야 해요."

캐럴이 조지 에드윈 모트 교육감과 에즈라 스토바디, 지터렐 주교, 그리고 학교 이사회의 다른 이사들에게서 얻어낼 수 있었던 거라고 해봐야 "할 수 있는 건 해보지요"라는 대답과 함께 "물론 부인이나 나나 보가트 부인이 어떤 사람인지 알잖아요"라는 암묵적 동의의 말이었다.

나중에 그녀는 "이 마을의 번듯한 자리에 있는 사람들은 방종이 지나치지만, 죄의 삯은 사망일지니, 아니 결국 해고일지니"라던 지터렐 주교의 말이 자신을 지칭했을 수도 있는 걸까 의아했다. 주교가 그 말을 하면서 짓던 음흉한 미소가 뇌리에 남았다.

다음 날 아침, 8시가 되기 전인데 그녀는 호텔에 있었다. 펀은 자기를 조롱할 사람들과 맞닥뜨려야 하는 학교로 가기를 간절히 원했지만, 마음이 너무 동요된 상태였다. 캐럴은 하루 종일 그녀에게 책을 읽어주며 기운을 북돋워주었고, 학교 이사회가 옳은 결정을 내릴 거라고 믿고 싶었다. 그날 저녁 그녀의 믿음은 약해졌다. 영화관에서 구절링 부인이 하울랜드 부인에게 큰 소리로 이야기하는 것을 들었기 때문이다. "어쨌든 그 선생이 정말 순진할 수도 있고, 내 생각에 순진한 것 같아요. 하지만 그래도 만약 사람들 말처럼 댄스파티에서 술 한 병을 다 마셨다면, 자기가 순진하다는 사실을 잊고 있었는가 보죠! 오호호!" 모드 다이어가 뒷자리에서 앞으로 몸을 숙이고 말했다.

"내가 죽 말한 게 그거예요. 누굴 혹평하고 싶지는 않지만 알아채고들 계셨어요? 그 여선생이 남자들을 어떤 식으로 쳐다보는지?"

'저들은 언제 나를 단두대에 올릴까?' 캐럴은 생각해보았다.

냇 힉스가 집으로 가는 중인 케니컷 부부를 불러 세웠다. 캐럴은 그가 자신들 사이에 암묵적인 합의가 존재한다는 듯 구는 행동이 거슬렸다. 딱히 눈을 찡긋거리진 않았지만 마치 그녀에게 찡긋거리는 듯 그가 껄껄대며 말했다. "멀린스라는 여자 어떻게 생각해요? 난 예의범절에 엄격한 사람은 아니오만 학교에는 점잖은 여선생을 둬야 한다니까요. 내가 무슨 말을 들은 줄 압니까? 나중에는 어떻게 했는지 모르지만, 이 멀린스라는 여자가 위스키 두 병을 댄스파티에 가져가서 사이가 취하기 전에 자기가 먼저 고주망태가 됐답니다! 술고래야, 그 여자! 하하하!"

"제기랄, 말이 되는 소린가." 케니컷이 중얼거렸다.

캐럴이 말할 틈을 찾기도 전에 그가 그녀를 데리고 가버렸다.

에릭이 늦은 시간에 혼자서 집 앞을 지나가는 게 보이자 그녀는 에릭이 마을 사람들에 관한 생생하고도 신랄한 비판을 말해주길 갈망하며 그의 뒷모습을 눈으로 좇았다. 케니컷이 한 말은 고작 이거였다. "아, 물론 누구든 군침 도는 소문을 좋아하지만, 그 사람들이 심술궂게 굴려는 건 아냐."

그녀는 학교 이사회의 임원들이 거만한 남자들이라는 사실을 확인한 채 위층 침실로 올라갔다.

화요일 오후가 되어서야 그녀는 이사회가 아침 10시에 소집

되어 '펀 멀린스의 사직서를 수락하기로' 가결했다는 사실을 알게 되었다. 샘 클라크가 이 소식을 그녀에게 전화로 알렸다. "아무런 문책도 하지 않기로 했어요. 그냥 사직하도록 할 겁니다. 우리가 사직서를 받기로 하였으니 부인이 호텔에 들러 펀에게 사직서를 써내라고 말해주시겠습니까? 이사회가 그렇게 처리하도록 만들 수 있었으니 다행이지요. 부인 덕분입니다."

"그렇지만 마을 사람들이 이걸 유죄의 증거로 받아들일 거라는 사실을 모르시겠어요?"

"우린—뭐든—아무런—문책도—하지—않을 겁니다!" 샘은 간신히 참고 있었다.

펀은 그날 저녁 마을을 떠났다.

캐럴이 기차역까지 그녀를 배웅했다. 두 여자는 입술만 달싹이고 있는 조용한 군중을 헤치고 지나갔다. 캐럴은 그들을 칩떠보려 했지만, 장난기 어린 젊은 남자들의 얼굴과 눈을 크게 뜨고 쳐다보는 장년 남자들의 우둔한 얼굴에 당황하고 말았다. 펀은 그들을 쳐다보지 않았다. 캐럴은 그녀의 팔이 떨리는 걸 느꼈다. 그래도 그녀는 눈물은 보이지 않은 채 무기력한 발걸음을 터벅터벅 옮겼다. 그러고선 캐럴의 손을 꽉 잡고 알 수 없는 말을 하면서 휘청휘청 대합실 안으로 들어갔다.

캐럴은 마일스 비요른스탐 역시 기차를 타고 갔던 게 기억났다. 내가 떠날 때 역에서는 어떤 장면이 연출될까?

그녀가 낯선 두 사람의 뒤를 따라 시내로 걸어갔다.

한 명이 낄낄거렸다. "여기서 직장 다니던 예쁜 여자 알지? 참한 검은색 모자를 쓰던 멋진 아가씨 있잖은가? 굉장한 매력

덩어리였지! 어제 여기서 오지브웨이 폴스로 넘어가기 전 그 여자에 대해 전부 들었어. 선생이지만 분명 화끈한 여자였던 모양이야…… 야 이거! ……매우 통이 크고 화끈했나 봐! 그 여자하고 다른 젊은 여자 두어 명이 위스키를 상자째로 산다고 야단법석을 떨었다는군. 그러니까 어느 밤에, 어린 것 밝히는 이 여자들이 젊은 녀석들을, 그저 애송이 녀석들을 찾지 않았을 리가 없겠지. 그러고는 죄다 술에 절어서 부랑자들이 가는 댄스파티에 갔다는 거야. 사람들 말로는……"

말하던 이가 뒤돌아보았고 여자 하나가 가까이 있다는 걸 알아차렸다. 평범한 사람도 아니고 막일하는 노동자도 아닌 약삭빠른 영업사원이며 가장인 그 남자가 나머지 얘기는 목소리를 죽여 말했다. 얘기를 듣는 동안 일행은 걸걸한 목소리로 웃어젖혔다.

캐럴이 샛길로 빠졌다.

가다가 사이 보가트를 지나쳤다. 사이는 자신의 대단한 성공 사례를 한 무리의 사람들에게 익살스럽게 늘어놓고 있었다. 그들은 냇 힉스, 델 스내플린, 바텐더인 버트 타이비, 사기꾼 변호사인 테니슨 오헌이었다. 사이보다 훨씬 나이가 많았지만, 그들은 사이를 자신들과 한패로 인정하면서, 장단을 맞춰가며 계속 말을 시켰다.

이 일이 있고서 일주일 뒤 캐럴은 펀에게서 편지 한 통을 받았다. 아래는 일부 내용이다.

……그리고 물론 가족들은 그 이야기를 믿지 않았지만, 분

명 내가 무언가 잘못을 저질렀다고 여겼기 때문에 그냥 전반적으로 절 타일렀어요. 사실 장황한 설교를 늘어놓는 바람에 급기야 전 하숙집으로 피신해버렸죠. 교사 일자리 알선 센터에서도 내 이야기를 알고 있는 게 틀림없어요. 일자리를 찾겠다고 갔는데 한 곳에서는 남자가 내 코앞에서 문을 쾅 닫아버렸고, 또 한 곳의 여자 책임자는 너무나 무례했어요. 어떻게 해야 할지 모르겠네요. 느낌이 좋지 않아요. 제게 홀딱 빠진 한 남자와 결혼할지도 모르지만, 그 사람이 너무 멍청해서 비명이 나올 정도예요.

케니컷 부인, 부인만이 절 유일하게 믿어주셨어요. 삶이 절 골탕 먹이는 것 같고, 제가 정말 얼간이인 것 같아요. 그날 밤 대여 마차를 반환하러 가고 사이를 계속 떼어내고 하면서 전 제가 정말 대단하다고 느꼈거든요. 고퍼 프레리 주민들이 절 우러러볼 줄 알았나 봐요. 불과 5개월 전만 해도 대학에서 운동 경기하는 저의 모습을 사람들이 대단하게 바라보곤 했으니까요.

33장

I

미망에 빠져 보낸 한 달 동안 그녀는 에릭을 동방별 무도회에서 그리고 양복점에서 그저 어쩌다 마주쳤다. 냇 힉스가 있는 양복점에서 두 사람은 케니컷의 양복 소매에 단추 하나를 다는 것과 두 개를 다는 것의 의미에 대해 엄청나리만치 꼼꼼하게 상의했다. 지켜볼 사람들을 생각해서 그들은 아무렇지 않은 듯 점잖게 행동했다.

이처럼 그와 차단되고 편에 대한 생각 때문에 의기소침해지자 캐럴은 불현듯, 그리고 처음으로, 자신이 에릭을 사랑하고 있다는 확신이 들었다.

그녀는 기회만 있었다면 그가 해주었을 수많은 격려의 말을 되뇌었다. 그런 말 때문에 그녀는 그를 존경했고 그를 사랑했다. 하지만 그를 오라고 부르기가 겁이 났다. 그는 그 마음을 이해했고, 찾아오지 않았다. 그녀는 그에 대한 온갖 불신과 그의 성장환경에 대한 불편한 기분을 잊어버렸다. 매일매일 그를 보지 못하는 쓸쓸함을 견디는 것이 불가능한 일처럼 여겨졌다. 매일 아침, 매일 점심, 매일 저녁마다 마치 생전 처음인 듯 절망적으로 "아! 에릭이 보고 싶어!"라고 불쑥 외쳤고, 이는 다른 모든 시간 단위와 구분되는 하나의 구획과 같았다.

그를 그릴 수 없었던 끔찍한 순간들도 있었다. 그를 떠올리면 대개는 머릿속에서 잠깐이나마 뚜렷했다. 터무니없이 커다란 다리미에서 눈을 들어 웃거나 혹은 데이브 다이어와 함께 해변을 뛰어다니고 있었다. 하지만 때때로 그는 사라졌고 그저 추상적인 하나의 생각으로 남았다. 그럴 때 그녀는 그의 모호한 생김새 때문에 속을 태웠다. 손목이 굵고 붉었나? 수많은 스칸디나비아 사람들처럼 코가 들창코였나? 어쨌든 상상했던 그런 우아한 사람이었나? 거리에서 마주치면 그라는 존재가 반가운 만큼이나 그의 모습이 상상 그대로여서 안심이 되었다. 그를 그려볼 수 없는 것보다 더 불안한 건 그의 친숙한 어떤 모습이 떠올랐다가 금세 사라지는 것이었다. 소풍 때 함께 배를 타러 걸어갔을 때의 얼굴. 관자놀이의 불그레한 혈색, 목의 힘줄, 반반한 뺨.

케니컷이 시골로 왕진 간 11월의 어느 밤, 초인종 소리에 문을 연 캐럴은 문간에 에릭이 서 있는 걸 보고 무척 당황했다. 그는 구부정하게 서서 외투 주머니에 손을 찔러 넣은 채 애원하는 표정을 지었다. 마치 할 말을 연습해놓은 듯 곧바로 간청했다.

"남편이 차를 몰고 나가는 걸 봤어요. 당신을 만나야 했습니다. 못 견디겠어요. 산책 가요. 알아요! 사람들이 우릴 볼 수도 있겠죠. 하지만 시골로 깊숙이 들어가면 보지 못할 거예요. 곡물 저장고 옆에서 기다리겠습니다. 천천히 오세요— 아, 빨리 와요!"

"잠시 후에 갈게요." 그녀가 약속했다.

그녀가 중얼거렸다. "한 15분 정도 얘기만 잠깐 하고 돌아올 거야." 트위드 코트를 걸치고 고무 덧신을 신으면서, 그녀는 덧신이란 게 참으로 솔직하고 끔찍한 물건이구나, 내가 연인들의 밀회에 가는 게 아니라는 걸 이 동반자가 참으로 확실하게 증명하겠구나 하고 생각했다.

그림자 진 곡물 저장고 밑에서 골난 듯 측선의 레일을 차고 있는 그가 눈에 들어왔다. 그가 서 있는 쪽으로 가면서 그녀는 그의 온몸이 부풀어 오르는 느낌을 받았다. 하지만 그는 아무

말 하지 않았고 그녀도 그랬다. 그가 그녀의 소매를 쓰다듬자 그녀도 똑같이 쓰다듬었다. 두 사람은 철로를 건너 도로를 발견하고선 공터를 향해 터벅터벅 걸었다.

"추운 밤이지만 전 우수에 찬 이런 잿빛이 좋습니다." 그가 말했다.

"그래요."

두 사람은 신음하는 덤불을 건너고 질퍽한 흙탕물을 튀기며 도로를 따라 걸어갔다. 그가 그녀의 손을 자기 코트의 호주머니에 찔러 넣었다. 그녀가 그의 엄지를 잡고 한숨을 쉬었고, 휴와 걸을 때 꼭 휴가 그랬듯 그 손가락을 계속 쥐고 있었다. 그녀는 휴를 떠올렸다. 하녀가 저녁 시간에 집에 있지만, 아이를 하녀에게 맡겨둬도 괜찮을까? 하지만 이내 그 생각은 저 멀리 달아났다.

말을 시작하더니 에릭이 천천히 흥미로운 사실을 털어놓았다. 미니애폴리스의 대형 양복점에서 자신이 일하던 모습을 그녀에게 자세히 묘사해주었다. 증기와 열기 그리고 틀에 박힌 작업. 누덕누덕 기운 조끼에 구겨진 바지를 입은 남자들, '양껏 맥주를 마시고' 여자들을 부정적으로 보는 남자들, 그를 비웃고 놀려대던 남자들을 그렸다. "하지만 상관없었어요. 밖에서는 그들을 멀리할 수 있었으니까요. 난 미술관과 워커갤러리에 가기도 했고, 해리어트호수 주변을 쭉 걷거나 게이츠하우스까지 올라가서 마치 그 집이 이탈리아의 성이고 내가 그 안에 사는 상상을 하기도 했어요. 난 후작이었고 태피스트리를 모았지요. 파두아에서 부상당한 뒤부터였어요. 최악의 순간이라면 핀

켈파브가 내가 쓰던 일기를 발견하고는 가게 안에서 큰 소리로 읽었을 때입니다. 한판 심하게 붙었죠." 그가 웃었다. "난 5달러를 벌금으로 물었어요. 하지만 지금은 모두 지나간 일이에요. 마치 당신이 가장자리가 연보라색인 길쭉한 불꽃들이 다리미 주변을 날름거리고 온종일 조롱의 웃음소리를 내는 가스난로와 나 사이에 서 있는 듯해요. 아아!"

천장 낮은 뜨거운 방, 다리미가 철커덕 내려앉는 소리, 천이 눋는 역한 냄새, 낄낄대는 난장이들 속에 있는 에릭을 깨닫자 그녀의 손가락이 그의 엄지를 꽉 쥐었다. 그의 손끝이 그녀의 다른 한쪽 장갑의 트인 곳을 더듬어 들어가 그녀의 손바닥을 어루만졌다. 그녀가 얼른 손을 빼서 장갑을 벗은 뒤 다시 그의 손안으로 집어넣었다.

그는 '멋진 사람'에 대해 얘기하고 있었다. 그녀가 평화로운 마음으로 그의 말이 날아서 지나가게 둔 채 목소리의 파동에만 귀를 기울였다.

그가 인상적인 말을 찾고 있다는 게 느껴졌다.

"있잖아요, 저…… 캐럴, 내가 당신에 대한 시를 하나 썼어요."

"멋져라. 어디 들어봐요."

"이런, 그렇게 건성으로 대꾸하다니! 좀 진지하게 받아들일 수 없어요?"

"세상에, 만약 내가 당신을 진지하게 받아들였다면……! 어차피 입을 상처보다 더 상처 입고 싶지 않아요. 어서 그 시를 읊어줘요. 나에 대해 쓴 시는 처음이에요!"

"진짜 시는 아니에요. 그저 당신을 표현하는 듯한 말이라서 마음에 든 단어 몇 개에 불과해요. 물론 다른 사람에게는 그렇게 보이지 않겠지만…… 어쨌든……

작고 부드럽고 쾌활하고 지혜로워라
내 눈과 마주친 두 눈으로.

당신도 나처럼 생각하나요?"

"그럼요! 정말 고마워요!" 그녀는 고마워했지만 객관적으로 참 형편없는 시라는 것을 알아차렸다.

그녀는 낮게 내려앉은 밤의 매서운 아름다움을 느꼈다. 갈가리 찢긴 무시무시한 구름들이 쓸쓸해 보이는 달 주위로 마구 뻗어 있었다. 물웅덩이와 바위들이 달빛을 받아 반짝거렸다. 그들은 낮에는 희미했지만, 지금은 거대한 담장처럼 서서히 모습을 드러낸 포플러 관목 수풀을 지나갔다. 갑자기 그녀가 멈췄다. 두 사람의 귀에 나뭇가지들에서 물방울이 후드득 떨어지는 소리가 들려왔다. 젖은 잎사귀들이 질척한 땅 위로 무뚝뚝하게 툭툭 떨어져 내렸다.

"기다림…… 기다림…… 모든 게 기다림이야." 그녀가 읊조리듯 말했다. 그리고 그에게서 손을 빼더니 꽉 그러쥔 손을 앙다문 입술에 대고 눌렀다. 그녀는 슬픔에 취해 있었다. "난 행복해요…… 그러니 집에 가요. 불행한 기분이 들기 전에 말이에요. 그렇지만 잠시 통나무에 그냥 귀 기울이고 앉아 있을 순 없을까요?"

“안 돼요. 너무 축축해요. 불을 피울 수 있으면 좋을 텐데. 그러면 불 옆에 코트를 깔고 당신을 그 위에 앉힐 수 있을 텐데요. 불 피우는 데는 내가 선수예요! 사촌인 라스하고 한번은 저 멀리 빅 우즈에 있는 통나무집에서 눈에 갇혀 일주일을 보낸 적이 있어요. 우리가 도착했을 때 벽난로 안에 반구형의 얼음집이 가득 차 있었어요. 하지만 우리가 얼음을 쳐내고 그 안에 소나무 가지들을 가득 채웠죠. 여기 숲속에서 우리도 불을 피워놓고 잠시 앉아 있을 수 있지 않겠어요?”

그녀가 승낙과 거부 사이에서 고민했다. 머리가 살짝 아팠다. 이러지도 저러지도 못했다. 마치 4차원 세계에서 형체 없이 떠 있는 듯했다. 야밤, 시커먼 그의 윤곽, 신중하게 타진해보는 앞날, 모든 것이 구별되지 않았다. 그녀가 생각을 더듬어가는 동안 길모퉁이에서 난데없이 자동차 불빛이 나타나자 그들은 멀찌감치 떨어졌다. ‘어떡해야 할까?’ 그녀가 곰곰이 생각했다. ‘오, 내 삶을 빼앗기기야 하겠어! 난 훌륭해! 이 생각 저 생각에 사로잡혀 한 남자와 불 옆에 앉아 이야기도 하지 못한다면 차라리 죽는 게 낫겠어!’

덜덜거리는 자동차의 라이트가 신기하게 커졌다가 그들 위로 비치더니 갑자기 꺼졌다. 어둑한 앞 유리창 너머로 목소리가 들렸다. 짜증스럽고 날카로웠다.

“이봐, 거기!” 그녀는 케니컷임을 알아차렸다.

목소리에 묻은 짜증이 누그러졌다. “산책 중이었어?”

그들이 마지못해 대답하는 남학생들처럼 인정했다.

“날이 상당히 눅눅한 것 같은데? 돌아가는 게 좋겠어. 조수석에 타요, 발보르그."

문을 열어젖히는 태도가 가히 명령에 가까웠다. 캐럴은 에릭이 차에 올라타고 있고, 자기는 스스로 뒷문을 열고 뒷좌석에 앉아야 하는 처지가 된 걸 깨달았다. 일순간 비바람 몰아치던 하늘로 활활 타올랐던 기적 같은 불꽃이 꺼졌다. 그녀는 끽끽거리는 낡은 차에 타고 가는, 그러면서 십중팔구 남편에게 설교를 듣게 될 고퍼 프레리의 케니컷 부인이었다.

그녀는 케니컷이 에릭에게 무슨 말을 할지 두려웠다. 그들 쪽으로 몸을 숙여 보았다. 케니컷이 말하고 있었다. "새벽녘에는 비가 좀 오겠군, 음."

"네." 에릭이 말했다.

"어쨌든 올해는 날이 좀 희한했어요. 그렇게 추운 10월도 처음이었고 이렇게 쾌청한 11월도 처음이니. 한참 전인 10월 9일에는 눈이 왔잖소! 하지만 21일까지는 분명 쾌청했고, 이번 달은—내 기억에 지금까지는 11월 들어 눈은 한 부스러기도 내리지 않았는데, 안 그런가요? 하지만 이제라도 눈이 내린다 해도 이상하진 않겠어요."

"그렇죠, 그럴 가능성이 충분합니다." 에릭이 말했다.

"이번 가을엔 오리 쫓을 시간이 좀더 많았으면 좋겠는데. 어허, 참, 어떨 것 같소?" 케니컷이 동의를 구하는 듯했다. "맨 트랩 레이크에서 친구가 편지를 써 보냈는데, 한 시간 만에 청둥오리 일곱 마리하고 댕기흰죽지를 두어 마리 잡았답니다!"

"신났겠습니다." 에릭이 말했다.

캐럴은 안중에도 없었다. 그런데도 케니컷은 고함을 칠 만큼 기운이 넘쳤다. 농부가 모는 겁먹은 말 한 쌍을 지나가게 하려고 속도를 줄이면서는 이렇게 소리를 질렀다. "그렇지—*schon gut!*"* 그녀가 물러나 앉았다. 버려진 채 꼼짝 않고 있었다. 그녀는 비정상적일 정도로 아무 일도 일어나지 않는 연극의 여주인공 같지 않은 여주인공이었다. 그녀는 단호하게 결정을 내렸다. 케니컷에게 말할 테야…… 뭐라고 한담? 에릭을 사랑한다고 말할 수는 없어. 에릭을 **사랑해?** 하지만 솔직히 말해버릴 거야. 그녀는 케니컷의 무지가 안타까운 건지 아니면 모든 여자의 삶을 충족시킬 수 있다고 생각하는, 자신을 도발하는 그의 억측이 짜증스러운 건지 알 수 없었다. 하지만 그녀는 자기가 함정을 벗어났기 때문에 솔직할 수 있다는 걸 알았다. 그녀는 그런 대담한 계획에 기분이 한껏 들떴다. 한편 앞좌석에서 그는 에릭에게 말동무를 해주고 있었다.

"한 시간 동안 오리 길목을 지키고 난 후만큼 식욕이 샘솟을 때도 없어요. 그런데…… 이런, 차가 만년필만큼도 힘을 못 쓰는군. 실린더에 또 탄소가 차서 꽉 막힌 것 같군. 모르긴 몰라도 새 피스톤링을 갈아 끼워야 할 것 같소."

그가 메인 스트리트에 차를 세우고는 입맛을 다시며 너그럽게 말했다. "쯧, 자, 한 구역만 걸어가면 될 거요. 잘 가요."

캐럴은 조마조마했다. 에릭이 슬그머니 가버릴까?

그가 무심히 차 뒤로 이동하더니 손을 쑥 내밀며 중얼거리듯 말했다. "잘 가요…… 캐럴. 산책 즐거웠어요." 그녀가 그의 손

---

* 아주 좋아!

을 지그시 잡았다. 차는 퍼드덕거리며 달려 나갔다. 그는 그녀의 시야에서 사라졌다. 메인 스트리트의 약국 모퉁이에서!

케니컷은 집 앞에 차를 댈 때쯤에서야 그녀의 존재를 인식했다. 그러자 생색을 내면서 말했다. "여기서 내리는 게 좋겠어. 난 뒷마당에 차를 대야 하니까. 저, 뒷문이 잠겨 있는지 봐 줄 테야?" 그녀가 그를 위해 문 걸쇠를 풀었다. 그녀는 에릭을 위해 벗었던 축축한 장갑을 아직 들고 있다는 걸 깨달았다. 장갑을 꼈다. 거실 복판에서 젖은 코트와 진흙투성이 덧신을 신은 채 움직이지 않고 서 있었다. 케니컷은 언제나처럼 모호했다. 이제 그녀가 수행할 과제는 질책을 참아야 하는 그런 적극적인 행위가 결코 아니라 그의 관심을 끌어야 하는 답답하기 이를 데 없는 수고일 터였다. 그래야 그가 하품하거나 시계 밥을 주거나 자러 간다면서 그녀의 말을 중단시키지 않고 그녀가 해야 하는 말의 모호한 내용을 이해할 것이기 때문이었다. 그녀의 귀에 그가 난로에 석탄을 삽으로 떠 넣는 소리가 들렸다. 그가 씩씩한 걸음걸이로 부엌을 가로지르더니 그녀에게 말을 걸기 전 현관에서 걸음을 멈추고 시계 밥을 주었다.

그가 느릿느릿 거실로 들어오더니 그녀의 흠뻑 젖은 모자에 시선을 주었다가 얼룩진 덧신으로 시선을 옮겼다. 그녀는 이런 말이 들리는 것 같았다. "캐리, 코트 벗는 게 좋겠어. 좀 젖은 것 같은데." 그녀는 그가 하려는 말이 들렸고, 보였고, 맛이 느껴졌고, 냄새가 맡아졌고, 촉감이 느껴졌다. 그렇지, 나온다.

"저어, 캐리, 당신……" 그가 자기 코트를 벗어 의자에 걸쳐 놓더니 그녀에게 천천히 다가와 점점 음성을 높이며 말을 이었다. "……당신 당장 그만두는 게 좋겠어. 난 격분한 남편 연기를 할 생각이 없어. 난 당신을 좋아해. 당신을 존경해. 내가 만약 미쳐 날뛰고자 한다면 아마 멍청이처럼 보일 거야. 하지만 당신과 발보르그는 이제 그만할 때가 된 것 같아. 더 하다간 편 멀린스처럼 궁지에 몰리게 될 거야."

"당신……"

"당연하지. 죄다 알고 있어. 시간이 남아돌아 남들 일에 쓸데없이 참견하고 다니는 호사가들이 득시글거리는 이런 마을에서 뭘 기대하는 거야? 사람들이 감히 대놓고 내게 일러바치진 않았지만 돌려 말한 적이 여러 번이었고, 어쨌든 나 혼자서도 당신이 그자를 좋아한다는 건 눈치챌 수 있었어. 하지만 물론 당신이 냉정한 사람인 걸 내가 알기 때문에, 발보르그가 당신 손을 잡거나 키스하려 한다 해도 당신이 가만있을 사람이 아니란 걸 알기 때문에 걱정하지 않았어. 그렇지만 동시에, 몸이 탄탄하고 젊은 이 스웨덴 얼뜨기가 당신처럼 순수하고 정신적인 연애니 뭐 그런 걸 할 사람이라고 생각하지는 않았으면 좋겠어! 있어봐, 화내지 말고! 난 그자를 트집 잡으려는 게 아니야. 나쁜 사람은 아니지. 게다가 젊지, 또 책 갖고 떠벌리는 것도 좋아하지. 물론 당신은 그자가 마음에 들겠지. 진짜 문제는 그게 아냐. 마을 사람들이 일단 도덕적으로 걸고넘어지면 편에게 했듯이 어떤 짓을 할 수 있는지 당신도 봤잖아? 당신은 사랑에 빠진 두 청춘이, 이런 게 가능할까마는, 외딴 세상에 둘만 살고 있다고 생각하나 본데 이 마을에서, 남의 일에 무지하게 관심 있는 불청객들 없이 당신이 무슨 일을 한다는 건 있을 수 없어. 모르겠어? 만약 웨스트레이크 부인을 위시한 몇몇 부인들이 쑥덕거리기 시작하면 당신을 미쳐버리게 할 거야. 어느새 당신은 이 발보르그라는 작자와 사랑에 빠진 소문의 당사자가 되어 있을 거고 당신은 이들을 골리려고 일부러 발보르그와 그런 사이가 되고 말겠지!"

"좀 앉을게요." 캐럴이 할 수 있는 말은 이게 전부였다. 그녀가 기신기신 탄력을 잃은 채 맥없이 소파에 앉았다.

그가 하품했다. "코트하고 덧신 이리 줘." 그녀가 그것들을 벗는 동안 그는 시곗줄을 뱅뱅 돌렸고 방열기를 만져보며 온도계를 흘긋거렸다. 그가 그녀의 숄을 현관에서 털고 나서 그것을 평상시와 다름없이 조심스럽게 걸었다. 그런 다음 의자를 그녀 옆으로 당겨서 똑바로 앉았다. 마치 옳지만 반갑잖은 조언을 내리려는 의사 같았다.

무거운 이야기를 시작하려는 찰나 그녀가 절망적인 어조로 그 순간을 가로챘다. "부탁이에요! 오늘 밤 내가 당신에게 모두 말하려 했다는 걸 알아줬으면 좋겠어요."

"글쎄, 말할 게 그다지 많을 것 같진 않은데."

"아니, 있어요. 난 에릭을 좋아해요. 그의 얘기는 무언가 여길 울려요." 그녀가 가슴에 손을 갖다 댔다. "그리고 난 그를 존경해요. 그 사람은 그냥 '젊은 스웨덴 얼뜨기'가 아니에요. 그는 예술가예요……"

"가만! 그자에겐 자기가 얼마나 훌륭한 사람인지 말할 기회가 오늘 밤 내내 있었지. 이제 내 차례야. 내가 예술가처럼 말은 못 하지만…… 캐리, 당신은 내 직업을 이해해?" 그가 몸을 숙이더니 두툼하니 뭐든 척척 해내는 두 손을 굵고 튼튼한 허벅지 위에 올렸다. 사려 깊게 천천히, 그러면서 애원하는 듯한 동작이었다. “아무리 당신이 냉정해도 난 이 세상에서 당신을 그 누구보다 좋아해. 이전에 당신은 내 영혼이라고 내가 말했지. 지금도 그래. 당신은 내가 시골에서 운전해 돌아올 때 석양에 비치는 모든 것, 좋아하면서도 시로는 표현하지 못하는 모든 것이야. 당신은 내가 하는 일이 뭔지 알기나 해? 난 진창이든 눈보라든 마다치 않고, 돈이 많건 가난하건 상관없이 모든 이를 치료하기 위해 안간힘을 쓰면서 하루 24시간을 돌아다녀. 늘 애국자입네 하는 정치가들 말고 정말 과학자들이 세상을 다스려야 한다고 장황하게 설파하는 당신이 이곳에서 유일하게 과학적 사고를 하는 사람이 나란 걸 모르겠어? 난 추위와 울퉁불퉁한 도로, 그리고 외로운 야간 운전은 견뎌낼 수 있어. 내가 원하는 건 그저 당신이 집에서 날 반겨주는 거야. 난 당신이 열정적이길 바라는 게 아니야. 그런 건 더 이상 바라지 않아. 난 다만 당신이 내가 하는 일을 존중해주길 바라. 난 새 생명을 이 땅에 내보내고 생명을 구하고 성미 고약한 남편들이 아내들에게 못되게 구는 걸 그만두게 해. 그러는데 당신은 스웨덴 재단사가 스커트에 장식 주름을 어떻게 잡는지 말해줄 수 있다고 그런 자에게 넋을 놓고 있어! 사내가 유난 떨 만한, 참으로 대단한 일이지!”

그녀가 그에게 한바탕 날렸다. “당신 입장 잘 들었어요. 내 얘기를 해볼게요. 당신이 한 말 모두 인정해요. 에릭에 대한 것만 빼고요. 하지만 내가 지지해주길 바라는 사람이, 내게 무언가를 요구하는 사람이 당신이나 내 아이뿐일까요? 다들 내 등에 달라붙어 있어요, 이 마을 전체가요! 내 목덜미에 그들의 뜨거운 입김이 느껴져요! 베시 외숙모님, 침을 질질 흘리는 끔찍한 위티어 외삼촌, 후아니타와 웨스트레이크 부인, 보가트 부인 등등 모두 다요. 그런데 당신은 그들을 반기고, 그들이 날 자신들이 사는 무지의 세계로 끌어내리도록 부추겨요! 난 그냥 있지 않을 거예요! 듣고 있어요? 지금, 지금 당장, 난 끝이에요. 이런 용기를 준 사람이 에릭이에요. 당신은 그 사람이 그저 장식 주름이나 생각한다고 말하죠(어쨌거나 일반적으로 장식 주름은 스커트에 잡지 않아요!). 말해줄게요. 그 사람은 신에 대해서, 보가트 부인이 기름때 묻은 깅엄 숄로 덮어놓는 신에 대해 생각해요! 에릭은 언젠가 대단한 사람이 될 거고, 내가 그의 성공에 티끌만큼이라도 도움을 줄 수 있다면 그보다 기쁜 일은 없을 거예요……"

"자, 잠깐, 잠깐만! 멈춰봐! 당신은 당신의 에릭이 훌륭하게 되리라 상상하고 있군. 사실 그자가 내 나이가 되면 숀스트롬만 한 어떤 마을에서 1인 양복점을 운영하고 있을걸."

"그렇지 않아요!"

"그게 그자 앞에 놓인 길이고, 그래, 나이가 스물대여섯쯤 되었는데…… 그자가 결코 양복장이는 되지 않을 거라고 믿는 근거는 뭐야?"

"그에겐 감수성과 재능이 있어요……"

"잠깐만! 그자가 실제 예술 계통으로 한 게 뭐가 있는데? 수준급 그림을, 아니 소묘라 하나, 그런 걸 그렸어? 시를 한 편

쎴어? 아니면 피아노 연주를 했나? 하겠다고 떠벌린 거 말고 하나라도 있어?"

그녀는 생각에 잠긴 모습이었다.

"그러니까, 그렇게 될 가능성이 희박한 거지. 내가 아는 바로는, 자기 동네서 뭘 잘해서 미술학교로 진출하는 친구들조차 열에 하나, 아니 백에 하나가 배관 공사 정도의 예술 비슷한 일을 하면서 생계를 이어가는 게 고작이야. 양복장이 얘기로 돌아와서, 아니, 당신은 모르겠어? 늘 심리에 대해 말하잖아…… 당신은 맥가넘 박사나 라임 카스 같은 사람들과 비교하니까 당신 눈에 이 친구가 예술적으로 보인다는 걸 모르겠어? 당신이 늘 가는 뉴욕의 작업실 중 한 곳에서 이 친구를 처음 만났다고 가정해봐! 아마 토끼만큼도 눈에 들어오지 않을걸!"

그녀는 화로의 옅은 온기 앞에서 무릎을 꿇은 채 떨고 있는 신전의 처녀처럼 두 손을 모아 움켜쥐었다. 그녀는 대답할 수가 없었다.

케니컷이 급히 일어나 소파에 앉더니 그녀의 두 손을 맞잡았다. "만약 그가 실패한다면 어떨까. 실패할 테니까! 그가 다시 재단 일로 돌아가고 당신이 그의 아내라면 어떻겠어. 그게 당신이 생각해오던 예술적인 삶일까? 그자는 다 쓰러져가는 가게에서 하루 종일 바지를 다리거나 아니면 구부정한 자세로 바느질을 하고, 온갖 불평꾼의 비위를 맞춰줘야 할 거야. 사람들은 가게로 불쑥 들어와 더럽고 냄새나는 낡은 양복을 얼굴에 던지며 이렇게 말하겠지. '어이, 이것 좀 고쳐. 제기랄, 빨리해줘.' 그잔 영리하지도 못해서 큰 가게를 차릴 수도 없을 거야.

느릿느릿 자기 일도 버거워할 거야. 만약 당신이, 자기 아내가 도와주지 않는다면, 가게로 나가 돕지 않는다면 말이야. 당신은 가게로 나가 온종일 탁자를 굽어보고 서서 커다랗고 무거운 다리미를 눌러야 할 거야. 15년 정도 그런 식으로 열에 익으면 당신 낯빛이 근사하겠지! 쭈그렁 할망구처럼 등은 굽을 거고. 그뿐인가, 당신은 아마 가게 안쪽 단칸방에서 살게 될 거야. 그러고 나서 밤에는 휘발유 냄새를 풍기며 들어와 고된 일에 심술이 나서 당신만 없었다면 동부로 가서 훌륭한 예술가가 되었을 거라는 말을 슬쩍 흘리겠지. 틀림없어! 그리고 당신은 그자의 친척들 비위를 맞추고 있겠지…… 당신은 위티어 외삼촌에 대해 말하잖아! 액셀 액셀버그 같은 늙은 친척이 거름 묻은 장화를 신고 찾아와 양말 바람으로 저녁 식탁에 앉아서 당신에게 소리칠 거야. '빨리빨리 움직여, 너희 여자들 때문에 욕지기가 나오려고 해!' 그래, 그러고 당신은 해마다 애가 생길 테고, 애는 옷을 다리는 동안 당신에게 매달려 악을 쓰고 울어댈 텐데, 당신은 그 애들을 2층에서 솜털 보송보송한 얼굴로 새근새근 잠들어 있는 휴만큼은 사랑하지 않을걸……"

"제발! 그만해요!"

그녀가 그의 무릎에 얼굴을 묻었다.

그가 몸을 숙여 그녀의 목에 키스했다. "부당하게 굴고 싶진 않아. 사랑은 멋진 일이라고 생각해, 그래. 하지만 사랑으로 그런 많은 일들을 견딜 수 있을 것 같아? 이런, 여보, 내가 너무 심한가? 날 전혀 좋아할 수 없어? 난 당신을 그렇게 좋아…… 좋아해왔는데!"

그녀가 그의 손을 잡아 빼더니 키스를 했다. 이내 그녀가 흐느꼈다. "다신 그 사람을 보지 않겠어요. 이젠 못 해요. 양복점 뒤쪽의 후텁지근한 방이라니, 그럴 만큼 그 사람을 사랑하진 않아요. 그리고 당신은…… 비록 내가 그에 대해 확신하더라도, 그 사람이 나의 진정한 사랑이라고 확신하더라도 사실상 난 당신을 떠나지 못해요. 이 결혼, 결혼이 사람을 서로 맺어줘요. 그걸 깨는 건 쉽지 않아요. 비록 깨야만 하는 때라도 말이죠."

"그런데 당신은 깨고 싶은 거야?"

"아뇨!"

그가 그녀를 들어 2층으로 옮긴 뒤 침대에 누이고 나서 문 쪽으로 돌았다.

"와서 키스해줘요." 그녀가 흐느끼며 말했다.

그가 그녀에게 가볍게 키스하고 슬쩍 나갔다. 한 시간 동안 그녀는 그가 시가에 불을 붙인 뒤 손마디로 의자를 계속 두드리면서 방 안을 왔다 갔다 하는 소리를 들었다. 그녀는 그가 자신에게서 밤을 막아주는 방어벽같이 느껴졌다. 지각한 비바람이 진눈깨비가 되어 내리면서 밤은 더욱 깊어갔다.

II

그는 아침 식탁에서 기운이 넘쳤고 더없이 자연스러웠다. 하루 종일 그녀는 에릭을 저버릴 방법을 찾기 위해 머리를 짜냈다. 전화할까? 전화 교환국에서 '엿들을' 게 뻔한데. 편지를 쓸까? 발각될지도 몰라. 직접 갈까? 무리야. 그날 저녁 케니컷이 아무 말 없이 봉투를 하나 주었다. 편지에는 "E. V."라고 적혀 있었다.

> 난 당신을 애먹이기만 할 뿐 아무것도 할 수 없다는 것 알아요. 그런 것 같아요. 오늘 밤 미니애폴리스로 갑니다. 거기서 뉴욕이나 시카고로 갈 생각입니다. 능력이 닿는 범위 내에서 최대한 큰일을 해볼 겁니다. 제가…… 제가 당신을 얼마나 사랑하는지는 쓸 수가 없군요. 신의 가호가 있기를 빕니다.

미니애폴리스행 기차의 출발을 알리는 기적 소리가 들려올 때까지 그녀는 생각하는 것도 참고, 움직이는 것도 참았다. 그런 다음 모든 게 끝났다. 그녀는 아무 계획도, 아무 욕망도 없었다.

케니컷이 신문 너머로 보고 있다는 걸 알아차리자 그녀가 신문을 밀쳐내고 그의 품속으로 달려들었다. 몇 년 만에 처음으로 두 사람은 연인이 되었다. 하지만 그녀는 자신이 똑같은 거리를 따라 똑같은 사람들을 지나치면서 똑같은 가게로 갈 뿐, 여전히 삶에서 어떠한 계획도 없다는 걸 알았다.

III

에릭이 떠나고 일주일이 흐른 뒤, 하녀가 와서 "발보르그 씨가 부인을 만나겠다고 아래층에 와 있어요"라고 고하는 말에 그녀는 화들짝 놀랐다.

그녀는 하녀가 흥미 있는 기색으로 빤히 쳐다보는 걸 느끼면서 은밀히 지켜온 평온이 이런 식으로 깨어지는 것에 화가 났다. 그녀가 살금살금 내려가서 거실 안을 들여다보았다. 서 있는 사람은 에릭 발보르그가 아니었다. 키가 작은 남자였는데, 허연 수염과 누런 낯빛에 온통 거름이 묻은 장화를 신은 채 거친 무명 재킷을 걸치고 빨간 장갑을 끼고 있었다. 그가 교활해 보이는 벌건 눈으로 그녀를 쏘아보았다.

"당신이 의사 아내요?"

"그렇습니다."

"난 저 위쪽 제퍼슨 근처에 사는 아돌프 발보르그요. 에릭의 아비요."

"어머!" 그는 원숭이를 닮은 천한 인상의 남자로 점잖은 데라곤 없었다.

"내 아들에게 무슨 짓을 한 거요?"

"무슨 말씀이신지 모르겠네요."

"내가 이런저런 말을 꺼내지 않아도 잘 알 텐데! 내 아들 어디 있소?"

"어머, 정말…… 아드님은 미니애폴리스에 있으리라 추정합니다."

"추정한다고!" 그는 상상조차 할 수 없을 만큼 경멸의 눈빛으로 그녀를 뚫어지게 쳐다보았다. 오직 정상을 벗어난 뒤틀린 철자법만이 그의 구슬픈 푸념, 엉망진창인 자음을 표현할 수 있을 것이다. 그가 찢어지는 소리로 말했다. "추정한다고! 거

참, 고상한 말이군! 고상한 말도 거짓말도 원치 않소. 당신이 아는 사실을 말해줘!"

"이보세요, 발보르그 씨, 이런 으름장은 당장 멈추시는 게 좋겠어요. 난 당신의 농장에서 일하는 일꾼이 아닙니다. 난 당신 아들이 어디 있는지 모를뿐더러 그걸 알아야 할 이유도 없어요." 도전적이던 그녀가 완고한 담황색 얼굴 앞에서 힘을 잃었다. 그가 주먹을 들어 올리더니 점점 흥분하면서 코웃음을 쳤다.

"거만하게 차려입고 거만하게 구는 당신네 더러운 도회지 여자들! 아비가 아들을 악에서 구하려고 여기로 왔는데 당신은 그를 협박꾼이라고 부르고 있어! 어허 참, 난 당신이나 당신 남편의 헛소리를 참고 들을 이유가 없어! 난 당신이 부리는 사람이 아니라고. 이제 당신 같은 여자가 어떤 사람인지 진실을 들려줄 텐데, 고상한 도회지 단어는 하나도 없어."

"발보르그 씨, 정말……"

"그 아이에게 당신이 어떻게 했는지 알아? 어? 당신이 무슨 짓을 저질렀는지 똑바로 말해주지! 비록 어리석은 놈이지만 착한 애였어. 그 애가 다시 농장으로 돌아왔으면 좋겠어. 양복장이로는 돈을 많이 못 벌지. 게다가 난 농장에 사람을 쓸 형편이 못 돼! 난 걔를 다시 농장에 데려오고 싶다고. 그런데 당신이 끼어들어서 그 애를 갖고 놀며 연애질을 하더니 그 애를 도망가게 했어!"

"거짓말이에요! 사실이 아니에요…… 그렇지 않아요. 비록 사실이라 하더라도 당신에겐 그렇게 말할 자격이 없을 텐데요."

"바보 같은 소리. 난 알아. 바로 이 마을에 사는 친구 놈에게서 당신이 내 아들과 뭘 어떻게 하고 다녔는지 내가 안 들은 줄 알아? 당신이 한 짓을 알고 있다고! 한적한 데로 산책 간 것! 그 애랑 숲속으로 숨은 것! 그래, 숲속에서 당신은 종교에 대해 말했겠지! 그럼! 당신 같은 여자들, 당신은 창녀보다 더 나빠! 당신같이 부유한 여자들, 훌륭한 남편에 딱히 하는 일은 없고. 난, 내 손을 봐, 내가 어떻게 일하는지 봐, 이 손을 보라고! 그런데 당신은, 아이고 세상에, 일할 리가 없어. 제대로 된 일을 하기에는 너무 고상하지. 당신은 당신처럼 젊은 애들하고 노닥거리면서 웃고 돌아다니고 짐승 같은 짓이나 하는 거야! 내 아들 그냥 놔둬, 내 말 알아들어?" 그가 그녀의 얼굴에 주먹을 흔들었다. 거름과 땀 냄새가 느껴졌다. "당신 같은 여자들에겐 말해봐야 아무 소용 없지. 당신한테선 진실을 들을 수가 없어. 하지만 다음번엔 당신 남편한테 말하도록 하지."

그가 현관으로 저벅저벅 걸어갔다. 캐럴이 그에게 달려가 건초 부스러기가 뽀얗게 앉은 어깨를 손으로 꽉 잡았다. "끔찍한 노인네, 당신은 자기 돈지갑을 불리려고 항상 에릭을 노예로 부려먹으려 했죠! 그를 조롱하고 혹사하고 아마 당신네보다 더 잘나가지 못하게 하는 데 성공했을 거예요! 이제 그 사람을 다시 끌고 갈 수 없으니 여기 와서 분풀이하고 있네요…… 가서 남편에게 말하세요. 가서 말해요. 그이가 당신을 죽이면, 남편이 당신을 죽이면, 내 탓은 말아요. 남편이 당신을 죽일 테니……"

그가 신음을 내뱉으며 무표정하게 그녀를 쳐다보더니 한마디 탁 던지고는 걸어 나갔다.

그녀 귀에 그 단어가 너무나 분명히 들렸다.

그녀는 소파까지 가지도 못했다. 무릎에 힘이 풀리면서 앞으로 고꾸라졌다. 머릿속에서 스스로에게 하는 말이 들렸다. "넌 쓰러지지 않았어. 이건 말도 안 돼. 넌 혼자 과잉반응하고 있어. 일어나." 하지만 그녀는 움직일 수가 없었다. 케니컷이 도착했을 때 그녀는 소파에 누워 있었다. 그의 발걸음이 빨라졌다. "무슨 일이야, 캐리? 얼굴에 핏기가 하나도 없어." 그녀가 그의 팔을 부여잡았다. "참으로 다정하고 자상한 당신! 난 캘리포니아로 산과 바다를 찾아갈래요. 왈가왈부할 생각 말아요. 난 갈 테니까."

조용한 음성이었다. "좋아. 가. 당신과 나. 아이는 베시 외숙모에게 맡겨두지 뭐."

"지금요!"

"음, 그러지, 되도록 빨리. 이제 말은 그만해. 그저 우리가 벌써 출발했다고 상상해." 그가 그녀의 머리카락을 매만져주었고 저녁 식사 후에야 그 얘기를 다시 꺼냈다. "캘리포니아 여행 가자는 내 말은 진심이야. 하지만 3주 정도 기다리는 게 좋겠어. 그러면 의무대 복무를 마치고 나올 젊은 친구와 접촉해서 내 진료 업무를 넘겨줄 수 있을 것 같거든. 사람들이 수군거리는데 지금 당신이 사라지면 사람들이 더 수군거릴 거야. 3주 정도 그런 걸 참고 사람들과 대면할 수 있겠어?"

"네." 그녀가 공허하게 대답했다.

IV

사람들이 거리에서 그녀를 은밀히 응시했다. 베시 외숙모가 에릭의 증발에 대해 그녀에게 캐물으려 했고, 그녀를 맹렬히 몰아붙이자 케니컷이 외숙모의 입을 닫게 만들었다. "아니, 그자가 종적을 감춘 것이 캐리하고 관련이 있다고 말하시는 겁니까? 그러면 말씀드리죠. 당장 나가서 빌어먹을 마을 사람들에게 전부 말해도 됩니다. 캐리와 내가 발, 아니 에릭에게 차를 태워줬어요. 미니애폴리스의 좀더 나은 일자리에 대해 내 의견을 묻더군요. 그래서 내가 가라고 했습니다. ……이제 가게에 설탕은 많이 들어오고 있죠?"

가이 폴록이 길을 건너와 캘리포니아 여행과 신작 소설들에 관해 이야기하면서 즐거워했다. 바이더 셔윈은 그녀를 졸리 세븐틴에 끌고 갔다. 다들 심각하게 경청하는 가운데 모드 다이어가 캐럴을 향해 한마디 날렸다. "에릭이 마을을 떠났대요."

캐럴은 사근사근했다. "네, 그러게요. 사실 나를 찾아와서는 미니애폴리스에서 멋진 일자리를 제안받았다고 하더군요. 그가 떠나서 참 서운해요. 우리가 극단을 다시 소집하려 했다면 쓸모가 있었을 텐데요. 그렇더라도 나부터 극단 소집 때 여기 없을 거예요. 윌이 진료 때문에 완전히 지친 상태라 캘리포니아로 데려갈까 생각하거든요. 후아니타, 부인은 거길 잘 아니까 말해봐요. 부인이라면 로스앤젤레스 아니면 샌프란시스코, 어디서부터 시작하겠어요? 제일 좋은 호텔이 어디예요?"

졸리 세븐틴 회원들은 실망하는 눈치였지만 조언해주는 건 좋아해서, 자기들이 묵어봤던 비싼 호텔들을 기꺼이 말해주었다(그들은 식사한 것도 묵은 것으로 쳤다). 그들이 다시 질문하기도 전에 캐럴이 애국심에 부풀어 레이미 워더스푼의 이야기를 꺼냈다. 바이더에게 남편에게서 온 소식이 있었다. 그는 참호전에서 가스 공격으로 2주간 병원에 입원했고 소령으로 진급했으며 불어를 배우고 있었다.

V

그녀는 휴를 베시 외숙모에게 맡겼다.

케니컷만 아니었으면 아이를 데려갔을 것이다. 그녀는 기적 같지만, 비밀스러운 어떤 방법으로 캘리포니아에 남을 수 있기를 바랐다. 다시는 고퍼 프레리를 보고 싶지 않았다.

스메일 부부가 케니컷의 집에 와 있을 예정이었고, 기다리는 한 달 동안 그녀가 가장 힘들었던 일은 케니컷과 위티어 외삼촌이 차고 난방과 난로의 연통 청소에 관해 연이어 회의를 하는 것이었다.

케니컷은 캐럴에게 미니애폴리스에 들러 새 옷을 사고 싶은지 물었다.

"아뇨! 최대한 먼 곳으로 최대한 빨리 가고 싶어요. 로스앤젤레스에 갈 때까지 기다려요."

"그럼, 그럼! 당신 좋을 대로 해. 기운 내! 충분히 여러 군데를 다니며 놀다 올 거야. 그리고 갔다 오면 모든 게 달라질 거야."

VI

눈발이 날리는 12월의 오후 어스름 저녁이었다. 캔자스시티에서 캘리포니아행 기차로 연결되는 침대차가 세인트폴에서 칙칙폭폭 소리와 함께 출발하면서 다른 선로들을 지나갔다. 공장지대를 덜컹거리며 통과했고 속도가 붙었다. 캐럴은 고퍼 프레리에서부터 줄곧 자신을 옥죄고 가두었던 잿빛 들판밖에 볼 수 없었다. 앞에는 칠흑 같은 어둠이었다.

"미니애폴리스에서 한 시간가량 에릭 가까이에 있었겠구나. 그는 아직 저기 어딘가에 있어. 내가 돌아오면 사라지고 없겠지. 어디로 갔는지는 결코 알 수 없을 거야."

케니컷이 좌석 조명을 켜자 그녀는 우울하게 영화 잡지의 삽화로 시선을 돌렸다.

34장

I

두 사람은 3개월 반을 여행했다. 그랜드 캐니언과 산타페의 진흙집들을 보았고, 엘패소에서 처음 밟는 외국 땅, 멕시코까지 차로 달렸다. 샌디에이고와 라호야에서 로스앤젤레스, 패서디나, 리버사이드까지 자유롭게 둘러보며 종탑이 있는 가톨릭 교회들과 오렌지 수풀이 있는 마을들을 지나갔다. 몬테레이와 샌프란시스코와 세쿼이아 숲도 구경했다. 해수욕을 했고 산을 올랐으며 춤을 추었다. 폴로 게임을 보았고 영화 만드는 걸 구경했다. 117통의 기념엽서를 고퍼 프레리로 보냈다. 한번은 해무 낀 바닷가의 모래언덕 위를 캐럴이 혼자 걸어가다가 화가를 발견했는데, 그가 그녀를 올려다보면서 말했다. “우라질, 너무 눅눅해서 그림이 그려지지 않는군요. 앉아서 이야기나 합시다.” 그리하여 그녀는 10분 동안 낭만적인 소설 속을 살아보았다.

유일한 고역이라면 케니컷을 살살 구슬려 1만여 개의 또 다른 고퍼 프레리에서 온 여행자들과 모든 시간을 보내지 않게 하는 것이었다. 겨울의 캘리포니아는 아이오와와 네브래스카, 오하이오, 오클라호마 등지에서 온 사람들로 넘쳐났다. 그들은 자신들이 살던 익숙한 마을에서 수천 마일을 떠나와 놓고도 마을을 떠나지 않았다는 환상을 붙들어 매느라 바빴다. 맨몸을 홀딱 드러낸 바위산들이 부끄러워서일까 같은 주 출신들을 어떻게든 찾아내 그 사이에 세워두고 이야기꽃을 피웠다. 그들은 풀먼 열차에서, 호텔 현관에서, 카페테리아에서, 그리고 영화관에서 자동차와 작황과 고향 자치주의 정치 이야기를 줄기차게 나누었다. 케니컷은 토지 가격에 대해 그들과 토론했고 여러 종류의 자동차의 장점을 짚었으며 기차 짐꾼들과도 스스럼이 없었다. 그러더니 패서디나의 엉성한 단층집에 사는 루크도슨 부부를 만나겠다고 우겼는데, 만난 자리에서 루크는 돌아가서 돈을 좀더 벌고 싶어 했다. 하지만 케니컷은 확실히 노는 법을 터득해가고 있었다. 코로나도의 호텔 수영장에서는 소리를 질렀고 야회복을 사겠다고도 (비록 말뿐이었지만) 했다. 캐럴은 전시된 그림들을 즐기려 애쓰는 그의 모습과 수도사 티를 풍기는 가이드를 따라 가톨릭교회들을 구경할 때 교회들의 연혁과 규모에 대한 지식을 쌓아가는 그의 끈질긴 태도에 가슴이 뭉클했다.

그녀는 힘이 났다. 불안해질 때마다 그녀는 방랑자의 흔한 착각처럼 새로운 곳으로 장소를 옮겨간 후 이제 평온하다고 스스로를 납득시키며 그런 순간들을 모면했다. 3월이 되어 이제 집에 돌아갈 때라는 케니컷의 말에 그녀는 군말 없이 동의했다. 그녀는 휴가 몹시 보고 싶었다.

그들은 4월 1일 몬테레이를 떠났다. 높고 푸른 하늘과 양귀비꽃, 시원한 바다가 아름다운 날이었다.

기차가 구릉들 사이로 들어서자 그녀는 결심했다. "고퍼 프레리의 윌 케니컷이라는 사람의 훌륭한 자질을 사랑할 테야. 분별력이라는 고귀한 자질. 바이더와 가이, 클라크 부부를 다시 보면 반갑겠지. 드디어 내 아이도 보게 되는구나! 이제 온갖 말을 다 하겠네! 새로운 시작이야. 모든 게 달라질 거야!"

그렇게 해서 4월 1일이었다. 양지와 그늘이 교차하는 구릉들과 구릿빛으로 물든 줄참나무들을 지나는 동안 케니컷은 발끝을 들었다 놨다 하며 흐뭇하게 웃었다. "휴가 우릴 보면 뭐라고 할까?"

사흘 후 두 사람은 진눈깨비가 퍼붓는 고퍼 프레리에 도착했다.

II

두 사람이 돌아온다는 사실을 아는 사람이 아무도 없었기 때문에 마중 나온 이는 없었다. 도로가 빙판인 탓에 역의 유일한 교통수단은 호텔 버스였는데, 케니컷이 유일하게 두 사람을 맞이했던 역무원에게 트렁크 짐표를 건네는 동안 그들은 버스를 놓치고 말았다. 캐럴은 숄과 우산을 둘러쓰고 옹기종기 모여 있는 독일 여자들과 코듀로이 코트 차림에 수염이 덥수룩한 농부들 사이에서 케니컷을 기다렸다. 농부들은 소처럼 말이 없었고 젖은 코트에서 피어오르는 김과 벌겋게 단 난로의 매캐한 연기, 침받이가 된 톱밥 상자들의 역한 냄새가 마구 뒤섞여 실내가 답답했다. 오후의 햇빛이 겨울 여명만큼이나 인색했다.

'여긴 편리한 교역 중심지이고 흥미로운 개척자들의 정거장이지만 나의 안식처는 아니구나.' 이방인인 캐럴이 생각했다.

케니컷이 말했다. "차를 보내라고 전화할 수도 있지만 여기 도착하려면 시간이 꽤 걸릴 거야. 걸어가지."

그들은 언짢은 마음으로 안전한 널빤지 승강장에 걸음을 내디딘 뒤 발끝으로 균형을 잡고 조심조심 발걸음을 옮기면서 과감히 길을 나섰다. 진눈깨비가 눈으로 바뀌고 있었다. 공기가 야금야금 차가워졌다. 1인치 깊이의 물밑은 얼음이어서 두 사람은 짐 가방을 끌며 비척거렸고 미끄러져 넘어질 뻔했다. 젖은 눈에 장갑이 흠뻑 젖어 들었다. 발밑에서는 간질거리는 발목에 물이 튀었다. 그들은 발을 질질 끌며 세 구역을 걸었다. 해리 헤이독의 집 앞에 이르자 케니컷이 한숨을 내쉬었다.

"그만 걷고 여기서 전화로 차를 부르는 게 좋겠어."

그녀가 젖은 고양이 새끼처럼 그를 따라갔다.

헤이독 부부가 미끄러운 콘크리트 보도를 겨우 걸어와서 현관 계단을 아슬아슬하게 올라오는 그들을 보더니 문까지 와서 소리쳤다.

"자, 자, 저런 돌아왔구먼, 응? 와, 훌륭해! 여행은 좋았나? 이런, 캐럴은 한 송이 장미꽃 같군요. 해변은 어떻던가, 의사 선생? 어, 어, 그래! 어디 어디를 다녀왔나?"

그러나 케니컷이 정복했던 장소들을 열거하려 하자 해리가 말을 막고 2년 전 자기가 어디 어디를 가봤는지 설명했다. 케니컷이 "산타바바라에 있는 가톨릭교회를 구경했는데,"라고 자랑하자 해리가 끼어들었다. "그렇지, 흥미로운 고대 가톨릭교회야. 그런데, 거기 호텔은 못 잊겠어, 멋지더라고. 아니 방들이 꼭 고대 수도원처럼 만들어졌더군. 후아니타와 난 산타바바라에서 샌루이스오비스포로 갔지. 두 사람은 샌루이스오비스포에도 갔는가?"

"아니, 하지만……"

"음, 샌루이스오비스포에 갔어야 했는데. 그다음 우린 거기서 목장으로 갔어. 그쪽 사람들은 거길 목장이라고 부르더군……"

케니컷은 이렇게 시작한 대화에서 딱 한 가지 이야기만 간신히 말했다.

"음, 난 전혀 몰랐는데, 해리, 자넨 알고 있었나? 시카고 지역에서는 쿠츠카가 오버랜드만큼 잘 팔린다는군. 난 쿠츠를 크게 좋다고 생각한 적이 없거든. 하지만 알부케르크를 떠나던 중 기차에서 한 신사를 만났어. 난 전망 객차의 뒤쪽 승강구에 앉아 있었고, 이 남자는 내 옆에 있었는데 내게 담뱃불을 부탁하더라고. 그래서 우린 이야기를 시작했고 알고 보니 그 남자는 오로라 출신이었어. 내가 미네소타에서 온 걸 듣고는 레드윙의 클램워스 박사를 아느냐고 묻기에 만난 적은 없지만 물론 안다고, 클렘워스에 대해선 많이 들었다고 했지. 박사가 이 남자와 형제간인 모양이야! 세상 참 좁지 뭔가! 글쎄 우린 이야기를 나누었고 짐꾼을 불러 진저에일 몇 병을 마셨어. 그 객차에 상당히 괜찮은 짐꾼이 있었어. 어쩌다가 쿠츠카 얘기가 나오게 되었지. 그런데 이 남자가 꽤 여러 종류의 자동차를 운전했던 것 같아. 지금은 프랭클린을 몬다는군. 그래서 그가 말하길 자기가 쿠츠를 몰아봤는데 아주 멋지더라는 거야. 그러다가 지금 이름은 기억나지 않는 어느 역에 도착했어. 캐리, 알부케르크 반대 방향으로 처음에 멈췄던 역 이름이 뭐였더라? 어쨌든 물을 보충하려고 정차했던 것 같은데, 이 남자와 난 나가서 다리를 쭉 폈지. 그런데 역 승강장 바로 앞에 쿠츠가 서 있었던 거야. 그 사람이 말하지 않았다면 맹세코 난 알아보지 못했을 거야. 쿠츠에 대해 알게 돼서 반가웠지. 쿠츠의 기어가 1인치가량 더 긴 것 같아……"

이렇게 시간 순으로 말하는 와중에도 해리는 중간에 끼어들어 공 모양의 기어 변속장치의 장점을 들먹였다.

케니컷은 여행 다녀온 사람으로서 제대로 자랑할 기회를 포기하고 차고에 전화하여 포드 택시를 불렀다. 한편 후아니타는 캐럴에게 키스하더니 최신 소식을 가장 먼저 알려주는 거라며,

확실하게 입증된 스위프트웨이트 부인에 대한 일곱 가지 추문과 사이 보가트의 순결에 대한 중요한 한 가지 의혹을 말해주었다.

포드 세단이 눈보라를 뚫고 살얼음이 깔린 길 위로 들어오는 것이 보였다. 마치 안개 속의 예인선 같았다. 운전사가 모퉁이에 차를 멈추었다. 차가 미끄러지더니 우스꽝스럽게 버티듯하다가 급히 방향을 틀며 나무를 받았고, 바퀴가 찌부러지면서 기우뚱하게 서버렸다.

케니컷 부부는 예의상 자기 차로 데려다주겠다는 해리 헤이독의 미적지근한 권유를 거절했다. "차고에서 꺼낼 수만 있어도 좋겠는데, 지독한 날씨야. 가게도 못 나가고 집에 있었다네. 하지만 의사 선생이 원한다면 한번 몰아보겠네." 캐럴이 까르륵대는 목소리로 말했다. "아뇨, 걷는 게 낫겠어요. 아마 시간도 더 절약될 거고, 지금은 아이가 못 견디게 보고 싶어요." 짐 가방을 끌면서 그들이 뒤뚱뒤뚱 걸어갔다. 코트가 흠뻑 젖었다.

캐럴은 경솔했던 기대를 이미 접은 상태였다. 감정 없는 시선으로 주위를 둘러보았다. 케니컷은 흐릿하니 세찬 빗발을 통해 빛을 포착했다. 집에 돌아왔어.

캐럴의 눈에 벌거벗은 나무 밑동, 시커먼 나뭇가지, 잔디밭 위 군데군데 오래된 눈 더미 사이사이로 드러난 스펀지 같은 땅이 들어왔다. 황량한 땅에는 삐죽하니 죽은 잡초가 가득했다. 무성한 잎들이 다 떨어져 나간 집들은 끔찍했다. 임시 주거지들 같았다.

케니컷이 싱글거렸다. "맙소사, 저길 봐! 잭 엘더가 차고를 새로 칠했군. 그리고 여기! 마틴 마호니가 닭장에 새 울타리를 쳤어. 아, 괜찮은 울타리야, 안 그래? 닭도 못 나가고 개도 못 나가겠는걸. 확실히 멋져. 1야드에 얼마나 들었을까? 그래, 겨울인데도 계속 짓고 있었나 보군. 거기 캘리포니아 사람들보다 훨씬 진취적이야. 집에 돌아오니 정말 좋지, 응?"

그녀는 겨울 내내 주민들이 봄에 치울 쓰레기를 자기들 집 뒷마당에 던져놓은 걸 알아챘다. 최근 풀린 날씨에 잿더미며 개뼈다귀며 찢어진 침구며 페인트가 엉겨 붙은 깡통들이 형태를 드러냈는데, 마당의 웅덩이를 메우고 있던 얼음에 반쯤 가려져 있던 것들이었다. 물 색깔이 연한 빨강에 시큼한 노랑, 얼룩진 황토색이 뒤섞여 지저분한 쓰레기 색깔이 되어 있었다.

케니컷이 빙그레 웃었다. "저기 메인 스트리트를 봐! 사료 가게가 완전히 새로 단장하고 간판도 새로 달았어. 검은색과 금색이군. 덕분에 저 구역의 외관이 많이 좋아지겠군."

캐럴은 자신들이 지나쳤던 몇 안 되는 사람들의 옷이 악천후에 꺼내 입는 누더기나 다름없는 코트라는 걸 깨달았다. 빈민가의 허수아비가 따로 없었다. …… "어처구니가 없어." 그녀는 경악했다. "산을 넘고 도시들을 지나 2천 마일을 달려와 이곳에 내리다니, 이곳에 살 생각을 하다니! 다른 데도 아닌 이곳을 선택한 이유가 뭐였는지 상상이 안 가."

그녀가 낡은 코트와 천 모자를 쓴 인물을 알아보았다.

케니컷이 싱긋 웃었다. "저기 오는 저 사람이 누군가! 샘 클라크군! 맙소사, 날씨 때문에 완전히 무장했어."

두 남자가 열두 번도 넘게 손을 흔들어가며 악수하면서 서부식으로 떠듬떠듬 말을 이어갔다. "이런, 어허, 어허, 이런, 지옥의 사자, 늙은 악마 같으니, 잘 있었나? 도적놈, 자넬 다시 봐서 좋은 건지, 원!" 샘이 케니컷의 어깨 너머로 고개를 까딱해 보였지만, 그녀는 불편했다.

"어쩌면 떠나질 말았어야 했나 봐. 난 거짓말에는 소질이 없어. 어서 좀 끝나면 좋으련만! 딱 한 구역만 더 가면 돼. 내 아이가 있어!"

그들은 집에 도착했다. 그녀는 반가이 맞아주는 베시 외숙모를 스치듯 지나친 뒤 휴 옆에 무릎을 꿇었다. 그가 더듬거리며 "오 엄마, 엄마, 가지 마! 나랑 있어, 엄마!"라고 말하자 그녀는 울음을 터뜨렸다. "그래, 다시는 널 떠나지 않을게!"

휴가 먼저 알아보았다. "아빠다."

"이런, 마치 우리가 떠난 적 없던 것처럼 우릴 알아보네!" 케니컷이 말했다. "캘리포니아에서 휴의 또래 중에 휴만큼 똑똑한 애는 없었어!"

트렁크가 도착하자 그들은 휴의 주변에 선물을 꺼내 쌓았다. 샌프란시스코 차이나타운에서 사 온 안에 계속 포개지는 구레나룻 목각인형, 미니어처 중국 범선, 동양풍 북과 샌디에이고의 프랑스 노인이 조각한 블록완구, 샌안토니오에서 산 밧줄 올가미 등이었다.

"엄마가 어디 갔다 온 걸 용서해주겠니? 응?" 그녀가 속삭였다.

휴에게 정신이 팔렸으면서도 그녀는 아이에 대해 수백 개의 질문을 쏟아냈다. 감기에 걸린 적은 없었나요? 여전히 오트밀을 앞에 두고 깨작거리던가요? 아침에 응가는 어땠어요? 그녀는 베시 외숙모를 오로지 정보 제공자로만 여기며 손가락을 살살 흔들어 의미하는 그녀의 암시를 못 본 체했다. "꽤 길게 여행하면서 돈도 많이 쓰고 했으니 이제 마음을 정돈하고 만족하면서 살아야지. 딴생각 말고……"

"이제 당근은 잘 먹나요?" 캐럴이 응수했다.

눈이 내리면서 너저분한 마당이 가려지기 시작하자 그녀는 기분이 좋았다. 이런 날씨에는 뉴욕과 시카고도 고퍼 프레리만큼이나 지저분하다며 스스로를 달랬다. "그래도 그들에겐 도피처가 돼줄 근사한 실내 장소가 있는데." 그녀는 이런 생각을 떨쳐버렸다. 그녀가 휴의 옷들을 살피면서 열심히 노래를 불렀다.

오후가 다 지나 어두워졌다. 베시 외숙모는 집으로 돌아갔다. 캐럴은 아이를 자기 방으로 데려갔다. 하녀가 올라와서 불평했다. "저녁에 먹을 훈제 쇠고기를 만들 여분의 우유를 못 구하겠어요." 휴가 잠들었다. 베시 외숙모 때문에 아이는 응석받이가 되어 있었다. 여행에서 돌아온 엄마에게까지 찡얼대며 은손잡이 브러시를 잡아채는 장난을 일곱 번이나 치니 진이 빠졌다. 휴의 찡얼거림과 부엌의 딸각거림 뒤로 배경처럼 서 있는 집에는 무색무취한 적막의 기운이 가득했다.

늘 그래왔듯 케니컷이 보가트 부인에게 인사를 건네는 소리가 창문으로 들려왔다. 항상, 눈 내린 밤이면 어김없었다. "밤새 이렇게 내리겠는데요." 그녀는 기다렸다. 난로 만지는 소리.

바뀔 수 없는, 영원한 소리. 재를 치우고 삽으로 석탄을 뜨는 소리.

그렇다. 그녀는 집에 돌아왔다! 아무것도 변한 게 없었다. 마치 떠난 적이 없는 것 같았다. 캘리포니아? 그녀가 거길 구경했었나? 그녀가 난로 재받이 구멍을 조그만 삽으로 긁어내는 이 소리를 잠깐이라도 떠난 적이 있었나? 하지만 케니컷은 가당찮게도 그녀가 그 소리를 떠났었다고 생각했다. 그녀가 막 돌아왔다고 지금 케니컷이 생각하는 만큼 그녀는 한 번도 그렇게 멀리 떠난 적이 없었다. 그녀는 벽과 벽 사이로 옹졸한 집들과 자신들이 옳다고 믿는 사람들의 기운이 줄줄 새어 나오는 기분을 느꼈다. 그 순간 그녀는 알았다. 자신은 도망치면서 그저 여행이라는 소란스러움 뒤에 자신의 의구심을 감추었을 뿐이라는 것을.

"맙소사, 다시 또 고민하지 말아야지!" 그녀가 흐느꼈다. 휴가 옆에서 같이 울었다.

"아가, 잠깐만 있어!" 그녀가 허둥지둥 케니컷을 찾아 지하실로 내려갔다.

그는 난로 앞에 서 있었다. 집의 다른 데는 아무리 시원찮아도 그에게 필수적인 지하실은 반드시 널찍하고 깨끗해야 했고, 사각 기둥들은 회칠이 되어 있어야 했으며, 석탄 상자와 감자 상자, 그리고 트렁크는 손 가는 데 있어야 했다. 환기구에서 발광체가 매끄러운 회색 시멘트 바닥, 그의 발 옆에 떨어졌다. 유람도 어지간히 끝내고 '명소'와 '미술품'의 관람 과제도 철저하게 이행한 후 그는 이 시커먼 돔형 괴물이 마치 복귀한 가정과 사랑하는 일상의 상징이나 된다는 듯한 눈빛으로 난로를 응시하면서 부드럽게 휘파람을 불고 있었다. 그녀가 온 것도 모르고 몸을 구부린 채 석탄 조각들 사이에서 타오르는 파란 불꽃을 뚫어지게 쳐다보았다. 그가 기분 좋게 난로 문을 닫더니 오른손으로 뱅그르르 한 바퀴 돌리는 동작으로 더없는 행복감을 표출했다.

그가 그녀를 보았다. "아니, 이거, 여보! 돌아오니 정말 좋지, 안 그래?"

"네." 그녀가 속마음을 속이면서 몸을 마구 떨었다. '지금은 아냐. 지금은 설명하고 싶지 않아. 그는 내게 너무 다정했어. 날 믿고 있는데 그에게 상처를 줄 수 없어!'

그녀가 그에게 미소를 지었다. 빈 표백제 병을 쓰레기통에 던지면서 그의 신성한 지하실을 정리했다. 그러면서 한탄했다. "날 붙드는 건 아이뿐이야. 만약 휴가 죽는다면……" 그녀는 두려움에 사로잡혀 날듯이 2층으로 올라가 방금 이 4분 동안 휴에게 아무 일이 없었다는 걸 확인했다.

창턱 위에 새겨진 연필 자국이 그녀 눈에 들어왔다. 펀 멀린스와 에릭과 소풍을 계획하던 9월 어느 날 적어놓은 것이었다. 펀과 그녀는 말도 안 되는 생각으로 미친 듯 웃었고 올겨울 모두를 위한 신나는 파티를 계획했었다. 그녀가 골목길 너머 펀이 살았던 방을 일별했다. 누더기 같은 천이 적막한 창문에 드리워져 있었다.

그녀는 전화하고 싶은 누군가를 떠올려보려 했다. 아무도 없었다.

샘 클라크 부부가 그날 저녁 찾아와 가톨릭교회들이 어땠는지 얘기해달라고 부추겼다. 열두 번도 넘게 그들은 그녀에게 돌아와서 기쁘다고 말했다.

'날 원하는 사람이 있다는 건 좋은 거지.' 그녀는 생각했다. '그게 날 취하게 할 거야. 하지만…… 오, 인생이란 게 언제나 모두 해답 없는 하지만인 건가?'

35장

I

그녀는 만족하려고 애썼다. 하지만 그 용어 자체가 모순이었다. 그녀는 4월 내내 집 안을 미친 듯이 청소했다. 휴를 위해 스웨터를 뜨기도 했다. 적십자 봉사활동을 부지런히 다녔다. 비록 언제나처럼 미국은 전쟁을 싫어하지만, 독일군 중에 포로들을 학대하고 아이들의 손을 잘라내지 않는 병사가 없다는 것이 사실로 드러난 이상 우리가 독일을 쳐서 독일인을 모조리 말살해야 한다고 바이더가 열변을 토할 때 그녀는 아무 말도 하지 않았다.

캐럴이 자원봉사 간호사일 때 챔프 페리 부인이 폐렴으로 갑자기 사망했다.

그녀의 장례식에는 남북전쟁 참전군인회와 북서부영지개척자들 가운데 아직 살아 있는, 아주 노쇠한 남녀 노인 열한 명이 참석했다. 수십 년 전 팔팔하던 야생마를 타고 바람 부는 이 대평원의 무성한 들판을 달렸던 개척 시대의 청춘 남녀들이었다. 그들이 상인들과 고등학교 남학생들로 이루어진 밴드 뒤에서 절뚝거리며 걸어갔다. 밴드 단원들은 제복도 입지 않고 줄도 맞추지 않은 채 단장도 없이 뿔뿔이 흩어져 쇼팽의 장송행진곡을 연주하느라 진땀을 뺐다. 장엄한 곡이 더듬더듬 연주되는 가운데 근엄한 눈빛의 추레한 이웃 사람들의 무리가 휘청거리며 진창길을 따라갔다.

챔프는 낙담했다. 류머티즘이 더 심해졌다. 가게 위층에 있는 방들은 조용했다. 그는 곡물 저장고에서 매수인의 일을 해내지 못했다. 썰매에 밀을 싣고 들어오는 농부들이 챔프가 저울을 읽지 못한다고, 늘 뒤쪽 시커먼 곡물 저장고에 있는 누군가를 바라보는 것 같다고 불평했다. 골목길을 몰래 빠져나간 뒤 혼잣말을 하면서 감시의 눈을 피해 급기야 묘지로 슬금슬금 걸어가는 그의 모습이 눈에 띄었다. 한번은 캐럴이 그의 뒤를 따라갔다. 상상이 사라져버린 담뱃진에 찌든 황폐한 노인이 눈 덮인 묘지 위에 엎드려 있었다. 마치 60여 년을 매일 밤 세심하게 감싸주었는데 이제 보살핌을 받지 못한 채 홀로 있는 아내를 추위로부터 지키려는 듯 두툼한 두 팔을 벌려 벌거벗은 봉분을 감쌌다.

에즈라 스토바디가 사장으로 있는 곡물창고회사는 그를 해고했다. 에즈라는 캐럴에게 회사에 연금을 지급할 기금이 한 푼도 없다고 설명했다.

그녀는 챔프가 우체국장에 임명되도록 애썼다. 우체국장직은 모든 일을 직원들이 다 했기 때문에 마을에서 유일한 한직이었고 정치적인 충성심에 대한 유일한 보상이었다. 하지만 바텐더를 지냈던 버트 타이비 씨가 그 일을 원하는 것으로 드러났다.

그녀의 부탁으로 라이먼 카스가 챔프에게 따뜻한 침소가 있는 야간 경비원 자리를 제공했다. 그가 제분소에서 잠이 들면 조그만 꼬마들이 챔프에게 이런저런 장난을 쳤다.

II

캐럴은 레이먼드 워더스푼 소령의 귀환으로 간접적인 행복을 맛보았다. 그는 건강했지만, 독가스 후유증으로 여전히 허약했다. 제대하고서 참전용사로서는 첫 귀환자로 고향에 돌아왔다. 풍문에 따르면 그가 소리 소문도 없이 돌아와서 바이더를 놀라게 했는데, 그를 보고 바이더는 기절을 하더니 하루 꼬박 그를 붙잡아두고 밖에 내보내지 않았다. 캐럴이 두 사람을 만났을 때 바이더는 레이미에 대한 것 말고는 전부 흐리멍덩했고 그의 손에서 자기 손을 빼는 일이 없을 정도로 그의 옆에서 떨어지는 법이 없었다. 영문을 몰라 캐럴은 이렇게 붙어 있는 모습이 걱정스러웠다. 게다가 레이미는, 이 사람은 확실히 레이미가 아니었다. 꼭 끼는 군복 상의에 견장을 달고 날씬한 다리에 장화를 신은, 더 근엄한 얼굴을 가진 그의 형쯤 되어 보였다. 얼굴이 달라 보였고 입 모양은 더 단호했다. 그는 그냥 레이미가 아니라 워더스푼 소령이었다. 케니컷과 캐럴은 그가 파리는 미니애폴리스의 반만큼도 아름답지 않고, 미군들은 모두 휴가 때 품위를 지키며 반듯하게 논다고 말할 때 반가웠다. 케니컷은 독일에 훌륭한 항공기가 있는지, 참호선 돌출부라는 게 뭔지, 쿠티*가 뭔지, **고잉 웨스트****가 뭔지 물어보면서 경의를 표했다.

일주일 뒤 워더스푼 소령은 본톤 백화점의 정식 매니저가 되었다. 해리 헤이독은 네거리 근처 작은 동네들에 개업 준비 중인 여섯 개 지점에 전념할 계획이었다. 해리는 앞으로 마을 제일의 부자가 될 테고 워더스푼 소령은 해리와 함께 성공할 터여서 바이더는 무척 기뻐했지만, 적십자 봉사활동의 대부분을 포기해야 하는 것은 아쉬워했다. 레이는 아직 간호가 필요해요, 그녀가 해명했다.

캐럴은 군복을 벗고 희끄무레한 양복에 새로 산 회색 펠트 모자를 쓴 그를 보고 실망했다. 그는 워더스푼 소령이 아니었고 그저 레이미였다.

한 달 동안 꼬마들은 거리에서 그의 뒤를 따라다녔다. 모든 이가 그를 '육군 소령님'이라고 불렀으나 그 직함은 점차 소령으로 줄어들었고, 꼬마들은 구슬치기할 때 그가 지나가도 고개를 들지 않았다.

---

* 몸에 기생하는 이.

** Going West. '죽음', '종말' 등을 뜻하는 관용어.

III

마을은 전쟁 중 밀 가격의 영향으로 호황을 맞았다.

밀 수익금은 농부들의 주머니에 남아나지 않았다. 읍내 주민들이 그 돈을 위해 존재하고 있었다. 아이오와 농부들이 자신들의 땅을 에이커당 4백 달러에 팔고 미네소타로 들어왔다. 하지만 사거나 팔거나 저당 잡히는 사람이 누가 되었든, 읍내 주민들인 제분소 주인들, 부동산업자들, 변호사들, 상인들, 그리고 윌 케니컷 박사 등이 마음껏 수익 창출을 즐겼다. 그들은 150달러에 땅을 사서 다음 날 170달러에 팔았고, 그런 뒤 다시 또 땅을 샀다. 3개월 만에 케니컷은 7천 달러를 벌었다. 환자 진료로 벌어들이는 돈의 네 배를 웃도는 금액이었다.

초여름, '경기 부흥 운동'이 시작되었다. 상인연합은 고퍼 프레리가 밀 교역의 중심지일 뿐만 아니라 공장과 여름 별장, 주립 기관 들을 위한 완벽한 장소라고 판단했다. 이 운동을 책임지고 이끄는 사람은 최근 땅을 살펴보러 마을로 들어와 있던 제임스 블로서였다. 블로서 씨의 별칭은 **수완가**였다. 본인은 **정직한 짐**으로 불리고 싶어 했다. 몸집이 크고 투박했으며 시끄러운 데다가 농담을 잘했다. 눈은 가늘었고 시골 사람처럼 거친 피부에, 손은 붉고 큼직하면서 번쩍번쩍 화려한 옷차림을 하고 있었다. 블로서는 모든 여자의 말을 경청했다. 캐럴의 쌀쌀맞음을 느끼지 못할 정도로 눈치가 없는 사람은 읍내에서 그가 처음이었다. "귀엽고 멋진 아내지 뭡니까, 의사 선생." 케니컷에게 생색내듯 말하면서 캐럴의 어깨에 팔을 둘렀고, "**인정**

해주시니 정말 감사하군요"라고 그녀가 차갑게 대꾸할 때도 그녀의 목덜미에 입김을 불어대며 자기가 모욕당한 사실을 깨닫지 못했다.

그는 부흥 운동가처럼 손을 얹는 게 버릇이었다. 캐럴의 집에 오기만 하면 꼭 그녀를 만지려 했다. 그녀의 팔을 만졌다가 살짝 주먹 쥔 손으로 옆구리를 스치며 훑었다. 그녀는 그 사람이 싫었고 그가 두려웠다. 에릭에 대한 말을 들은 건가, 그래서 그런 걸 이용하는 것인지 의아했다. 그녀는 집에서, 그리고 다른 사람들이 있는 데서 그를 좋지 않게 평했지만 케니컷과 마을의 다른 유지들은 우겼다. "그자가 막돼먹었는지는 몰라도 장점은 인정해줘야 해요. 이 지역 땅을 밟았던 그 누구보다 추진력이 있어요. 게다가 상당히 재미있는 구석도 있어요. 에즈라 영감한테 하는 말 들었어요? 그의 옆구리를 쿡 찌르며 이러더래요. '이거 참, 덴버에는 뭐 하러 가시려고요? 기다리면 내가 거기 사업을 여기로 옮겨올 텐데요. 일단 불야성만 만들어두면 온갖 사업이 이리로 옮겨오고 싶어 좀이 쑤실 겁니다!'"

캐럴이 블로서 씨를 완전히 무시하는 반면에 마을 사람들은 그를 환대했다. 미니마쉬 호텔에서 열리는 상인연합 연회에서 그는 귀빈 대접을 받았다. 연회는 금박을 두른, (하지만 오타투성이인) 메뉴판과 공짜 시가, 가자미 살코기 비슷한 무르고 눅눅한 슈페리어호수의 흰살생선 요리가 제공되는 행사였다. 커피잔 받침에 담뱃재가 흥건히 젖어 들었고 웅변조의 단어들이 튀어나왔다. 말하자면 활력, 박력, 의욕, 원기, 기획력, 힘, 사내다운 남자, 미인, 신의 고장, 제임스 힐, 창공, 농지, 풍요로운 수확, 늘어나는 인구, 투자 대비 적정 이윤, 우리의 제도를 위협하는 외지인 선동가들, 가정은 국가의 토대, 크누트 넬슨, 백퍼센트 미국인 기질, 자부심을 지니고 말하기 같은 어휘들이었다.

해리 헤이독이 의장으로서 정직한 짐 블로서를 소개했다. "친애하는 주민 여러분께 자랑스럽게 말하지만 블로서 씨는 여기 잠깐 체류하는 동안 내게 동료 운동원일 뿐 아니라 진심을 나누는 친구가 되었습니다. 그래서 조언하는데, 여러분 모두가 어떻게 성공하는지를 알고 있는 사람이 전하는 정보를 주의 깊게 경청해주시기 바랍니다."

블로서 씨가 마치 낙타 목을 한 코끼리처럼 불그레한 얼굴, 충혈된 눈으로 주먹을 불끈 쥔 채 살짝 트림 소리를 내면서 상체를 일으켰다. 태어나기를 앞에 나서도록 태어났고, 훌륭한 국회의원이 되려 했으나 부동산이라는 좀더 돈이 되는, 영예로운 일로 선회한 사람이었다. 그가 친밀한 친구들과 동료 운동원들에게 미소를 지은 다음 우렁차게 연설을 시작했다.

"요전 날 저는 사랑스러운 이 작은 도시의 거리에서 깜짝 놀라고 말았습니다. 신이 지금까지 창조한 생물 중 가장 못된 녀석을 만났기 때문입니다. 뿔도마뱀 혹은 텍사스의 걸물보다 더 못된 녀석이었죠. (웃음) 그 생물이 뭔지 아십니까? 트집쟁이였어요! (박장대소)

선량한 주민 여러분께 말씀드리고 싶은데, 이건 두말하면 잔소리지만, 우리 미 연방국 사람들을 다른 나라들의 좀팽이나 허세꾼들과 다르게 만들어주는 요소는 우리의 활력입니다. 진짜배기 진실한 미국인을 생각해보면, 그가 붙어보기를 두려워하는 일은 아무것도 없습니다. 활력과 속도는 미국인의 또 다른 이름입니다! 만약 맹렬히 달려야 한다면 그는 그렇게 할 것이고, 그 길을 방해할 정도로 재수 없는 멍청이가 있다면 정말이지 불쌍한 마음이 들지 않을 수가 없습니다. 왜냐면 그 딱한 게으름뱅이는 친애하는 회오리바람 씨가 마을을 휘몰아칠 때 자기가 어디에 있는지 정신을 못 차릴 테니까요! (웃음)

자, 여러분, 정말 겁 많고 유약하며 머리에 든 게 없는 사람들이 일터에 나가 원대한 이상을 가진 우리에게 정신 나갔다고 주장합니다. 우리가 고퍼 프레리를 만들 수 없다고 말해요. 자비를 내리소서! 미니애폴리스나 세인트폴 혹은 덜루스처럼 성공시키지 못할 거라고 합니다. 하지만 바로 지금 여기서 제가 말씀드리지요. 이 푸른 하늘 아래 전속력으로 내달려 인구 20만의 사회로 도약시킬 가능성이 있는 곳으로 아담하고 사랑스러운 고퍼 프레리만한 데가 없습니다. 만약 대업 성사를 위해 애쓰는 짐 블로서를 따르는 것이 두려운, 그런 슬픈 운명을 타고난 사람이 있다면, 이곳에 그런 사람은 필요 없습니다! 제가 판단하기에 여러분의 충성심은 충분해서, 누구든 자신의 고향을 비웃고 깎아내리는 사람이 있다면 아무리 똑똑한 체하는 사람이라 하더라도 참고 있지 않을 겁니다. 그리고 하나 곁들이자면, 이 초당파 농민동맹과 사회주의자들 무리는 같은 부류라는 것, 즉 흔히 보는 문구처럼 '이쪽으로 나가시오' '퇴장' '기회 있을 때 나가시오' '당신 말이오'에 해당하는, 성공과 재산권을 비판하는 모든 방해꾼들을 의미하는 부류라는 점을 덧붙이고 싶군요!

친애하는 주민 여러분, 바로 여기 이 아름다운 주에도, 미국에서 가장 아름답고 풍요로운 이 주에도, 동부 지역과 유럽이 번영하는 북서부 지역을 능가한다고 확신에 찬 목소리로 주장하는 사람들이 많습니다. 바로 지금 여기서 그 거짓을 밝혀드리지요. '아하' 사람들이 그럽디다. '그러니까 짐 블로서는 고퍼 프레리가 런던이나 로마 혹은 다른 모든 대도시만큼 살기 좋은 곳이라고 주장하는 거군, 응?' '그 불쌍한 얼간이가 어떻게 알지?' 사람들이 그런단 말입니다. 음 제가 어떻게 아는지 말씀드리죠! 전 그곳들을 가보았습니다. 유럽을 완전히 정복했다는 말입니다! 짐 블로서에게 그런 공격을 해놓고 어물쩍 넘어갈 순 없죠! 그리고 말씀드리죠. 유럽에서 유일하게 살아 있는 건 지금 거기서 싸우고 있는 우리 청년들입니다. 전 런던에서 사흘을 보내며, 하루 16시간을 내리 휙 훑어보았습니다. 말씀드리지만 별거 없어요. 현대적인 미국 도시라면 절대 용납할 수 없는 안개 뭉텅이와 한물간 건물들뿐이에요. 못 믿으실지 모르겠지만 거길 통틀어도 일류 초고층 건물 하나가 없다는 말입니다. 저기 동부 지역의 불평꾼과 속물에게도 마찬가지로 적용되는 이야깁니다. 그러니 다음에 허드슨 유역 촌구석에서 온 보잘것없는 자가 헛소리를 지껄이며 제 잘난 듯 여러분의 화를 돋우려 한다면 그자에게 말해주십시오. 강인하고 진취적인 서부인은 뉴욕을 거저 준다 해도 받지 않을 거라고요.

자, 제 말의 요지는 이겁니다. 전 고퍼 프레리가 단순히 미네소타의 자부심이 될 것이고, 영광스러운 미네소타의 찬란한 서

광이 될 것이라는 점을 넘어 지금이 바로 거기서 살 때이고 사랑할 때이고 귀여운 아이들을 키울 바로 그때이고 앞으로 더욱더 그럴 것이라고 주장하는 겁니다. 그러니까 고퍼 프레리도 광활한 전 지구의 번성하는 그 어느 도시만큼이나 교양과 문화를 갖추고 있다는 말입니다. 사실입니다. 이해하시겠어요? 사실이라고요!"

30분 뒤, 의장인 헤이독이 블로서 씨에게 감사를 표하자고 제안했다.

운동원들의 활동이 시작되었다.

마을은 여러 방면에서 소위 '홍보'라고 하는, 효과적이고 현대적인 방법으로 이름 알리기에 힘을 쏟았다. 악단이 재정비되고 상인연합회로부터 자색과 금색의 단복을 제공받았다. 아마추어 야구단은 디모인에서 얼추 프로 선수 같은 투수를 고용하여 약 50마일 근방의 모든 마을과 경기 일정을 잡았다. 시민들이 전용 차량에 탑승한 채 '응원단'의 자격으로 선수단과 동행했다. "고퍼 프레리의 성장을 지켜보라"라고 쓰인 현수막과 「웃어, 웃어, 웃어」라는 곡을 연주하는 악단도 함께였다. 야구단의 승패와 상관없이 『돈트리스』는 충성스러운 어조로 써 내려갔다. "승리하자 선수들, 승리하자, 다 함께. 고퍼 프레리를 세상에 알리자. 눈부신 성적을 내는 우리 무적 야구단."

그런 다음 번영의 으뜸이라는 번화가가 마을에 들어섰다. 중서부 어느 지역을 가도 번화가가 있었다. 번화가는 메인 스트리트를 따라 두세 개 구역에 아주 밝은 빛을 내는 전등이 주렁주렁 달린 화려한 가로등으로 이루어졌다. 『돈트리스』가 인정하며 이렇게 썼다. “불야성이 세워지다. 브로드웨이처럼 환하게 밝힌 시내. 제임스 블로서 님의 연설, 자, 트윈 시티여, 우리의 도전을 받아라.”

상인연합회는 미니애폴리스의 광고대행사에서 돈을 많이 주고 데려온 대단한 작가가 준비한 소책자를 발행했다. 빨강머리의 젊은이였는데 기다란 호박 파이프로 담배를 피웠다. 캐럴은 책자를 읽으며 살짝 말문이 막혔다. 책자를 보고 알게 된 사실들은 이러했다. 플러버와 미니마쉬호수는 숲이 우거진 아름다운 호변과 풍미 있는 강꼬치고기, 배스가 세계적으로 유명하며, 여기에 필적할 곳은 전국을 눈 씻고 봐도 없다. 널리 알려진 대로 잔디밭과 정원이 있는 고퍼 프레리의 주택들은 품위와 안락, 문화의 전형이다. 깔끔하고 널찍한 건물의 고퍼 프레리 학교들과 공공도서관은 미네소타주 전역에서 유명하다. 고퍼 프레리의 제분소는 전국에서 최상의 밀가루를 생산한다. 인근 농경지들도 유명하다. 어디를 가나 사람들은 비할 데 없이 훌륭한 품질의 경질 밀과 홀스타인 프리지안 종 젖소를 키워 만든 빵과 버터를 먹는다. 고퍼 프레리의 상점들은 고급 기호품과 생활필수품을 풍부하게 구비하고 있고 숙련된 직원들이 항상 정중하게 응대하고 있어서 미니애폴리스와 시카고에 비견된다. 요컨대, 고퍼 프레리가 공장과 도매상점이 있어야 하는 적격의 장소라는 사실을 그녀는 알게 되었다.

“내가 가보고 싶은 곳이 여기 있구나. 모범적인 마을 고퍼 프레리군.” 캐럴이 말했다.

케니컷은 상인연합회가 보잘것없는 조그만 공장을 하나 유치하자 무척 기뻐했다. 그 공장은 목재로 된 자동차 바퀴를 생산할 계획이었지만, 캐럴은 해당 기획자를 보자 그가 와도 별 볼 일 없을 것 같았고, 1년 뒤 그가 실패했을 때는 그다지 애석해하지 않았다.

농사를 그만둔 농부들이 마을로 이주해왔다. 대지 가격이 30퍼센트 올라 있었다. 하지만 캐럴은 더 이상의 그림도, 흥미로운 음식도, 아름다운 목소리도, 재미있는 대화도, 탐구적인 인물도 발견하지 못했다. 초라하긴 해도 겸손한 마음은 참을 수 있지만, 초라하면서 극단적으로 자기중심적인 마음은 참기 힘들다고 그녀는 단언했다. 그녀는 챔프 페리를 돌보고, 무간하게 구는 샘 클라크에게도 따뜻하게 대할 수 있었지만, 그냥 앉아서 정직한 짐 블로서에게 박수를 보낼 수는 없었다. 케니컷은 구애할 때 그녀에게 마을을 아름답게 바꿔달라고 애원했었다. 이제 블로서 씨와 『돈트리스』가 말하는 것처럼 마을이 아름답다면 그녀의 할 일은 끝났고 그녀는 떠날 수 있었다.

36장

I

케니컷은 비인간적일 정도로 참을성이 있지는 않았기에 캐럴의 이단 행위를 계속 용서하고 모험적인 캘리포니아 여행에서처럼 계속 매달릴 수는 없었다. 그녀는 눈에 안 띄려 애썼지만, 마을의 부흥에 열광하지 못한 탓에 그런 모습이 탄로 나고 말았다. 케니컷은 마을의 부흥을 믿었으며, 그녀가 번화가와 새로운 공장에 대해 애향심이 우러나는 말을 해주길 바랐다. 그가 콧바람을 내뿜으며 흥분하여 말했다. “나 참, 난 할 수 있는 걸 다했으니, 이제 당신이 협조해주길 바라는 거잖아. 우리 보고 왜 그리 굼뜨냐고 수년간 불평했지. 이제 블로서가 와서 열띤 분위기를 조성하면서, 당신이 늘 누군가 하길 바랐던 대로 마을을 꾸미려 하니까, 아니, 당신은 그를 막돼먹었다고 하면서 행렬에 동참하지 않으려 해.”

한번은 케니컷이 오찬 자리에서 “이것 좀 봐! 공장이 또 하나 더 들어올지도 모른대. 크림 분리기 공장이야!”라고 발표하고선 덧붙였다. “아무리 흥미가 없더라도 흥미 있는 척할 수 있는 거 아냐!” 제우스 같은 호통에 아이가 깜짝 놀라 캐럴에게 달려가 무릎에 얼굴을 파묻고 울었다. 케니컷은 미안한 척하며 아이 엄마와 아이의 환심을 사야 했다. 자기 아들에게조차 이해받지 못한다는 부당한 느낌이 어렴풋이 들자 그는 예민해졌다. 상처받은 기분이었다.

그들과 직접 관련은 없었지만 사건 하나가 그의 분노를 자아냈다.

초가을, 카운티 보안관이 관내 전 지역에서 초당파 농민동맹 조직책의 연설 금지령을 내렸다는 뉴스가 와카민에서 전해졌다. 조직책은 보안관의 말에 승복하지 않고 며칠 뒤 농민 정치집회에서 연설하겠다고 선언했다. 그날 밤, 보안관이 이끄는 백여 명의 상인 집단이 문제의 조직책을 호텔에서 끌어내서는 울타리 가로장대에 태우고 다니며 망신을 준 다음 마을엔 두 번 다시 얼씬도 하지 말라는 경고와 함께 화물열차에 실어 보냈다는 뉴스가 퍼졌다. 단조로운 큰길과 자신들이 옳다는 확신에 찬 마을 사람들의 얼굴이 흔들리는 랜턴 불빛에 벌겋게 번들거렸고, 폭도들은 줄지어 붙어 있는 땅딸막한 가게들 사이로 몰려다녔다.

이 내용은 데이브 다이어의 약국에서 샘 클라크, 케니컷, 캐럴이 있는 자리에서 상당히 진지하게 논의되었다.

"그런 자들은 그런 식으로 다루는 거야. 다만 그자의 목을 매달았어야 하는 건데!" 샘과 케니컷, 데이브 다이어가 당당한 목소리로 합세했다. "그렇고말고!"

캐럴이 성급히 자리를 떴다. 케니컷이 그녀를 지켜보았다.

저녁을 먹는 내내 캐럴은 그가 속을 끓이고 있다가 곧 폭발하리라는 것을 알고 있었다. 아이가 잠들자 두 사람은 차분히 포치의 캔버스 천 의자에 앉았다. 그가 운을 뗐다. "내 느낌에, 와카민에서 쫓겨난 그자에 대해 샘이 좀 박정했다고 당신은 생각할 것 같군."

"샘이 쓸데없이 과잉반응하지 않았나요?"

"이런 조직책들은, 그리고 독일인들과 멍청이 농부들까지도 몹시 선동적이야. 의리 없고 애향심 없는 친독 반전주의자들, 그게 그자들의 정체야!"

"이 조직책이라는 사람이 독일을 옹호하는 말이라도 했어요?"

"목숨을 내놓지 않은 다음에야! 그럴 틈을 주지 않았지!" 그의 웃음이 부자연스러웠다.

"그러니 온통 불법인데 보안관이 앞장서다니! 법을 수호한다는 양반이 그걸 어기라고 가르치는데, 도대체 이 이방인들이 어떻게 당신네 법을 지키겠어요? 그런 게 새로 생긴 원칙이에요?"

"꼭 법대로 했다고는 할 수 없겠지만, 그래서 뭐 어떻다는 거야? 그들은 이 작자가 문제를 일으키려 한다는 걸 알고 있었어. 미국 정신과 헌법적 권리를 방어하는 문제에 직면할 때 보통 절차를 무시하는 건 당연한 일이야."

"어떤 논설을 읽고 저런 논리를 얻었지?" 그녀는 의아해하면서 반론을 폈다. "이봐요, 여보, 당신네 보수주의자들은 왜 솔직하게 전쟁을 선포하지 못해요? 당신네가 그 조직책을 반대하는 건 그가 선동적이어서가 아니라, 그가 당원으로 가입시키는 농민들이 당신네 도시인들에게서 저당권이나 밀, 가게에서 얻는 수익을 빼앗아갈까 봐 겁나서잖아요. 물론 우린 지금 독일과 전쟁 중이니까, 사업상 경쟁 상대가 됐든 형편없는 음악이 됐든, 우리가 좋아하지 않는 건 모두 '친독' 성향인 거죠. 우리가 만약 영국과 전쟁 중이라면 당신들은 급진주의자들을 '친영'이라고 부를 거예요. 이 전쟁이 끝나면 당신네는 그들을 '빨갱이 무정부주의자들'이라고 부르겠죠. 참으로 끝이 없는 기술이고, 참으로 반짝반짝 유쾌한 기술이네요! 반대자들에게 붙일 모욕적인 명칭 찾는 일 말이에요. 우리가 원하는 신성한 달러가 저들의 손에 들어가지 못하도록 막는 노력을 얼마나 정당화하고 있는지! 교회가, 그리고 정치 연설가들이 늘 반대자를 폄하하는 짓을 해왔는데 내가 보가트 부인을 '청교도'라고 부르고, 스토바디 씨를 '자본주의자'라고 부를 때는 나도 그런 것 같아요. 하지만 당신네 사업가들은 이 점에서 우리 모두의 머리 꼭대기에 있을 거예요. 단순한 성미에 왕성한 원기, 허풍으로……"

그녀가 그렇게까지 말할 수 있었던 건 케니컷이 그녀에 대한 경의를 최대한 유지하고 있었기 때문이다. 이제 그가 으르렁댔다.

"그 정도에서 끝내! 난 당신이 이 마을을 비웃고, 참으로 볼품없고 지루한 마을이라고 비난하는 것을 참아왔어. 샘처럼 훌륭한 친구들의 진가를 알아보지 않으려는 것을 참았고, 심지어 **고퍼 프레리의 성장을 지켜보라**는 기치의 캠페인을 조롱하는 것까지 참았어. 하지만 한 가지, 딴 사람도 아닌 내 아내가 선동적인 건 참지 않을 거야. 당신 감정은 마음껏 숨길 수 있겠지만 이른바, 이 급진주의자들이 전쟁에 반대한다는 건 당신도 너무 잘 알 거야. 지금 이 자리에서 분명히 말하지만, 당신도 그리고 머리카락을 치렁치렁하게 기른 남자들이나 아주 짧게 자른 여자들이 마음껏 불평할 수는 있어. 하지만 우린 이 작자들을 잡아다가 애국적이지 않을 때는 애국적으로 만들어버릴 거야. 게다가 맙소사, 이런 말을 내 아내한테 하게 될 줄은 꿈에도 생각 못 했지만, 만약 당신이 이런 자들을 옹호한다면 당신도 예외일 수는 없어! 다음엔 당신이 언론의 자유 운운하며 쏘아붙일 테지. 언론의 자유라! 무슨 자유가 그렇게나 많은지. 표현의 자유, 연료를 무료로 쓸 자유, 맥주를 무료로 마실 자유, 연애의 자유, 그 밖에 당신이 마음대로 갖다 붙이는 망할 자유. 내 마음 같아서는 당신들을 규범에 맞춰 살도록 만들고 싫어. 강제로라도……”

“윌!” 그녀는 이제 겁내지 않았다. “정직한 짐 블로서에게 감동하지 않으면 나도 친독주의자인가요? 아내로서 내가 지켜야 하는 모든 의무를 말해봐요!”

그가 투덜거렸다. “이 모든 논쟁은 당신이 늘 해오던 비난과 일맥상통해. 마을을 위한 거든 아니면 뭐든 당신이 제대로 된 건설작업을 죄다 반대하리란 걸 난 알았는지도 모르지……”

“당신 말이 맞아요. 내가 했던 모든 비난은 한결같았죠. 난 고퍼 프레리 사람이 아니에요. 고퍼 프레리를 탓하려고 하는 말이 아니에요. 어쩌면 내 탓이겠죠. 좋아요! 상관없어요! 난 이곳 사람이 아니니까 떠나겠어요. 더 이상 허락 같은 건 구하지 않을래요. 그냥 갈 거예요.”

그가 신음을 토했다. “그렇게 어려운 게 아니라면 얼마나 가 있을 건지 말해주겠어?”

“글쎄요. 1년 정도. 어쩌면 영원히.”

“그렇군. 음, 물론 난 병원을 팔아버리고 어디든 당신이 말하는 데로 가고 싶어 좀이 쑤실 테지. 당신은 내가 당신과 파리로 함께 가서, 어쩌면 예술 공부를 하고 벨벳 바지에 베레모를 쓰고 스파게티를 먹고 살았으면 좋겠어?”

“아뇨, 당신에게 그런 짐은 지우지 않아도 될 것 같아요. 이해를 못 하는군요. 난 떠난다고요. 정말이에요. 그리고 혼자서요! 어떤 일을 할지는 찾아야 해요……”

“일? 일이라고? 그렇고말고! 그게 당신의 걱정거리지! 할 일이 충분치 않으니까. 애가 다섯쯤 되고 하녀도 없이 이 농부의 아내들처럼 집안일을 거들고 크림을 분리해야 한다면 그렇게나 불만스럽지는 않을 텐데 말이야.”

“알아요. 당신 같은 남자와 여자들 대다수가 그렇게 말하겠죠. 그런 식으로 사람들은 내 정체성과 소망을 설명하겠죠. 그러니 난 그들과 입씨름하지 않는 게 좋겠어요. 사업한다는 남자들은 하루에 7시간 사무실에서 엉덩이가 짓무르게 일을 하니까, 내게 아이를 열 두엇 낳아야 하지 않겠느냐고 태연히 말하겠죠. 어쩌죠, 공교롭게도 내가 그렇게 일했어요. 몇 번이나 하녀가 없을 때 혼자서 집안일을 전부 했고 휴도 돌보았고 적십자 봉사에도 나갔어요. 또 그 모든 걸 아주 효율적으로 해냈어요. 난 요리도 잘하고 비질도 잘해요. 그러니 감히 나보고 그런 걸 못한다고 말하지 말아요!”

“아…… 아니, 당신은……”

“하지만 하녀처럼 지루하게 일하면서 내가 더 행복했느냐고요? 아뇨. 난 그저 녹초가 되었을 뿐이고 행복하지 않았어요. 그건 일이었지만, 내 일이 아니었어요. 난 사무실이나 도서관에서 관리자가 될 수도 있었고 아이들을 돌보거나 가르칠 수도 있었어요. 그런데 외로운 설거지 일은 내가 혹은, 다른 많은 여성이 만족하기에 충분치 않아요. 우린 관둘 거예요. 그런 일은 기계에 맡기고, 집에서 나와 당신네 남자들과 사무실과 클럽에서 교류하고 당신들만 차지하던 정치 문제에 관여할 거예요! 오, 우린 구제 불능이에요, 불만에 찬 여자들! 그렇다면 왜 굳이 우리를 옆에 두면서 당신들을 괴롭히게 놔두려고 해요? 그러니까 내가 떠나는 건 당신을 위해서예요!”

"물론 휴처럼 하찮은 문제는 신경도 안 쓰겠지!"

"신경 쓰죠, 무척이나. 그래서 애를 데리고 가려는 거예요."

"내가 막으면?"

"당신은 막지 못해요!"

절망적인 심정으로 그가 물었다. "어어…… 캐리, 그나저나 당신이 원하는 게 도대체 뭐야?"

"오, 대화죠! 아뇨, 그것보다 훨씬 중요한 거예요. 삶의 위대함, 최고 기름진 땅에서조차 만족하기를 거부하는 것이랄까요."

"그 누구도 문제로부터 도망쳐서 문제를 해결한 적이 없다는 사실을 몰라서 그래?"

"어쩌면요. 하지만 난 '도망'이라는 정의를 내 나름대로 내릴 거예요. 난 그걸 그렇게 부르지 않죠. 평생 날 가두어둘, 이 고퍼 프레리 너머의 세상이 얼마나 큰지 당신은 알기나 해요? 언젠가 돌아올지도 모르겠지만, 현재 내가 지닌 것보다 더 큰 무언가를 가져올 수 있기 전까지는 아닐 거예요. 내가 비겁하게 도망친다 해도 좋아요, 비겁하다고 부르세요. 마음대로 불러요! 험담 듣는 게 겁이 나서 난 너무 오랫동안 시키는 대로 살아왔어요. 난 조용히 생각하려고 떠나는 거예요. 난…… 난 떠나요! 난 내 맘대로 살 권리가 있어요."

"나도 마찬가지야!"

"그래요?"

"나도 내 인생을 살 권리가 있어. 그게 바로 당신이야, 당신이 내 삶이라고! 당신 스스로가 그렇게 만들었어. 당신이 말하는 별난 생각을 다 수긍할 수는 없지만, 난 정말 당신이 필요해. '보헤미아로 훌쩍 떠나서 마음껏 표현하고, 자유롭게 연애하면서 당신 본인만의 삶을 살겠다'는 말 속에 그런 복잡한 문제가 걸려 있다는 건 한 번도 생각해본 적 없겠지!"

"당신이 날 잡아둘 수 있으면 나에 대한 권리가 있는 거겠죠. 그럴 수 있겠어요?"

그가 거북한 듯 몸을 움직였다.

II

한 달간 그들은 이 문제를 논의했다. 두 사람은 서로의 마음을 몹시 아프게 했고, 어떨 때는 눈물을 흘리는 지경까지 갔다. 어김없이 그는 상투적인 표현을 들며 아내의 본분을 이야기했고 그녀도 그에 못지않게 상투적인 표현으로 자유를 이야기했다. 그런 과정을 거치면서 메인 스트리트를 정말 떠날 수 있다는 사실을 발견한 것은 그녀로선 사랑을 발견한 것처럼 달콤했다. 케니컷은 결코 속 시원하게 허락하지 않았다. 그녀가 '전시의 동부가 어떤지 보려고 잠시 떠나려 한다'는 대중에게 통할 생각에만 겨우 동의했다.

그녀는 10월에 워싱턴으로 출발했다. 종전 직전이었다.

그녀는 워싱턴으로 결정했다. 왜냐하면 겁날 게 뻔한 뉴욕보다는 그곳이 덜 겁이 났고, 휴가 뛰어놀 수 있는 거리를 찾을 수 있을 것 같아서였으며, 전시 근로가 긴급한 시기에 수천 명의 임시 사무원이 필요한 상황에서 사무직의 세계를 경험할 수 있을지도 몰랐기 때문이다.

베시 외숙모가 이것저것 딴지를 놓으며 한탄했음에도 불구하고 휴는 그녀와 함께 갈 것이었다.

그녀는 동부에서 혹시 에릭과 조우할 수도 있지 않을까 하고 생각했으나, 그건 어쩌다 떠오른 생각일 뿐 곧 잊혔다.

III

기차역 승강장에서 마지막으로 그녀의 눈에 들어온 건 끝까지 손을 흔드는 케니컷의 모습이었다. 영문을 모르겠다는 듯 외로움이 가득한 얼굴로 웃음이 지어지지 않아서 그저 입꼬리만 잡아 끌어 올린 채였다. 그녀는 그가 보이는 한 계속 손을 흔들었다. 그의 모습이 시야에서 사라지자 통로에서 뛰어내려 그에게로 달려가고 싶었다. 그녀는 자신이 해주지 못했던 다정한 말과 행동을 수없이 떠올렸다.

그녀는 자유를 얻었고, 그 자유는 공허했다. 그 순간은 인생의 정점이 아니라 맨 밑바닥이었고 아주 적막했는데 그게 더없이 좋았다. 아래로 미끄러지는 대신 그녀는 올라가고 있었기 때문이다.

그녀가 탄식하듯 말했다. "윌의 아량이 없었다면 이렇게 할 수 있었을까. 윌이 돈을 준 덕분이야." 하지만 금세 바뀌었다. "설령 돈이 있다 해도 얼마만큼 많은 여자가 늘 집에만 있으려 할까?"

휴가 투덜댔다. "나 좀 봐요, 엄마!" 아이가 그녀의 옆, 보통 객차의 빨간 플러시 천 좌석에 앉아 있었다. 세 살 반 된 남자애. "기차놀이 싫증 나. 다른 놀이 해요. 보가트 아주머니 보러 가요."

"아유, 아서라! 너, 보가트 부인이 정말 좋아?"

"네. 쿠키도 주고 주님의 이야기도 해줘요. 엄마는 한 번도 주님의 얘기 해준 적 없잖아요. 왜 안 해줘요? 보가트 아주머니는 내가 전도사가 될 거래요. 나도 전도사가 될 수 있어요? 나도 주님에 대해 설교할 수 있어요?"

"오, 엄마 세대의 저항이 끝날 때까지 기다려. 그다음에 너희 세대가 시작하렴!"

"세대가 뭐야?"

"정신을 일깨우는 한 줄기 빛이란다."

"말도 안 돼." 아이는 진지하면서 있는 그대로 믿는 성격에 재미가 없는 편이었다. 그녀가 아이의 이마에 키스했다. 그리고 혼자 놀라워했다.

"난 낭만적인 소설에 나오는 것처럼 남편에게서 도망치는 중이야. 아무짝에도 쓸모없는 무능한 스웨덴 남자가 좋아서, 부도덕한 지론을 마음껏 펼치려고. 그리고 아들은 종교에 대해 가르쳐주지 않았다고 날 책망하고. 그런데 이야기는 각본대로 흐르지 않아. 난 고통으로 몸부림치지도 않았고 극적으로 구원되지도 않았어. 난 끝없이 도망가고, 도망가는 걸 즐기고 있어. 도망가는 게 즐거워서 미칠 지경인걸. 고퍼 프레리는 저 뒤 먼지와 그루터기 속으로 사라지고 없고, 난 너무 기대돼……"

그녀가 휴에게 말을 이었다. "아가, 저 푸른 수평선 너머에서 너랑 엄마가 뭘 찾으려는지 아니?"

"뭐요?" 심드렁했다.

"우린 금빛 하우다*가 얹힌 코끼리를 찾을 거야. 루비 목걸이를 건 어린 왕비들이 거기 앉아 흘깃거리지. 그리고 비둘기 가슴털 색깔의 새벽 바다, 책과 은빛 찻잔 세트가 잔뜩 있는 흰색과 초록색의 집을 찾을 거란다."

"쿠키도요?"

"쿠키? 오, 쿠키는 당연하지. 빵과 귀리 죽은 먹을 만큼 먹었잖아. 쿠키를 너무 많이 먹어 배앓이는 하겠지만 하나도 못 먹으면 더 앓게 되겠지."

"말도 안 돼요."

"맞아, 오 네 아빠 같구나!

"칫!" 케니컷 2세가 코웃음을 치더니 엄마의 어깨에 기대 잠이 들었다.

IV

캐럴의 부재와 관련한 『돈트리스』의 기사다.

윌 케니컷 부인과 아들 휴가 미니애폴리스, 시카고, 뉴욕, 워싱턴 등지에서 몇 달간 지내다 오기 위해 지난 토요일 24호 열차 편으로 떠났다. 케니컷 부인은 『스크라이브』와의 인터뷰에서, 수도 워싱턴에 집중되고 있는 다채로운 전시 지원 활동

* 하우다howdah는 코끼리나 낙타 위에 얹는, 두 사람 이상이 앉는 좌석.

에 잠시 참여한 뒤 돌아올 예정이라고 털어놓았다. 지역 적십자에 쏟았던 그녀의 수고에 감사해하는 수많은 친구는 그녀가 본인이 참여하기로 마음먹은 전쟁위원회에 얼마나 유용할지 실감하고 있다. 이처럼 고퍼 프레리가 참전 깃발 위에 빛나는 별을 또 하나 추가하게 되었으므로 우리는 이웃 마을을 깎아내리지 않으면서 고퍼 프레리와 비슷한 규모의 전국 마을 중에 이처럼 훌륭한 전적을 보유한 마을이 있는지 알고 싶은 마음이다. 고퍼 프레리의 성장을 지켜봐야 하는 또 하나의 이유이다.

* * *

데이비드 다이어 부부, 잭크래비트에 사는 다이어 부인의 여동생인 제니 데이본 부인, 그리고 윌 케니컷 박사가 화요일에 차를 몰아 미니마쉬로 즐거운 소풍을 떠났다.

37장

I

그녀는 전시보험국에서 일자리를 구했다. 그녀가 워싱턴에 온 지 몇 주일 지나서 독일과 휴전협정이 체결된 상황이지만 보험국의 일은 계속되었다. 그녀는 하루 종일 착발신통지문을 정리했다. 그런 다음엔 질의서에 대한 답변을 구술했다. 단조로운 작업의 연속이었지만 그녀는 '진짜 일'을 찾았다고 확신했다.

그녀는 환멸감도 들었다. 그날 오후 판에 박힌 업무가 무덤까지 이어진다는 사실을 알게 되었다. 사무실도 고퍼 프레리 같은 곳처럼 파벌과 소문이 넘쳐난다는 사실을, 관청에서 일하는 여성들 대부분이 비좁은 아파트에서 끼니를 급히 때우며 건강하지 못한 삶을 산다는 사실을 알게 되었다. 하지만 사무직 여성들은 남성들만큼 터놓고 사귀는 친구가 있을 수 있고, 주부라면 결코 얻지 못하는, 자유로운 일요일이라는 축복을 만끽할 수도 있다는 사실 또한 알게 되었다. 그녀는 세계대전에 자신의 영감이 필요한 것 같지는 않지만, 자신이 작성한 서신이, 전국 각지에 걱정거리를 안고 있는 남녀에게 연락하는 일이, 고퍼 프레리와 주방에만 국한되지 않고 파리와 방콕, 마드리드 등과 연결되는 방대한 업무의 일종이라는 생각이 들었다.

그녀는 가정생활에서 여성의 미덕으로 추정되는 요소를 하나도 잃지 않고 사무직을 수행할 수 있다는 것을, 요리와 청소는 베시 외숙모의 호들갑만 제거하면 고퍼 프레리 같은 마을에서 집안일에 쏟기에 딱 적당한 시간의 10분의 1밖에 걸리지 않을 수도 있다는 사실을 깨달았다.

졸리 세븐틴에 자기 생각을 변호하지 않아도 되고, 하루가 끝나는 시간에 케니컷에게 하루 종일 뭘 했는지 혹은 뭘 할지 보고하지 않아도 되는 현실은 사무직에서 오는 피로를 보상하는 위안이었다. 그녀는 더 이상 반쪽 결혼 상태가 아니라 완전한 인간이 된 느낌이었다.

II

워싱턴은 그녀가 기대했던 아름다움을 모두 보여주었다. 나뭇잎 우거진 공원 너머로 보이는 하얀 둥근기둥들, 널찍한 가로수길들, 굽이진 골목길들. 매일 그녀는 드문드문 목련 나무들과 그 뒤쪽의 뜰, 높직한 커튼 뒤에서 한 여자가 늘 밖을 훔쳐보는 2층 창문이 있는 다갈색의 정사각형 집을 지나갔다. 여자는 미스터리였고 모험담이었으며 날마다 다른 상상을 빚어내는 이야기였다. 어떨 때는 살인범이었다가, 또 어떨 때는 무관심하게 방치된 대사 부인이었다. 고퍼 프레리에 있을 때 캐럴에게 가장 부족했던 것은 미스터리였다. 고퍼 프레리에서는 모든 집이 다 들여다보였고, 모든 사람이 빽하면 마주쳤고, 발소리 묻히는 이끼 무성한 길을 걸어 고대의 광장에서 진기한 사건을 경험할 수도 있는 황야지대가 열리는 비밀 출입문도 없었다.

관공서 직원을 위한 늦은 오후의 크라이슬러의 연주회가 끝난 후 16번가를 날듯이 지나칠 때, 가로등들이 부드러운 불빛을 밝힐 때, 대평원의 바람처럼 신선하면서 더욱 부드러운 미풍이 불어올 때, 떡갈나무 가로수가 늘어선 매사추세츠 거리를 지그시 바라볼 때, 프리메이슨 스코틀랜드 의례파 본부의 강직함을 보면서 마음이 차분해질 때, 그녀는 그 어떤 것보다 이 도시를 사랑했다. 휴만 빼고. 그녀는 흑인들이 거주하는 판잣집들이 오렌지색 커튼과 회녹색 항아리들이 놓인 작업실로 바꿔어 있는 모습을 목격했다. 집사들과 리무진이 있는 뉴햄프셔 거리의 대리석 주택들과 소설 속에 나오는 탐험가와 비행사를 닮은 남자들도 보았다. 하루하루가 쏜살같이 지나갔고, 그녀는 도망치는 어리석음 속에서 용기를 발견했고 그리하여 자신이 더 현명해졌다는 것을 깨달았다.

그녀는 복잡한 워싱턴에서 셋방을 구하면서 의기소침한 첫 달을 보냈다. 분노에 찬, 다 늙은 여인이 운영하는 퀴퀴한 대저택의 현관방에 묵으면서, 휴를 미심쩍은 보모의 손에 맡겨야 했다. 하지만 나중에는 보금자리를 마련했다.

III

그녀가 맨 먼저 친분을 맺은 사람들은 커다란 붉은 벽돌 예배당이 있는 틴컴 장로교회의 교인들이었다. 바이더 셔윈이 격자무늬의 얌전한 블라우스 차림에 안경을 쓰고 있는, 『성경』 공부에 믿음을 가진 한 열성적인 여성 신도에게 전달할 편지를 써주었는데, 그 부인이 캐럴을 틴컴 교회의 목사와 친절한 신도들에게 소개했다. 캐럴은 캘리포니아에서 그랬듯이 워싱턴에서도 고퍼 프레리에서 옮겨놓은 듯한 방어적인 기득권층을 알아보았다. 교회 신도의 3분의 2가 고퍼 프레리 같은 소도시 출신이었다. 교회는 그들의 사회였고 그들의 기준이었다. 그들은 자기네들 고향에서 그랬듯이 주일예배, 주일학교, 공려회,*

* 공려회(Christian Endeavo)는 1881년에 미국 회중파會衆派 교회의 목사 클라

선교사 강연회, 교회 저녁 식사에 갔다. 대사들과 건방진 신문 기자들, 그리고 신앙심 없는 기술국의 과학기술자들은 하나같이 위험한 족속이므로 상종을 말아야 한다는 데 동의하면서, 틴컴 교회의 사상을 고수하여 자신들의 궁극적 이상이 오염되는 것을 막았다.

그들은 캐럴을 환영했다. 남편에 관해 물어보고 아이들의 배앓이에 관한 조언을 해주었으며, 교회 만찬에서 생강빵과 감자그라탱을 건네주었다. 그러나 이들 때문에 대체로 몹시 불행하고 외로운 기분이 들었으므로 그녀는 혹시 전투적인 여성참정권운동본부에 들어가 감옥에 가는 것이 어떨까 생각하기도 했다.

그녀는 워싱턴에 있으면서 줄곧 (뉴욕과 런던에서도 틀림없이 느꼈을 것처럼) 진한 메인 스트리트의 흔적을 느끼게 될 터였다. 고퍼 프레리 같은 마을의 조심스러운 따분함이 품위 있는 관공서 여직원들과 예절 바른 젊은 군 장교들이 영화에 대한 잡담을 나누는 하숙집 안에서도 보였다. 수많은 샘 클라크와 제법 많은 보가트 부인 같은 사람들이 일요일의 드라이브 행렬에서, 관극 모임에서, 텍사스나 미시간주에서 온 이주자들이 밀려드는 주민州民 만찬에서 보였다. 이들은 이런 곳에 몰려가 고퍼 프레리 비슷한 자신들의 마을들이 '거드름 피우는 이곳 동부 사람들보다 훨씬 더 생기 있고 더 다정하다'는 믿음을

크가 '그리스도 교회를 위하여'라는 기치를 내걸고 교우 간 친목과 신앙 전도를 위해 교파를 초월하여 설립한 단체.

자기네들끼리 확인할지도 몰랐다.

하지만 그녀는 메인 스트리트의 관습을 고수하지 않는 워싱턴의 면모를 발견했다.

가이 폴록이 임시 육군 대위인 사촌에게 편지를 썼다. 진솔하고 자신만만한 그 청년은 캐럴을 티댄스에 데려가주었고, 늘 누군가 별것 아닌 일에 웃는 걸 보고 싶었는데 그런 모습으로 웃었다. 대위는 하원의원 비서에게 캐럴을 소개했다. 다소 냉소적인 그 젊은 과부는 해군 쪽에 인맥이 두터웠다. 캐럴은 그녀를 통해 해군 중령을 비롯하여 육군 소령, 신문 기자, 화학자, 지리학자, 회계 전문가 들을 만났고, 여성참정권운동본부에 대해 잘 아는 한 교사도 만났다. 그 교사는 그녀를 본부로 데려갔다. 캐럴은 여성 참정권 운동에서 한 번도 두각을 나타낸 적이 없었다. 사실, 그녀가 인정받은 유일한 역할은 편지봉투를 능숙하게 작성하는 것이었다. 하지만 그녀는 어쩌다 보니 우호적인 이 여성단체에 받아들여졌다. 이들은 떼 지어 공격하거나 체포되지 않은 상태일 때는 댄스 강습을 받거나 체서피크 운하로 소풍을 나간다거나 혹은 미국노동총연맹의 정책에 관한 이야기를 나누었다.

캐럴은 하원의원 비서와 교사와 공동으로 작은 아파트를 임대했다. 여기서 보금자리와 자신만의 공간과 자신만의 친구를 찾았다. 비록 급료 대부분이 들어갔지만, 그녀는 휴를 위해 정말 훌륭한 보모를 두었다. 그녀 자신도 휴일에는 아들을 직접 재우고 함께 놀아주었다. 산책하는 날도 있었고 아무것도 하지 않으면서 오롯이 독서만 하는 저녁도 있었지만, 워싱턴에서 주로 사람들과 어울리며 생활했다. 그들과 아파트에서 빈둥거리며 이야기하고, 이야기하고 또 이야기했다. 항상 지성적이진 않아도 대화는 늘 활발했다. 아파트는, 소설에서 반복적으로 봤던 터라 머릿속에 그려보았던 그런 '예술가의 작업실'은 전혀 아니었다. 사람들 대부분이 사무실에서 하루 종일 지냈고, 질감이니 색감이니 하는 것보다 카드 색인 목록이나 통계 숫자를 더 많이 생각했다. 하지만 그들은 아무 편견 없이 놀이를 즐겼고, 존재하는 모든 것을 인정할 수 있어야 한다고 생각했다.

그녀는 때때로 자신이 고퍼 프레리를 경악시켰듯이 담배를 피우고 짓궂은 지식을 가진 아가씨들에게 충격을 받곤 했다. 그들이 소련의 평의회나 카누 타기에 대해 열변을 토하면 그녀는 귀를 기울이면서 자신을 드러낼 특별한 지식을 염원했고, 진작 떠나오지 못한 것을 후회했다. 케니컷과 메인 스트리트가 그녀의 자립심을 일찌감치 고갈시켜버렸고 휴의 존재 때문에 그녀는 이 경험이 한때라는 기분을 느껴야 했다. 언젠가는 음, 아이에게 확 트인 들판과 건초 다락에 올라갈 자유를 되돌려줘야겠지.

하지만 자신이 이런 냉소적인 열광자들 사이에서 결코 두각을 나타내지 못한다는 사실 때문에 그들을 자랑스럽게 여길 수 없었다거나 케니컷과의 논쟁에서 그들을 옹호할 수 없었던 것은 아니다. 상상 속 대화에서 케니컷이 끙 하고 신음을 냈다. (그의 목소리가 들렸다.) "그네들은 그저 빈둥거리면서 현실도 모른 채 입으로 조잘대는 이론가 무리일 뿐이야. 내겐 이런 멍청한 반짝 유행의 뒤꽁무니를 쫓아다닐 시간이 없어. 우리 노후를 위한 자금을 마련하느라 너무 바쁘거든."

아파트에 오는 남자들 대다수는, 군 장교든 군에 질색하는 급진주의자든 상관없이 편안하면서 정중했고 어색한 농지거리 없이도 여성들을 편안하게 대했는데, 이런 걸 그녀는 고퍼 프레리에서 절실히 원했었다. 그러면서도 그들은 샘 클라크만큼이나 유능해 보였다. 그건 그들에겐 시골의 시샘에 휩쓸리지 않는 확실한 평판이 있기 때문이라고 그녀는 결론지었다. 케니컷은 마을 사람들의 무례함이 가난해서라고 단언했었다. "우린 백만장자들이 아니야." 그가 과장하며 말했다. 하지만 이런 육·해군 장교들과 전문 관료들, 수많은 연맹 주창자들은 연간 3천, 4천 달러의 수입에 흡족해하는데, 케니컷은 토지 투자 수익 말고도 6천 달러 이상, 샘은 8천 달러를 벌고 있었다.

그뿐 아니라 알아보니 이렇게 무모한 부류 중 구빈원에서 생을 마감하는 사람은 별로 없었다. 그런 곳은 '한밑천 저축하느라' 한평생을 바친 뒤 분별 없이 겉으로만 그럴싸한 석유갱 주식에 거금을 투자한 케니컷 같은 남자들을 위한 것이었다.

IV

그녀는 고퍼 프레리가 지나치게 따분하고 지저분하다고 여겼던 자신이 이상한 게 아니었다는 믿음에 힘을 얻었다. 집안일에서 도망친 젊은 여자들뿐 아니라, 훌륭한 남편과 유서 깊은 대저택을 비참하게 빼앗겼지만 조그만 아파트에서 독서할 시간을 내면서 편안한 삶을 영위하는, 나이 지긋한 점잖은 여성에게서도 똑같은 믿음을 발견했다.

그러나 다른 마을들과 비교할 때 고퍼 프레리가 가히 대담한 색상과 독창적인 도시계획, 활발한 지적 활동의 본보기라 할 만하다는 사실도 알았다. 그녀는 같은 아파트에 사는 교사에게서 고퍼 프레리와 크기는 비슷하지만, 잔디밭이나 수목을 볼 수 없는, 중서부 철로변 마을에 대한 냉소적인 묘사를 들었다. 그 마을은 재가 덕지덕지 앉은 메인 스트리트에 철로들이 우후죽순 뻗어 있고, 처마와 문설주에서 검댕이 떨어지는 철로변 정비소들이 끈적한 연기를 고리 모양으로 뿜어내는 곳이었다.

각기 흥미로운 에피소드를 통해 그녀는 다른 마을들도 알게 되었다. 하루 종일 바람이 불고 봄에는 2피트 깊이의 진창에, 여름에는 모래가 날려 새로 칠한 주택들에 얼룩이 생기고 화분에 심어놓은 꽃들에 먼지가 뽀얗게 앉는 대평원 마을. 시커멓게 줄지은 화산암 같은 판잣집 단지에서 노동자들이 살아가는 뉴잉글랜드의 공장지대 마을. 지극히 독실한 체하는 노인들이 식료품점에서 빈둥거리며 제임스 블레인의 이야기를 나누는, 믿기지 않을 만큼 무지한 노인들이 지배하는, 뉴저지의 부유한 철로변의 농업 중심지. 캐럴이 로맨스의 증거로 인정했던 목련과 하얀 둥근기둥들 천지지만 흑인들을 미워하고 명망가에 아부하는 남부 마을. 종양 같은 서부 광산촌. 공원들과 솜씨 좋은 건축가들이 있고 저명한 피아니스트와 청산유수의 달변을 쏟아내는 강연자들이 찾지만, 노동조합과 제조업자연합 사이의 힘겨운 싸움 때문에 사람들이 넌더리를 내는, 가장 즐거운 신축 가옥 안에서조차 그칠 줄 모르는 무시무시한 이단 몰이가 일어나는 벼락 경기를 맞은 반半도시적인 마을.

V

캐럴의 여정을 나타내는 도표는 읽기가 쉽지 않다. 선들이 끊어지고 방향은 불분명하다. 몇 개는 올라가는 대신 어지럽게 흔들리며 떨어진다. 색깔은 하늘색과 분홍색 그리고 지우개 자국 같은 짙은 회색이다. 몇몇 선들만 추적이 가능하다.

불행한 여자들은 부정적인 험담이나 하소연, 고교회파나 신사고 종교, 혹은 안개 같은 모호함을 이용하여 자신들의 예민함을 보호한다. 캐럴은 현실을 피해 어떤 피난처에도 숨지 않았다. 하지만 다정하고 유쾌한 그녀가 고퍼 프레리로 인해 겁쟁이가 되었다. 도피마저 겁에 질린 상태에서 용기를 낸 일시적 선택이었다. 그녀가 워싱턴에서 얻은 것은 사무조직이나 노동조합에 대한 지식이 아니라 새로운 용기였다. 소위 평정이라고 하는, 웃으면서 무시하는 태도였다. 수백만 사람들과 20여 개 국가에 관련된 업무를 맛보고 나니 과대 포장되었던 메인 스트리트가 별것 아닌 실제의 크기로 줄어들었다. 그녀는 바이더와 블로서와 보가트 같은 사람들에게 그녀 스스로가 부여했던 영향력에 다시는 그처럼 두려움을 느끼지 않을지도 몰랐다.

적대적인 도시들에서 여성참정권연합을 조직했거나 정치범들을 변호했던 여성들과 함께 일하고 연관을 맺으면서 그녀는 뭐랄까 어떤 객관적 사고방식 같은 것을 이해했고 자신이 모드 다이어처럼 매사에 예민하다는 사실을 깨달았다.

나는 왜 개인에게 분노하는 걸까? 그녀는 자문하기 시작했다. 적은 개인이 아니라 제도다. 그리고 제도란 아낌없이 봉사하는 신봉자들에게 가장 피해를 준다. 그들은 상류사회, 가족, 교회, 건전한 사업, 정당, 국가, 우월한 백인종 등 수없이 많은 외관과 화려한 명칭을 건 채 밀고 들어와 억압한다. 그러니까 그네들에게서 자신을 보호하는 유일한 방어 수단은 초연한 웃음이라는 것을 캐럴은 깨달았다.

38장

I

워싱턴에서 1년을 살다 보니 그녀는 사무실 업무에 싫증이 났다. 가사노동과 비교하면 일은 훨씬 참을 만했지만, 그녀의 모험심을 전혀 자극하지 못했다.

그녀가 라우처 제과점 발코니에 놓인 둥근 탁자에 혼자 앉아 차와 시나몬 토스트를 먹고 있었다. 사교계에 첫발을 내딛는 상류층 여자 넷이 또각또각 소리를 내며 들어왔다. 그녀들은 젊고 자유분방했으며 입고 있는 짙은 녹색 정장이 괜찮아 보였다. 하지만 가는 발목, 부드러운 목선, 많아 봐야 열일곱이나 열여덟쯤 먹은 여자애들이 적당한 권태감을 드러낸 채 담배를 피우며 '침실 희극'에 대해서 그리고 '뉴욕으로 가서 무언가 짜릿한 걸 보고' 싶은 욕망에 대해서 조잘대는 걸 바라보면서 그녀는 늙고 촌스럽고 수수한 사람이 되어버렸다. 메마르고 번듯한 이런 젊은 애들에게서 벗어나 좀더 만만하고 좀더 인정 있는 삶으로 돌아가고 싶어졌다. 그들이 재빨리 문밖으로 나가서 여자애 하나가 운전기사에게 이것저것 지시할 때쯤 캐럴은 반항적인 철학자가 아니었다. 그저 미네소타 고퍼 프레리 출신의 퇴색한 공무원이었다.

그녀는 낙담한 듯이 코네티컷 거리를 걷기 시작했다. 걸음을 멈추었고 심장도 멎을 것 같았다. 그녀 앞으로 헤이독 부부가 걸어오는 것이 아닌가. 그들에게 달려가서 그녀가 후아니타에게 키스를 하는 사이에 해리가 사실을 털어놓았다. "뭘 사러 뉴욕에 가야 하는데, 워싱턴에 올 줄은 생각도 하지 못했습니다. 오늘 아침에 막 도착하고 보니 캐럴의 주소를 안 갖고 왔지 뭡니까. 도대체 어떤 식으로 캐럴을 만날까 하고 생각했어요."

그녀는 그들이 그날 밤 9시에 떠날 예정이라는 말에 정말 아쉬워하며 최대한 그들 옆에 붙어 있었다. 그들을 세인트 마크 식당으로 데려가 함께 저녁 식사를 했다. 몸을 앞으로 숙이고 팔꿈치를 탁자 위에 올린 채 "사이 보가트가 독감에 걸렸어요. 물론, 천하에 고약한 놈이니 그만한 일로 죽지는 않을 겁니다"라는 얘기를 신이 나서 들었다.

"윌이 편지에 블로서 씨가 떠났다고 썼던데. 사람들과는 잘 지냈나요?"

"좋았지! 좋았어요! 마을로서는 손실이에요. 진짜 공공심이 있는 친구였는데, 그럼!"

그녀는 이제 자신이 블로서 씨에 대해 무슨 말을 들어도 아무렇지 않다는 걸 깨달았다. 그래서 호의적으로 말했다. “마을 부흥 운동은 계속할 거죠?”

해리가 말을 더듬었다. “음, 그저 일시적으로 중단한 상태지만, 그럼요, 합니다! 그런데 의사 선생이 재수 좋은 B. J. 구절링이 텍사스에서 오리 사냥을 했다는 얘기도 썼던가요?”

근황을 말하고 나서 그들의 들뜬 마음이 진정되자 그녀가 주위를 둘러보면서 뿌듯한 마음으로 누가 시의원인지, 우거진 정원은 어떤 식으로 조성된 건지 설명하며 자랑스러워했다. 그녀는 야회복 차림에 왁스로 수염을 정리한 남자가, 해리의 꽉 끼는 밝은 갈색 양복과 솔기 박음질이 미심쩍은 후아니타의 황갈색 실크 드레스를 얕보듯 흘긋거린다는 느낌을 받았다. 그녀는 사람들이 감히 자신의 손님을 못 알아본다는 식으로 눈길을 되받아치며 그들을 방어했다.

그런 다음 손을 흔들며 지붕이 씌워진 기다란 선로 안으로 그들을 보내주었다. 그녀는 역명을 읽으며 서 있었다. 해리스버그, 피츠버그, 시카고, 시카고 너머는……? 그녀가 호수들과 그루터기만 남은 들판을 보았다. 규칙적인 벌레 울음, 끽끽거리는 마차 소리를 들었다. “이런, 이런, 예쁜 부인은 안녕하신가요?”라고 건네는 샘 클라크의 인사를 들었다.

워싱턴에는 샘처럼 그녀의 잘못에 대해 안절부절 걱정할 정도로 그녀에게 충분히 관심 있는 사람이 아무도 없었다.

하지만 그날 밤 아파트에는 핀란드에서 막 돌아온 남자가 있었다.

II

그녀는 대위와 포와탄 호텔 루프탑 바에 있었다. 건장한 뒤태가 어디선가 본 듯한 한 남자가 테이블에 앉아서 떠들썩한 목소리로 솜털 보송한 아가씨 두 명에게 희한한 이름의 '음료'를 주문해주고 있었다.

"어머! 아는 사람 같아요." 그녀가 작은 소리로 중얼거렸다.

"누구요? 저기? 아, 브레스나한, 퍼시 브레스나한."

"그래요. 만난 적 있어요? 어떤 사람이에요?"

"선량한 바보죠. 난 오히려 그 점이 마음에 듭니다. 자동차 영업 분야에서는 대단한 인물이라고 생각합니다. 그런데 항공 부문에서는 방해만 될 뿐이에요. 도움이 돼볼까 하고 부단히 애를 쓰지만 전혀 아는 게 없어요. 전혀. 어찌 보면 딱하죠. 대단한 재산가가 도움이 되겠다고 들쑤시고 다니는 모습이요. 저 사람과 얘기해볼래요?"

"아뇨…… 아뇨…… 괜찮아요."

III

그녀는 영화관에 있었다. 홍보는 요란했으나 형편없는 영화였다. 실실거리는 미용사들과 싸구려 향수, 뒷골목 환락가에 있는 빨간 플러시 천의 호텔들, 하는 일 없이 껌을 씹으며 앉아 있는 살찐 여인들이 잔뜩 나올 기세였다. 예술가의 작업실을 다루는 시늉만 했다. 주연 남자 배우가 걸작 초상화를 그렸다. 담배 연기를 뿜어내며 그 속에서 환영까지 보았다. 아주 용기 있고 가난하면서 순수했다. 머리카락은 곱슬머리였는데, 그가 그린 걸작은 희한하게도 사진을 확대해놓은 것 같았다.

캐럴은 자리를 뜨려 했다.

화면에 작곡가로 나온 배우 이름이 에릭 밸러로 나왔다.

그녀는 깜짝 놀랐다. 믿기지 않았고 비참한 기분이 들었다. 베레모에 벨벳 재킷 차림으로 그녀를 똑바로 바라보는 이는 에릭 발보르그였다.

분량이 적은 역할이었는데, 잘했다고도 못했다고도 할 수 없었다. 그녀는 곰곰이 생각했다. "나라면 진짜 예술가로 만들 수 있었을 텐데……" 그녀가 생각을 접었다.

그녀는 집으로 돌아와 케니컷이 보낸 편지들을 읽었다. 딱딱하고 섬세하지 못한 글이었지만 그 편지들 속에서 인격이 확 드러났다. 벨벳 재킷을 입고 캔버스로 벽을 두른 방에서 모형 피아노나 연주하는 수심에 찬 젊은이와는 전혀 다른 인품이었다.

IV

그녀가 워싱턴에 온 지 13개월 만에 처음으로 케니컷이 그녀를 보러 왔다. 그가 온다고 했을 때 그녀는 그가 보고 싶은지 아닌지 확신하지 못했다. 그가 혼자 결정해버린 것이 오히려 반가웠다.

그녀는 이틀 동안 휴가를 냈다.

그녀는 기차에서부터 성큼성큼 걸어오는 그를 바라보았다. 믿음직하고 자신만만한 모습으로 무거운 여행 가방을 끌면서 걸어오고 있었다. 그녀는 조심스러웠다. 그는 다루기 버거울 정도로 정말 덩치가 컸다. 두 사람은 궁금한 얼굴로 키스하며 “좋아 보여. 아이는 잘 있소?”라는 말과 “정말 좋아 보이네요, 여보. 잘 지냈어요?”라는 말을 동시에 내뱉었다.

그가 넋두리하듯 말했다. “당신이 세워놓은 계획이나, 친구니 뭐니 하는 것들을 방해하고 싶지는 않지만, 시간이 난다면 당신 따라 워싱턴을 좀 둘러보면서 괜찮은 식당에도 가보고 쇼도 구경하면서 당분간 일을 잊고 싶군.”

택시를 타고 나서야 그녀는 그가 연회색 정장에 가볍고 편안한 모자를 쓰고 형형색색의 넥타이를 맨 것을 알아차렸다.

“새 옷인데, 맘에 들어? 시카고에서 샀어. 당신 마음에 들었으면 좋겠는데.”

그들은 아파트에서 30분가량 휴와 함께 시간을 보냈다. 그녀는 어쩔 줄 몰라 했으나 그는 그녀에게 다시 키스할 낌새를 전혀 보이지 않았다.

그가 작은 방들을 여기저기 돌아다니는 동안 그녀는 그가 사람을 시켜 새 가죽구두에 황동색 광을 냈다는 것을 알았다. 턱에는 최근에 베인 상처가 있었다. 틀림없이 워싱턴으로 오기 바로 전, 기차 안에서 면도를 했을 것이다.

국회의사당으로 그를 데려가 꼭대기까지 높이가 몇 피트인지 (그가 물어서 친절하게 추측하여) 말해주었다. 상원의원 라폴레트와 부통령을 가리켜 알려주고, 점심시간에 지하 통로를 지나 그를 의원식당으로 데리고 가 그녀가 그곳의 단골임을 보여주면서 자신이 얼마나 중요한 사람인지, 얼마나 많은 사람이 자신을 알아보는지 알게 하는 건 그녀에게 유쾌한 일이었다.

그녀는 그의 머리가 약간 더 벗어진 걸 알았다. 왼쪽으로 타는 익숙한 그의 가르마가 거슬렸다. 그의 손을 내려다보았다. 변함없이 제멋대로인 그의 손톱은 봐달라고 애원하는 반짝반짝 광을 낸 구두보다 더욱더 마음을 찡하게 했다.

"오늘 오후에 자동차로 마운트 버논까지 갈래요?" 그녀가 말했다.

그것은 그가 세운 계획 중 하나였다. 교양 있는 워싱턴 주민이 하는 일인 것 같아서 아주 반가웠다.

가는 길에 그는 그녀의 손을 수줍게 잡으며 근황을 전했다. 마을에서는 학교 건물 신축을 위해 지하 굴착 작업 중이고 바이더는 '한결같이 소령을 우러러봐서 그를 질리게' 했으며 불쌍한 첫 대셔웨이는 해안도로에서 자동차 사고로 죽고 말았다. 그는 캐럴에게 호감을 얻으려고 감언이설을 늘어놓지 않았다. 마운트 버논에서는 벽판의 서고와 워싱턴 대통령의 치과 기구에 감탄했다.

그녀는 그가 굴을 먹고 싶어 할 거고, 그랜트*와 블레인**이 늘 가던 하비 식당에 관한 이야기를 들었을 거라고 짐작해 그

---

* 율리시스 그랜트(Ulysses Grant, 1822~1885)는 미국의 제18대 대통령.

** 제임스 블레인(James Blaine, 1830~1893)은 25년간 공화당 정치인이자 외교관.

리로 데려갔다. 저녁 식사 때, 휴가의 모든 즐거움을 드러내던 활기찬 그의 목소리가 몇 가지 관심 사안이 궁금해서인지 전전긍긍하는 목소리로 변했다. 말하자면 자신들이 여전히 부부 관계인지 같은 것이었다. 하지만 그는 묻지 않았다. 그녀가 돌아올지에 대한 말은 한마디도 하지 않았다. 그가 목청을 가다듬더니 말했다. "저어, 말이야, 내가 낡은 카메라로 찍어봤어. 꽤 괜찮지 않아?"

그가 고퍼 프레리와 근교를 찍은 30장의 사진을 건넸다. 마음의 준비도 없이 그녀는 그것들을 보게 되었다. 구애할 당시 사진으로 자신을 유혹했던 기억이 떠올랐다. 변함없이 이전에 먹혔던 전략에 만족해하는 그의 모습에 눈길이 갔지만 사진 속 익숙한 장소들을 보면서 그 생각은 싹 사라져버렸다. 미니마쉬 호숫가, 자작나무 덤불 사이로 흩어지는 햇살을 받는 고사리 잎들을, 바람에 잔물결이 이는 수천 마일의 밀밭을, 휴와 놀았던 집의 포치를, 모든 집의 창문과 모든 이의 얼굴을 다 알고 있는 메인 스트리트를 보았다.

잘 찍었다고 칭찬하며 그녀는 사진들을 돌려주었고, 그는 렌즈와 노출 시간에 대해서 말했다.

저녁 식사를 끝내고 두 사람은 그녀와 함께 사는 아파트 주민들에 대해 잡담을 나누었는데 반갑지 않은 생각이 함께했다. 그 생각은 집요했다. 피할 수 없는 문제였다. 도저히 참을 수 없어 한참을 머뭇거리던 그녀가 마침내 운을 뗐다.

"당신이 어디에 머물지 잘 몰라서 역에서 당신이 짐을 찾도록 놔뒀어요. 정말 미안하지만, 아파트에는 당신이 묵을 수 있는 여유 방이 없어요. 사전에 방을 봐뒀어야 했는데. 윌러드나 워싱턴 호텔에 지금 전화해보는 게 낫지 않을까요?"

그가 어두운 표정으로 그녀를 흘깃 쳐다보았다. 윌러드나 워싱턴 호텔로 함께 갈 것인지 그도 묻지 않았고 그녀도 말없이 있었다. 다만 그녀는 자신들이 그런 문제를 의논하고 있다는 사실에 무관심한 것처럼 보이려 애썼다. 만약 그가 이에 대해 얌전히 있었으면 그가 미웠을 것이다. 하지만 그는 얌전히 있지도 않았고 화를 내지도 않았다. 모른 체하는 그녀의 태도를 얼마나 참고 있었는지는 모르겠지만 그가 선뜻 대꾸했다.

"그렇지, 그렇게 하는 게 나을 것 같군. 잠시만. 그러면 택시를 잡아타고, (어이쿠, 택시 운전사들이 아슬아슬하게 모퉁이를 지나가는 거 보면 너무 거칠지 않아? 운전을 나보다 더 겁 없이 하더군!) 당신 아파트로 잠시 올라갈까? 당신 친구들을 만나보고 싶군. 분명 훌륭한 여성들일 거야. 그리고 잠들어 있는 휴도 잠시 볼 수 있을 거고. 쌔근쌔근 얼마나 잘 자는지 보고 싶어. 편도선이 붓지는 않았겠지만 한번 확인하는 게 좋겠어, 응?" 그가 그녀의 어깨를 토닥거렸다.

아파트에는 캐럴의 하우스메이트 두 사람과 여성참정권운동 본부에 가담한 죄목으로 교도소에 있었던 아가씨가 있었다. 케니컷은 놀랍게도 그들과 잘 어울렸다. 아가씨가 말해주는 단식투쟁에 대한 유머를 듣고 크게 웃었다. 비서에게는 타이핑 때문에 눈이 피로해지면 어떻게 해야 하는지 말해주었다. 그리고 교사는 그를 친구의 남편으로가 아니라 의사로 대하며 '감기 예방접종을 맞을 가치'가 있는지 질문했다.

캐럴이 보기엔 그의 일상 말투나 현지 친구들의 습관적인 은어나 되는 대로 쓰는 것이 비슷해 보였다.

그가 마치 오빠처럼 사람들이 다 있는 데서 그녀에게 잘 자라는 키스를 했다.

"어쩜 저렇게 자상하죠?" 하우스메이트들이 말하고선 무언가 털어놓기를 기다렸다. 그들은 아무 말도 듣지 못했고 그녀 자신도 아무 감응이 없었다. 딱히 고민할 것이 전혀 없었다. 그녀는 자신이 더 이상 상황을 곰곰이 분석하고 통제하지 않고 흘러가는 대로 놔두는 것 같았다.

그가 아침 식사를 하러 아파트에 왔고, 설거지를 했다. 그녀가 유일하게 심사가 뒤틀린 순간이었다. 집에서는 한 번도 설거지할 생각을 하지 않더니!

그녀는 놓칠 수 없는 '관광명소'로 그를 데리고 갔다. 재무부, 워싱턴 기념탑, 코코란 미술관, 전미기구 본부, 링컨 기념관, 그리고 링컨 기념관 너머 포토맥강과 알링턴 국립묘지, 리 장군 저택 등이었다. 기꺼이 즐기려는 마음에도 불구하고 그의 얼굴에는 그녀를 언짢게 만드는 우울감이 감돌았다. 원래 표정 없는 눈이 지금은 푹 꺼져서 기묘해 보였다. 라파예트 광장을 쭉 걸어가면서 멋지고 평화로운 백악관의 정면에 자리 잡은 앤드루 잭슨 기마상을 쓱 보더니 그가 한숨을 쉬었다. "이런 데서 일하면 얼마나 좋을까. 대학 다닐 때는 학비를 벌어야 했고 학비를 벌거나 공부하지 않을 때는 거칠게 놀았지. 친구들이라곤 싸돌아다니면서 말썽이나 피우는 놈들이었어. 아마 나도 일찍 잡혀 와서 콘서트니 뭐니 하면서 다녔다면…… 그 뭐냐 당신이 말하는 지적인 사람이 되었을까?"

"아유, 여보, 겸손 떨지 말아요! 당신은 지적이에요! 이를테면, 당신은 가장 완벽한 의사인걸요……"

그가 하고 싶은 말이 있는지 변죽을 울리더니 그 말을 단도직입적으로 했다.

"어쨌든 고퍼 프레리의 사진들이 당신 마음에 꽤 들었지, 안 그래!"

"그럼요, 물론이에요."

"옛날 살던 데를 한번 보는 것도 그렇게 나쁘진 않겠지!"

"그럼요. 헤이독 부부를 만나서 얼마나 기뻤는데요. 마찬가지예요. 하지만 이해해줘요! 그렇다고 내가 지적했던 사항들을 모두 철회한다는 뜻은 아니에요. 옛 지인들을 한번 본 게 좋았을 수도 있다는 사실은 고퍼 프레리에서 축제도 열고 램찹도 먹고 해야 하지 않을까 하는 문제와는 완전 별개예요."

그가 허둥지둥 대꾸했다. "아니, 아니! 당연히 아니지. 이해해."

"하지만 알아요, 나처럼 완벽한 누군가와 사는 건 아주 피곤한 일이었을 거예요."

그가 싱긋 웃었다. 그녀는 그의 웃음이 마음에 들었다.

V

나이 든 흑인 마부들과 해군 제독들, 비행기, 본인 소득세가 결국 들어가게 될 재무부 건물, 롤스로이스 자동차, 린헤이븐

강의 굴, 대법원 재판정, 연극 작품의 오디션을 보러 내려온 뉴욕의 연극 연출가, 링컨 대통령이 숨을 거뒀던 주택, 이탈리아 경관들의 제복 망토, 점원들이 점심 도시락을 사는 행상 수레들, 체서피크 운하의 바지선들, 워싱턴 D. C. 차량이 컬럼비아 특별구 면허증과 메릴랜드주의 면허증을 둘 다 갖고 있다는 사실에 그는 매우 흥분했다.

그녀가 작정하고 자신이 가장 좋아하는 흰색과 녹색의 작은 집들과 조지아풍 단층주택들로 그를 데려갔다. 그는 채광창과 붉은 벽돌 위로 낸 덧문들이 페인트칠 된 나무상자보다 더 아늑한 집 같다고 인정했다. 그러고는 자기가 먼저 "당신 말이 뭔지 알겠어. 고풍스러운 크리스마스 그림들이 연상되는군. 오, 당신이 계속 그런 식으로 문을 두드리면 언젠가는 샘과 나도 시집이니 뭐니 하는 것들을 읽게 되지 않을까. 아 참, 이 강렬한 녹색이 잭 엘더가 자기 자동차에 칠한 색깔이라는 말 내가 했나?"

VI

두 사람이 저녁을 먹고 있을 때였다.

그가 넌지시 말했다. "오늘 당신이 그 집들을 보여주기 전에 내가 이미 결심한 게 있어. 우리가 얘기하곤 했던 새집을 지을 때 말이야, 당신이 원하는 대로 할 거야. 지하구조나 난방시설 같은 데는 내가 실무적으로 꽤 능하지만, 건축에 대해선 그다지 아는 게 없어."

"여보, 그 말을 듣고 보니 나도 잘 모른다는 생각이 갑자기 들었어요."

"음…… 어쨌든…… 내가 차고와 배관을 설계할 테니 당신은 나머지를 맡아. 당신이 원한다면, 내 말은, 당신이 혹시라도 원한다면 말이지."

"그렇게 말해주니 다정하군요." 미심쩍어 하며 말했다.

"이봐, 캐리. 내가 당신보고 날 사랑해달라고 부탁하는 것 같지. 아니야. 당신보고 고퍼 프레리로 돌아와 달라고 부탁하지도 않을 거야!"

그녀가 순간적으로 놀랐다.

"무척 힘들었어. 하지만 난 당신이 돌아오고 싶어 하지 않는 한 고퍼 프레리를 결코 견디지 못할 거라는 사실을 마침내 깨닫게 된 것 같아. 당신을 미치도록 원한다는 말을 해봐야 뭐하겠어. 하지만 당신에게 부탁하진 않을 거야. 그저 난 당신이 내가 어느 정도로 당신을 기다리는지만 알아줬으면 좋겠어. 우편물이 도착할 때마다 편지를 기대하지. 그러면서 편지가 있으면 펼치기가 겁나. 당신이 돌아와 주기를 너무나도 간절히 바라고 있거든. 모든 게…… 있잖아, 이번 여름 호숫가 오두막엔 한 번도 들어가지 않았어. 그냥 다른 사람들 모두가 웃으며 수영하고 있는데 당신이 거기 없다는 사실을 견딜 수가 없었어. 집에서 포치에 앉아 있곤 했지. 난, 난 당신이 약국에 뛰어갔다가 바로 돌아올 것 같다는 생각에서 벗어날 수가 없었어. 문득 깨닫고 보면 내가 어두워질 때까지 거리를 살피며 쳐다보고 있는 거야. 마냥 기다려도 당신은 돌아오지 않고 집은 너무 허전해서 여전히 집 안에 들어가기가 싫었어. 가끔은 거기서 의자에 앉은 채 잠이 들었다가 한밤중에 깼어. 그러면 집은…… 에이, 제기랄! 제발 날 이해해줘, 캐리. 난 그저 당신이 집에 온다면 얼마나 환영받을지 그것만 당신이 알아주길 바랄 뿐이야. 하지만 당신에게 돌아오라고 부탁하진 않을 테야."

"당신은…… 정말……"

"또 하나. 솔직히 말할게. 내 처신이 늘 절대적으로, 어허, 절대적으로 옳진 않았어. 세상에서 당신을, 아이와 당신을 그 무엇보다 사랑했어. 하지만 가끔 당신이 내게 쌀쌀맞으면 난 외로워지고 기분이 상해서 밖으로 나가버리곤 했어. 그러니까…… 절대 그러려고……"

그녀가 딱한 마음을 표하며 그의 말을 막았다. "됐어요. 묻어두도록 해요."

"하지만 결혼 전에 당신이 그랬잖아. 내가 혹시라도 잘못을 저지르면 당신에게 말해주길 바란다고."

"제가요? 기억 안 나요. 생각나지 않아요. 아유, 여보, 당신이 날 행복하게 해주려고 나에게 얼마나 자상했는지 잘 알죠. 중요한 건…… 모르겠어요. 나도 내가 무슨 생각을 하는지 모르겠네요."

"그러면 들어봐! 생각하지 말고! 당신이 이렇게 했으면 좋겠어! 직장에 2주일간 휴가를 얻도록 해. 여기도 슬슬 추워지고 있잖아. 찰스턴이나 서배너 아니면 플로리다로 내려가자고."

"두번째 신혼여행이요?" 망설이듯 물었다.

"아니. 그렇게도 부르지 마. 두번째 구애라고 해. 난 아무것도 바라지 않을 거야. 그냥 당신과 함께 여기저기 다니고 싶을 뿐이야. 난, 같이 다닐 수 있는 상상력 있고 활동적인 여자를 둔 게 얼마나 복인지를 고마워한 적이 없었던 것 같아. 그러니…… 뛰쳐나와서 나랑 같이 남부를 보러 가지 않겠어? 만약 그러고 싶으면 당신은 그냥…… 당신은 그저 내 여동생인 척해. 그리고 휴를 봐줄 보모도 구할게. 워싱턴에서 젠장, 최고의 보모를 구할 거야!"

VII

그녀의 냉담함이 누그러진 건 찰스턴 배터리의 야자수들과 금속 항만으로 둘러싸인 마르게리타 빌라에서였다.

두 사람은 달빛 반짝이는 2층 발코니에 앉아 있었다. 그때 그녀가 외쳤다. "당신과 함께 고퍼 프레리로 돌아갈까요? 어떡해야 할지 말해줘요. 결정했다가 물렀다가 하는 데 지쳤어요."

"아니야. 당신이 직접 결정해야지. 사실 신혼여행이긴 해도 아직은 당신이 집에 오는 걸 원치 않는 것 같아."

그녀는 물끄러미 바라보았다.

"난 당신이 돌아왔을 때 만족한 기분이 들었으면 좋겠어. 당신을 행복하게 해주는 일이라면 뭐든 하겠지만, 실수를 많이 하겠지. 그러니 난 당신이 시간을 두고 생각해봤으면 좋겠어."

그녀는 마음이 놓였다. 여전히 눈부신 무한한 자유를 누릴 기회가 있었다. 어머나, 유럽에 가도 되겠어. 다시 붙잡히기 전에 어쨌든 유럽을 볼 거야. 하지만 그녀는 케니컷에 대해 더

굳건한 존경심도 생겼다. 그녀는 자신의 인생으로 한 편의 이야기가 만들어질 수 있으리라 상상했다. 그 속에는 영웅적이거나 아주 극적인 것도 없고, 아주 특별한 시간에 벌어지는 마법이나 용감한 도전도 없다는 걸 알지만, 그녀는 평범함의 전형이자 그 시대의 평범한 삶이랄 수 있는 자신이 생각을 표현하고 저항하게 되었으므로 자신이 상징성을 갖는 듯했다. 그녀는 케니컷이 자신의 삶으로 들어왔던 만큼 그의 삶에 자기가 들어갔던 케니컷의 이야기도 있다는 생각이, 그리고 그에게도 자신만큼이나 이리저리 얽힌 혼란과 숨기고 싶은 비밀, 공감을 갈구하는 위험한 욕망이 있다는 생각이 그제야 들었다.

그렇게 그녀는 그의 손을 잡고 황홀한 바다를 바라보며 골똘히 생각에 잠겼다.

VIII

그녀는 워싱턴에 있었고, 케니컷은 고퍼 프레리에서 언제나처럼 송수관과 오리 사냥과 패저로스 부인의 유양돌기염에 관해 무미건조한 편지를 쓰고 있었다.

그녀는 저녁 식사를 하며 여성참정권운동본부 대표와 이야기를 나누고 있었다. 돌아가야 할까요?

대표가 피곤한 듯 말했다.

"이봐요, 난 아주 이기적이에요. 난 그쪽 남편이 어떤 걸 원할지 사실 상상이 잘 안 되고, 내가 보기엔 그쪽 아들도 그곳의 막사 같은 학교에서만큼 이곳 학교에서 잘 지낼 거 같은

데요.”

“그러니까 돌아가지 않는 게 좋을 것 같다는 거네요?” 캐럴은 실망한 어조였다.

“그것보다 더 어려운 문제예요. 내가 이기적이라고 했을 때 그 의미는, 여성들을 볼 때 난 그네들이 자기네들을 위한 실제적 정치세력을 키우는 데 쓸모 있다는 걸 보여줄 가능성이 있을지 없을지밖에 보지 않는다는 뜻이에요. 그러면 그쪽은? 솔직히 말해볼까요? 내가 ‘그쪽’이라고 할 땐 그쪽 한 사람만 지칭한 게 아니란 걸 명심해요. 난, 매년 집에서 만족하지 못한 채 천국의 계시를 찾아서 워싱턴과 뉴욕, 시카고로 오는 수천 명의 여성을 생각하고 있어요. 면장갑을 낀, 쉰 살 먹은 소심한 어머니에서부터 자기 아버지 공장에서 파업을 주도하는, 바사르 대학을 갓 졸업한 아가씨까지 온갖 부류의 여성들 말이에요! 그쪽들 모두가 어느 정도는 내게 필요하지만, 오직 극소수만이 내 자리에 앉을 수 있어요. 왜냐하면, 내겐 한 가지(딱 한 가지) 장점이 있기 때문이죠. 난 신에 대한 사랑 때문에 부모도 포기하고 출산의 기회도 포기했어요.

자 하나 물어볼게요. 댁들은 사람들 말마따나 ‘동부를 정복’하기 위해 오는 거예요, 아니면 스스로를 정복하기 위해 오는 거예요?

이건 댁들이 알고 있는 것보다, 내가 새 구두를 신고 세상을 개혁하려 했을 때 생각했던 것보다 훨씬 더 복잡한 문제예요. ‘워싱턴 정복’이나 ‘뉴욕 정복’에서 상황을 복잡하게 만드는 결정적인 문제는 그 무엇보다 정복자들이 성공해선 안 된다는 거죠! 좋았던 시절, 작가들은 수십만 부의 책이 팔리는 꿈만 꾸고, 조각가들은 대저택에서 환대받는 생각만 하고, 심지어 나 같은 개혁가들은 요직에 선출되어 순회강연 다니는 단순한 욕망만 있었던 때는 성공이 분명 그렇게 복잡한 문제가 아니었어요. 하지만 우리 참견꾼들이 모두 망쳐놓았죠. 지금 우리 누구에게든 너무 뻔한 성공은 창피한 일이에요. 부유한 후원자들에게 호감을 얻는 개혁가라면 모르긴 몰라도 분명 그들의 비위를 맞추려고 자신의 원칙을 조금 양보했을 거고, 떼돈 버는 작가도 불쌍한 사람들이죠. 남루하지만 끝까지 주장을 굽히지 않는 작가들에게 자신들의 성공을 변명하는 걸 들은 적이 있어요. 영화 판권으로 번 돈으로 꾸린 고급스러운 여행 가방을 겸연쩍어하는 것도 봤고.

이렇게 온통 뒤죽박죽인 세상에서 그쪽은 자기 자신을 희생하고 싶은 거예요? 인기가 있으면 자기가 사랑하는 사람들에게서 인기를 잃게 되고, 유일한 실패가 값싼 성공이고, 유일한 개인주의자란 자신을 비웃는 아주 파렴치한 프롤레타리아를 도우려고 자신의 개인주의 신념을 포기하는 사람인 그런 세상에서 말이에요?"

캐럴은 자신이 사실은 희생을 갈망하는 바로 그 사람이라는 걸 보여주려고 맞장구의 웃음을 지었지만, 곧 한숨을 내쉬었다. "글쎄요. 전 용기가 없는 것 같아요. 저 멀리 고향에선 분명 없었어요. 왜 난 아주 보람찬 일을 하지 못했을까……"

"용기의 문제가 아니에요. 인내의 문제지. 그쪽 중서부 사람들은 이중 청교도예요. 뉴잉글랜드 청교도 정신을 내면에 지닌 대평원 청교도인 거죠. 겉으론 허튼짓하지 않는 개척민이지만 내면엔 진눈깨비 속에서 플리머스 바위를 밟던 때의 이상을 간직하고 있잖아요. 댁들이 그 점에 대해 한 가지, 어쩌면 어디서든 유일하게 달성할 수 있는 일이 있어요. 집에서, 교회와 은행에서 하나씩 계속 보면서 왜 이런 거지, 누가 맨 처음 이런 식이 되어야 한다고 법을 만든 거지,라고 물어볼 수 있다는 거예요. 만약 우리 중에서 많은 수가 충분히 대놓고 이런 질문을 던진다면 비관적인 인류학 교수 친구들이 믿는 20만 년을 기다려야 할 필요 없이 2만 년 정도만 지나도 우린 개화될 거예요. 쉽고, 즐겁고, 수지맞는 주부의 일처럼 사람들에게 자신이 하는 일을 정의해보라고 요구하는 것. 그게 내가 아는 가장 위험한 교리예요!"

캐럴은 곰곰이 생각에 잠겼다. "돌아갈래! 계속 물어보겠어. 늘 그렇게 했고 늘 실패했으면서도 그게 내가 할 수 있는 전부인걸. 에즈라 스토바디에게 물어볼 거야. 왜 철도 국유화를 반대하는지. 그리고 데이브 다이어에게는 왜 약사는 늘 '닥터'라고 불릴 때 기분이 좋은 건지, 그리고 어쩌면 보가트 부인에게도 그녀가 왜 죽은 까마귀처럼 보이는 과부의 베일을 쓰고 있는지 물어봐야겠어."

여성 대표가 자세를 바로잡았다. "그리고 그쪽은 그게 있잖아요. 안아줄 아이 말이에요. 난 아이에게 마음이 흔들려요. 아이들—아니 아기—을 꿈꾸면서 공원 주위에서 몰래 아이들이 노는 걸 지켜봐요. (듀퐁 서클의 아이들은 마치 양귀비 꽃밭 같아.) 그런데도 반대론자들은 날 '무성無性인간'이라고 불러요!"

캐럴은 겁에 질린 채 생각했다. "휴가 시골 공기를 쐬어야 하지 않을까? 난 애를 촌놈으로 놔두진 않을 거야. 길모퉁이에서 빈둥거리지 않게 지도할 수 있어. ……그럴 수 있을 것 같아."

집으로 돌아오는 길에 생각했다. "이제 내가 선례를 만들었으니, 여성참정권운동본부에 가입해 시위에도 나가봤고 개인의 헌신에 대해서도 배웠으니 그렇게 겁먹진 않을 거야. 윌도 내가 떠나는 걸 늘 반대만 하진 않을 테지. 언젠가는 윌이랑…… 아니면 윌 없이 정말 유럽에 갈 거야.

난 감옥 가는 걸 두려워하지 않는 사람들과 살았어. 헤이독 부부의 눈치를 보지 않고 마일스 비요른스탐에게 저녁 먹으러 오라고 초대할 수도 있어. ……할 수 있을 것 같아.

이베트 길베르의 노래와 미샤 엘먼의 바이올린 연주 음반을 갖고 돌아갈 거야. 가을날 그루터기 속에서 울어대는 귀뚜라미 울음과 함께 들으면 더 멋질 테지.

이제 편안하게 웃을 수 있어. 그럴 수 있을 것 같아."

비록 돌아가야 하지만, 완전히 굴복당하진 않을 거야,라고 그녀는 말했다. 다시 도전할 마음이 들어 그녀는 기뻤다. 대평원은 이제 더 이상 이글거리는 태양 아래 텅 빈 땅이 아니었다. 그녀가 투쟁했었고 투쟁을 통해 아름답게 만든, 살아 있는 갈색 야수였다. 마을 거리에는 그녀의 소망 그림자와 그녀의 시위 목소리, 신비함과 위대함의 씨앗이 있었다.

IX

그녀의 가차 없던 고퍼 프레리에 대한 증오는 사라졌다. 그녀는 고프 프레리를 이제 투쟁할 새로운 정착지로 보았다. 케니컷이 연민으로 주민들을 감싸며 "수많은 훌륭한 이들이 열심히 일하면서 가족을 최대한 부양하려고 애쓰고 있어"라고 했던 말이 기억났다. 신생의 어색한 메인 스트리트와 임시 거주지 같은 조그만 갈색 시골집들을 애정 어린 마음으로 떠올렸다. 초라하고 고립된 그들에게 측은지심을 느꼈다. 심지어 새너탑시스의 과제에서도 표현된 것처럼 소위 그들의 문화 '부흥 운동'에서까지 과장하며 그들의 위대함을 거들먹거리는 데 동정심이 생겼다. 그녀는 칙칙한 대평원에 떨어지는 석양 아래 메인 스트리트를, 자신을 기다리는 근엄하고 외로운 사람들, 친구들이 다 죽고도 살아 있는 노인처럼 근엄하고 고독한 사람들이 한 줄로 늘어선 듯한 개척 시대 판잣집들을 보았다. 그녀는 케니컷과 샘 클라크가 자신의 노래를 들어주던 걸 떠올리며 그들에게 달려가 노래를 불러주고 싶었다.

"드디어 내가 마을을 좀더 공정한 태도로 보게 되었구나. 이젠 거길 좋아하게 되었어." 그녀가 기쁨에 겨워 말했다.

그녀는 아마 이 정도로 감내할 수 있게 된 자신이 뿌듯했을 것이다.

그녀가 새벽 3시에 잠에서 깼다. 엘라 스토바디와 보가트 부인에게 괴롭힘을 당하는 꿈을 꾼 뒤였다.

"내가 마을을 허구로 만들어내고 있었어. 이런 식으로 사람들은 완벽한 고향, 행복한 청년기, 멋진 대학 친구들이라는 전통을 유지해나가지. 우린 너무 잘 잊어버려. 메인 스트리트는 스스로를 외롭다거나 불쌍하다고 전혀 생각지 않는다는 사실을 난 잊고 있었어. 이들은 고퍼 프레리를 낙원이라고 생각해. 이들은 날 기다리지 않아. 관심조차 없어."

하지만 다음 날 저녁, 그녀는 다시금 고퍼 프레리를 자신의 고향으로 생각했다. 멋지게 테를 두른 석양 무렵 자신을 기다리는 고향.

X

그녀는 돌아가지 않고 5개월을 더 머물렀다. 오랫동안 죽어지낼 시간에 대비하여 소리와 색깔을 욕심껏 쟁였던 5개월이었다.

워싱턴에서 거의 2년을 보냈다.

6월 고퍼 프레리로 출발할 때 그녀의 뱃속에는 두번째 아이가 꿈틀대고 있었다.

39장

I

그녀는 집으로 돌아가는 내내 자신이 느낄 감정이 궁금했다.

그런 생각을 너무 많이 한 덕분일까 상상해보았던 기분을 다 느꼈다. 집집이 익숙한 포치들, 집집이 터져 나오는 "어머나, 어머나!"라는 진심 어린 탄성에 흥분했고, 그날 마을에서 가장 중요한 뉴스가 된 것에 우쭐했다. 그녀가 부산을 떨며 이웃을 방문했다. 후아니타 헤이독은 잔뜩 흥분한 채 워싱턴에서의 조우를 들먹이며 캐럴을 아주 따뜻하게 맞이했다. 이 오랜 적수가 오히려 가장 친밀한 친구가 될 것 같았다. 바이더 셔윈은 다정하기는 했지만 그녀와 거리를 두면서 외부에서 들어온 이단을 경계했다.

저녁에 캐럴이 제분소를 찾아갔다. 제분소 뒤 발전소에서 웅~ 웅~ 하는 발전기의 초자연적인 소리가 어둠 속에서 더 크게 들렸다. 야간 경비원 챔프 페리가 밖에 나와 앉아 있었다. 힘줄이 선 두 손을 번쩍 들어 올리며 째지는 목소리로 말했다. "다들 부인을 얼마나 보고 싶어 했는지 모릅니다."

워싱턴의 그 누가 그녀를 그리워할까?

워싱턴의 그 누가 가이 폴록만큼 그녀에게 의지가 될까? 그녀가 거리에서 언제나처럼 웃고 있는 그를 만났을 때 그는 영원한 것, 그녀 자신의 일부 같았다.

일주일이 지나 그녀는 돌아온 것이 다행스럽지도, 후회스럽지도 않다는 결론을 내렸다. 하루하루를 워싱턴의 사무실에 나갈 때와 같은 사무적인 자세로 맞이했다. 그녀의 일이었다. 기계적인 사소한 일들이 있을 테고 의미 없는 대화가 오고 갈 것이다. 그래서 뭐?

특별한 감정으로 다가갔던 유일한 문제가 시시하게 결론이

났다. 기차 안에서 그녀는 스스로 기분을 북돋우며 자신의 개인 침실을 기꺼이 포기하고 케니컷과 내내 같이 생활하는 희생을 감수겠다고 마음먹었었다.

집에 들어선 지 10분 후 그가 중얼거리듯 말했다. "있잖아. 당신 방을 있던 고대로 두었어. 당신의 방식을 따르기로 했다고나 할까. 왜 사람들이 서로 친밀하다는 이유만으로 서로의 신경을 건드려야 하는지 모르겠어. 사실 사생활을 약간 누리면서 홀로 뭘 좀 생각해보는 게 좋아."

II

그녀는 세계적인 변화와 유럽 혁명, 길드 사회주의, 자유시 등을 토론하느라 밤을 꼴딱 새우던 도시를 떠나왔다. 온 세상이 변하고 있다고 생각했었다.

깨닫고 보니 그게 아니었다.

고퍼 프레리에서는 유일하게 열을 올리는 화제가 금주법, 미니애폴리스에서 1쿼터 위스키 한 병을 13달러에 살 수 있는 곳, 맥주의 밀주 비법, '높은 생활비', 대통령 선거, 클라크가 새로 뽑은 차, 신박할 것도 없는 사이 보가트의 기벽 등이었다. 이들의 관심 사안은 2년 전과 한 치도 다르지 않았다. 20년 전에도 그랬고 향후 20년 동안도 그럴 것이다. 세상에는 화산이 터질지도 모르는데 농부들은 산기슭에서 쟁기로 밭을 갈고 있었다. 용암이 때때로 떨어져 강으로 흘러 농경의 고수들에게까지 닿아 그들을 경악시키고 중상을 입혀도, 사촌들이 그 땅을 물려받아서 1~2년 뒤에 다시 밭을 갈았다.

그녀는 케니컷이 아주 대단한 것인 양 설명했던 일곱 채의 단독주택과 두 개의 차고에 열광하기가 어려웠다. 가장 인상 깊게 보았다고 해봐야 "아 그래, 괜찮아 보여" 정도였다. 정작 눈에 띈 변화는 신축 학교 건물이었다. 밝은 벽돌 담장에 넓은 유리창과 체육관, 농업과 요리 수업을 위한 교실 등이 있었다. 신축 학교는 바이더의 업적을 보여주는 증거였고, 그 때문에 그녀의 마음속에도 어떤 활동이든 하고 싶은 동기가 생겼다. 그녀가 바이더를 찾아가 경쾌한 어조로 말했다. "당신 밑에서 일해야겠어요. 바닥부터 시작할게요."

그녀는 실제 그렇게 했다. 하루에 한 시간씩 휴게실 돌보미와 교대했다. 혁신적으로 한 일이라고 해봐야 송판 탁자를 검은색과 주황색으로 칠해 새너탑시스 회원들을 깜짝 놀라게 한 것이었다. 그녀는 농부 아내들과 대화를 나누고 아이를 어르며 행복을 느꼈다. 새너탑시스 회원들과의 모임에 가기 위해 메인 스트리트를 바삐 지날 때는 그들을 떠올리며 메인 스트리트의 추한 꼴을 머리에서 지웠다.

그녀는 이제 거리에서 코안경을 썼다. 케니컷과 후아니타에게 자기가 어려 보이지 않느냐고, 서른세 살보다 훨씬 어려 보이지 않느냐고 물어보기 시작했다. 코안경이 그녀의 코를 꽉 죄었다. 그녀는 돋보기안경을 생각했다. 그걸 끼면 나이 들어 보이고 어쩔 도리 없이 고지식해 보일 텐데. 안 돼! 돋보기안경은 아직 끼지 않을래. 하지만 케니컷의 진료실에서 한 번 써 보았다. 정말 훨씬 편했다.

III

웨스트레이크 박사, 샘 클라크, 냇 힉스, 델 스내플린이 델의 이발소에서 잡담을 나누고 있었다.

"음, 보니까 케니컷의 아내가 지금 휴게실에서 정신없이 일하고 있더군." 웨스트레이크 박사가 말했다. 그는 '지금'이라는 말을 강조했다.

델이 샘의 면도를 멈추고 면도솔에서 거품을 흘리며 익살스럽게 말했다.

"그다음엔 뭘 하실 생각일까? 그 부인이 자기 같은 도시 여자의 수준에 이 마을이 한참 못 미친다고 그랬다는데. 소화전에 덮개 씌우고 잔디밭에 조각상을 세우고 하면서 마을을 싹 단장하는 데 37.9퍼센트 세금을 내라고 하면 우리가 얼씨구나 하고 좋아할까……"

샘이 입술에 묻은 거품을 귀찮은 듯이 불어대며 코맹맹이 소리로 말했다. "무지한 우리 대다수 사람에게 마을을 단장하는 법을 말해주는 똑똑한 여성이 있는 건 좋은 일 아닌가. 부인한테도 공장 건설에 대해 거품을 물던 짐 블로서에 버금가는 활기가 있어. 변덕스러운 데가 있긴 해도 똑똑한 건 틀림없어. 돌아와서 다행이야."

웨스트레이크 박사가 안전책을 찾았다. "나도! 나도 같은 생각일세! 부인한테는 괜찮은 데가 있어. 그리고 책을 아니 어쨌든 소설을 무지하게 많이 읽어. 물론 부인도 다른 여자들과 마찬가지긴 해. 깊이가 없고 전문적이지도 않고 정치경제는 도통 모르고 바람만 잔뜩 든 괴짜들이 내놓은 새로운 사상에 매번 홀려 들지. 하지만 괜찮은 여성이야. 아마 휴게실을 다듬겠지. 휴게실은 훌륭한 장소야. 마을 상거래에 활기를 주잖는가. 그리고 케니컷 부인은 좀 떨어져 있었으니 아마 어리석은 생각 중 어떤 건 이겨냈을 테지. 이것저것 죄다 어떻게 운영하는지 가르치려 하면 주민들이 비웃기만 한다는 걸 깨달았을 수도 있어."

"당연하죠. 스스로 깨닫겠지요." 냇 힉스가 판결하듯 입술을 빨며 말했다. "내 생각에 부인이 이 마을에서 미모가 가장 낫지 싶어. 그런데 아야!" 그의 어조에 다들 화들짝 놀랐다. "내 밑에서 일하던 스웨덴 녀석 발보르그를 보고 싶어 할 거야! 둘이 한 쌍의 남녀였지! 시詩가 어떻고 달빛이 어떻고 하면서! 아마 들키지 않았으면 어허, 엄청 알콩달콩하면서 지냈을 텐데."

샘 클라크가 끼어들었다. "젠장, 둘은 연애한다는 생각은 꿈도 꾸지 않았어. 그저 책이니 뭐니 하는 것들에 관해 얘길 나누고 있었던 거지. 있잖은가, 캐리 케니컷은 똑똑한 여성이고, 좀 배웠다는 똑똑한 여자들은 전부 이상한 생각들을 주워듣지만, 애들을 서넛 낳고 나면 그런 것들은 다 잊어먹어. 두고 보게, 조만간 자리 잡고 주일학교 교사도 하고 간담회에서 봉사도 하고 얌전히 있으면서 사업이나 정치에 참견하지 않으려 할 테니. 아무렴!"

15분 동안 캐럴이 신은 스타킹과 그녀의 아들, 그리고 부부의 각방 생활과 그녀가 듣는 음악, 가이 폴록에 대한 그녀의 오랜 관심, 워싱턴에서 받았을 법한 급여와 돌아와서 했다는 온갖 말에 대해 의견을 주고받은 끝에, 상임위원회는 캐럴 케니컷의 거주를 허락하겠다는 판결을 내렸고, 다음으로 영업사원과 나이 든 하녀에 대해 냇 힉스가 들고 온 금시초문의 농담으로 넘어갔다.

IV

캐럴에겐 정말 이해가 안 되는 일이었지만 무슨 까닭에서인지 모드 다이어가 그녀의 귀환을 싫어하는 듯했다. 졸리 세븐틴에서 모드가 안절부절못하는 듯한 목소리로 말했다. "그러니까 캐럴은 집을 떠나 멋진 시간을 보내기에 전시 근로만큼 좋은 핑계가 없다는 걸 깨달은 것 같은데요. 후아니타! 캐리에게 워싱턴에서 만난 장교들에 관해 이야기를 좀 시켜봐야 할 것 같지 않아?"

그들이 옷을 바스락대며 그녀를 응시했다. 캐럴이 그들을 바라보았다. 그들의 호기심은 자연스러우면서도 특별할 게 없어 보였다.

"아유 네, 정말이지 조만간 그래야겠죠." 그녀가 하품을 했다.

그녀는 더 이상 베시 스메일 외숙모가 자신의 개인 생활을 방해한다고 여기지 않았다. 베시 외숙모가 간섭할 의도가 아니라는 걸, 케니컷 식구 모두를 위해 그러고 싶어 한다는 걸 깨달았다. 그리하여 캐럴은 노화라는 슬픈 현실을 이해하게 되었다. 그것은 늙으면 젊을 때보다 활력이 떨어지는 것이 아니라 늙으면 젊은 사람들이 찾지 않는다는 사실이었다. 수년 전에 무척 가치 있었고 지금 기꺼이 제공할 용의가 있는 그들의 사랑과 따분한 지혜가 조롱과 함께 거절당한다는 사실이었다. 그녀는 베시 외숙모가 머루 잼 한 단지를 들고 오면 그녀가 만드는 방법을 물어봐 줄까 기대하면서 기다리고 있다는 걸 눈치챘다. 이후로 그녀는 모래폭풍 같은 베시 외숙모의 질문에 짜증스러울 수는 있겠지만 우울해질 일은 없을 것이다.

보가트 부인의 이런 말을 들었을 때도 우울하지 않았다. "이제 금주법도 생겼으니, 다음번 국가적 문제는 흡연 금지보다 사람들에게 주일을 지키도록 만들고 주일에 야구를 하거나 영화를 보러 간다는 등의 이유로 교회법을 어기는 사람들을 잡는 문제가 더 우선인 것 같아요."

캐럴의 허영심에 손상을 입힌 건 딱 하나였다. 그녀에게 워싱턴에 관해 물어보는 사람이 거의 없었다는 사실이다. 더없이 공손한 태도로 브레스나한에게 의견을 구하던 사람들이 그녀가 경험한 사실에는 조금도 관심이 없었다. 그녀는 자신이 한때 이단이었다가 영웅으로 돌아오는 꿈을 꾼 것에 실소했다. 그녀는 그 사실을 매우 합리적이고 유쾌하게 웃어넘겼지만 여전히 그것이 아프게 다가왔다.

V

8월에 여자애가 태어났다. 캐럴은 아이가 페미니스트 지도자가 될지 혹은 과학자와 결혼할지 아니면 둘 다일지 정할 순 없었지만, 바사르 대학으로 마음을 굳히고 신입생 때 작은 검은색 모자와 함께 실크 정장을 입히기로 했다.

VI

아침 식탁에서 휴가 수다스러웠다. 올빼미들에 대해, F 스트리트*에 대해 느낀 걸 말하고 싶어 했다.

"좀 조용히 해. 말이 너무 많구나." 케니컷이 으르렁대듯 말했다.

캐럴은 부아가 돋았다. "애한테 그런 식으로 말하지 말아요! 애가 하는 말 좀 들어주면 안 돼요? 아주 흥미로운 걸 말하고 싶어 하는데요."

"어쩌려고? 하루 종일 애가 떠들어대는 걸 듣고 있었으면 좋겠다는 건가?"

"그러면 안 돼요?"

"우선, 애는 규율을 좀 배워야 해. 좀 가르쳐야 할 때야."

"애에게서 내가 더 많이 가르침을 받고, 내가 더 많이 배워요."

"무슨 말이야? 당신이 워싱턴에서 배워 온, 새로 유행하는 애들 양육법인가?"

"아마도요. 아이들도 사람이라는 생각을 해본 적 있어요?"

"글쎄. 난 애가 대화를 독점하는 걸 가만히 보고 있진 않겠어."

---

* F Street. 워싱턴에 있는 거리 이름.

"물론이죠. 우리도 말할 건 말해야죠. 하지만 난 애를 하나의 인격체로 키울 거예요. 애도 우리와 마찬가지로 여러 생각을 할 수 있잖아요. 애가 고퍼 프레리식으로 생각하지 않고 자기 식대로 생각을 키워나갔으면 좋겠어요. 그게 지금 내가 해야 할 가장 큰 과제죠. 나 자신이나 당신이 아이를 '교육'하도록 두지 않는 거요."

"음, 그 문제로 싸우지 말자고. 하지만 애가 버릇없이 자라게 두진 않을 거야."

케니컷은 10분 만에 그걸 잊어버렸다. 그녀도 잊어버렸다. 이번에는.

VII

구릿빛과 푸른빛이 어우러진 어느 가을날, 케니컷 부부와 샘 클라크 부부가 두 호수 사이에 있는 오리 통행로를 향해 북쪽으로 차를 몰았다.

케니컷이 캐럴에게 가벼운 20구경 엽총을 건네주었다. 그녀는 처음으로 총 쏘는 법을, 눈을 깜박이지 않은 채 뜨고 있는 법을, 총열 끝의 구슬이 총의 조준에 실제로 관계 있다는 걸 배웠다. 그녀는 함박웃음을 지었다. 샘이 그녀와 함께 쐈던 청둥오리를 그녀가 맞힌 것이라고 고집하자 그렇게 믿을 뻔했다.

캐럴은 갈대 우거진 호숫가 비탈에 앉아 느릿한 어조로 말하는 클라크 부인의 소소한 얘기를 들으며 휴식했다. 갈색 어둠은 고요했다. 그들 뒤에는 캄캄한 늪지대였다. 쟁기질이 끝난 드넓은 벌판에서 상쾌한 냄새가 났다. 호수는 암적색과 은색이었다. 오리의 마지막 비상을 기다리는 남자들의 목소리가 청명한 공기 속에 선명하게 들렸다.

"왼쪽, 목표물!" 케니컷이 목소리를 길게 빼며 소리를 질렀다.

오리 세 마리가 날랜 선을 그리며 급강하했다. 빵 하는 총소리가 났고 오리 한 마리가 푸드덕거렸다. 두 남자가 가벼운 보트를 반짝이는 수면 위로 밀고 가더니 갈대밭 뒤로 사라졌다. 즐거워하는 말소리와 느린 속도로 노를 젓는 첨벙거림과 쩔걱거림이 캐럴의 귀에 희미하게 들려왔다. 하늘에는 불타는 평지가 고요한 항구까지 가파르게 비탈이 져 있었다. 그러더니 끝이 났고 호수는 하얀 대리석 같았다. 케니컷이 소리쳤다. "자, 여보, 집으로 돌아가 볼까? 저녁이 꿀맛이겠지, 안 그래?"

"에델과 뒷자리에 앉을래요." 차를 타기 전 그녀가 말했다.

클라크 부인을 이름으로 부른 건 처음이었다. 자진해서 뒷자리에 앉은 것도 처음이었다. 메인 스트리트의 일원이 된 것이다.

"배고파요. 배고프니 좋은데요." 차가 출발하자 그녀가 말했다.

그녀가 서쪽으로 펼쳐진 고요한 들판을 넘어다보았다. 로키 산맥과 알래스카까지 줄기차게 뻗어 있는 대지가 느껴졌다. 다른 제국들이 노쇠했을 때 전례 없이 부상할 영토였다. 그런 시대가 오기까지 백 세대의 캐럴들은 갈망할 것이고, 관을 덮는 천도 엄숙한 기도문도 없는 비극 속에서, 무력감에 맞서 싸우는 지루하고 피할 수 없는 비극 속에서 사라지게 되리라는 사실을 그녀는 알고 있었다.

"내일 저녁 모두 영화 보러 가요. 정말 신나는 영화예요." 에델 클라크가 말했다.

"어머, 신작을 한 권 읽을 생각이었는데…… 좋아요, 가요." 캐럴이 말했다.

VIII

"진짜 너무해요." 캐럴이 케니컷에게 탄식했다. "내가 주민 모두가 다툼 같은 건 잊어버리고 밖으로 나와서 스포츠와 소풍, 댄스를 즐기는, 연례 지역 주민의 날을 마련해볼까 생각 중이었요. 그런데 버트 타이비가(그 사람을 왜 시장으로 뽑은 거예요?) 내 생각을 가로챘어요. 지역 주민의 날인데 그 사람은 무슨 정치인에게 '연설을 맡기고' 싶어 해요. 그건 정확히 내가 피해보려 했던, 지나치게 격식을 따지는 그런 일이라고요. 그가 바이더에게 의견을 구했는데 바이더는 군소리 없이 좋다고 했지 뭐예요."

케니컷이 시계태엽을 감으면서 이 문제를 생각했고, 두 사람은 2층으로 터벅터벅 올라갔다.

"맞아, 버트가 끼어드는 게 당신에겐 거슬릴 테지" 그가 부드럽게 말했다. "이 지역 주민 행사에 그렇게나 애를 태울 거야? 조바심치고 마음 졸이면서 시험 삼아 뭔가 해보는 게 지겹지도 않아?"

"아직 시작도 안 한걸요. 봐요!" 그녀가 그를 아이 방으로 이끌더니 갈색 머리털이 보송보송한 딸아이의 머리를 가리켰다. "베개를 베고 있는 저 머리가 안 보이세요? 그게 뭔지 알아요? 우쭐대는 것들을 다 날려버릴 폭탄이라고요. 만약 당신네 토리 당원들이 현명하다면 무정부주의자들을 붙잡아가는 게 아니라 침대에서 잠들어 있는 애들을 전부 잡아갈 거예요. 2000년에 저 아이가 죽기까지 어떤 걸 보고 어떤 일에 관여할지를 생각해봐요. 저 아인 세계노동조합을 볼 수도 있고, 비행기가 화성까지 가는 것을 볼 수도 있어요."

"응, 바뀌는 게 있겠지, 좋아." 케니컷이 하품하며 말했다.

그녀는 그의 침대 가장자리에 걸터앉았고 그동안 그는 서랍을 뒤지며 거기 있어야 하는데 찾을 때마다 없는 목깃을 찾았다.

"난 계속 나아갈 거예요, 언제까지나. 그리고 난 행복해요. 하지만 이 지역 주민의 날 행사 덕분에 내가 얼마나 완전히 패배했는지 알게 되네요."

"망할 그 목깃이 없어진 게 확실하군." 케니컷이 중얼대다가 소리를 내며 말했다. "맞아, 내 생각에 당신은…… 정확히 무슨 말인지 못 들었소, 여보."

그녀가 그의 베개를 평평하게 매만진 뒤 그의 침대보를 젖히며 생각했다.

"하지만 이런 점에선 내가 이겼어요. 난 내 포부를 조롱하거나 내 포부가 너무 컸기 때문이라고 여기면서 내 실패를 정당화한 적이 한 번도 없다는 거예요. 난 메인 스트리트가 제대로 아름답다고 인정하지 않아요! 고퍼 프레리가 유럽보다 더 대단하거나 더 관대한 곳이라고 인정하지 않아요! 모든 여성이 설거지만으로 만족할 수 있다고 인정하지 않아요! 난 충분히 싸우진 못했을지 모르지만, 신념은 지켰어요."

"그럼. 두말하면 잔소리지." 케니컷이 말했다. "음, 잘 자. 내일 눈이 올 것 같은걸. 조만간 방풍창을 달아야 할 것 같군. 저기, 하녀가 스크루드라이버를 다시 갖다 놓았던가?"

옮긴이 해설

메인 스트리트
—20세기 초 미국 중산층의 초상

'메인 스트리트'는 글자 그대로 큰 거리 혹은 중심가를 뜻한다. 이 말은 19세기 말경 일부 예술가들에 의해 '답답한 순응적 태도'를 상징하는 은유로 쓰이다가 점차 범속함과 물질주의에 사로잡힌 지방 소도시의 편협한 중산층을 가리키는 말로 의미가 확장됐는데, 그러한 배경에 싱클레어 루이스의 『메인 스트리트』(1920)가 있다. 미국 중서부의 황량한 대평원에 자리 잡은 인구 3천 명 남짓한 마을, 고퍼 프레리에서 살아가는 사람들의 이야기를 통해 위선적이고 편협한 미국인의 민낯을 드러내는 싱클레어 루이스의 소설 『메인 스트리트』는 루이스의 고향인 미네소타의 작은 마을 소크 센터Sauk Centre가 그 모델이다.

루이스는 껑충하니 마른 체격에 여드름과 통방울눈으로 외모 콤플렉스를 겪었고 그런 루이스의 유년 시절과 청소년 시절은 그다지 행복하지 않았던 모양이다. 그는 친구 없이 많은 시간을 독서에 파묻혀 살면서 자연스럽게 글쓰기를 취미로 키워 나간다. 아버지처럼 의사의 삶을 택한 두 형과 달리, 루이스는 의사의 길을 좇는 대신 예일 대학에 진학한 뒤 신문사에서 편집 보조 일 등을 하면서 글쓰기를 이어간다. 작가로서 명성과 영광 속에서도 엄격한 아버지의 그림자와 의사가 되지 못한 열등감은 루이스의 인생 전반에 어두운 영향을 미치는데 나중에 루이스가 조울증과 알코올 중독증을 겪으며 불행한 말년을 보내게 되는 것도 그의 삶에 깊게 그늘을 드리웠던 이러한 성장 배경과 무관하지 않다고 봐야 할 것이다.

학업에 전념하는 한편 모험을 추구하는 면도 있었던 그는 여름방학 동안 미국과 영국을 오가는 가축 수송선에서 갑판원으로 일하며 영국을 여행하고, 돌아와서는 글쓰기에 몰두하여 상당한 양의 에세이와 시, 단편소설들을 완성한다. 그 뒤 뉴저지에서 업턴 싱클레어Upton Sinclair가 주도한 실험적 사회주의 공동체 '헬리콘 홈 콜로니Helicon Home Colony'에서 잠시 머물면서 프리랜서 작가로 자립을 시도하지만, 사회주의 공동체 생활이 자신에게 적합하지 않다고 판단한 루이스는 1908년 마침내 예일 대학으로 돌아와 학업을 마친다.

『메인 스트리트』를 발표하기 전 루이스는 이미 여섯 편의 장편을 발표했지만, 성공적이라고 할 만한 작품은 없었다. 1914년 루이스가 자신의 이름으로 발표한 첫 소설 『우리의 미스터 렌*Our Mr. Wrenn*』은 색다른 시각의 신선한 작품이라는 대중매체의 평가가 있었으나 대중으로부터는 그다지 커다란 반응을 얻지 못한다. 그 후 그는 『코스모폴리탄』 등 인기 잡지에 글을 기고하는 등 나름대로 성공적인 작가의 길을 걷지만 진지한 소설가가 되겠다는 야망 또한 포기하지 않는다. 루이스가 본격적으로 작가로서의 명성을 얻게 된 것은 1920년 시골 특유의 인습적이고 독선적인 사고방식과 규격화된 미국의 작은 마을의 삶을 풍자한 문제작 『메인 스트리트』를 발표하면서부터다. 그 후 1922년에 미국 중서부의 전형적인 지방 소도시 제니스에서 부동산 소개업을 하는 중년 실업가의 이야기를 다룬 『배빗*Babbitt*』으로 탄탄한 작가적 입지를 마련한다. 『배빗』은 속물적인 미국의 중산계급과 그들의 순응주의에 대한 뛰어난 풍자와 탁월한 묘사로 커다란 반향을 일으키면서 루이스의 최고 걸작으로 꼽혔고 '배빗'이라는 단어는 이후 물질주의에 매몰된 교양 없는 속물俗物 중산층을 일컫는 대명사로까지 쓰이게 된다. 루이스는 1925년 탐욕과 타락으로 가득한 의료계에서 윤리를 지키기 위해 노력하는 한 의사를 그린 『애로스미스*Arrowsmith*』를 발표하면서 1926년 퓰리처상 수상자로 선정되지만, 작가를 평가하여 상을 주는 문학상 제도에 대한 반감 때문에 수상을 거부했다. 나이 마흔다섯이 되던 해인 1930년, 마침내 미국인 최초의 노벨문학상 수상자가 된다. 이런 작품들 외에도 루이스는 미국 내 신앙 부흥 운동가들의 모습을 그려낸 『엘머 갠트리*Elmer Gantry*』(1927), 사회 개혁의 뜻을 둔 사회사업가로 출발하여 사랑 없는 결혼 끝에 판사의 정부情夫가 되는 한 여인의 불안정한 이력을 따라가는 『앤 비커스*Ann Vickers*』(1933), 파시즘의 위협에 대한 경고를 담은 『있을 수 없는 일이야*It can't happen here*』(1935) 등 많은 작품을 발표하면서 부와 명성을 누린다. 하지만 미국인 최초의 노벨문학상 수상자라는 화려한 타이틀에도 불구하고 1930년 이후 루이스의 문학적 명성은 차츰

퇴색해갔고, 그는 말년을 거의 해외에서 보내게 된다. 두 번의 결혼과 두 번의 이혼을 거친 끝에 가족과도 소원하게 지내고 알코올 중독과 씨름하며 힘겨운 여생을 보내야 했던 그는 결국 1951년 로마에서 심장마비로 홀로 쓸쓸히 세상을 떠난다.

1920년 『메인 스트리트』가 출판되었을 당시 루이스는 이미 작가로서 인지도를 확보하고 있었지만, 이 작품이 가져올 엄청난 상업적 성공은 루이스 본인이나 2만 부 정도의 판매를 예상했던 출판사로서도 뜻밖의 일이었다. 루이스의 전기 작가인 마크 쇼러Mark Shorer는 이 작품을 “20세기 미국 출판 역사상 가장 놀랄 만한 사건”이라고 평했다. 작은 마을을 소재로 한 이야기는 잘 팔리지 않는다는 통념을 깨고 『메인 스트리트』는 출판 이듬해인 1921년 전반기 6개월 동안 18만 부라는 경이로운 판매량을 달성했고, 불과 몇 년 사이에 2백만 부가 팔리는 대기록을 세우게 된다. 루이스의 고향 소크 센터는 이 소설로 소도시에 대한 웃음거리의 전형적인 소재가 되었고, 소크 센터 주민들은 이에 분노했다. 이처럼 예상치 못한 대중의 크나큰 반응은 루이스가 그려낸 『메인 스트리트』의 고퍼 프레리가 미국 사회의 축소판이라는 대중의 공감의식이 큰 요인으로 작용했다고 해야 할 것이다. 당시 미국은 기술의 발달과 산업화로 대량 생산과 소비 사회에 접어들면서 개척 시대가 저물고 있었다. 미국의 인구 통계에 따르면 1920년에 도시 인구는 처음으로 시골 지역의 인구를 추월한다. 도시 인구가 늘어나기 시작했지만, 미국인의 성년 대다수가 작은 마을에서 성장한 사람들이었기에 『메인 스트리트』의 이야기에 무관심할 수 있는 독자는 많지 않았다. 쇼러가 지적했듯이 『메인 스트리트』는 가히 “미국인의 삶에 대해 여태까지 내놓았던 가장 영향력 있는 폭로가 아니라면 가장 파렴치한 명예훼손”이라고 할 만했다. 그러한 파급력으로 『메인 스트리트』는 미국 지방 특유의 편협성을 대중에게 일깨우는 교과서의 지위를 누리게 된다.

『메인 스트리트』가 이처럼 전국적인 신드롬을 일으키게 된 데는 고퍼 프레리 주민들의 어투나 관습, 편의시설 등에 대한 정교한 묘사도 한몫했다. 마치 현장에서 사건을 목격하는 듯한 착각이 들 정도로 생생하게 장면을 묘사한 덕분에 독자는 소설을 읽으면서 현실감을 경험하게 된다. 루이스는 『메인 스트리트』라는 작품으로 탄생한 이 이야기를 위해 수차례 소크 센터를 방문하여 상당한 시간을 보내면서 광범위하게 자료를 수집했고 거리, 주택, 가구 등에 대해 세밀하게 기록하고 스케치했다. 또한, 계층을 망라한 미국인의 말투를 언어학 전공 학생처럼 기록하여 등장인물을 좀더 사실적이고 입체적으로 재현해냈다. 주지하다시피 루이스는 고퍼 프레리 마을을 어린 시절의 소크 센터를 바탕으로 만들었고 소설의 등장인물 역시 그가 유년 시절 알던 사람들의 모습을 그려 넣었는데, 소설에 자전적 요소가 얼마나 들어 있는지에 대한 질문을 받았을 때 루이스는 주인공 캐럴 케니컷에 루이스 자신의 모습이 상당 부분 투영되어 있다고 인정했다. 쇼러의 지적처럼 “늘 얻을 수 없는 무언가를 찾아다니고 늘 불만스러워하며 늘 지평선 너머에 뭐가 있는지 보기 위해 안간힘을 쓰는" 캐럴 케니컷의 모습은 부조리한 현실에 순응하기를 거부했던 싱클레어 루이스의 모습이기도 하다.

『메인 스트리트』의 서사를 풀어가는 주인공 캐럴은 비현실적인 공상을 즐기는 데다 낙천적이면서 경망스러우리만치 즉흥적인 성격의 소유자다. 미네소타주 맨카토에서 성장하고 판사인 아버지 밑에서 창의적이고 모험적인 유년 시절을 보내지만 열세 살에 고아가 된다. 대학 시절 캐럴은 스물 즈음의 청춘이라면 누구나 그러하듯 자신이 이루고자 하는 목표를 수도 없이 바꾼다. 그녀가 마을의 환경 개선 사업에 종사하고 싶다는 꿈을 꾸게 된 것도 사회학 수업에 필요한 참고도서를 읽던 중 마을 환경의 개선과 관련된 책을 읽고 난 뒤 일어난 즉흥적인 생각 때문이었다. 캐럴은 대학 졸업 후 시카고에서 1년간 머물며 도서관학을 공부한다. 그곳에서 진보적인 사상과 생활방식을 접하고 세인트폴에서 사서라는 직업도 얻지만 일에서 보람을 찾지 못한다. 아주 우연히 지인이 마련한 저녁 식사 자리에 참석한 캐럴은 고퍼 프레리라는 작은 마을의 의사인 윌 케니컷을 만나 결혼한다. 고퍼 프레리에는 마을을 개선할 수 있는 그녀의 능력이 필요하다고 설득하는 케니컷의 청혼을 받아들였을 때 캐럴은 꽉 막히고 인습적인 고퍼 프레리 사람들의 장벽 앞에서 자신이 힘없이 무너지게 될 줄은 몰랐을 것이다.

기차를 타고 고퍼 프레리로 오면서 정차하는 시시한 시골 마을들을 곁눈질하며 캐럴은 어두운 미래를 감지했다. 그리 오래지 않아 아름다운 시골 마을에 대한 그녀의 환상은 깨진다. 녹지와 아담한 주택들, 고풍스러운 메인 스트리트 대신 획일적인 모양의 주택들과 녹지공간 하나 없는 꼴사나운 고퍼 프레리에 도착한 첫날 32분 만에 걸어서 마을을 모두 둘러보고 난 캐럴의 느낌을 루이스는 이렇게 묘사한다.

> 2층짜리 벽돌 상가들, 복층 구조의 목조 가옥들, 콘크리트 보도와 보도 사이의 널따란 진흙 공터, 목재 운반 마차들과 포드 자동차들이 옹기종기 모여 있는 메인 스트리트는 그녀의 관심을 끌기엔 너무나 작았다. 휑하니 쭉 뻗은 매력 없는 길 사방으로 대평원이 펼쳐져 있었다. 그녀는 그 땅의 광대무변함과 공허함을 깨달았다. 메인 스트리트 북단의 몇 구역 떨어진 농가의, 철골 뼈대뿐인 풍차 터빈은 마치 죽은 소의 갈비뼈 같았다. 그녀는 곧 닥칠 북부의 겨울을 떠올려보았다. 무방비 상태의 집들은 황무지에서 불어오는 질풍에 잔뜩 웅숭그리며 떨 것이다. 갈색 집들은 너무나 작고 허술했다. 참새들이나 가까스로 몸을 쉴 수 있을 뿐 행복한 사람들이 사는 온기 있는 집이 아니었다.(63~64쪽)

캐럴이 고퍼 프레리에서 당면한 문제는 마을의 외관만이 아니다. 아름다움에 대한 환상도 없고 아름다운 것의 진가도 알아보지 못하는 몰지각한 마을 사람들은 앞으로 캐럴이 겪어내야 하는 악몽 같은 현실이 된다. 주민들은 교양이라곤 없으며 변화를 거부하고 옛것을 고집한다. 고퍼 프레리의 초기 정착인인 농업은행장 에즈라 스토바디는 고지식한 옛날 사람의 표본이다. 기독교 신앙을 목숨처럼 지키며 교조주의에 빠져 있는 이웃의 미망인 보가트 부인을 위시하여 물질숭배자의 대표 격인 본톤 백화점 소유주 해리 헤이독 부부, 철물점 주인 샘 클라크, 약국 주인 데이브 다이어에 이르기까지 고퍼 프레리의 중산층을 형성하는 인물들은 하나같이 속물근성의 소유자들이다. 바이더 셔윈은 억눌린 욕망에 혼자 괴로워하는 나약한 존재이면서도 밖으로는 캐럴과 친분을 유지하는 위선적인 인물로, 모든 마을 문제와 주민들을 뒤에서 교묘하게 조종한다. 이런 인물들은 루이스의 풍자적 필치를 통해 코믹 만화에서 볼법한 속물적인 면모를 드러낸다. 고퍼 프레리의 상인들은 협동조합 운동이 성공하면 자신들의 사업이 심각한 타격을 입을 것임을 알기 때문에 협동조합에 반대하고, 마을 사서는 장서의 효율적인 이용을 위한 봉사가 아닌 책의 손상을 막기 위한 세심한 관리를 자신의 임무라고 생각한다. 여성들이 알량한 지식과 문화를 함양하는 모임에서는 '영국 시인들'이니 '영국 소설과 에세이'니 하는 주제를 겉핥기식으로 다룬다. '미국이여 문제를 직시하라'라는 주제로 강의하는 지방 목사는 미국이 맞서야 하는 문제가 모르몬교와 금주법인 양 내내 그 이야기만 한다. 기독교인들에게 진정한 신앙은 보이지 않고 마을의 영화관에서는 시시한 코믹 영화나 미적 요소가 다 잘려나간 영화들을 상영하며 자신들의 순수성이 검열 과정을 통해 보호된다고 주장한다.

루이스는 이러한 위선적인 고퍼 프레리의 마을 사람들 가운데 마일스 비요른스탐이라는 인물을 내세워 이민자를 향한 미국 중산층의 차별적 태도를 고발한다. 마일스 비요른스탐은 허드렛일을 하며 살아가는 스웨덴 이민자로, 청교도 정신으로 무장한 채 뉴잉글랜드 지방에 터를 잡고 살면서 고퍼 프레리를 우주의 중심으로 여기는 사람들 속에서 캐럴이 사회적 신분 차이를 무시하고 친구처럼 여기는 사람이다. '말 많은 비관주의자'로 통하는 마을의 골칫덩이지만 마일스는 배타적인 고퍼 프레리의 '메인 스트리트'의 냉대에도 굴하지 않고 정당한 노동의 대가로 남의 도움 없이 살아간다. 이민자들에게 혹독하리만치 배타적인 주민들이기에 이런 마일스를 백안시하고 우량아 선발대회에서 마일스의 아이 올라프가 우승한 사실을 '메인 스트리트'는 받아들이지 않으려 한다. 기생충 같은 읍내 사람들에게 이용당하는 북유럽 출신 농부들의 불합리한 삶과 한 세대도 못가 고향의 특색을 모두 잃어버리고 '미국화'되는 이민자들의 현실을 폭로하면서 루이스는 고퍼 프레리 '메인 스트리트'의 배타적 지역주의, 나아가 인종주의를 비판하고자 한다.

미국 사회의 부조리를 바라보는 루이스의 비판적 시각은 인종차별과 여성차별에 반발하는 캐럴의 저항적 행보를 동조적으로 바라보는 데서도 드러난다. 루이스는 캐럴을 경망스럽고 변덕스러운 성격으로 그리는 한편 남성에 종속되는 기혼여성의 성 역할에 저항하고 자주적인 삶을 꿈꾸는 캐럴의 면모를 보여주면서 캐럴이라는 인물이 갖는 무게의 균형을 맞춘다. 신혼의 단꿈에서 깨어났을 때 캐럴이 본 것은 결혼생활의 현실이었다. 의식주를 해결하기 위해서는 돈이 필요한데 결혼과 함께 가정이라는 울타리에 갇힌 아내에게 돈이 나오는 통로는 남편이 유일했다. 아이 내복을 사기 위해 남편에게 구걸하다시피 1달러를 받아내는 수모를 겪는 다이어 부인을 보면서 캐럴은 그런 삶을 거부한다. 고퍼 프레리에서 자신의 삶을 온전히 살아갈 수 없을 것 같은 캐럴의 절망감은 헨리크 입센의 『인형의 집』의 노라와 다를 바 없이 현실적이고 절박하다. 그런 만큼 캐럴이 "마을을 바꾸려 하지 않겠어 [……] 내 영혼을 구하려 애쓸 거야"라고 다짐하는 장면은 그만큼 독자에게 절실하게 다가온다. 캐럴은 '인형의 집에서 도도하게 걸어 나가는' 방법을 택했지만, 다시 그 인형의 집으로 돌아왔고 돌아왔을 때 그녀를 기다리는 것은 한 치도 변하지 않은 환경이었다. 돌아온 캐럴을 두고 샘 클라크가 하는 말은 기혼여성에 대한 당시 남성의 생각을 그대로 보여준다. "캐리 케니컷은 똑똑한 여성이고, 좀 배웠다는 똑똑한 여자들은 전부 이상한 생각들을 주워듣지만, 애들을 서넛 낳고 나면 그런 것들은 다 잊어먹어. [……] 조만간 자리 잡고 주일학교 교사도 하고 간담회에서 봉사도 하고 얌전히 있으면서 사업이나 정치에 참견하지 않으려 할 테니. 아무렴!"(761쪽)

비록 1912년부터 1920년까지의 시간을 다루는 『메인 스트리트』에서 이야기의 축은 캐럴이지만 이 소설은 캐럴의 삶을 기록하는 연대기라기보다는 전국적으로 나타나고 있던 '시골 바이러스' 현상의 기록이라고 해야 할 것이다. 『메인 스트리트』에서는 이야기를 끌어가는 모티프를 두 가지 찾을 수 있는데, 시골 마을 특유의 범속성, 자기만족, 배타적 지역주의 아래 자기들만의 세계에 갇혀 사는 마을 중산층을 일컫는 '메인 스트리트'와 썩은 물 같은 그런 환경 속에서 서서히 죽음에 이르게 되는 병, '시골 바이러스'가 그것이다. 소설이 나올 당시 미국은 사회, 정치, 예술, 문화의 변혁기를 맞고 있었고 시골의 작은 마을들에서 살아가는 의식 있는 사람들은 답답한 환경을 탈출하여 문화와 예술이 있는 도시를 향해 속속 떠나고 있었다. 캐럴과 은둔형 변호사 가이 폴록은 『메인 스트리트』에서 이러한 '메인 스트리트'에 대한 혐오와 '시골 바이러스'에 대한 두려움을 공유하는 유일한 인물들이다. 가이 폴록은 '시골 바이러스'가 "담배를 계속 피운다면 쉰 살쯤 틀림없이 걸릴 암보다 더 위험"하고 "십이지장충과 비슷한" 병균이라고 한탄한다. 가이의 주장에 따르면 '시골 바이러스'는 변화를 거부하는 시골에 너무 오래 머무는 야심 찬 사람들을 감염시키고 '생각하고 웃는 세상을 살짝 맛본' 변호사, 의사, 목사, 대학물을 먹은 상인들에게 치명적인 병이다. 캐럴을 기다리고 있는 것은 바깥세상이 어떤지 알지 못한 채 우물 안 개구리처럼 자기만족에 빠져 사는 조야한 사람들 속에서, 살아도 산 것 같지 않은 삶을 사는 미래였다. 캐럴은 대화다운 대화를 나눌 수 있는 유일한 사람에게서 시골 삶의 진실을 듣고 나서 자신도 '시골 바이러스'를 피하지 못하리라는 것을 직감한다. 썩은 물속에서 죽은 목숨으로 살아야 하는 '시골 바이러스'의 운명을 피해 캐럴이 택한 도피처는 워싱턴이라는 대도시였고, 거기서 워싱턴의 진보주의 지식인, 여성 참정권자, 예술가들과 교류하면서 갈증에 허덕였던 지적 갈망을 마음껏 채우지만, 캐럴의 모험은 그것으로 끝이었다. '시골 바이러스'를 피할 수 없는 운명이었던지 캐럴은 다시 고퍼 프레리로 돌아온다.

『메인 스트리트』는 작고 볼품없는 고퍼 프레리의 답답한 환경에 붙잡힌 재능 있는 여성의 관점으로 이어지는 소설이지만 루이스는 결코 여주인공을 성인聖人이나 예술가처럼 만들지 않는다. 고상한 교육의 산물인 캐럴이 고퍼 프레리에 들고 들어온 것은 마을을 아름답게 만들겠다는, 그녀 자신조차 확신하지 못하는 애매한 희망이다. 캐럴은 마을을 사회적으로, 미적으로, 정치적으로 개혁하려고 작정하지만, 그녀의 꿈은 속절없이 깨진다. 책을 읽어가면서 독자는 캐럴이 꾸는 턱없이 낭만적인 꿈에 실소를 터뜨리게 될 것이다. 하지만 그런 꿈을 꾸는 그녀를 그렇게 간단히 비웃을 수 없는 이유는 고퍼 프레리 구석구석에서 발견되는 볼품없음이 일상적인 사례에서 그치는 문제가 아니라 사람들의 머릿속에 뿌리박힌 정신의 문제라는 점을 독자도 절실히 공감하기 때문이다. 캐럴의 눈에 비친 고퍼 프레리의 외형은 볼품없을 뿐 아니라 문화적이고 창의적인 면은 눈을 씻고 봐도 찾아볼 수 없다. 하지만 캐럴을 더 답답하게 만든 것은 그러한 사실을 자각조차 못 하는 사람들의 고착된 사고방식이다. 마을이 50년간 존속해오면서 자신들의 평범한 집을 즐겁고 매력적인 곳으로 만드는 일이 바람직하다거나 혹은 가능하다는 걸 깨닫지 못하는 주민들에게서 캐럴은 극복할 수 없는 절망감을 느낀다.

루이스의 작품에서 볼 수 있는 특징 중 하나라면 역사적인 기록이라 부를 수 있을 만큼 미국 역사에서 특정 시기의 세대가 경험하는 좌절과 환멸을 기록하고 있다는 점이다. 하지만 루이스는 소설 속에서 삶의 현상을 재현해내지만 절대 그 현상을 분석하거나 어떤 것이 의미 있는 삶인지에 대한 방식을 제공하지는 않는다. 루이스의 작품에는 늘 유사한 패턴이 있다. 주인공이 어느 순간 삶의 공허함을 느껴 숨이 막힐 듯한 기계적인 따분함에서 탈피하고자 애를 쓰지만 그러한 저항은 헛수고일 뿐 결국 주인공은 사회적 압력에 굴복하여 '평범한' 삶으로 복귀하는 패턴이 그것이다. 『메인 스트리트』에서 캐럴 역시 자신이 떠나온 고퍼 프레리를 싫어하면서도 그리워하는 양가감정 속에서 고퍼 프레리로 돌아오는 교착상태가 되지만 루이스는 캐럴이 어떤 식의 삶을 살아야 하는지의 방법은 제시하지 않는다. 캐럴은 그저 고퍼 프레리로 돌아와서 주민과 친해지려 하고 지역민을 위한 봉사에 작게나마 참여하려 애쓰며 아이의 미래를 걱정하는 주부로 살아가고, 케니컷은 여전히 셔츠 목깃과 날씨와 방풍창을 걱정하며 살아간다.

어느 시대를 막론하고 전통과 인습을 고수하는 보수주의자들과 인습에 맞서는 진보주의자들은 존재한다. 『메인 스트리트』에서 루이스가 드러내려 했던 미국의 작은 마을 사람들이 지닌 편협한 가치관, 그리고 그런 식의 사회에서 진보적 지식인이 어떤 식으로 삶을 잠식당하고 있는지에 대한 통찰력은 어쩌면 현재를 살아가는 독자에게도 유효한 발견일지 모른다. 비록 1951년 루이스가 사망한 뒤로 미국 고등학교나 대학교의 교과 과정에서는 떨어져 나왔을지라도, 미국에 산재한 작은 마을에 사는 중산층의 위선적인 삶을 돌아보게 하는 사실적인 기록과 날카로운 비판의식은 『메인 스트리트』가 시대를 뛰어넘어 읽을 가치가 있는 소설임을 입증하고 있다.

작가 연보

1885 2월 1일 미네소타주 소크 센터에서 에드윈 루이스와 엠마 케르모트 루이스 사이에서 출생.

1891 어머니가 폐렴으로 사망. 1년 뒤 아버지가 이사벨 워너와 재혼.

1902 예일 대학 입학을 위한 예비과정으로 오하이오의 오벌린 아카데미에 다님.

1903~06 예일 대학 재학 중 예일 문예지의 편집자로 활동. 여름방학 동안 미국과 영국을 운항하는 가축 수송선에서 일함.

1906 예일 대학을 휴학하고 잠시 업턴 싱클레어Upton Sinclair가 창설한 뉴저지 잉글우드 소재의 유토피아 공동체인 '헬리콘 홈 콜로니Helicon Home Colony'에서 생활함.

1907~08 예일 대학에 복학하여 학업을 마침.

1908~15 프리랜서 기자로 일하며 미국 전역을 여행. 1910년 뉴욕으로 이사, 신문사와 출판사 등에서 일하며 시와 단편소설을 발표.

1912 '톰 그레이엄'이라는 필명으로 소년들의 모험 이야기를 그린 첫 작품 『하이크와 에어로플레인*Hike and the Aeroplane*』을 출판.

1914 활발한 자선 활동가이자 『보그』지의 편집자인 그레이스 리빙턴 헤거와 결혼, 뉴욕주 포트 워싱턴으로 이사함. 조지 도란 출판사에서 편집자이자 광고매니저로 일하면서 퇴근 후 소설을 집필함. 『우리의 미스터 렌*Our Mr. Wrenn*』 출판.

1915 『호크의 행적*The Trail of the Hawk*』 출판. 늦가을 『새터데이 이브닝 포스트』에 단편소설을 게재하고 원고료로 5백 달러짜리 수표를 받음. 프리랜스 작품 활동으로 드디어 생계를 유지할 수 있게 됨. 도란 컴퍼니를 그만두고 아내와 전국을 여행.

1917 그레이스와 함께 소크 센터를 방문하고 『메인 스트리트*Main Street*』를 쓰기 위한 기록 및 자료를 모으기 시작함. 4월 2일 미국이 독일에 전쟁을 선포하며 제1차 세계대전에 뛰어듦. 장남 웰스 출생. 『직업*The Job*』 『무고한 사람들*The Innocents*』 출판.

1919 『자유로운 공기*Free Air*』 출판. 희곡 「호보헤미아*Hobohemia*」가 뉴욕의 그리니치 빌리지에서 상연됨.

1920 가을에 출판된 『메인 스트리트』 덕분에 풍자소설가의 평판을 얻으면서 이 소설로 첫 상업적 성공을 달성함. 『메인 스트리트』는 출판 후 1년 동안 25만 부 넘게 팔리면서 베스트셀러가 되고 루이스는 미국 인명사전에 등재됨.

1921 1월에 하비 오이긴스Harvey O'Higgins와 해리엇 포드Harriet Ford와 공동으로 각색한 「메인 스트리트」가 10월

내셔널 시어터(왕실국립극장)에서 공연됨.

1922 『배빗*Babbitt*』이 출판되고, '배빗'이라는 단어는 지배적인 중산층의 가치 기준을 무분별하게 따르는 사람이라는 뜻으로 사전에 등재됨. 할리우드 영화로 만들어진 「자유로운 공기」 개봉.

1923 무성영화 판「메인 스트리트」 개봉.

1925 『애로스미스*Arrowsmith*』 출판.

1926 『함정*Mantrap*』 출판. 『애로스미스』로 퓰리처상 수상자로 선정되나 수상을 거부함. 아버지가 사망함.

1927 『엘머 갠트리*Elmer Gantry*』 출판. 예정되어 있던 자서전 집필을 연기하고 기선을 타고 유럽으로 떠남.

1928 『쿨리지를 아는 남자*The Man Who Knew Coolidge*』 출판. 아내 그레이스와 이혼. 『뉴욕 이브닝 포스트』의 중앙유럽 통신기자이자 지국장인 도로시 톰슨과 영국에서 재혼. 버몬트 바너드에 있는 290에이커 규모의 농장 주택으로 이사하여 겨울을 뉴욕에서 보내고 때때로 런던, 베를린, 빈, 모스크바 등지를 여행함.

1929 『도즈워스*Dodsworth*』 출판.

1930 미국인 최초로 노벨문학상을 수상함. 6월에 차남 마이클 출생.

1931 영화로 만들어진「애로스미스」 개봉.

1933 『앤 비커스*Ann Vickers*』가 출판되고 영화로도 만들어져 개봉됨.

1934 『예술작품*Work of Art*』 출판. 시드니 하워드와 공동으로

무대에 올릴 『도즈워스』의 연극 대본을 작업함. 극이 초연되고 나서 비평가들로부터 상당한 호평을 얻음. 영화 「배빗」 개봉.

1935 『있을 수 없는 일이야*It can't never happen here*』와 『단편선집 *Selected Short Stories*』 출판.

1936 각본에 참여했던 할리우드 판 「도즈워스」 개봉.

1936~42 희곡을 몇 편 썼으며 그중 일부는 직접 연기함.

1938 『부유한 부모*Prodigal Parents*』 출판.

1940 『베셀 메리데이*Bethel Merriday*』 출판. 친구를 만나러 위스콘신 메디슨을 방문, 거기서 소개받은 위스콘신-메디슨 대학 총장의 권유로 문예창작 과정을 맡게 되나 다섯 번의 수업 후에 아는 걸 다 가르쳤다면서 강의를 그만둠.

1942 도로시 톰슨과 이혼. 대부분의 시간을 유럽에서 보냄.

1943 『기디언 플래니시*Gideon Planish*』 출판.

1944 제2차 세계대전에 참전 중이던 차남 웰스 소위가 프랑스 피드몬트 계곡에서 저격당함.

1945 『캐스 팀벌레인*Cass Timberlane*』 출판.

1947 『킹스블러드 로열*Kingsblood Royal*』 출판. 스펜서 트레이시와 라나 터너 주연의 영화 「캐스 팀벌레인」 개봉.

1949 『신을 찾는 사람*God-Seeker*』 출판.

1951 1월 10일 로마에서 심장병으로 사망. 사후 『참으로 넓은 세상*World So Wide*』 출판.

1960 버트 랭카스터 주연의 영화 「엘머 갠트리」 개봉.

기획의 말

세계문학과 한국문학 간에 혈맥이 뚫려,
세계-한국문학의 공진화가 개시되기를

21세기 한국에서 '세계문학'을 읽는다는 것은 무엇을 뜻하는가? 자국문학 따로 있고 그 울타리 바깥에 세계문학이 따로 있다는 말인가? 이제 한국문학은 주변문학이 아니며 개별문학만도 아니다. 김윤식·김현의 『한국문학사』(1973)가 두 개의 서문을 통해서 "한국문학은 주변문학을 벗어나야 한다"와 "한국문학은 개별문학이다"라는 두 개의 명제를 내세웠을 때, 한국문학은 아직 주변문학이었다. 한데 그 이후에도 여전히 한국문학은 주변문학이었다. 왜냐하면 "한국문학은 이식문학이다"라는 옛 평론가의 망령이 여전히 우리의 의식을 장악하고 있었기 때문이다. 그렇게 생각하고 그렇게 읽고, 써온 것이었다. 그리고 얼마간 그런 생각에 진실이 포함되어 있는 것도 사실이었다. 그러나 천천히, 그것도 아주 천천히, 경제성장이나 한류보다는 훨씬 느리게, 한국문학은 자신의 '자주성'을 세계에 알리며 그 존재를 세계지도의 표면 위에 부조시키고 있었다. 그런 와중에 반대 방향에서 전혀 다른 기운이 일어나 막 세계의 대양에 돛을 띄운 한국문학에 위협적인 격랑을 밀어붙이고 있었다. 20세기 말부터 본격화된 '세계화'의 바람은 이제 경제적 재화뿐만이 아니라 어떤 나라의 문화물도 국가 단위로만 존재할 수 없게 하였던 것이니, 한국문학 역시 세계문학의 한 단위라는 위상을 요구받게 되었던 것이다.

그러니 21세기 한국에서 세계문학을 읽는다는 것은 진정 무엇을 뜻하는가? 무엇보다도 세계문학이라는 개념을 돌이켜 볼 때가 되었다. 그동안 세계문학은 '보편문학'의 지위를 누려왔다. 즉 세계문학은 따라야 할 모범이고 존중해야 할 권위이며 자국문학이 복종해야 할 상급 문학이었다. 그리고 보편문학으로서의 세계문학의 반열에 올라간 작품들은 18세기 이래 강대국의 지위를 누려온 국가의 범위 안에서 설정되기가 일쑤였다. 이렇게 해서 세계 각국의 저마다의 문학은 몇몇 소수의 힘 있는 문학들의 영향 속에서 후자들을 추종하는 자세로 모가지를 드리워왔던 것이다. 이제 세계문학에게 본래의 이름을 돌려줄 때가 되었다. 즉 세계문학은 보편문학이 아니라 세계인 모두가 향유할 수 있도록 전 세계 방방곡곡에서 씌어져서 지구적 규모의 연락망을 통해 배달되는 지구상의 모든 문학이라고 재정의할 때가 되었다. 이러한 재정의에는 오로지 질적 의미의 삭제와 수량적 중성화만 있는 게 아니다. 모든 현상학적 환원에는 그 안에 진정한 가치를 향해 나아가고자 하는 지향성이 움직이고 있다. 20세기 막바지에 불어닥친 세계화 토네이도가 애초에는 신자유주의적 탐욕 속에서 소수의 대국 기업에 의해 주도되었으나 격심한 우여곡절을 겪으며 국가 간 위계질서를 무너뜨리는 평등한 교류로서의 대안-세계화의 청사진을 세계인의 마음속에 심게 하였듯이, 오늘날 모든 자국문학이 세계문학의 단위로 재편되는 추세가 보편문학의 성채도 덩달아 허물게 되어, 지구상의 모든 문학들이 공평의 체 위에서 토닥거리는 게 마땅하다는 인식이 일상화까지는 아니더라도 최소한 정당화되고 잠재적으로 전망되는 여건을 만들어내게 되었던 것이다.

또한 종래 세계문학의 보편문학적 지위는 공간적 한계만을 야기했던 게 아니다. 그 보편문학이 말 그대로 보편성을 확보했다기보다는 실상 협소한 문학적 기준에 근거한 한정된 작품 집합에 머무르기 일쑤였다. 게다가, 문학의 진정한 교류가 마음의 감동에서 움트는 것일진대, 언어의 상이성은 그런 꿈을 자주 흐려왔으니, 조급한 마음은 그런 어둠 사이에 상업성과 말초적 자극성이라는 아편을 주입하여 교류를 인공적으로 촉진시키곤 하였다. 이제 우리는 그런 편법과 왜곡을 막기 위해서, 활짝 개방된 문학적 관점을 도입하여, 지금까지 외면당하거나 이런저런 이유로 파묻혀 있던 숨은 걸작들을 발굴하여 널리 알리고 저마다의 문학을 저마다의 방식으로 감상할 수 있는 음미의 물관을 제공해야 할 것이다. 실로 그런 취지에서 보자면 우리는 한국에 미만한 수많은 세계문학전집 시리즈들이 과거의 세계문학장을 너무나 큰 어둠으로 가려오고 있었다는 것을 절감한다.

이와 같은 인식하에 '대산세계문학총서'의 방향은 다음으로 모인다. 첫째, '대산세계문학총서'의 기준은 작품의 고전적 가치이다. 그러나 설명이 필요하다. 이 고전은 지금까지 고전으로 인정된 것들에 갇히지 않는다. 우리가 생각하는 고전성은 추상적으로는 '높은 문학성'을 가리킬 터이지만, 이 문학성이란 이미

확정된 규칙들에 근거한 문학성(그런 문학성은 실상 존재하지 않거니와)이 아니라, 오로지 저만의 고유한 구조를 통해 조직되는데 희한하게도 독자들의 저마다의 수용 기관과 연결되는 소통로의 접속 단자가 풍요롭고, 그 전류가 진해서, 세계의 가장 많은 인구의 감성을 열고 지성을 드높일 잠재적 역능이 알차게 채워진 작품의 성질을 가리킨다. 이러한 기준은 결국 작품의 문학성이 작품이나 작가에 의해 혹은 독자에 의해 일방적으로 결정되는 것이 아니라, 세 주체의 협력에 의해 형성되며 동시에 그 형성을 통해서 작품을 개방하고 작가의 다음 운동을 북돋거나 작가를 재인식시키며, 독자의 감수성을 일깨워 그의 내부에 읽기로부터 쓰기로의 순환이 유장하도록 자극하는 운동을 낳는다는 점을 환기시키고 또한 그런 작품에 대한 분별을 요구한다.

이 첫번째 기준으로부터 두 가지 기준이 덧붙여 결정된다.

둘째, '대산세계문학총서'는 발굴하고 발견한다. 모르거나 잊힌 것을 발굴하여 문학의 두께를 두텁게 하고, 당대의 유행을 따라가기보다는 또한 단순히 미래를 예측하기보다는 차라리 인류의 미래를 공진화적으로 개방할 수 있는 작품을 발견하여 문학의 영역을 확장할 것을 목표로 한다. 이는 또한 공동선의 실현과 심미안의 집단적 수준의 진화에 맞추어 작품을 선별한다는 것을 뜻한다.

셋째, '대산세계문학총서'가 지구상의 그리고 고금의 모든 문학작품들에게 열려 있다면, 그리고 이 열림이 지금까지의 기술 그대로 그 고유성을 제대로 활성화시키는 방식으로 진행되는 것이라면, 이는 궁극적으로 '가장 지역적인 문학이 가장 세계적인 문학'이라는 이상적 호환성을 추구한다는 것을 가리킨다. 이는 또한 '대산세계문학총서'의 피드백에도 그대로 적용될 것이다. 즉 '대산세계문학총서'의 개개 작품들은 한국의 독자들에게 가장 고유한 방식으로 향유될 터이고, 그럴 때에 그 작품의 세계성이 가장 활발하게 현상되고 작용할 것이다.

이러한 기준들을 열린 자세와 꼼꼼한 태도로 섬세히 원용함으로써 우리는 '대산세계문학총서'가 그 발굴과 발견을 통해 세계문학의 영역을 두텁고 넓게 하는 과정 그 자체로서 한국 독자들의 문학적 안목과 감수성을 신장시키는 데 기여할 것을 기대하며, 재차 그러한 과정이 한국문학의 체내에 수혈되어 한국문학의 도약이 곧바로 세계문학의 진화로 이어지게끔 하기를 희망한다. 이는 우리가 '대산세계문학총서'를 21세기의 한국사회에서 수행하는 근본적인 소이이다. 독자들의 뜨거운 호응을 바라마지않는다.

'대산세계문학총서' 기획위원회

대산세계문학총서

001-002 소설 트리스트럼 샌디(전 2권) 로렌스 스턴 지음 | 홍경숙 옮김

003 시 노래의 책 하인리히 하이네 지음 | 김재혁 옮김

004-005 소설 페리키요 사르니엔토(전 2권)
호세 호아킨 페르난데스 데 리사르디 지음 | 김현철 옮김

006 시 알코올 기욤 아폴리네르 지음 | 이규현 옮김

007 소설 그들의 눈은 신을 보고 있었다 조라 닐 허스턴 지음 | 이시영 옮김

008 소설 행인 나쓰메 소세키 지음 | 유숙자 옮김

009 희곡 타오르는 어둠 속에서/어느 계단의 이야기
안토니오 부에로 바예호 지음 | 김보영 옮김

010-011 소설 오블로모프(전 2권) I. A. 곤차로프 지음 | 최윤락 옮김

012-013 소설 코린나: 이탈리아 이야기(전 2권) 마담 드 스탈 지음 | 권유현 옮김

014 희곡 탬벌레인 대왕/몰타의 유대인/파우스투스 박사
크리스토퍼 말로 지음 | 강석주 옮김

015 소설 러시아 인형 아돌포 비오이 까사레스 지음 | 안영옥 옮김

016 소설 문장 요코미쓰 리이치 지음 | 이양 옮김

017 소설 안톤 라이저 칼 필립 모리츠 지음 | 장희권 옮김

018 시 악의 꽃 샤를 보들레르 지음 | 윤영애 옮김

019 시 로만체로 하인리히 하이네 지음 | 김재혁 옮김

020 소설 사랑과 교육 미겔 데 우나무노 지음 | 남진희 옮김

021-030 소설 서유기(전 10권) 오승은 지음 | 임홍빈 옮김

031 소설 변경 미셸 뷔토르 지음 | 권은미 옮김

032-033 소설 약혼자들(전 2권) 알레산드로 만초니 지음 | 김효정 옮김

034 소설 보헤미아의 숲/숲 속의 오솔길 아달베르트 슈티프터 지음 | 권영경 옮김

035 소설 가르강튀아/팡타그뤼엘 프랑수아 라블레 지음 | 유석호 옮김

036 소설 사탄의 태양 아래 조르주 베르나노스 지음 | 윤진 옮김

037 시 시집 스테판 말라르메 지음 | 황현산 옮김

038 시 도연명 전집 도연명 지음 | 이치수 역주

039 소설 드리나 강의 다리 이보 안드리치 지음 | 김지향 옮김

040 시 한밤의 가수 베이다오 지음 | 배도임 옮김

041 소설 독사를 죽였어야 했는데 야샤르 케말 지음 | 오은경 옮김

042 희곡 볼포네, 또는 여우 벤 존슨 지음 | 임이연 옮김

043 소설 백마의 기사 테오도어 슈토름 지음 | 박경희 옮김

044 소설 경성지련 장아이링 지음 | 김순진 옮김

045 소설 첫번째 향로 장아이링 지음 | 김순진 옮김

046 소설 끄르일로프 우화집 이반 끄르일로프 지음 | 정막래 옮김

047 시 이백 오칠언절구 이백 지음 | 황선재 역주

048 소설 페테르부르크 안드레이 벨르이 지음 | 이현숙 옮김

049 소설 발칸의 전설 요르단 욥코프 지음 | 신윤곤 옮김

050 소설 블라이드데일 로맨스 나사니엘 호손 지음 | 김지원 · 한혜경 옮김

051 희곡 보헤미아의 빛 라몬 델 바예-인클란 지음 | 김선욱 옮김

052 시 서동 시집 요한 볼프강 폰 괴테 지음 | 안문영 외 옮김

053 소설 비밀요원 조지프 콘래드 지음 | 왕은철 옮김

054-055 소설 헤이케 이야기(전 2권) 지은이 미상 | 오찬욱 옮김

056 소설 몽골의 설화 데. 체렌소드놈 편저 | 이안나 옮김

057 소설 암초 이디스 워튼 지음 | 손영미 옮김

058 소설 수전노 알 자히드 지음 | 김정아 옮김

059 소설 거꾸로 조리스-카를 위스망스 지음 | 유진현 옮김

060 소설 페피타 히메네스 후안 발레라 지음 | 박종욱 옮김

061 시 납 제오르제 바코비아 지음 | 김정환 옮김

062 시 끝과 시작 비스와바 쉼보르스카 지음 | 최성은 옮김

063 소설 과학의 나무 피오 바로하 지음 | 조구호 옮김

064 소설 밀회의 집 알랭 로브-그리예 지음 | 임혜숙 옮김

065 소설 붉은 수수밭 모옌 지음 | 심혜영 옮김

066 소설 아서의 섬 엘사 모란테 지음 | 천지은 옮김

067 시 소동파사선 소동파 지음 | 조규백 역주

068 소설 위험한 관계 쇼데를로 드 라클로 지음 | 윤진 옮김

069 소설 거장과 마르가리타 미하일 불가코프 지음 | 김혜란 옮김
070 소설 우게쓰 이야기 우에다 아키나리 지음 | 이한창 옮김
071 소설 별과 사랑 엘레나 포니아토프스카 지음 | 추인숙 옮김
072-073 소설 불의 산(전 2권) 쓰시마 유코 지음 | 이송희 옮김
074 소설 인생의 첫출발 오노레 드 발자크 지음 | 선영아 옮김
075 소설 몰로이 사뮈엘 베케트 지음 | 김경의 옮김
076 시 미오 시드의 노래 지은이 미상 | 정동섭 옮김
077 희곡 셰익스피어 로맨스 희곡 전집 윌리엄 셰익스피어 지음 | 이상섭 옮김
078 희곡 돈 카를로스 프리드리히 폰 실러 지음 | 장상용 옮김
079-080 소설 파멜라(전 2권) 새뮤얼 리처드슨 지음 | 장은명 옮김
081 시 이십억 광년의 고독 다니카와 슌타로 지음 | 김응교 옮김
082 소설 잔지바르 또는 마지막 이유 알프레트 안더쉬 지음 | 강여규 옮김
083 소설 에피 브리스트 테오도르 폰타네 지음 | 김영주 옮김
084 소설 악에 관한 세 편의 대화 블라디미르 솔로비요프 지음 | 박종소 옮김
085-086 소설 새로운 인생(전 2권) 잉고 슐체 지음 | 노선정 옮김
087 소설 그것이 어떻게 빛나는지 토마스 브루시히 지음 | 문항심 옮김
088-089 산문 한유문집—창려문초(전 2권) 한유 지음 | 이주해 옮김
090 시 서곡 윌리엄 워즈워스 지음 | 김숭희 옮김
091 소설 어떤 여자 아리시마 다케오 지음 | 김옥희 옮김
092 시 가윈 경과 녹색기사 지은이 미상 | 이동일 옮김
093 산문 어린 시절 나탈리 사로트 지음 | 권수경 옮김
094 소설 골로블료프가의 사람들 미하일 살티코프 셰드린 지음 | 김원한 옮김
095 소설 결투 알렉산드르 쿠프린 지음 | 이기주 옮김
096 소설 결혼식 전날 생긴 일 네우송 호드리게스 지음 | 오진영 옮김
097 소설 장벽을 뛰어넘는 사람 페터 슈나이더 지음 | 김연신 옮김
098 소설 에두아르트의 귀향 페터 슈나이더 지음 | 김연신 옮김
099 소설 옛날 옛적에 한 나라가 있었지 두샨 코바체비치 지음 | 김상헌 옮김
100 소설 나는 고故 마티아 파스칼이오 루이지 피란델로 지음 | 이윤희 옮김
101 소설 따니아오 호수 이야기 왕정치 지음 | 박정원 옮김
102 시 송사삼백수 주조모 엮음 | 이동향 역주
103 시 문턱 너머 저편 에이드리언 리치 지음 | 한지희 옮김

104 소설 충효공원 천잉전 지음 | 주재희 옮김

105 희곡 유디트/헤롯과 마리암네 프리드리히 헤벨 지음 | 김영목 옮김

106 시 이스탄불을 듣는다
오르한 웰리 카늑 지음 | 술탄 훼라 아크프나르 여 · 이현석 옮김

107 소설 화산 아래서 맬컴 라우리 지음 | 권수미 옮김

108-109 소설 경화연(전 2권) 이여진 지음 | 문현선 옮김

110 소설 예피판의 갑문 안드레이 플라토노프 지음 | 김철균 옮김

111 희곡 가장 중요한 것 니콜라이 예브레이노프 지음 | 안지영 옮김

112 소설 파울리나 1880 피에르 장 주브 지음 | 윤 진 옮김

113 소설 위폐범들 앙드레 지드 지음 | 권은미 옮김

114-115 소설 업둥이 톰 존스 이야기(전 2권) 헨리 필딩 지음 | 김일영 옮김

116 소설 초조한 마음 슈테판 츠바이크 지음 | 이유정 옮김

117 소설 악마 같은 여인들 쥘 바르베 도르비이 지음 | 고봉만 옮김

118 소설 경본통속소설 지은이 미상 | 문성재 옮김

119 소설 번역사 레일라 아부렐라 지음 | 이윤재 옮김

120 소설 남과 북 엘리자베스 개스켈 지음 | 이미경 옮김

121 소설 대리석 절벽 위에서 에른스트 윙거 지음 | 노선정 옮김

122 소설 죽은 자들의 백과전서 다닐로 키슈 지음 | 조준래 옮김

123 시 나의 방랑—랭보 시집 아르튀르 랭보 지음 | 한대균 옮김

124 소설 슈톨츠 파울 니종 지음 | 황승환 옮김

125 소설 휴식의 정원 바진 지음 | 차현경 옮김

126 소설 굶주린 길 벤 오크리 지음 | 장재영 옮김

127-128 소설 비스와스 씨를 위한 집(전 2권) V. S. 나이폴 지음 | 손나경 옮김

129 소설 새하얀 마음 하비에르 마리아스 지음 | 김상유 옮김

130 산문 루테치아 하인리히 하이네 지음 | 김수용 옮김

131 소설 열병 르 클레지오 지음 | 임미경 옮김

132 소설 조선소 후안 카를로스 오네티 지음 | 조구호 옮김

133-135 소설 저항의 미학(전 3권) 페터 바이스 지음 | 탁선미 · 남덕현 · 홍승용 옮김

136 소설 신생 시마자키 도손 지음 | 송태욱 옮김

137 소설 캐스터브리지의 시장 토머스 하디 지음 | 이윤재 옮김

138 소설 죄수 마차를 탄 기사 크레티앵 드 트루아 지음 | 유희수 옮김

139 자서전 2번가에서 에스키아 음파렐레 지음 | 배미영 옮김
140 소설 묵동기담/스미다 강 나가이 가후 지음 | 강윤화 옮김
141 소설 개척자들 제임스 페니모어 쿠퍼 지음 | 장은명 옮김
142 소설 반짝이끼 다케다 다이준 지음 | 박은정 옮김
143 소설 제노의 의식 이탈로 스베보 지음 | 한리나 옮김
144 소설 흥분이란 무엇인가 장웨이 지음 | 임명신 옮김
145 소설 그랜드 호텔 비키 바움 지음 | 박광자 옮김
146 소설 무고한 존재 가브리엘레 단눈치오 지음 | 윤병언 옮김
147 소설 고야, 혹은 인식의 혹독한 길 리온 포이히트방거 지음 | 문광훈 옮김
148 시 두보 오칠언절구 두보 지음 | 강민호 옮김
149 소설 병사 이반 촌킨의 삶과 이상한 모험
블라디미르 보이노비치 지음 | 양장선 옮김
150 시 내가 얼마나 많은 영혼을 가졌는지
페르난두 페소아 지음 | 김한민 옮김
151 소설 파노라마섬 기담/인간 의자 에도가와 란포 지음 | 김단비 옮김
152-153 소설 파우스트 박사(전 2권) 토마스 만 지음 | 김륜옥 옮김
154 시, 희곡 사중주 네 편 T. S. 엘리엇의 장시와 한 편의 희곡
T. S. 엘리엇 지음 | 윤혜준 옮김
155 시 키르기스탄의 시 배흐티야르 와합자대 지음 | 오은경 옮김
156 소설 찬란한 길 마거릿 드래블 지음 | 가주연 옮김
157 전집 사랑스러운 푸른 잿빛 밤 볼프강 보르헤르트 지음 | 박규호 옮김
158 소설 포옹가족 고지마 노부오 지음 | 김상은 옮김
159 소설 바보 엔도 슈사쿠 지음 | 김승철 옮김
160 소설 아산 블라디미르 마카닌 지음 | 안지영 옮김
161 소설 신사 배리 린든의 회고록 윌리엄 메이크피스 새커리 지음 | 신윤진 옮김
162 시 천가시 사방득, 왕상 엮음 | 주기평 역해
163 소설 모험적 독일인 짐플리치시무스 그리멜스하우젠 지음 | 김홍진 옮김
164 소설 맹인 악사 블라디미르 코롤렌코 지음 | 오원교 옮김
165-166 소설 전차를 모는 기수들(전 2권) 패트릭 화이트 지음 | 송기철 옮김
167 소설 스너프 빅토르 펠레빈 지음 | 윤서현 옮김
168 소설 순응주의자 알베르토 모라비아 지음 | 정란기 옮김

169 소설 오렌지주를 증류하는 사람들 오라시오 키로가 지음 | 임도울 옮김

170 소설 프라하 여행길의 모차르트/슈투트가르트의 도깨비
에두아르트 뫼리케 지음 | 윤도중 옮김

171 소설 이혼 라오서 지음 | 김의진 옮김

172 소설 가족이 아닌 사람 샤오훙 지음 | 이현정 옮김

173 소설 황사를 벗어나서 캐런 헤스 지음 | 서영승 옮김

174 소설 들짐승들의 투표를 기다리며 아마두 쿠루마 지음 | 이규현 옮김

175 소설 소용돌이 호세 에우스타시오 리베라 지음 | 조구호 옮김

176 소설 사기꾼—그의 변장 놀이 허먼 멜빌 지음 | 손나경 옮김

177 소설 에리옌 항타고드 오손보독 지음 | 한유수 옮김

178 소설 캄캄한 낮, 환한 밤—나와 생활의 비허구 한 단락
옌롄커 지음 | 김태성 옮김

179 소설 타인들의 나라—전쟁, 전쟁, 전쟁 레일라 슬리마니 지음 | 황선진 옮김

180 자서전 자유를 찾은 혀—어느 청춘의 이야기
엘리아스 카네티 지음 | 김진숙 옮김

181 소설 어느 페르시아인의 편지 몽테스키외 지음 | 이자호 옮김

182 소설 오후의 예항/짐승들의 유희 미시마 유키오 지음 | 박영미 옮김

183 소설 왕은 없다 응우옌후이티엡 지음 | 김주영 옮김

184 소설 죽음의 가시 시마오 도시오 지음 | 이종은 옮김

185 소설 세레나데 즐퓌 리바넬리 지음 | 오진혁 옮김

186 소설 트리스탄 고트프리트 폰 슈트라스부르크 지음 | 차윤석 옮김

187 소설 루친데 프리드리히 슐레겔 지음 | 박상화 옮김

188 시 서 있는 여성의 누드/황홀 캐럴 앤 더피 지음 | 심지아 옮김

189 소설 연기 이반 투르게네프 지음 | 이항재 옮김

190 소설 세 인생 거트루드 스타인 지음 | 이윤재 옮김

191 시 당시삼백수 1 손수 엮음 | 임도현 역해

192 시 당시삼백수 2 손수 엮음 | 임도현 역해

193 소설 M/T와 숲의 신비한 이야기 오에 겐자부로 지음 | 심수경 옮김

194 소설 여덟 마리 말 그림 선충원 지음 | 강경이 옮김

195 소설 메인 스트리트 싱클레어 루이스 지음 | 이미경 옮김